Penelope Stokes

Das Rubinherz

Roman

Über die Autorin

Penelope J. Stokes lebt in Asheville, North Carolina. Sie lehrte zwölf Jahre lang Literatur und Schriftstellerei an der Universität. Schließlich wandte sie sich aber ihrer eigentlichen Leidenschaft zu und begann, selbst schriftstellerisch tätig zu werden. Bislang sind 17 Bücher von ihr erschienen, die vielfach ausgezeichnet wurden.

Penelope Stokes

Das Rubinherz

Roman

Aus dem Amerikanischen von Eva Weyandt.

GerthMedien

Die amerikanische Originalausgabe erschien im Verlag
W Publishing Group, a Division of Thomas Nelson, Inc.,
P O Box 141000, Nashville, Tennessee, 37214, USA
unter dem Titel „The Amethyst Heart".

1. Auflage der Jubiläumsausgabe 2009
Best.-Nr. 815 383
ISBN 3-89437-383-8

Umschlaggestaltung: Immanuel Grapentin
Umschlagfoto: getty images: Share/Nyiri
Satz: Mirjam Kocherscheidt; Gerth Medien GmbH
Druck und Verarbeitung: CPI Morawia

Für meine leibliche und geistliche Familie –
danke für das reiche Vermächtnis
an Liebe und Verständnis.
Und in Erinnerung an Opal,
die mir ihre Geschichten erzählt hat.

Prolog

13. März 1993

Die alte Frau saß an ihrem Schminktisch und sah in den Spiegel. Mit zitternder Hand steckte sie eine lose Haarsträhne in den Knoten. Ihr ganzes Leben lang hatte diese Haarlocke sie geärgert. Nie wollte sie bleiben, wo sie hingehörte, immer wieder löste sie sich aus den Haaren und verfing sich in einer Halskette oder einem Ohrring.

Genau wie ich, dachte sie lächelnd. *Ich habe auch nie gemacht, was andere Leute von mir erwartet haben.*

Sie sah in das trüb gewordene Glas und fragte sich, wie sie es in den vergangenen vierzig Jahren unzählige Male getan hatte, ob sie den Spiegel aufarbeiten lassen sollte. Aber selbst vor Jahren, als sie sich zusätzliche Ausgaben noch hätte leisten können, hatte sie sich dagegen entschieden. Das trübe werdende fleckige Glas passte irgendwie zu ihr. Es passte in das alte Haus.

Sie trug etwas Lippenstift auf und lehnte sich zurück, um das Ergebnis zu begutachten.

„Du hast selbst ein paar Flecken und Falten, altes Mädchen“, sagte sie zu ihrem Spiegelbild. „Aber du hast noch immer den Kopf voller Haare und alle deine Zähne. Nicht schlecht für dreiundneunzig.“

Dreiundneunzig. War das möglich? Konnte Miss Ruby Noble wirklich schon dreiundneunzig Jahre alt sein?

Bei dem Gedanken lachte sie leise. Obwohl sie zwei Ehemänner und die große Mehrheit ihrer Freunde überlebt hatte, wurde sie nach der Südstaatentradition nach wie vor „Miss“ genannt und mit ihrem Mädchennamen angesprochen, als wäre sie noch immer eine Debütantin, eine Südstaatenschönheit, von einem gut aussehenden Junggesellen hofiert.

Aber diese Zeit hatte Ruby längst hinter sich gelassen – so weit, dass jede Erinnerung an ihre Mädchenzeit zu einer verschwommenen Erinnerung verblasst war. Mit ihren nun dreiundneunzig Jahren hatte sie zwei Weltkriege überlebt und war in diesem letzten Jahrzehnt des zwanzigsten Jahrhunderts noch einigermaßen bei Verstand.

So schien es zumindest. Denn sie lebte noch immer in dem alten Haus, das ihr Großvater 1853 erbaut hatte, und bereitete sich auf ihre Geburtstagsfeier vor.

Ruby ging zu dem großen Zedernschrank und suchte ein Kleid heraus – ihr Lieblingskleid, ein weiches lavendelfarbenes Kleid mit einem hohen Kragen und kleinen Perlknöpfen am Vorderteil. Vielleicht hätte sie sich zu diesem Anlass ein neues kaufen sollen, aber in ihrem Alter wirkte die neuste Mode lächerlich. Dieses Kleid würde genügen. Außerdem hatte es ihrer Urenkelin und Namensvetterin, Little Ruby, immer gefallen. Schon als kleines Mädchen war Little Ruby ihrer Urgroßmutter immer auf den Schoß geklettert, hatte sich in den weichen Stoff gekuschelt und ihn sanft mit der Hand gestreichelt. Die Erinnerung an diese wundervollen Augenblicke trieb Ruby jedes Mal die Tränen in die Augen. Das Kind war ihre Freude und ihr Glück gewesen – und ihre einzige verzweifelte Hoffnung für die Zukunft.

Ruby seufzte. Das Mädchen würde heute zweifellos auch da sein, aber sie war kein Kind mehr; und leider war sie auch nicht mehr ihre Freude. Die Pubertät hatte das sanfte, gutmütige Mädchen in ein Teenagermonster verwandelt, das sich nur noch schwarz kleidete, einsilbig vor sich hinmurmelte und an jedem Ohrläppchen vier Ohrringe trug. Das war nicht, was sich Ruby für das Kind erhofft hatte. Und ganz bestimmt nicht das, wofür sie gebetet hatte.

Nun, man kann die Zeit nicht ändern, dachte sie achselzuckend. *Du musst weiterleben und beten, dass dein Leben einen positiven Einfluss auf die Menschen in deiner Umgebung ausübt.*

Sie zog sich das lavendelfarbene Kleid über den Kopf und öffnete ihren Schmuckkasten. Er war voll gestopft mit Schmuckstücken, die sie kaum trug: Ohrringe, Halsketten und Ringe – vorwiegend Geschenke von Familienmitgliedern, die nie wussten, womit sie einer exzentrischen alten Frau eine Freude machen konnten. Nur ein Stück hatte eine Bedeutung für sie. Sie nahm es in die Hand und strich liebevoll über die Oberfläche.

Es war eine Brosche, ein herzförmiger Rubin, etwas größer als eine Vierteldollarmünze, mit kleinen Perlen besetzt. Einfach, elegant und beinahe perfekt – abgesehen von der fehlenden Perle, die vor Jahren verloren gegangen war.

Sie drehte sich um und las die vertraute Inschrift auf der Rückseite: *Aufrichtigkeit, Reinheit, Adel.* Das Motto der Noble-Familie seit mehr als einem Jahrhundert. Generationen vor ihr hatten dieses Rubinherz getragen. Aber wer nach ihr würde es so wertschätzen wie sie es tat?

Mit ihren von der Arthritis verkrümmten Fingern steckte sie sich mühsam die Brosche an den Kragen, dann sah sie auf die Uhr auf dem Kaminsims. Ihre Familie würde in einer Stunde da sein. Sie musste noch den Tisch decken und den Blumenschmuck stecken.

Ruby erhob sich von ihrem Frisiertisch und schlurfte langsam in das an ihr Schlafzimmer angrenzende Wohnzimmer. Liebevoll strich sie über die Tasten des hundert Jahre alten Klaviers und gab sich dem Trost des Vertrauten hin. Auf der anderen Seite der Halle, dem Wohnzimmer gegenüber, lag das Kaminzimmer, der älteste Teil des Hauses. Hier waren die ursprünglichen Holzbalken und der massive Steinkamin erhalten geblieben und als sie in den Raum kam, umfing er sie wie die willkommene Umarmung eines alten Freundes.

Dieses Haus war ihr Leben. Seine Wände warfen die Echos ihrer Träume zurück, ihres Lachens, ihrer Tränen. Es hatte sie in schlechten Zeiten getröstet und sich in glücklichen Zeiten mit ihr gefreut. Seine Flure bewahrten liebe Erinnerungen ihrer eigenen neun Jahrzehnte auf und das Vermächtnis von Generationen vor ihr. Hier war sie geboren worden und aufgewachsen, hier hatte sie lieben gelernt, hier hatte sie geheiratet, ihr Kind geboren und ihre Männer betrauert – und hier würde sie sterben, wenn ihre Zeit gekommen war.

Aber noch nicht.

Ruby begutachtete ihre Erscheinung im Spiegel über dem Kamin. Für ihre dreiundneunzig Jahre sah sie noch recht gut aus – viel besser als die meisten, wenn man bedachte, wie viele Menschen in ihrem Alter ihre letzten Jahre in irgendeinem Pflegeheim verbrachten.

Allen Widrigkeiten zum Trotz war sie noch immer am Leben. Sie lebte richtig und existierte nicht nur an irgendeinem nebulösen Ort zwischen dieser Welt und der nächsten. Und das sollte auch so bleiben, bis man sie in einem Kiefernsarg aus dem *Noble House* trug.

Teil 1

Integrität

Vor einem grauen Haupt sollst du aufstehen und
die Alten ehren und sollst dich fürchten vor deinem Gott;
ich bin der Herr.

3. Mose 19,20

Conrad

„Con! Beeil dich, sonst kommen wir zu spät!"

Conrad Wainwright verzog das Gesicht, als die schrille Stimme seiner Frau durch die Tür seines Arbeitszimmers drang. Warum nur konnte die Frau nicht normal sprechen?

Vor vierzig Jahren hatte er ihre hohe Stimme süß gefunden. Mimsy, das perfekte, hirnlose Südstaatenmädchen, das seinen Haushalt führen, seine Mahlzeiten kochen, seine Kinder zur Welt bringen und großziehen würde. Sie würde vollkommen damit zufrieden sein, „Mrs Conrad Wainwright" zu sein. Ein einfach gestricktes Mädchen, das seine Autorität und Entscheidungen nie in Frage stellen würde. Sie würde bewundernd zu ihm aufblicken und ihr Leben der Aufgabe widmen, ihn zu unterstützen. Sie würde seine Klienten unterhalten und seine Welt schmücken.

Vor vierzig Jahren hatte Margaret „Mimsy" Hanover alle Erwartungen erfüllt, die Conrad Wainwright an eine Frau stellte. Doch damals war sie zierlich, blond und hübsch gewesen und wenn sie an seiner Seite ging, mit den Wimpern klimperte und wie gebannt an seinen Lippen hing, hatte er sie einfältig, süß und absolut bezaubernd gefunden.

Im Laufe der Jahre jedoch war der Glanz verblasst; jetzt konnte diese Stimme von einem Augenblick zum anderen einen Migräneanfall bei ihm auslösen. Sie hatte ihren Teil des unausgesprochenen Abkommens erfüllt – sie hatte ihm ein Zuhause geschaffen, zwei Kinder großgezogen, seine Klienten unterhalten und seine Entscheidungen immer unterstützt. Doch im Laufe der Jahre hatte sich alles verändert. An der zierlichen Bewunderin hatte sich eine groteske Metamorphose vollzogen. Ihr Haar hatte einen ordinären Messingfarbton angenommen, ihre einst geschmeidige Figur war klobig und ihre hohe Stimme war so schrill, so durchdringend geworden, dass selbst eine Hyäne zusammenzucken und schleunigst die Flucht ergreifen würde.

Vor fünfzehn Jahren hatte er eine Scheidung in Erwägung gezogen. Er hatte sogar schon einen Scheidungsanwalt aufgesucht, um mit ihm seine Möglichkeiten durchzusprechen. Doch bevor er die Gelegenheit gehabt hatte, aktiv zu werden, waren sein Sohn William und seine Schwiegertochter Marlene bei einem Autounfall ums Leben gekommen. Auf dem Highway zwischen Memphis und Nashville war ihnen ein betrunkener Fahrer in den Wagen gefahren. Sie waren auf der Stelle tot gewesen und ihre achtzehn Monate alte Tochter blieb als Waise zurück.

Con hätte sich wirklich etwas Schöneres vorstellen können, als im Alter von fünfzig Jahren noch ein Kind großzuziehen. Aber hatten sie denn eine Wahl? Williams Schwester Lauren, die einzige Tante des Kindes, war als Ziehmutter nicht in Frage gekommen. Sie war damals noch nicht verheiratet gewesen und hatte sich mit drei Freundinnen in *Greenwich Village* eine Wohnung geteilt. Sie hatten nur zwei- oder dreimal im Jahr von ihr gehört, zu Weihnachten und den Geburtstagen. Im Jahr vor dem Unfall hatte sie um vier Uhr morgens angerufen, nur um ihnen mitzuteilen, sie hätte ihren Namen in Selina oder Salmonella oder in irgendeinen anderen komischen Namen umgeändert, den Conrad nie behalten konnte. Nein. Lauren war keine brauchbare Alternative gewesen.

Zum ersten Mal in ihrem Leben hatte Mimsy, getrieben von ihrem mütterlichen Instinkt, damals die Initiative ergriffen und ihren Willen durchgesetzt. Das Baby sollte bei ihnen leben und würde als ihre Tochter aufwachsen. Sie hatte mit dem Fuß aufgestampft und sich geweigert, eine andere Möglichkeit auch nur in Betracht zu ziehen. Und so war ihm in der Mitte seines Lebens die Rolle des Vaters für Little Ruby aufgedrückt worden, die nach ihrer Urgroßmutter Ruby genannt worden war.

Mimsy war überglücklich gewesen. Ihr leeres Nest hatte sich wieder gefüllt, ihr oberflächliches Leben durch eine sinnlose Tragödie Tiefe und Bedeutung bekommen. Conrad dagegen hatte sich gefangen gefühlt, vom Schicksal in einer einengenden Zelle der Verantwortung eingekerkert.

Fast ohne es zu bemerken, hatte Conrad begonnen, sich in sich selbst zurückzuziehen, sich von einer Welt zu isolieren, die außer Kontrolle geraten war. Er hatte heimlich zu trinken begonnen und mit seiner Kanzlei war es bergab gegangen. Niemand konnte einen Rechtsanwalt brauchen, der seinen Verpflichtungen nicht nachkam, der keine Anrufe erwiderte, Akten verlegte, seine Klienten verwechselte und dessen Abrechnungen außerdem nicht korrekt waren.

Doch schließlich hatte er sich wieder in den Griff bekommen und seinen Alkoholkonsum eingeschränkt, aber es war zu spät gewesen. In dem Versuch, sich aus seiner Misere zu befreien, hatte er einige schlechte Investitionen getätigt mit Geld, das er sich aus den Treuhandfonds mehrerer Klienten geliehen hatte. An dem Punkt in seinem Leben, an dem er sich eigentlich auf seinen gemütlichen Ruhestand freuen und von dem gesparten Vermögen und seinen Aktien leben sollte, war seine Kanzlei am Ende und seine Gläubiger bedrängten ihn. Am Horizont lauerte der Bankrott.

Mimsy wusste natürlich nichts von seinen Schwierigkeiten. Sie hatte sich nie für seine geschäftlichen Angelegenheiten interessiert, hatte sich immer damit zufrieden gegeben, dass er ihre Finanzen regelte. Solange sie ein schönes Haus besaß, über eine goldene Kreditkarte verfügen konnte, ihre Freundinnen und Little Ruby hatte, stellte sie keine Fragen. Und ganz bestimmt würde er freiwillig keinerlei Informationen herausrücken.

Conrad fuhr sich mit der Hand durch die Haare und schob die Papiere auf seinem Schreibtisch zurück. Wenn er nicht schnell etwas unternahm, würde er alles verlieren – den Mercedes, das Haus auf dem Land, alles. Er sah nur noch einen Ausweg.

Mutter.

„Con-rad!“ Die schrille Stimme ertönte erneut, dieses Mal begleitet von einem beharrlichen Klopfen an der Tür zu seinem Arbeitszimmer. „Conrad, komm schon! Wir wollen Mutter doch nicht warten lassen!“

Con nahm die Papiere von seinem Schreibtisch, faltete sie längs und steckte sie in die Innentasche seines Sportsakkos.

Von ihrem Haus auf dem Land südlich von Memphis brauchten sie neunzig Minuten zu Cons Elternhaus in *Cambridge* in Mississippi. *Cambridge* war eine kleine, überschaubare Universitätsstadt mit hübschen Häusern aus der Zeit vor dem Bürgerkrieg und riesigen Magnolien. Mitten auf dem Platz vor dem Gerichtsgebäude stand die Statue eines Soldaten der Südstaatenarmee, dessen Anblick stets nostalgische Gefühle in ihm weckte. Als Junge hatte er unter dem aufmerksamen Blick dieser Statue gespielt; als Jugendlicher hatte er sogar seine Initialen auf den Sockel gemalt. Als Studienanfänger an der Universität hatte er, um in die Verbindung aufgenommen zu werden, eine lange Nacht nur mit seinen Boxershorts bekleidet an diesen Soldaten angekettet verbringen müssen. Als Student der Rechtswissenschaften hatte er Gerichtsverhandlungen im Gerichtsgebäude besucht und den Soldaten dort stehen sehen, wenn er aus dem Fenster sah, immer aufmerksam, immer wachsam.

Conrad kannte in *Cambridge* jede Straße, jede Gasse und jeden Pfad durch die die Stadt und das College umgebenden Wälder. Auch wenn er wegen seiner Kanzlei gezwungen war, in der Nähe von Memphis zu leben, liebte er *Cambridge* noch immer und betrachtete diese Stadt als sein Zuhause.

Heute jedoch machte ihn der Besuch in *Cambridge* auf unerklärliche Weise nervös. Normalerweise freute er sich auf die Fahrt – die vorüberrollende Landschaft, das Gefühl der Macht, wenn der Mercedes in jeder Kurve der Straße beschleunigte, das Gefühl, willkommen geheißen zu werden, wenn er den langen Berg zum Stadtplatz hochfuhr und vom Kreisverkehr in die Jefferson Davis Avenue abbog, wo *Noble House* als Zeugnis für die lange Tradition seiner Familie in dieser Stadt stand. Doch als er jetzt mit dem Mercedes in die Auffahrt zum Haus seiner Mutter einbog und den Wagen im Schutz des hundert Jahre alten Magnolienbaumes abstellte, konnte er nichts anderes denken, als dass *Noble House* wegen ihm schon bald nur noch eine verblasste Erinnerung sein würde.

Widerstrebend stieg er aus dem Wagen aus, nahm die Geschenke aus dem Kofferraum und marschierte zur Vorderfront des Hauses. Mimsy und Little Ruby trotteten hinter ihm her.

„Muss ich wirklich mit?“, fragte Little Ruby zum xten Mal. Sie war jetzt siebzehn und Con war sicher, dass der Besuch bei seiner dreiundneunzigjährigen Urgroßmutter dem Mädchen wie eine grausame Bestrafung vorkam. Wenn sie die Beherrschung verlor, was in letzter Zeit regelmäßig passierte, nahm ihre Stimme diesen schrillen und durchdringenden Tonfall an, den sie bereits als Baby auf den Knien ihrer Großmutter gehört hatte.

Conrad blieb abrupt stehen und funkelte sie an. „Ja, du musst mit. Und jetzt hör auf zu jammern.“ Kopfschüttelnd betrachtete er sie von Kopf bis Fuß. Little Ruby trug schwarze Jeans, ein abgewracktes schwarzes T-Shirt mit einem Harley-Davidson-Logo, bei dem man fünf Zentimeter ihres Bauches sehen konnte und eine schwarze Lederweste mit silbernen Spikes. Sein Blick bohrte sich in ein Bild kurz über ihrem Bauchnabel – ein Herz, das von einem dünnen blauen Dolch durchbohrt wurde. Ein Tattoo? Con seufzte. Er konnte nur hoffen, dass es eines dieser Tattoos war, die man mit Babyöl und viel Schrubben wieder wegbekam. Wenigstens wirkte sie sauber und abgesehen von diesem schrecklichen schwarzen Zeug um ihre Augen hatte sie nur mäßig Make-up aufgelegt. Vielleicht konnte er wirklich nicht mehr erwarten.

Er drehte sich um und ging weiter. Die pinkfarbenen Azaleen neben der vorderen Veranda hatten bereits Knospen und um die große Magnolie herum blühten schon die Narzissen. In wenigen Wochen, wenn die Menschenmassen zur jährlichen Pilgertour nach *Cambridge* kommen würden, würde das Haus von einem Meer von Farben umgeben sein.

Mutter hatte endlich beschlossen, *Noble House* aus der Besichtigungstour herauszunehmen. Es war ihr einfach zu viel geworden, denn sie musste einen Reifrock tragen und Horden von Menschen zogen durch das Haus. Zehn Stunden am Tag wurden die Besucher durch das Haus geführt. Doch die Leute kamen trotzdem, um *Noble House* wenigstens von außen zu sehen, das älteste historische Haus im Bezirk. Manchmal zog Mutter ihr rosafarbenes Satinkleid an und setzte sich auf die Veranda. Wenn jemand sich nicht zurückhalten konnte, aus dem Wagen auszusteigen und auf die Veranda zu kommen, bot sie ihm sogar Limonade an und erfreute ihn mit ihren Geschichten von Großvater Silas und dem Krieg.

Es war wirklich ein hübsches Haus, das musste er zugeben – ein rechteckiges Gebäude im Plantagenstil, mit eckigen Säulen und hohen, schmalen Fenstern an der Vorderseite und einem Balkon im ersten Stock – einem „Liebesbalkon", wie Mutter ihn nannte. *Noble House* war nicht so groß oder so prächtig wie einige der anderen Häuser in *Cambridge*, aber es hatte eine unvergleichliche Geschichte, sagte Mutter. Eine Geschichte und einhundertvierzig Jahre Liebe.

Con hielt vor der schweren Eisentür, die aus Sicherheitsgründen vor der Haustür angebracht worden war, inne und läutete. Dieses Eisengitter war Mutters einziger Kompromiss gewesen, denn sie wollte das originale Erscheinungsbild von *Noble House* so gut wie möglich erhalten, doch die Installation eines Sicherheitssystems und Eisengitter an allen Türen waren nötig gewesen. Jeder, der jemals die Besichtigungstour mitgemacht hatte, wusste über die Schätze Bescheid, die in dem Haus aufbewahrt wurden. Alles, von Limoges-Porzellan und Waterford-Kristall bis hin zu einem signierten Porträt Abraham Lincolns – ganz gewiss eine seltsame Ausnahmeerscheinung in einem Haus aus der Zeit vor dem Bürgerkrieg in Mississippi, aber extrem selten und wertvoll. Und der geschnitzte Baldachin über dem Bett oben im Avery-Zimmer war vor zwanzig Jahren bereits auf 45.000 Dollar geschätzt worden.

Mutter sagte immer, sie sei „hausarm". Sie hatte nicht viel Geld auf der Bank – ihre Pension reichte gerade aus, um von der Hand in den Mund zu leben. Aber das Haus selbst war mehr als eine halbe Million Dollar wert, die Antiquitäten nicht mit eingerechnet. Die Wahrheit war, die alte Dame saß auf einer Goldmine.

Früher oder später würde er natürlich alles erben. Aber auf dieses *Später* konnte er nicht warten. Die Zeit lief ihm davon. Con spürte, dass ihm sein Leben entglitt. Er fühlte sich, als wäre er unten in einer Eieruhr gefangen, während ihn der Sand mit jeder verstreichenden Minute mehr einschloss.

Heute. Heute war der Tag, an dem er handeln musste, denn sonst würde es kein Morgen mehr geben.

Die Feier

Ruby hob das Silbermesser und blickte über den langen Esstisch. „Wer möchte Kuchen? Ich habe ihn selbst gebacken – drei Schichten, Kokosnuss."

„Ich denke, ich nehme ein Stück", murmelte Con. Er zwirbelte an der Serviette auf seinem Schoß herum.

„Für mich nur ein kleines Stück", sagte Mimsy kichernd.

„Ja, okay." Little Ruby sah nicht auf, sondern sank noch weiter auf ihrem Stuhl zusammen und blickte demonstrativ auf die Uhr.

Nun, dachte Ruby, *das ist ja wirklich eine schöne Feier.* In den vergangenen anderthalb Stunden hatte Con kaum ein Wort gesprochen und wenn, dann mit erzwungener Fröhlichkeit. Mimsy blickte ihren Mann stirnrunzelnd an und versuchte, ihn zum Reden zu bringen und Little Ruby rutschte von einem Stuhl zum anderen, blätterte Zeitschriften durch und zeigte ihre Ungeduld durch übertriebene Seufzer.

Es war eher eine Beerdigungsfeier als eine Geburtstagsfeier und Ruby hatte das unbestimmte Gefühl, der Leichnam zu sein.

Schließlich räusperte sich Conrad und schob den Kuchen beiseite. „Mutter, wir müssen etwas mit dir besprechen."

Sie zog eine Augenbraue in die Höhe. „In Ordnung."

„Du bist jetzt dreiundneunzig, Mutter. Ich denke, es ist an der Zeit, dass du in Erwägung ziehst, aus diesem zugigen alten Haus auszuziehen. Du kannst nicht mehr länger mutterseelenallein hier leben, für dich alleine kochen und versuchen, dieses Haus im Winter warm zu bekommen.

Ich – das heißt, wir – machen uns Sorgen um dich. Du könntest stürzen und dir die Hüfte brechen und niemand würde es merken. Du könntest –"

„Ich könnte morgen einen Herzinfarkt bekommen", unterbrach ihn Ruby, „aber ich habe es nicht vor."

„Und wozu brauchst du überhaupt so ein großes Haus?", beharrte er. „Es kostet viel zu viel Unterhalt."

„Es ist mein *Heim*, Conrad." Ruby spürte, wie ihre Kehle eng wurde. Zorn stieg in ihr hoch. „Ich wurde hier geboren und hier werde ich sterben."

„Sieh mal, Mutter." Sein Gesicht wurde rot und seine Augen verengten sich. „Am Südende von Memphis werden hübsche neue Alterswohnsitze gebaut, nur wenige Minuten von unserem Haus entfernt. Sie sind wirklich sehr nett, mit viel Rasenfläche und einem kleinen Teich. Du wärst dann näher bei uns und wir könnten dich im Auge behalten –"

„Mich im Auge behalten?" Ihr Zorn brach durch und nur mit Mühe konnte sie sich beherrschen. „Ich bin alt, Conrad; ich bin kein Kind und ich bin auch nicht senil. Ich brauche keine Überwachung und auf keinen Fall lasse ich mich in ein Heim für Alte und Schwache stecken. Ich bin sehr gut in der Lage, mich selbst ‚im Auge zu behalten', wie du es so schön ausdrückst."

Seine Stimme wurde weicher, aber sein Blick verwandelte sich in Eis. „Und wenn dir etwas passiert?"

„Glaub es oder nicht, viele Menschen hier in *Cambridge* wissen, dass ich noch am Leben bin und sorgen sich um mich. Wenn etwas passiert, würde dich sofort jemand anrufen."

Ihr Blick wanderte zu Mimsy, die auf der Stuhlkante saß und ihren Mann anstarrte, als hätte er den Verstand verloren. Ganz offensichtlich hatte sie von dem, was ihr Mann plante, keine Ahnung.

„Wir wollen doch nur dein Bestes“, protestierte er. „Wir sind die einzige Familie, die du hast, weißt du. Little Ruby wird erwachsen – möchtest du denn nicht mehr Zeit mit deiner einzigen Urenkelin verbringen?“

Ruby seufzte erneut und verdrehte die Augen. Im Augenblick wollte Ruby keinen Augenblick länger als nötig in der Gegenwart dieses abgedrehten Teenagers verbringen, aber das behielt sie für sich. Irgendetwas stimmte nicht mit Conrad und sie war entschlossen, dieser Sache auf den Grund zu gehen. Sie machte eine Handbewegung in seine Richtung. „Nur weiter.“

Offensichtlich wertete er dies als Zeichen dafür, dass er in dieser Diskussion die Oberhand gewann. Er begann zu strahlen. „Das Haus heißt *Shady Brook* und es bietet alles, was du dir nur wünschen kannst. Hübsche Wohnungen, ausgebildetes Pflegepersonal, drei Mahlzeiten pro Tag, jede Menge Gesellschaft –“

„Damit ich herumsitzen und mit den anderen Insassen Dame spielen und Seifenopern anschauen kann“, murmelte sie. „Wie nett.“

Ihren Sarkasmus ignorierte er vollkommen. „Es ist wirklich schön dort, Mutter. Du hättest Gesellschaft von Leuten deines Alters –“

„Der einzige Ort, an dem ich Leute meines Alters finde, ist der Friedhof“, fiel sie ihm ins Wort. „Ich habe alle überlebt.“

„Umso mehr ein Grund, deine goldenen Jahre in einem Haus zu verbringen, wo du keinen Finger mehr zu rühren brauchst. Du bekommst alles, was du brauchst.“

„Ich habe meine goldenen Jahre bereits überschritten, Conrad. Ich bin auf dem Weg zu Platin." Ruby blinzelte Little Ruby zu. Das Mädchen schien überrascht, nickte ihr jedoch bewundernd zu und unterdrückte ein Lachen. Vielleicht bestand für dieses Kind doch noch Hoffnung. Vielleicht schwelte unter all dem schwarzen Leder ja doch noch ein Funke.

Ruby lehnte sich auf ihrem Stuhl zurück. Eine Hand fuhr zu der Brosche an ihrem Hals und ihre Finger glitten über die Umrisse des Herzens. „Und wie soll ich diesen Luxus deiner Meinung nach bezahlen?"

Conrad fuhr sich mit der Hand durch die Haare. „Nun, drüber habe ich schon nachgedacht."

Darauf wette ich, dachte Ruby, aber sie schwieg und wartete ab, was ihr Sohn zu sagen hatte.

Conrad wich dem fassungslosen Blick seiner Frau aus und konzentrierte sich auf seine Mutter. Sie fing an, den Köder zu schlucken, das merkte er. Jetzt war es an der Zeit, den Haken zu setzen. „Ich habe mir die Freiheit genommen, mich ein wenig zu informieren und ich denke, der Verkauf dieses Hauses würde dir alle finanziellen Mittel bieten, die du brauchst, um – äh – eine Veränderung vorzunehmen."

Die ganze Wahrheit war jedoch, er hatte viel mehr getan, als sich nur zu informieren. Er hatte sich sogar mit einem Immobilienmakler in Verbindung gesetzt und im Namen seiner Mutter einen Verkaufsauftrag unterzeichnet. Der Makler hatte zwei äußerst interessierte Käufer an der Hand, die nur noch auf die Zustimmung warteten, sich *Noble House* anzusehen. Einer von ihnen, ein erfolgreicher

Anwalt aus Memphis, hatte bereits begonnen, Pläne für einen Umbau von Noble House zu entwerfen. Er wollte das Anwesen samt seines Inventars kaufen, um eine Zweigstelle seiner Kanzlei dort einzurichten. Einige ausgewählte Antiquitäten würde er für die Kanzlei behalten und den Rest veräußern.

„Du würdest *Noble House* also verkaufen." Die Stimme seiner Mutter klang kalt und sehr beherrscht. „Du würdest die Geschichte deiner Familie an den Meistbietenden versteigern."

„Nun, ja", stammelte Con. „Es ist doch nur eine Frage der Zeit, Mutter. Mimsy und ich können hier nicht wohnen, nicht, wenn ich meine Kanzlei behalten will. Das Haus würde sowieso verkauft werden ... äh, irgendwann."

Sobald er diese Worte ausgesprochen hatte, wusste er, dass er einen Fehler gemacht hatte. Vermutlich einen fatalen Fehler. Er sah, wie sich die Hände seiner Mutter in die Armlehne ihres Sessels krallten. Dann entspannte sie sich und lächelte ihn kaum merklich an – ein Lächeln, das ihre Augen nicht erreichte.

„Und wie viel ist *Noble House* im Augenblick wert?", fragte sie flüsternd.

Conrads Pulsschlag beschleunigte sich. Der Verkauf des Hauses samt Inventar würde fast 900.000 Dollar bringen. Aber ihr musste er vormachen, dass der Preis viel niedriger sein würde. Der Rest – das Meiste davon – würde ihm aus der Klemme helfen. Und wenn er seine Karten richtig ausspielte, könnte er von der Verkaufssumme eine ganze Menge für sich abzweigen und sie würde es niemals merken.

„Ach weißt du, Mutter, der finanzielle Teil ist ziemlich kompliziert. Du brauchst dich gar nicht mit den Einzelheiten zu befassen. Es reicht, wenn ich dir sage, dass du sehr gut von dem, was du aus dem Verkauf des Hauses bekommst, wirst leben können. Ich werde schon alles regeln."

„Das wirst du ganz bestimmt, Conrad."

„Es ist eine einfache Transaktion", beeilte er sich fortzufahren. „Wir werden einen Treuhandfonds einrichten, mit mir als Treuhandverwalter. Du brauchst dich um nichts zu kümmern."

„Das brauche ich bestimmt nicht, Conrad."

Er zog die Papiere aus seiner Jackentasche und breitete sie auf dem Tisch aus. „Ich habe bereits alles vorbereitet. Du brauchst nur noch hier zu unterschreiben und dann –"

Als er aufsah, bemerkte er ihren seltsamen Gesichtsausdruck – was war es nur? Verständnis? Mitgefühl? Nein, das nicht. *Mitleid.*

„Eins noch, Conrad", sagte sie leise.

„Was denn, Mutter?"

„Du hast alles so gut vorbereitet – ich nehme an, du hast bereits einen Immobilienmakler beauftragt?"

Ihr Blick bohrte sich in den seinen und einen Augenblick lang fühlte er sich wie damals als Junge, wenn er bei einer Lüge ertappt worden war. Vielleicht war es Instinkt, eine Art mütterliche außersinnliche Wahrnehmung. Sie hatte immer gewusst, wann er log. Wenn er ihrer Frage auswich oder versuchte, sie zu täuschen, würde sie ihn festnageln. Bestimmte Dinge zwischen Mutter und Sohn änderten sich nie, nicht einmal, wenn der Sohn erwachsen geworden war.

„Nun, ja. Eine Frau hier aus *Cambridge*. Aber sie weiß, dass sie ohne deine Zustimmung nichts unternehmen kann."

Es war keine richtige Lüge, aber auch nicht die ganze Wahrheit. Versteckt in dem Stapel Papiere war eine Vollmacht, die Conrad ermächtigte, alle Entscheidungen in den Angelegenheiten seiner Mutter zu treffen. Lieber wäre es ihm, wenn sie ihm freiwillig ihre Zustimmung gäbe, aber für den Fall, dass sie sich weigerte, würde er sie entmündigen lassen. Sie war immerhin dreiundneunzig und ein wenig exzentrisch. Es war zu ihrem eigenen Besten, aus diesem Haus herauszukommen in eine etwas kontrolliertere Umgebung. Außerdem, falls seine Kanzlei bankrott ginge, was würde das für sie alle bedeuten? Welche andere Möglichkeit hatte er denn?

Trotzdem, die Handlungsvollmacht war vermutlich nicht notwendig. Er hatte sie beinahe überzeugt und wenn sie erst ihre Unterschrift unter die Dokumente gesetzt und dem Verkauf zugestimmt hatte, würde er auch wieder flüssig sein.

„Conrad?"

Die Stimme seiner Mutter holte ihn in die Gegenwart zurück. Er sah auf.

„Ich möchte mit der Immobilienmaklerin sprechen."

„Was? Warum?"

„Machst du Witze? Hier geht es um eine gravierende Veränderung in meinem Leben. Und wie du sehr wohl weißt, hänge ich an diesem alten Haus. Ich möchte sichergehen, dass *Noble House* in gute Hände kommt."

Hoffnung machte sich in Conrad breit. Sie hatte angebissen!

„Nun, sicher, Mutter. Unterzeichne diese Vollmachten. Am Montag werde ich sie anrufen, dann können wir einen Termin ausmachen –"

„Jetzt, Conrad. Ich möchte mit ihr sprechen, bevor ich irgendetwas unterzeichne."

„Jetzt? Aber es ist doch Samstagnachmittag, und –"

„Makler arbeiten doch auch am Wochenende, nicht? Deine Maklerin kommt aus *Cambridge*, richtig? Steig in den Wagen, fahr zu ihr und bring sie mit."

„Ich – ja, das geht wohl, Mutter. Aber warum unterschreibst du nicht einfach –"

„Jetzt, Conrad. Nimm Mimsy mit. Und bringt auf dem Rückweg Vanilleeis mit, ja? Ich habe vergessen, welches zu kaufen und zu einer Geburtstagsfeier gehört nun einmal Eis."

Eis. Sie wollte Eis. Und ein persönliches Gespräch mit der Maklerin. Con seufzte. Also gut. Was immer nötig war, die Angelegenheit so schnell wie möglich über die Bühne zu bringen, sollte geschehen.

Er erhob sich und legte seine Serviette auf den Tisch. „Ich bin in einer halben Stunde wieder da. Mimsy, komm mit. Little Ruby –"

„Little Ruby kann hier bleiben", bestimmte seine Mutter mit fester Stimme. „Sie kann mir helfen, das Geschirr zu spülen, solange ihr weg seid."

Das Mädchen seufzte und verdrehte die Augen, dann nahm sie ihre Gabel zur Hand und spielte mit den Überresten des Geburtstagskuchens.

„Eine halbe Stunde", erklärte Con und schob Mimsy zur Tür. Er schloss die Eisentür hinter sich und lief zum Mercedes. Seine Frau rannte hinter ihm her und bestürmte ihn mit

Fragen. Aber dieses Mal verärgerte ihn ihre schrille Stimme nicht so sehr.

Eine halbe Stunde lang konnte er alles ertragen. In einer halben Stunde würde er ein reicher Mann sein.

Die Geisel

Ruby beobachtete, wie ihr Sohn und seine Frau in ihren Wagen stiegen und davonfuhren. Als sie weg waren, drehte sie den Schlüssel in dem Sicherheitsschloss um, zog ihn heraus und steckte ihn in die Tasche.

Con hatte darauf bestanden, dieses Sicherheitssystem installieren zu lassen – elektronische Sensoren an allen Fenstern und Eisengitter vor allen Türen. Die mit schmiedeeisernen Weinreben versehenen Sicherheitstüren waren mit Fliegengittern und herausnehmbarem Glas für die Luftzufuhr ausgestattet, aber unüberwindlich. Sie verfügten über doppelte Türriegel mit Schlüssellöchern auf beiden Seiten. Wenn sie erst einmal verschlossen und die Schlüssel herausgezogen waren, konnte niemand mehr hereinkommen. Niemand.

Nicht einmal ihr einziger Sohn.

Sie hatte Conrads eifrigen Versuch, ihr einzureden, der Verkauf des Hauses und ihr Umzug nach *Shady Brook* sei eine brillante Idee, sofort durchschaut. Er hatte sie noch nie täuschen können – nach sechsundsechzig Jahren sollte er das eigentlich wissen. Aber offensichtlich glaubte er noch immer, er könne seine Mutter hinters Licht führen. Vielleicht hielt er sie aber auch einfach nur für so alt und senil, dass sie seine Machenschaften nicht durchschauen würde.

Auf jeden Fall hatte sie vermutet, dass irgendetwas nicht stimmte, noch bevor er zu reden angesetzt hatte; und je mehr er redete, desto mehr las sie zwischen den Zeilen. Irgendetwas war geschehen, etwas, von dem nicht einmal die einfältige Mimsy etwas wusste. Er steckte in finanziellen Schwierigkeiten – großen Schwierigkeiten, wenn er sich so große Mühe machte, *Noble House* in die Finger zu bekommen.

Bei dieser Sache ging es nicht um ihr eigenes Wohlergehen, sondern in erster Linie um seines.

Zu schade, dass er ihr gegenüber nicht einfach ehrlich sein konnte, dass er nicht mit ihr über seine Probleme sprach. Sie hätte ihm vielleicht helfen können. Sie hatte noch eine kleine Rücklage von den Zahlungen der Lebensversicherung. Dieses Geld hatte sie zur Seite gelegt und nie angerührt. Seit Jahren sammelten sich die Zinsen an und obwohl sie den genauen Betrag nicht kannte, würde es vielleicht ausreichen, Conrad zu helfen, aus dem Loch zu kommen, das er sich selbst geschaufelt hatte.

Aber *Noble House* aufgeben? Zulassen, dass er ihr Leben, die Geschichte ihrer Familie an den Meistbietenden verkaufte – nur um seinen Ruf zu retten? Da würde sie nicht mitmachen. Sie würde sich wehren und wenn es sein musste, würde sie kämpfend untergehen.

Ruby drehte ihre Runde und verschloss auch die anderen Türen. Die Schlüssel steckte sie alle ein. Dann ging sie zum Schrank im Flur, zog sich eine kleine Trittleiter heran und stieg mit zitternden Beinen darauf, um etwas vom obersten Regal zu holen.

„Grandma?", ertönte Little Rubys Stimme von unten. „Was machst du da?"

„Ich hole etwas, das ich brauche, Kind."

„Soll ich das für dich machen?"

„Nein, es geht schon. Du kannst mir hinunterhelfen."

Eine Hand streckte sich ihr hilfreich entgegen – eine blasse junge Hand mit schwarz lackierten Fingernägeln. Eine makabre Hand. Ruby ergriff sie und stieg taumelnd die beiden Stufen herunter. Als sie wieder festen Boden unter den Füßen hatte, seufzte sie tief auf. Vielleicht war sie wirklich zu alt, um alles selbst zu machen. Aber *Noble House* aufzugeben und in ein Altenheim zu ziehen, stand außer Frage.

„Grandma! Was ist das?"

Little Rubys Augen funkelten vor Aufregung. Ein wenig Furcht war auch darin zu lesen. So lebhaft hatte Ruby das Kind den ganzen Tag über noch nicht erlebt. Sie betrachtete ihre Namensvetterin. Die Augen des Mädchens waren auffallend hübsch – dunkelbraun, mit langen Wimpern – und sie besaß ausgeprägte Gesichtszüge. Wenn sie sich nur die strähnigen Haare aus den Augen streichen und diesen geschmacklosen Lidstrich weglassen würde, dann wäre sie ein wirklich hübsches Mädchen. Mit ihrer breiten Stirn und dem eigensinnigen Kinn ähnelte sie ganz eindeutig eher der Noble-Sippe. Und im Augenblick war auch dieser leere, desinteressierte Ausdruck aus ihrem Gesicht gewichen. Sie war lebendig geworden.

„Ich sagte, was ist das?"

Ruby lachte. „Das ist natürlich ein Gewehr. Siehst du denn kein Fernsehen?"

„Ich weiß, dass das ein Gewehr ist“, erwiderte das Mädchen und verdrehte die Augen. „Es ist eine doppelläufige Schrotflinte.“

„Sehr gut, Miss Marple“, bestätigte Ruby nickend. „Woher weißt du das?“

„Wer ist Miss Marple?“, konterte Little Ruby. „Und ich weiß es, weil mein Freund Lenny so eins hat. Sein Daddy geht damit auf die Jagd. Lenny hat es einmal mit in die Schule gebracht und ziemlichen Ärger bekommen.“

„Das war auch wirklich nicht gut“, stimmte Ruby zu.

Little Ruby legte den Kopf zur Seite. „Aber was willst’n damit?“

„Bringt man euch in der Schule keine Grammatik mehr bei?“, stöhnte Ruby. „Damit, junge Dame, werde ich sicherstellen, dass dein Großvater mir nicht das Haus unter dem Hintern verkauft.“

„Du willst auf ihn schießen?“ Bewundernd riss das Mädchen die Augen auf.

„Ich werde niemanden erschießen. Nenn es ... Schadensbegrenzung.“

„Oh, ich verstehe. Wenn er mit der Maklerin zurückkommt, wirst du ihm sagen, er soll seinen Arsch von hier fortbewegen und seinen Fuß nie wieder in dein Haus setzen.“

„Ich habe mich geirrt“, murmelte Ruby. „Du siehst doch Fernsehen. Viel zu viel, wie man merkt. Und hat Mimsy dir nie beigebracht, dass es unhöflich ist, das Wort *Arsch* zu benutzen?“

Little Ruby ignorierte die Frage. „Hey, ich habe einmal so einen Film gesehen. Irgend so ein alter Knacker hat sich mit Handschellen an einen Bulldozer gefesselt, damit dieser Immobilienhai sein Haus nicht abreißen konnte. Und dann kamen ihm ein paar kleine Roboteralien zu Hilfe und haben in einer Nacht das alte Haus wieder aufgebaut und ließen es als ein … ich weiß nicht genau, als eine Art historisches Denkmal stehen.“

„Du solltest besser nicht auf Alien warten, die uns retten.“ Ruby lachte. „Aber du hast es schon ganz richtig verstanden.“

„Und du wirst mich hier behalten … als Geisel sozusagen? Cool.“

Ruby wandte sich dem Mädchen zu, dieser Anomalie im Teenageralter, die ihren Namen trug. Sie war nicht sicher, warum sie Little Ruby bei sich behalten wollte. Vielleicht der Gesellschaft wegen. Seltsame Gesellschaft, aber trotzdem Gesellschaft.

Eine plötzliche Welle der Zärtlichkeit überkam sie. Sie streichelte dem Mädchen über die Wange. „Du bist keine Geisel, Kind. Du bist meine Urenkelin. Meine Namensvetterin. Irgendwie dachte ich, dass du mich wohl verstehen würdest.“

Little Ruby zuckte vor der Berührung zurück, wenn auch nur ganz sachte. Sie steckte ihre Hände in die Taschen und wandte den Blick ab. „Ich habe den Kuchen weggestellt und das Geschirr ins Spülbecken geräumt“, murmelte sie. „Unglaublich, dass du keinen Geschirrspüler hast.“

Ruby lächelte. „Ich danke dir für deine Hilfe. Wir werden später abwaschen. Komm, wir gehen ins Kaminzimmer.“

Die Augen des Mädchens begannen erneut zu funkeln. „Ich kann es kaum erwarten, Grandpa Cons Gesicht zu sehen, wenn er merkt, dass du ihn ausgesperrt hast und ihn mit einem Gewehr in Schach hältst.“ Sie schüttelte den Kopf. „Das könnte eine große Story werden. Ich sehe die Berichterstattung in den Medien bereits vor mir: Ruby Noble wehrt sich."

Ruby ging mit ihrer Urenkelin ins Kaminzimmer, wo zwei große Ohrensessel mit Fußhocker vor dem Kamin standen. Sie ließ sich in einen der Sessel fallen, legte die Füße auf den Hocker und bedeutete Ruby, in dem zweiten Sessel Platz zu nehmen. Das Gewehr legte sie sich auf die Beine. Eingehend betrachtete sie das Gesicht des Mädchens.

„Du interessierst dich für den Journalismus?" Ruby fiel es schwer sich vorzustellen, dass dieses Mädchen sich für irgendetwas anderes interessieren könnte, als auszusehen wie ein Zombie.

„Oh ja. Ich möchte später einmal Reporterin für eine Zeitung werden. Oder vielleicht auch Nachrichtensprecherin im Fernsehen. Vielleicht schreibe ich Romane, eines Tages, wenn ich richtig alt bin – vierzig oder so. Wie ich schon sagte, das würde eine große Story werden. Von menschlichem Interesse, so in die Richtung." Sie schnaubte verächtlich. „Con findet aber, dass das reine Zeitverschwendung ist."

„Und was solltest du Cons Meinung nach mit deinem Leben anfangen?"

Rubys Gesicht verfinsterte sich. „Ich weiß nicht. Hausfrau und Mutter werden, vermutlich. Er ist ein solcher Chauvinist."

„Du magst deinen Großvater nicht besonders."

Ruby zuckte die Achseln. „Keine Ahnung. Er scheint immer so beschäftigt zu sein mit seiner Kanzlei und Mimsy, nun, sie ist immer um einen, wenn du verstehst, was ich meine. Vor einer Weile hat er ziemlich viel getrunken. Er hat versucht es zu verheimlichen und dachte, wir wüssten es nicht. Oh-oh –"

„Ist schon gut, Ruby. Ich wusste es auch. Ich habe mir große Sorgen um ihn gemacht."

„Ich dachte, Mimsy würde einen Nervenzusammenbruch bekommen, ganz bestimmt. Du weißt ja, wie hektisch sie dauernd ist. Das war ziemlich beängstigend."

„Und jetzt?"

„Er hat mit dem Trinken aufgehört, aber die Lage ist noch immer ziemlich angespannt. Ich weiß nicht, es geht da um einige Investitionen. Ich habe zufällig gehört, wie er mit jemandem telefoniert hat, den er Mario nannte. Er hat richtig gebrüllt."

Ruby nickte. Sie hatte sich also nicht getäuscht. Conrad steckte in finanziellen Schwierigkeiten und offensichtlich hatte er sich darauf versteift, *Noble House* zu verkaufen, um sich aus seiner Misere zu befreien.

„Und dein Großvater billigt deinen Wunsch, Journalistin zu werden, nicht?"

„Er billigt kaum etwas." Ruby grunzte. „Und als er merkte, dass ich gerne schreibe, sagte er, ich würde niemals Erfolg damit haben und Zeitungen seien nur dazu da, den Vogelkäfig damit auszulegen."

„Und was denkst du darüber?"

„Ich habe einfach aufgehört, davon zu reden. Im nächsten Jahr werde ich die Highschool abschließen, Grandma. Ich weiß, was ich tun möchte. Ich möchte hier in *Cambridge* die Universität besuchen; der Studiengang Journalistik an der hiesigen Universität ist hervorragend. Aber Con ist entschlossen, mich irgendwohin zu schicken, an irgendein Elitecollege, eine Schule mit Status. Mir ist der Status egal und meine Noten sind sowieso nicht gut genug. Außerdem hasse ich es, wie er und Mimsy versuchen, mein Leben zu beeinflussen und mich zu einer Art vorbildhaftem Bürger zu formen. Vielleicht wollen sie ja gutmachen, was Mimsy meinen ‚tragischen Verlust' nennt, aber ich wünschte, sie würden mir etwas Raum zum Atmen geben und mir die Entscheidung überlassen, was das Beste für mich ist."

„Ich kenne dieses Gefühl."

„Ja, das wette ich." Das Mädchen lachte.

„Was findest du denn so lustig?"

„Dich."

„Mich?" Ruby runzelte die Stirn. „Was ist denn an mir so lustig?"

„Nun, sieh dich doch nur an. Du sitzt hier in einem verrammelten Haus mit einer Geisel und einem Gewehr und weigerst dich, dich zu rühren. Ich habe dich immer für eine komische alte Dame gehalten, weißt du, zerbrechlich und senil. Aber du hast wirklich Courage, Grandma."

„Ich schätze, das war als Kompliment gedacht."

„Courage ist gut", meinte Little Ruby mit einem überzeugten Nicken. „Die meisten Menschen haben nicht den Mut, für ihre Überzeugungen einzustehen oder sich selbst treu zu sein, egal, was andere Menschen denken."

„Und du hältst deine alte Urgroßmutter nicht für verrückt, weil sie sich so verhält?"

„Verrückt? Auf keinen Fall." Little Ruby strich sich die Haare aus den Augen und lehnte sich im Sessel zurück. „Das ist cool", sagte sie. „Sehr, sehr cool."

Unentschieden

Die Türglocke läutete und Ruby rappelte sich auf. Sie blickte Little Ruby an, die sie mit einem breiten Grinsen bedachte und ermutigend beide Daumen hob.

Ruby ging zu dem schmalen hohen Fenster neben der Haustür. „Bist du das, Conrad?", rief sie.

„Wer sonst sollte es sein? Lass uns herein, Mutter. Dein Eis schmilzt."

„Das ist aber zu schade, mein Lieber."

Aus dem schmalen Fenster konnte Ruby ihren Sohn erkennen, der sein Gesicht gegen die schmiedeeiserne Sicherheitstür drückte. Im Laufe der Jahre war er ziemlich fett geworden und hatte Hamsterbacken bekommen. Durch das alte fleckige Glas wirkte er unscharf und verschwommen, als hätte jemand seine Umrisse mit einem Radiergummi verwischt. Vielleicht war dies ein passendes Bild, dachte sie. Der Conrad, den sie kannte, der kluge, energiegeladene Junge, den sie geliebt und großgezogen hatte, war unterwegs ganz bestimmt verloren gegangen – oder zumindest verwischt.

„Ruby!" Mimsys schrille Stimme ertönte durch die Fliegengittertür. „Ruby! Hilf deiner Urgroßmutter bei der Tür und lass uns herein."

„Das geht nicht!", rief Little Ruby zurück. „Grandma hat die Schlüssel."

Ruby hörte, wie Conrad mit schweren Schritten ums Haus eilte und an der Hintertür rüttelte, dann die Tür neben dem Esszimmer probierte. Schwer keuchend kam er nach vorne zurück.

„Was ist los?“, rief er. „Mutter, bist du verletzt? Stimmt was nicht? Lass uns herein!“

Ruby stellte das Gewehr an die Wand und ging ins Foyer. Als Con sie durch die Tür entdeckte, lächelte er und hielt eine durchnässte Papiertüte hoch. „Gott sei Dank, Mutter. Ich dachte, du wärst ... nun, ich weiß nicht.“

„Tot?“ Ruby stemmte die Hände auf die Hüften. „Tut mir leid, dich zu enttäuschen, mein Lieber. Mir geht es sehr gut.“

„Dann mach doch die Tür auf. Ich habe die Maklerin mitgebracht.“

Sie sah an ihm vorbei und entdeckte die zierliche Frau mit den karottenroten Haaren. Sie hielt ein Klemmbrett in der Hand und wirkte beunruhigt.

„Dies ist Portia McMurphy. Die Maklerin, von der ich dir erzählt habe.“

„Nett, Sie kennenzulernen“, sagte Ruby freundlich und nickte ihr zu.

„Ich freue mich auch, Miss Ruby“, erwiderte die Frau. Sie räusperte sich nervös. „Schon seit langem freue ich mich auf die Gelegenheit, dieses wundervolle Haus zu sehen und –“

„Sollen wir etwa den ganzen Nachmittag hier draußen stehen bleiben?“, unterbrach Conrad sie. „Mach die Tür auf, Mutter.“

„Ich fürchte, das tue ich nicht, Con.“

„Was meinst du mit: ‚Ich fürchte, das tue ich nicht‘?“, stammelte er.

„Ich meine, ich habe nicht die Absicht, diese Frau – oder dich – in dieses Haus hereinzulassen.“

„Aber sie muss sich das Haus doch ansehen, wenn sie es verkaufen will.“

„Conrad, seit mehr als sechzig Jahren lebe ich nun in der irrigen Vorstellung, keinen dummen Sohn großgezogen zu haben. Heute hast du mir die Augen geöffnet. Aber es ist höchste Zeit, dass du erkennst, dass du keine dumme *Mutter* hast." Sie sah an ihm vorbei und lächelte die Maklerin an. „Ich entschuldige mich für die Mühe, Mrs – McMurphy, nicht? Ich fürchte, Sie sind unter falschen Voraussetzungen hierher gelockt worden. *Noble House* steht nicht zum Verkauf."

Die zierliche Frau erblasste und drückte ihr Klemmbrett an die Brust. „Nicht – nicht zum Verkauf? Aber Mr Wainwright sagte –"

„Mein Sohn sagt viel zu Dingen, bei denen er nichts zu sagen hat. Und wenn Sie mich jetzt entschuldigen würden –"

Ruby drehte sich um, doch als sie Conrad unterdrückt fluchen hörte, wirbelte sie herum und funkelte ihn an. „Was hast du gesagt?"

„Ich sagte, mach diese verdammte Tür auf", wiederholte er, „sonst schlage ich ein Fenster ein. Du weißt nicht, was du tust, Mutter."

„Ich weiß sehr genau, was ich tue." Sie griff nach dem Gewehr. „Niemand wird in dieses Haus hereinkommen", sagte sie mit leiser Stimme. Das Gewehr hielt sie wie ein Baby im Arm. „Ist das klar?"

Mimsy trat hinter ihn, drohend wie eine Todesfee, und umklammerte seinen Ellbogen. „Con, sie hat ein Gewehr!"

„Das sehe ich", meinte er mit ruhiger Stimme.

„Sie ist verrückt geworden! Und Little Ruby ist da drin! Was hast du mit meinem Kind gemacht?"

Das Mädchen erschien an Rubys Seite. „Beruhige dich, Mimsy. Ich bin hier."

„Geht es dir gut, Liebes?“ Mimsys Stimme stieg um mehrere Dezibel an und Ruby fragte sich kurz, ob ihr Gekreische das Fenster auch ohne Conrads Hilfe zum Bersten bringen könnte.

„Ja, sicher. Mir geht es gut.“

„Dann tu doch etwas!“, quietschte Mimsy. „Nimm das Gewehr! Schließ die Tür auf und ruf die Polizei!“

„Eher nicht.“ Little Ruby warf ihrer Großmutter einen herausfordernden Blick zu.

„Ihr seid beide verrückt!“, schrie Conrad.

„Ich denke, ich gehe jetzt besser“, bemerkte die Maklerin und rannte zu ihrem Wagen.

„Siehst du, was du getan hast, Mutter? Du hast uns – und auch dich selbst – vor einer Fremden blamiert. Die ganze Stadt wird über diesen Zwischenfall reden. Und jetzt mach endlich auf.“

„Eine der Segnungen des Alters ist“, murmelte Ruby ihrer Namensvetterin zu, „dass man sich keine Gedanken zu machen braucht um das, was andere von einem denken.“ Sie wandte sich Conrad wieder zu. „Fahr nach Hause, Con. Kümmere dich um deine eigenen Probleme. Du bist sechsundsechzig Jahre alt – du solltest langsam erwachsen werden.“

Mit hochrotem Gesicht und bösartigem Tonfall zischte er: „Wir können den leichten oder den schweren Weg gehen. Ich habe Kopien dieser Papiere –“

„Die ohne meine Unterschrift vollkommen nutzlos sind“, beendete sie den Satz. „Hole bitte die Verträge“, forderte sie Little Ruby auf. „Sie liegen noch auf dem Esstisch.“

Das Mädchen verschwand und kehrte sofort mit den Papieren zurück. Ruby nahm sie ihr ab, lächelte und riss sie in der Mitte durch. „Gib sie deinem Großvater zurück."

Little Ruby trat vor und steckte die Papiere durch den Briefschlitz. Sie verteilten sich zu Conrads Füßen.

„Mimsy hat recht", brummte Con. „Du bist wirklich verrückt." Er hob die Verträge auf und warf das Eis auf die Vorderveranda, dann marschierte er dicht gefolgt von Mimsy zu seinem Mercedes zurück.

„Ich komme wieder", schrie er über die Schulter zurück. „Glaube mir, das ist noch nicht das Ende."

Tief seufzend sah Ruby ihm nach. *Glaube mir*, hatte er gesagt. Wenn sie das nur könnte.

Während er durch *Cambridge* zum Büro des Sheriffs raste, dachte Conrad über die Ereignisse nach. Und je mehr er darüber nachdachte, desto besser erschien ihm alles. Das Manuskript für die Szene hätte nicht besser sein können, wenn er es selbst geschrieben hätte. Seine dreiundneunzigjährige Mutter verbarrikadierte sich in ihrem Haus, bewachte die Tür mit einem Gewehr und hielt ein Mädchen als Geisel. Welcher Richter, der noch recht bei Verstand war, würde sich weigern, sie zu entmündigen? Dann wäre er berechtigt, sie in *Babbling Brook* oder *Stony Brook* oder wie immer dieses Heim hieß, unterzubringen. Er konnte das Haus samt Mobiliar verkaufen und –

„Conrad, pass auf!", rief Mimsy, als er ein Stoppschild missachtete und einem entgegenkommenden Lastwagen auswich. „Ich weiß, du bist aufgebracht, aber –"

„Aufgebracht?", fuhr er sie an. „Warum um Himmels willen sollte ich aufgebracht sein? Meine alte Mutter hat den Verstand verloren, das Mädchen, das wir wie unsere eigene Tochter großgezogen haben, wird gegen ihren Willen gefangen gehalten und vielleicht ist sogar ihr Leben in Gefahr –"

„Sie sah nicht so aus, als würde sie gegen ihren Willen gefangen gehalten", jammerte Mimsy. „Sie sah so aus, als würde sie – nun, als würde sie es sogar *genießen.*"

„Sie ist siebzehn", schnaubte er. „Sie hat nicht Verstand genug, ihre Lage zu erkennen."

„Mein Baby!", heulte Mimsy. „Was wird aus meinem Baby?"

„Mimsy?"

„Ja, Conrad?"

„Halt den Mund."

Ruby hörte die Sirene, bevor sie den Streifenwagen die Auffahrt hochkommen sah.

„Das klingt so, als käme die Polizei", schnaubte Little Ruby. „Ich kann nicht glauben, dass er das macht."

„Vermutlich kann er nicht glauben, dass *ich* das tue." Ruby stand auf, drückte das Gewehr an die Brust und ging zur Tür.

„Miss Ruby?"

„Bist du das, Buddy?" Sie wandte sich wieder an ihre Urenkelin. „Es ist dieser nette junge Buddy Rice, der erst im letzten Herbst zum Sheriff gewählt worden ist. Als Junge hat er immer meinen Rasen gemäht."

„Ja, Madam. Das ist schon lange her, nicht?" Buddys Stimme kam leise und beruhigend durch die Fliegengittertür. „Machen Sie doch die Tür auf, Miss Ruby, damit wir ein wenig plaudern können."

„Ich fürchte, das geht nicht. Aber machen Sie sich keine Sorgen um uns, Buddy; uns geht es sehr gut. Was macht dieses hübsche Mädchen, das Sie geheiratet haben? Und Ihre prächtigen kleinen Zwillinge?“

„Diese Zwillinge sind im letzten Herbst zum College gegangen, Miss Ruby.“

„Was Sie nicht sagen!“

„Ja, Madam. Sie sind in Auburn. Ross studiert Chemie und Randy ist ins Footballteam gekommen. Vermutlich wird er das rote Hemd bekommen, aber –“

„Hören Sie mit dem Geplänkel auf und kommen Sie endlich zur Sache“, brummte Conrad hinter Buddy.

„Ich mache das auf meine Weise, okay?“, murmelte Buddy Con zu. Er drehte sich wieder um und lächelte Ruby an. „Miss Ruby, es gibt keinen Grund, Ihren Jungen aus dem Haus auszusperren. Und Sie brauchen dieses Gewehr auch nicht. Legen Sie es weg und machen Sie die Tür auf, dann verschwinde ich sofort wieder.“

„Es tut mir leid, Buddy. Das geht nicht. Wollen Sie mir sagen, ich verstoße gegen das Gesetz, wenn ich meine Türen verschließe?“

„Nein, Madam, aber ich fürchte, es verstößt gegen das Gesetz, wenn Sie jemanden mit einem Gewehr bedrohen und wenn Sie ein Kind gegen seinen Willen gefangen halten.“

Little Ruby trat vor. „Wen nennen Sie hier ein Kind? Im September werde ich achtzehn und niemand hält hier irgendjemanden gegen seinen Willen gefangen. Und jetzt verschwinden Sie.“

„Little Ruby, es besteht kein Grund, unhöflich zu sein“, ermahnte Ruby sie. „Buddy tut doch nur seinen Job.“

„Nun, sein Job stinkt. Wofür halten Sie sich denn, Sie Faschistenschwein, dass Sie eine alte Dame so belästigen?“

„Jetzt aber mal ruhig, Little Ruby“, erwiderte Buddy gelassen. „Du bist wirklich erwachsen geworden, nicht? Ich habe dich schon lange nicht mehr gesehen. Tut mir leid, ich wollte dich nicht beleidigen. Aber du bist noch minderjährig und dein Großvater macht sich ziemliche Sorgen um dich.“

„Mein Großvater macht sich nur um sich selbst Sorgen“, gab Ruby zurück.

„Sehen Sie? Genau wie ich Ihnen gesagt habe“, beharrte Conrad. „Sie hat den Verstand verloren und jetzt beeinflusst sie auch noch Little Ruby.“

Buddy hob die Hand, um ihn zum Schweigen zu bringen. „Miss Ruby, ich muss darauf bestehen, dass Sie diese Tür öffnen.“

„Sie können darauf bestehen“, erwiderte sie. „Aber niemand wird dieses Haus betreten.“

Buddy zuckte die Achseln und wandte sich an Con. „Ich kann nichts machen.“

„Dann schlagen Sie doch ein Fenster ein. Tun Sie etwas! Sie sehen doch selbst, dass sie unzurechnungsfähig ist.“

„Ich glaube nicht, dass Einbrechen eine gute Idee ist“, zögerte Buddy. „Und ich fürchte, nur ein Richter kann entscheiden, ob Ihre Mutter zurechnungsfähig ist oder nicht.“

„Und was sollen wir tun?“

Ruby beugte sich vor und lauschte auf Buddys Antwort.

„Nun, wenn Sie entschlossen sind, das durchzuziehen, werden Sie bis Montag warten müssen, um einen Termin bei der Richterin zu bekommen. Im Gerichtsgebäude, Zimmer 103. Ihr Büro öffnet um neun."

Con hustete und räusperte sich. „Seit wann hat dieser Bezirk eine Richterin?"

„Seit der alte Buford Renfroe an einem Herzinfarkt gestorben ist", erwiderte Buddy. „Das ist jetzt etwa ein Jahr her. Wo haben Sie gesteckt?"

„Ich habe Besseres zu tun, als mich über die Ereignisse hier am Ort auf dem Laufenden zu halten", fuhr Conrad ihn an.

„Nun, hier kann ich nichts mehr tun", meinte Buddy. „Ich fahre wieder." Er spähte durch die Tür und winkte. „Auf Wiedersehen, Miss Ruby. Es war schön, Sie zu sehen."

„Pass auf dich auf, Buddy. Und grüß Alice und die Jungs. Wenn du das nächste Mal kommst, werde ich gastfreundlicher sein. Vielleicht backe ich meine besonderen Ingwerkekse für dich."

„Ja, Madam, das wäre wirklich schön. Passen Sie auf sich auf."

Ruby hörte Conrad murmeln und Mimsy kreischen, als sie Buddy zum Streifenwagen folgten.

„Und das ist alles?", empörte sich Mimsy. „Mehr wollen Sie nicht unternehmen?"

„Mehr *kann* ich nicht unternehmen. Sie tut nichts Unrechtes – sie hat keine Gesetze gebrochen und sie hat durchaus das Recht, ihre Türen verschlossen zu halten. Con, Sie müssen das entweder akzeptieren oder am Montag bei der Richterin erscheinen."

Con stieß eine Reihe von Flüchen aus und stapfte zum Eingang zurück.

„Ich komme am Montag wieder", schrie er durch die geschlossene Tür hindurch. „Am Montag, hörst du?"

„Du brauchst nicht so zu schreien, Conrad. Ich bin nicht taub, wie du weißt." Ruby lächelte Little Ruby zu und stellte das Gewehr an die Mauer. „Und ich bin auch nicht unzurechnungsfähig."

„Wir werden sehen, was die Richterin dazu zu sagen hat."

Als er fort war, seufzte Ruby erleichtert auf.

„Du hast es getan, Grandma!" Das Mädchen lachte.

„*Wir* haben es getan, Kind."

Little Ruby grinste verlegen und wandte den Blick ab. „Hey, hältst du es für eine gute Idee, das Gewehr hier stehen zu lassen?", fragte sie und deutete auf das Gewehr an der Wand. „Das scheint mir gefährlich zu sein. Wenn es wegrutscht und hinfällt –"

Ruby lächelte. „Das macht nichts", sagte sie kichernd. „Es ist nicht geladen."

Verständigungsschwierigkeiten

Nachdem sie sich ein Abendessen aus den Resten und dem Geburtstagskuchen bereitet hatten, war Ruby erschöpft. Unerwarteterweise erbot sich Little Ruby das Geschirr zu spülen und verschwand danach nach oben. Ruby saß noch eine Weile im Kaminzimmer, die Füße hochgelegt.

Eine halbe Stunde später, als sie gerade in ihrem Sessel eindösen wollte, erhaschte Ruby aus den Augenwinkeln heraus eine Bewegung. Eine engelhafte Erscheinung kam in der Halle die Treppe herunter. Sie setzte sich auf und rieb sich die Augen. Sie musste träumen ... oder hatte Halluzinationen. Die Gestalt schwebte die Treppe hinunter, kam ins Kaminzimmer und ließ sich ihr gegenüber in dem Sessel nieder.

„Ich habe ein langes Bad genommen", sagte die Erscheinung. „Habe dieses Nachthemd oben in der Kommode gefunden. Es ist doch in Ordnung, wenn ich es mir ausleihe, nicht?"

Ruby schüttelte den Kopf, um ihn wieder klar zu bekommen. „Little Ruby?"

Das Mädchen zuckte die Achseln. „Ja?"

„Du siehst so – so –"

„Sprich es ruhig aus. Anders aus."

„Sehr viel anders. Du strahlst richtig."

Das stimmte. Das Mädchen hatte sich die Haare gewaschen und zurückgesteckt, sodass sie ihr nicht mehr wie ein Leichentuch ins Gesicht hingen. Das dicke Make-up und der Lidstrich waren verschwunden. Jede Spur des Monsters war wie weggewischt, abgesehen von dem schwarzen Nagellack. Sie wirkte jung, frisch ... und richtig hübsch. Ihr braunes Haar glänzte wie Kupfer im Lampenlicht und die großen dunklen Augen dominierten ein makelloses Gesicht.

„Mach keine große Sache daraus, in Ordnung?", sagte Little Ruby kurz angebunden. „Ich habe keine Kleider oder Make-up dabei – ich musste etwas tun." Sie rollte sich im Sessel zusammen.

„Du siehst cool aus", meinte Ruby mit einem Lachen. „Sehr cool."

Little Ruby lachte und zum ersten Mal an diesem Tag hatte sie Ähnlichkeit mit dem, was sie war – ein Teenager an der Schwelle zum Erwachsenwerden. Eine Welle der Liebe machte sich in Rubys Herz breit. Das war ihre Urenkelin, ihre Namensvetterin. Der Zombie war verschwunden. Vielleicht gab es doch noch Hoffnung für das Mädchen.

„Ich habe meine Unterwäsche gewaschen und zum Trocknen über die Duschstange gehängt. Ist das in Ordnung?"

„Natürlich. Hast du alles gefunden, was du brauchst?"

„Alles außer einem Föhn. Aber ein paar Tage komme ich auch ohne aus." Little Ruby ließ ihre Beine über die Sessellehne hängen und seufzte. „Puh. Das war ein Tag."

„Der beste Geburtstag, den ich je erlebt habe."

„Hast du Cons Gesicht gesehen, als du mit dem Gewehr herausgekommen bist? Ich dachte, er macht sich in die Hose."

„Dir hat das richtig Spaß gemacht, nicht?"

„Darauf kannst du wetten." Little Ruby nickte heftig. „Es ist an der Zeit, dass er bekommt, was er verdient hat."

Ruby runzelte die Stirn. „Du weißt, dass ich das nicht aus diesem Grund tue, nicht?"

Das Mädchen beugte sich vor. „Nicht weil du Grandpa Con heimzahlen willst, was er versucht hat, dir anzutun?"

„Rache ist eine armselige Motivation für mein Handeln", seufzte Ruby. „Gott hat die Rache nicht in die Hände der Menschen gelegt und wenn wir sie in die eigenen Hände nehmen –"

„Ich glaube nicht an Gott", unterbrach Little Ruby sie.

„Nicht?" Mit einer solchen Aussage hatte Ruby nicht gerechnet. „Haben Con und Mimsy dir nicht von Gott erzählt?"

„Ja, sicher, sie haben es versucht, irgendwie. Haben mich, als ich klein war, bei der Sonntagsschule abgeliefert. Sind dann und wann zur Kirche gegangen – vorwiegend zu Weihnachten und Ostern. Aber das hat nicht gegriffen."

„Was meinst du mit, ‚es hat nicht gegriffen?'"

„All das Zeug mit Gott. Es war so ... langweilig. Und ganz bestimmt glauben sie selbst nicht daran. Cons Gott ist seine Arbeit und Mimsy – nun, ich schätze, sie hat ihren eigenen Gott. Das Universum dreht sich sowieso um sie." Sie schüttelte den Kopf. „Wenn ich Gott wäre, würde ich ganz bestimmt nicht immer ihrem Jaulen zuhören wollen."

Ruby unterdrückte ein Lachen. Das Mädchen hatte recht mit Mimsys ständigem Schreien. Aber der Gedanke schmerzte, dass Little Ruby ohne eine geistliche Grundlage aufgewachsen war.

„Sag mir, was du über Gott denkst", forderte sie sie vorsichtig auf.

Das Mädchen verdrehte die Augen und einen kurzen Augenblick lang kam der Zombie wieder zum Vorschein. Dann hellte sich ihr Gesichtsausdruck aber wieder auf und sie sah Ruby in die Augen. „Ich habe dir doch gesagt, ich glaube nicht an Gott. Ich bin Atheistin." In ihrer Stimme schwang Stolz mit, als wäre dies eine große Leistung.

„Es erfordert viel Glauben, Atheist zu sein", erwiderte Ruby.

Little Ruby runzelte die Stirn. „Wie meinst du das?"

„Jeder braucht eine Art Glauben, nach dem er lebt", antwortete sie. „Der Glaube an Gott oder der Glaube an sich selbst. Der Glaube an das Schicksal. Ich würde gern etwas von diesem Gott hören, an den du nicht zu glauben behauptest."

„Du meinst, was man mir in der Sonntagsschule beigebracht hat?"

„Oder was du von deinen Großeltern gelernt hast. Was immer du mir erzählen möchtest."

Little Ruby dachte eine Weile nach und sagte dann: „Also gut. Gott ist ein großer Dandy auf einem Thron im Himmel – ein richtig, richtig alter Knacker. Er sagt, er würde alle Menschen lieben, aber dann findest du heraus, dass er nur die guten Menschen liebt – du weißt schon, Prediger und Nonnen, Menschen, die Gutes tun, immerzu in die Kirche gehen, solche Sachen. Wenn man von der Linie abweicht – wum! Dann bist du fertig. Du wirst bestraft. Kommst in die Hölle." Sie hielt inne. „Con und Mimsy sagen, sie würden an Gott glauben, aber sie verhalten sich nicht danach."

„Sonst noch etwas?"

„Ja. Gott hasst Teenager."

Ruby lehnte sich in ihrem Sessel zurück. „Wirklich?"

„Na sicher. Gott – falls es einen Gott gibt und wie ich schon sagte, ich glaube es nicht – kann laute Musik und solche Sachen nicht leiden. Oder Sex. Vor allem Sex nicht. Gott hasst Sex."

„Das ist seltsam. Ich dachte, Gott hätte diese Idee überhaupt erst gehabt."

Das Mädchen blickte Ruby neugierig an. „Du redest ganz bestimmt nicht, als wärst du dreiundneunzig."

„Ich betrachte das als Kompliment. Weiter."

„Ich bin fertig, denke ich. Jetzt wirst du versuchen, mich davon zu überzeugen, dass ich Unrecht habe, richtig?"

„Nein."

„Nicht?"

„Warum sollte ich? Falls der Allmächtige tatsächlich ist wie die Gottheit, die du beschreibst, dann würde ich auch nicht an ihn glauben."

„Aber du glaubst an ihn. Das hast du gesagt."

„Ich glaube an Gott, aber nicht an den Gott, den du beschrieben hast."

„Was für einen anderen gibt es denn?" Ein Anflug von Spott schlich sich in die Stimme des Mädchens.

Ruby lächelte. „Einen Gott, der liebevoll und gerecht ist. Einen Gott, der Teenager, Sex oder Rockmusik nicht hasst. Einen Gott, der sich für die Dinge interessiert, die unser Leben beeinflussen."

„Dass du zum Beispiel an diesem alten Haus hängst?"

„Ja, ich denke, Gott sorgt sich darum. Aber für mich ist dieses alte Haus nicht nur eine Immobilie und eine Ansammlung von alten Möbeln. Das ist nur Besitz. Wichtiger ist für mich das Erbe, für das dieses Haus steht – die Geschichte unserer Familie und der Glaube unserer Familie."

Little Ruby beugte sich vor und ein Schimmer von Interesse erhellte ihre dunklen Augen. „Du meinst, die Geschichten, die sich hier abgespielt haben?" Sie sah sich in dem dunklen Zimmer um. „Morde und Gespenster und solche Sachen?"

„Keine Gespenster, aber solche Sachen, ja." Ruby sah ihrer Urenkelin ins Gesicht. „Hat Conrad dir denn nie die Geschichte dieses Hauses erzählt?"

„Er hat mir nie etwas erzählt, mir immer nur gesagt, ich solle die Musik leiser stellen."

Ruby lachte. „Und du möchtest das wirklich hören? Es ist eine ziemlich lange Geschichte."

Little Ruby zuckte die Achseln. „Hey, es ist doch erst acht Uhr. Du hast keinen Fernseher. Die Türen sind verschlossen und ich bin eine Geisel. Was sollte ich sonst tun?“

„Vielleicht …“, überlegte Ruby. „Vielleicht könnte es dir helfen zu verstehen, warum dieses Haus so wichtig für mich ist – und für dich.“

„Dann mal los.“

Ruby atmete tief durch und lehnte sich bequem in ihrem Sessel zurück. „Also, es begann genau hier, in diesem Zimmer, fast genau vor einhundertundvierzig Jahren …“

Teil 2

Freiheit

Das aber ist ein Fasten, an dem ich Gefallen habe:
Lass los, die du mit Unrecht gebunden hast,
lass ledig, auf die du das Joch gelegt hast!
Gib frei, die du bedrückst …
Brich dem Hungrigen dein Brot,
und die im Elend ohne Obdach sind, führe ins Haus!
… und entzieh dich nicht deinem Fleisch und Blut!

Jesaja 58,6–7

Der Arzt

April 1853
Silas Noble stand auf der Schwelle der heruntergekommenen Holzhütte und seufzte verzweifelt. Das entsprach nicht dem, was er nach der Beschreibung erwartet hatte. Ganz und gar nicht.

Er griff in seine Ledertasche und holte den Brief heraus, den er sechs Wochen zuvor, kurz nach der Beendigung seiner medizinischen Ausbildung in Baltimore, bekommen hatte:

Rivermont Plantage
Cambridge, Mississippi

An Dr. Silas Noble von Col. Robert Henry Warren, Esq.
5. Februar 1853

Lieber Dr. Noble,
durch Korrespondenz mit Ihrem Lehrinstitut in Baltimore, einer sogar hier in Mississippi für die Qualität und Hingabe seiner Ärzte bekannten Einrichtung, haben wir von Ihnen erfahren. Wie wir hörten, steht das Ende Ihrer medizinischen Ausbildung bevor und wir möchten Sie einladen, Ihre Praxis hier in Cambridge County in Mississippi einzurichten. In unserem Bezirk und im Umland gibt es mehrere

große Plantagen, auf denen Familien mit Kindern leben, und wir brauchen dringend die Dienste eines jungen und energiegeladenen Arztes. Sie wurden uns wärmstens empfohlen und dieser Bezirk könnte einen Mann Ihres Formats und mit Ihrer Hingabe gebrauchen.

Wie ich höre, haben Sie vor, innerhalb des kommenden Jahres zu heiraten und ich schätze, Sie möchten sich ein Haus im Gebiet kaufen. Ich kann Ihnen ein bescheidenes, voll ausgestattetes Haus mit zwanzig Hektar Land zu einem vernünftigen Preis anbieten. Es handelt sich um das frühere Haus meines Großvaters. Es liegt auf einem Hügel am Südende meines Besitzes. Ich bin sicher, Sie werden es für Ihre Bedürfnisse angemessen finden.

Teilen Sie mir doch bitte mit, ob Sie mein Angebot annehmen möchten. Bei Ihrer Ankunft werde ich einen Fahrer zum Bahnhof schicken, der Sie nach Rivermont bringen wird. Außerdem wird Ihnen einer meiner besten Schwarzen als persönlicher Diener zur Verfügung stehen.

Mit herzlichen Grüßen,
Col. Robert H. Warren, Esq.

Ein komplett eingerichtetes Haus zu einem vernünftigen Preis. Silas stöhnte innerlich. Vermutlich war es tatsächlich ein vernünftiger Preis, wenn man alles bedachte. Aber es waren seine Ersparnisse gewesen. Das Geld, mit dem er Regina ein Heim schaffen wollte, damit er nach ihr schicken und sie endlich heiraten konnte.

Jetzt war sein Schicksal besiegelt. Er hatte sich auf den Handel eingelassen, ohne sich das Haus anzusehen, doch statt des alten Plantagenhauses, das er sich vorgestellt hatte, stand er nun in einer Holzhütte, in deren Holzfußböden Löcher von der Größe seiner Faust klafften.

Nicht dass Warren ihn bewusst getäuscht hätte. Diese Menschen hier in *Cambridge County* brauchten wirklich einen Arzt und wollten ihn unbedingt haben. Doch als die Kutsche die lange Auffahrt nach *Rivermont* hochfuhr, hatte er sich sein „bescheidenes" Haus als die kleinere Version dieses prächtigen Juwels mit seiner breiten Veranda und den kannelierten Säulen vorgestellt.

Robert Warren war ein aristokratischer Herr mit weichen, blassen Händen und einer Aura von veredelter Eleganz. Er hatte Silas an der Tür begrüßt und ihn in einen prächtigen Salon geführt, der in den Farbtönen Rosa, Grün und Creme ausgestattet war. Mrs Warren, eine geschäftige, überschwängliche Frau, hatte einen der Haussklaven geschickt, um Kaffee und Kuchen zu bringen, und ihn begrüßt, als wäre er ein lang vermisster Verwandter.

Silas saß in diesem Wohnzimmer, trank Kaffee und bestaunte diese Zurschaustellung großen Reichtums. Er war davon überzeugt gewesen, sofort nach Regina schicken zu können. An diesem Ort, mit diesen netten Menschen konnte er ihr das Leben bieten, an das sie gewöhnt war – ein Leben inmitten von freundlichen und gastfreien Menschen, ein Leben in Behaglichkeit und Luxus.

Und dann hatte er den ersten Blick auf das Haus geworfen, das er von Robert Warren gekauft hatte.

Es gehörte ihm, das stimmte. Er hatte den Vertrag in seinem Koffer. Ein Haus und zwanzig Hektar Land. Aber was für ein Haus! Ein großer rechteckiger Raum mit einem Kamin aus Stein, einem winzigen Schlafalkoven und einer groben Küche mit einem kleinen Holzofen an einer Wand.

Mit ein wenig Aufwand wäre es vermutlich ein angemessenes Haus für einen allein stehenden Arzt, der nur wenig Bequemlichkeit brauchte. Aber hier konnte unmöglich eine Frau wohnen. Schon gar nicht Regina.

„Da ist einiges an Arbeit nötig, nicht, Massa?"

Silas wandte sich um. Der große farbige Fahrer, der ihn auch schon vom Bahnhof abgeholt und nach *Rivermont* gebracht hatte, stand mit einem breiten Grinsen hinter ihm.

„Es ist nicht so ganz das, worauf ich gehofft hatte", gestand Silas.

„Massa Roberts Großpappy hat dieses Haus gebaut, als er herkam. Hat eine ganze Weile hier gelebt, während das große Haus am Fluss gebaut wurde."

„Wie ich hörte, hatte Colonel Warrens Großvater keine Frau und Kinder."

Der schwarze Mann warf den Kopf zurück und lachte. „Nein, Sir, ich schätze nicht – zumindest nicht, als er hier lebte. Später jedoch hat er dieses große Haus damit gefüllt. Er hatte zehn Kinder und neun davon haben überlebt. Jetzt gibt es vermutlich ein Dutzend Warren-Enkel im ganzen County und jeder davon hat selbst eine große Plantage, genau wie Massa Robert."

„Du kennst dich gut in Mr Warrens Angelegenheiten aus, nicht?"

Der Mann senkte den Blick, aber Silas sah, wie seine breite Brust vor Stolz schwoll. „Ja, Massa, ich schätze, das tue ich. Mein Daddy hat das Land für Massa Roberts Daddy bearbeitet. Massa Robert, er vertraut mir – ich schätze, darum hat er mich Ihnen auch ausgeliehen, um ein wenig zu helfen. Ich bin auf dieser Plantage geboren – und ich schätze, ich werde auch hier sterben."

Silas betrachtete den Schwarzen. Er war gut zwei Meter groß und hatte ein festes, rechteckiges Kinn, klare Augen und breite Schultern. „Wie heißt du?"

„Sir?"

„Ich habe dich nach deinem Namen gefragt", wiederholte Silas.

„Ich werde Booker genannt, Massa."

Silas lächelte und kratzte sich den Kopf. „Nicht Master. *Doktor.* Mein Name ist Dr. Silas Noble."

„Ich weiß, Massa."

„Mir scheint, du weißt alles, Booker. Aber bitte, nenn mich nicht Master."

„Ja, Massa Doktor."

Silas zuckte die Achseln und gab auf. „Wie bist du an einen Namen wie Booker gekommen?"

Ein Strahlen legte sich auf das Gesicht des Sklaven. „Meine Mammi war eine richtig kluge Frau. Sie hat mir das Lesen beigebracht." Er hielt inne. „Ich kann meinen Namen schreiben und sogar ein wenig rechnen. Massa hat nichts dagegen, solange ich kein Aufhebens darum mache und es den anderen nicht beibringe. Vielleicht ist das auch ein Grund, warum er mich Ihnen gegeben hat, weil Sie ein gebildeter Mann sind und so."

„Was liest du, Booker?"

„Ich habe nur ein Buch, Massa Doktor. Die Bibel meiner Mammi."

„Und darin liest du?" Erstaunt betrachtete Silas den Sklaven. In Baltimore war Silas zusammen mit Regina in die Kirche gegangen – eine alte Kathedrale mit hohen bemalten Fenstern und einer großen Orgel. Er mochte das Ritual und liebte die Musik, aber weiter ging seine Religiosität nicht.

Nur selten hatte er versucht, in der Bibel zu lesen und wenn er es getan hatte, war sie ihm unverständlich erschienen.

„Jeden Tag. Die Sonne geht nicht auf, ohne dass ich ein paar Verse in mein Herz tue. Mir scheint, Gott hat seinen Kindern etwas zu sagen, und wir sind verpflichtet herauszufinden, was das ist."

„Verstehst du sie?"

„Ich verstehe genug, um zurechtzukommen. Einige der Worte sind sehr schwer, aber das macht nichts. Ich habe die Hoffnung und das ist, was zählt." Booker kratzte sich den Kopf und blickte Silas an. „Sind Sie ein christlicher Mann, Massa?"

Ein unangenehmer Schauer lief Silas über den Rücken. Er wurde unruhig. „Ich denke schon, Booker. Ich versuche, ein guter Mensch zu sein, zu tun, was richtig ist."

Ein seltsamer Ausdruck legte sich auf das Gesicht des schwarzen Mannes. Er wandte den Blick ab. „Mmm-hmm."

Einen kurzen Augenblick lang fühlte sich Silas wie einer dieser Leichname, die er während seines Medizinstudiums seziert hatte – aufgeschnitten und die Innereien zur Untersuchung freigelegt. Das Gefühl gefiel ihm überhaupt nicht. Er räusperte sich und wechselte das Thema. „So, ich denke, wir bringen jetzt besser meine Sachen ins Haus und machen ein wenig sauber."

Booker rührte sich nicht. Er blieb stocksteif stehen, starrte Silas an und bohrte seine Stiefelspitze in die Erde. Schließlich fragte er: „Sie sind wirklich ein Doktor?"

„Ja, Booker, das bin ich. Darum bin ich hergekommen, um als Arzt Colonel Warrens Familie und den anderen Plantagenbesitzern und ihren Familien hier im Bezirk zu dienen." Er schüttelte den Kopf. „Eigentlich wollte ich meine Verlobte aus dem Osten hierher holen, sobald ich mich eingerichtet habe. Aber ich denke, die Hochzeit muss noch ein wenig verschoben werden. Ganz bestimmt kann ich nicht von ihr erwarten, hier zu leben."

Bookers Gesicht hellte sich auf, als wäre ihm gerade eine Idee gekommen. Aber er schwieg.

„Was ist?"

„Nichts, Massa."

„Bist du sicher?"

„Nun, ich habe nur nachgedacht und –"

„Und was?"

„Sie sind bestimmt ein Doktor? Sie scheinen noch so jung zu sein – ich wollte Sie nicht beleidigen, Massa –"

Silas lachte. Er war froh, wieder auf vertrauterem Terrain zu stehen. „Ich fühle mich nicht beleidigt. Ja, ich bin noch jung – ich bin fünfundzwanzig. Aber ich bin ganz sicher ein Arzt. Ganz bestimmt, Booker."

Der schwarze Mann wurde ernst. „Meine Frau, Celie, sie erwartet in einigen Monaten ein Baby." Er hielt inne und atmete tief durch. „Sie hat schon zwei Kinder geboren und beide sind gestorben. Eines ist von der Nabelschnur erwürgt worden."

„Es tut mir leid, das zu hören, Booker. Wenn ich dir irgendwie helfen kann …"

Booker zuckte die Achseln. „Der Massa zahlt für einen Arzt, wenn sich ein Sklave verletzt, damit er keinen guten Feldarbeiter verliert. Aber er zahlt nicht für ein Negerbaby, das auf die Welt kommt. Wenn Middie es nicht schafft, nun, dann sterben die Babys eben."

„Wer ist Middie?"

„Sie hilft bei den Geburten."

Silas lachte. „Lass mich raten. Sie hat ihren Namen, weil sie eine Hebamme ist."

Booker schüttelte den Kopf und lächelte leicht. „Nein. Sie heißt Midnight, weil sie richtig dunkel ist und weil die Babys immer zu dieser Zeit auf die Welt zu kommen scheinen."

Silas starrte den großen schwarzen Mann an und dachte über alle Veränderungen in seinem Leben nach. Vor zwei Wochen war er noch in Baltimore gewesen, hatte mitten im Stadtleben gesteckt und den Abschluss seines Medizinstudiums gefeiert. Und er hatte mit seiner Verlobten Pläne für ihre Hochzeit geschmiedet. Und jetzt stand er hier mitten in einem Eichenhain auf der Veranda einer Holzhütte und unterhielt sich mit einem Sklaven über eine Hebamme mit Namen Midnight. Was kam wohl als Nächstes?

„Und darum habe ich gedacht", sagte Booker und holte mit seinen Worten Silas wieder in die Gegenwart zurück, „vielleicht könnten wir ein Abkommen treffen."

„Ein Abkommen? Was für ein Abkommen?"

„Wenn Celies Zeit gekommen ist, könnten Sie ihr helfen. Ich kann natürlich nichts bezahlen, aber ich habe etwas, das Sie mehr brauchen als Geld."

Silas war fasziniert. „Und das wäre?"

Der Schwarze tippte mit dem Zeigefinger an den Kopf. „Wissen. Sie kümmern sich um meine Frau und ich werde Ihnen ein Haus bauen. Ein richtiges Haus. Nicht so schön wie Massa Warrens *Rivermont*, aber ein schönes Haus, stabil und gut gebaut, mit großen Räumen, einer geschwungenen Treppe und einer schönen breiten Veranda zum Sitzen."

Silas Herz tat einen Sprung. „Das kannst du?"

„Natürlich kann ich das. Sehen Sie nur." Booker marschierte über die überdachte Veranda der Hütte und hinaus in den Garten. Er schritt ein großes Rechteck ab. „Wir nehmen die Hütte als Grundlage und bauen von da aus weiter. Die Veranda, auf der Sie im Moment stehen, könnte der Vordereingang sein. Hier drüben", er deutete auf den Bereich, in dem er stand, „würde ein Wohnzimmer hinkommen und hier ein Schlafzimmer. Außerdem drei weitere Räume oben. Wir werden es für Ihre Dame richtig schön machen. Weiße Schindeln, hohe Säulen und grüne Fensterläden."

Während Booker redete, nahm das Haus in Silas' Gedanken Gestalt an. Ein wunderschönes zweistöckiges Haus, das die Frühlingssonne reflektierte, umgeben von Eichen und vielen Hektar ansteigenden Landes. Sein Land. Sein Haus. Der Ort, den er und Regina ihr Zuhause nennen würden.

Booker ging zur Kutsche und fing an, Silas' Koffer auszuladen. „Haben wir ein Abkommen, Massa Doktor?", fragte er über die Schulter zurück, als er einen der Koffer auf die Veranda stellte.

„Wir haben ein Abkommen." Silas streckte ihm die Hand entgegen, um das Abkommen mit einem Handschlag zu besiegeln, doch Booker blieb mit herunterhängenden Armen reglos stehen und starrte mit aufgerissenen Augen auf die ausgestreckte Hand, als wäre er gerade von einer Schlange gebissen worden.

„Oh, ich – nun ..." Silas ließ die Hand sinken und spürte, wie er errötete. Natürlich. Ein Weißer schüttelte einem Sklaven nicht die Hand, nicht einmal, um ein Abkommen zu besiegeln. „Tut mir leid."

Als er sich von seinem Fauxpas erholt hatte, folgte Silas Booker zur Kutsche. „Aber du kannst das doch nicht ganz allein schaffen“, protestierte er.

„Nein, Sir. Aber vieles kann ich allein, wenn ich Sie nicht herumfahre oder Ihnen bei Ihrer Arbeit helfe. Und wenn ich Hilfe brauche, auf dieser Plantage gibt es jede Menge Schwarze, die die Hilfe eines richtigen Arztes von Zeit zu Zeit zu schätzen wüssten.“ Booker blickte ihn bedeutungsvoll an. „Wir brauchen Sie auch, Massa Doktor.“

„Natürlich.“ Silas blieb eine Weile unbehaglich stehen. Früher, als Kind, war sein bester Freund Gerald, ein Junge aus dem ärmeren Viertel Baltimores, krank geworden. Er hatte dringend operiert werden müssen. Geralds Eltern hatten sich einen Krankenhausaufenthalt für ihn nicht leisten können, aber ein wohlwollender Arzt hatte die Operation ohne Bezahlung durchgeführt und so Geralds Leben gerettet. Silas erinnerte sich mit verwirrender Klarheit daran, wie er gefleht hatte, sein Freund möge am Leben bleiben. Er hatte Gott – oder dem Schicksal oder wem auch immer – versprochen, er würde schwer arbeiten und auch ein solcher Arzt werden, damit er Menschen helfen konnte, die sich nicht selbst helfen konnten.

Gegen den Wunsch seines Vaters – und gegen Reginas, um ehrlich zu sein – hatte Silas das Angebot abgelehnt, in die Rechtsanwaltskanzlei seines Vaters einzutreten, die ihm ein Leben in Reichtum unter der Elite Baltimores ermöglicht hätte. Nur mit Mühe hatte er Regina davon überzeugen können, dass sie nicht in Armut würde leben müssen. Als die Einladung gekommen war, seine Praxis bei den Plantagenbesitzern von *Cambridge* zu eröffnen, hatte er unzählige Stunden damit verbracht, ihr das angenehme Leben in den

Südstaaten in Gesellschaft von gebildeten und vornehmen Menschen schmackhaft zu machen. Schließlich hatte sie nachgegeben, ihn geküsst und ihm versprochen, sie würde zu ihm kommen, sobald er sich niedergelassen hatte. Silas vermutete, dass Regina Mississippi als einen halben Sumpf betrachtete, halb wildes indianisches Gebiet, aber wenn sie erst einmal hier war, würde sie schon sehen. Sicher würde es ein anderes Leben sein als das in der Gesellschaft von Baltimore, aber sie würde sich daran gewöhnen.

Falls er es schaffte, diese Holzhütte in ein Haus zu verwandeln, in dem man wohnen konnte.

Und plötzlich überfiel ihn eine Welle des Bedauerns. Was passierte mit ihm? Was dachte er sich? Gegen ansehnlichen Widerstand hatte er sein Versprechen erfüllt und mit der medizinischen Ausbildung begonnen. Für seinen Traum, Arzt zu werden, hatte er ein Leben in Luxus aufgegeben. Und jetzt, kaum sechs Wochen nach seinem Abschluss, erlag er bereits wieder einer Vision von Behaglichkeit und Bequemlichkeit mit der hübschen Regina an seiner Seite?

Die Erinnerung an den Arzt, der Geralds Leben gerettet hatte, wühlte ihn auf und sein Gewissen nagte an ihm. Wollte er wirklich seine Dienste als Arzt gegen den Bau eines Hauses eintauschen? Das war es nicht, worum es in seiner Berufung als Arzt ging.

„Booker?“, sagte er leise gegen den Rücken des Schwarzen.

„Ja, Sir?“

„Ich denke, ich muss es dir sagen – ich bin durch meinen Eid als Arzt verpflichtet, jedem zu helfen, der medizinische Hilfe braucht. Du und deine … deine Leute brauchen mir für meine Dienste keine zusätzliche Arbeit zu leisten. Ich werde euch helfen, ob ihr mir nun ein Haus baut oder nicht."

So. Es war heraus und Silas fühlte sich besser, auch wenn damit seine Vision von einem prächtigen weißen Haus und Regina an seiner Seite verblasste.

Booker wandte sich zu ihm um und ein breites Grinsen legte sich auf sein Gesicht. „Ich glaube, das weiß ich, Massa Doktor. Aber ich weiß es zu schätzen, dass Sie es mir sagen, ehrlich."

„Wenn wir hier fertig sind, kannst du mich zu deiner Hütte fahren, damit ich mir Celie einmal ansehe."

„Ja, Sir. Und nach dem Abendessen werde ich einige Pfähle in den Boden schlagen." Booker nickte entschlossen. „Wir werden gleich morgen früh mit diesem Haus beginnen."

Celie

Sobald Silas in die schwach erleuchtete Hütte eingetreten war, empfand er eine abgrundtiefe Scham. Sein eigenes „bescheidenes Haus", wie Colonel Warren es beschrieben hatte, glich ganz und gar nicht dem, was er in der gehobenen Gesellschaft von Baltimore gewöhnt gewesen war, aber es war auch keine Hütte. Bookers Hütte bestand aus einem einzigen kleinen Raum mit einem Lehmboden, Lehmwänden und einer aus Flusssteinen gefertigten Feuerstelle. In einer Ecke lag eine Schlafmatte mit einer dünnen, mottenzerfressenen grauen Decke und das einzige richtige Möbelstück war ein grob gezimmerter Tisch, auf dem eine Öllampe stand, und zwei Hocker ohne Rückenlehne. An der hinteren Wand stand unter dem einzigen Fenster ein Spültisch mit einem verrosteten Blechbecken und einer kleinen Pumpe.

Mit einem einzigen Blick nahm Silas die Einzelheiten in sich auf und beim Anblick dieser niederdrückenden Armut wurde sein Herz schwer. Er dachte an den Überfluss in *Rivermont*, die Art, wie Warren und seine Familie lebten, an ihre Mahagonimöbel und die importierten, handgearbeiteten Teppiche. Wie konnte ein Mann, der eine Seele im Leib hatte, zulassen, dass andere Menschen so hausten? Und dann fiel es ihm ein: Wie die meisten Plantagenbesitzer betrachtete Warren „seine Schwarzen" nicht als Menschen. Sie waren Vieh und brauchten nur eine notdürftige Unterkunft. Warren sorgte für seine Sklaven, wie er für seine Pferde und sein Vieh sorgte. Ein Heubett, ein Dach über dem Kopf, etwas Futter in der Krippe und sie würden einen weiteren Tag überleben, um auf seinen Baumwollfeldern zu arbeiten und ihm Profit einzubringen.

Bei dem Gedanken erschauderte Silas. Trotzdem war die Hütte sauber und inmitten der Armut konnte er ein gewisses Maß an Stolz in der Unterkunft erkennen. Der Boden war sauber gefegt, der Tisch geschrubbt und die aus Mehlsäcken gefertigten Vorhänge flatterten in der Abendbrise.

Am Tisch saß eine junge Frau und puhlte Erbsen in einen schwarzen Topf. Als sie die Männer entdeckte, sprang sie auf und die Erbsenschalen auf ihrer Schürze verteilten sich auf dem Boden.

„Oh! Ich – es tut mir leid, Massa!" Sie wollte sich hinknien, um die Schweinerei zu beseitigen, doch ihr dicker Bauch machte diese Aufgabe beinahe unmöglich.

Booker war mit zwei Schritten an ihrer Seite. „Ist schon in Ordnung, Celie“, beruhigte er sie mit leiser Stimme. „Ich mache das schon.“ Mit einer schnellen Bewegung sammelte er die Erbsenschalen auf und warf sie in das Spülbecken. „Das ist Massa Roberts neuer Doktor“, erklärte er ihr. „Massa Doktor, das ist meine Frau Celie.“

Silas trat einen Schritt vor. „Es ist mir ein Vergnügen, dich kennenzulernen, Celie.“

Das Mädchen wich vor ihm zurück und drückte sich an Booker. Abgesehen von dem ungeborenen Baby, das unter ihrer zerlumpten Kleidung wie eine Wassermelone hervorstach, war sie klein und dünn. Ihre Haut hatte die Farbe von Melasse und große dunkle Augen blickten ihm aus ihrem zierlichen Gesicht entgegen.

„Hab keine Angst, Schatz“, flüsterte Booker. „Massa Doktor ist ein guter Mann. Er ist gekommen, um mit dem Baby zu helfen.“

Sie legte schützend die Hand auf ihren Bauch und blickte Silas an. „Mein Baby?“

Ihre Stimme war hoch und weich, ein klingelndes Geräusch, das Silas an das Windspiel erinnerte, das seine Mutter vor sein Schlafzimmerfenster gehängt hatte, als er noch klein gewesen war. Es war eine angenehme Erinnerung und er lächelte. „Genau, Celie. Booker hat mir von den Babys erzählt, die du verloren hast. Wenn du gestattest, werde ich sehen, was ich tun kann, um dafür zu sorgen, dass das hier gesund zur Welt kommt.“

Sie senkte den Blick. „Wir können keinen Doktor bezahlen, Massa“, murmelte sie.

„Ich weiß. Booker und ich haben das schon geklärt, nicht, Booker?“

Booker nickte. „Ja, wir haben uns geeinigt.“ Er schob Celie sanft in Silas Richtung. „Geh nur, Mädchen. Er wird dich nicht beißen.“

Celie lachte schüchtern und trat näher an Silas heran. „Was muss ich tun?“, fragte sie.

„Ich möchte dich nur untersuchen. Es wird nicht wehtun. Und Booker wird die ganze Zeit dabei sein.“

Celie nickte und auf seine Anweisung hin legte sie sich auf die Matratze. Silas kniete neben ihr. Sie zuckte leicht zusammen, als sein Stethoskop ihren Bauch berührte.

„Tut mir leid.“ Silas nahm das Stethoskop weg und wärmte es in der Hand vor, dann legte er es erneut auf ihren Bauch und hörte die Herztöne des Babys ab. „Klingen kräftig. Das ist ein gutes Zeichen“, sagte er, als er fertig war. „Aber du bist zu dünn, Celie. Du musst für zwei essen, das weißt du doch.“

„Ja, Sir. Ich versuche, es besser zu machen.“

Booker half ihr beim Aufstehen, schob sie zum Tisch und blieb hinter ihr stehen, die Hände auf ihre mageren Schultern gelegt.

Silas setzte sich auf den anderen Hocker. „Was tust du, Celie?“

„Sir?“

„Was ist deine Aufgabe? Welche Arbeit tust du für Colonel Warren?“

„Ich arbeite in der Küche“, erwiderte sie stolz. „Ich bin eine gute Köchin – das sagt Massa Warren.“ Zum ersten Mal erhellte ein Lächeln ihr Gesicht – ihre strahlend weißen Zähne hoben sich von ihrer glatten braunen Haut ab.

Silas lächelte sie ebenfalls an. „Das glaube ich gern. Aber du solltest etwas weniger Anstrengendes tun, eine Aufgabe übernehmen, bei der du nicht den ganzen Tag auf den Beinen sein musst. Hast du keine Rückenschmerzen von der Arbeit und dem langen Stehen?“

Celie warf Booker einen fragenden Blick zu und er nickte, als wollte er sagen: *Sag ihm die Wahrheit.* Sie wandte sich Silas wieder zu. „Nun, ja, ich bekomme schreckliche Schmerzen im Rücken und in den Beinen. Manchmal kann ich nachts kaum schlafen.“ Sie hielt inne. „Aber ich bediene nicht am Tisch des Massas und kann mich vor Einbruch der Dunkelheit ausruhen.“

„Ich werde mit Colonel Warren darüber sprechen. Mal sehen, ob er dir eine leichtere Aufgabe zuweist, bis das Baby geboren ist.“

Booker und Celie sahen sich bedeutungsvoll an. Silas verstand das nicht. Aber ein Gefühl sagte ihm, dass er sich möglicherweise auf gefährliches Terrain vorwagte.

„Nein, Massa Doktor, das brauchen Sie nicht“, protestierte Booker. „Das geht schon.“

„Booker“, entgegnete Silas, „wir haben ein Abkommen getroffen, nicht? Du tust deinen Job und ich tue meinen. Und mein Job als Arzt ist, dafür zu sorgen, dass gut für meine hübscheste Patientin gesorgt wird.“

Celie lächelte schüchtern und zog bei dem Kompliment den Kopf ein. Silas empfand Vergnügen bei der Erkenntnis, dass er sie für sich gewonnen hatte.

„Massa Doktor“, sagte sie schließlich, „wir würden uns freuen, wenn Sie mit uns zu Abend essen würden, wenn Sie nichts dagegen haben. Ich habe einen Bohneneintopf gekocht und Maisbrot gebacken.“

Silas blickte Booker in die Augen und bemerkte eine Bestätigung seines eigenen Gefühls: Es hatte diese junge Schwarze große Überwindung gekostet und sie war ein großes Risiko eingegangen, einen weißen Arzt zum Abendessen einzuladen. Er fragte sich kurz, ob sie auch wirklich für drei Personen genug hatten, doch dann schob er die Versuchung, die Einladung abzulehnen, beiseite. „Danke", sagte er schließlich. „Ich bleibe gern."

Nach dem Abendessen fuhr Booker Silas zu dem großen Haus hinüber. Eine Weile saßen sie schweigend nebeneinander, während Silas sein Abendessen, bestehend aus Bohnen, Kartoffeln und Maisbrot verdaute und über seine neue Patientin nachdachte. Er musste zugeben, dass dies das beste Abendessen war, das er seit Jahren zu sich genommen hatte. Celies Maisbrot konnte einen Mann in den Himmel versetzen. Und entgegen seiner anfänglichen Befürchtungen war genug für alle da gewesen.

Aber seine Zweifel in Bezug auf das Baby konnte er nicht zerstreuen. Er hatte nichts gesagt, weil er sich nicht sicher gewesen war, aber wenn sie tatsächlich bereits zwei Babys verloren hatte, war die Wahrscheinlichkeit groß, dass auch dieses sterben würde. Er fragte sich, ob das Kind, das von der eigenen Nabelschnur erwürgt worden war, eine Steißlage gewesen war. Und ob auch dies eine Steißlage war? Möglicherweise drehte sich das Kind noch, wenn bei Celie die Wehen einsetzten, aber wenn das nicht der Fall war, stand ihr eine schwierige Geburt bevor. Nun, er würde den Strom durchwaten, wenn er ihn erreichte. Er konnte nichts dagegen machen – außer beten. Der Gedanke erschreckte Silas wie ein Guss eiskalten Wassers. Das letzte Mal hatte er als Kind gebetet. Normalerweise war Silas kein betender Mensch und er dachte nur selten über Gott nach. Aber hier auf der *Rivermont Plantage* schien die Vorstellung eines göttlichen Wesens zum Alltag zu gehören. Vielleicht war es Bookers Einfluss – der Mann schien einen einfachen und ehrlichen Glauben an den Allmächtigen zu haben und ganz bestimmt betete *er* für die Bewahrung seines Kindes.

„Booker", fragte er vorsichtig. Seine Stimme durchbrach die Stille des frühen Abends. „Wie lange sind Celie und du schon verheiratet?"

Booker blickte ihn neugierig an, dann lachte er laut los. „Massa Doktor, woher haben Sie eine solche Idee? Celie und ich, wir sind vor etwa sechs Jahren über den Besen gesprungen, glaube ich. Für uns ist das in den Augen des Herrn genauso gut, wie legal verheiratet zu sein, wie ihr Weißen das tut. Aber kein Massa wird seinen Sklaven gestatten zu heiraten."

Silas starrte ihn fassungslos an. „Warum um alles in der Welt denn nicht?"

Wieder lachte Booker. „Das wäre, als würde der beste Hengst des Massas mit seiner besten Stute verheiratet werden. Oder als würde man eine Trauzeremonie für die Bullen und Kühe veranstalten." Er hielt inne, und Silas bemerkte, wie ein Ausdruck kaum kontrollierbaren Zornes über sein Gesicht huschte. „Schwarze sind keine *Menschen*, Massa Doktor, zumindest nicht in den Augen der Weißen. Wir sind Vieh, genau wie Hengst und Bulle."

Silas schüttelte den Kopf. Das war natürlich nichts Neues für ihn – erst an diesem Abend hatte er darüber nachgedacht, als er mit eigenen Augen gesehen hatte, unter welchen Bedingungen die Sklaven lebten. Aber nie hatte er über die Auswirkungen in Bezug auf Heirat und Familie nachgedacht.

„Dann könnte Colonel Warren dich oder Celie – oder eure Kinder – also jederzeit an jemand anderen verkaufen?“

„Ja, das könnte er. Ich glaube nicht, dass er es tun würde – Massa Robert ist in dieser Hinsicht ein guter Besitzer. Er reißt Familien nicht oft auseinander. Aber viele andere Plantagenbesitzer tun das immer wieder – vor allem wenn sie einen großen, starken Mann zur Zucht von neuen Arbeitern nutzen wollen.“

Silas spürte, wie ihm die Galle hochkam. Er schluckte den bitteren Geschmack hinunter. Und plötzlich fragte er sich, ob es nicht doch ein großer Fehler gewesen war, hierher auf die *Rivermont Plantage* zu kommen. Natürlich hatte er keine anderen Angebote gehabt, aber zu gegebener Zeit und bei den Verbindungen seiner Familie hätte er bestimmt eine Stellung in Baltimore gefunden. Vielleicht sogar eine Stellung, die ihm Status und ein gewisses Maß an finanzieller Sicherheit eingebracht hätte. Aber nun saß er hier in Mississippi und im Augenblick fiel ihm nicht ein einziger guter Grund dafür ein.

Booker brachte die Pferde vor den großen Doppeltüren von *Rivermont* zum Stehen. „Soll ich warten, Massa Doktor?“ Er blinzelte zum Himmel. „Ich habe ungefähr noch eine Stunde Licht. Ich könnte anfangen, den Anbau für Sie abzumessen.“

„Ist gut. Hol mich in einer Stunde ab – oder wann immer du soweit bist. Wenn ich früher fertig bin, werde ich schon zu Fuß zurücklaufen. Es ist ein schöner Abend für einen Spaziergang.“

„Ja, Sir.“ Booker wartete, bis Silas abgestiegen war, dann wendete er die Pferde und fuhr zurück zu dem Eichenhain.

Silas sah dem großen Schwarzen nach, und als der Wagen in der Ferne verschwand, empfand er ein unerklärliches Gefühl des Verlustes. Er wandte sich zu dem Herrenhaus um und stieg zur breiten Vorderveranda hoch. Der Unterschied traf ihn unvermittelt wie ein Schlag. In Bookers Hütte, bei der einfachen Mahlzeit, hatte Silas sich wohl gefühlt, zu Hause, beinahe, als wäre er ... mit *Freunden* zusammen. Hier, auf Robert Warrens großer Veranda, fühlte er sich wie ein Eindringling. Ein Angestellter, dessen Anwesenheit vielleicht gar nicht willkommen war.

Aber willkommen oder nicht, er hatte eine Aufgabe zu erledigen. Er nahm den großen Türklopfer aus Messing und ließ ihn gegen die Tür knallen.

Am anderen Ende des riesigen massiven Esstisches wirkten Robert Warren und seine Frau Olivia wie Miniaturen, wie kleine herausgeputzte Südstaatenpuppen bei einer Teeparty. Silas verrenkte sich den Hals, um über das Blumenarrangement hinwegzusehen. Bei dieser Entfernung würde er schreien müssen, um sich verständlich zu machen.

Sehr zu seinem Erstaunen war er aufgefordert worden, zum Abendessen zu bleiben, aber nach Celies schmackhaften Bohnen und dem Maisbrot, das einem auf der Zunge zerging, erschien ihm das exquisite Mahl, das an Colonel Warrens Tisch von einem Sklaven in weißem Jackett und Handschuhen serviert wurde, fade und geschmacklos. Aus Höflichkeit hatte er ein paar Bissen von dem *Boeuf Bourguignon* mit Kartoffelgratin heruntergewürgt, aber von dem gehaltvollen, mit Cognac flambierten Dessert konnte er beim besten Willen nicht einmal mehr kosten. Speisten sie jeden Abend so? Wenn das so war, dann würde dies Olivia Warrens Körperfülle erklären, die sich auch durch ihr eng geschnürtes Oberteil nicht verbergen ließ.

„Colonel Warren“, rief er schließlich, „ich muss mit Ihnen über etwas sprechen. Kann ich zu Ihrem Ende des Tisches herunterkommen?“

Warren spähte um den Blumenschmuck auf dem Tisch herum. „Was ist los, Noble? Alles in Ordnung im Stall?“

Das ist einfach lächerlich, dachte Silas. Er stand auf, marschierte zum anderen Ende des Esstisches und setzte sich auf den Stuhl zu Roberts linker Seite. Olivia Warren fächelte sich Luft zu, als würde sie der Bruch der Etikette in Ohnmacht fallen lassen, aber Warren tätschelte ihr die Hand. „Es ist in Ordnung, Liebes.“ Er wandte sich wieder an Silas. „Sie wollten mit mir sprechen, Doktor?“

„Ja, wenn es Ihnen nichts ausmacht, beim Abendessen über geschäftliche Angelegenheiten zu reden. Sonst komme ich morgen wieder.“

Warren winkte ab. „Reden Sie.“

„Es geht um einen der Sklaven“, begann Silas.

„Booker macht Ihnen Ärger? Wenn er aufsässig wird, sagen Sie es mir einfach. Ich werde ihn auspeitschen lassen und schon morgen früh wird er wieder auf den Feldern arbeiten. Er ist schon lange bei mir, aber das heißt nicht, dass er vor Strafe verschont bleibt, wenn –“

„Nein, Sir, Colonel. Booker ist in Ordnung. Ich möchte mit Ihnen über seine, nun –“ Silas lag das Wort *Frau* auf der Zunge, doch er schluckte es herunter. „Sein Mädchen sprechen, über Celie.“

„Ach, Sie haben Celie kennengelernt. Nettes Mädchen. Großartige Köchin.“ Warren tätschelte seinen nicht existenten Bauch und ein Bild trat Silas vor Augen – die Erinnerung an ein Bilderbuch, das er als Kind besessen hatte. Es handelte von Jack Sprat, der kein Fett essen konnte, und seiner Frau, die nichts Mageres essen konnte.

Er unterdrückte ein Lächeln und vermied es, in Olivia Warrens Richtung zu blicken. „Ja, Celie ist eine nette junge Frau. Ich nehme an, Sie wissen, dass sie ein Kind erwartet?"

Olivia Warren schnappte nach Luft und fächelte sich hektisch Luft zu, dann griff sie nach ihrem Wasserglas.

„Verzeihen Sie mir, Mrs Warren. Ich meine, sie ist in anderen Umständen."

„Natürlich", erwiderte Warren. „Das ist ja nicht zu übersehen." Er schüttelte den Kopf. „Sie ist so ein hübsches junges Ding – ich hatte überlegt, sie ins Haus zu holen, damit sie an meinem Tisch bedient. Aber angesichts ihres Zustands wäre das wohl nicht angemessen." Er sah seine Frau an und blinzelte Silas zu. „Ich kann es nicht riskieren, die Damen zu brüskieren, wissen Sie?"

Silas atmete tief durch und sprach weiter. „Ich habe sie heute Nachmittag untersucht und obwohl ihr Kind gesund zu sein scheint, hat sie bereits zwei Babys verloren. Ich frage mich –" Er hielt inne und wählte seine Worte mit Bedacht. „Ich frage mich, ob es vielleicht möglich wäre, ihr bis nach der Geburt des Babys eine leichtere Arbeit zuzuweisen – vielleicht eine Arbeit, bei der sie nicht den ganzen Tag auf den Beinen sein muss."

Als Silas aufsah, starrte Warren ihn an, als wäre ihm gerade ein zweiter Kopf gewachsen. „Wie bitte?"

Silas runzelte die Stirn. War seine Bitte nicht deutlich gewesen? „Die Arbeit in der Küche ist schwer", wiederholte er. „Ich werde bei der Geburt dabei sein, mir wäre es nicht recht, wenn sie noch ein Kind verlieren würde."

Mrs Warren fächelte noch hektischer. Alles Blut war ihr aus dem Gesicht gewichen. Sie sah aus, als würde sie jeden Augenblick in Ohnmacht fallen.

„Nur damit ich es richtig verstehe. Sie haben sie *untersucht*?"

„Nun, ja –"

„Und Sie haben vor, ihr Baby zu entbinden?"

„Ich, äh –"

„Und Sie möchten, dass ich sie herumsitzen lasse, die Füße auf ein Kissen gelegt, Schokolade essend und Saft trinkend, bis sie schließlich ihren kleinen Bastard wirft?"

Silas hatte Mühe, seinen Zorn unter Kontrolle zu behalten. „Ich dachte nur –"

„Nein, das haben Sie nicht." Warren schnitt ihm das Wort ab. „Sie haben überhaupt nicht nachgedacht. Sie sind aus Ihrer High-Society-Kultur in Baltimore hier heruntergekommen und wollen mir sagen, wie ich mit meinem *Besitz* umzugehen habe? Wer hat Sie denn eingestellt?"

„Sie, Sir."

„Und wie lautete unsere Vereinbarung?"

„Dass ich, äh, Ihre Familie und die Familien der anderen Plantagenbesitzer im County medizinisch versorge und –"

„Genau! Die Familien der Plantagenbesitzer. *Weiße* Familien. Bis die Schwarzen ihre Rechnungen bezahlen, *Doktor* Noble, arbeiten Sie für mich, nicht für sie. Dies ist ein Geschäft, keine Wohltätigkeitsarbeit. Verstanden? Ein *Geschäft!*"

Die Art, wie Warren das Wort *Geschäft* betonte, brachte Silas auf eine Idee. „Ja, Sir, ich verstehe das sehr wohl. Und genau darum geht es – um eine geschäftliche Vereinbarung."

Der Colonel lehnte sich auf seinem Stuhl zurück und verschränkte die Arme vor der Brust. „Möchten Sie mir das erklären, Junge?"

Silas nickte und mäßigte seine Stimme. „Nun, Sir, sehen Sie, ich habe eine Verlobte in Baltimore – eine sehr nette junge Frau mit Namen Regina. Sie kommt aus einer sehr vornehmen Familie und –"

Auf einmal wurde Olivia lebendig. Die Hände begannen zu flattern und ihre Augen leuchteten auf. „Oh Robert, wäre das nicht wundervoll? Eine andere *Dame* in der Nähe zu haben. Eine richtige Lady! Hier auf *Rivermont!* Wir könnten Teegesellschaften und Partys planen und –"

Warren lächelte duldsam und strich seiner Frau eine Locke aus der Stirn. „Ja, Liebes. Und jetzt wollen wir den jungen Mann zu Ende sprechen lassen, ja?"

„Und so", fuhr Silas fort, „wusste ich, als ich das Haus sah, das ich gekauft habe –" Er brach mitten im Satz ab. Er musste das richtig formulieren, um die Warrens nicht zu beleidigen. „Ich dachte, ich könnte an das Haus noch etwas anbauen. Der Eichenhain ist ein so hübscher Platz und ich stellte mir ein wunderschönes zweistöckiges Gebäude auf diesem Hügel vor – ein Haus, das Regina und ich unser Zuhause nennen könnten. Ein Haus, das, nun, ihrem Status in der Gesellschaft entsprechen würde."

„Das hört sich in meinen Ohren gut an", kommentierte Warren.

„Es ist perfekt!", begeisterte sich Olivia. „Absolut perfekt! Und noch eine Dame in der Nähe zu haben, wäre einfach –"

„Ja, Liebes." Warren zog eine Augenbraue in die Höhe und bedeutete Silas fortzufahren.

„Auf jeden Fall hat Booker mir gegenüber angedeutet, er und einige der anderen Sklaven würden mir gern aushelfen ... gegen gelegentliche medizinische Versorgung."

„Ach so. Eine geschäftliche Vereinbarung."

„Genau. Und Sie sollen wissen, Colonel Warren, dass dies die Arbeit der Sklaven nicht beeinträchtigen wird. Sie werden nach Feierabend arbeiten. Und ich – ich werde natürlich die Materialkosten übernehmen." Doch in Wahrheit wusste Silas nicht, wie er von seinem Lohn das nötige Material bezahlen sollte. Aber irgendwie würde er es schon schaffen.

Warren blickte zu seiner Frau hinüber, die ihn in die Rippen stieß und die Augen verdrehte. „Unsinn", erwiderte er freundlich. „Olivia ist ganz begeistert von der Aussicht, eine Dame in der Nähe zu haben. Booker soll Ihnen einfach sagen, was er braucht, und alles in Averys Sägewerk bestellen." Er streckte die Hand aus. Silas schlug ein. „Ich hätte nicht gedacht, dass ein Arzt einen solchen Geschäftssinn entwickelt. Ich bin stolz auf Sie, Junge." Er schlug Silas auf den Rücken. „Denken Sie nur daran, dass die Plantagenbesitzer und ihre Bedürfnisse an erster Stelle stehen."

„Keine Sorge, ich werde nicht vergessen, wer mich eingestellt hat."

„Das ist gut. Und noch etwas, Noble."

„Ja, Sir?"

„Ich weiß, Sie stammen nicht von hier, darum werde ich Nachsicht üben, weil Sie mit unserem Lebensstil nicht vertraut sind. Aber passen Sie auf, dass Sie sich nicht zu sehr mit den Schwarzen einlassen. Sie sind wie Kinder oder Jagdhunde. Sie wissen nicht, was gut für sie ist. Sie verlangen viel Aufmerksamkeit, aber sie brauchen eine starke Hand und Disziplin, um sie auf ihrem Platz zu halten. Wenn diese Disziplin gelockert wird, bricht das Chaos aus. Sie müssen ihnen zeigen, wer der Boss ist, in Ordnung?"

Silas erstickte beinahe an seiner Antwort. „In Ordnung, Colonel Warren."

„So ist es gut. Und jetzt fort mit Ihnen. Ich weiß, Sie möchten sich einrichten."

Wortlos fuhr Booker Silas zu seiner Hütte zurück.

„Willst du nicht wissen, was passiert ist?", fragte Silas nach einer Weile. Er wollte es Booker eigentlich nicht erzählen, aber er glaubte, es ihm schuldig zu sein.

„Ich kann es mir vorstellen, da Sie nichts gesagt haben. Massa hat nicht die Absicht, Celie eine leichtere Arbeit zuzuweisen, nicht?"

Silas schüttelte traurig den Kopf. „Ich glaube nicht. Aber ich habe es versucht."

„Und ich weiß das zu schätzen, Massa Doktor. Ich bin auch froh, dass Sie nach Celie sehen."

„Ich tue das gern, Booker. Ich denke, alles wird gut gehen. Wir müssen einfach das Beste hoffen."

„Und beten", fügte Booker leise hinzu.

„Ja, auch das."

Booker ließ den Wagen vor Silas Hütte anhalten. „Brauchen Sie noch etwas, Massa Doktor?"

„Heute Abend nicht. Morgen Vormittag könnten wir vielleicht in die Stadt fahren und versuchen, Holz und anderes Material für das Haus zu bekommen."

„Wir sehen uns dann morgen. Gute Nacht, Massa Doktor."

„Gute Nacht, Booker."

Nachdem Booker weitergefahren war, brütete Silas eine Stunde lang über einem Brief an Regina. Er wollte ihr von dem Haus erzählen, das Booker bauen würde, aber immer wieder musste er an Celie denken, die in diesem Sommer ihr Kind bekommen würde und sich zweifellos Sorgen machte. Eines wusste er ganz bestimmt – egal, was Robert Warren glaubte, Celie war nicht nur eine Stute, die bald werfen würde, und Booker war auch kein Zuchthengst. Sie waren Menschen mit menschlichen Gefühlen und Sorgen, menschlichen Leidenschaften und Wünschen.

Silas legte den Brief an Regina zur Seite und ließ den Kopf auf die Arme sinken. Irgendetwas in seinem Innern nagte an ihm, sagte ihm, dass er aus einem ganz bestimmten Grund hier war. Er hatte den Eindruck, dass es so war, aber er konnte seinen Verstand nicht dazu bringen, es zu glauben.

Schließlich war er allein. Was konnte ein einzelner Mann schon bewirken?

Der Gegner der Sklaverei

Juni 1853

Silas erwachte erschöpft. Vage war er sich bewusst, dass er seit Stunden von dem Lärm gestört worden war, den eine ganze Reihe von Stimmen und Hämmer verursachten und Bookers dröhnende Anweisungen, leise zu sein und Massa Doktor nicht aufzuwecken. Er schlüpfte in seine Hose, zog sich die Hosenträger über die Schultern und trat aus seiner Hütte.

„Morgen, Massa Doktor!" Booker grinste ihn an und legte den Hammer beiseite, den er in seiner riesigen Pranke hielt. „Es geht ganz gut voran, nicht?"

Silas ließ seinen Blick über die Lichtung um seine Hütte herum gleiten. Es sah aus wie bei einem Scheunenbau in Pennsylvania, nur dass ihm schwarze Gesichter entgegensahen, keine weißen, und die Männer zerlumpte Sklavenkleidung trugen und nicht die ordentliche schwarze Kleidung der Amish.

„Was tun alle diese Leute hier, Booker? Es ist doch schon später Morgen, warum sind sie nicht auf den Feldern?"

Booker warf den Kopf zurück und lachte fröhlich. „Aber Massa Doktor, es ist doch Sonntag! Nicht einmal schwarze Leute ernten sonntags Baumwolle."

Silas schüttelte den Kopf. Die Wahrheit war, er hatte so hart und lange gearbeitet, dass er gar nicht mehr wusste, welcher Tag es war. Erst gestern war er sieben Stunden herumgefahren und hatte vier Plantagen im Umkreis besucht, um Erkältungen, Eiterbeulen und Babys mit Koliken zu behandeln. Und nach dem Abendessen war er in die Sklavenhütten gegangen. Bis er nach Hause gekommen war, war es fast Mitternacht gewesen. Kein Wunder, dass seine Zeitrechnung durcheinander geraten war.

„Aber ihr arbeitet doch", protestierte Silas.

„Ja, Sir. Ich schätze, das tun wir. Aber das hier ist eine andere Art von Arbeit. Wir arbeiten, aber wir beten auch.

Tatsache ist, wir danken dem guten Herrn, dass er Sie zu uns geschickt hat."

Irgendwo hinter dem Haus stimmte eine tiefe Baritonstimme ein Lied an. Andere Stimmen fielen ein: *„Schon bald werde ich die Mühsal der Welt überstanden haben ... ich gehe nach Hause, lebe bei Gott."*

„Kommen Sie, Massa. Sehen Sie sich an, was wir gemacht haben."

Silas ging zurück in die Hütte, zog seine Stiefel an und folgte Booker.

„Sehen Sie", sagte der Sklave stolz, als sie zehn Schritte gegangen waren und sich umdrehten. „Dort drüben sind der Vordereingang, der Salon und ein hübsches großes Schlafzimmer. Oben noch drei weitere Schlafzimmer und darüber der Dachboden."

Silas schnappte nach Luft. Er konnte es richtig vor sich sehen, die Umrisse erhoben sich hoch über seinem Kopf. Ein schöner gemauerter Kamin ragte auf der rechten Seite in die Höhe. Ein Giebeldach, noch nicht gedeckt, aber deutlich erkennbar. Und vorne sechs massive, rechteckige Säulen und eine kleine Veranda im ersten Stock, wie es schien.

„Booker, ich traue meinen Augen kaum. Du leistest wirklich hervorragende Arbeit."

Bookers Brust schwoll an. Er stemmte seine großen Hände in die Hüften und grinste. „Ich habe es Ihnen ja gesagt, Massa Doktor. Im kommenden Herbst wird Ihr Haus für die vornehme Dame aus Baltimore stehen."

Silas überfiel plötzlich eine unerklärliche Furcht, doch sie verschwand sofort wieder. Bestimmt würde Regina ein solches Haus gefallen. Sicher würde sie sich mit Olivia Warren verstehen und ihren Platz in der Gesellschaft der Plantagenbesitzer finden. Er würde nach ihr schicken, sie würden heiraten und seine Träume würden sich erfüllen.

„Morgen, Doktor Silas." Celies weiche Stimme erregte seine Aufmerksamkeit. Sie stand vor ihm, lächelte ihn an und hielt ihm einen Teller mit Essen und einen Becher mit dampfendem Kaffee hin. „Ich dachte, Sie würden vielleicht gern frühstücken."

Silas setzte sich auf einen Baumstumpf und nahm die angebotene Mahlzeit entgegen. Gebratener Speck und Hafergrütze so dick wie Kartoffelbrei und etwas, das aussah wie flaches Maisbrot.

„Pfannkuchen", erklärte sie. „Ich habe sie selbst gemacht, aber", sie lachte und zog den Kopf ein, „in einer Bratpfanne, nicht auf einer Hacke." Sie deutete zu dem offenen Feuer, an dem sich ein Dutzend oder mehr Sklavenfrauen versammelt hatten, kochten und miteinander plauderten.

„Lily hat eine böse Infektion am Fuß", erklärte ihm Celie während des Essens. „Sie hat sich beim Baumwolleschneiden geschnitten. Denken Sie –"

Silas nickte. „Sobald ich fertig bin, werde ich es mir einmal ansehen." Er deutete mit der Gabel auf sie. „Das schmeckt sehr gut, Celie. Ich wusste gar nicht, wie hungrig ich war." Er deutete auf einen Baumstumpf in seiner Nähe. „Setz dich. Du solltest nicht länger als nötig auf den Beinen sein."

„Ja, Sir." Seufzend ließ sie sich auf den Baumstumpf sinken.

„Geht es dir gut?"

„Ich denke schon, Sir. Das Baby tritt immerzu."

„Es wird jetzt wohl nicht mehr lange dauern."

Celie legte die Hand auf ihren Bauch und ihr Blick wanderte in die Ferne. „Wir beten jeden Tag, dass er gesund und stark auf die Welt kommt."

„Er?" Silas grinste. „Du weißt, dass es ein Junge wird?"

„Ich habe nur so ein Gefühl. Middie hat einen Ring an einem Faden über mich gehängt und sie sagt, es sei ein Junge."

„Middie wird dir bei der Geburt helfen, richtig?"

„Ja. Und Pearl auch."

Silas runzelte die Stirn. Er konnte sich nicht erinnern, einer Sklavin mit Namen Pearl begegnet zu sein. „Wer ist Pearl?"

Celie deutete mit der Hand auf das Lagerfeuer. „Das ist Pearl. Dort neben dem Feuer. Sie spricht gerade mit Middie."

Silas' Blick folgte ihrem Finger. Midnight, die stämmige schwarze Sklavin, stand mit dem Rücken zu ihm, ihre Hände bewegten sich angeregt, während sie sich mit jemandem unterhielt, den Silas nicht sehen konnte. Er stand auf und reichte Celie seinen leeren Teller und Becher. „Ich hole meine Tasche und sehe mal nach Lily", sagte er. „Und vielleicht lerne ich diese Pearl ja kennen, bevor es bei dir soweit ist."

Lilys Fuß sah wirklich übel aus, aber es war nicht so schlimm, wie es ohne Behandlung hätte werden können. Einige der Sklaven, dazu gehörte auch Celie, hatten ihn stets aufmerksam beobachtet, wenn er Schnitte und Verletzungen versorgt hatte, und so konnten sie mittlerweile eine Wunde so weit säubern und verbinden, dass die Gefahr einer Entzündung reduziert wurde. Offensichtlich hatte einer von ihnen – vielleicht sogar Celie selbst – Lilys Wunde ausgewaschen und einen sauberen Verband angelegt.

Lily war Feldarbeiterin. Sie war sehr zäh. Sie zuckte nicht einmal zusammen, als er Alkohol in die tiefe Wunde goss. Die Haut um den Schnitt herum war dunkel und geschwollen, zweifellos entzündet von dem Schmutz an der Hacke, die den Schnitt verursacht hatte. Wer immer sie anfangs behandelt hatte, hatte sie vermutlich davor bewahrt, den Fuß wegen Wundbrand zu verlieren.

„Wann ist das passiert, Lily?“, fragte er, als er Salbe auf den Fuß auftrug und ihn verband.

„Vor etwa drei Tagen. Ich erinnere mich nicht mehr genau.“

„Hast du die Wunde selbst gereinigt und verbunden? Denn weißt du, ohne Behandlung hättest du deinen Fuß vermutlich verloren.“

„Nein, Sir, ich war es nicht. Ich hatte zu große Schmerzen. Das hat ziemlich schlimm geblutet. Aber Pearl hat die Blutung gestoppt und die Wunde für mich versorgt.“

Und wieder Pearl, dachte Silas. Wer war diese Frau und wer marschierte durch das Sklavenlager und behandelte ohne offizielle Erlaubnis ihre Krankheiten? Offensichtlich kannte sie sich in den Grundlagen der medizinischen Behandlung aus, konnte einen Druckverband anlegen und eine Wunde angemessen reinigen. Und nach dem, was Celie erzählte, wusste sie auch über Geburtshilfe ganz gut Bescheid. Pearl, wer immer sie auch war, musste eine außergewöhnliche Sklavin sein. Mehr denn je war er entschlossen, sie kennenzulernen. Vielleicht könnte sie mit ein wenig zusätzlicher Ausbildung die Arbeit einer Krankenschwester tun, wenn er nicht erreichbar war, und als Assistentin, wenn er anwesend war.

„Ich denke, das wird genügen, Lily", sagte er, nachdem er den Verband angelegt hatte. „Ruhe den Fuß heute aus und sieh zu, dass der Verband hält. Morgen musst du sicher wieder aufs Feld?"

„Ja, Sir. Massa Robert mag es nicht, wenn Sklaven sich vor ihrer Pflicht drücken."

„Ich werde sehen, was ich tun kann." Noch während er die Worte aussprach, erinnerte sich Silas an seinen nutzlosen Versuch, Celie von der Küchenarbeit befreien zu lassen. Lily hatte recht – Robert Warren brachte für kranke oder verletzte Sklaven nicht viel Geduld auf. Alle sollten arbeiten und die *Rivermont* Plantage zur reichsten und profitabelsten Plantage im Bezirk machen.

Silas seufzte und packte seine Tasche. „Ich werde heute Abend noch mal nach dir sehen. In der Zwischenzeit solltest du deinen Fuß schonen."

Als Silas mit Lilys Behandlung fertig war, stand die Sonne fast unmittelbar über ihnen. Midnight rührte am Feuer in einem Topf mit Eintopf für das Mittagessen. Er trat neben sie und stellte seine Tasche ab.

„Das riecht gut, Middie", sagte er und sog tief den würzigen Duft des Eintopfs ein.

Sie grinste ihn an. Ihr rundes Gesicht war beherrscht von einem breiten Mund voller großer weißer Zähne. „Wie geht es Ihnen an diesem wundervollen Frühlingstag, Massa Doktor?"

„Prima, Middie. Noch besser, wenn ich eine Schüssel dieses Eintopfs in die Hände bekomme." Er griff nach einem Löffel und sie schlug seine Hand spielerisch fort.

„Na, Sie werden mir meinen Eintopf nicht verderben", ermahnte sie ihn mit einem herzlichen Lachen. „Wenn Sie welchen möchten, dann werden Sie wohl wie alle anderen auch warten müssen."

„Ich schätze, das werde ich, Middie", gab er zurück, „vor allem, da du den Topf bewachst."

„Booker leistet gute Arbeit an Ihrem Haus", bemerkte sie. „Ich schätze, es wird nicht mehr lange dauern, bis Sie Ihre vornehme Dame herholen und heiraten können."

Silas schüttelte den Kopf und lachte. „Weiß denn jeder auf dieser Plantage über meine persönlichen Angelegenheiten Bescheid?"

„Ja, aber sicher, mein Lieber. Hier gibt es keine Geheimnisse. Wir sind doch eine Familie."

Eine unerwartete Welle der Freude machte sich bei diesen Worten in Silas breit. *Familie.* Und er spürte es auch – dieses unerklärliche Gefühl der Zusammengehörigkeit, das Menschen zusammenbindet, sogar Menschen, die anscheinend keine gemeinsame Basis haben. Erst vor drei Monaten war er auf die *Rivermont* Plantage gekommen und hatte Booker kennengelernt. Und jetzt war er umgeben von Menschen, die ihn mochten. Menschen, die sich freuten, wenn sie ihn sahen. Menschen, die – konnte er das denken, ohne anmaßend zu sein – ihn brauchten.

Die Wahrheit war, er brauchte sie auch.

Robert Warren hatte ihn davor gewarnt, sich zu sehr mit den Sklaven einzulassen. Sie seien wie Kinder, behauptete Warren, sehr eigensinnig und brauchten eine feste Hand, um sie an ihrem Platz zu halten. Aber Silas hatte sie so noch nicht erlebt. Er hatte sie als sehr sanft und mitfühlend, hart arbeitend und demütig kennengelernt. Und durch sie war ihm auch noch etwas anderes nahe gebracht worden, etwas, das ihm bis dahin vollkommen fremd gewesen war: der Glaube.

Wie diese Menschen am Glauben festhalten konnten, war Silas unbegreiflich. Sie waren versklavt, arbeiteten sich praktisch zu Tode, wurden wie Tiere behandelt und doch sahen sie über die Mühsale dieses Lebens hinaus auf die Verheißung des Kommenden. Nicht einmal hatte er gehört, dass sie Gott für ihre Versklavung verantwortlich gemacht hätten. Stattdessen identifizierten sie sich mit dem unterdrückten Volk in dem Guten Buch, wie sie es nannten – mit den Israeliten, die Gott vom Frondienst für den ägyptischen Pharao befreit hatte, mit Daniel in der Löwengrube und den drei Männern im Feuerofen. Nach dem, was in dem Guten Buch stand, hatte Gott diese Gläubigen aus alter Zeit auf wundersame Weise befreit, darum würde auch irgendwann die Zeit kommen, wo Gott die Gefangenen auf allen Plantagen im ganzen Süden befreien würde.

Der Glaube und die Hoffnung von Booker und seinem Volk weckten widerstreitende Gefühle in Silas. Auf der einen Seite wünschte er sich verzweifelt, auf einen Gott vertrauen zu können, der die Unterdrückten befreien würde. In den vergangenen Monaten hatte er in die Augen derer geschaut, die in die Sklaverei gezwungen worden waren, hatte sie mit seinen Händen berührt. Er hatte unter ihnen gelebt, ihre Wunden verbunden, sie in Krankheit getröstet und im Tod mit ihnen geweint. Manchmal stellte er fest, dass er ihren tiefen Glauben beinahe teilte, glaubte, dass Gott sie liebte und nicht für immer in der Sklaverei lassen würde.

Aber Warren hatte ihm eine andere Perspektive auf die Sicht des Allmächtigen in Bezug auf die Sklaverei gegeben.

Er hatte Verse aus derselben Bibel zitiert, in denen stand, die Sklaven sollten ihren Herren treu dienen und zufrieden sein mit ihrem Los im Leben. Silas konnte Robert Warrens blasierte Art und seine Überheblichkeit kaum noch ertragen. Er hasste es, wenn er von „meinen Schwarzen“ sprach. Doch wann immer Silas ins Herrenhaus ging, verließ er es verwirrt und frustriert. Wer hatte denn nun recht in Bezug auf Gott – die Sklaven, die darauf vertrauten, dass Gott sie liebte und sie befreien würde, oder die Sklavenbesitzer, die ihre Tyrannei über die Schwarzen mit ausgewählten Bibelversen untermauerten?

Silas wusste es nicht. Und bis ihm das nicht klar wurde, konnte er nicht das Risiko eingehen, einen Gott zu akzeptieren, der sich vielleicht als genauso selbstgerecht und despotisch zu erkennen geben würde wie Colonel Robert Henry Warren, Esquire.

„Nach dem Mittagessen werden wir einen Gottesdienst haben“, erklärte Middie. „Wenn Sie dabei sein möchten, sind Sie uns herzlich willkommen. Shepherd wird predigen und wir werden schönen Gesang haben.“

„Danke, Middie“, erwiderte Silas zerstreut. „Ich werde darüber nachdenken. Aber zuerst muss ich noch etwas erledigen.“ Er nahm seine Arzttasche. „Eben hast du mit einer gewissen Pearl gesprochen. Celie sagt, sie würde bei der Geburt helfen und ich muss mit ihr reden.“

Middie stieß einen langen Seufzer aus. Aufrichtige Bewunderung lag auf ihrem Gesicht. „Diese Pearl – das ist ein Mädchen, sage ich Ihnen. Sie haben recht, Massa Doktor, es wird höchste Zeit, dass Sie sie kennenlernen.“ Sie deutete mit dem Kopf in Richtung Hütte. „Ich glaube, sie ist dort drüben und unterhält sich mit Booker und Celie.“

Silas ging um die Arbeiter herum und staunte über das Ausmaß seines neuen Hauses. Hinter der ursprünglichen Hütte waren die Umrisse des neuen Esszimmers mit angrenzender Küche zu erkennen. An das Esszimmer würde noch eine hintere Veranda angebaut werden. Dort stand Booker mit Celie und versperrte ihm den Blick auf die dritte Person.

Er kam näher. Booker drehte sich zu ihm um. „Massa Doktor! Genau der Mann, nach dem ich suche. Das hier ist Pearl – sie wird Ihnen und Middie bei der Geburt helfen."

Silas' Blick fiel auf das Gesicht der Frau und einen Augenblick lang stockte ihm der Atem. Er brachte keinen Ton heraus.

„Doktor Noble", sagte die junge Frau. Sie kam auf ihn zu und streckte ihm die Hand hin. „Ich habe schon viel von Ihnen gehört; ich freue mich, Sie endlich kennenzulernen. Ich bin Pearl Avery."

Sie schüttelte ihm die Hand mit einem festen Druck, nicht mit dem schlaffen Händedruck der meisten Südstaatenschönheiten. Diese Frau war überzeugt von ihren Fähigkeiten und sehr selbstsicher.

Und sie war weiß.

„Mrs – Mrs Avery", brachte er schließlich heraus. „Nun, Sie sind ganz anders, als ich erwartet hatte."

Sie warf den Kopf zurück und lachte. „Ich glaube nicht. Und *Miss* Avery bitte, nicht Mrs. Aber bitte nennen Sie mich doch Pearl."

Silas wusste, dass er sie anstarrte, aber er konnte den Blick einfach nicht von ihr abwenden. Pearl Avery war nicht nur weiß, sie war auch ganz anders als alle Frauen, die er bisher in seinem Leben kennengelernt hatte. Sie trug Männerhosen, schwere Stiefel und ein blaues Baumwollhemd, das zu ihren Augen passte. Ihr Haar, lang und lockig, war hellbraun und im Nacken zu einer Art Pferdeschwanz zurückgesteckt. Ihre Haut war leicht gebräunt und ein Schmutzstreifen zierte ihr Kinn.

„Sie sind also die Pearl, von der ich so viel gehört habe?“, platzte er heraus.

„Ich fürchte.“ Sie lächelte kokett. Ein Grübchen zeigte sich in ihrer linken Wange. „Ich hoffe, ich bin nicht in Ihr Territorium eingedrungen.“

„Ganz und gar nicht“, erwiderte er. „Lily hätte ihren Fuß durch Wundbrand verloren, wenn Sie ihn nicht sofort versorgt hätten. Aber –“

„Aber, wer bin ich und was tue ich hier?“, half sie ihm weiter. „Nun, eigentlich ist dies nicht unsere erste Begegnung, Dr. Noble. Mein Vater ist Harmon Avery, Besitzer der Avery Sägemühle. Sie sind mit Booker zu uns gekommen, um Material für Ihr Haus zu bestellen.“

„Ja.“ Silas kramte hektisch in seiner Erinnerung. An der Theke hatte tatsächlich eine junge Frau gestanden, aber er hatte sie kaum beachtet. Booker hatte ihr die Bestellung gereicht und er hatte dabeigestanden, da er vom Bau eines Hauses keine Ahnung hatte. „Es tut mir leid. Ich fürchte, ich erinnere mich nicht.“

„Das hatte ich auch nicht erwartet. Sie wirkten ein wenig ... nun, verloren.“

Silas’ erste Reaktion war, sich durch diesen verschleierten Angriff auf seine Männlichkeit beleidigt zu fühlen, doch er unterdrückte den Impuls. Sie hatte recht. Er war verloren gewesen, hatte sich auf unbekanntem Terrain befunden. Er stieß ein kurzes Lachen aus. „Nun, Miss Avery, ich sehe, Sie haben mich durchschaut."

„Pearl", korrigierte sie ihn zum zweiten Mal. „Und als ich erfuhr, dass Sie der neue Arzt sind, dachte ich mir schon, dass Ihre handwerklichen Fähigkeiten nicht besonders ausgeprägt sind."

Silas mochte diese wagemutige junge Frau, die so offen ihre Meinung sagte, auf Anhieb. Aber er hatte viele Fragen.

„Ich schätze, Sie möchten wissen, warum ich herumlaufe und Ihre Patienten verarzte", sagte sie, als hätte sie seine Gedanken gelesen. „Meine Mutter ist vor ein paar Jahren gestorben. Kurz darauf haben mein Vater und sein Bruder ein Waldstück im *Cambridge County* geerbt. Als junge Leute hatten sie im Staat New York in einer Sägemühle gearbeitet, aber natürlich hätten sie nie damit gerechnet, einmal eine eigene Mühle zu besitzen. Doch dann erbten sie eine – von einem Onkel, den wir kaum kannten – und beide ergriffen die Gelegenheit. Wir sind hergekommen und haben ein neues Leben begonnen. Im Norden hatte ich gerade eine medizinische Ausbildung absolviert und auch ich wünschte mir eine Veränderung, darum habe ich mich meinem Vater angeschlossen. Ich führe die Bücher der Firma und helfe in Notfällen, soweit ich kann."

Silas wandte sich an Booker. „Und warum bestand Colonel Warren darauf, einen Arzt hierher zu holen, wenn es doch bereits eine Krankenschwester gibt?"

Booker starrte ihn an. „Pearl ist eine Frau", erklärte er, als läge die Antwort doch auf der Hand. „Kein Plantagenbesitzer würde sich von einer Frau anrühren lassen, nicht einmal, wenn er im Sterben läge. Außerdem ist sie eine *Yankee*-Frau."

„Nun, ich komme doch auch aus dem Norden. Ich stamme aus Baltimore."

„Maryland ist ein Grenzstaat", warf Pearl ein. „Offensichtlich haben die Leute in Ihrem Land nicht *Onkel Toms Hütte* gelesen, oder wenn sie es getan haben, dann haben sie beschlossen, ihre Meinung dazu für sich zu behalten."

Silas dachte über ihre Worte nach. Es stimmte, Maryland war zum Thema Sklaverei geteilt. Einige Leute im Staat besaßen Sklaven, aber er persönlich war nie so sehr mit der Realität der Sklaverei konfrontiert worden wie hier in Mississippi. Und Pearl hatte recht mit ihrer Annahme – die meisten Mitglieder seiner Familie und Angehörigen ihrer gesellschaftlichen Kreise behielten ihre Ansichten tatsächlich für sich. Sein Vater hatte immer wieder gesagt, er wünschte, diese wilden Revolutionäre würden einfach den Mund halten und nicht immer wieder Ärger machen.

Silas hatte noch nie einen entschiedenen Gegner der Sklaverei getroffen – zumindest konnte er sich nicht daran erinnern. Pearl Avery war eindeutig eine Gegnerin der Sklaverei, aber sie passte nicht in das Bild, das sein Vater gezeichnet hatte. Ganz und gar nicht.

„Pearl hilft uns jetzt schon eine ganze Weile", fügte Booker hinzu. „Sie ist eine gute Frau, eine gottesfürchtige Frau –"

„Aber ich bin keine Ärztin", unterbrach Pearl ihn. „Diese Menschen brauchen Sie. Wir alle. Und wenn Sie möchten, dann helfe ich Ihnen gerne, soweit ich es vermag."

Silas hörte kaum, was sie sagte, so fasziniert war er von ihrer leisen Stimme. Wie Honig. Wie Seide. Wie …

„Oh", sagte er und riss sich zusammen. „Gewiss, Miss Avery – äh, Pearl. Ich freue mich über Ihre Hilfe. Die Sklaven und Plantagenbesitzer machen mir allerhand Arbeit."

Ein Klappern riss ihn aus seinen Gedanken.

„Das ist vermutlich Middie, die uns zum Mittagessen ruft." Booker grinste Silas an. „Ich schätze, Sie und Pearl müssen uns Gesellschaft leisten."

„Ich – ich, vermutlich", stammelte Silas.

Pearl fing Silas' Blick auf und blinzelte ihm vorwitzig zu. „Vielen Dank, freundlicher Herr", sagte sie in bester Südstaatenmanier. Sie nahm seinen Arm und klimperte mit den Wimpern. „Ich wäre höchst erfreut."

Tod und Leben liegen in der Hand des Herrn

Später am Abend saß Silas am Tisch in seiner Hütte und las Pearl Averys Exemplar von *Onkel Toms Hütte.* Harriet Beecher Stowes Roman war im Jahr zuvor erschienen und, wie Pearl ihm erzählt hatte, bereits mehr als dreihunderttausend Mal verkauft worden. Kein Wunder, dass die Leute sich gegen die Sklaverei stellten. Doch er hatte die extremen Zustände, wie Stowe sie in ihrem Buch beschrieb, noch nicht erlebt. Colonel Warren war streng – er glaubte an Disziplin. Aber er prahlte auch immer damit, dass er seinen Schwarzen gegenüber gerecht sei und sie gut behandele. Vielleicht hatte Stowe die Situation übertrieben, um ihre Aussage zu unterstreichen; vielleicht gab es auch tatsächlich ein paar Plantagen – bestimmt nicht die Mehrheit –, auf denen die Sklaven grausam behandelt wurden.

Doch trotz aller Erklärungsversuche konnte Silas die Bilder, die er mit eigenen Augen gesehen hatte, nicht aus seinen Gedanken verbannen. Warrens Weigerung, Celie während der letzten Monate ihrer Schwangerschaft eine leichtere Arbeit zuzuweisen. Die eiternde Entzündung an Lilys Fuß, die sicherlich unbehandelt geblieben wäre, wenn es nach Robert Warren gegangen wäre. Der hämische Aufseher Otis Tilson, der auf seinem Pferd über die Felder ritt und seine Peitsche auf jeden Sklaven niederknallen ließ, der mit seiner Arbeit nicht nachzukommen schien. Und vor allem der traurige, gehetzte Blick, der in einem unbewachten Augenblick in Bookers Augen trat, ein Ausdruck, der trotz der Hoffnung und des Glaubens des Mannes von der unerträglichen Last der permanenten Versklavung zeugte.

Silas legte das Buch beiseite und rieb sich die Augen. Das war ganz und gar nicht das, was er erwartet hatte, als er Robert Warrens Angebot, die medizinische Versorgung im *Cambridge County* zu übernehmen, angenommen hatte. Er hatte sich immer als einen bescheidenen Menschen betrachtet, einen Menschen, dem das Wohlergehen des Einzelnen mehr am Herzen lag als die Politik oder gesellschaftliche Stellung. Er war ein Heiler, kein Aktivist. Moralische Rätsel ermüdeten und verwirrten ihn. Und er hatte nicht die geringste Ahnung, wie er all das entwirren sollte.

„Massa Doktor!“ Bookers Stimme dröhnte durch die geschlossene Tür hindurch. „Massa Doktor!“

Auf der Stelle in Alarmbereitschaft versetzt, warf sich Silas seine Jacke über die Schultern, schnappte sich seine Tasche und riss die Tür auf. „Was ist los, Booker?“

„Massa Robert sagt, ich soll Sie auf der Stelle zum großen Haus bringen.“

„Weißt du, was los ist?“

„Nein, Sir. Er sagt nur, Sie sollen kommen, schnell!“

Als sie die runde Auffahrt vor dem Herrenhaus erreichten, hatte sich dort eine kleine Menschenmenge versammelt – Olivia Warren, umgeben von einer Schar weinender Haussklaven. Eine der Sklavinnen, ein Mädchen mit heller Haut von vielleicht siebzehn Jahren, rannte wild gestikulierend dem Wagen entgegen.

„Sie sind in der Scheune, Massa Doktor!“, schrie sie. „Beeilen Sie sich!“

Booker riss die Pferde herum und trieb sie über den Pfad zur Scheune und den Ställen. Dort brachte er sie so abrupt zum Stehen, dass Silas’ Kopf nach vorne flog.

„Kommen Sie, kommen Sie!“, rief jemand.

Dutzende Sklaven standen um das Scheunentor versammelt und Silas musste sie beiseite schieben, um hineinzukommen. Der Anblick, der sich ihm in der Scheune bot, brachte seinen Magen in Aufruhr. Einen Augenblick lang dachte er, er müsste sich übergeben.

Überall war Blut. Ein schwarzer Mann lag auf der Seite im Heu, ein großer, muskulöser Mann mit pechschwarzer Haut. Doch mehr konnte man nicht erkennen. Sein Gesicht, oder das, was davon noch übrig war, war so zerschlagen, dass seine Gesichtszüge bis zur Unkenntlichkeit entstellt waren. Sein Rücken und seine Schultern waren zu einer blutigen Masse gepeitscht worden und sein rechter Fuß war – nun, fort.

Neben ihm stand Otis Tilson, der Aufseher, mit einer Peitsche in der einen und einer blutigen Axt in der anderen Hand. Robert Warren stand mit abgewandtem Gesicht daneben. Seine Haut war so blass wie Papier, selbst im gelben Licht der beiden Lampen, die von der Decke hingen.

Silas rannte zu dem Mann und kniete neben ihm nieder. Das Blut, das sich auf dem Boden gesammelt hatte, drang durch seine Hose.

„Was ist passiert?“ Er sah zu Warren hoch.

Otis Tilson antwortete. „Weggelaufen“, schnaubte er und hob die Axt, als würde dies alles erklären. „Ich schätze, jetzt wird er nicht mehr laufen können.“

Silas zog einen Druckverband aus seiner Tasche und legte ihn an dem Stumpf an. Die Axt hatte eine Arterie durchtrennt und das Blut sprudelte wie eine Quelle aus der Wunde. „Er wird gar nichts mehr tun“, murmelte er.

Jetzt wurde Robert Warren lebendig und packte Silas an der Schulter. „Sie müssen ihn retten. Er ist mein bester Pferdetrainer.“

„Marcus?“, brachte Silas mühsam heraus. Marcus war Lilys Mann, ein Bär von einem Mann mit einem freundlichen und sanften Wesen. Er wäre niemals davongelaufen und hätte Lily alleine gelassen.

„Er ist nicht davongelaufen“, murmelte jemand.

Tilson trat vor und hob die Peitsche. „Du hältst deinen Mund, Nigger“, fuhr er ihn an. „Es sei denn, du möchtest das Doppelte von dem, was dieser Junge bekommen hat.“

„Aber er ist nicht davongelaufen!“, protestierte der junge Sklave. „Ich habe es genau gesehen. Er war nur nicht mit Ihnen einer Meinung darüber, wie der Wille dieses neuen Hengstes zu brechen ist und Sie haben ihn geschlagen.“

Warren trat näher an Tilson heran. Seine Augen verengten sich. „Stimmt das, Otis?“

Tilson spuckte aus. „Er hatte es verdient. Dieser Kerl hat Ärger gemacht seit dem Tag, an dem Sie ihn gekauft haben.“

„Haltet den Mund, beide!“, fuhr Silas sie an. „Ich brauche eine Decke.“

Warren nickte einem der Sklaven zu. Er holte eine Decke aus dem Sattelraum und breitete sie über das blutige Stroh. Sanft drehte Silas Marcus auf den Rücken. „Halte diesen Druckverband fest – ganz fest!“ Der Sklave tat, was ihm aufgetragen war. Er drehte den Kopf weg, um das Blut nicht sehen zu müssen.

Marcus öffnete langsam die Augen. „Massa Doktor?“

Silas kniete neben Marcus nieder und nahm den Kopf des Mannes in den Arm. „Ich bin hier, Marcus. Ich werde mich um dich kümmern.“

Marcus schüttelte langsam den Kopf. „Hat keinen Zweck mehr, Sir.“

„Sprich nicht so, Marcus. Du musst kämpfen.“ Tränen traten in Silas’ Augen.

„Ich weiß, meine Zeit ist gekommen. Ich habe keine Angst.“ Sein Atem kam in mühsamen Stößen. „Sagen Sie Lily … ich liebe sie.“

Und mit einem letzten rasselnden Atemzug fiel Marcus’ großer Kopf gegen Silas’ Schulter.

Silas sah auf. „Du kannst den Verband jetzt loslassen“, seufzte er. „Es ist vorbei.“

Colonel Warren trat mit vor Zorn sprühenden Augen auf Tilson zu, bis sie dicht voreinander standen. Einen Augenblick lang dachte Silas, der Plantagenbesitzer würde den Aufseher töten oder ihn zumindest wegen seiner unnötigen Grausamkeit feuern. Doch stattdessen sagte Warren: „Für diesen Bock habe ich bei einer Auktion einhundert Dollar bezahlt, Otis. Rechnen Sie nicht mit Lohn, bis Sie diesen Betrag abgearbeitet haben.“

Tilson wollte gerade protestieren, als ein kleiner schwarzer Junge keuchend und außer Atem in die Scheune gerannt kam. Eine Weile stand er einfach nur da, mit aufgerissenen Augen starrte er auf das Blutbad, dann zupfte er hektisch an Silas' blutverschmiertem Ärmel. „Massa Doktor, Middie sagt, Sie sollen sofort kommen! Celie bekommt ihr Baby!"

Mit der Hilfe von drei anderen Sklaven wickelte Booker Marcus' Leichnam in die Pferdedecke ein und legte ihn schnell auf den Wagen. „Kommen Sie!", rief er.

Silas wollte loslaufen, doch Otis Tilson packte ihn am Arm. Er starrte auf die schmutzige Pranke, braun von Marcus' getrocknetem Blut, und dann in das höhnische Gesicht.

„Einen Augenblick", schnappte der Aufseher. „Sie sind noch nicht fertig."

„Dank Ihrer Hilfe ist er tot", schoss Silas zurück. „Meine Arbeit hier ist beendet."

„Nein, das ist sie nicht. Erinnern Sie sich bitte daran, warum Sie eingestellt wurden, Sonnyboy. Ich habe eine große Eiterbeule", er deutete auf seine Rückseite, „und sie macht mir ziemlich zu schaffen, wenn ich im Sattel sitze." Er grinste ihn lüstern an und entblößte seine schiefen, vom Tabak fleckig gewordenen Zähne.

Silas' Augen verengten sich. Er riss Tilson die Axt aus der Hand und warf sie ihm vor die Füße. „Stechen Sie sie selbst auf", fuhr er ihn an. „Und zwar fest."

Silas sah auf seine Taschenuhr. Es war fast vier Uhr morgens; Celie lag nun schon seit mehr als sieben Stunden in den

Wehen. Die kühle Nachtluft drang durch das geöffnete Fenster in die Hütte. Trotzdem war der Körper des Mädchens schweißüberströmt und Furcht erfüllte ihre Augen.

„Es wird alles gut, Celie. Halte durch." Silas hatte so lange gewartet, wie es ging, in der Hoffnung, das Baby würde sich von selbst drehen, aber es war zwecklos. Wenn er nicht sofort etwas unternahm, würde er sie vermutlich beide verlieren.

„Pearl, stellen Sie sich neben ihren Kopf und halten Sie ihre Hand." Pearl trat neben sie und Silas hockte sich zwischen Celies Knie. „Ich brauche mehr Licht."

Middie stellte die Lampe neben Silas auf den Boden. „Also, Celie, dein Baby will mit den Füßen zuerst kommen, ich werde jetzt aber versuchen, es zu drehen, damit es mit dem Kopf zuerst geboren werden kann. Wenn die nächste Wehe kommt, darfst du nicht pressen, egal, was passiert. Atme flach, keuche wie ein Hund, aber du darfst nicht pressen. In Ordnung?"

Celie nickte und umklammerte Pearls Hand.

Die Wehe kam. „Ich kann einen Fuß sehen!", rief Silas. Er griff hinein und ließ seine Hand über das Bein gleiten und schob den Po des Babys nach oben, um es zu drehen. Irgendwo weit entfernt konnte er Middie beten hören und noch weiter entfernt hörte er das Singen der Trauernden: *„Ich möchte meinen Jesus sehen ..."*

Lieber Gott, betete er im Stillen, *heute hat es genügend Todesfälle gegeben.*

Auf einmal spürte er eine Bewegung, eine beinahe unmerkliche Verlagerung. Das Baby drehte sich im Mutterleib genau in die richtige Stellung. „Also gut, jetzt, Celie, pressen!"

Celie presste. Der Umriss eines Kopfes erschien, bedeckt mit flaumigem schwarzem Haar. Eine Schulter, dann die andere, und –

„Lieber Gott, nein“, murmelte Silas verhalten. Das Gesicht des Babys war blau angelaufen. Die Nabelschnur hatte sich wie eine Schlange um seinen Hals gewickelt. „Celie, hör sofort auf zu pressen, wenn du kannst.“ Mit zitternden Fingern griff er hinein und löste die Nabelschnur. „Und jetzt wieder!“

Das Kind – ein Junge – glitt heraus, schlüpfrig wie ein Flussstein und genauso leblos. Sobald er draußen war, packte Silas ihn an den Knöcheln und schlug ihm auf das Hinterteil. Nichts. Schnell legte Silas ihn auf die Decke zwischen Celies Füße, säuberte seinen Mund und begann dann, auf seine winzige Brust zu drücken. Eine Bewegung – ein Seufzen – und endlich ein Schrei, der so laut war, dass er bis zum großen Haus zu hören war.

Silas nahm das Baby, durchtrennte die Nabelschnur und wickelte es in eine kleine Decke. „Ein prächtiger Junge.“ Er hob den Blick zu den rußgeschwärzten Balken der Hütte. „Danke.“

Trotz ihrer Erschöpfung hob Celie den Kopf und lachte. „Er ist in Ordnung, Doktor Silas?“

„Es geht ihm gut“, brachte Silas mühsam hervor. „Er hat gute Lungen, nachdem wir sie erst einmal zum Arbeiten gebracht haben.“

Silas legte das Baby auf Celies Brust und beobachtete, wie sie ihn betrachtete.

„Er ist wunderschön“, murmelte sie. „Aber ist er nicht ein wenig blass?“

„Er wird schon bald seine Farbe bekommen“, versicherte Silas ihr. „Das dauert ein paar Tage.“

„Das stimmt", bestätigte Middie. Sie kniete sich neben Celie. „Das hast du gut gemacht, Kind."

Pearl stand auf und stellte sich neben Silas an den groben Tisch. „Er wäre gestorben", flüsterte sie. „Vielleicht sogar beide, wenn Sie nicht gewesen wären."

„Ohne Ihre Hilfe hätte ich es nicht schaffen können."

„Doch, das hätten Sie. Aber ohne Sie hätte ich das bestimmt nicht geschafft."

„Ich habe gebetet", gestand Silas. „Zum ersten Mal seit Jahren habe ich richtig gebetet."

Pearl tätschelte seine Schulter. „Wir alle haben gebetet. Und, Wunder über Wunder, Gott hat unsere Gebete erhört."

Fackeln erhellten den Sklavenfriedhof mit einem schwankenden, unheimlichen Licht und warfen tanzende Schatten auf die grob behauenen Grabmarkierungen. Der Mond stand hoch am Himmel und eine steife Brise fuhr durch die Zedern, die die Lichtung säumten. Silas stand neben Pearl Avery und versuchte sich zu konzentrieren. In ihrer Nähe fiel ihm das schwer. Die Wärme ihrer Schulter an seinem Arm drang durch seine Jacke hindurch und machte ihm ihre Nähe bewusst.

Shepherd, der Sklavenprediger, sprach von der Auferstehung, von der Freiheit, die entweder durch die Befreiung oder durch den Tod kommen würde. Mit leiser, singender Stimme fuhr er fort:

„Im Guten Buch steht, dass alle, die in Gerechtigkeit leben, in der Gegenwart des Herrn stehen werden."

„Ja, amen!"

„Und wer seinen Glauben auf Gott setzt, wird nie enttäuscht werden."

„Du sagst es!"

„Ich sage, wer seinen Glauben auf Gott setzt, wird niemals beschämt werden!"

„Das ist richtig!"

„Wer seinen Glauben auf Gott setzt, wird ewiges Leben haben!"

„Amen!"

„Wer seinen Glauben auf Gott setzt, wird auf ewig *frei* sein!"

Und wie auf ein Stichwort hin, begann jemand zu singen: *„Schon bald werde ich die Mühsal der Welt überwunden haben, die Mühsal der Welt, die Mühsal der Welt. Bald werde ich die Mühsal der Welt überwunden haben, nach Hause gehen, um bei Gott zu sein ..."* Der grobe Kiefernsarg wurde in das Loch gesenkt und Lily, die wegen ihres verletzten Fußes noch immer nicht richtig laufen konnte, trat humpelnd vor und warf eine Hand voll Erde in das Grab. Tränen liefen ihr über die Wangen und glitzerten im Fackellicht, aber sie hielt den Kopf hoch erhoben und nickte würdevoll denen zu, die gekommen waren, um ihr in ihrer Trauer beizustehen.

Zuletzt trat Booker vor. Sein neugeborener Sohn lag in seinen Armen. Er stand am Fuß des Grabes und hielt das Kind in die Höhe, damit alle es sehen konnten. „Leben und Tod liegen in der Hand Gottes", verkündete er ernst. „Ein Bruder ist gegangen, als ein anderer auf die Welt kam."

„Halleluja!", rief jemand. Vermutlich Middie.

Booker zog die Decke zurück und hielt das nackte Baby in den Händen. Er hob die Arme über den Kopf. Das Baby fuchtelte mit den Armen.

„Sein Name", verkündete Booker feierlich, „wird Henoch sein. Der mit Gott gewandelt ist."

„Henoch", wiederholten alle.

„Möge er die Güte seiner Mama und die Kraft seines Daddys haben", fuhr Booker fort. „Und möge er den Tag erleben, an dem alle Menschen endlich frei sein werden."

„Endlich frei", wiederholte die Menge. „Endlich frei."

Silas sah zu und Tränen brannten in seinen Augen. Als er herabsah, hielt Pearl Avery seine Hand.

Die Schöne aus Baltimore

März 1845

Silas Noble stand in der Halle des Hauses und blickte nach links, in das alte Zimmer mit seinem steinernen Kamin und den tief hängenden Balken und nach rechts, in den Salon mit seiner hohen Decke, den französischen Doppeltüren und dem glänzenden Eichenfußboden.

Es hatte elf Monate gedauert, aber jetzt war es fertig. Und es gehörte ihm.

Ihm und Regina.

Heute würde sie mit dem Zug aus Baltimore ankommen und er würde ihr dieses hübsche neue Heim zeigen und ihr die Rubinbrosche mit den Perlen schenken, die seine Großmutter ihm an seinem einundzwanzigsten Geburtstag gegeben hatte. Ihre Verlobung würde damit besiegelt werden. Und sie würden das Hochzeitsdatum festlegen.

Bei der Erinnerung an Grandma Noble wurden Silas' Augen feucht. Sie war die einzige Person in seiner Familie gewesen, die seinen Wunsch, Arzt zu werden, verstanden hatte. An dem Tag, an dem er einundzwanzig geworden war, hatte sie ihn in ihr Zimmer gerufen und ihm die Hand entgegengestreckt. „Silas", hatte sie mit zitternder Stimme gesagt, „ich werde nicht mehr lange da sein, aber bevor ich gehe –"

„Sag so etwas nicht, Großmama!", hatte er protestiert. „Du wirst nicht sterben."

„Alle sterben einmal, Junge", hatte sie lächelnd entgegnet. „Die einzige Frage ist, wann und wie." Sie hatte ihn mit funkelndem und liebevollem Blick fixiert. „Sieh zu, dass du, wenn deine Zeit gekommen ist, mit Würde und Integrität gehst. Frage dich nicht in deinen letzten Augenblicken, was hätte sein können."

Silas war zu jung gewesen – vielleicht war er noch immer zu jung –, um richtig zu verstehen, was sie meinte. Aber er hatte genickt und darauf gewartet, dass sie fortfuhr.

„Du sollst das hier haben", hatte sie gesagt und ihm eine kleine Samtschachtel gereicht. „Dein Großvater hat es mir an unserem Hochzeitstag geschenkt. Wenn du heiratest, soll dies dein Geschenk an deine Braut sein."

Silas hatte die Schachtel genommen. Darin hatte eine herzförmige Rubinbrosche, umgeben von kleinen Perlen, gelegen. Im Schein der Lampe hatte der Edelstein in einem tiefen Rot gefunkelt.

„Rubin für Aufrichtigkeit", hatte Grandma gemurmelt. „Perlen für Reinheit." Sie machte eine Handbewegung. „Sieh auf der Rückseite nach."

Silas hatte die Brosche umgedreht. In winzigen Buchstaben standen dort drei Worte eingraviert: *Aufrichtigkeit,*

Reinheit, Adel. In den vergangenen Generationen war dies das Motto der Familie Noble gewesen. Silas hatte die Brosche wieder umgedreht. „Ist sie wertvoll?“, hatte er unbedacht gefragt und die Frage sofort bedauert.

Aber Grandma hatte sie ihm nicht übel genommen. „So wertvoll wie die eine, die sie tragen wird, für denjenigen ist, der sie ihr schenkt“, hatte sie geheimnisvoll geantwortet. Sie hatte ihn am Ärmel gezupft und näher zu sich herangezogen. Für jemanden, der so krank war, hatte sie noch erstaunliche Kräfte. „Pass auf, dass du klug wählst“, hatte sie geflüstert.

Den zweiundzwanzigsten Geburtstag ihres Enkels hatte seine Großmutter nicht mehr erlebt. Und jetzt, mehr als vier Jahre nach ihrem Tod, fragte sich Silas einen kurzen Augenblick lang, ob seine Großmutter seine Wahl billigen würde.

Natürlich würde sie das, ermahnte er sich. Regina stammte aus einer vornehmen Familie, einer Familie mit hervorragender Bildung und Geschmack. Sie war freundlich, kultiviert und elegant. Sie würde eine perfekte Ehefrau abgeben.

Und sie würde *Noble House* in ein wunderschönes Heim verwandeln. In einen hübschen, friedlichen Ort, an dem sie miteinander leben und ihre Kinder großziehen würden.

Monatelang hatte er diesen Tag mit einem seltsamen Gefühl herbeigesehnt. Aufgeregt und vielleicht auch mit einem Anflug von Furcht. Jeder frisch gebackene Bräutigam bekam kalte Füße, das war ihm zumindest gesagt worden. Dies war eine große Veränderung in seinem Leben, ein wichtiger Wendepunkt. Wenn er und Regina erst einmal verheiratet waren, würde sich alles ändern.

Aber selbstverständlich zum *Besseren*. Silas würde in seinem Leben mit der Frau, die er liebte, eine gewisse Stabilität erleben. Er würde Kinder haben, einen bedeutungsvollen Beruf, einen Platz in der Gesellschaft.

Silas verweilte gedanklich einen Augenblick lang bei Regina – dem hübschen, eleganten Mädchen, in das er sich vor fast drei Jahren verliebt hatte, lange bevor er seine medizinische Ausbildung beendet hatte und hierher nach *Rivermont* gekommen war. Sein Leben – und sein Denken – hatten sich seither radikal verändert. Nach seiner anfänglichen Verwirrung und inneren Qual hatte alles seinen Platz gefunden in der Nacht, in der er Bookers und Celies Sohn, den kleinen Henoch, auf die Welt geholt hatte. Er wusste, er gehörte hierher. Er war nur nicht so ganz sicher, ob Regina sein Zugehörigkeitsgefühl verstehen würde.

Er trat in den Raum des ehemaligen Holzhauses. Es war nach wie vor sein Lieblingszimmer in dem großen Plantagenhaus. Der Rest des Hauses war recht nüchtern, ein Heim, in dem Regina Teegesellschaften und Dinnerpartys abhalten würde, in dem sie die Damen zu Nähzirkeln einladen würde. Aber dieses Zimmer hier mit seinem rustikalen Eichenmobiliar und dem großen Schreibtisch hatte er für sich reserviert.

Silas ging zum Schreibtisch, setzte sich in den Drehstuhl und nahm Reginas Briefe aus der Schublade. Er löste das Band, sortierte sie nach dem Datum und begann die Briefe zu lesen, die sie ihm im vergangenen Jahr geschickt hatte.

In den meisten standen Neuigkeiten aus Baltimore – von den ersten Bällen ihrer debüttierenden Freundinnen, den Festen, den Kleidern, den Feiern, dem finanziellen Erfolg seiner alten Freunde vom College. Im Plauderton gehaltene Briefe, die wenig Persönliches enthielten und auch keine Antwort waren auf die Briefe, die er ihr geschrieben hatte.

Er hatte ihr alles von seinem Leben hier erzählt, von den Sklaven, von Booker, Celie und ihrem kleinen Sohn Henoch, von den Warrens und den anderen Plantagenbesitzern, von Olivia und ihrer wachsenden Begeisterung über Reginas Ankunft. Auf diesen Brief hatte sie geantwortet, wenn er es recht bedachte – sie hatte eine Menge Fragen zur gesellschaftlichen Situation in *Cambridge* gestellt, Fragen, die er nicht beantworten konnte.

Aber seine philosophischen Überlegungen zu der Frage der Sklavenhaltung oder seine Ausführungen zu seiner Berufung als Arzt hatte sie mit keinem Wort kommentiert. Sie hatte nur geschrieben, sie hoffe, die Schwarzen würden sich beim Bau des Hauses auskennen, und sie sei froh, wenn es endlich fertig sei und Silas frei sein würde von dieser verrückten Vereinbarung, die Familien der Sklaven medizinisch zu betreuen.

Sie versteht mein Leben hier einfach nicht, redete sich Silas ein. *Wenn sie herkommt, diese Menschen kennenlernt und persönlich sieht, wie viel Gutes ich tue, wird sie stolz auf mich sein und meine Arbeit unterstützen.*

Es war nicht das erste Mal, dass Silas versuchte, sich einzureden, alles würde gut werden, wenn Regina erst da sei. Auch war es nicht das erste Mal, dass es ihm nicht gelang.

„Daisy!" Olivia brüllte so laut sie konnte. „Komm her, sofort!"

Robert Warren ging zum Fuß der Treppe und sah hinauf zu seiner Frau. „Olivia? Ist alles in Ordnung?"

„Aber ganz und gar nicht!", rief sie zu ihm hinunter. „Miss Regina wird jetzt jeden Augenblick eintreffen und ihr Zimmer ist nicht fertig! Daisy sollte frische Lilien und

Rosen in die Vase stellen, aber der armselige Strauß, den sie hereingebracht hat, ist ganz verwelkt und braun an den Rändern. DAISY!“

Das heraneilende zierliche Sklavenmädchen stieß beinahe mit Robert zusammen. In Windeseile rannte sie die Treppe hoch. „Entschuldigung, Massa“, keuchte sie. „Ich komme schon, Miss ’Livia!“

Robert seufzte tief auf und ging zurück zu seinen Bilanzen. Er war froh, wenn Miss Regina, das Mädchen aus Baltimore, sich endlich hier niedergelassen hatte. Vielleicht würde sich seine Frau dann ein wenig beruhigen und wäre nicht mehr so hektisch in dem Bemühen, alles perfekt herzurichten. Und vielleicht würde Reginas Anwesenheit diesen verschrobenen Doktor wieder zu Verstand bringen.

Vor mehr als sechs Monaten war er bereit gewesen, Noble endgültig zu feuern. Es war diesem Mann einfach nicht in seinen Dickschädel zu bringen, dass seine Aufgabe darin bestand, die Familien der Plantagenbesitzer zu versorgen, nicht die Schwarzen. Robert musste zugeben, wenn auch widerstrebend, dass alle, die die Dienste des Arztes brauchten, auch behandelt worden waren, aber Noble setzte seine eigenen Prioritäten. Der junge Mann schien offensichtlich nicht zu verstehen – oder wollte es nicht verstehen –, dass seine weißen Patienten an erster Stelle kamen und die Sklaven nur die Zeit bekamen, die übrig blieb. Noble dagegen schien entschlossen zu sein, die schwersten Fälle zuerst zu behandeln, ob es sich nun um ein kleines Niggerbaby, einen sterbenden Feldarbeiter oder den Plantagenbesitzer selbst handelte.

Und Noble hatte sich einen üblen Feind geschaffen mit seiner Weigerung, Tilsons Eiterbeule zu versorgen in der Nacht, als der Bock Marcus gestorben war. Der Aufseher hatte den Doktor seither auf dem Kieker, bedachte den Mann mit allen möglichen Schimpfnamen und lag Warren in den Ohren, den „Niggerfreund“ zu feuern.

Aber Robert hatte ihn nicht gefeuert – zumindest noch nicht – und der Hauptgrund dafür war Olivia.

„Bitte schick ihn nicht fort“, hatte seine Frau ihn angefleht. „Seine Verlobte wird bald kommen, dann wird sich alles ändern, du wirst schon sehen. Eine gute Frau, eine vornehme Frau wird ihm helfen, die Dinge im richtigen Licht zu sehen.“

Warren hatte seine Zweifel, aber er hatte zugestimmt, um Olivias willen, vorerst nichts gegen Noble zu unternehmen. Olivia hatte ihr Herz an den Gedanken gehängt, eine Gefährtin vornehmer Herkunft auf *Rivermont* zu haben, jemanden ihres gesellschaftlichen Status', jemanden, den sie unter ihre Fittiche nehmen und dem Rest der Gesellschaft von *Cambridge* vorstellen konnte.

Und wer weiß?, dachte er. *Vielleicht funktioniert es ja.* Er konnte nicht leugnen, dass Noble ein guter Arzt war. Wenn er es nur irgendwie schaffen konnte, den Mann auf Linie zu bringen ...

Silas stand neben Booker auf dem Bahnsteig und beobachtete, wie der Zug kreischend und in einer Wolke von Dampf zum Stehen kam. Die Passagiere begannen auszusteigen. Er hielt Ausschau nach Regina.

Und dann entdeckte er sie. Wie eine Engelsvision tauchte sie aus dem Dampf auf, eine liebliche und anmutige Erscheinung. Das Sonnenlicht fing sich in ihrem kastanienbraunen Haar, das sie hochgesteckt trug. Kleine Löckchen umspielten ihr Gesicht und ihren Nacken. Ihr Satinkleid in derselben Farbe wie ihre grünen Augen raschelte, als sie auf ihn zukam.

Booker beugte sich vor und flüsterte: „Ist sie das, Massa Doktor? Ich sage, das ist aber wirklich eine sehr feine –"

Booker brach ab und senkte den Blick. *Natürlich*, dachte Silas. Es war absolut unangemessen, dass ein Sklave die Reize einer weißen Frau zur Kenntnis nahm, geschweige denn einen Kommentar dazu abgab. Er schlug Booker auf den Rücken. „Keine Sorge, Booker", flüsterte er leise. „Und ja, sie ist eine wirklich feine Dame."

Booker grinste und trat zur Seite, als Regina mit ausgestreckten Armen auf Silas zukam. In einer Hand hielt sie einen kleinen Koffer, in der anderen einen zu ihrem Kleid passenden Sonnenschirm aus Satin. Jede Art der Umarmung – selbst ein Handschlag – war unter solchen Bedingungen unmöglich, darum beugte sich Silas vor und bekam einen Phantomkuss, zuerst auf die rechte Wange, dann auf die linke.

„Silas, Darling!", säuselte sie und trat zurück, um ihn zu betrachten. „Du meine Güte, du siehst absolut ... abgerissen aus." Sie stellte den kleinen Koffer auf den Bahnsteig und strich ihm mit ihrer behandschuhten Hand über die Wange. „Du bist so braun! Und dieser Bart!" Sie schlug ihn spielerisch auf die Wange. „Nun, der wird aber weichen müssen, nicht?"

Silas spürte, wie er errötete. Der Bart war anfangs ein Zugeständnis an seine Bequemlichkeit gewesen – es dauerte so lange, sich morgens zu rasieren, und in seiner Eile, zu den Sklavenhütten oder zum Herrenhaus zu kommen, schnitt er sich meistens in die Wange. Schließlich hatte er ihn einfach wachsen lassen und irgendwann hatte er sich dann daran gewöhnt und mochte ihn sogar. Er fühlte sich mit Bart männlicher, mächtiger, als hätte er endlich sein Schicksal selbst in die Hand genommen. In Baltimore hatte er nie so empfunden, nicht ein einziges Mal.

Als Regina nun hier vor ihm stand, überfielen ihn all die alten Erinnerungen. Er sah so deutlich, als wäre er wieder dort, wie sie und alle ihre Freundinnen die Männer in ihrer Umgebung dominierten – ihre Väter, ihre Brüder, ihre Verehrer. Sie versuchten es noch nicht einmal zu verbergen; andauernd witzelten sie darüber, die Männer wüssten nicht, was gut für sie sei und brauchten eine weibliche Hand, die sie führte. Bei einer Gelegenheit hatte Regina ihn zum Umziehen nach Hause geschickt, obwohl er gerade eine Achtzehn-Stunden-Schicht im Krankenhaus hinter sich gehabt hatte und sie bereits sehr spät dran gewesen waren. Regina hatte sich beklagt, sie könne sich mit einem Mann, der so unpassend gekleidet sei, einfach nicht in der Oper sehen lassen.

Silas fuhr sich mit der Hand durch den Bart und lächelte seine Verlobte an. „Nein", widersprach er leise. „Ich denke, ich werde ihn behalten. Er steht mir."

Ihre grünen Augen wurden eiskalt und sie zwang ein Lächeln auf ihre Lippen. „Wir werden sehen", antwortete sie mit einem eiskalten Lachen. „Sollen wir gehen?"

Silas wollte ihr gerade Booker vorstellen, als sie dem Sklaven ihren kleinen Handkoffer zuschob. „Meine anderen Sachen sind dort." Sie deutete auf einen mit Koffern und Schachteln hoch beladenen Rollwagen. Ohne Booker auch nur ins Gesicht zu sehen, drehte sie sich um und stolzierte zu der wartenden Kutsche.

Booker fing Silas' Blick auf und grinste. „Vermutlich hätten wir lieber den Wagen und nicht die Kutsche nehmen sollen."

Auf der Fahrt nach *Rivermont* staunte Regina über die Schönheit des Landes. Die Azaleen standen kurz vor der Blüte und am Flussufer blühten der Hartriegel und der Judasbaum. Unzählige gelbe und weiße Narzissen säumten die Uferböschung.

„Du hast mir gar nicht erzählt, dass es hier so schön ist", schwärmte sie und umklammerte Silas' Arm. „Wer hat all diese Blumen und Bäume gepflanzt?"

„Nun, äh, niemand", stammelte Silas. „Sie wachsen hier wild." Er fasste sich und drückte ihre Hand. „Aber warte nur, bis du *Rivermont* siehst. Der Garten von Miss Olivia – das ist Colonel Robert Warrens Frau – ist wirklich sehenswert. Sie züchtet Rosen, Calla und Hyazinthen –"

„Wir fahren doch zuerst nach *Rivermont*, nicht?", unterbrach Regina ihn. „Ich kann es kaum erwarten, die Warrens kennenzulernen."

Silas runzelte die Stirn. Eigentlich hatte er mit seiner Verlobten zuerst zu ihrem neuen Haus fahren wollen, um ihr zu zeigen, was er für sie geschaffen hatte und um ihr in angemessener und formeller Weise die Rubinbrosche zu überreichen, die er in der Jackentasche trug. „Bis zur Hochzeit wirst du natürlich bei ihnen wohnen. Für heute Abend sind wir beide bei ihnen zum Abendessen eingeladen. Aber ich dachte, wir könnten zuerst zu unserem Haus fahren. Du sollst sehen –"

„Oh, dazu ist noch Zeit genug." Sie winkte ab. „Ich würde lieber zuerst *Rivermont* sehen und Colonel und Mrs Warren kennenlernen."

Silas tippte Booker auf die Schulter. „Eine kleine Änderung der Pläne, Booker. Bring uns zuerst zum großen Haus."

Booker drehte den Kopf und rollte mit den Augen. „Ja, Sir, Massa Doktor. Was immer Sie sagen."

.-.

Regina war sehr beeindruckt von der Pracht und Größe von *Rivermont*. Nachdem Olivia sie herumgeführt hatte, setzten sich die beiden Damen zu Kaffee und Kuchen in den Salon und schnatterten wie die Eichhörnchen, während Silas und der Herr des Hauses sich in Warrens Arbeitszimmer zurückzogen und krampfhaft versuchten, ein ungezwungenes Gespräch zu führen.

„Also, Noble", sagte Warren schließlich nach mehreren misslungenen Versuchen, Konversation zu machen, „ich schätze, Ihr Leben wird sich nun gravierend verändern."

„Ja, Sir, ich denke schon." Silas rutschte unbehaglich in seinem Sessel herum.

„Nur eine gute Frau kann einen Mann auf dem geraden und schmalen Weg halten."

„Ja, Sir."

Warren zündete sich eine dicke Zigarre an und lehnte sich in seinem Sessel zurück. „Haben Sie Erfahrung mit Frauen, Noble?"

Silas fuhr zusammen. „Wie bitte?"

„Ob Sie Erfahrung haben. Sie wissen schon ..." Der ältere Mann grinste lüstern und winkte ab.

Silas zuckte bei dieser Verletzung seiner Privatsphäre zusammen. Aber Warren war nun mal sein Arbeitgeber und er wusste nicht, wie er die Beantwortung dieser anmaßenden Frage umgehen sollte. „Nun, natürlich", stammelte er. „Ich bin immerhin Arzt. Ich habe Babys auf die Welt geholt und –"

„Ich spreche nicht von beruflicher Erfahrung", unterbrach Warren ihn. „Ich spreche hier von Mann zu Mann. Sie wissen, wie Sie einer Frau Freude machen können?"

Silas spürte, wie sich die Röte über seinen Hals und seine Wangen ausbreitete. „Colonel Warren, verzeihen Sie, aber dieser Gesprächsverlauf gefällt mir nicht besonders –"

„Was einer Frau gefällt, ist –" Warren machte eine dramatische Pause. „Geld!" Er warf den Kopf in den Nacken und begann brüllend über seinen eigenen Witz zu lachen. „Geld, mein Junge. Eleganz. Das gute Leben. Und mir scheint, Sie haben sich ein Mädchen gesucht, das schöne Dinge zu schätzen weiß."

„Ja, Sir, das habe ich wohl", erwiderte Silas bekümmert.

Warren schlug so fest mit der Faust auf den Tisch neben seinem Sessel, dass der Aschenbecher aus Marmor beinahe heruntergefallen wäre. Auf seinem schmalen Gesicht lag ein Ausdruck, der nur mit einem Wort beschrieben werden konnte. *Triumph.* Und Silas brauchte nicht lange zu warten, bis er erfuhr, worin Warrens Triumph bestand.

„Ich mache Ihnen einen Vorschlag, Junge." Der Plantagenbesitzer legte seine Zigarre in den Aschenbecher und setzte sich auf. „Sie werden viel mehr brauchen, als Sie im Augenblick haben, um diese kleine Dame aus Baltimore glücklich zu machen. Habe ich recht?"

„Ich schätze schon, Sir."

„Sie haben ein schönes Haus und das ist ein guter Anfang, aber glauben Sie mir, es reicht nicht."

„Nicht?"

„Natürlich nicht. Olivia hat große Pläne für Ihr kleines Mädchen. Bälle und Feste, Kontaktaufnahme mit jeder

Plantagenbesitzerfamilie im Umkreis von 160 Kilometern. Unsere eigenen Kinder sind bereits erwachsen und aus dem Haus, aber nun, da Olivia jemanden zu bemuttern hat, wird sie sich große Mühe damit geben, denken Sie an meine Worte. Sie werden Geld für all die Ballkleider brauchen – maßgeschneidert von dem besten Schneider in Memphis – und eine schöne Kutsche und tausend andere Dinge. Wie wollen Sie einen solchen Lebensstil finanzieren?"

„Ich – ich weiß es nicht, Sir. Darüber habe ich noch gar nicht nachgedacht."

Warren lehnte sich in seinem Sessel zurück. „Zahlen. Vermutlich haben Sie gedacht, Ihre Miss Regina würde vollkommen damit zufrieden sein, nach Mississippi zu ziehen und", er verzog verächtlich den Mund, „die Frau eines Arztes zu werden."

„Was ist denn verkehrt daran, die Frau eines Arztes zu sein?", platzte Silas heraus.

„Nichts, Junge, überhaupt nichts." Er blinzelte ihm verschmitzt zu. „Es ist nur nicht dasselbe wie die *Frau eines Masters.*"

Trotz des Zorns, der in Silas brannte, wusste er, dass das, was Warren sagte, stimmte. Er hatte den Ausdruck auf Reginas Gesicht gesehen bei ihrem ersten Blick auf *Rivermont.* Das Haus, das er für sie gebaut hatte, so schön es auch war, würde im Vergleich dazu verblassen. Es gab keine handgewebten Teppiche aus England, keine Mahagonimöbel, die extra für dieses Haus angefertigt worden waren. Mit seinen wenigen Ersparnissen würden sie kaum das Nötigste anschaffen können. Und er hatte nicht einmal an die Kosten von Festen, Bällen und Ballkleidern gedacht – all die Dinge, auf denen Regina bestehen würde. Das wusste er instinktiv.

„Also, ich habe folgenden Vorschlag", fuhr Warren fort. „Ich bin bereit, Ihr Gehalt zu verdoppeln."

Silas schüttelte ungläubig den Kopf. Er musste sich verhört haben. „Wie bitte?"

„Sie haben richtig verstanden." Warren nickte ihm wohlwollend zu.

„Und was muss ich für diese großzügige Geste tun?" Silas merkte, dass seine Stimme vor Sarkasmus triefte, aber er konnte nicht anders. Nach fast einem Jahr kannte er Warren viel zu gut. Nie machte der Mann ein Angebot ohne Haken.

„Nicht viel", sagte der Plantagenbesitzer zögernd. „Ich bitte Sie nur, in Erinnerung zu behalten, für wen Sie arbeiten. Erfüllen Sie die ursprünglichen Bedingungen Ihres Vertrages. Konzentrieren Sie sich auf die Plantagenbesitzer und ihre Familien und halten Sie sich von den Sklavenhütten fern. Wenn ich möchte, dass Sie einen Sklaven behandeln, werde ich Ihnen sagen, wen, wann und unter welchen Umständen. Verstanden?"

Silas antwortete nicht. Kurz nach Marcus' Tod hatte seine Frau Lily festgestellt, dass sie ein Kind erwartete. Sie würde jetzt jeden Tag entbinden und obwohl sie eine gesunde, robuste Frau war, konnte die Geburt schwierig für sie werden. Er hatte ihr versprochen, bei der Entbindung dabei zu sein, zusammen mit Middie und Pearl Avery und was auch passierte, er würde nicht zulassen, dass dem Baby etwas zustieß.

„Noble?", fragte Colonel Warren. „Haben Sie mich verstanden?"

Silas zwang sich, seinen Arbeitgeber anzusehen. „Ja, Sir. Ich habe Sie verstanden. Ich weiß nur nicht, ob ich mich Ihren Bedingungen fügen kann."

„Warum um Himmels willen nicht?“

Silas atmete tief durch. „Sie erinnern sich an Marcus, den Sklaven, von dem Otis Tilson behauptet hat, er hätte weglaufen wollen? Tilson hat ihn zu Brei geschlagen, ihm seinen Fuß abgehackt und ihn dann verbluten lassen.“

„Natürlich erinnere ich mich.“ Warren nickte. „Dieser Bock war der beste Pferdetrainer, den ich je gesehen habe. Vermutlich werde ich nie mehr jemanden finden, der seine Stelle einnehmen kann.“

Silas unterdrückte seinen Zorn. „Sein Mädchen Lily hat kurz nach seinem Tod gemerkt, dass sie schwanger ist. Die Geburt rückt immer näher und ich habe ihr versprochen, ihr zu helfen.“

Warren biss sich auf die Lippe und dachte einen Augenblick lang nach. „Wenn es ein Junge ist und er wie sein Daddy wird, dann könnte er sich hier sehr nützlich machen.“

„Ja, Sir, das könnte er.“ Silas hasste sich selbst dafür, dass er Warren zustimmte, der von dem Baby sprach, als wäre es ein neues Fohlen seines besten Hengstes. Aber wenn diese Argumentationskette den Colonel überzeugte, dann war er bereit, sie weiterzuverfolgen.

„Ich sage Ihnen was“, meinte Warren schließlich. „Wenn Marcus' Niggerfrau Wehen bekommt, haben Sie meine Erlaubnis, sich um sie zu kümmern, es sei denn – und ich wiederhole es noch einmal, es sei denn – Sie werden woanders gebraucht. Und von jetzt an werden Sie tun, was man Ihnen sagt, und die Leute behandeln, die ich Ihnen zu behandeln auftrage. Keinen Widerspruch. Verstanden?“

„Gut.“ Robert Warren ging zu seinem Schreibtisch und nahm einige Geldnoten aus einer kleinen Kassette. Er reichte sie Silas. „Die erste Zahlung Ihres neuen Lohnes“, sagte er. „Und dazu ein kleines Hochzeitsgeschenk.“

Mit zitternder Hand nahm Silas das Geld entgegen.

Eine Erinnerung überfiel ihn – ein Bild aus der Zeit seines Studiums, als er nach dem Unterricht in die weniger schönen Stadtviertel Baltimores gegangen war, um die Kranken in der Armenklinik zu behandeln. Unterwegs hatte er überall die aufreizend gekleideten Frauen der Nacht in Hauseingängen posieren sehen, die die Männer auf den Straßen drängten, hereinzukommen und zu kaufen, was sie anzubieten hatten.

Damals hatte sich Silas gefragt, was eine Frau dazu bringen konnte, sich so zu prostituieren, um des Geldes willen etwas so Schändliches zu tun.

Jetzt, wo ihm Warrens Geld wie glühende Kohlen in der Hand brannte, wusste er es.

Eine Frage des Gewissens

Silas stand mit Regina in dem unteren Schlafzimmer, das an den Salon angrenzte. Diesen Raum hatte er ihr bewusst zuletzt gezeigt – er war bereits eingerichtet, wenn auch spärlich, mit einem breiten Bett und einer mit Schnitzereien verzierten Eichenkommode.

„Booker hat die Kommode und das Bett selbst gebaut“, erklärte er und strich mit der Hand über die glänzende Oberfläche. „Er hat seine Sache gut gemacht, findest du nicht? Er ist wirklich ein Künstler.“

Als Regina nicht antwortete, fuhr Silas fort. „Celie und Lily haben die Matratzen gemacht und die Decke genäht. Sie ist hübsch, nicht?“

Und das war sie wirklich. Eine Decke mit dem Motiv von zwei Eheringen, zwei ineinander greifenden Ringen, in weichen Pastelltönen auf einem Hintergrund von ungebleichtem Musselin. Jeder Stich war fest und gerade. Die beiden hatten Wochen daran gearbeitet, das wusste Silas. Sie hatten beim Schein der Lampe bis tief in die Nacht genäht. Er hatte keine Ahnung, woher sie den Stoff hatten, aber hier und da erkannte er kleine Stoffstücke von den besseren Kleidungsstücken der Haussklaven und auch von ein oder zwei abgetragenen Kleidern von Olivia Warren. Eine Arbeit der Freude. Ein Hochzeitsgeschenk von Menschen, die Silas liebten und seine Anwesenheit in ihrer Mitte zu schätzen wussten.

Noch immer zeigte Regina keine Reaktion.

Silas konnte es nicht mehr länger aushalten. „Nun, Darling, was denkst du? Wenn du es vorher hättest sehen können –“

Regina brachte ein schwaches Lächeln zu Stande und ließ sich auf das Bett sinken. „Ich denke –“, begann sie und hielt dann inne. „Ich denke, angesichts des Rohmaterials hast du deine Sache recht gut gemacht.“

Die Worte drangen Silas wie Bleikugeln ins Herz. Er schluckte, immer wieder, um den Kloß in seinem Hals herunterzubekommen, doch bevor er etwas sagen konnte, sprach sie weiter.

„Natürlich ist es nicht *Rivermont*, aber es ist sehr nett. Ich kenne eine Schneiderin in Baltimore, die hübsche Arbeiten macht, Decken und Vorhänge –“ Sie fuhr mit dem Fingernagel über einen Knoten im Musselin. „Ich bin sicher, sie könnte etwas schneidern, das angemessener wäre als eine … eine Patchworkdecke von Sklaven." Ihre Nasenflügel bebten leicht, als hätte sie einen unangenehmen Geruch in die Nase bekommen.

Silas kämpfte gegen die Gefühle an, die in ihm aufstiegen. Natürlich wusste er, dass seine Verlobte an die eleganteren Dinge im Leben gewöhnt war, und das große Haus des Plantagenbesitzers wäre genau das Richtige für ihren ausgefallenen Geschmack. Aber nachdem er gesehen hatte, was für ein Schmuckstück Booker aus dem ursprünglichen Holzhaus gezaubert hatte, war er sicher gewesen, dass Regina sich darüber freuen würde. Doch jetzt hatte er den Eindruck, ihre Reaktion ziemlich überschätzt zu haben.

Achte darauf, dass du klug wählst.

Großmamas Worte hallten in ihm wider, aber Silas schob sie beiseite. Er durfte seine Zukunft nicht durch seine anfängliche Enttäuschung bestimmen lassen. Regina war hier und das allein zählte. Olivia Warren steckte bereits in der Planung einer großen Hochzeit für Ende April – jeder Plantagenbesitzer im Umkreis von fünfzig Meilen würde mit seiner Familie daran teilnehmen. Und außerdem, wenn Regina sich erst das Mobiliar aussuchen konnte, würde ihr neues Heim ihr bestimmt gefallen. Am besten ließ er ihr bei dem Haus freie Hand.

Silas nahm ihre Hand und führte sie in den Salon, wo sie sich zusammen auf das Sofa setzten. „Regina", sagte er leise. „Das ist vermutlich nicht, was du erwartet hast oder dir wünschst, aber ich habe den größten Teil noch unmöbliert gelassen, damit du dir die Möbel selbst aussuchen kannst, damit du es so einrichten kannst, wie es dir gefällt." Er dachte an die unerwartete Gehaltserhöhung und der bittere

Geschmack von Galle kam ihm hoch. „Ich habe ein paar Ersparnisse zur Seite gelegt und –"

Regina hörte gar nicht zu. Ihr Blick wanderte durch den Raum, als überlege sie bereits, wo sie Teppiche und Sofas platzieren sollte.

Ganz leise hörte er wieder Großmamas Flüstern: *Wähle klug.* Und auf einmal fiel es Silas ein: Die Brosche! Er griff in die Tasche und holte die graue Samtschachtel heraus. „Bevor ich Baltimore verlassen habe, hatte ich dich gebeten, meine Frau zu werden", flüsterte er und blickte in die seegrünen Augen. „Aber ich hatte kein Zeichen meiner Liebe, das ich dir schenken konnte." Er nahm die Brosche aus der Schachtel und hielt sie ihr hin. Der herzförmige Rubin funkelte in tiefem Rot. „Diese Brosche gehört seit Generationen meiner Familie", sagte er mit leiser Stimme. „Meine Großmutter hat sie mir geschenkt, damit ich sie an die Frau weitergebe, die ich einmal heiraten werde."

Regina sah auf die Brosche hinab, dann blickte sie ihn an. „Das ist aber ein hübsches Schmuckstück", sagte sie mit einem Lächeln, das ihre Augen nicht erreichte. „Es ist ziemlich wertvoll, nicht?"

Silas zuckte zusammen. „Grandma sagte, es sei so wertvoll wie die eine, die sie trägt, für denjenigen ist, der sie verschenkt."

Regina starrte ihn verständnislos an. „Wie nett. Und du bist süß." Sie tätschelte ihm den Arm und gab ihm einen flüchtigen Kuss auf die Wange. „Danke, Silas." Dann fuhr sie mit der Hand über seinen Bart. „Den wirst du doch noch vor der Hochzeit abrasieren, nicht, Darling?"

Lilys Kusine Jute stellte eine Schüssel mit dampfender Suppe vor Silas auf den Tisch und lächelte ihn an. „Hühnchen mit Reis“, erklärte sie, dann knickste sie vor Regina. „Ich hoffe, Sie mögen es, Madam.“ Sie verließ rückwärts das Speisezimmer und blieb im Türrahmen stehen. „Ich bin in der Küche, falls Sie etwas brauchen.“

Silas gab Suppe in eine Tasse und reichte sie an Regina weiter, dann füllte er eine zweite für sich. Er schob die Schüssel zur Seite, nahm seinen Löffel und tauchte ihn ein. Die Suppe war wundervoll – eine dicke, herzhafte Hühnersuppe mit großen Fleischstücken und den wilden Pilzen, die unten am Fluss wuchsen.

Regina schob ihre Tasse hin und her und tauchte schließlich vorsichtig den Löffel ein. „Hat diesem Negermädchen denn niemand beigebracht, wie man bei Tisch angemessen bedient? Eine Sklavin sollte das Essen *servieren*, es nicht einfach vor den Master hinknallen.“

Silas verzog das Gesicht. Regina war nun schon seit gut vierzehn Tagen hier und in der ganzen Zeit war er kaum einmal mit ihr allein gewesen. Sie verbrachte jeden Tag oben im großen Haus mit Olivia Warren, plante die Hochzeit, bestellte Möbel, Vorhänge und Teppiche und jeden Abend war Silas gezwungen, Warrens Gesellschaft bei ausgedehnten Abendessen zu ertragen. Endlich hatte er es mit Lilys und Jutes Hilfe geschafft, sie einmal für eine ruhige Mahlzeit in ihrem eigenen Haus allein für sich zu haben. Konnten sie sich denn nicht wenigstens für ein paar Minuten angenehm miteinander unterhalten? „Ich bin kein Master“, entgegnete Silas. „Und Jute ist keine Haussklavin. Sie arbeitet auf dem Feld und hat bereits zehn Stunden Baumwolle geerntet. Sie hat dieses schöne Abendessen als Geschenk für uns zubereitet.“

Regina ignorierte die Bemerkung zu Jutes schwerer Arbeit und das großzügige Angebot. „Du bist der Herr deines eigenen Hauses“, gab sie zurück. „Und warum kannst du nicht ein Master sein – ein richtiger, meine ich? Olivia sagt, Colonel Warren würde dir vierhundert Hektar gutes Baumwollland, das an den Eichenhain angrenzt, verkaufen und dir sogar helfen, die Unterkünfte für die Sklaven zu bauen –“

Das war zu viel. Silas verlor die Beherrschung. Seine Hand ballte sich zu einer Faust und knallte auf den Tisch. Das Porzellan und die Gläser klirrten. „Ich bin weder jetzt ein Master, noch werde ich es je sein! Ich bin Arzt und meine Aufgabe ist es, Menschen zu heilen, nicht sie zu versklaven!“

Regina starrte ihn erstaunt an, aber sie wirkte nicht beunruhigt. „Na komm schon, Silas“, beruhigte sie ihn. „Du weißt ganz genau, dass wir, wenn wir erst verheiratet sind – es dauert jetzt nur noch eine Woche, kannst du dir das vorstellen? – ein paar Sklaven brauchen, ob du nun weiterhin der Medizin die Treue hältst oder nicht. Wir brauchen eine Köchin, einen Fahrer und jemanden, der das Haus sauber macht.“ Sie runzelte verächtlich die Stirn. „Du erwartest doch sicher nicht, dass ich das alles selbst tue?“

Darüber hatte Silas noch gar nicht richtig nachgedacht, aber nun, da sie das Thema ansprach, wusste er, dass er tief in seinem Innern nicht damit rechnete, dass seine schöne Regina sich mit langweiliger Hausarbeit abgeben würde. „Du wirst die Hilfe bekommen, die du brauchst“, gab er nach. „Aber es werden Angestellte sein, keine Sklaven, und sie werden einen fairen Lohn bekommen.“

„Das ist doch nicht dein Ernst!“

„Das ist durchaus mein Ernst. Warum nicht?“

„Weil es alles ruinieren wird, darum! Denk doch mal nach, Silas. Was wird passieren, wenn du anfängst, Schwarze für das zu bezahlen, wofür sie bereits gekauft worden sind? Das kann nur im Chaos enden und in Unzufriedenheit für alle. Und woher, sag mir das bitte, willst du solche ‚Angestellten', wie du sie nennst, bekommen?"

Silas kratzte sich den Bart und wartete. Dann endlich fiel ihm die Antwort ein. „Ich schätze, ich werde sie freikaufen."

„Du wirst sie freikaufen? Und ihnen dann Lohn zahlen?"

„Ja." Silas lächelte. Es war wirklich ein brillanter Plan. „Genau das werde ich tun."

„Das ist verrückt."

„Nein", entgegnete er, „es ist menschlich. Schwarze sind keine Tiere, Regina. Es sind menschliche Wesen mit einem Herz und einer Seele, mit einem Verstand und Talenten und Träumen."

Sie starrte ihn an. „Silas Noble, du bist ja ein – ein – ein Gegner der Sklaverei!"

Silas wollte gerade antworten, als er ein Geräusch hinter sich hörte. Er drehte sich um und entdeckte Jute, die mit einer Platte Schweinebraten und Süßkartoffeln in der Tür stand. „Verzeihung, Massa Doktor", sagte sie, als sie das Essen auf den Tisch stellte. „Ich wollte die Suppe holen und den Hauptgang bringen."

Jute stellte die Suppenschalen zusammen, nahm die Suppenschüssel und blieb mit gesenktem Kopf vor Silas stehen.

„Ist noch etwas, Jute?"

„Ja, Sir." Sie nickte. „Ich möchte Ihnen nur sagen, dass ich sehr stolz wäre, Ihnen und Ihrer Missus in diesem schönen Haus zu dienen."

„Sie hat gelauscht!“, zischte Regina.

Jute riss die Augen auf. „Nein, Madam! Ich meine, ich wollte nicht zuhören. Es ist einfach so passiert.“

„Es ist gut, Jute. Und danke für das Angebot. Ich werde es im Auge behalten.“

„Meine Freiheit würde nicht viel kosten, Massa Doktor. Ich bin als Feldarbeiterin nicht besonders gut. Und ich wäre Ihnen und Ihrer Dame gegenüber loyal. Sehr loyal.“

Nachdem Jute in die Küche verschwunden war, wandte sich Regina mit triumphierendem Gesichtsausdruck zu Silas um. „Siehst du? Was habe ich dir gesagt? Die Schwarzen werden von hier bis nach Memphis Schlange stehen, um dich dazu zu bringen, ihnen die Freiheit zu erkaufen. Was sagt dir das?“

Silas biss sich auf die Unterlippe. „Das sagt mir“, erwiderte er leise, „dass kein menschliches Wesen damit zufrieden ist, ein Sklave zu sein.“

Regina zupfte Silas am Arm. „Lass uns gehen!“, forderte sie. „Ich habe nicht die Absicht, dort hineinzugehen!“

Silas blickte sie an. Die Hüttentür stand offen und im Innern konnte er die Sklavenhebamme und Pearl Avery erkennen, die Lily auf die Geburt vorbereiteten.

„Komm schon.“ Er zog Regina in die Hütte und schloss die Tür hinter ihr. „Du wirst erstaunt sein. Das Erlebnis einer Geburt kommt einem Wunder gleich.“

Silas glaubte seinen Worten. Wann immer ein neues Leben auf die Welt kam und jedes Mal, wenn ein hilfloser Säugling in seine Hände glitt, hatte er das Gefühl, selbst neu geboren zu werden. Die Geburtshilfe hatte ihn zu einem

Gläubigen gemacht – an Gott, an die Hoffnung, an die Zukunft.

„Ich werde deine Hilfe brauchen, Regina", sagte er. „Ich schaffe das nicht ohne dich."

In Wahrheit brauchte er ihre Hilfe gar nicht. Wenn sie nicht da gewesen wäre, hätte sich eine andere Frau erboten, die Lampe zu halten, ihm die Instrumente aus seiner Arzttasche zu reichen. Aber er hatte einen ganz bestimmten Grund dafür, dass er seine Verlobte bei der Geburt von Lilys Baby dabeihaben wollte. Sie sollte selbst miterleben, warum die Medizin, „seine Besessenheit", wie sie es nannte, so wichtig für ihn war. Es war an der Zeit, dass sie erlebte, was es bedeutete, die Frau eines Arztes zu sein. Und tief in seinem Innern hoffte er, das Miterleben dieser Geburt würde ihre Einstellung den Schwarzen gegenüber verändern.

„Ich – ich kann nicht."

„Doch, du kannst. Bleib hier neben mir stehen und halte mir die Lampe!"

Mit offensichtlichem Widerwillen gehorchte sie und wartete stumm und mit abgewandtem Blick, während Silas Lily untersuchte.

„Wie weit sind ihre Wehen?"

Pearl stellte sich hinter ihn und legte eine Hand auf seine Schulter. „Sie kommen etwa alle fünf Minuten, Silas. Es wird jetzt nicht mehr lange dauern."

„Wer ist diese Frau?"

Silas drehte sich um. Regina runzelte die Stirn. „Tut mir leid, ich habe gar nicht daran gedacht, euch einander vorzustellen. Das ist Pearl Avery, Regina. Sie ist Krankenschwester. Ich wüsste nicht, was ich ohne sie tun sollte." Er blickte Pearl an. „Das ist meine Verlobte Regina Masterson aus Baltimore."

„Ich freue mich, Sie kennenzulernen", sagte Pearl freundlich und streckte ihr die Hand hin, die Regina geflissentlich übersah. „Ich habe schon viel von Ihnen gehört."

„Und ich dagegen habe noch nichts von Ihnen gehört", erwiderte Regina kalt.

„Ich habe dir doch von Pearl geschrieben", protestierte Silas. „Nicht?"

„Kein Wort."

„Oh, nun, ich dachte, ich hätte es getan." Er wandte sich wieder Lily zu. „Ich werde es später erklären. Lily, geht es dir gut?"

„Ja, Massa Doktor. Ich bin bloß froh, wenn er da ist."

„Das glaube ich. Ich schätze, dass du ein paar Wochen über die Zeit bist."

„Er ist ein großes Baby, nicht? Wie sein Daddy."

Silas nickte. „Ich glaube, du hast recht, Lily. Bist du sicher, dass es ein Junge ist?"

„Ich weiß nicht genau. Ist mir auch egal, solange es gesund ist."

Lily war selbst sehr groß und muskulös von der Arbeit auf den Feldern, mit breiten Hüften und mächtigen Oberschenkeln. Sie hatte eine Figur, die man landläufig als „ideal für die Geburt eines Kindes" beschreiben würde. Unter anderen Umständen hätte sich Silas um eine komplikationslose Geburt keine Gedanken gemacht. Aber das Baby war groß – und überfällig. Außerdem war es Lilys einzige lebende Verbindung zu Marcus, dem Mann, den sie geliebt hatte, und Silas hatte ihr geschworen, er würde ihr helfen, komme, was wolle.

Regina stand reglos und starr neben ihm und sagte keinen Ton, während Lily zwei Stunden lang in den Wehen lag. Und gerade als die Presswehen einsetzten, kam Celie in die Hütte gestürmt.

„Doktor Silas!", keuchte sie. „Massa Warren hat einen Jungen hinuntergeschickt, um Sie zu holen."

„Ich kann jetzt nicht kommen", murmelte Silas. Konzentriert verfolgte er den Geburtsvorgang.

„Er sagt, Sie sollen zu den Ställen kommen. Mister Tilson, er ist von dem neuen Zuchthengst abgeworfen worden und hat sich das Bein gebrochen."

Eine Welle der Zufriedenheit machte sich ungebeten in Silas' Herzen breit und angesichts der Ironie der Situation musste er ein Lächeln unterdrücken. Solange er lebte, würde Silas niemals das Bild des Sklaven Marcus, Lilys Mann, vergessen, den dieser Mann zu Tode geprügelt hatte. Der Aufseher hatte Marcus getötet, ohne auch nur einen Funken Bedauern zu empfinden und jetzt, an dem Abend, an dem Marcus' Kind geboren wurde, brauchte er Hilfe. Nun, Tilson würde warten müssen. Das war die Vergeltung für seine Grausamkeit.

Aber so sollte ein Arzt nicht reagieren, ermahnte sich Silas. Egal wer, egal, unter welchen Umständen, er hatte die Verpflichtung, Leben zu retten. Zu handeln, nicht zu verletzen. Und was hatte Robert Warren ihm gesagt? *Weiße kommen zuerst. Denken Sie daran, für wen Sie arbeiten.*

Silas dachte daran. Wie könnte er es vergessen, wo Warren auf seine Zusage hin, er würde die Anweisungen seines Arbeitgebers befolgen, seinen Lohn verdoppelt hatte? Ohne dieses Geld würde Silas Regina niemals ein Leben in Luxus und gesellschaftlicher Anerkennung bieten können.

„Massa Doktor“, flehte Lily. „Verlassen Sie mich jetzt nicht.“

„Soll ich Massa Warren sagen, ich hätte Sie nicht finden können?“, schlug Celie vor.

In diesem Augenblick traf Silas seine Entscheidung. An einem gebrochenen Bein würde Tilson nicht sterben. Nachdem er Lilys Baby sicher auf die Welt gebracht hatte, würde er den Knochen des Mannes richten. Er bezweifelte, dass er sein Einkommen würde retten können, aber vielleicht – nur vielleicht – könnte er retten, was von seiner Integrität noch übrig war.

Silas schüttelte den Kopf. „Nein, lüge ihn nicht an. Sag ihm, Lilys Baby würde jetzt jeden Augenblick kommen und er solle Tilsons Bein ruhigstellen. Ich komme, sobald ich kann.“

Celie rannte davon und Silas blickte Regina an. Ihr hübsches Gesicht hatte sich zu einer ungläubigen Maske verzerrt und ihre grünen Augen sprühten vor unausgesprochenem Zorn.

Regina hielt die Lampe hoch und rührte sich nicht. Auch wandte sie sich nicht ab von der abscheulichen blutigen Masse, die Silas ein Wunder genannt hatte. Was war so Besonderes an einer Niggerfrau, die ihr Baby auf eine mit Stroh gestopfte Matratze warf? Sie hatte schon einmal miterlebt, wie ein Fohlen geboren wurde, ein reinrassiges. Dieser Vorgang war sauberer und beträchtlich effizienter gewesen als das, was sie an diesem Abend miterlebte.

Und außerdem, wie konnte Silas denken, ein Sklavenbaby auf die Welt zu bringen sei wichtiger, als einen der Ihren zu versorgen? Der Mann hatte keine Vorstellung von dem, was sich in der gehobenen Gesellschaft schickte. Er war Arzt, sicher, aber hatte ein Arzt in dieser Angelegenheit nicht auch eine Entscheidungsfreiheit?

Mit neugieriger Distanz beobachtete sie Silas bei der Arbeit. Und allmählich wurde es ihr klar: Er hatte sich bereits entschieden! Er liebte seine Arbeit. Er wollte lieber in einer Sklavenhütte einen kleinen Bastard aus einer großen schwarzen Mammi herausziehen, als in Warrens Haus *Rivermont* das Bein des weißen Aufsehers zu richten.

Sie hatte ihm vorgeworfen, ein Gegner der Sklaverei zu sein und er hatte sich zu diesem Vorwurf nicht geäußert. Aber egal, was er sagte, sie erkannte es nun selbst. Sie las es in seinen Augen, in der Art, wie er die Negerfrau ansah, die schwitzend und schmerzgepeinigt auf der Matratze lag. Sie erkannte es an seinen Händen, an der Art, wie er sie tröstend und ermutigend berührte. Es war in seiner Stimme, wenn er sie aufforderte, zu pressen oder sich zurückzuhalten, wenn er mit leiser und mitfühlender Stimme mit ihr sprach.

„Mehr Licht!", rief er. Regina hielt die Lampe näher und beobachtete, wie ein krausköpfiges Baby in die Welt drängte. Es war ein Mädchen.

Regina erschauerte unwillkürlich, als Silas das Baby hochnahm und an die Brust drückte. Er verschmutzte sein Hemd; diese Flecken würden sich bestimmt nicht mehr auswaschen lassen.

Und dann geschah etwas vollkommen Unerwartetes. Die weiße Frau, Pearl Avery, nahm ihm den Säugling ab und wickelte ihn in eine Decke. Ihre Hände berührten Silas' Hände und sie erstarrte einen Augenblick lang, blickte zu ihm auf. Im gelben Schein der Lampe erkannte Regina die nackte Wahrheit.

Es war nicht möglich – sie musste sich das einbilden. Wer war denn schon diese Pearl Avery? Mehr ein Mann als eine Frau, nach ihrem Aussehen zu urteilen, in ihrer Arbeitshose, den Stiefeln und dem Baumwollhemd. Sie war überhaupt nicht attraktiv, und ganz bestimmt besaß sie keine Herkunft oder Adel.

Trotzdem, Regina konnte nicht leugnen, was sie miterlebt hatte, den Blick, den sie in Silas' Augen gesehen hatte.

Ihr Verlobter war in eine andere Frau verliebt.

„Wollen Sie sagen, dass er bei dieser Sklavenfrau geblieben ist, obwohl Robert ihn ausdrücklich zu sich beordert hatte?"

Regina nickte. Silas war draußen im Stall und richtete Otis Tilsons gebrochenes Bein. In der Zwischenzeit hatte sie bei Tee und Sandwiches Olivia alles erzählt – oder zumindest fast alles. „Ja, genau wie ich gesagt habe. Er hat mich gezwungen, mit ihm in die Sklavenhütten zu gehen. Ich habe mich geweigert, aber jetzt bin ich natürlich froh, dass ich ihn begleitet habe. Ich habe alles mit eigenen Augen gesehen."

„Es muss doch schrecklich für Sie gewesen sein." Olivia tätschelte Reginas Hand und goss ihr noch eine Tasse Tee ein.

„Allerdings." Regina schloss die Augen und erschauderte. „Dieser Geruch! Ich kann kaum glauben, dass ich das überlebt habe, ohne ohnmächtig zu werden. Und das Blut und die Sauerei –"

„Beruhigen Sie sich, meine Liebe", säuselte Olivia. „Sie sind jetzt ja hier, wieder da, wo Sie hingehören."

„Aber Silas gehört nicht hierher."

„Was meinen Sie, Kind?“

„Ich meine“, erwiderte Regina erregt, „dass es ihm gefällt! Er ist gern bei den Sklaven. Beim Abendessen heute hat er mir sogar erzählt, er überlege, einigen Schwarzen die Freiheit zu erkaufen.“

„Was hat er gesagt?“

„Wir haben darüber gesprochen, wie viele Dienstboten wir für das Haus brauchen würden. Ich habe ihn ermutigt, Colonel Warrens Angebot in Bezug auf das Land anzunehmen und anzufangen, eine eigene Plantage aufzubauen. Aber er sagte, er könne niemals einen einzigen Sklaven halten, solange er lebe. Wenn wir Dienstboten brauchten, würde er ihnen die Freiheit erkaufen und ihnen dann einen Lohn zahlen, als Angestellte.“

„Du meine Güte, nein!“ Olivia legte die Hand auf ihr Herz und fächelte sich mit ihrer Leinenserviette Luft zu. „Weiß er denn, was er da sagt?“

Regina nahm einen Schluck von ihrem Tee und stellte mit zitternder Hand die Tasse ab. „Offensichtlich meint er es ernst. Wenn Sie hätten sehen können, wie er sich heute Abend verhalten hat, als wären diese Schwarzen – ich weiß nicht ... seine *Familie*!“

„Er kann doch nicht hingehen, Sklaven befreien und sie dann bezahlen – nicht in Mississippi! Das ist anmaßend. Ein Aufstand wäre die Folge.“

„Das habe ich ihm auch gesagt.“ Regina nickte. „Ich habe ihm gesagt, es sei eine verrückte Idee – vollkommen verrückt. Aber nach dem, was ich heute Abend miterlebt habe, glaube ich, dass er diese Einstellung schon länger hat. Ich glaube –“

„Was glauben Sie, meine Liebe?“, hakte Olivia nach.

„Ich denke, dass er –“, Regina atmete tief durch. „Ich denke, dass er vielleicht ein Gegner der Sklaverei ist.“

„Nein!“ Olivia Warrens entsetzter Gesichtsausdruck spiegelte die Gefühle wider, die auch in Regina brannten. „Oh, Sie Arme! Was werden Sie jetzt tun?“

Regina zögerte. Sie hatte in dem Augenblick die Wahrheit erkannt, in dem sie ihren Fuß in diese Bretterbude gesetzt hatte, auf die Silas so stolz war, in der Sekunde, als ihr Blick auf diese armselige Rubinbrosche gefallen war, die sie jetzt an ihrem Kleid trug. Aber die Worte mussten noch ausgesprochen werden. Langsam öffnete sie die Brosche und legte sie auf den Tisch. „Ich werde nach Baltimore zurückkehren.“

„Das geht doch nicht“, jammerte Olivia. „Die Hochzeit findet in einer Woche statt. Und ich mag Sie doch so! Was soll ich nur ohne Sie in *Rivermont* machen?“

„Es tut mir leid“, erwiderte Regina. „Sie haben sich so viel Mühe gegeben, mir das Gefühl zu geben, hier willkommen zu sein und ich entschuldige mich wirklich für die Unannehmlichkeiten. Ich werde Sie auch vermissen, aber –“

„Aber was? Gibt es denn keinen Weg, das wieder in Ordnung zu bringen? Bestimmt wird Ihr Einfluss Silas helfen zu erkennen, auf welchen Irrwegen er sich befindet –“

„Welche Irrwege?“

Regina erblickte Silas im Türrahmen. Sie wusste nicht, wie lange er schon dort stand, aber der Ausdruck auf seinem Gesicht zeigte ihr, dass er genügend gehört hatte, um zornig zu sein.

•◆•

„Sprecht ihr über jemanden, den ich kenne?“ Silas ging zum Tisch und goss sich eine Tasse Tee ein. Er nahm zwei

Sandwiches und ließ sich Regina gegenüber in einen Sessel sinken. „Ich habe Tilsons Bein gerichtet. Er wird am Leben bleiben."

„Du klingst enttäuscht."

„Und du klingst so, als hättest du der Frau des Masters dein Herz ausgeschüttet." Er schüttelte den Kopf. „Was hast du ihr erzählt?"

„Sie hat mir erzählt", erklärte Olivia, „dass Sie einer direkten Anweisung meines Mannes nicht gefolgt sind und dass Sie Äußerungen gegen die Sklaverei von sich gegeben haben."

Silas seufzte tief und schwieg.

„Nun, Silas", fuhr die Frau fort, „ich denke, wir müssen miteinander reden. Ich habe beträchtlichen Einfluss bei meinem Mann und ich denke, ich könnte ihn davon überzeugen, Ihnen eine weitere Chance zu geben, wenn Sie –"

Silas hob die Hand und brachte sie dadurch zum Schweigen. Seine Gedanken wanderten zurück zu dem Gespräch mit Regina während ihres Abendessens. Sie hatte ihn dazu bringen wollen, eine eigene Plantage aufzubauen, ein großes Haus und Hunderte von Sklaven zu halten. Aber nie würde er sich zu so etwas überwinden können – nicht in drei Leben. Nicht für Regina Masterson. Für niemanden.

Es war an der Zeit, für das einzustehen, was er war – als Mann und als Arzt. Niemand, nicht einmal sein Arbeitgeber, der seinen Lohn zahlte, würde ihm sagen, wem er helfen und wem er nicht helfen durfte. Er war drauf und dran, alles zu verlieren – seinen Job, sein Einkommen, die Frau, mit der er verlobt war und die er heiraten wollte. Seine Familie in Baltimore würde vermutlich nie wieder mit ihm reden. Aber wenigstens würde er sich nicht selbst verlieren.

„Nein“, sagte er schließlich. „Ich möchte keine weitere Chance. Ich möchte die Freiheit haben, die Menschen zu behandeln, die meine medizinischen Kenntnisse am meisten brauchen, egal, wer sie sind.“

„Und das ist Ihr letztes Wort in dieser Angelegenheit?“

Silas drehte sich um und sah, wie Robert Warren den Raum betrat. Jeder Muskel im Körper des Mannes war gespannt, als bereite er sich auf einen Kampf vor. Seine Augen sprühten vor Zorn.

„Ja, Sir.“ Silas erhob sich und sah ihn an. „Auf keinen Fall werde ich meinen Eid als Arzt verleugnen.“

Warrens Kiefer spannte sich. „Wir haben schon einmal über dieses Thema gesprochen, nicht wahr? Und Sie haben sich wiederholt meinen Anweisungen widersetzt. Ich habe keine Wahl, als Sie –“

Der Plantagenbesitzer brach abrupt ab, als ein Sklave mit weißer Jacke den Raum betrat, gefolgt von der erhitzten und atemlosen Pearl Avery.

„Wer ist diese Frau, und was tut sie in meinem Hause?“, fragte Warren.

„Verzeihen Sie, Colonel Warren. Ich wollte nicht stören. Aber Silas – äh, Dr. Noble – wird in der Sklavenunterkunft gebraucht.“

„Und Sie sind?“

Silas trat vor und legte seine Hand an Pearls Ellbogen. „Dies ist Pearl Avery, Colonel Warren. Sie –“

„Avery? Harmon Averys Tochter, vom Sägewerk?“

„Ja, Sir. Sie ist Krankenschwester und sie hilft mir –“

„Nach dem, was ich gesehen habe, hat sie ein wenig mehr getan als nur zu helfen“, platzte Regina heraus. „Sehen Sie sich sie doch nur an! Ich erkenne es in ihren Augen und auch in seinen." Sie seufzte laut auf und griff nach Olivias Hand. „Er mag vielleicht mit mir verlobt sein, aber er liebt sie!"

Pearl trat einen Schritt zurück und Silas beobachtete, wie sich ihre Wangen mit einem Hauch von Röte überzogen. Auch er spürte, wie er errötete. Mühsam riss er seinen Blick von ihr los.

„Das ist Unsinn!", protestierte er. „Wir arbeiten nur gern zusammen, das ist alles. Pearl ist von unschätzbarem Wert für mich und –"

Auf einmal fehlten ihm die Worte. Silas brach mitten im Satz ab. Egal, wie sehr er auch versuchte, es zu leugnen, zwischen ihm und Pearl war etwas. Etwas Besonderes. Die Art, wie sie ihn ansah – die Art, wie sie ihn jetzt ansah, mit diesem weichen Blick. Und wann immer ihre Hand die seine berührte, fühlte er sich seltsam belebt. Jedes Mal, wenn er sie verließ, kam eine irritierende Leere in sein Herz, eine Leere, die nicht einmal Reginas Gegenwart füllen konnte.

Und dann sah er Regina an und er erkannte, was er vorher nie hatte erkennen wollen: Sie war ein verzogenes Kind, dessen ständige selbstsüchtige Forderungen ihn auslaugen, ihn von seinem Lebenszweck ablenken würden. Sie brachte nicht das geringste Verständnis für seine Berufung und seinen Wunsch zu heilen auf und sie gab sich auch überhaupt keine Mühe, ihn zu verstehen. Das Leben mit ihr würde trotz all ihrer Schönheit und Eleganz eine ständige Auseinandersetzung sein.

Wähle klug, das hatte seine Großmutter ihm geraten.

„Stimmt das?", fragte Warren. Sein Blick war geringschätzig auf Pearl gerichtet, die noch immer ihre Arbeitshose und die Stiefel trug. „Lieben Sie diese – diese ...?"

Silas seufzte. „Ich weiß es nicht. Aber ich weiß, dass ich im Augenblick keine Zeit für eine solche Diskussion habe." Er wandte sich wieder an Pearl. „Was ist los?"

„Celies Sohn Henoch. Er hat sich einen Topf mit heißem Kaffee übergegossen. Celie kümmert sich um ihn, aber er braucht einen Arzt."

„Also gut, dann gehen wir." Silas nahm seine Tasche, die noch im Türrahmen stand.

„Wenn Sie jetzt gehen, Noble, werden Sie nie wieder einen Fuß in dieses Haus setzen", drohte Warren. „Sie werden keinen Cent Lohn mehr bekommen. Und ich erwarte, dass Sie noch heute von meinem Land verschwinden."

Silas wandte sich um. „Ich denke, Colonel Warren, das Haus und das Land gehören mir."

„Vielleicht, aber Sie werden nie wieder in dieser Gegend arbeiten."

Silas zog eine Augenbraue hoch. „Ich habe noch immer viele Patienten."

„Du willst unser ganzes Leben wegwerfen?", heulte Regina. „Du willst alles aufgeben, um diese – diese Schwarzen zu versorgen?"

Silas blickte sie an und entdeckte in ihren Augen kein Bedauern, nicht einmal Schmerz, sondern nur Zorn. Sie liebte ihn nicht; sie war nur aufgebracht, dass er sich ihrem Willen nicht gebeugt hatte. „Ich fürchte, ja, meine Liebe", erwiderte er. „Und ich fürchte, das ist etwas, das du nie verstehen wirst, solange du lebst."

Regina nahm das Rubinherz vom Tisch und schleuderte es ihm entgegen. „Dann behalte deine armselige alte Brosche. Und dieses Haus, das die Sklaven für dich gebaut haben. Das ist nichts für mich!"

Die Brosche knallte gegen die Wand. Er bückte sich und hob sie auf. „Das ist vermutlich das Beste“, seufzte er. „Auf Wiedersehen, Regina. Ich bin sicher, die Warrens werden dich zum Bahnhof bringen. Und grüße alle in Baltimore.“

Seltsame Führung

Während der Wagen über den Feldweg zu den Sklavenunterkünften holperte, starrte Silas stur geradeaus. Er mied Pearls Blick, die hinter ihm auf der Ladefläche des Wagens saß. Die unterschiedlichsten Gefühle kämpften in ihm – Sorge um den kleinen Henoch, Schuldgefühle, sein Versprechen Regina gegenüber gebrochen zu haben, Furcht vor dem, was aus ihm und seiner Praxis werden sollte, nun, da er Robert Warrens Unterstützung verloren hatte.

Dieses Mal hatte er sich wirklich in einen ziemlichen Schlamassel hineinmanövriert. Seine schöne, vornehme Verlobte würde nach Hause zurückkehren und zweifellos einen Koffer voller Geschichten darüber mitführen, was für ein Mitleid erregender armer Tropf Silas Noble doch war. Seine Eltern würden außer sich sein; diese Heirat mit Regina war der einzige Pluspunkt in seinem ihrer Meinung nach unbedeutenden, ja sogar peinlichen Leben. Von diesem Schlag würde sich der Name Noble nicht mehr erholen und in Baltimore durfte er sich nie mehr blicken lassen.

Außerdem hatte sich sein Wohltäter gegen ihn gewandt. Er besaß zwar ein Haus und Land, aber kein Geld für seinen Lebensunterhalt, und einen Patientenstamm, der seine Dienste brauchte, aber keinen einzigen Cent bezahlen konnte. Seine aus dem Moment heraus getroffene Gewissensentscheidung würde vermutlich zu seinem Untergang führen.

Aber es war nicht nur eine Entscheidung, überlegte Silas. Es war die Anhäufung einer Monate andauernden Selbstüberprüfung und Veränderung. Er war nicht mehr derselbe Mann, der er gewesen war, als er Baltimore verlassen hatte, um nach *Cambridge County* in Mississippi zu kommen. Er hatte die dunkle Realität der Sklaverei selbst miterlebt und er hatte eine starke Bindung an Booker und Celie, Marcus und Lily und die anderen entwickelt. Sie waren seine Familie geworden. Er hatte mit ihnen geweint, sich mit ihnen gefreut. Mit Pearl an der Seite hatte er ihre Wunden versorgt, ihre Kinder auf die Welt gebracht, ihre Toten begraben. Er hatte sich hier eine Heimat geschaffen und der Gedanke, gehen zu müssen, war ihm unerträglich. Was sollte er ohne sie machen? Was würde er ohne Pearl machen?

Regina hatte ihm einen Vorwurf gemacht und er hatte geleugnet. Aber jetzt war er sich nicht mehr so sicher. Konnte es sein, dass er Pearl liebte und dass sie ihn liebte? Regina sagte, sie könne die Wahrheit in seinen Augen erkennen. Und er musste zugeben, dass er etwas für Pearl empfand. Wann immer er sie ansah, wann immer sie in seiner Nähe war, hatte er sich als ganzer Mensch gefühlt. Er hatte Frieden empfunden. Er hatte es Bewunderung oder Wertschätzung genannt. Es konnte doch nicht mehr sein ... oder?

Trotzdem, in dem Augenblick, als Regina ihre Absicht kundgetan hatte, nach Baltimore zurückzukehren, hatte sich ein überwältigendes Gefühl der Erleichterung in ihm breitgemacht. Trotz der Fragen und der Verwirrung, die ihn in diesem Augenblick quälten, empfand er ein seltsames Gefühl der Freiheit – als ob er zum ersten Mal in seinem Leben sein Schicksal selbst in die Hand genommen hätte.

Silas spürte eine sanfte Hand auf seiner Schulter. Er drehte sich zu Pearl um. Ihre Augen glänzten und ein strahlendes Lächeln lag auf ihren Lippen. Sie beugte sich vor und flüsterte ihm ins Ohr: „Ich bin stolz auf Sie, Silas."

Erregung machte sich in ihm breit. Seine Nackenhaare stellten sich auf. Einen Augenblick lang brachte er keinen Ton heraus; dann legte sich seine Hand über ihre. „Danke."

Für ein weiteres Gespräch blieb keine Zeit. Booker brachte die Pferde zum Stehen und Celie winkte sie in ihre Hütte. Silas stieg ab, half Pearl vom Wagen herunter und eilte hinein.

Der kleine Henoch lag auf der Matratze, eine Hand dick verbunden. Vorsichtig nahm Silas den Verband ab und untersuchte die Verbrennung. Verwirrt wandte er sich an Pearl.

„Ich verstehe nicht."

„Er hat sich einen Topf Kaffee übergegossen, Doktor Silas", erklärte Celie.

„Ja, ich weiß, das hat Pearl mir gesagt, als sie mich holen kam. Aber –" Er erhob sich. „Dies ist nur eine kleine Verbrennung. Es wird nicht einmal eine Narbe zurückbleiben." Er wandte sich zu Pearl um. „Sie haben diese Hand verbunden?"

„Ja", gestand Pearl mit niedergeschlagenem Blick.

„Dann wussten Sie doch, dass ich eigentlich nicht gebraucht werde."

„Das wusste ich vermutlich." Sie sah zu ihm auf, grinste ihn an und hob ergeben die Hände.

Booker trat vor und schlug Silas auf den Rücken. „Wir haben darüber gesprochen und wir dachten, wir müssten Sie vielleicht vor der – wie lautet das Wort noch, Miss Pearl?"

„Inquisition", half Pearl ihm aus.

„Ja, vor der Inquisition des Massa retten."

Langsam kam Silas eine Erleuchtung und er begann zu lachen. „Wollt ihr mir sagen, dass ihr drei euch diese kleine Täuschung ausgedacht habt, um mich aus Robert Warrens Haus wegzulocken? Dass ihr mich gerufen habt, obwohl ihr wusstet, dass Henoch nicht ernstlich verletzt ist, damit ich mich dem Drachen in seiner Höhle nicht zu stellen brauche?"

Pearl nickte verlegen. „Aber, Silas, wir hatten keine Ahnung, dass Sie gefeuert werden oder dass Regina die Verlobung auflösen würde. Dass so etwas passieren könnte, das hatten wir nicht einkalkuliert. Es tut mir leid, wenn wir Sie in große Schwierigkeiten gebracht haben."

„Einen Augenblick mal", unterbrach Booker. „Was heißt das, er wurde gefeuert?"

„Colonel Warren hat Silas ein Ultimatum gestellt –", begann Pearl.

„Was ist das?"

„Er sagte, wenn Silas sich nicht bereit erklärt, seine Arbeit nach seinen Vorstellungen zu tun, sollte er bei Einbruch der Nacht von der Plantage verschwunden sein", erklärte sie. „Silas hat ihn darauf hingewiesen, dass das Haus ihm gehöre und dass er die Absicht habe zu bleiben, auch wenn er nicht mehr bezahlt würde."

Bookers breites Gesicht verfinsterte sich. „Und was ist mit Miss Regina?"

„Regina hat die Verlobung gelöst und sagte, sie würde nach Baltimore zurückkehren."

Silas war froh, dass Pearl den Teil mit Reginas Vorwurf, sie beide seien ineinander verliebt, ausließ. Über dieses Thema würden sie noch sprechen müssen, aber er zog es vor, dies in aller Ruhe mit ihr allein zu tun.

Celie und Booker blickten sich an. Silas bemerkte, wie Booker seiner Frau zuzwinkerte und ein Lächeln unterdrückte.

„Und Sie bekommen jetzt kein Geld mehr?", fragte Booker.

„Keinen Cent mehr."

„Aber Sie werden bleiben?"

Silas grinste und zuckte die Achseln. „Dank deiner Arbeit habe ich ein schönes Haus, Booker, und einen Vertrag, der besagt, dass es mir gehört. Irgendwie habe ich das Gefühl, dass meine Arbeit hier noch nicht beendet ist. Es wird nicht leicht werden, aber ich werde es schaffen."

Und wieder spürte Silas das Gefühl der Befreiung in sich aufsteigen. Ein Vorgeschmack auf das, was es bedeutete, endlich frei zu sein.

„Und Sie sind deswegen nicht böse auf uns?", fragte Pearl zum dritten Mal an jenem Abend. Selbst mit diesem bekümmerten Gesichtsausdruck sah sie wundervoll aus, fand Silas.

Er schob sein Abendessen auf seinem Teller hin und her. „Es war hinterhältig", erwiderte er offen. „Aber ich denke wirklich, der Ausgang ist zu unser aller Besten."

„Zum Besten? Wo Sie kein Einkommen mehr haben und die Frau, mit der Sie verlobt waren, Sie verlassen hat?"

„Wie oft soll ich das noch erklären?“, entgegnete er. „Unter Robert Warrens Daumen wäre ich nie frei gewesen. Ich verstehe es ja selbst nicht, aber ich weiß, dass ich mich jetzt so gut fühle wie in den vergangenen Monaten nicht mehr. Ich habe das Gefühl, wieder atmen zu können.“

„Und was ist mit Regina?“

„Was soll mit ihr sein?“

„Nun, ich dachte nur. Ich könnte vielleicht Arbeit für Sie in der Stadt auftreiben. Die Freunde meines Vaters –“

Silas zog die Augenbrauen in die Höhe. „Wollen Sie das wirklich tun?“

„Ich – ich fühle mich verantwortlich für ... na ja, Sie wissen schon“, murmelte Pearl. „Wenn Sie ein paar zahlende Patienten hätten, könnte Regina es sich vielleicht überlegen und wieder zurückkommen, und –“

„Und was? Mich mit ihrer Anwesenheit beehren? Dafür sorgen, dass ich wieder in die Gesellschaft aufgenommen werde?“ Er stützte die Ellbogen auf dem Tisch ab und blickte sie an. „Regina wollte nie, dass ich Arzt werde. Ihrer Meinung nach sollte ich Plantagenbesitzer werden“, erklärte er. „Ich sollte Land von Warren kaufen und selbst Baumwolle anbauen, Sklaven kaufen und mir eine Plantage aufbauen.“

„Das hat sie gesagt?“

„Ich fürchte.“ Silas seufzte laut auf. „Selbst wenn ich bereit gewesen wäre, auf Warrens Bedingungen einzugehen, wäre sie niemals zufrieden gewesen.“

„Dann ist sie eine Närrin!“, platzte Pearl heraus. „Jede Frau könnte sich glücklich schätzen, einen Mann wie Sie zu bekommen.“

Silas lachte. „Regina würde zweifellos sagen, jede Frau, die mich zum Mann nehmen würde, sei eine Närrin.“ Er blickte ihr in die Augen. „Trotzdem bin ich traurig darüber. Ein Gentleman bricht nicht einfach sein Versprechen einer Frau gegenüber. Aber ein Gentleman heiratet auch keine Frau, wenn er vielleicht eine andere liebt."

Pearl setzte zum Sprechen an, presste jedoch schnell die Lippen wieder aufeinander. Sie riss die Augen auf. „Was haben Sie gesagt?"

„Ich sagte, es ist möglich, dass Regina mit ihrem Vorwurf recht gehabt hat. Vielleicht liebe ich wirklich eine andere Frau."

Noch während er die Worte aussprach, spürte Silas, wie sich seine Eingeweide verkrampften und seine Knie weich wurden. Es war ein großes Risiko, eine solche Erklärung zu machen, wo er gar nicht wusste, was Pearl für ihn empfand. Sie könnte ihn zurückweisen, sagen, alles sei nur ein Missverständnis gewesen. Sie könnte einen Verehrer in der Stadt haben. Vielleicht bewunderte sie ihn oder genoss die Arbeit mit ihm, aber es gab tausend Gründe für sie, auf Distanz zu ihm zu gehen. Und ein nicht unwichtiger war der, dass er vor dem finanziellen Ruin stand. Falls er jemals für seine Dienste bezahlt würde, dann vermutlich mit Hühnern, Maisbrot und Töpfen voller Bohnen.

„Wollen Sie sagen, dass Sie mich lieben, Silas?"

„Ich weiß nicht, was ich sage", gestand er. „Aber ganz bestimmt würde ich das gern herausfinden."

Sie beugte sich über den Tisch zu ihm hin. Sie kam ihm so nahe, dass er ihren warmen Atem auf seiner Wange spürte. „Das ist ein Thema, das ich vielleicht auch gern erforschen würde", flüsterte sie.

Als ihre Lippen sich trafen, ging ein Schauer durch Silas hindurch, ein Vibrieren, als wäre jeder Nerv in seinem Körper plötzlich sensibilisiert. Der Kuss war lang und süß und als er vorbei war, lehnte sich Pearl auf ihrem Stuhl zurück und blickte ihn mit großen und weichen Augen an.

„Und?“, sagte sie schließlich. „Was denkst du?“

„Ich denke“, erwiderte er mit leiser Stimme, „dass deine Garderobe nie mehr dieselbe sein wird.“

Pearl starrte ihn an und begann zu lachen. Ein breiter Streifen dunkler Bratensoße zog sich über ihre blaue Baumwollbluse. Der Braten war vom Teller auf den Tisch gerutscht und ein brauner Fleck zierte nun auch das Tischtuch.

„Ich schätze, ich werde nie eine Dame der Gesellschaft sein“, meinte sie achselzuckend.

Er grinste. „Nun, wie Booker sagen würde, wenn das keine Erleichterung für mich ist.“

Eine Perle von hohem Wert

Frühling 1855

Silas beobachtete, wie Pearl am Arm ihres Vaters zur vorderen Veranda des Hauses schritt. Sie trug ein langes weißes Kleid und Großmamas herzförmige Rubinbrosche am Hals. Hartriegelblüten hatte sie in ihre Haare geflochten. Im Garten hatten sich die Sklaven im Halbkreis aufgestellt – darunter auch Pearls Onkel Deke, der sich offensichtlich sehr unwohl fühlte –, um ihre Trauung mitzuerleben.

Silas und Pearl hatten mehr als ein Jahr mit ihrer Hochzeit gewartet und obwohl Silas im Laufe der vergangenen

Monate zunehmend ungeduldig geworden war, war er doch froh, dass sie sich auf eine lange Verlobungszeit geeinigt hatten. Beide wollten sich Zeit lassen, einander besser kennenzulernen, um sicher zu sein, dass sie die richtige Entscheidung trafen. Und diese Verzögerung hatte ihnen gut getan. Im vergangenen Jahr war ihre Liebe zueinander immer mehr gewachsen und sie hatten gelernt, einander anzunehmen und die Talente des anderen wertzuschätzen.

Das Warten hatte sich gelohnt. Heute Nacht, wenn sie zum ersten Mal das Bett miteinander teilen würden, würden sie zusammenkommen als zwei Menschen, die sich tief und innig liebten und sich hingebungsvoll einer gemeinsamen Aufgabe im Leben widmeten. Zwei Menschen, die sich nicht gegenseitig verändern wollten, sondern gemeinsam die Welt, in der sie lebten.

Mit Pearl an seiner Seite glaubte Silas zum ersten Mal in seinem Leben aufrichtig, etwas bewirken zu können. Sehr zu seinem Erstaunen begann er anzuerkennen, dass Gott – oder das Schicksal – ihn leitete, dass all dies von Anfang an so geplant war. Und er war froh, dass ein anderer ihn führte, denn dies war ganz bestimmt nicht seine Vorstellung von seiner beruflichen Laufbahn gewesen.

Nachdem Robert Warren ihm seine finanzielle Grundlage gestrichen hatte, hatte Silas nicht die leiseste Ahnung gehabt, wie er über die Runden kommen sollte. Zum Glück hatte er Reginas teure Möbelbestellungen für das Haus noch rückgängig machen können. Eine Zeit lang würde er von seinen Ersparnissen leben müssen. Aber wenn dieses Geld aufgebraucht war, was dann?

Es war Pearl, die ihm schließlich half, seine Ängste zu überwinden und den Glauben zu finden, den er brauchte, um auf sein Herz zu hören und nicht auf seinen Verstand. Im Gegensatz zu Regina hatte sie einen einfachen Geschmack und war bereit, um ihres Traumes willen ein Opfer zu bringen. „Silas", hatte sie ihm gesagt, „ich brauche keine Diamanten, Ballkleider oder schöne Möbel. Ich wünsche mir einen Mann, der bereit ist, seiner Berufung zu folgen. Alles wird gut werden; vertraue mir."

Und so war es auch. Pearl hatte ein Hühnerhaus im Garten aufgestellt und innerhalb von einem Jahr hatten sie einen guten Grundstock an Brathähnchen und dicken braunen Eiern. Harmon Avery hatte einige Patienten in der Stadt aufgetan, Leute, die bereit waren, für die Dienste eines Arztes zu bezahlen, wenn auch bescheiden. Die Sklaven tauschten Waren gegen medizinische Versorgung – Maisbrot und Kuchen, große Töpfe mit Zwiebelgrün, herrliche Patchworkdecken und, dank Booker, wundervoll gearbeitete Möbel, die Silas nicht mehr kosteten als das Holz, aus dem sie hergestellt waren. Und obwohl er nie viel Geld hatte, hatte er doch immer zu essen, ein Dach über dem Kopf und die Liebe von guten Freunden.

Und er hatte Pearl. Nie hätte er gedacht, die Frau seiner Träume in einer Sklavenunterkunft zu finden, gekleidet in Stiefel und Arbeitshose. Aber dort war sie gewesen, als hätte sie darauf gewartet, dass er zu ihr kam. Und was immer die Zukunft für sie bereithielt, von diesem Tag an würde sie für immer ihm gehören. Mehr konnte Silas nicht erwarten.

Gestern Abend nach dem Abendessen hatte er Pearl die mit Perlen besetzte Rubinbrosche gegeben, die er von seiner Großmutter bekommen hatte. Als er ihr erzählte, wie seine Grandma sie ihm mit der Ermahnung, klug zu wählen, überreicht hatte, sammelten sich Tränen in ihren sanften blauen Augen.

„Ich wünschte, ich hätte sie gekannt", flüsterte Pearl.

„Und ich wünschte, sie hätte dich gekannt", erwiderte Silas. Er hielt einen Augenblick inne. „Aber andererseits, vielleicht weiß sie es ja. Vielleicht sieht sie jetzt lächelnd auf uns herab. Ich zweifle nicht daran, dass sie unsere Heirat billigen würde."

Pearl nahm den herzförmigen Stein und betrachtete ihn ehrfürchtig. „Er ist wunderschön", hauchte sie. „Ich werde ihn immer in Ehren halten."

Silas betrachtete die Brosche. „Eine Perle fehlt. Vermutlich ist sie herausgefallen, als Regina sie mir an den Kopf geworfen hat." Er grinste trocken. „Ich werde sie in Ordnung bringen lassen."

Pearl dachte kurz nach. „Nein", meinte sie schließlich, „ich würde sie lieber lassen, wie sie ist. Sie gleicht dem Zustand des Menschen – wertvoll, aber doch fehlerhaft. Und kostbar trotz seiner Unvollkommenheit."

Staunend ruhte Silas' Blick auf der Frau, die er am nächsten Tag heiraten würde. *Aufrichtigkeit. Reinheit. Adel.*

„Achte darauf, dass du klug wählst", hatte Grandma gesagt.

Und das hatte Silas.

Booker stand als Trauzeuge an Silas' Seite. Wenn Robert und Olivia Warren von diesem Plan Kenntnis gehabt hätten, wären sie entsetzt gewesen, aber für Silas gab es keinen anderen als Booker. Dieser Mann war sein bester Freund geworden. Er unterstützte und ermutigte ihn und auf seltsame

Weise war er derjenige gewesen, der Silas und seine Braut zusammengebracht hatte.

Silas nahm Pearls Hand und gemeinsam traten sie vor den verdatterten Pastor, der ihnen ihr Ehegelübde abnahm. Seine Stimme zitterte, als Silas sein Ja sagte, aber das Zittern war auf die Intensität seiner Gefühle zurückzuführen und nicht auf Angst vor der Bindung. Das war das Beste, das er je in seinem Leben getan hatte.

Schneller als er erwartet hatte, war der kurze Gottesdienst zu Ende. „Hiermit erkläre ich euch zu Mann und Frau“, verkündete der Pastor feierlich.

Silas beugte sich zu Pearl, und als ihre Lippen sich trafen, flüsterte sie: „Heute keine Soße“, und brach in Gelächter aus.

Großer Jubel erhob sich. Sie wollten gerade die Veranda verlassen und hinten in den Garten gehen, wo sich die Tische unter der Last der gebratenen Hähnchen, des Maisbrots und der Hochzeitskuchen bogen, als Booker einen Besen hervorholte. Mit einem breiten Grinsen legte er ihn vor dem Brautpaar auf den Boden.

„Jetzt ist es offiziell“, sagte der große schwarze Mann.

Silas nahm Pearls Hand und die beiden sprangen gemeinsam über den Besen. Überschüttet von Umarmungen, Händeschütteln und Gratulationsküssen begaben sie sich in den Hof, um mit ihrer Familie zu feiern.

Bei Tagesanbruch erwachte er von dem Krähen dieses verflixten Hahnes, dessen lauter Schrei Tote auferwecken könnte. Verwirrt blickte Silas sich um, dann bemerkte er den warmen Körper neben sich im Bett.

Pearl. Seine Frau. Sie hatte sich auf der Seite zusammengerollt, die Decke mit den aufgenähten Eheringen über die Schultern gezogen. Tiefe Liebe zu ihr erfüllte ihn. Wie schön sie war mit ihren Haaren, die sich wie ein Fächer über das Kissen gelegt hatten!

Zärtlich strich er ihr eine Strähne vom Ohr. Sie bewegte sich und wandte sich ihm zu. „Wie viel Uhr ist es?"

Er sah auf seine Taschenuhr auf dem Nachttisch. „Fast sechs."

„Viel zu früh", stöhnte sie und zog sich die Decke über den Kopf. „Wir sind doch erst nach Mitternacht ins Bett gegangen."

„Schlaf weiter", murmelte er.

Vorsichtig, um sie nicht zu stören, stieg Silas aus dem Bett und ging in die Küche. Er machte Feuer im Ofen, stellte einen Topf Kaffee auf und ging im Nachthemd hinaus zum Hühnerstall. Der Morgentau unter seinen nackten Füßen war kalt, aber das machte ihm nichts aus. Er war überglücklich, im Einklang mit sich und der ganzen Welt. Ja, es gefiel ihm, verheiratet zu sein. Es gefiel ihm sehr gut.

Er sammelte einige frische Eier und kehrte in die Küche zurück. Während der Speck in der Pfanne brutzelte, ging er noch einmal nach draußen und schnitt eine rote Rosenknospe von dem Rosenstrauch neben der Küchentür ab. Kurz darauf hatte er Kaffee, Speck und Rührei und die Rose auf ein Tablett gestellt.

„Frühstück im Bett?", murmelte Pearl verschlafen, als er ins Schlafzimmer trat. „Wird das zur Gewohnheit?"

Silas lachte. „Darauf würde ich mich nicht verlassen."

„Dann nutze ich es besser, solange ich es habe."

Nach dem Frühstück stellte Silas das Tablett beiseite und legte die Arme um Pearl. „Du bist ein so großes Geschenk für mich", murmelte er ihr ins Ohr. „Ich wünschte nur, ich könnte dir mehr bieten."

Pearl setzte sich auf und funkelte ihn an. „Wovon um alles in der Welt redest du?"

„Nun, Liebling, jeder Mann wünscht sich, der Frau, die er liebt, nur das Beste bieten zu können. Ich weiß, das Leben mit mir wird sicherlich sehr schwierig werden. Wir haben nicht viel Geld und werden es vermutlich auch nie haben, und –"

Sie legte beide Hände an seine Brust und stieß ihn so fest, dass er gegen das Kissen fiel. „So etwas möchte ich nie wieder hören!"

„Was habe ich getan?"

„Ich habe dich um deiner selbst willen geheiratet, du Idiot, nicht wegen irgendetwas, das du mir bieten könntest. Wir sind zusammen, wir haben ein wundervolles Haus, gute Freunde, eine Aufgabe. Habe ich je Andeutungen gemacht, ich würde mehr wollen?"

„Nein, aber –"

„Kein Aber." Ihre Augen durchbohrten ihn mit stahlhartem Blick. „Ich bin nicht Regina Masterson", erklärte sie spitz. „Mir sind die ‚eleganten Dinge im Leben' egal. Mir ist nur wichtig, was hier drin ist –" Sie bohrte ihren Finger in seine Brust. „Verstanden?"

Verlegen nickte Silas. „Ich verstehe."

„Gut. Vergiss es nicht."

Er rückte näher an sie heran. „War das gerade unser erster Streit?"

„Vielleicht."

„Ist er vorbei?“ Er streckte die Hand aus und strich ihr sanft über die Wange.

„Ich denke schon.“

„Dann können wir uns versöhnen?“ Silas zog sie in seine Arme und spürte ihren warmen Körper. Sie entspannte sich und hob ihm ihr Gesicht entgegen. Der Kuss war sanft und süß zuerst, wurde jedoch zunehmend leidenschaftlicher.

Nein, dachte Silas. *Pearl ist nicht Regina Masterson. Sie ist eine leidenschaftliche, eigensinnige Frau mit festen Überzeugungen und einem Herzen, das groß genug ist, um mich für immer zu halten. Sie wird immer an meiner Seite sein, mich immer unterstützen, mir immer die Wahrheit sagen, auch wenn ich sie gar nicht hören will. Sie ist tatsächlich ein Geschenk. Eine Perle von hohem Wert.*

„Vielleicht sollten wir uns jeden Morgen streiten“, murmelte er in ihr Haar.

Sie lächelte ihn verliebt an. „Nur wenn du mir das Frühstück ans Bett bringst.“

Verräter-Held

Oktober 1862

Ein Klopfen an der Haustür störte sie beim Frühstück.

Silas sah auf die Uhr. Es war kurz vor sieben. „Wer um Himmels willen kann das zu dieser Zeit sein?“

Er ging zur Tür. Pearl folgte ihm dicht auf den Fersen. Als er die Tür öffnete, stand ein Soldat in einer zerrissenen blauen Uniform vor ihm. Der Mann stützte sich auf eine aus einem Ast gefertigte Krücke. Sein Gesicht war schmutzig, aber unter dem Dreck war die Haut blass wie Papier. Rote Kreise umgaben seine blauen Augen.

„Ich heiße Trevor", keuchte der Mann. „Trevor Howard. Einer der Sklaven sagte mir, ich könnte hier Hilfe finden."

Pearl hielt ihm die Hand hin. „Natürlich. Kommen Sie herein. Das ist Silas Noble, der Arzt; ich bin seine Frau Pearl."

„Ich bin mächtig froh, Sie kennenzulernen –", begann der Soldat, doch dann verdrehte er die Augen und sank in sich zusammen. Silas fing ihn auf.

„Los, schaffen wir ihn hinein."

Pearl rannte vor und stellte das Frühstücksgeschirr ins Spülbecken. Silas schleppte den Mann in die Küche und legte ihn auf den Eichentisch.

„Wie schlimm ist es?", fragte Pearl.

Silas wickelte die Lumpen ab, die um das rechte Bein des Mannes gewickelt waren, und zuckte zusammen. „Ziemlich übel. Direkter Treffer in die Kniescheibe. Es hat sich bereits Wundbrand entwickelt." Er sah sie an und schüttelte den Kopf. „Dieses Bein muss amputiert werden."

Hinter ihm ertönte eine laute Stimme. „Sie sind der Arzt?"

Silas blickte über die Schulter hinweg und entdeckte einen breitschultrigen Mann in einer blauen Uniform, die viel sauberer war als die von Trevor Howard. „Das bin ich. Und Sie sind –?"

„Captain Thaddeus Malone."

„Ist das einer Ihrer Männer?"

Der Offizier nickte. „Wir sind auf dem Weg nach Memphis. Howard wurde von einigen Rebellen angeschossen, die sich im Wald versteckt hatten. Werden Sie ihm helfen?“

„Sein Bein muss amputiert werden“, erwiderte Silas offen. Die Augen des Offiziers verengten sich. „Sie sind doch der Arzt, der die Sklaven behandelt, nicht?“

Silas nickte. „Ich behandle jeden, der meine Hilfe braucht. Schwarze, Weiße, Sklaven, Freie.“

„Union oder Konföderierte?“

„Jeden“, wiederholte Silas, „der meine Hilfe braucht.“

Erleichterung machte sich im Gesicht des Offiziers breit. „Gut. Ich habe ein paar Männer, die ebenfalls medizinische Hilfe brauchen.“

„Noch mehr Verwundete?“

Malone schüttelte den Kopf. „Vorwiegend Durchfall. Typhus. Malaria. Ich weiß nicht, was alles. Aber eines ist sicher – wir werden nicht weiterziehen, bis nicht einige der Männer wieder auf den Beinen sind. Sie können nicht marschieren, können nicht kämpfen. Einige von ihnen können kaum aufstehen.“

Silas blickte Pearl an, und sie nickte. „Wo sind sie jetzt?“

„Wir haben das Plantagenhaus übernommen. Der Besitzer ist offensichtlich bei der Armee. Die Frau und einige der Haussklaven haben das Haus verlassen, als sie uns kommen sahen, und dieser Feigling von einem Aufseher hat ein Pferd genommen und ist davongeritten, als wäre der Teufel hinter ihm her. Das Haus ist leer.“ Er zog die Augenbrauen hoch. „Glücklicherweise ist die Räucherkammer gut gefüllt.“

Silas zuckte innerlich zusammen. Er hatte gehört, die Unionssoldaten würden wie Heuschrecken durch den Süden ziehen, Plantagen überfallen, die Nahrungsmittel stehlen und dann niederbrennen, was übrig blieb. Das war die Realität des Krieges, schätzte er, aber es erschien ihm nicht besonders menschlich. Auch die Sklaven, die sie eigentlich befreien wollten, blieben ohne Essen und Schutz zurück. „Ich werde Ihnen helfen, aber Sie müssen mir versprechen, dass Sie nicht alles nehmen werden. Die Leute hier müssen auch leben."

„Es wird nicht mehr lange dauern", versicherte der Captain. „Die Freilassung lässt sich nicht aufhalten – es wird bald offiziell sein, im kommenden Januar. Die Sklaven werden frei und diese Plantage wird eine Geisterstadt sein."

Silas wandte sich zu ihm um. „Ach wirklich? Und wohin sollen die Sklaven gehen, nachdem sie befreit worden sind? Ich glaube an die Befreiung der Sklaven – seit Jahren warte ich darauf und bete darum. Aber man kann nicht einfach sagen: ‚Also gut, ihr seid jetzt frei und könnt gehen.' Die Sache ist sehr viel komplizierter. Die meisten Schwarzen hier wurden auf diesem Land geboren – diese Plantage ist das einzige Heim, das sie je kennengelernt haben. Sie sind nicht gebildet, können nur pflügen, pflanzen und ernten. Dafür haben die Sklavenhalter schon gesorgt."

Pearl warf ihm einen Blick zu. Er merkte, dass er sich ereiferte. „Tut mir leid. Ich weiß, es ist nicht Ihre Schuld", fügte er hinzu. „Sie tun nur Ihre Arbeit und haben keine Kontrolle über das, was nach dem Krieg geschieht. Aber Sie müssen mir zusichern, dass Sie uns wenigstens einige Vorräte lassen werden."

„Sie haben mein Wort, dass wir nur nehmen, was wir brauchen, und Ihnen den Rest lassen."

„Das ist in Ordnung." Silas wandte sich an Pearl. „Wusstest du, dass Robert Warren sich zur Armee gemeldet hat?"

Sie schüttelte den Kopf. „Nein, aber ich wünschte, ich hätte es gewusst. Wir hätten Olivia helfen können."

„Vielleicht, wenn sie uns gelassen hätte. Aber das ist ja nun egal." Silas wandte sich wieder Malone zu. „Captain, können Sie mir assistieren?"

Malone nickte.

„Lass meine Instrumente, Verbandszeug und einige Packungen Morphium hier", bat Silas Pearl. „Und bring meine Tasche schon mal ins große Haus. Sie enthält noch ein wenig Chinin und etwas Laudanum, Chinarinde gegen die Malaria und Morphium. Tu, was du kannst. Ich komme nach, sobald ich hier fertig bin, und –"

„Versteht sie denn etwas davon?", unterbrach Malone ihn.

„Sie ist Krankenschwester und fähiger als die meisten Ärzte", fuhr Silas ihn an. „Möchten Sie unsere Hilfe oder nicht?"

„Tut mir leid, Madam." Der Captain zog die Mütze und senkte den Blick. „Ich wollte Sie nicht beleidigen."

„Ist schon gut." Pearl legte Silas' Instrumente zurecht und ging mit der Tasche zur Tür. „Ich schicke dir Booker, sobald es geht."

Zum Glück für ihn erlangte Trevor Howard während der Operation das Bewusstsein nicht wieder. Captain Malone hielt den jungen Soldaten fest, während Silas das mit Wundbrand infizierte Bein kurz über dem Knie amputierte. Nach der Operation und nachdem der Stumpf verbunden war, blickte Malone Silas bewundernd an.

„Ich habe auf dem Schlachtfeld schon viele Amputationen miterlebt“, sagte er mit leiser Stimme. „Meistens schneiden die Ärzte das Glied einfach ab und werfen es in ein Loch im Boden. Es ist entsetzlich. Sie haben das so ... nun, so *sauber* gemacht. Sieht so aus, als würde der Stumpf gut verheilen.“

„Er wird am Leben bleiben“, erwiderte Silas. „Helfen Sie mir, ihn nach oben und ins Bett zu schaffen. Ich habe ihm genug Morphium gegeben, dass er bis morgen schläft. Anschließend werden wir hinauf zum großen Haus gehen und sehen, wie Pearl mit den anderen zurechtkommt.“

Anfang November verließen Captain Malone und seine Männer die *Rivermont* Plantage. Die meisten Soldaten, von den unterschiedlichsten Krankheiten geheilt, waren in der Lage, auf ihren zwei Beinen zu laufen. Trevor Howard lag auf einem Wagen. Er winkte Silas und Pearl dankbar zu.

„Er ist noch so jung“, seufzte Pearl, als sie davonfuhren. „Wie schade, dass er sein Bein verlieren musste.“

„Wenn er sein Bein nicht verloren hätte, hätte er vermutlich sein Leben verloren“, erwiderte Silas.

Pearl hängte sich bei ihm ein. „Ich schätze, wir wissen jetzt endlich, warum du hiergeblieben bist.“

„Ich denke, das tun wir.“ Silas lächelte sie an. „Bekommen wir jetzt ein wenig Ruhe?“

„Vielleicht fünf Minuten oder so.“ Pearl deutete in die Ferne. Ein Neger mittleren Alters kam in Richtung Eichenhain die Straße entlanggelaufen. Er stützte einen schmutzigen, zerlumpten Weißen in einer grauen Uniform. „Massa Doktor!", schrie er. „Wir brauchen Hilfe!"

Silas zögerte und sah seiner Frau in die Augen. Vor langer Zeit hatte er seine Entscheidung getroffen und sich auf die Seite der Versklavten gestellt. Er glaubte an die Gleichberechtigung, an die Freiheit für alle Männer und Frauen, ungeachtet ihrer Rasse oder ihres gesellschaftlichen Status'. Aber er glaubte auch an seinen Eid als Arzt. Unvermittelt gerieten diese beiden Prinzipien miteinander in einen Konflikt. Konnte er diesen Soldaten der Konföderierten behandeln in dem Wissen, dass er dadurch dazu beitrug, die Abschaffung der Sklaverei zu verzögern?

„Geh hinein und verschließe die Tür", forderte er Pearl auf.

Sie rührte sich nicht. „Nein."

„Tu es! Ich werde diesem Mann nicht helfen. Es widerspricht allem, für das ich einstehe."

Pearl nahm seine Hand und strich mit den Fingern darüber. „Wenn dein Feind hungert, so speise ihn", flüsterte sie. „Wenn er Durst hat, gib ihm zu trinken ..."

Silas seufzte. „Das ist zu viel verlangt."

„Es ist nicht nur dein Beruf", erwiderte sie, „es ist deine Berufung."

Widerstrebend winkte Silas den Schwarzen und seine Last näher. „Leibsklave", murmelte er. „Ein reicher Südstaatler zieht in den Krieg und nimmt seinen Sklaven mit." Er schnaubte verächtlich. „Aber vermutlich kann man von dem Massa nicht erwarten, dass er selbst seine Stiefel putzt."

Der Schwarze kam mit dem weißen Soldaten näher. Silas schirmte die Augen gegen die Sonne ab und sah ihn an. „Cato?", fragte er. „Das kann nicht sein."

Der Sklave blieb vor ihm stehen. „Ja, Massa Doktor." Er brach unter dem Gewicht des grau gekleideten Soldaten beinahe zusammen. Silas' Blick hing an der klaffenden Bauchwunde des Offiziers. „Bitte, Sir, helfen Sie uns."

Silas legte den Arm um den Verletzten und stützte ihn. „Wir bringen ihn ins Haus."

Mit Pearls Hilfe brachten sie den Mann hinein. Er war nicht besonders groß – dünn und recht muskulös, aber in seinem gegenwärtigen Zustand war er schlaff und nicht leicht zu transportieren.

„Wir legen ihn auf den Tisch, wo ich ihn mir ansehen kann. Pearl, hol bitte meine Tasche, ja?"

Vorsichtig riss Silas die Uniform des Offiziers auf und sah, was er befürchtet hatte: eine Kugel direkt in dem Unterleib des Mannes. Seine Eingeweide waren zerfetzt.

„Lieber Himmel", murmelte Pearl. „Was ist passiert?"

„Eine Mini-Kugel", erklärte Silas. „Sie hat einen hohlen Boden und explodiert bei Einschlag. Sie verursacht sehr viel größeren Schaden als eine konventionelle Bleikugel. Captain Malone hat mir davon erzählt."

„Können Sie ihm helfen, Massa Doktor?"

„Ich werde es versuchen, Cato. Aber was hast du dort draußen gemacht?"

„Ich bin mit ihm gegangen, Sir. Wo er hingeht, folge ich ihm."

Übelkeit stieg in Silas hoch. Er riss dem Offizier die Kappe ab und betrachtete sein mit Dreck verschmiertes Gesicht. „Herr, hilf uns", murmelte er. „Das ist Robert Warren."

Warrens Augen öffneten sich blinzelnd. „Noble?", nuschelte er. „Silas Noble?"

„Ich bin es, Colonel Warren. Sie befinden sich in meinem Haus. Cato hat Sie hergebracht, damit ich Ihnen helfe."

Warrens Kopf drehte sich von einer Seite zur anderen. „Nein. Nicht Sie. Holen Sie ... einen anderen Arzt. Ich will nicht ... dass Sie mich berühren."

„Massa Robert, bitte!", flehte Cato. „Wenn Massa Doktor Ihnen nicht hilft, dann werden Sie sterben!"

„Dann lass mich ... sterben." Seine Augen kippten nach hinten weg und der Kopf fiel auf die Seite.

„Ist er tot?", fragte Cato erregt. „Massa, nein!"

„Er ist nicht tot; er ist ohnmächtig." Silas deutete auf Pearl. „Reich mir die Pinzette. Ich werde versuchen, die Überreste dieser Kugel aus ihm herauszuholen."

Pearl reichte ihm die Pinzette und blickte ihn eindringlich an. „Er sagte, er wolle deine Hilfe nicht", flüsterte sie.

„Ich kann ihn nicht einfach sterben lassen", sagte Silas.

Er entfernte die Splitter der Bleikugel Stück für Stück und versuchte, die Blutung zum Stillstand zu bringen. „Cato", befahl er über die Schulter zurück, „suche Booker! Sag ihm, was passiert ist, und schick ihn auf die umliegenden Plantagen! Er soll die Missus suchen."

„Ist sie denn nicht im großen Haus?"

Silas schüttelte ungeduldig den Kopf. „Das große Haus ist vor einem Monat von Unionssoldaten übernommen worden. Mrs Warren und einige Sklaven sind gegangen. Ich schätze, sie verstecken sich bei Verwandten. Und jetzt geh! Bring sie so schnell wie möglich her."

„Ja, Sir!" Cato rannte aus dem Haus und knallte die Tür hinter sich zu.

„Er wird es nicht schaffen, nicht?", fragte Pearl.

„Ich bezweifle es. Trotzdem muss ich es versuchen. Ich hoffe nur, Olivia kommt rechtzeitig her."

·◆·

„Robert?" Olivia Warren umklammerte die Finger ihres Mannes und ihre Tränen tropften auf seine Hand. „Robert, ich bin es, Olivia."

Pearl beobachtete, wie sich die Augen des Mannes leicht öffneten. Sein Blick wurde für einen Augenblick klar und er richtete ihn auf seine Frau. „Olivia?", stöhnte er.

„Ich bin hier, Liebling. Versuche nicht zu sprechen."

„Was ist passiert?"

„Doktor Noble hat die Kugel aus dir herausgeholt. Du wirst wieder gesund werden."

Pearl wandte den Blick ab. Robert Warren würde nicht wieder gesund werden und Olivia wusste es.

„Noble? Noble hat mich versorgt? Ich habe ihm gesagt –"

„Zum Glück", unterbrach ihn Olivia, „hat er nicht einmal in diesen Zeiten gelernt, deine Anweisungen zu befolgen."

Warren brachte ein schwaches Lächeln zu Stande. „Ich schätze, ich sollte ihm danken."

„Das solltest du wohl." Olivia drückte seine Hand.

Warrens Blick wanderte im Raum umher, bis er Silas fand. „Danke", sagte er, „dass Sie mich so lange am Leben gehalten haben, dass ich mich verabschieden kann."

„Robert, sprich nicht so!", rief Olivia. „Du wirst nicht sterben."

„Doch, das werde ich", seufzte er. „Und wir alle wissen es."

Olivia begann zu weinen und mit großer Mühe hob Warren seine rechte Hand und strich ihr über das Haar. „Noble hat mir erzählt, das Haus sei von den Yankees übernommen worden", keuchte er. „Geht es dir gut?"

„Ich bin bei Sophie untergekommen. Ihr Mann ist auch in den Krieg gezogen."

„Bleib dort", flüsterte er. „Komm nicht zurück!"

„Natürlich werde ich zurückkommen", protestierte sie. „Das ist immerhin mein Haus. Und wenn du erst wieder gesund bist –"

„Bleib dort", wiederholte er. „Hier wird nichts mehr sein, zu dem du zurückkehren kannst."

Er packte Silas Arm. „Ist Cato da?"

„Er ist draußen."

„Schicken Sie ihn bitte herein."

Pearl fing Silas' Nicken auf und ging zur Tür. Cato hielt zusammen mit Booker, Celie und mehreren anderen Sklaven Wache. „Der Master will dich sehen", sagte sie.

Cato erhob sich und folgte Pearl ins Haus. Robert Warren winkte ihn an sein Bett. „Du hast gut für mich gesorgt, Junge", murmelte er. „Jetzt habe ich noch eine letzte Aufgabe für dich." Warren krümmte den Finger und bedeutete dem Sklaven, er solle näher kommen. Dann flüsterte er ihm etwas ins Ohr.

„Massa! Das können Sie doch nicht ernst meinen!"

„Ich meine es ernst. Das ist mein letzter Befehl. Tu es und dann –", er schnappte nach Luft. „Wenn das erledigt ist, dann bist du frei."

„Frei, Massa?" Cato riss die Augen auf.

„Vor all diesen Zeugen schenke ich dir deine Freiheit. Und jetzt geh und mach schnell!"

Cato rannte aus dem Raum. Robert Warren nahm die Hand seiner Frau. „Verzeih mir, Liebste. Das ist der einzige

Weg." Er umklammerte seinen Bauch und wand sich vor Schmerzen.

„Robert!"

„Es ist vorbei", stöhnte er. „Alles ist vorbei. Nichts wird mehr so sein, wie es war."

Unter Tränen beobachtete Pearl, wie Olivia Warren sich zu ihrem Mann herabbeugte, um ihn ein letztes Mal zu küssen. Sie hatte den Tod miterlebt, aber erst in diesem Augenblick kam ihr der Gedanke, wie sie wohl reagieren würde, falls Silas sterben sollte. Ein Zittern durchfuhr sie – es war nicht Angst, denn sie wusste, sie würde auch ohne ihn klarkommen, so wie sie es geschafft hatte, bevor sie sich kennengelernt hatten. Vielmehr war es ein bösartiger Schmerz des Verlustes und der Einsamkeit. Silas stand neben ihr, sehr lebendig und wohlauf, und doch spürte sie ganz tief in ihrem Innern, wie es sein würde, sich von ihm zu verabschieden.

Vielleicht spürte auch er das. Auf jeden Fall legte er die Arme um sie. Sie lehnte sich gegen ihn und genoss seine tröstende Wärme.

„Auf Wiedersehen, Olivia. Ich liebe dich. Ich habe dich immer geliebt."

Schluchzend erwiderte Olivia: „Ich liebe dich auch."

Warren blickte zu Silas und Pearl hinüber. „Ich hatte Unrecht", sagte er. „Ich bin –"

Bevor er den Gedanken zu Ende bringen konnte, erstarb sein Atem und sein Körper wurde steif. Das letzte Geräusch, das sie von Robert Warren hörten, war das Zischen seines letzten Atemzuges, der aus seinem Körper entwich.

„Feuer! Feuer!“

Silas rannte zum Fenster des oberen Schlafzimmers, wo er Warrens Leichnam für die Beisetzung vorbereitet hatte. Es war schon fast dunkel und von diesem Aussichtspunkt aus konnte er einen seltsamen roten Schein hinter den Bäumen aus der Richtung der *Rivermont* Plantage erkennen.

Zwei Stufen auf einmal nehmend, rannte er nach unten. Pearl und Olivia folgten ihm. Er riss die Tür auf. Booker brachte gerade die Pferde vor seinem Haus zum Stehen.

„Massa Doktor! Das große Haus steht in Flammen!“

Silas half Pearl und Olivia auf den Wagen und setzte sich neben Booker auf den Kutschbock. „Los!“

Als der Wagen in die Auffahrt zu *Rivermont* einbog, konnte Silas sehen, dass das ganze Haus bereits in Flammen stand. Der Übelkeit erregende Gestank von Petroleum hing in der Luft.

Eine Eimerkette hatte sich vom Brunnen bis zum Haus gebildet. Silas und Booker stellten sich vorne in die Reihe und nahmen die Eimer entgegen. Doch bevor sie auch nur einen Tropfen Wasser in die Flammen gießen konnten, rannte Cato zu ihnen und stellte sich ihnen in den Weg. Das flackernde Licht des Feuers warf einen unheimlichen Schein auf seine Gestalt.

„Nein!“, rief er. „Wir lassen es abbrennen!“

Silas rannte zu ihm hin und nahm ihn bei den Schultern. „Was redest du? Tritt beiseite, Mann, und lass uns etwas unternehmen!“ Noch während er die Worte aussprach, wusste er, dass es hoffnungslos war. Die Flammen schlugen bereits durch das Dach. Mit einem lauten Krachen und einem sprühenden Funkenregen stürzte das zweite Stockwerk ein.

Olivia und Pearl kamen angerannt. „Es tut mir leid, Missus“, fuhr Cato fort. „Aber das war Massas letzter Befehl. ‚Brenn das Haus nieder!‘, sagte er. Er wollte nicht, dass noch mehr Yankee-Soldaten *Rivermont* plündern.“

„Das hat er also gemeint, als er mich um Verzeihung bat“, schluchzte Olivia.

„Ja, Madam. Er hat mir gesagt, ich solle sagen, dass es ihm leidtut, aber er könne nicht mehr kämpfen und dies sei das Einzige, was er tun könne, um die Unionssoldaten aufzuhalten.“

„Es ist schon gut, Cato“, erwiderte Olivia leise. „Da Robert nun tot ist, ist mir hier sowieso nichts mehr geblieben.“ Sie drehte sich um und ging davon, dann kam sie noch einmal zurück und blickte dem Sklaven in die Augen. „Master Robert hat dir deine Freiheit versprochen“, flüsterte sie. „Komm morgen zu mir in Miss Sophies Haus, dann stelle ich dir deine Papiere aus. Du bist frei zu gehen.“

„Wohin soll ich denn gehen?“ Hilflos hob Cato beide Hände. „Ich kann nirgendwohin gehen.“

„Du kannst auch bleiben“, erwiderte Olivia emotionslos. „Das ist mir egal.“ Wie betäubt verschwand sie in der Menge der Sklaven, die sich in der Nähe des Hauses versammelt hatten.

Silas winkte Booker zu sich. „Geh und bringe sie zu Miss Sophies Haus.“

„Ja, Sir.“ Bookers Blick hing an dem brennenden Haus. „Es ist ein Verbrechen, nicht?“

Silas seufzte laut auf. „Fast alles, was in diesem Krieg geschehen ist, ist ein Verbrechen, Booker.“

Booker schüttelte den Kopf. „Wenn das nicht die Wahrheit des Evangeliums ist.“

Tag der Freude

3. Januar 1863

Silas saß an seinem Schreibtisch, den Blick auf Booker gerichtet, der unruhig in dem Raum der Holzhütte herumlief. In der Ferne, unten bei den Hütten, konnten sie Musik und Gelächter hören – eine Feier zum Tag der Freude. Zwei Tage zuvor waren die Sklaven endgültig befreit worden.

„Sie können singen und tanzen so viel sie wollen, aber das bedeutet gar nichts, Massa Doktor. Dass das große Haus abgebrannt ist, dass Massa Robert tot ist und die Missus nun bei Miss Sophie lebt, hat gar nichts zu bedeuten. Mister Lincoln kann verkünden, was er will, das wird südlich der Mason-Dixon-Grenze überhaupt nichts bewirken."

Silas seufzte. Sein Herz widersprach den Argumenten des Sklaven, aber sein Verstand sagte ihm, dass Booker recht hatte. Die Proklamation der Freilassung hatte allen Sklaven die Freiheit gebracht, aber das Gesetz hatte die Realität des Lebens unterhalb der Mason-Dixon-Grenze nicht geändert. Der Krieg tobte weiter. Männer beider Seiten starben noch immer. Und die lokalen Patrouilleure, von den Sklaven *Pattyroller* genannt, erschossen jeden Schwarzen, wenn sie einen von ihnen auf der Straße entdeckten, oder nahmen sie gefangen und lynchten sie. Ihre Leichname blieben in den Bäumen hängen – als Warnung für die anderen.

Noble House, wie die Leute es mittlerweile nannten, stand noch – aber nur wegen Silas' Ruf, sowohl Unionssoldaten als auch Soldaten der Konföderierten zu behandeln. Alle paar Tage kam jemand angehumpelt – einmal war eine ganze Gruppe gekommen, die von der Ruhr in die Knie gezwungen worden war. Das Haus bot nicht genügend Platz für sie, nicht einmal, wenn sie auf mit Maishülsen gestopften Matratzen auf dem Boden gelagert wurden. Schließlich mussten sie in den Ställen von *Rivermont* untergebracht werden, die von dem Feuer verschont geblieben waren.

„Zumindest für den Augenblick sind wir hier sicher", fuhr Booker fort. „Solange die Rebellen und die *Pattyroller* uns als ihre Sklaven betrachten, werden sie uns in Ruhe lassen. Aber sobald wir einen Schritt von diesem Land machen, wissen Sie ja, was passiert."

Silas wusste es. Vor zwei Tagen hatten vier Sklaven ihre Frauen und Kinder genommen und waren davongelaufen. Sie hatten sich in den Wäldern versteckt. Ihr Ziel war Memphis gewesen. Von dort hatten sie mit dem Schiff weiter nach Cairo in Illinois gewollt, auf freies Gebiet. Aber sie kamen nicht einmal in die Nähe von Memphis. Die *Pattyroller* hatten sie mit Hunden aufgespürt, die Männer erschossen, die Frauen vergewaltigt und die Kinder dabei zusehen lassen. Als die Leichen gefunden worden waren, war von ihnen nicht mehr viel übrig – die Hunde hatten ihnen den Rest gegeben. Die Details wurden weithin veröffentlicht und die Einschüchterung funktionierte. Niemand wollte ein solches Ende riskieren, nicht einmal um der Freiheit willen.

„Ich weiß, Booker. Aber denk doch über die Alternativen nach. Du kannst nicht hierbleiben. Sophie, die Tochter der Missus, und ihre Familie sowie ihre anderen Kinder haben vor, das Land ihres Vaters zu übernehmen. In den vergangenen paar Monaten hast du das Land für dich gehabt und durch die Bearbeitung der Gärten und das Schlachten der

Schweine und Hühner alle über Wasser halten können. Das wird nicht immer so weitergehen."

Booker runzelte die Stirn. „Massa Robert war ein harter Mann", überlegte er. „Er hat uns bis zum Umfallen schuften lassen, bis an den Rand unserer Kräfte. Aber wenigstens hat er uns zu essen und Kleidung gegeben und wir hatten ein warmes Haus, in dem wir schlafen konnten. Ausgepeitscht wurden wir nur selten. Vielleicht war das Sklavendasein doch nicht so übel."

Silas legte dem Mann eine Hand auf die Schulter. „Davon wirst du mich nicht überzeugen können, Booker. Ich habe es in deinen Augen gelesen, an dem Tag, als ich dich auf der *Rivermont* Plantage gesehen habe. Du hast dich nach deiner Freiheit gesehnt. Das tust du noch immer. Du hast nur Angst."

Booker richtete sich hoch auf. „Sie sagen, ich hätte Angst, Massa Doktor?"

„Ich sage, dass du recht hast, Angst zu haben. Aber einige Dinge sind es wert, dass man sein Leben dafür riskiert. Du musst entscheiden, ob die Freiheit dazugehört."

Ein Ausdruck der Entschlossenheit legte sich auf Bookers Gesicht. „Sie gehört dazu, Massa Doktor. Das weiß ich."

„Außerdem, Booker, du kannst lesen. Du kannst die anderen lehren, ihnen helfen, sich ein besseres Leben zu schaffen. Aber zuerst musst du von hier fort."

Noch während Silas die Worte aussprach, legte sich die Erkenntnis der Wahrheit schwer auf seine Brust, erstickte ihn beinahe. Booker war der beste Freund, den er je gehabt hatte – ein Mann, auf den er sich verlassen konnte. Silas liebte ihn, genau wie die anderen Sklaven. Sie waren seine Familie geworden und das Leben ohne sie würde leer sein.

Trotzdem, er durfte nicht selbstsüchtig sein. Booker und die anderen bedeuteten ihm zu viel, um sie hierzubehalten. Wenn sie es jemals schaffen wollten, sich ein Leben nach ihren eigenen Wünschen aufzubauen, dann mussten sie gehen. Und trotz des Schmerzes musste er sie ermutigen zu gehen.

Wenn sie nur, dachte er und schickte ein verzweifeltes Gebet zum Himmel, *wenn sie nur jemanden hätten, der ihnen helfen würde.*

„Was ist los, Daddy?"

Booker sah hoch. Sein Sohn Henoch stand vor ihm und blickte ihn beinahe verzweifelt an. Er nahm den Jungen hoch und setzte ihn sich auf den Schoß. „Nichts ist los, mein Sohn. Ich denke nur darüber nach, was wir tun sollen."

„Weswegen, Daddy?"

Booker lächelte das Kind an. Henoch war das Licht seines Lebens, ein Wunder von Gott. Seit dem Tag, an dem der Junge auf die Welt gekommen war, brauchte Booker ihn nur anzusehen und sein Glaube an den Allmächtigen wurde neu belebt. Wenn Gott ihm ein solches Geschenk machen konnte, dann konnte er fast alles schaffen – ihm sogar Führung und Mut geben, wenn er beides brauchte.

„Ich denke darüber nach, was es bedeutet, frei zu sein", erwiderte Booker offen. „Und wohin wir von hier aus gehen sollen." Er blickte über den Kopf des Kindes hinweg und entdeckte Celie am Feuer, die in einem Topf Suppe rührte. In ihren Augen las er tiefe Liebe und den festen Glauben daran, dass er das Beste für sie tun würde. *Zwei Geschenke*, dachte er. *Zwei der besten Geschenke, die ein Mann bekommen kann.*

Er winkte Celie zu sich herüber und seufzte tief. „Ich habe mit Massa Doktor gesprochen“, begann er. „Er spricht das zwar nicht aus, aber er denkt, wir sollten versuchen, *Rivermont* zu verlassen und uns ein eigenes Leben oben im Norden aufzubauen, wo unsere Freiheit etwas bedeutet.“

„Er will, dass wir gehen?“, fragte Henoch. „Mag er uns denn nicht mehr?“

„Natürlich mag er uns, Schatz“, beruhigte Celie ihn. „Darum möchte er doch, dass wir an einen besseren Ort gehen, wo wir mit den Weißen gleichberechtigt behandelt werden.“

„Gleichberechtigt? Das verstehe ich nicht.“ Der Junge runzelte die Stirn.

Booker drückte ihn an sich. „Wir sind jetzt frei, Junge. Wir sind keine Sklaven mehr.“

„Was bedeutet es, frei zu sein, Daddy? Nichts hat sich geändert.“

Die Frage schmerzte und Booker konnte eine Zeit lang keine Antwort geben. „Aus dem Mund der Kinder“, murmelte er schließlich. Sein Sohn hatte recht. Nichts hatte sich geändert und nichts würde sich ändern, wenn sie nicht – er, Celie, sie alle – das Risiko auf sich nahmen, eine Änderung herbeizuführen. Sie könnten weitermachen, als hätte es Mister Lincolns Proklamation der Freilassung nie gegeben. Sie könnten weiterhin auf *Rivermont*-Land leben, die Felder und Gärten bestellen. Sie konnten in Furcht vor den *Pattyrollern* leben, den Tag fürchten, an dem Massa Roberts Kinder sie entweder vertreiben oder eine Abgabe von ihnen einfordern würden. Oder sie konnten all ihren Mut zusammennehmen und für sich und ihre Würde einstehen.

Henoch zupfte an seinem Ärmel. Booker sah ihn an. „Ich glaube, ich habe herausgefunden, was es bedeutet, Daddy“, sagte Henoch. „Was es bedeutet, frei zu sein. Es ist in der Geschichte.“

„Welcher Geschichte?“

Der Junge legte seine kleine braune Hand auf Bookers zerlesene Bibel. „Die Geschichte aus dem Guten Buch, über Mose, der das Volk befreite.“

Celie lächelte und nickte. Mit zitternden Händen nahm Booker das zerlesene Buch in die Hand und schlug die Stelle auf, die er gerade am Abend zuvor vorgelesen hatte. Sein Blick überflog die Verse, doch um Henochs willen beschloss er, die Geschichte in Worten zu erzählen, die der Junge verstehen konnte:

„Das stimmt, Sohn. Gottes Volk wurde in der Sklaverei gehalten, in Ägypten, unter der Herrschaft des Pharao.“

„Das ist wie beim Massa“, warf Henoch ein.

„Das stimmt. Und der Massa Pharao war hart zu den Menschen. Er ließ sie Tag und Nacht arbeiten und gab ihnen nie genug zu essen. Dann rief Gott Mose und sagte zu ihm: ‚Geh hin, Mose, und sag dem alten Pharao, lass mein Volk ziehen.‘ Aber der Pharao sagte Nein. Und so ließ der Herr Plagen über das ägyptische Volk kommen –“

„Hagel, Feuer und Frösche und Heuschrecken!“, quietschte der Junge und hopste auf dem Schoß seines Vaters herum.

„Das stimmt, Junge. Aber wer erzählt hier die Geschichte?“

Henoch lachte und beruhigte sich.

„Und dann endlich“, fuhr Booker fort, „gab der Massa Pharao nach – die Plagen waren einfach zu viel für ihn. Er war bereit, das Volk ziehen zu lassen. So nahm Mose seinen Stab in die Hand und führte das Volk hinaus in die Wüste zu dem Land, das der Herr ihnen versprochen hatte, ein Land, in dem Milch und Honig flossen."

„Milch und Honig?", wiederholte der Junge.

„Das ist wie all der Schinken und die Grütze, die du so magst", erklärte Celie. „Kekse und Maisbrot und richtige Melasse."

„Und gebratenes Hühnchen?"

„Ja, auch gebratenes Hühnchen." Celie unterdrückte ein Lächeln.

„Aber es war nicht so ganz einfach", fuhr Booker fort. „Sobald sie fort waren, änderte der alte Massa Pharao seine Meinung. Er schickte ihnen seine Armee hinterher, die sie zurückbringen sollte –"

„Die *Pattyroller*!", rief Henoch.

„Ja. Genau wie die *Pattyroller*. Sie holten Mose und das Volk ein, als sie gerade das Meer erreicht hatten. Jetzt hatten sie das Meer vor sich und die *Pattyroller* hinter sich und wussten nicht, wohin sie gehen sollten. Bis –" Er blinzelte seinem Sohn zu. „Was ist dann passiert?"

Der Blick des Jungen wanderte von seinem Vater zu seiner Mutter und er kratzte sich am Kopf. Dann erhellte sich sein kleines Gesicht. Er begann zu grinsen. „Gott hat das Wasser geteilt. Das Volk zog trockenen Fußes hindurch."

„Das taten sie, Kind. Das taten sie!"

„Und der Herr hat sie in das Land mit den gebratenen Hähnchen und Keksen geführt."

Booker nickte. „Schließlich."

„Daddy", jammerte Henoch, „ich möchte auch in das verheißene Land gehen."

Celie betrachtete ihn mit einem seltsamen Gesichtsausdruck. „Ich kann nicht lesen“, sagte sie leise, „aber ich kann hören. Mir scheint, der Herr sagt, dass Doktor Silas vielleicht recht hat. Vielleicht sollten wir intensiv darüber nachdenken.“

Booker wollte protestieren, darauf hinweisen, dass man nicht einfach eine Geschichte aus dem Guten Buch nehmen und sie als Führung Gottes werten könne. Aber irgendetwas in seinem Innern – vielleicht eine Warnung – hinderte ihn daran. Celie hatte recht. Die Tatsache, dass sie die Worte nicht selbst lesen konnte, bedeutete nicht, dass sie die Stimme des Allmächtigen nicht hören konnte. Und vielleicht hörte sie im Augenblick besser als er.

„Es wird ein schwerer Weg werden“, murmelte er. „Ein gefährlicher Weg.“

„Der Herr hat die *Pattyroller* für Mose ertränkt“, warf Henoch ein. „Kann er dasselbe nicht auch für uns tun?“

Booker schwieg, dachte darüber nach und überlegte, was das Gute Buch über den Glauben eines kleinen Kindes zu sagen hatte.

Vielleicht sprach Gott auch ohne brennenden Dornbusch. Aber wo war Mose?

Der Stall wurde nur spärlich von einer Laterne erleuchtet. Booker machte sich an seine allabendliche Arbeit, verteilte frisches Heu, striegelte die Stuten und gab frisches Futter in die Krippen. Massa Robert war tot und Otis Tilson beim ersten Anzeichen von Schwierigkeiten abgehauen, doch das war kein Grund, die Tiere leiden zu lassen. Die Kühe waren gemolken und die Milch war in die Sklavenquartiere gebracht worden.

Das neugeborene Kalb schlief in der Box neben seiner Mutter. Sogar der große Hengst des Massa hatte sich beruhigt.

Ein Rascheln hinter ihm ließ Booker einen Schauer über den Rücken laufen. *Pattyroller?* Sie waren bekannt dafür, dass sie Vieh stahlen – vor allem gute Pferde. Und sie hatten keine Skrupel, einen Schwarzen zu erschießen, wenn sie auf ihn trafen. Langsam legte sich seine Hand fester um die Mistgabel. Er wartete; sein Atem beschleunigte sich. Dann wirbelte er herum und hielt die Mistgabel vor sich. „Wer ist da?"

Eine verschleierte Gestalt trat ins Laternenlicht. Booker stieß einen tiefen Seufzer der Erleichterung aus. Es war eine Frau. Eine kleine farbige Frau.

„Du kannst die Mistgabel hinlegen, Sonny", sagte sie mit leiser Stimme. „Ich will dich nicht töten. Ich bin gekommen, um zu helfen."

Booker beobachtete, wie sie noch weiter vortrat. Ihre Haut war dunkel, ihr Gesicht missgestaltet, als wäre sie irgendwann einmal schrecklich ausgepeitscht worden. Ein Bein zog sie ein wenig nach.

Seine Hände umklammerten noch immer die Mistgabel, seine Muskeln waren gespannt. „Wer bist du?"

„Ich heiße Harriet", erwiderte die Frau.

Booker sah ihr ins Gesicht. Von den umliegenden Plantagen konnte sie nicht sein; er war sicher, sie noch nie zuvor gesehen zu haben. „Was machst du hier?"

Sie lächelte verlegen. „Wie ich schon sagte, ich bin gekommen, um zu helfen."

„Wie helfen?"

„Hast du je von der Untergrundeisenbahn gehört?"

Die Frage verblüffte Booker. Alle hatten Gerüchte über eine solche Einrichtung gehört – es war keine richtige Eisenbahn, aber ein System von sicheren Zufluchtsstätten, die von Gegnern der Sklaverei und Sympathisanten geschaffen worden waren und in denen die Sklaven bei der Flucht in den Norden Nahrung, Unterkunft und Schutz fanden. Aber noch nie hatte er jemanden kennengelernt, der mit der Eisenbahn zu tun hatte, und manchmal vermutete er, dass das alles nur Wunschdenken war.

„Ich habe davon gehört“, erwiderte er schließlich.

„Die Leute haben mir gesagt, du seist derjenige, mit dem ich reden müsste, derjenige mit dem größten Einfluss bei den Sklaven hier.“

„Das weiß ich gar nicht genau. Ich bin jedoch schon lange hier und ich schätze, die meisten Leute respektieren mich.“

„Wenn deine Leute gehen wollen, dann kann ich sie rausbringen.“

Booker schüttelte den Kopf. Diese kleine mutige Frau, zusammengeschlagen und geprügelt, dachte, sie könne den Sklaven helfen, den *Pattyrollern* zu entkommen? Sie musste verrückt sein. „Wer, sagtest du, bist du?“

„Harriet“, wiederholte sie. „Harriet Tubman.“

„Herr, erbarme dich“, keuchte Booker. Diese Frau – falls sie wirklich Harriet Tubman war – war unter den Sklaven praktisch eine Legende. Die Frau hatte mehr als dreihundert Schwarzen in Maryland und Pennsylvania zur Flucht verholfen. Sogar in Mississippi kannten die Leute sie. Alle nannten sie –

Sein Herzschlag setzte aus und sein Mund wurde trocken.

Mose.

Silas schnappte nach Luft, als auch die anderen Frauen vor ihm standen. „Ich freue mich, Sie kennenzulernen“, brachte er schließlich mühsam heraus und schüttelte ihr die Hand. „Wir alle haben natürlich von Ihnen gehört, aber –“

„Aber Sie dachten, ich sei eine Art Geist?“ Harriet Tubman lachte. „Irgendein Phantom, das sich jemand ausgedacht hat?“ Sie ließ sich in einem Sessel nieder und nahm die Tasse Kaffee entgegen, die Pearl ihr angeboten hatte. „Nein, Sir, ich bin wirklich echt. Ganz und gar nicht, was die Leute erwarten.“

„Was machen Sie hier?“, fragte Silas.

„Ich bin eine Zeit lang in Alabama gewesen“, erwiderte sie. „Die Leute aus dem tiefen Süden zu holen ist schwieriger, aber wir kommen ganz gut klar. Wir haben noch niemanden verloren.“

„Und Sie sagen, Sie können Booker und seinen Leuten bei der Flucht helfen? Sie wissen über die *Pattyroller* Bescheid? Sie sind ziemlich aufmerksam und es ist fast unmöglich, ihnen zu entkommen.“

Harriet schnaubte verächtlich. „*Pattyroller* – phh! Nur eine Bande verrückter stiernackiger Jungen, die Gewehre haben, aber kein Gehirn.“ Sie nahm einen Schluck von ihrem Kaffee und nickte Pearl zu. „Wenn man nicht gegen sie kämpfen kann, muss man sie eben überlisten.“

Silas blickte zu Booker hinüber, der die Augen vor lauter Bewunderung weit aufgerissen hatte. „Und das kannst du?“, fragte er.

„Nicht ohne Hilfe“, entgegnete sie. „Und nicht ohne Einsatz. Deine Leute müssen sich auf eine lange Reise einstellen und sie müssen an den Erfolg der Reise glauben. Aber wie ich schon sagte, ich habe bisher noch keinen Einzigen verloren –“ Sie griff in ihren Taillenbund, zog eine Pistole hervor und schwenkte sie in Bookers Richtung. „Und bei mir ist auch noch niemand umgekehrt.“

Booker trat einen Schritt zurück. „Ich habe gehört, jemand wollte umkehren und du hättest ihn erschossen.“

Harriets Augen tanzten. „Brauchte ich bisher noch nicht. Aber ich würde es tun.“ Sie wurde wieder ernst. „Die Sache ist zu wichtig, um von einem oder zwei Feiglingen ruiniert zu werden. Eine große Aufgabe liegt vor uns und wir werden sie meistern. Also, bist du dabei oder nicht?“

Silas ging zu der zitternden Pearl und legte den Arm um sie. „Das klingt gefährlich.“

„Es ist gefährlich“, stimmte Harriet zu. „Fast alles, das wert ist, getan zu werden, birgt ein Risiko in sich. Aber es nicht zu tun, ist ein noch größeres Risiko.“

„Und wie lautet der Plan?“

„Es wird einige Monate dauern, um alle herauszuschaffen. Und vor dem Frühling können wir ohnehin nichts unternehmen. Wir brauchen den Schutz der Blätter an den Bäumen. Die Gruppen dürfen nicht größer sein als zehn oder zwölf Personen und die Reise nach Norden ist lang. Ihr werdet entscheiden müssen, wer als Erster geht; vielleicht kann der Doktor euch helfen, eine Liste zu machen. Und wir müssen einen Ort finden, wo die Leute sich verstecken können, bis die Luft rein ist. Wir können nicht einfach im hellen Tageslicht losmarschieren.“

„Dieses Problem ist bereits gelöst“, verkündete Booker. „Folgt mir.“ Er stand auf und führte sie in das untere Schlafzimmer, wo auf jeder Seite des Kamins zwei Schränke standen. Silas warf Pearl einen Blick zu, der fragte: *Was macht er da?* Aber sie zuckte nur mit den Achseln. Als alle unten waren, schob Booker die Kleider zur Seite und drückte auf ein Brett. Es öffnete sich und offenbarte eine Leiter, die in einen schmalen Schacht hinunterführte.

„Über diese Leiter kommt man in den Vorratskeller", erklärte er. „Von dort führt ein Tunnel hinaus in die Wälder. Nicht so sehr weit, aber wenn man erst mal drin ist, kann einen niemand mehr sehen."

„Booker!", unterbrach Silas. „Wann hast du das gegraben?"

Booker grinste verlegen und kratzte sich am Kopf. „Als ich das Haus gebaut habe, Massa Doktor. Nur für den Fall, dass man ihn eines Tages einmal brauchen kann."

„Perfekt", verkündete Harriet. „Du kannst deine Leute im Haus zusammenrufen und wenn die *Pattyroller* Wind davon bekommen und nachsehen kommen, dann können sie sich hier verstecken."

Sie kehrten ins Wohnzimmer zurück und Booker ließ sich in einen Sessel sinken. Celie stand neben ihm. Der kleine Henoch kletterte ihm auf den Schoß. Mit unverhohlener Neugier betrachtete der Junge Harriet Tubman.

„Sie sieht nicht aus wie Mose, aber sie verhält sich so", meinte er schließlich. „Jetzt können wir in das Land der Hähnchen und Kekse ziehen."

Booker lächelte. „Das Land, in dem Milch und Honig fließen", übersetzte er.

„Dorthin ziehen wir, Junge", bestätigte Harriet. „Ins verheißene Land. Bist du bereit?"

Henoch nickte entschlossen. „Ja, Madam. Ich bin bereit. Ich bin bereit zu sehen, wie die *Pattyroller* im Meer ertrinken."

Booker blickte Celie an und zuckte die Achseln. „Ich schätze, wir alle sind bereit."

Die Frau, die Mose genannt wurde, nahm ihre kleine Tasche und nickte. „Dann mache ich mich wieder auf den Weg. Die erste Gruppe soll sich Anfang April bereithalten. Zieht euch warm an und nehmt wenig Gepäck mit. Ich werde nach euch schicken, sobald der richtige Zeitpunkt gekommen ist." Damit öffnete sie die Tür, humpelte hinaus und verschwand in der Dunkelheit.

Endlich frei

April 1865

Silas erwachte. Pearl beugte sich über ihn und küsste seine Augenlider. Er lag einen Augenblick lang ruhig da und genoss ihre Küsse, ihre Nähe. Nach all dieser Zeit – fast zehn Jahre waren sie jetzt schon verheiratet – brauchte er nur tief in ihre zärtlichen Augen zu blicken, um erneut den Augenblick zu erleben, als er mit ihr auf der Veranda gestanden und ihr versprochen hatte, sie für immer zu lieben.

Es war nicht schwer gewesen, dieses Gelübde zu halten. Pearl war in jeder Hinsicht seine Seelengefährtin. Er betete sie an, konnte sich ein Leben ohne sie nicht mehr vorstellen. Und jetzt endlich, nach Jahren der Enttäuschung, würde sie die Mutter seines Kindes werden.

Er öffnete die Augen und zog sie in seine Arme. Ihr anschwellender Leib drückte sich gegen ihn und er legte beide

Hände auf ihren Bauch. „Guten Morgen, kleiner Abe", murmelte er.

Sie zog sich zurück und schlug spielerisch seine Hände fort. „Und wieso bist du so sicher, dass dieses Kind ein ‚Abe' sein wird? Sag mir das. Es könnte doch auch eine ‚Abby' sein."

Silas lachte und zog sie an sich. „Das stimmt. Aber wie auch immer, er – oder sie – wird unser Kind sein und das beste Kind, das den Namen Noble je getragen hat."

Als Pearl festgestellt hatte, dass sie nach zwei Fehlgeburten wieder ein Kind erwartete, hatten sie beschlossen, ihr Erstgeborenes sollte nach Präsident Lincoln benannt werden, zu Ehren des Mannes, der die Sklaven befreit und die Nation für immer verändert hatte. Dieses Baby würde am Leben bleiben, dessen war sich Silas sicher. Er würde dafür sorgen, egal, was es ihn kostete. Dieses Baby würde der Sohn sein, nach dem er sich gesehnt und um den er gebetet hatte.

Zuerst hatte er Pearl eingeschärft, auf sich zu achten. Er war entschlossen gewesen, sie notfalls ans Bett zu fesseln, um sicherzustellen, dass sie sich nicht übernahm. Aber es funktionierte nicht ganz so, wie er es sich vorgestellt hatte. Harriet Tubman hatte für die Sklaven auf *Rivermont* einen Fluchtplan entwickelt. Und nichts durfte dazwischenkommen. Die Vorbereitungen hatten sehr viel mehr Zeit in Anspruch genommen, als sie erwartet hatten. Da sich *Rivermont* so tief auf konföderiertem Gebiet befand, konnten Harriets Leute immer nur kleine Gruppen wegführen – höchstens zehn Personen. Eine größere Gruppe wäre zu gefährlich, konnte zu leicht aufgespürt werden. Und da fünfundsiebzig Sklaven auf *Rivermont*-Land lebten, bedeutete das sechs Gruppen und lange Warteperioden dazwischen.

Während des Winters war eine sichere Flucht nicht möglich gewesen, darum hatte es achtzehn Monate gedauert, um sie in die Freiheit zu führen. Achtzehn Monate in Furcht und mit bösen Vorahnungen.

Niemand – nicht einmal Booker – hatte Harriet Tubman nach dieser ersten Begegnung noch einmal gesehen, aber die Berichte von ihrem Sklavenschmuggel waren ermutigend. Die Nachricht kam zurück: Nicht einer war umgekommen. Alle hatten sich nördlich der Mason-Dixon-Grenze angesiedelt.

An diesem Abend würde die letzte Gruppe durch den Vorratskeller in den Wald und in die Freiheit entkommen: Booker und Celie mit Henoch, Lily mit ihrer Tochter Marissa und ihre Kusine Jute und außerdem Cato, der bis zuletzt geblieben war.

Booker hatte Silas und Pearl angefleht, doch mitzukommen, und schließlich hatten sie nachgegeben und zugestimmt, *Noble House* zu verlassen und mitzugehen. Silas machte sich natürlich Gedanken um das Baby, aber eigentlich mussten sie vor Pearls Niederkunft Cairo erreicht haben. Es war eine ernüchternde Aussicht – ein neues Leben an einem neuen Ort mit einem neuen Kind. Trotzdem, Silas war davon überzeugt, dass er unter den Umsiedlern Arbeit würde finden können, außerdem war ihnen hier in *Cambridge* nicht viel geblieben. Und er musste zugeben, er wünschte sich, dass dieses Kind in einer Umgebung aufwuchs, in der das Volk Gottes gleichberechtigt nebeneinander lebte. Es war ein enormes Risiko, aber ein Risiko, das er bereit war einzugehen.

Pearl stieß ihn an. „Trink deinen Kaffee, bevor er kalt wird.“

Silas setzte sich auf. „Frühstück im Bett? Bedeutet das, dass wir wieder streiten werden? Oder haben wir es bereits und es ist mir gar nicht aufgefallen?"

Pearl lächelte. „Ich glaube nicht. Außerdem ist es nur Kaffee. Dann musst du aufstehen. Es ist für heute Abend noch viel vorzubereiten."

Er stützte sich auf dem Kissen auf und griff nach dem Kaffeebecher. „Und wir tun wirklich das Richtige?"

Pearl strich ihm lächelnd über die Hand. „Es wird schwer sein, *Noble House* zu verlassen. So viele wunderschöne Erinnerungen. Aber wir müssen darauf vertrauen, dass die Entscheidung richtig ist. Dann wird Gott uns auch irgendwie führen."

Silas nickte. Trotz seines unguten Gefühls spürte er, wie sich Friede in ihm breitmachte. Es war doch egal, wo sie wohnten, Hauptsache, sie waren zusammen. Wo immer sie hingingen, alles würde gut sein, solange Pearl an seiner Seite war.

Um sechs Uhr an diesem Abend kam Silas in die Küche und sah zu, wie Pearl die letzten Sachen für ihre Reise zusammenpackte. „Brauchst du Hilfe?"

Sie wandte sich ihm lächelnd zu. „Ich bin fast fertig. Aber es ist noch ein halber Apfelkuchen übrig und ich fürchte, den kann man schlecht mitnehmen."

Er grinste. „Dann werde ich mich wohl über ihn erbarmen müssen. Komm, setz dich zu mir."

Sie stellte den Kuchen auf den Tisch, brachte zwei Gabeln und zwei Gläser Milch mit. Als sie anfingen, den Kuchen zu essen, fühlte sich Silas wie ein Kind, das sich mitten in der Nacht in die Küche schleicht – ein köstliches Gefühl der Rebellion. „Das wird ein großes Abenteuer, nicht?“

„Ich bin froh, dass du es so sehen kannst“, erwiderte Pearl. „Eine Zeit lang dachte ich schon, du würdest im letzten Augenblick einen Rückzieher machen.“

„Ich möchte nur kein Risiko eingehen und dich und das Baby nicht in Gefahr bringen.“

„Wir werden das gut überstehen – wir beide. Und ich habe alles zusammengepackt, auch die Decke, die Lily genäht hat. Die konnte ich einfach nicht zurücklassen. Das habe ich nicht übers Herz gebracht.“

Silas kaute nachdenklich. „Pearl, ich habe keine Ahnung, was für ein Leben wir führen werden, wenn wir ... nun, wo immer wir schließlich hinkommen werden. Ich würde dir gern ein schönes Haus versprechen und dass ich viel verdienen werde, aber –“

„Ich weiß.“ Sie legte ihren Finger an seine Lippen, um ihn zum Schweigen zu bringen. „Du kannst ein solches Versprechen nicht geben und ich erwarte das auch gar nicht von dir. Ich möchte nichts weiter, als dass wir zusammen sind.“

Er blickte ihr ins Gesicht. „Ich liebe dich, weißt du – von ganzem Herzen und mit meiner ganzen Seele.“

Sie wollte ihm gerade antworten, als Booker in die Küche geeilt kam.

„Du bist ein wenig zu früh, meinst du nicht?“, lachte Silas. „Wir machen uns doch erst nach Einbruch der Dunkelheit auf den Weg.“ Dann blickte er Booker ins Gesicht.

Der Mann zitterte und feuchte Spuren liefen ihm über die Wangen.

„Booker!“ Pearl berührte seinen Arm. „Booker, was ist los?“

„Ist jemand verletzt?“, fragte Silas. „Pearl, wo ist meine Tasche?“

„Ihre Arztasche kann dieses Mal auch nicht helfen, Massa Doktor.“ Booker beugte sich über den Tisch und legte eine Zeitung vor sie hin. „Die habe ich in der Stadt in einem Abfalleimer gefunden.“

Silas starrte auf die Schlagzeile und sein Herz sank: LINCOLN ERMORDET.

„Er ist tot“, flüsterte Booker unter Tränen. „Mister Lincoln, er ist tot.“

Silas spürte, wie etwas in der Tiefe seiner Seele zusammenschrumpfte. „Wann ist das passiert?“

„In der Zeitung steht, vor drei Tagen. Mister Lincoln, er wollte im *Ford's Theater* ein Stück ansehen und ein Kerl hat ihm in den Kopf geschossen.“

„Wer würde denn so etwas machen?“

„Sympathisanten der Südstaaten, natürlich“, erregte sich Pearl. Silas blickte sie an und entdeckte lodernden Zorn in ihren Augen. „Leute, die dachten, wenn sie sich des Präsidenten entledigen, wird die Konföderation weiterbestehen.“

„Der Mann hieß Booth“, erwiderte Booker. „Und Pearl hat nicht ganz Unrecht. Alle *Pattyroller* sind jetzt erst richtig angestachelt. Sie durchstreifen die Wälder mit Gewehren, Seilen und Hunden. Es wird Ärger geben – großen Ärger.“

Silas schloss die Augen und kämpfte gegen die Tränen an. Sie waren so weit gekommen und jetzt das. „Vielleicht ist heute Nacht nicht der beste Zeitpunkt für unseren Aufbruch“, meinte er. „Vielleicht sollten wir noch etwas abwarten.“

„Nein, Sir, Massa Doktor“, entgegnete Booker. „Wir müssen jetzt aufbrechen.“

„Booker hat recht“, meinte Pearl. „Wer weiß, was passieren wird, nun, da Präsident Lincoln tot ist? Bisher ist *Noble House* verschont geblieben, weil wir den konföderierten Soldaten genauso geholfen haben wie den Unionssoldaten und weil Master Roberts Sklaven geblieben sind. Aber wenn sie kommen und herausfinden, dass bis auf ein paar wenige alle Sklaven weg sind, dann wissen sie, dass wir geholfen haben. Dann üben sie möglicherweise Vergeltung.“

„In Ordnung“, seufzte Silas. „Booker, hol alle zusammen und bring sie so schnell wie möglich her. Ich möchte nicht, dass sie draußen herumlaufen. Sag ihnen, sie sollen packen und jederzeit aufbruchbereit sein. Unser Führer wird kurz nach Einbruch der Dunkelheit da sein. Wir müssen bereit sein.“

Booker nickte, nahm die Zeitung und verließ wortlos das Haus.

„Ich habe Angst, Papa Silas.“

Pearl beobachtete, wie Silas Henoch auf dem Schoß hielt und an sich drückte. „Ich weiß, Junge. Das haben wir alle. Wir müssen nur noch abwarten, bis wir gefahrlos aufbrechen können.“

Die Uhr auf dem Kaminsims schlug zehn. Während der vergangenen drei Stunden hatten die letzten sieben Sklaven der *Rivermont* Plantage im Wohnzimmer von *Noble House* zusammengesessen, bei geschlossenen Fensterläden und dem Licht nur einer einzigen Lampe. Der von der Untergrund-Eisenbahn geschickte Führer, ein großer, stämmiger

Bursche mit Namen John Carver, lief unruhig im Zimmer umher.

Draußen ging der Lärm weiter, als wäre irgendeine bizarre Feier im Gang. Schüsse, Hundegebell und dann ein Rebellenschrei, der einem das Blut in den Adern gefrieren ließ. Pearl befürchtete schon, die *Pattyroller* würden eine weitere Lynchparty veranstalten.

Sie ging zu ihrer Bettrolle, nahm die Patchworkdecke heraus und legte sie für Henoch und Marissa auf den Teppich. Nach einer Weile beruhigten sich die Kinder und schliefen trotz des Lärms und des Aufruhrs zu den Füßen der Erwachsenen ein.

Wenn wir nur auch so vertrauensvoll sein könnten, dachte Pearl, während sie sie beobachtete. *Sich hinzulegen und zu schlafen und zu glauben, dass wir bewahrt bleiben, komme, was da wolle, weil jemand auf uns Acht hat.* War es da ein Wunder, dass Jesus den Erwachsenen sagte, sie bräuchten den Glauben eines kleinen Kindes? Aber Erwachsene schienen mit dem einfachen Glauben immer Schwierigkeiten zu haben. *Wir versuchen stets, die Dinge selbst zu lösen,* dachte Pearl. *Wir vertrauen unserem eigenen Verständnis, unseren eigenen Plänen, anstatt unser Vertrauen auf den Allmächtigen zu setzen und zu glauben, dass er uns bewahrt.*

Nun, in dieser Nacht hatten sie keine andere Wahl, als sich auf die Bewahrung des Allmächtigen zu verlassen. Zum richtigen Zeitpunkt, falls es einen richtigen Zeitpunkt gab, würden sie Gott vertrauen müssen, dass er die Augen der *Pattyroller* blendete und sie in Schach hielt. Denn sonst würden sie vermutlich alle am nächsten Baum landen.

„Es ist an der Zeit“, sagte John Carver. „Wir brechen auf.“

Silas lauschte. Die Schüsse waren verstummt und das Bellen der Hunde schien sich immer weiter zu entfernen. Er sah auf seine Taschenuhr: Zwölf Uhr fünfundvierzig.

Lily weckte die Kinder und führte sie ins Schlafzimmer. Jute folgte ihnen. Aus dem Wohnzimmer erhaschte Silas einen Blick auf die offene Schranktür mit dem Geheimgang in den Vorratskeller und dem Tunnel in die Wälder. Und – wie er hoffte – in die Freiheit.

„Zieht eure Mäntel an. Draußen wird es kühl sein“, riet Silas. „Und achtet darauf, dass ihr nichts zurücklasst.“ Aus dem Augenwinkel heraus sah Silas, wie Pearl sich bückte, um die Decke aufzurollen. Doch ohne Vorwarnung kippte sie zur Seite weg und umklammerte ihren Bauch.

„Pearl! Ist alles in Ordnung?“ Er rannte zu ihr hin und wollte ihr aufhelfen, dann entdeckte er den Fleck unter ihr auf der Decke.

„Nein“, stöhnte sie. „Nicht jetzt!“

Booker trat neben ihn. „Was ist los?“

„Leg dich einfach zurück, Liebes. Es wird alles gut werden.“ Er wandte sich an Booker. „Sieht so aus, als hätte sie Wehen bekommen.“

„Es ist doch noch zu früh“, protestierte sie. „Vermutlich ist es falscher Alarm. Gib mir eine Minute, dann wird es schon wieder gehen.“

Silas schüttelte den Kopf. „Offensichtlich ist es nicht zu früh, denn dein Fruchtwasser ist abgegangen.“ Er kniete sich neben sie und nahm ihre Hand. „Jetzt gibt es kein Zurück mehr.“

John Carver erschien im Türrahmen. „Das ist genau das, was ich sagen wollte. Booker, Celie, kommt. Lily hat

Henoch und Marissa bereits in den Keller gebracht. Jetzt oder nie."

Booker wandte sich zu Carver um. Seine Muskeln spannten sich wie für einen Kampf. „Es bleibt noch lange dunkel", argumentierte er. „Ohne Massa Doktor und Pearl werden wir nicht gehen."

„Genau", bestätigte Celie. „Wir bleiben, bis das Baby auf der Welt und für die Reise kräftig genug ist."

Pearl umklammerte Silas' Hand und bedeutete ihm, ihr zu einer sitzenden Position aufzuhelfen. „Celie, du weißt es doch besser. Dies ist meine erste Schwangerschaft – zumindest die erste, die ich ausgetragen habe. Und so jung bin ich auch nicht mehr. Dies wird vermutlich eine schwere Geburt und vor allem wird sie lange dauern. Ihr könnt nicht warten. Ihr müsst jetzt aufbrechen. Wir werden nachkommen. Wo immer ihr seid, wir werden euch finden." Sie schenkte ihr ein schwaches Lächeln, dann zuckte sie unter der nächsten Wehe zusammen. „Wir – wir sind eine Familie. Keine Sorge – wir werden bald wieder zusammen sein."

Celie und Booker sahen sich an. Booker stemmte die Hände in die Seite. „Nein, Madam."

Silas half Pearl beim Hinlegen und erhob sich. „Booker, hör mir zu. Dies ist deine Chance – das ist, worauf du dein ganzes Leben lang gewartet hast. Und jetzt nimm deine Frau und deinen Sohn und geh! Bitte."

Booker sah ihn mit einem forschenden Ausdruck in seinen dunklen Augen an. „Wenn Sie ich wären, Massa Doktor, würden Sie gehen?"

Silas zog die Stirn kraus und knirschte mit den Zähnen. „Ja. Ja, Booker, ich würde gehen."

Booker trat vor und schloss Silas in die Arme. „Sie sind ein schlechter Lügner, Massa Doktor“, flüsterte er Silas ins Ohr. „Passen Sie gut auf Ihr Mädchen auf“, fügte er hinzu. „Und auf das Baby. Ich vermute, dass wir uns sehr bald wieder sehen werden.“

„Kommt schon!“, drängte Carver. „Wenn wir jetzt nicht gehen, dann kommen wir bis Tagesanbruch nicht weit genug.“

„Wartet!“, keuchte Pearl. Sie bedeutete Silas, ihr die Baumwolltasche mit ihren mageren Habseligkeiten zu bringen. Sie griff hinein und holte eine kleine Samtschachtel hervor.

„Liebling –“, protestierte er.

Aber ihr Blick ließ ihn innehalten. „An dem Abend vor unserer Hochzeit habe ich dir gesagt, dass ich die Brosche immer in Ehren halten würde“, sagte sie leise, während sie den herzförmigen Rubin herausnahm. „Aber wenn sie dazu beitragen kann, das Leben der Menschen zu retten, die wir lieben –“

Silas nickte. „Du hast recht.“ Er nahm ihr die Brosche ab und reichte sie Booker. „Wenn ihr in Schwierigkeiten kommt, findet ihr vielleicht mitfühlende Weiße, die dies für euch verkaufen können.“

Bookers Finger legten sich um den Stein. „Ich kann das nicht annehmen, Massa Doktor.“

„Doch, das kannst du. Und das wirst du. Wir können im Augenblick nicht mitkommen, aber –“

„Wir müssen uns beeilen“, unterbrach Carver. „Wir haben jetzt keine Zeit für so etwas.“

Booker seufzte tief auf und steckte die Brosche in die Tasche. Mit dem Ärmel fuhr er sich über die Augen. „Betet für uns“, sagte er, als er sich zum Gehen wandte. „Ihr werdet immer hier sein“, er legte seine Hand auf seine Brust, „in unseren Herzen.“

Silas nickte und legte ebenfalls eine Hand auf die Brust. Aber die Tränen erstickten jedes Wort in ihm. Als er endlich seine Stimme wieder fand, war der Sklave, den er so liebte, fort.

Gerade als die Dämmerung die ersten orangefarbenen und rosa Strahlen über den Horizont warf, drängte Abraham Lincoln Noble auf diese Welt. Silas wusch ihn und brachte Mutter und Sohn in dem großen Bett zur Ruhe, dann trat er mit einer Tasse dampfendem Kaffee auf die Veranda.

Vater. Daddy. Papa. Pa.

Leise probierte er die Namen aus und schickte ein Dankgebet in die Morgenluft.

Ein früher Regen hatte die Welt reingewaschen und vereinzelte Wolken warfen das Licht der aufgehenden Sonne zurück. Ungebeten wanderte sein Blick zu den Wäldern. Ging es ihnen gut, den Freunden, die in den dunklen Stunden des jungen Morgens geflohen waren? Hatten die *Patrouilleure* sie gefunden, oder waren sie jetzt auf dem Weg in die Freiheit, auf die sie so lange gewartet hatten?

Tausende hatten für diese Freiheit gekämpft und waren dafür gestorben – kämpften sogar noch immer, starben noch immer. Präsident Lincoln war tot, weil er es gewagt hatte, sich zu erheben und zu verkünden, dass niemand ein Leben lang versklavt sein sollte. In seiner Erinnerung klangen Bookers tief gehende Worte nach, die er in der Nacht von Henochs Geburt gesprochen hatte: *Leben und*

Tod liegen in den Händen des Herrn ... ein Bruder ist gestorben, während ein anderer das Licht der Welt erblickte.

Durch die Fliegengittertür hindurch hörte er den Schrei seines kleinen Sohnes und das leise Murmeln seiner Frau, die das Kind beruhigte. Wie konnte er sich so erfüllt und gleichzeitig doch so leer fühlen?

„Mach dem Sterben ein Ende", betete er. „Lieber Gott, bewahre sie."

Anfang Juni 1865

Abraham Lincoln Noble war gerade einen Monat alt, als die Gebete seines Vaters erhört wurden. Der Krieg war endlich vorbei. Die Kämpfe waren beendet; die Kapitulation der Konföderation war unterschrieben. Und als dieses Mal Truppen beider Farben über Silas' Land marschierten, plünderten und brandschatzten sie nicht. Sie marschierten einfach weiter. Mit ihren letzten Kräften versuchten sie nur noch nach Hause zu kommen.

Einige von ihnen kamen vorbei, baten um Nahrungsmittel, Wasser, Chinin oder Verbandmaterial und Silas und Pearl verschenkten freigebig, was sie besaßen. Aber niemand blieb, nicht einmal die Kranken. Die Medizin, die sie am meisten brauchten, war der Blick auf ihr Zuhause, die lang ersehnte Umarmung eines geliebten Menschen.

„Sollen wir gehen oder nicht?", fragte Pearl eines Morgens, als sie am Tisch saß und Abe stillte. „Er ist sehr kräftig. In ein paar Wochen sollte er die Reise eigentlich problemlos überstehen." Sie lächelte auf das Kind herab. „Außerdem wird das Reisen nun, da der Krieg vorbei ist, viel leichter sein. Wenigstens brauchen wir uns nicht mitten in der Nacht durch die Wälder davonzuschleichen."

Silas seufzte. Er wusste nicht, was er ihr antworten sollte. Jetzt, da die Zeit gekommen war und sie endlich nach Norden aufbrechen könnten, empfand er ein unerklärliches Widerstreben, so als sollten sie in *Cambridge* bleiben. Aber warum? Pearls Vater war im vergangenen Winter an Grippe gestorben und ihre Cousins, die nun das Sägewerk leiteten, sah sie nur selten. Alle Menschen, die sie liebten, waren fort. Zwar rechnete Silas damit, seine Praxis wieder aufzubauen, doch das Geld der Leute war nichts wert – nur das Papier, auf dem es gedruckt war. Wieder einmal würden sie sich mit Hühnern, Schinken und Kartoffeln bezahlen lassen – und wofür?

Er fühlte sich verloren, als wäre sein Lebenszweck abhanden gekommen. Er hatte für Frau und Kind zu sorgen, doch über so viele Jahre hinweg hatte er einen größeren Lebenssinn gehabt als nur die Sorge für eine Familie. Er liebte sie, aber er brauchte mehr – etwas, das größer war als er und seine Familie, dem er sein Leben widmen konnte.

Wie konnte er Pearl das erklären? Würde sie denken, sie und ihr Sohn, ihr gemeinsames Leben, seien nicht genug für ihn? Und wie konnte er ihr sagen, dass er das Gefühl hatte, bleiben zu sollen, obwohl er ihr – oder auch sich selbst – keinen einzigen Grund für ihr Bleiben nennen konnte?

Pearl streichelte den flaumigen Kopf des kleinen Abraham und sah über ihn hinweg zu Silas. Irgendetwas stimmte nicht, das merkte sie mit einer Sicherheit, als hätte er es laut ausgesprochen. Und sie glaubte den Grund dafür zu kennen: Sie würden Mississippi nicht verlassen.

In vieler Hinsicht war sie hin- und hergerissen von dem Gedanken zu bleiben. Auf der einen Seite sollte ihr Sohn an einem Ort aufwachsen, an dem Gleichheit und Akzeptanz zum Lebensstil dazugehörten. Aber wo gab es einen solchen Ort? Waren die Sklaven, die nach Norden geflohen waren, besser dran? Sie hatte in der Zeitung von der schrecklichen Überfüllung der Städte gelesen, von den Lebensumständen, die oft nicht besser – und manchmal sogar schlimmer – waren als die Sklavenunterkünfte. Befreite Sklaven, die auf ein besseres Leben gehofft hatten, mussten schrecklich enttäuscht sein. Sie hatten nichts gelernt und konnten nur die niedrigsten Arbeiten übernehmen. Tausende waren ohne Beschäftigung und dem Verhungern nahe. Sie waren vielleicht befreit, aber noch immer standen sie auf der untersten Stufe der Gesellschaftsleiter. Was für eine Art der Gleichheit war das?

Auf der anderen Seite, wenn sie und Silas blieben, welchen Sinn würde ihr Leben haben? Welche Einflüsse würden den kleinen Abraham formen? Was würde passieren, falls ...?

Sie unterbrach ihre Gedankengänge und lächelte innerlich über ihre Torheit. Ungeachtet der Situation gab es nur eine Frage zu bedenken: *Was wollte Gott?*

Sie waren bereit gewesen zu gehen, bereit, alles zu riskieren. Aber im letzten Augenblick war ihnen der Weg durch ein unvorhergesehenes Ereignis versperrt worden – durch die vorzeitige Ankunft dieses Babys, das sie nun im Arm hielt.

Versuchte Gott ihnen irgendetwas klarzumachen? Und was?

Sie blickte ihren Mann an und entdeckte einen sehnsüchtigen, abwesenden Ausdruck in seinen Augen. Sie kannte ihn lange genug und liebte ihn so sehr, dass sie wusste, was das bedeutete. Gott sprach auch zu ihm.

Als Pearl das Wort ergriff, fiel es Silas schwer, sich von seinen Gedanken zu lösen und in die Gegenwart zurückzukehren. „Tut mir leid. Was hast du gesagt?"

„Ich sagte, ist es möglich, dass wir gar nicht gehen sollen?"

Er schüttelte den Kopf, um ihn klarzubekommen. „Nicht gehen? Aber ich dachte, du wolltest aufbrechen, sobald –"

„Das wollte ich auch", unterbrach sie ihn. „Oder zumindest dachte ich es."

Sein Herzschlag setzte aus. „Sprich weiter."

Sie lächelte. „Du brauchst eine Aufgabe, eine Mission im Leben. Das brauchen wir beide. Und ich bin nicht sicher, woher ich das weiß, aber ich habe das Gefühl, dass unsere Aufgabe hier liegt, nicht irgendwo oben im Norden."

Ihre Worte lösten in Silas eine Welle der Erleichterung aus. Er schnappte nach Luft. Und in diesem Augenblick stand ihm die Wahrheit ganz deutlich vor Augen. Er hatte keine Ahnung, warum sie bleiben sollten oder wie ihr Leben aussehen würde, aber er wusste, dass er, seine Frau und sein Kind bleiben sollten, wo sie waren. Die Aufgabe würden sie im Laufe der Zeit schon erkennen.

Er grinste Pearl an und ergriff Abes rudernde Faust. „Ich liebe dich", flüsterte er.

„Und ich liebe dich", erwiderte sie. „Ich schätze, wir werden zu gegebener Zeit schon herausfinden, wozu das alles gut ist."

„Ich denke auch. Aber für den Augenblick reicht es zu wissen, was wir nicht tun sollen. Der Rest wird uns schon früh genug klar werden."

„Pearl! Komm schnell!"

Pearl zog den Topf mit den Kartoffeln vom Feuer, nahm den kleinen Abe auf den Arm und folgte Silas' Stimme auf die Veranda. Die Sonne ging unter und in der Ferne konnte sie auf der Straße die Silhouetten von drei Gestalten erkennen.

„Nach wem sieht das aus?", fragte Silas.

Pearl blinzelte. „In dem Zwielicht ist das schwer zu erkennen. Ein Mann – ein großer Mann. Ein Mädchen, vielleicht auch eine kleine Frau. Ein kleines Kind." Sie riss die Augen auf und drückte Abe fester an die Brust. „Das kann nicht sein!"

„Ich denke schon. Bleib hier." Silas rannte los zur Straße und Pearl beobachtete, wie er stehen blieb, dann ein wenig weiterrannte und den Mann umarmte, sich hinunterbeugte, um der Frau die Wange zu küssen. Er drehte sich um und winkte in ihre Richtung. Tränen traten in Pearls Augen.

Booker, Celie und Henoch waren nach Hause gekommen.

Pearl eilte ins Haus und deckte drei weitere Teller auf. Sie setzten sich im Esszimmer an den Tisch. Das Essen war einfach – Maisbrot, Erbsen und Kartoffeln –, aber es reichte für alle und alle schienen es zu genießen.

Booker schüttelte den Kopf. „Sie werden es sicher nicht glauben, aber zwei, drei Familien in einem Haus, das nicht größer war als unsere alte Hütte. Ritze in den Wänden, dass man eine Faust hindurchstecken konnte. Ich schätze, wir sind hier unten, wo wir hingehören, besser dran."

„Außerdem", murmelte Celie und drückte den kleinen Abe an ihre Brust, „wir konnten es einfach nicht ertragen, nicht mitzuerleben, was aus diesem Kind wird."

„Oh", sagte Booker auf einmal. „Beinahe hätte ich es vergessen." Er griff in die Tasche. „Ich schätze, ich sollte Ihnen das zurückgeben."

Er zog die herzförmige Brosche aus der Tasche. Der dunkle Stein fing das Licht ein und warf warme rote Strahlen zurück.

Pearl stockte der Atem. „Ich hatte gedacht, ihr hättet sie bestimmt verkauft."

„Das hätte ich nie getan, wenn es nicht unbedingt nötig gewesen wäre", erwiderte er leise. Er schob die Brosche zu ihr hinüber. „Sie gehört Ihnen, Miss Pearl. Ihnen, Massa Doktor und dem kleinen Abraham."

„Es gab eine Zeit, wo wir nahe dran waren, sie zu verkaufen", fügte Celie hinzu. „Aber wir haben es auch so geschafft. Ich habe Booker gesagt, wenn es nicht um Leben oder Tod geht, müssen Sie Ihr Herz zurückbekommen."

Pearl legte die Hand auf Celies Arm und tiefe Liebe stieg in ihr hoch. Sie hatte keine Ahnung, wie Booker den Lebensunterhalt für seine Familie verdienen oder wie sie alle zurechtkommen sollten, aber ihre Familie – oder zumindest ein Teil – war wieder zusammen.

„Mit oder ohne", murmelte sie. „Ich habe mein Herz zurück."

Und für den Augenblick war das genug.

Die Geburt der Hoffnung

Sommer 1899

Silas lehnte sich in seinem Schaukelstuhl zurück und schirmte seine Augen gegen die Sonne ab. Hitze flimmerte über den Baumwollpflanzen und am Rande des am nächsten gelegenen Feldes beugte sich ein muskulöser, gut gebauter junger Mann über die Pflanzen. Henoch war zu einem gut aussehenden, intelligenten, verantwortungsbewussten Erwachsenen herangereift. Er sah auf, entdeckte Silas, lächelte und winkte. Als Silas zurückwinkte, zuckte seine Hand – eine Zitterlähmung.

Er ließ seine Hände auf seinen Schoß sinken und starrte darauf. Fleckige, alte Hände, die zitterten, wenn sie sich bewegten. Wann war er so schwach geworden? Er konnte sich gar nicht an den Vorgang erinnern. Es war, als sei er eines Tages in dem Körper eines uralten Mannes aufgewacht.

Es war der Krebs. Er wusste es, obwohl er es nicht zugeben wollte. Er konnte noch ein Jahr durchhalten, aber nicht mehr viel länger. Seine Zeit rückte näher und er war noch nicht bereit.

Sicher, er hatte in seinem Leben viel erreicht. Er hatte ein wundervolles Haus gebaut, viele Jahre an der Seite einer guten Frau gelebt und getan, was der Herr ihm vor die Füße gelegt hatte. Er hatte eine Reihe von Menschen auf die Welt geholt und hatte anderen geholfen, sanft aus dem Leben zu scheiden. Mehr als vierzig Jahre lang hatte er sich dem Dienst des Heilens verschrieben. Es waren erfüllte Jahre gewesen, glückliche Jahre. Er hatte den guten Kampf gekämpft, hatte den Lauf vollendet. Er hatte nur nicht damit gerechnet, am Ende Bedauern zu empfinden.

Sein Sohn Abraham.

Silas schloss die Augen und seufzte tief.

Er musste eingeschlafen sein. Als er die Augen öffnete, entdeckte er Henochs lächelndes braunes Gesicht über sich, das auf ihn herabsah. „Ich dachte, ich komme vorbei und hole mir etwas Kühles zum Trinken", sagte er. „Es ist ziemlich heiß dort draußen."

„Setz dich." Silas deutete auf einen Stuhl und rief über die Schulter hinweg: „Pearl, könntest du uns bitte Limonade bringen?"

Sofort öffnete sich die Fliegengittertür und Pearl kam mit einem Krug Limonade und einigen Gläsern auf einem Tablett heraus. Sie war dünn und ging gebeugt, schlurfte ein wenig, aber für Silas war sie noch immer die schönste Frau der Welt. Ein Schatz. Ein Geschenk. Seine Perle.

Sein Blick wanderte zu Henoch und er erinnerte sich an jene Nacht vor so langer Zeit, als Booker seinen kleinen Sohn dem Himmel entgegengehoben und ihn „der mit Gott geht" genannt hatte. Wenn Booker nur erlebt hätte, was aus seinem Jungen geworden war. Er wäre stolz gewesen. Henoch Warren strahlte Würde aus, lebte im Glauben, war ein Mann mit Überzeugungen. Ein freier Mann, der seinen Kopf vor niemand anderem als dem Allmächtigen beugte.

Jahre zuvor, kurz nachdem Booker und Celie nach *Rivermont* zurückgekehrt waren, hatte Silas einen Teil der alten Plantage kaufen können und Booker hatte das Land verwaltet. Sie hatten befreite Sklaven eingestellt, die das Land bearbeiteten, Baumwolle, Mais und Sojabohnen anpflanzten. Unter Bookers Leitung hatte sich die Farm schnell zu einer lohnenden Investition entwickelt und jetzt lebte Celie in einem eigenen Haus in unmittelbarer Nähe der früheren Sklavenunterkünfte. Nach Bookers Tod war Henoch von dem College für Schwarze im Norden zurückgekehrt. Er hatte Agrarwissenschaften studiert und hatte die Verwaltung der Plantage übernommen. Er war klug und ehrgeizig und ein Genie im Umgang mit Zahlen. Der junge Mann hatte ihre Plantage erweitert und sich einen Namen gemacht.

Und Abe war grün vor Neid.

„Du behandelst ihn besser als mich“, hatte Abe Silas mehr als einmal vorgeworfen. „Manchmal denke ich, du wünschtest, er wäre dein Sohn, nicht ich.“

Die Kritik, das musste Silas zugeben, war nicht ganz unberechtigt. Die beiden Familien lebten nun schon so lange zusammen, dass Silas Henoch tatsächlich als ein Familienmitglied betrachtete. Aber da war noch mehr – sehr viel mehr. Die Wahrheit war, Abraham hatte sich als bittere Enttäuschung entpuppt. Er war selbstsüchtig und verantwortungslos, und er hätte die Plantage innerhalb von einem Jahr in den Ruin getrieben, wenn er nur die Gelegenheit dazu gehabt hätte. Alles Geld, das er verdiente, gab er sofort leichtfertig wieder aus, ohne auch nur einen Gedanken an die Zukunft zu vergeuden. Abe schien zu denken, die Welt sei ihm seinen Lebensunterhalt schuldig und er war mehr als zufrieden, von den Früchten anderer Leute Arbeit zu leben. Er war der verlorene Sohn, während Henoch der treue ältere Bruder war.

Es war ihm nicht leicht gefallen, aber Silas hatte schon vor langer Zeit beschlossen, Abe die Konsequenzen seines Verhaltens spüren zu lassen. Vielleicht würde der Junge dadurch etwas lernen; Henochs Erfolg würde ihn vielleicht motivieren, sich etwas verantwortungsbewusster zu verhalten.

Es hatte nicht funktioniert. Abraham war noch arroganter geworden. Zunehmend war er der Meinung, nicht zu bekommen, was ihm zustand. Er rechnete jeden Tag seines Lebens mit dem gemästeten Kalb, ohne auch nur einmal zu überlegen, dass vor der großen Feier für den verlorenen Sohn die Reue gekommen war.

Silas hatte keine Ahnung, woher Abe seinen Hochmut hatte, seine Verachtung harter Arbeit und Sorgfalt gegenüber, seine Erwartung, dass die Welt ihm auf einem Silbertablett gereicht werden müsste. Bestimmt hatten er und Pearl andere Werte – Werte, die sie ihrem Sohn zu vermitteln versucht und die sie ihm vorgelebt hatten. Aber fast von Anfang an hatte der Junge ihre Lebensprinzipien abgelehnt. Er wollte ein Leben in Bequemlichkeit und Reichtum anstatt hart erarbeiteten Respekt und geistliche Erfüllung.

Und ironischerweise sah es so aus, als würde er es schließlich auch bekommen.

Nachdem er sich jahrelang als gut aussehender und begehrter Junggeselle umgesehen hatte, hatte er schließlich seinen Blick auf ein Mädchen gerichtet – eine junge Frau, für die Silas nichts als Verachtung empfinden konnte. Ein Mädchen mit Namen Patricia – Pansy wurde sie genannt, die verwöhnte, reiche Tochter von Bick Littleton. Bick besaß die große Plantage *Nine Willows* am äußersten Nordende des County, eine Plantage, die sich seit Ende des Krieges kaum verändert hatte. Sicher, Bicks Arbeiter waren keine Sklaven mehr, aber sie hätten es geradeso gut sein können. Er beschäftigte sie als Pflanzer und bezahlte ihnen einen so geringen Lohn, dass sie immerzu Schulden machen mussten, um sich die grundlegendsten Notwendigkeiten des Lebens zu kaufen. Bick war noch immer ein Master und sein Reichtum wuchs auf Kosten seiner Arbeiter.

Silas verachtete Bicks Lebensstil, aber natürlich konnte er Pansy nicht für das Verhalten ihres Vaters verantwortlich machen. Er konnte ihr nur ihre eigenen Fehler vorwerfen – und sie hatte viele. Sie gehörte zu jenen hirnlosen Südstaatenschönheiten mit einem hohen, kichernden Lachen und dem Hang zur Ohnmacht, sodass sie Riechsalz dabei hatte, wo immer sie hinging. Pansy himmelte Abe an, als wäre er göttlicher Herkunft, und Abe „löffelte ihre Bewunderung in sich hinein", wie Pearl immer sagte. Sie waren füreinander geschaffen, aber Silas vermutete, dass diese Verbindung nicht gerade im Himmel geschlossen worden war.

„Papa Silas, hörst du zu?"

Silas lächelte und schenkte Henoch wieder seine Aufmerksamkeit. Zumindest auf einen Sohn konnte er stolz sein, auch wenn er nicht das Kind seines Leibes war.

„Ich habe jetzt die Zahlen", fuhr Henoch fort. „Mit der Ernte von diesem Sommer werden wir im kommenden Jahr zwei weitere Felder mit Baumwolle anpflanzen können. Aber dazu brauchen wir zusätzliche Leute. Ich habe eine Idee, allerdings müssen wir dabei etwas Geld im Voraus investieren."

Silas bedeutete ihm, weiterzusprechen.

„Ich habe mit einigen der Pflanzer drüben auf *Nine Willows* gesprochen. Sie würden gern für uns arbeiten, aber sie haben bei Littleton so viele Schulden, dass sie vermutlich nie von ihm loskommen werden. Sie wissen, dass wir in einem guten Jahr den Profit mit den Feldarbeitern teilen. Ich habe überlegt, ob wir vielleicht ihre Schulden bei Littleton ablösen und ihnen die Gelegenheit geben sollten, sie bei uns abzuzahlen, nicht von ihrem Lohn, denn den brauchen sie für ihren Lebensunterhalt, aber von dem Bonus, den sie womöglich bekommen. Auf diese Weise könnten sie ihre Schulden loswerden und anfangen, für sich selbst zu arbeiten und ihre Würde behalten – und wir hätten die Hilfe, die wir brauchen."

Silas nickte und warf der strahlenden Pearl einen Blick zu. „Ein solcher Plan hätte Pearl und mir vor ein paar Jahren auch einfallen können", sagte er. „So wird es gemacht."

„Ich dachte, dass er dir gefallen wird." Henoch nickte, dann runzelte er die Stirn. „Aber dabei gibt es einen Haken."

„Und welchen?"

„Mister Bick wird nicht allzu glücklich darüber sein. Wir nehmen ihm schließlich einige seiner besten Leute."

„Wir leben in einem freien Land", sagte Silas. „Endlich."

Henoch grinste und erhob sich. Sein Klemmbrett hatte er sich unter den Arm geschoben. „Dann gehe ich jetzt hinüber und kümmere mich darum. Denkst du, dies könnte Abes kleiner Romanze mit Pansy einen Dämpfer versetzen?"

Silas wiegte sich in seinem Schaukelstuhl und hob sein Glas mit Limonade zu einem zittrigen Salut. „Wir können immer noch hoffen, Sohn. Wir können immer noch hoffen."

Zum ersten Mal seit Wochen erschien Abe zum Abendbrot. Schweigend saß er am Tisch, während Pearl und Silas sich vorsichtig über das Wetter, die Ernte und die Aussichten für die Zukunft unterhielten. Keiner von ihnen erwähnte Henoch oder seinen Plan, einige von Bick Littletons besten

Feldarbeitern freizukaufen, aber vermutlich wäre das sowieso nicht aufgefallen. Offensichtlich hatte ihr Sohn etwas auf dem Herzen – etwas, das nichts zu tun hatte mit dem gegenwärtigen Marktwert von Baumwolle und Sojabohnen.

Bei Pearls frischem Pfirsichmus brach er schließlich sein Schweigen. „Ich muss etwas mit euch besprechen."

Silas legte seine Gabel weg und umfing Pearls Hand. Das klang wichtig und er wurde immer nervös, wenn sein Sohn ein ernstes Thema ansprach. In was für Schwierigkeiten steckte der Junge dieses Mal? Glücksspiel? Ein Mädchen?

Sie brauchten nicht lange zu warten.

„Es geht um Pansy", gestand Abraham seufzend.

„Steht es nicht gut zwischen euch?", fragte Pearl. Silas meinte einen Anflug von Hoffnung in ihrer Stimme zu hören.

„Eigentlich läuft es sehr gut zwischen uns. Tut mir leid, euch zu enttäuschen."

Silas ging in Abwehrstellung. „Junge, es gibt keinen Grund, so mit deiner Mutter zu reden."

„Ich weiß, wie sie in Bezug auf Pansy empfindet", entgegnete Abe. „Ich weiß, was ihr beide darüber denkt. Aber das ist egal. Wir werden heiraten, komme was da wolle."

Silas beobachtete, wie Pearl versuchte, einen für eine liebevolle Mutter passenden Gesichtsausdruck anzunehmen, die gerade die Neuigkeit erhalten hat, dass ihr Sohn heiraten will. „Herzlichen Glückwunsch, Abraham", brachte sie schließlich heraus. „Natürlich freuen wir uns für dich."

„Freut ihr euch, dass ich mich endlich niederlasse?", murmelte er. „Oder dass ich jetzt aus dem Haus gehe? Wir werden, wie ihr euch vermutlich bereits gedacht habt, auf *Nine Willows* leben – Bick hat vor, uns ein Haus zu bauen."

Er sah sich im Esszimmer um. „Ein sehr viel schöneres Haus als dieses, obwohl euch das vermutlich nicht beeindrucken wird."

Silas zog die Stirn in Falten. „Was mich beeindrucken würde", erwiderte er, „wäre, wenn du ein wenig mehr Respekt deinen Eltern gegenüber an den Tag legen würdest. Wir haben schwer gearbeitet, um dich großzuziehen, und auch wenn du unsere Wertvorstellungen offensichtlich nicht teilst, versuchen wir dir zu helfen."

„Eure Wertvorstellungen? Du meinst, dass ihr alles verschenkt – vorwiegend an diese Nigger – ohne einen Gedanken daran zu vergeuden, mir auch nur etwas als Erbe zu hinterlassen?"

Aha, dachte Silas. *Wieder einmal das Erbe.* Seit er von der Krebserkrankung seines Vaters erfahren hatte, bedrängte Abraham sie bezüglich seiner Zukunft. Immer wieder fragte er nach, ob alle ihre Papiere in Ordnung seien. Als ihr einziger Sohn rechnete er natürlich damit, alles Land zu erben, das sein Vater besaß. Er wusste nicht, dass ein großer Teil des Besitzes und Landes, mit Ausnahme des Hauses und des Eichenhaines, bereits auf Henochs Namen überschrieben war. Und das würde er auch erst zu gegebener Zeit erfahren. Das war nur fair. Henoch hatte hart dafür gearbeitet und verdiente es. Abe würde es nur herunterwirtschaften. Aber jetzt war nicht der geeignete Zeitpunkt, um das anzusprechen.

„Bitte", warf Pearl ein, „können wir denn nicht ruhig miteinander reden, ohne zu streiten?"

Abe seufzte. „Also gut. Halten wir Waffenstillstand."

Pearl beugte sich vor. „Habt ihr bereits ein Datum festgelegt? Im kommenden Frühjahr vielleicht? *Nine Willows* ist wunderschön im April, wenn alles blüht –"

„Sofort“, unterbrach Abe sie. „Am kommenden Samstag.“

Pearl verschluckte sich beinahe an ihrem Nachtisch. „So bald schon? Junge, in einer so kurzen Zeit können wir keine Hochzeit vorbereiten. Bestimmt ist Pansys Mutter meiner Meinung. Weiß sie darüber Bescheid?“

Abe nickte. „Ja, und Bick auch.“

„Aber wenn ihr bis zum Frühjahr warten würdet, ist das Haus, das Mr Littleton für euch bauen will, vielleicht schon fertig –“

„Wir werden vorübergehend im großen Haus wohnen. Es ist schon alles geregelt, Mutter.“

Silas beobachtete seinen Sohn. Er bekam, was er wollte – ein Leben in Reichtum, eine Ehe mit einem Mädchen aus einer bekannten Familie, einen Schwiegervater, der hinter ihm stand. Aber er schien nicht besonders glücklich darüber zu sein. Er wirkte – irgendwie nervös. Unruhig. Er verbarg etwas und Silas glaubte ziemlich genau zu wissen, was es war.

„Wann soll das Baby kommen?“, fragte er leise.

Pearl drückte seine Finger, bis sie weiß wurden. „Silas! Wie kannst du so etwas auch nur denken?“

„Er denkt es, Mutter, weil er recht hat.“ Abraham seufzte. „Stell dich den Tatsachen, Mutter – das richtige Leben verläuft nicht immer so, wie man es sich erhofft. Vielleicht war es bei dir und Vater so. Ihr habt eine große Liebesgeschichte erlebt, dieses reiche Erbe des Gutestuns für die Unterdrückten. Und es ist kein Geheimnis, dass ich für euch eine Enttäuschung bin. Aber ich bin nicht wie ihr. Und ich werde es auch nie sein, egal, wie viel ihr dafür betet, dass ich mich verändere.“

Das Wort *beten* war sarkastisch gemeint und Silas sah, wie sich das Gesicht seiner Frau schmerzlich verzog.

„Wir werden also nicht bis zum Frühjahr warten", fuhr Abe fort, „sondern sofort heiraten, bevor die Wahrheit zu offensichtlich wird. Die Littletons wissen Bescheid, ihr jetzt auch. Niemand anderer wird davon erfahren – es sei denn, sie machen sich die Mühe zurückzurechnen, wenn das Baby auf der Welt ist." Er zuckte die Achseln. „Nimm es nicht so schwer, Mutter. So etwas passiert immerzu."

Pearl blinzelte die Tränen fort und Silas bemühte sich, seine eigenen Gefühle beiseite zu schieben und sich mit der Situation abzufinden. Er war zu alt, zu krank und zu müde, um seine verbleibende Energie auf die Dummheit seines Sohnes zu vergeuden. Abe würde mit den Konsequenzen leben müssen. Er hoffte nur, dass das Baby nicht unter der Unverantwortlichkeit seiner Eltern würde leiden müssen.

Der Gedanke nahm ihn gefangen. Das Baby!

Silas hatte in seinem Leben genügend Kinder auf die Welt geholt, um zu wissen, dass jedes neu geborene Kind neue Hoffnung in die Welt brachte. Egal wie rücksichtslos und selbstsüchtig Abe und Pansy waren, es gab ein neues Leben, an das er denken und für das er beten musste – das ungeborene Kind, das jetzt im Mutterleib heranwuchs.

Sein Enkel ... oder seine Enkelin!

März 1900

Das neue Jahrhundert war angebrochen, aber Silas brachte kaum die Energie auf, es zu bemerken.

Sein Körper war seit dem Herbst immer schwächer geworden. Aber nicht nur der Krebs zehrte an ihm; es war auch die unablässige Spannung im Haus. Nachdem Bick Littleton gemerkt hatte, dass Henoch die Schulden seiner besten Feldarbeiter bezahlt und sie auf die Noble-Plantage geholt hatte, war er außer sich vor Zorn gewesen und hatte sich geweigert, das Haus, das er Silas Nobles einzigem Sohn versprochen hatte, fertig zu bauen. Da sie nirgends sonst hin konnten, waren Abe und Pansy ins *Noble House* eingezogen und Pearl fiel die Last zu, für die beiden zu sorgen. Außerdem musste sie auch noch Silas in seinen letzten Tagen pflegen.

Abe tat natürlich kaum etwas anderes, als auf seinem Pferd in die Stadt zu reiten, zu trinken und zu spielen und Pansy hatte seit Monaten keinen Finger gerührt. Sie war schon immer unselbstständig gewesen und die Schwangerschaft hatte sie noch hilfloser gemacht. Kurz nach der Hochzeit hatte sie sich ins Bett gelegt aus Angst, dass dem Baby etwas zustoßen könnte, wenn sie auch nur die kleinste Arbeit verrichtete. Dass die Frauen seit Jahrhunderten bis zur Niederkunft schwerste körperliche Arbeit verrichteten, mit nur recht wenigen schlimmen Auswirkungen, interessierte sie nicht. Pansy war die Ausnahme.

Abe konnte sich nur schwer damit abfinden, nicht mehr im Mittelpunkt der Aufmerksamkeit seiner Frau zu stehen. Sie stritten sich oft laut und bis tief in die Nacht hinein, vor allem, wenn Abe getrunken hatte. Manchmal verließ er mitten in der Nacht das Haus, knallte die Tür zu und kam erst am Morgen wieder heim. Es folgte keine Entschuldigung, kein Wort der Erklärung, sondern er lief nur schweigsam herum, bis er und Pansy sich wieder versöhnt hatten oder ein realer oder eingebildeter Funke den nächsten Streit auslöste.

Silas' Krankheit war inzwischen so weit fortgeschritten, dass er sich kaum noch erkannte, wenn er in den Spiegel sah – was nicht oft geschah, denn nur selten hatte er die Kraft, aus dem Bett aufzustehen. Seine Arme und Beine waren abgemagert und knochig.

Es würde jetzt nicht mehr lange dauern. Er wartete nur noch. Klammerte sich mit festem Griff an die letzten Augenblicke des Lebens.

In geistlicher Hinsicht war Silas bereit zu sterben. Er hatte keine Fragen in Bezug auf sein ewiges Schicksal. Er blickte nach vorn, er freute sich, von den Schmerzen erlöst zu werden, die seinen Körper aufzehrten, und der Erschöpfung, die seine Seele auslaugte. Und ganz bestimmt war er bereit für ein wenig Frieden und Ruhe. Aber eine Sache musste er noch erledigen, bevor er losließ.

Oben, in dem Schlafzimmer, das sie mit Abe teilte, lag Pansy in den Wehen.

Pearl kam regelmäßig hinunter, um ihn über ihre Fortschritte zu informieren und ihn um Rat zu fragen. Sie würde das Kind selbst entbinden, mit der Hilfe einer Hebamme aus dem Ort. Abe war nirgends zu finden.

Silas lag in dem großen Bett im unteren Schlafzimmer und lauschte auf die Geräusche der Wehen, Geräusche, die er aus den Jahren seiner Tätigkeit gut kannte. Pansy schrie sehr viel mehr – und sehr viel lauter – als die meisten Frauen, denen er geholfen hatte, aber das war ja zu erwarten gewesen. Er wartete und betete.

Schließlich hörte er das süße Geräusch, nach dem sich seine alten Ohren gesehnt hatten – der laute Schrei eines Neugeborenen. Er sah es vor sich – das Kind, das sich wand und lautstark über die Ungerechtigkeit protestierte, aus dem warmen Schoß geholt und in diese kalte, erschreckende Welt gezwungen zu werden. Tränen traten ihm in die

Augen, denn er wusste, wie das Baby es noch nicht wissen konnte, was für eine strahlende Welt es sein konnte, voller Licht, Liebe, Verheißung und Sinn.

Unter großen Mühen stand er auf, griff nach seinem Stock und schleppte sich zu der offenen Schublade der Kommode.

Die mit Perlen besetzte Rubinbrosche lag wie immer in der Samtschachtel. Jahre zuvor hatten er und Pearl überlegt, die Brosche Abe als Hochzeitsgeschenk für seine Frau zu geben, ganz nach der Noble-Tradition. Aber angesichts der Leidenschaft ihres Sohnes für das Trinken und das Glücksspiel hatten sie beschlossen zu warten und sie erst an ihr erstes Enkelkind weiterzugeben, falls sie je eines bekommen sollten. Und jetzt war dieses Kind geboren worden.

Silas nahm das Rubinherz aus der Schachtel und drehte es in seinen knochigen Händen. Die Inschrift auf der Rückseite konnte er nicht mehr erkennen, aber er wusste, was dort stand: *Aufrichtigkeit. Reinheit. Adel.*

„Herr Gott", flüsterte er, „lass dieses Kind dem Namen Noble gerecht werden."

Mit zitternden Händen steckte er die Brosche in seine Tasche und schlurfte langsam zur Treppe. Als er die Tür erreichte und sich am Türpfosten abstützte, drehte sich Pearl um und entdeckte ihn.

„Es ist ein Mädchen", flüsterte sie unter Tränen. „Wir haben eine Enkelin!"

Silas schlurfte zum Bett und nahm die Hand seiner Schwiegertochter. Ihr Haar, normalerweise perfekt frisiert, lag in feuchten Strähnen auf dem Kissen. Ihr Nachthemd war fleckig von Schweiß und Blut.

Mit leerem Blick sah sie zu ihm auf. „Wo ist Abe?“

„Ich weiß es nicht“, antwortete er ehrlich. „Er kommt bestimmt bald, da bin ich sicher.“

„Ja, irgendwann.“ Sie drehte den Kopf weg.

„Wie soll sie heißen?“, fragte er.

„Wer?“

„Das Baby. Es ist ein Mädchen, weißt du.“

„Oh. Ja, ich weiß.“ Die Leere in ihren Augen rührte ihn an. „Ist egal. Gib du ihr einen Namen.“

Silas runzelte die Stirn. „Das ist nicht meine Aufgabe. Habt ihr euch denn keine Namen überlegt?“

Pansy schüttelte den Kopf. „Nein.“

„Nun, welcher Name würde dir denn gefallen?“

Endlich kam Leben in das Gesicht des Mädchens – aber es war Zorn, nicht Interesse. „Ich habe gesagt, es ist egal“, erwiderte sie. „Macht ihr das.“ Sie schob das Baby in seine Richtung und schloss die Augen.

Silas nahm das Kind auf den Arm. Gestützt von Pearl blickte er hinab in das winzige Gesicht und in die Augen seiner Enkelin. „Ich fühle mich wie Simeon“, murmelte er. „Herr, nun lass deinen Diener in Frieden gehen.“ Er lächelte seine Frau an. „Aber noch nicht.“

Zusammen mit Pearl schritt er langsam den Flur entlang und trat hinaus auf den kleinen Balkon über der Haustür – der Liebesbalkon, wie Booker ihn genannt hatte. Es war ein vollkommener Abend, kühl und klar. Der Mond stand am Himmel und warf sein blasses Licht über den Garten. Der Abendwind trug den Duft nach Hartriegel und Azaleen zu ihm hinüber. Und sofort war alles wieder da – alle Gefühle, die er im Laufe der Jahre in diesem Haus durchlebt hatte. Seine tiefe Liebe zu seiner wertvollen Perle. Das Gefühl der

Erfüllung, weil er mit seinem Leben etwas tat, das zählte – nicht nur für die Zeit, sondern für die Ewigkeit. Die Freiheit, die seine Seele an diesem Ort erlebt hatte.

Er lehnte sich gegen die Wand, hielt das Kind in einem Arm und steckte mit der anderen die Brosche an seine Decke. Die Antwort seiner Großmutter fiel ihm wieder ein: *Sie ist so wertvoll wie die eine, die sie trägt, für denjenigen ist, der sie verschenkt.*

Als er in das Gesicht seiner kleinen Enkelin sah, wusste Silas, dass Großmamas Worte wahr waren. Seine alten Augen richteten sich auf die Brosche. Der Rubin funkelte und die ihn umgebenden Perlen strahlten schwach wie kleine Monde. Eine der Perlen fehlte noch immer. Die menschliche Natur, hatte seine Frau gesagt. Kostbar, doch fehlerhaft. Kostbar selbst in seiner Unvollkommenheit.

Silas nickte in Pearls Richtung und nahm seine letzten Kräfte zusammen, um das Kind über seinen Kopf zu heben, wie Booker es vor langer Zeit mit Henoch getan hatte. „Wir befehlen dieses Kind dem Allmächtigen an", flüsterte er, „und nennen sie Ruby Pearl Noble."

Keuchend glitt Silas an der Wand entlang zu Boden. Das Baby hielt er noch immer in den Händen. Pearl setzte sich neben ihn und betete unter Tränen: „Möge sie aus ihrem Erbe den Glauben und die Liebe ihrer Vorfahren nehmen und möge sie ein Leben führen, das ihrem Namen und ihrer Berufung würdig ist ..."

Das Kind gab keinen Laut von sich. Es blickte seinem Großvater in die Augen, als würde es jedes Wort verstehen. Vielleicht kamen die Neugeborenen tatsächlich mit der Weisheit der Jahrhunderte auf die Welt, wie Silas schon lange vermutete.

Silas drückte das Baby an seine Brust. „Lebe, meine kleine Ruby", murmelte er. „Lebe unter dem Segen deiner Großeltern. Finde deinen Weg zur Wahrheit, was immer es erfordert ..."

Die winzige Hand des Neugeborenen schloss sich um seinen Finger und umklammerte ihn, als wolle sie ihn nie mehr loslassen. Dann sank der Kopf des kleinen Mädchens gegen seine Schulter und Silas' Kopf kippte gegen die Wand.

„Einer geht, ein anderer kommt", murmelte Silas.

Und während er seinen letzten Atemzug tat, schlief das Baby ein.

Das Vermächtnis

14. März 1993

„Und das warst du, Grandma?"

Ruby sah ihre Enkelin an. Gestern Abend hatte sie angefangen, Little Ruby die Geschichte von Silas und Pearl zu erzählen. Jetzt funkelten Tränen in den braunen Augen des Mädchens und ein sanftes Lächeln legte sich auf sein Gesicht.

„Ja, dieses Baby war ich. An dem Tag, an dem ich geboren wurde, starb Grandpa Silas. Einer ging, ein anderer kam."

„Dann hast du ihn also nie kennengelernt. Das ist so traurig."

„Ich kenne ihn schon." Ruby schüttelte den Kopf. „Nur nicht so, wie du denkst. Sein Blut fließt in meinen Adern und sein Segen hat mein Leben auf wirklich wundersame Weise beeinflusst."

„Aber woher hast du alle diese Informationen?", fragte Little Ruby. „Hast du die ganze Geschichte von deiner Großmutter Pearl gehört?"

„Nein", seufzte Ruby. Ein seltsames Bedauern machte sich in ihr breit. „Meine Großmutter Pearl starb im darauf folgenden Jahr."

„Was ist mit ihr geschehen?"

„Ich weiß es nicht. Ich vermute, dass sie nach Silas' Tod einfach nicht mehr weiterleben wollte. Das ist nicht ungewöhnlich, weißt du – wahre Liebe übt einen seltsamen Zug auf die Menschen aus."

Little Rubys Augen nahmen einen abwesenden Ausdruck an. „Ich hoffe, dass ich eines Tages eine solche Liebe finden werde."

„Ich bete, dass das so sein möge, Kind. Liebe macht jeden Tag zu etwas Besonderem und Einzigartigem. Liebe verleiht dem Leben Ziel und Bedeutung."

„Hast du diese Art der Liebe je kennengelernt, Grandma?" Das Mädchen zog eine Augenbraue in die Höhe. „Du weißt schon, richtige Leidenschaft?"

„Vermutlich kannst du dir das nur schwer vorstellen, da du mich nur als eine klapprige alte Frau kennst, aber ja, ich habe wirklich mein Maß an Liebe erlebt. Mehr als mein Maß, um ehrlich zu sein."

„Nun", verkündete Little Ruby, sie setzte sich zurück und verschränkte die Arme, „du kannst darauf wetten, dass ich diese Geschichte auch hören möchte."

Ruby lachte. „Warum? Weil du dir deine alte Grandma nicht als wildes junges Ding vorstellen kannst?"

„Du? Wild?" Little Rubys Blick wanderte zu der Wand neben dem Kamin, wo das ungeladene Gewehr stand. „Wenn ich es recht bedenke, ist es gar nicht so schwer, mir dich als wild vorzustellen, Grandma. Ich meine, du hast dich ziemlich wild gegeben, als du dich gegen Grandpa Con gestellt und ihn aus dem Haus ausgesperrt hast."

„Dein Großvater würde vermutlich sagen, ich hätte mich *verrückt* verhalten", korrigierte Ruby. „Und das könnte mir ziemliche Schwierigkeiten bereiten."

„Ich denke, wir sind bereits in Schwierigkeiten", entgegnete Little Ruby. „Aber ganz bestimmt ist das sehr lustig." Sie schwieg eine Weile. „Silas war ein richtiger Held, nicht?"

„Ja, Kind, das war er. Nicht in dem Sinn, dass er eine Ehrenmedaille bekommen hat oder besonders berühmt geworden ist, aber er ist seiner Berufung treu geblieben." Ruby erhob sich und streckte ihre arthritischen Glieder, dann ging sie zu der Wand, die das Wohnzimmer vom Esszimmer abteilte, und nahm ein Bild in die Hand. Sie reichte es Little Ruby. „Weißt du, wer das ist?"

Little Ruby starrte das Foto an. „Natürlich. Ich bin gut in Geschichte. Das ist Abraham Lincoln."

„Kannst du die Inschrift lesen?"

„Da steht: ‚*Für Silas Noble, mit großem Dank für Ihren Beitrag für die Sache. A. Lincoln.*' Ich nehme an, er meint die Abschaffung der Sklaverei und die Hilfe, die Silas den verwundeten Soldaten hat zuteil werden lassen?"

„Ich denke auch. Nach dem, was wir wissen, war Grandpa Silas ein großer Mann, auf eine sehr stille Art."

„Das führt mich zurück zu meiner ursprünglichen Frage, Grandma. Woher weißt du alle diese Details über Silas' Leben?"

„Siehst du dieses Regal rechts neben dem Schreibtisch?“

Little Ruby nickte.

„Bring mir eines der Bücher von den obersten zwei Regalen dort drüben.“

Little Ruby ging zu dem Regal und kam mit einem verblassten roten Lederband wieder. „Was ist das?“

„Das“, erwiderte Ruby, während sie liebevoll über den Ledereinband strich, „ist eines von den fast fünfzig Tagebüchern, die Pearl Noble hinterlassen hat.“

Das Mädchen riss die Augen auf. „Wirklich? Cool.“

„*Cool* beschreibt nicht annähernd den Inhalt dieser Bücher“, sagte Ruby. „Pearl hat alles festgehalten – die alltäglichen Ereignisse ihres Lebens, die Krisen, die Erlebnisse der Sklaven. Und nicht nur, was passiert ist, sondern auch ihre Philosophie – ihre Gedanken zu aktuellen Ereignissen der Zeit, der Freilassung der Sklaven, der Verwirrung und den schwierigen Auseinandersetzungen nach dem Krieg. Ihre Tagebücher sind eine Schatztruhe der Geschichte – und sie vermitteln gleichzeitig tiefe Einblicke in ihr Herz und ihre Gedanken.“

„Darf ich es sehen?“ Little Ruby streckte die Hand aus.

Ruby lächelte in sich hinein. Die Geschichte von Silas und Pearl hatte ihre Wirkung auf ihre Urenkelin nicht verfehlt. Seit sie begonnen hatte, sie zu erzählen, war der Zombie nicht wieder aufgetaucht und jetzt fragte Little Ruby höflich, anstatt zu fordern, was sie wollte – und auch noch in korrektem Englisch.

„Nein“, sagte sie und zog das Buch mit einem verschmitzten Lächeln zurück. „Du darfst es nicht sehen. Du darfst es *haben*.“

„Behalten? Für immer?“ Little Rubys Augen leuchteten auf.

„Für immer. Und auch alle anderen. Aber wenn du nichts dagegen hast, wäre es mir lieber, wenn sie hier im Haus bleiben.“

„Oh sicher“, erwiderte Ruby zerstreut. „Was auch immer.“ Ihr Blick hing an den Seiten. Nach einer Weile sah sie auf. „Ich hatte gerade ein ganz seltsames Gefühl, Grandma, als ginge es in diesem Tagebuch um mich.“

„In gewisser Weise ist das auch so.“ Ruby nickte zufrieden; das Mädchen verstand allmählich. „Wir werden nicht in ein Vakuum hineingeboren, Kind. Wir sind das Produkt unserer genetischen Veranlagung, unserer Umgebung, der Einflüsse, denen wir ausgesetzt sind. Und obwohl ich es selbst nicht so genau begreife, bin ich davon überzeugt, dass wir auch irgendwie von dem geistlichen Vermächtnis beeinflusst werden, das uns von unseren Vorfahren, deren Namen wir nicht einmal kennen, hinterlassen worden ist.“

„Du meinst, wie in China?“, warf Little Ruby ein. „Ich habe gelesen, dass die Menschen in den orientalischen Ländern ihre Vorfahren anbeten.“

„Du bist wirklich gut in Geschichte“, bemerkte Ruby. „Aber ich spreche nicht von der Anbetung unserer Vorfahren. Ich denke nur, dass wir von dem Erbe der Menschen, die wir in uns tragen, beeinflusst werden. So wie ich von Grandpa Silas beeinflusst worden bin.“

„Toll. Dann werde ich also wie Con und Mimsy?“ Ruby zog eine Grimasse.

„Nicht notwendigerweise. Du kannst wählen, wer deine geistlichen Mentoren sein sollen.“

Ruby beobachtete, wie ihre Urenkelin über ihre Worte nachdachte. Schließlich schloss Little Ruby das Tagebuch und richtete sich auf. „Die Geschichte ist mit Silas und Pearl noch nicht zu Ende, Grandma. Ich möchte mehr hören."

Ruby sah auf die Uhr auf dem Kaminsims. „Heute Abend nicht mehr, Kind. Es ist schon fast Mitternacht und morgen ist Montag. Du weißt, was das bedeutet."

„Ja, Grandpa Con wird zurückkommen."

„Ich fürchte. Ich denke, wir sollten jetzt ins Bett gehen und versuchen, ein wenig Schlaf zu bekommen."

Little Ruby stand auf und trat an den Sessel ihrer Urgroßmutter. „Ist gut. Aber wenn es dir recht ist, nehme ich Pearls Tagebuch mit."

„Lies nur nicht die ganze Nacht durch."

Little Ruby beugte sich hinunter und gab der alten Dame einen Kuss auf die Wange. „Das werde ich nicht." Sie wandte sich zum Gehen, doch als sie die Tür erreichte, blickte sie über die Schulter zurück. „Grandma?"

„Ja, Kind?"

„Danke."

„Wofür?"

„Für die Geschichten. Für die Tagebücher. Für alles." Sie hielt inne. „Aber vor allem dafür, dass du meine Grandma bist."

Ruby lächelte. „Ich habe dich lieb, Kind."

„Ich habe dich auch lieb." Little Ruby murmelte die Worte vor sich hin und verschwand die Treppe hoch.

Als Ruby in ihrem großen Bett mit den vier Pfosten lag, zog sie sich die Decke über die Schultern und entspannte sich.

Sie war erschöpft, aber es war eine zufriedene Erschöpfung.

Ihre Urenkelin erwies sich als vielversprechender, als sie es je für möglich gehalten hätte. Das Mädchen war intelligent und einsichtig und die Geschichte ihrer Vorfahren schien sie aufrichtig zu interessieren. Das war ein gutes Zeichen. Ein sehr gutes Zeichen.

Vielleicht würde das Noble-Vermächtnis doch nicht sterben, wenn Ruby aus dieser Welt schied.

Während Ruby die Augen schloss, sprach sie das Gebet, das sie auswendig kannte, den Segen, den Pearl in ihrem letzten Tagebuch aufgeschrieben hatte. *„Möge sie aus ihrem Erbe den Glauben und die Liebe ihrer Vorfahren nehmen und möge sie ein Leben führen, das ihrem Namen und ihrer Berufung würdig ist …"* Aber dieses Mal sprach sie es für den Teenager, der oben schlief. *„Finde deinen Weg zur Wahrheit, Little Ruby"*, murmelte sie, *„egal, was es kostet."*

Richterin Dove

15. März 1993

Conrad Wainwright wartete im Zimmer der Richterin. Mimsy stand rechts von ihm, der Sheriff, Buddy Rice, links von ihm. Er sah auf seine Uhr – eine goldene Rolex mit Diamanten als Stundenmarkierung – und fragte sich, wie lange es dauern würde, bis er sie wohl verkaufen und wieder eine Timex für dreißig Dollar würde tragen müssen.

Die Rolex zeigte 9 Uhr 15 an. Die Richterin hatte sie ganze fünfzehn Minuten warten lassen. Ein Machtspiel vermutlich. Eine Taktik, um ihn mürbe zu machen.

Harriet Dove hieß die Richterin. Sicher gehörte sie zu jenen emanzipierten Frauen, denen es Spaß machte, Männer ihre Macht spüren zu lassen. Conrad konnte Feministinnen nicht ausstehen. Ihr erstes Ziel im Leben war anscheinend, Männern ihre Männlichkeit zu nehmen, ihre ganze Autorität dazu einzusetzen, sie als Narren dastehen zu lassen. Alle Rechtsanwältinnen, die er kannte, beharrten darauf, man müsse mit der Zeit gehen, in den Neunzigern ankommen und aufhören, sich wie ein Chauvinistenschwein zu benehmen. Im Laufe der Jahre hatte er gelernt, eine Rolle zu spielen, um sie nicht zu verärgern oder sich des Vorwurfs der Belästigung auszusetzen, aber privat hielt Con noch immer an dem Glauben fest, dass der Platz einer Frau in der Küche war – ganz bestimmt nicht in einem Gerichtssaal oder im Operationssaal und schon gar nicht auf der Richterbank.

Er räusperte sich und trat nervös von einem Fuß auf den anderen. Bei Richterin Dove würde er vorsichtig sein müssen – vermutlich musste er kuschen und sagen „Euer Ehren" und „Ja, Madam". Das machte ihn krank. Wer um alles in der Welt war auf den verrückten Gedanken gekommen, eine Frau – ein *Mädchen* – könnte vernünftig genug sein, das Richteramt auszuüben? Das Gesetz erforderte eine klare Argumentation, keine verschwommene Gefühlsduselei.

Trotzdem – seine Zukunft – seine Solvenz – lag in Harriet Doves Händen. Er würde vorsichtig sein, ganz bestimmt.

Um 9 Uhr 23 wurde die Seitentür geöffnet und eine Frau kam herein. Sie nahm hinter dem Schreibtisch Platz. Con musste mühsam ein Lachen unterdrücken. Die kleine Frau mit dem kurzen blonden Haar, dem schmalen Kinn und der riesigen Hornbrille sah aus wie Tweety, der kleine gelbe Vogel aus dem Zeichentrickfilm, in einer schwarzen Robe. Ein Kind, das Gerichtsverhandlung spielt. Die Vorderfront des Schreibtisches versperrte den Blick auf ihre Beine, aber Conrad stellte sich vor, dass ihre Füße den Boden nicht erreichten und frei in der Luft schwangen.

Als sie zu sprechen ansetzte, verschwand das Bild von Tweety jedoch sehr schnell aus seinen Gedanken. „Nehmen Sie Platz."

Sie setzten sich.

„Also gut, Sheriff", sagte sie mit leiser, befehlsgewohnter Stimme, „was haben wir hier?"

Buddy Rice trat vor. „Dies sind Conrad Wainwright, Euer Ehren, und seine Frau Mimsy. Er ist der Sohn von Miss Ruby Noble."

Richterin Dove spähte über ihre Brillengläser hinweg. „Ich verstehe das richtig, dass Sie Ärger mit Ihrer Mutter haben?"

Conrad nahm sein Stichwort auf, nickte und erwiderte mit seiner besten Rechtsanwaltstimme: „Ja, Euer Ehren. Meine Mutter ist schon recht alt und, nun, ziemlich eigensinnig geworden. Sie braucht Pflege, weigert sich aber, aus ihrem Haus auszuziehen."

Die Richterin ging einige Papiere auf ihrem Schreibtisch durch, dann sah sie wieder auf. „Sie sagen, sie hätte Ihre Enkelin gekidnappt, einen Teenager, dessen Vormund Sie sind, und Sie und Ihre Frau mit einem Gewehr vom Grundstück vertrieben?"

„Das hat sie getan, Euer Ehren. Der Sheriff hat das miterlebt."

„Buddy? Was sagen Sie dazu? Ist Miss Ruby unzurechnungsfähig?“

Rice hakte den Daumen in seine Gürtelschlaufe ein und dachte über seine Antwort nach. „Ihr Verhalten ist, nun, ein wenig exzentrisch. Aber das Mädchen ist siebzehn und behauptet, sie würde nicht gegen ihren Willen festgehalten.“

„Ist auf jemanden geschossen worden?“

„Nein, Madam.“

„Wurde ein Verbrechen begangen?“

„Nicht dass ich wüsste“, erwiderte Buddy. „Wie Miss Ruby sagte, sie hat das Recht, ihre Türen zu verschließen.“

„Vor ihrem einzigen Sohn?“, unterbrach Conrad. „Sie ist dreiundneunzig Jahre alt, Frau Richterin! Da drin kann alles Mögliche passieren!“

Richterin Dove warf einen vernichtenden Blick in Cons Richtung. „Mr Wainwright, wir befinden uns hier zwar in meinen Räumen und nicht im Gerichtssaal, aber dies ist trotzdem mein Territorium. Sie werden mich nicht unterbrechen, auch werden Sie nicht Ihre Meinung sagen, wenn Sie nicht danach gefragt wurden. Verstanden?“

„Ja, Euer Ehren.“ Conrad senkte den Blick, nicht aus Unterwürfigkeit, sondern um den Zorn zu verbergen, der sich in ihm aufbaute. Diese Richterin verhielt sich genau, wie er erwartet hatte – wie eine emanzipierte Frau, der es Spaß machte, einen Mann zu demütigen.

„Weiter, Buddy.“

„Nun, Euer Ehren, ich habe Con und Mimsy gesagt, dass Miss Ruby vollkommen im Recht ist. Sie kann ihnen den Eintritt in ihr Haus verweigern. Und das Mädchen ist fast volljährig; sie ist intelligent und weiß offensichtlich, was sie will. Soweit ich sehen kann, ist das nichts weiter als ein Familienzwist."

Richterin Dove wandte sich wieder an Conrad. „Ich möchte wissen, was den Streit ausgelöst hat. Was ist passiert, Mr Wainwright, dass Ihre alte Mutter Ihnen die Tür vor der Nase zugeschlossen hat?"

Conrad schwieg.

„Ich erteile Ihnen die Erlaubnis zu sprechen, Mr Wainwright. Jetzt."

Con unterdrückte die sarkastische Bemerkung, die ihm auf der Zunge lag. „Ich versuchte meine Mutter davon zu überzeugen, dass sie in einem Altenheim viel besser aufgehoben sei. Ich habe ein hübsches Heim in der Nähe meines Hauses in Memphis ausgesucht."

„Aber sie möchte nicht dorthin."

„Sie denkt, sie könnte sich auch weiterhin in dem großen Haus alleine versorgen", erwiderte Con zögernd. „Aber, Euer Ehren, sie ist eine alte Frau. Sie wird zunehmend schwächer und kann nicht mehr richtig denken. Welche Mutter, die ihre Sinne beisammen hat, würde ein Gewehr auf ihren einzigen Sohn richten? Ich – ich habe Angst um sie."

Richterin Dove schob die Brille hoch und starrte ihn schweigend an, als würde sie geradewegs durch ihn hindurchsehen. „Ja, der gute Sohn", murmelte sie verhalten. „Was ist mit Ihnen, Mrs Wainwright? Was denken Sie?"

Conrad wand sich innerlich. *Bitte*, flehte er. *Bitte, Mimsy.*

„Nun", begann sie. „Ich denke, ich verstehe in etwa, warum Mutter ihr Haus nicht verkaufen möchte. Aber – aber –" Um ihre Fassung war es geschehen, und sie begann zu jammern. „Aber mein kleines Mädchen! Sie ist ganz allein dort eingeschlossen, und – und –“

„Nur ruhig, Liebes“, beruhigte Conrad sie. Er wandte sich wieder an die Richterin. „Sie sehen ja selbst, wie verzweifelt meine Frau darüber ist.“

„Hmm. Ja, ich verstehe.“ Richterin Doves Gesichtsausdruck zeigte ganz deutlich, dass sie wünschte, sie hätte nie an diesem Ventil geschraubt, das Mimsys Fluttore geöffnet hatte. Sie blickte erneut den Sheriff an. „Buddy, denken Sie, dass das Mädchen in Gefahr ist?“

Buddy schüttelte den Kopf. „Nein, Madam.“

„Mr Wainwright, Sie müssen wissen, dass ich nicht die Absicht habe, allein auf Ihr Wort hin Ihre Mutter entmündigen zu lassen. Die ganze Sache scheint mir einfach ein Missverständnis zu sein. Können Sie mir einen Grund für eine richterliche Einmischung in eine Familienangelegenheit nennen?“

Conrad zermarterte sich das Gehirn und hatte schließlich die zündende Idee. „Ist es nicht gegen die Rechtsordnung, dass das Mädchen ohne Zustimmung ihres Vormunds der Schule fern bleibt?“

Mimsy sah auf. „Oh nein, Conrad, weißt du das denn nicht? Sie haben doch seit heute Osterferien. Sie hat diese Woche keine Schule.“

Richterin Dove lächelte wissend. „Also gut. Ich habe folgende Entscheidung getroffen. Sie“ – sie deutete auf Conrad – „werden zurückfahren und versuchen, vernünftig mit Ihrer Mutter zu sprechen. Wenn Sie diese Angelegenheit nicht innerhalb der kommenden Woche geregelt haben, werde ich Miss Ruby vorladen und Ihre Enkelin wird wieder Ihrer Obhut übergeben.“

„Eine Woche?“, brach es aus Conrad hervor. „Noch eine Woche? Aber dann wird es zu spät sein –“ Er brach ab, bevor er etwas sagte, das ihm schaden konnte.

„Sie haben ein Problem mit meiner Entscheidung?“, fragte Richterin Dove. „Oder mit mir?“

„Nein – nein, Madam“, erwiderte Con mit falscher Unterwürfigkeit.

„Buddy, Sie fahren mit. Aber keinen Streit, verstanden? Nur eine ruhige Diskussion.“

„Verstanden, Richterin.“

„Prima. Ich hoffe, Sie am kommenden Montag *nicht* wieder zu sehen. Um ehrlich zu sein, ich mag es nicht besonders, in Familienangelegenheiten einbezogen zu werden, die mit einem Minimum an Vernunft und Mitgefühl auch so geregelt werden könnten. Und wenn Sie mich jetzt bitte entschuldigen würden, ich habe noch zu arbeiten.“

Die Abfuhr war deutlich. Conrad stand auf und marschierte, einen Fluch unterdrückend, aus Richterin Harriet Doves Zimmer.

Runde zwei

„Mutter? Mutter, bist du da drin?“

Conrads Rufen und lautes Pochen, gedämpft durch die geschlossene Tür, klang wie eine Fernsehshow aus großer Entfernung. Ruby sah auf die Uhr und lächelte ihre Urenkelin, die ihr gegenübersaß, an.

„Genau pünktlich."

Little Ruby nickte. „Wie ein Uhrwerk."

Ruby rappelte sich auf und bedeutete ihrer Urenkelin, ihr zu folgen.

„Willst du das Gewehr?" Little Ruby deutete auf das Gewehr, das am Kamin lehnte.

„Nicht im Augenblick. Du kannst es ja holen, falls ich es brauchen sollte."

Ruby öffnete die Haustür und sah ihren Sohn durch das schmiedeeiserne Gitter hindurch an.

„Mach auf, Mutter! Dieser Unsinn dauert nun schon lange genug."

„Nein, Conrad."

„Ich bin bei der Richterin gewesen, Mutter. Sie hat gesagt –" Er brach ab und blickte über seine Schulter hinweg zu dem Sheriff, der unmittelbar hinter ihm stand. Er hatte eine wilde Geschichte erzählen wollen, aber Buddy Rices Anwesenheit ließ ihn bei der Wahrheit bleiben.

„Was hat sie gesagt, Conrad?" Ruby lächelte Little Ruby über die Schulter hinweg an.

„Sie hat gesagt, wir sollten das wie zivilisierte Menschen klären."

Ruby nickte. „Dem kann ich nur zustimmen."

„Endlich!" Conrad seufzte erleichtert auf und mäßigte seine Stimme. „Lass uns herein, Mutter, dann reden wir darüber."

„Ich glaube nicht."

Conrad stieß einen Schwall von Flüchen aus.

„Erscheint dir das wie ein zivilisiertes Gespräch?", fragte sie Little Ruby.

Das Mädchen schüttelte den Kopf. „Ich denke, sein Mund sollte einmal mit Seife ausgewaschen werden."

„Ich habe dir doch etwas anderes beigebracht“, seufzte Ruby. „Wirklich.“

„Mutter, hör doch zu! Du musst uns reinlassen, mehr wollen wir doch nicht.“

Ruby blickte Buddy an. „Mehr wollen Sie nicht?“

Buddy grinste. „Nein, Madam. Es ist ganz Ihre Entscheidung.“

„Dann auf Wiedersehen, Conrad. Komm wieder, wenn du diese Idee, mich in ein Heim zu schaffen, aufgegeben hast. Und wenn du vernünftig mit mir redest.“

„Aber, Mutter, du kannst doch nicht mehr länger allein bleiben. Das ist einfach nicht vernünftig.“

Little Ruby trat vor und deutete mit dem Finger auf ihren Großvater. „Allein? Was denkst du, wer ich bin?“

„Du bist ein dummer Teenager, der nicht weiß, was gut für ihn ist.“

Mimsy trat vor und legte ihre Hand auf den Arm ihres Mannes. „Conrad, es gibt keinen Grund, jemanden zu beleidigen. Mädchen, geht es dir gut?“

„Mir geht es prima, Mimsy“, erwiderte Little Ruby.

„Du wirst sofort dieses Haus verlassen und mit uns kommen!“, befahl Con.

„Nein, werde ich nicht.“ Little Ruby stemmte die Hände in die Hüften. „Ich habe Ferien und danach sind Lehrerkonferenzen. Ich brauche zwei Wochen lang nicht in die Schule zu gehen, und ich habe vor, sie hier bei Grandma zu verbringen.“

„Ich habe dir ein paar Kleider mitgebracht, Liebes“, sagte Mimsy. „Und deinen CD-Spieler und ein tragbares Fernsehgerät. Ich dachte, du langweilst dich vielleicht.“

Con drehte sich zu ihr um. „Du hast *was* getan?“

„Nun, das Mädchen braucht doch Kleider, Con.“

„Du bist also entschlossen, sie bleiben zu lassen?“

Mimsy zuckte die Achseln. „Eine gute Mutter ahnt voraus.“

„Danke, Mimsy“, sagte Little Ruby. „Die Kleider behalte ich gern, aber das Fernsehgerät und den CD-Spieler kannst du wieder mitnehmen. Ich brauche sie nicht. Im Augenblick langweile ich mich ganz und gar nicht.“

Con starrte seine Enkelin an, als hätte sie sich gerade in einen Alien verwandelt. „Du – du willst keine Rockmusik hören oder fernsehen?“, stammelte er.

„Nein.“

Er wandte sich an Ruby. „Was macht ihr zwei dort drin?“

Ruby lächelte nachsichtig. „Mädchenkram. Das würdest du sowieso nicht begreifen.“

„Und du wirst uns nicht hereinlassen, um zu reden? Nicht einmal für ein paar Minuten?“

„Nicht bevor du zu Verstand gekommen bist.“

Cons Gesicht lief rot an. „Mutter, du bist diejenige, die zu Verstand kommen muss. Ich habe getan, was ich tun sollte – ich habe versucht, vernünftig mit dir zu reden. Wir werden jetzt die Richterin entscheiden lassen, was von nun an geschieht.“

Ruby legte die Hand an den Türgriff. „In Ordnung, Conrad. Lass Little Rubys Koffer auf der Veranda stehen. Und teile mir mit, was dabei herausgekommen ist.“

Während Con losbrüllte, schlug Ruby ihm die Tür vor der Nase zu. Sie drehte sich zu Little Ruby um. „Und was nun?“

Das Mädchen grinste. „Zuerst werde ich das Frühstücksgeschirr abwaschen. Und dann musst du dein Versprechen einlösen.“

„Mehr von der Geschichte?“

„Sehr viel mehr. Ich kann es kaum erwarten, von deiner wilden und ausgelassenen Jugendzeit zu hören."

Nachdem das Geschirr gespült war, ließ sich Ruby mit einer zweiten Tasse Kaffee im Wohnzimmer nieder. „Also gut. Wo waren wir stehen geblieben?"

„Du bist gerade geboren worden. Silas ist gestorben."

„Natürlich. Einer geht, während ein anderer kommt", sinnierte Ruby. „Aber ich muss jetzt ein paar Jahre überspringen. Wir setzen wieder ein, als ich – etwa in deinem Alter war."

„Cool." Little Ruby machte es sich in ihrem Sessel bequem und öffnete eine Dose Cola. „Ich bin bereit."

„Also gut. Es war das Jahr 1917 –"

„Der Erste Weltkrieg", ergänzte Little Ruby.

„Ach ja, die gute Note in Geschichte." Ruby nickte. „Ich hatte nicht damit gerechnet, dass wir viel von dem Krieg mitbekommen würden, aber ich hatte mich getäuscht."

Teil 3

Würde

Aber dich will ich wieder gesund machen
und deine Wunden heilen, spricht der Herr,
weil man dich nennt: ‚die Verstoßene' und:
... ‚nach der niemand fragt'.

Jeremia 30,17

Der unehrliche Abe

Juni 1917

Abraham Lincoln Noble betrachtete sein Gesicht im Spiegel und runzelte die Stirn. Wie in den vergangenen zweiundfünfzig Jahren verfluchte er auch jetzt wieder seinen Namen. Verfluchte sein Leben. Verfluchte die Bindungen, die ihn an dieses Land ketteten, an dieses Haus, diese Menschen. Und er verfluchte seinen toten Vater, weil er ihn an eine Ikone gebunden hatte, einen geschätzten Märtyrer, der von der Kugel eines Mörders niedergestreckt worden war.

Egal was er tat, er würde den Erwartungen anderer nie gerecht werden können. Sein ganzes Leben lang war er wegen seines Namens mit Lincoln verglichen worden, der, wie sein Vater immer gesagt hatte, „sein Leben selbstlos dem Kampf für die Freiheit geopfert hatte“. Eine zufällige Geburt hatte ihn dazu verurteilt, ständig an Henoch Warren gemessen zu werden, an dem Mann, der mit Gott lebte – und der zudem auch noch ein Gott war. Ein landwirtschaftliches Genie, eine Gottheit, die seine Hand über das Land ausgestreckt und es fruchtbar und reich gemacht hatte.

Wann immer Abe den muskulösen Schwarzen über die Felder oder in die Stadt reiten sah, krampfte sich sein Magen vor Neid und Zorn zusammen. Sicher, Abe hatte sich als bittere Enttäuschung für seinen Vater erwiesen. Warum sonst war Silas Noble bereit gewesen, den größten Teil des Landes dem Sohn eines Sklaven zu vererben und seinem eigenen Sohn nur *Noble House* und einen kleinen Prozentsatz der jährlichen Ernteerträge zu hinterlassen?

Diese Ungerechtigkeit stach ihm ins Herz wie ein Dolchstoß. Ihm hätte das Land zugestanden, er hätte der prominente Bürger von *Cambridge County* werden sollen. Er hätte die Gelegenheit haben müssen, sich einen Namen zu machen, eine Zukunft für seine Familie zu schaffen. Aber alles, was er als Erbe vorzuweisen hatte, war dieses Haus, dieses Gefängnis ohne Gitter, das ihn mit einer jammernden, hirnlosen Frau und einer eigensinnigen siebzehnjährigen Tochter gefangen hielt.

Henoch hatte Söhne. Große, starke Söhne, die mit ihm zusammenarbeiteten und ihn stolz machten. Und auch eine Tochter – die hübsche Silvie, die gerade einundzwanzig geworden war und deren Anblick in Abe eine Begierde weckte, die ihm einfach keine Ruhe ließ. Pansy hatte den Blick in seinen Augen gesehen, da war er sicher, hatte aber dazu geschwiegen. Sie würde es auch nicht ansprechen. Sie war zu schwach, um dieses Risiko einzugehen. Aber irgendwann – in naher Zukunft, wenn ihre vielen gesundheitlichen Beschwerden tatsächlich eine medizinische Ursache hatten – würde sie tot sein, und er würde die Gelegenheit bekommen, seine Fantasien auszuleben.

Seine Zeit würde kommen. Und wenn sie kam, würde er nicht eine Sekunde über die Konsequenzen nachdenken. Er hatte schließlich ein wenig Vergnügen im Leben verdient, nicht?

Das Problem war, er konnte nicht warten. Die Mauern schlossen ihn zusehends ein, erstickten ihn. Er musste raus.

Und nach all den Jahren war ihm endlich ein Weg eingefallen, dies zu tun, ohne als Schuft dazustehen.

Abe interessierte sich nicht besonders für die Weltlage, aber er hatte sehr wohl mitbekommen, dass drei Jahre zuvor irgendein Erzherzog drüben in Europa ermordet worden war. Die Folge davon war ein Konflikt von monumentalem Ausmaß – ein Krieg, der größer und vielschichtiger war, als die Welt ihn je erlebt hatte. Und jetzt waren die Vereinigten Staaten endlich in diesen Krieg eingetreten. Im April hatte Präsident Wilson Deutschland den Krieg erklärt und im vergangenen Monat hatte er den so genannten *Selective Service*, die Musterungsbehörde, ins Leben gerufen.

Die meisten Männer, die sich meldeten, waren jünger als er – in den Zwanzigern und Dreißigern. Aber es hieß, dass die Armee auch Freiwillige bis achtundvierzig aufnahm. Abe war zwar noch älter, aber seine Frau hatte bestimmt keine Ahnung von den Bestimmungen, würde gar nicht erfahren, dass er viel zu alt war, um in der Armee zu dienen.

Dieser Krieg, worum es dabei auch immer ging, würde ihm den Vorwand liefern, den er brauchte. Er würde in den Augen der Menschen als Ehemann nicht verachtet werden, weil er seine Familie verließ, sondern er würde ein Held sein, der in den Krieg zog, um die Welt für die Demokratie zu retten. Ein Beschützer von Heim und Herd.

Natürlich hatte er nicht wirklich die Absicht, in die Armee einzutreten. Er hatte es sich zur Gewohnheit gemacht, sich niemals ohne triftigen Grund in Gefahr zu bringen – eine hübsche Flasche Bourbon zum Beispiel oder ein gutes Faro-Spiel an einem Tisch voller Dummköpfe oder die hübsche, gut gebaute Bardame in Colbys Taverne. Für *so etwas* lohnte es sich, ein Risiko einzugehen.

Abe verließ das Schlafzimmer, ging in die Küche und setzte sich an den Tisch, um die Zeitung durchzusehen. In Memphis war ein Meldebüro für die Armee eingerichtet worden. Der Fahrplan für den Zug dorthin war in der Zeitung abgedruckt.

Aber woher würde er das nötige Geld nehmen? Sich einfach in Luft aufzulösen und sich ein neues Leben zu schaffen, würde nicht billig werden. Henoch hatte ihm bereits den größten Teil des Profits gegeben, der ihm von der Sommerernte zustand, aber in letzter Zeit hatte er viel Pech gehabt und das Geld war bereits weg. Trotzdem, als guter Spieler spürte er, wenn sein Blatt sich wendete. Dies war seine Chance, und er musste tun, was notwendig war, um sie zu ergreifen.

Und dann fiel es ihm ein – die Brosche! Vor ihrem Tod hatte seine Mutter deutlich gemacht, dass der herzförmige Rubin seiner Tochter an ihrem Hochzeitstag zu geben sei. Abgesehen von diesem Gefängnis war sie das einzige Erbe, dass sie von ihren Großeltern bekommen würde. Eine der Perlen fehlte, erinnerte er sich, aber Mutter hatte die Brosche wie einen kleinen Schatz gehütet. Bestimmt war allein der Stein schon sehr wertvoll.

Abe ging ins Schlafzimmer zurück und suchte in den Schubladen seiner Frau herum, bis er eine kleine, verschlissene Samtschachtel fand. Er öffnete sie, nahm die Brosche heraus und beobachtete, wie sich das durch das Fenster hereinfallende Sonnenlicht in dem Edelstein fing.

Einen Augenblick starrte er wie gebannt auf den Rubin. Er schien beinahe lebendig, wie ein kleines Herz, das in seiner Handfläche schlug. Doch schnell schüttelte er seine Sentimentalität ab und steckte die Brosche in seine Tasche.

Sie war seine Fahrkarte aus der Hölle. Niemand würde sie vermissen, zumindest nicht, bevor er lange fort war.

Er würde mit dem ersten Zug am folgenden Morgen aufbrechen. Das war Zeit genug für Pansy, seine Sachen zu packen und alles für seine Abreise vorzubereiten.

Abe seufzte erleichtert auf. Morgen um diese Zeit würde er bereits unterwegs sein.

Mit einer Fahrkarte in die Freiheit in der Tasche.

Ruby starrte ihren Vater an. Ihr Abendessen war kalt geworden und die Soße über dem Kartoffelbrei zu einer unappetitlichen Masse geliert. Aber das war egal. Sie konnte sowieso nichts herunterbringen, nicht nach der Bombe, die er gerade auf sie geworfen hatte.

„Abraham, nein!“, jammerte ihre Mutter und holte ihr Riechsalz aus der Tasche. „Du kannst uns doch nicht einfach hier allein lassen!“

Ruby wollte ihrer Mutter sagen, sie solle den Mund halten, aber als pflichtbewusste Tochter konnte sie die Worte nur denken, sie aber nicht aussprechen. Trotzdem, ihre Ohren klingelten schmerzhaft von ihrer durchdringenden Stimme und ihr Magen verkrampfte sich.

„Pansy, meine Liebe“, beruhigte ihr Vater sie mit uncharakteristischer Zärtlichkeit, „verstehst du denn nicht? Ich muss gehen.“ Er hielt inne und atmete durch. „Es ist meine –“ Er suchte nach Worten. „Meine patriotische Pflicht.“

Ruby stieg die Galle hoch. Sie liebte ihren Vater, aber sie mochte ihn nicht besonders. Sie durchschaute ihn, wie es ihrer Mutter nie gelungen war, und bis zu diesem Augenblick hatte sie nie auch nur ein Körnchen patriotischer Loyalität in ihm entdecken können. Er versuchte, sich selbst als Held darzustellen, aber Ruby wusste es besser. Er tat dies für sich, nicht für sie und ihre Mutter oder für das Land.

„Ihr werdet schon klarkommen", sagte ihr Vater gerade. „Ruby ist schon fast erwachsen. Sie kann sich um alles kümmern. Außerdem wohnen Henoch und seine Familie ja ganz in der Nähe. Ich bin sicher, Silvie wird auch mithelfen. Stimmt das nicht, Ruby?"

Ruby blickte ihn an und atmete tief durch, um ihre Gefühle unter Kontrolle zu bekommen. Die Wahrheit war, er würde überhaupt nicht vermisst werden, wenn man bedachte, dass er sowieso die meiste Zeit außer Haus verbrachte. Abe Noble betrachtete sich als einen so genannten *Gentleman Farmer*, einen Landadeligen. Offensichtlich bedeutete das, dass seine erste Pflicht darin bestand, mit einem messingbesetzten Spazierstock in der Stadt herumzustolzieren und jeden Cent seines Verdienstes für Kartenspiele im Hinterzimmer von Colbys Taverne auszugeben. Die wachsende Akzeptanz des Prohibitionsgesetzes erschwerte den Konsum von Alkohol, aber das schien Vater und seinen Kumpanen bei Colby wenig auszumachen. Ruby hörte ihn oft spätabends betrunken und zornig nach Hause kommen und in letzter Zeit war seine Mutter mehrmals mit Schrammen an Gesicht und Armen am Frühstückstisch erschienen. Mama nahm ihn natürlich in Schutz, aber Ruby kannte die Wahrheit.

Ja. Trotz des tränenreichen Protestes ihrer Mutter wäre es für sie alle besser, wenn er für eine Weile verschwinden würde. Vielleicht würde er in der Armee ein wenig Verantwortungsbewusstsein lernen. Sie hatte gehört, dass die Männer oft radikal verändert zurückkehrten. Vielleicht würde ein solches Wunder ja auch bei ihrem Vater geschehen – selbst in seinem Alter.

Sie konnten nur hoffen und beten.

Silvie saß mit ihrer Stickarbeit in dem Schaukelstuhl, während Ruby auf dem Bett lag und laut Carl Sandburgs „Gedichte aus Chicago“ vorlas. Silvie mochte es, wenn Ruby vorlas, vor allem Gedichte. Sandburg war ein realistischer Dichter und als Mädchen vom Land konnte sich Silvie mit vielem, was er über die Stadt schrieb, nicht identifizieren. Trotzdem, seine Worte waren aussagekräftig und bewegend und vermittelten ihr, wie alle gute Poesie, das Gefühl, dass alles möglich war.

Aus den Augenwinkeln heraus beobachtete sie Rubys wechselndes Mienenspiel beim Lesen. Nun, da ihr Vater fort war, schien das Mädchen viel ausgeglichener zu sein. Gestern war er in den Zug nach Memphis gestiegen, um sich freiwillig für die Armee zu melden. Er war kaum einen Tag fort, doch die Veränderungen bei Ruby waren bemerkenswert, als hätte sich eine Sturmwolke von ihrer Seele verzogen.

Auch Silvie war froh, dass er fort war. In Mister Abes Nähe fühlte sie sich schon so lange sie sich erinnern konnte unwohl. Sie mochte nicht, wie sein Blick ihr folgte, wie er sie anlächelte und sich mit einem lüsternen Grinsen über den Bart strich. Sie hatte niemandem von ihren Gefühlen erzählt und sie war auch nicht ganz sicher, dass wirklich etwas Schlimmes passieren würde, falls er sie jemals alleine erwischte, aber sie war trotzdem immer auf der Hut. Und jetzt konnte sie sich wie Ruby entspannen.

Wie traurig war es, dass ihre Freundin sich in der Abwesenheit ihres Vaters wohler fühlte als in seiner Gegenwart.

Silvie konnte sich so etwas nicht vorstellen – sie betete ihren Daddy regelrecht an. Er war ein wundervoller und liebevoller Vater und als ihre Mutter noch am Leben gewesen war, ein ergebener Ehemann. In Silvies Augen war Henoch Warren der wundervollste Mann auf der Welt. Ihre einzige Frage war, ob sich je ein Mann mit ihm würde messen können.

Ruby hatte aufgehört zu lesen und starrte sie neugierig an. „Silvie, hörst du überhaupt zu?"

„Ja. Zumindest habe ich zugehört. Ich glaube, meine Gedanken sind kurz abgewandert."

„Ich möchte dich um einen Gefallen bitten."

Silvie lächelte. „Schieß los."

„Mama wird jetzt, wo Vater weg ist, außer sich vor Trauer sein."

„Als ob ich das nicht wüsste." Silvie zuckte die Achseln. Sie und Ruby waren schon seit Jahren gut befreundet. Weder Rassen noch Altersunterschied waren von Bedeutung. Der Altersunterschied von vier Jahren schien im Laufe der Jahre sogar immer unbedeutender zu werden. Sie waren eher wie Schwestern und nicht wie Freundinnen und sie waren einander gegenüber rückhaltlos offen. „Ich muss zugeben, ich verstehe es nicht. Ich würde meinen, deine Mutter wäre erleichtert, sich nicht mit seinem Trinken und Spielen und ... na ja, allem anderen abgeben zu müssen."

Ruby nickte. „Ja, aber du weißt ja, wie Mama ist. Seinen Fehlern gegenüber hat sie immer die Augen verschlossen. Ich würde lieber eine alte Jungfer bleiben, als das hinzunehmen, was sie sich bieten lässt." Sie ließ einen tiefen Seufzer entweichen.

„Und worum geht es?", fragte Silvie.

„Ich würde mich freuen, wenn du während Vaters Abwesenheit hier wohnen würdest. Mama wird ziemlich schwierig sein und ich werde alle Unterstützung brauchen, die ich bekommen kann."

„Ich werde Daddy fragen, aber ich denke, das wird sich machen lassen." Silvie zog eine Augenbraue in die Höhe. „Aber eigentlich möchtest du doch nur eine Köchin haben."

„Silvie! Du weißt doch, dass ich dich nicht so sehe!"

„Ich mache nur Spaß."

„Das hoffe ich. Was ich mir wünsche, ist Gesellschaft und die Unterstützung meiner besten Freundin." Ruby grinste. „Natürlich hätte ich nichts dagegen, wenn du ab und zu deine hervorragende Eiercreme machst."

Ruby und Silvie waren in der Küche und bereiteten das Abendessen zu, als sie ein Klopfen an der Haustür hörten. Mama hatte sich mit einem Migräneanfall zu Bett gelegt, die Mahlzeit würde ganz einfach ausfallen – gebratene Schweinefleischstücke mit geschnittenen Tomaten und Butterbohnen.

„Ich gehe." Ruby legte das Messer aus der Hand, putzte sich die Hände an einem Geschirrtuch ab und ging zur Tür. Auf der Veranda stand mit ernstem Gesicht, den Hut in der Hand, ein großer, schlanker Fremder in einer Uniform.

„Ich möchte Mrs Abraham Noble sprechen", sagte er. „Ich bin Captain Wolfe."

„Tut mir leid", erwiderte Ruby. „Sie ist – äh, im Augenblick unpässlich. Ich bin ihre Tochter. Kann ich Ihnen helfen?"

Der Offizier wandte den Blick ab. „Nein, Madam. Ich meine, es geht um eine private Angelegenheit. Ich muss sie unbedingt sprechen."

„Kommen Sie herein." Ruby öffnete die Tür und bat den Mann ins Wohnzimmer. „Ich bin gleich wieder da."

Sie ging nach oben, weckte ihre Mutter und kurz darauf saßen die beiden zusammen mit Silvie dem Fremden gegenüber und starrten ihn an.

Ruby beobachtete, wie Mama mit der Hand durch ihr wirres Haar fuhr und sich zwang, ihn anzusehen. „Sie müssen verstehen", murmelte sie, „mir geht es nicht gut. Mein Mann ist gerade abgereist, um sich zur Armee zu melden, und –" Sie konnte die Tränen nicht mehr zurückhalten, barg ihr Gesicht in den Händen und schluchzte.

„Ist schon gut, Mama", beruhigte Ruby sie. „Versuch dich zusammenzunehmen."

„Ich fürchte, ich habe schlechte Nachrichten." Captain Wolfe rutschte unruhig in seinem Sessel herum. „In Bezug auf Ihren Mann."

Eine Faust schloss sich um Rubys Herz. Sie griff nach Silvies Hand. „Was ist los? Ist etwas passiert?"

Der Mann nickte. „Er hat gestern Morgen den Zug nach Memphis genommen?"

„Ja."

„Es hat einen Unfall gegeben, der Zug ist entgleist. Es tut mir leid, Ihnen dies mitteilen zu müssen, Madam, aber ich fürchte, Ihr Mann ist tot."

Mama stieß einen lauten Schrei aus und Silvie umklammerte Rubys Hand so fest, dass ihre Knöchel knackten.

Ruby starrte ihn ungläubig an. „Tot?"

„Ja, Miss", bestätigte der Offizier, der Mama nun endgültig aufgegeben hatte und Ruby zum ersten Mal direkt ansprach. „Eine gelockerte Schiene auf der Trasse. Sie hat nachgegeben, als der Zug über den *Tallahatchie River* gefahren ist. Der Name Ihres Vaters steht auf der Liste, aber –" Er sah mit einem traurigen Blick auf und zuckte die Achseln. „Sein Leichnam ist wohl von der Strömung mitgerissen worden. Es wird noch gesucht, doch bisher konnte er nicht geborgen werden."

Der Offizier hielt einen Augenblick inne. Angesichts von Mamas hemmungslosem Schluchzen fühlte er sich unbehaglich, das war ihm anzumerken. Schließlich fragte er: „Wie alt war Ihr Vater, Miss?"

Ruby dachte kurz nach. „Zweiundfünfzig."

Der Offizier schüttelte den Kopf. „Das ist eine schreckliche Tragödie. Ich fürchte, die Armee hätte ihn sowieso nicht genommen. Das hätte er eigentlich wissen müssen."

Ruby versuchte, die niederschmetternde Nachricht zu verarbeiten, aber alles, was sie empfand, war Erleichterung. Dieselbe Erleichterung, nur zehnmal stärker, die sie an dem Morgen empfunden hatte, als sie den Zug aus dem Bahnhof hatte abfahren sehen. Er war fort. Nicht nur für ein paar Monate oder ein Jahr, sondern für immer. Ihr Vater war tot.

Die Erleichterung verschwand jedoch, als sie ihre Mama ansah. Eine vorübergehende Trennung war schon schwer genug für sie gewesen. Wie würde sie hiermit fertig werden? In diesem Augenblick spürte Ruby, wie sich die Last der ganzen Welt auf ihre Schultern legte und jeder Hauch von Frieden verschwand.

Während Mama weiterjammerte, umklammerte Silvie Rubys Finger und blickte sie wissend an.

„Wir werden es schaffen", flüsterte sie. „Wir werden durchkommen. Ich verspreche es."

Der letzte Strohhalm

Dezember 1917

Ruby saß an dem Schreibtisch ihres Vaters und ging die vor ihr liegenden Papiere durch. Sie könnte für immer hier sitzen bleiben und würde doch das Chaos, das ihr Vater „seine Bücher" genannt hatte, nicht entschlüsseln können. Die einzigen beiden Dokumente, die sie gefunden hatte und die ihr einigermaßen verständlich vorkamen, waren das Original des Kaufvertrags für das Land und das Haus, unterzeichnet von Col. Robert Warren und Silas Noble, und Grandpa Silas' Testament, durch das der größte Teil des bebaubaren Landes an Henoch Warren gefallen war. Seit Vaters Tod waren sechs Monate vergangen. Das wenige Geld war mittlerweile aufgebraucht und Mama hatte noch keinen Finger gerührt, um irgendwie Abhilfe zu schaffen. Die meiste Zeit lag sie tagsüber einfach nur im Bett und wanderte nachts durch das Haus, eine gespenstische Gestalt in der Dunkelheit.

Nach dem Haushaltsbuch mit den Eselsohren, das sie in der untersten Schublade gefunden hatte, stand Vater nach Grandpa Silas' Testament ein kleiner Prozentsatz des Ernteertrages zu. Aber offensichtlich war das Geld für diesen Sommer bereits im Mai ausgezahlt worden. Vielleicht hatte er das Geld mitgenommen. Vielleicht hatte er es irgendwo versteckt. Was immer er mit dem Geld gemacht hatte, Ruby konnte es nicht finden, und während sie über ihre verzweifelte Situation nachdachte, stieg die Panik in ihr hoch, sodass sie keine Luft mehr bekam.

Sie wusste nicht, wie lange sie dasaß, während ihre Tränen auf den Schreibtisch tropften. Schließlich riss sie sich zusammen, trocknete die verschmierte Tinte und atmete tief durch. Die Zahlen in dem Haushaltsbuch verschwammen vor ihren Augen. Sie sah ihren Vater vor sich, wie er fröhlich winkte, als der Zug aus dem Bahnhof fuhr.

Furcht und Sorge verschwanden und wurden durch ein Gefühl ersetzt, das Ruby nur zu gut kannte: Zorn. Wieder einmal hatte ihr Vater sie im Stich gelassen. Wieder einmal hatte er seine Bedürfnisse über die aller anderen gestellt. Aber dieses Mal handelte es sich nicht nur um einen vorübergehenden Rückschlag, verursacht durch sein Trinken, Spielen und Feiern. Dieses Mal war es von Dauer. Abraham Noble hatte einen dramatischen Abgang gewählt und seine Frau und Tochter ohne einen Penny zurückgelassen. Wenn er nicht bereits tot gewesen wäre, hätte sie ihn vielleicht eigenhändig umgebracht.

„Wie konntest du?“, schrie sie und trommelte mit den Fäusten auf den Schreibtisch. „Was für ein Mann ist das, der seiner Familie so etwas antut?“ Und erneut flossen die Tränen – heiße, grausame Tränen des Zorns und der Verachtung. Ruby legte den Kopf auf die Arme und schluchzte.

Eine sanfte Berührung schreckte sie auf – Silvies Hand auf ihrer Schulter. „Ist alles in Ordnung, Liebes?“

Ruby sah auf. „Was denkst du?“

„Ich denke, die Last ist zu schwer für ein Mädchen in deinem Alter.“

„Ich bin fast achtzehn, Silvie. Ich sollte doch in der Lage sein, damit umzugehen, ohne gleich die Fassung zu verlieren. Ich *sollte*!“

„Eigentlich *solltest* du das College drüben in Columbus besuchen, eine Ausbildung absolvieren, wie du es dir immer gewünscht hast. Du solltest zu Tanzveranstaltungen gehen, einen netten Mann kennenlernen – nicht hier herumsitzen und dir für alle anderen den Kopf zerbrechen."

Ruby verzog das Gesicht. „Nun, dieser Traum ist gestorben. Und du kannst darauf wetten, dass ich mich in absehbarer Zeit auch nicht nach einem Mann umsehen werde."

Silvie zog sich einen Stuhl heran und setzte sich neben sie. „Ich weiß. Mister Abe hat dir das alles ganz schön mies gemacht, nicht?"

Ein tiefer Seufzer stieg in Ruby auf. Silvie hatte recht und das war ein weiterer Grund für sie, auf ihren Vater wütend zu sein. Drei Jahre lang hatte sie nun geplant und auf den Tag gewartet, an dem sie sich im *Columbus Female Institute* einschreiben konnte. Die vor dem Bürgerkrieg gegründete Schule war im Süden praktisch eine Legende. Ein College für junge Damen, das seinen Schülerinnen eine ausgezeichnete Ausbildung bot und damit die Gelegenheit, einen Beruf zu ergreifen – Lehrerin, Sozialarbeiterin, Krankenschwester. Einige seiner Absolventinnen waren sogar Ärztinnen geworden.

Aber nicht Ruby Noble. In ihrem Zimmer oben lag die Zusage. Wenn Vater nicht gegangen und umgekommen wäre, wäre sie jetzt vielleicht dort. Jetzt hatte sie ihre Chance verpasst – die einzige Gelegenheit, *Cambridge* hinter sich zu lassen und etwas aus ihrem Leben zu machen.

„Ich habe keine Wahl", antwortete sie nach einer Weile. „Mama kommt alleine nicht klar und niemand sonst kann sich ihrer annehmen."

„Also lastet alles auf dir."

„Ich fürchte, Silvie. Es ist auch wirklich nicht so schlimm. Ich schaffe das. Doch was mir am meisten zu schaffen macht, ist, glaube ich, dass ich keine Alternative habe.“ Sie schüttelte den Kopf und deutete auf die Papiere auf dem Schreibtisch. „Und offensichtlich auch kein Geld.“

Silvie sah ihr über die Schulter. „Die Bücher deines Daddys?“

„Falls man das überhaupt so nennen kann. Seine Buchhaltung ist nicht besonders gut. Soweit ich ersehen kann, hat er einen Vorschuss auf die Sommerernte bekommen, aber das Geld ist einfach verschwunden.“

„Ihr habt gar nichts mehr?“ Silvie riss entsetzt die Augen auf.

Ruby lachte verbittert auf. „Keinen Cent mehr. Und die Steuern für das Haus sind im Januar fällig.“

„Vielleicht solltest du mit der Bank sprechen.“

„Offensichtlich hatte Vater kein Vertrauen in die Banken. Er hat alles Bargeld hier im Haus aufbewahrt. Aber du weißt ja, wie er war, Silvie. Jeder Dollar, den er morgens in die Finger bekam, wanderte noch vor Einbruch der Dunkelheit in die Kasse von Colbys Taverne.“

„Ich sage das nur ungern, Ruby, aber –“

„Aber was? Wenn du eine Idee hast, dann lass sie mich hören!“

„Die – die Brosche“, erwiderte Silvie zögernd. „Der Rubin deiner Großmama. Ich erinnere mich, dass deine Mama ihn uns, als wir noch klein waren, manchmal gezeigt und uns erzählt hat, dass du ihn am Tag deiner Hochzeit bekommen würdest, und –“

„Ich könnte ihn nie verkaufen!“

„Natürlich nicht. Aber vielleicht könntest du ihn als –“ Sie suchte nach dem passenden Wort. „Als Sicherheit nutzen. Für einen Kredit, du weißt schon.“

Ruby dachte eine Weile darüber nach. „Vielleicht hast du recht, Silvie. Du bist ein Genie – ein absolutes Genie!"

Die beiden marschierten in das untere Schlafzimmer, das Mama seit dem Tag, an dem ihr Vater in den Zug gestiegen war, um die Reise anzutreten, die seinem Leben ein Ende gesetzt hatte, nicht mehr betreten hatte. Ruby sah sich um. Seit mehr als sechs Monaten war nichts mehr angerührt worden. Die Tür des Kleiderschranks stand einen Spalt offen. Der Ärmel des Morgenrocks ihres Vaters hing heraus. Das Buch, das er gelesen hatte, lag aufgeschlagen neben dem Bett, mit einer dicken Staubschicht bedeckt.

„Wo bewahrt deine Mutter sie auf?", fragte Silvie.

„In der Kommode." Ruby ging zur Kommode und durchsuchte die oberste Schublade. „Sie war in einer kleinen Schachtel – grauer Samt, wenn ich mich richtig erinnere. Oh! Hier ist sie."

Sie nahm die Schachtel heraus und öffnete sie. Nichts.

„Sie ist leer", sagte Silvie.

„Das sehe ich." Ruby spürte, wie sich ihre letzte Hoffnung in nichts auflöste. Ihre Schultern begannen zu beben.

„Jetzt verliere nicht die Fassung, Mädchen. Suche weiter. Vielleicht ist sie aus der Schachtel gefallen und liegt irgendwo in der Schublade." Silvie schob sich an Ruby vorbei und suchte weiter.

„Sie muss doch da sein!" Ruby zog die zweite Schublade heraus, dann die dritte. Sie kniete sich auf den Boden und durchwühlte den Inhalt. „Sie kann nicht fort sein!"

„Wo sonst könnte deine Mama sie hingelegt haben? Denk nach, Ruby!"

„Nirgends. Sie hat sie immer genau hier aufbewahrt, in der obersten Schublade. Sie war sehr eigen damit, wie ich mich erinnere. Ich durfte sie nicht mit in mein Zimmer nehmen, aus Angst, sie könnte verloren gehen und –"

Auf einmal setzte sich Ruby auf den Teppich. Eine bleischwere Last legte sich auf ihr Herz.

„Nun, dann müssen wir eben nach oben gehen und deine Mama fragen", sagte Silvie gerade. „Sie weiß bestimmt, wo sie ist."

„Nein, das weiß sie nicht", murmelte Ruby geschockt. „Aber ich weiß es. Und wenn wir nicht den Boden des *Tallahatchie River* danach absuchen wollen, werden wir sie nie wieder sehen."

Silvie starrte sie an. „Du willst doch nicht etwa sagen –"

„Was sonst könnte damit passiert sein?"

„Dein Vater wusste, wo sie aufbewahrt wurde?"

„Natürlich wusste er das. Mich wundert nur, dass er sie nicht schon viel früher genommen hat, um seine Spielschulden, seinen Alkohol und seine Frauen zu bezahlen." Ruby barg ihr Gesicht in den Händen. „Das war meine einzige Hoffnung, Silvie. Was soll ich jetzt machen?"

Silvie schwieg eine Weile, dann legte sie Ruby die Hand auf den Arm. „Daddy wird helfen, Ruby. Ich weiß es."

Ruby schluckte die Tränen hinunter. „Das weiß ich, Silvie. Aber Bick Littleton hat seit dem Tag ihrer Hochzeit mit Daddy kein Wort mehr mit seiner Tochter gesprochen und die Averys haben sonst nur noch entfernte Cousins. Wenn ich sie nicht um Hilfe bitten kann, dann werde ich ganz bestimmt deinen Vater nicht fragen. Wir können keine Almosen annehmen."

Silvie wirkte verletzt. „Das sind keine Almosen. Wir sind eine Familie – eine viel engere Familie als die Averys oder die Littletons."

„Ja, das sind wir." Ruby drückte Silvies Hand und fühlte sich durch die Berührung irgendwie gestärkt. „Ich weiß nicht, was ich in den vergangenen sechs Monaten ohne dich gemacht hätte. Und vermutlich werde ich deine Hilfe auch in Zukunft brauchen. Aber das Geld deiner Familie kann ich nicht nehmen."

„Ist gut", gab Silvie nach. „Wir werden später darüber sprechen. Was kann ich denn jetzt tun?"

Ruby schüttelte den Kopf und biss die Zähne so fest aufeinander, dass ihr Kiefer wehtat. Es hatte keinen Sinn, wegen einer Brosche zu weinen, die für immer verloren war – selbst wenn es ihre einzige Verbindung zu ihren Großeltern war und ihre einzige Hoffnung auf einen Weg aus diesem finanziellen Desaster, mit dem ihr Vater sie zurückgelassen hatte. Es musste einen anderen Weg geben.

Eine verzweifelte Entschlossenheit machte sich in ihr breit. Als Erstes musste sie diese Papiere ordnen, damit sie genau wusste, womit sie es zu tun hatte. Und dann konnten Silvie und sie einen Plan machen. Was für einen Plan, das wusste sie nicht. Denn im Augenblick würde sie erst einmal einen Schritt nach dem anderen gehen.

*

„Es ist viel schlimmer, als ich gedacht habe", stöhnte Ruby.

Silvie blickte auf den Stapel Papiere, der vor ihr lag, und ihr Magen krampfte sich zusammen. Angesichts dieses Dilemmas fühlte sie sich so hilflos und das gefiel ihr überhaupt nicht. Ruby war ihre beste Freundin. Sie waren wie Schwestern. Ihr Vater würde ihr jede Summe leihen – oder schenken –, um Ruby und ihrer Mutter zu helfen, ihre Schulden loszuwerden, aber sie wusste auch, dass Ruby sich bis zum letzten Atemzug weigern würde, ein so genanntes „Almosen“ anzunehmen.

Das Mädchen war stolz, so viel stand fest, und ihr Stolz war einerseits ein Aktivposten, aber auch eine Verbindlichkeit. Er machte sie stark, entschlossen. Aber er machte sie auch eigensinnig.

„Sieh dir das an“, fuhr Ruby fort. „Rechnungen, die länger als zwei Jahre zurückliegen. Für Renovierungsarbeiten, Klempnerarbeiten in den Bädern, für den Stromanschluss des Hauses. Für einen Hengst mit Namen Benedict. Von so einem Tier habe ich nie gehört. Und was ist das? Einhundert Dollar für einen neuen Anzug und einen Spazierstock mit Messingknauf?“

Silvie zuckte zusammen. „Hast du Belege, dass diese Rechnungen bezahlt wurden?“

„Keinen einzigen.“ Ruby schüttelte den Kopf. „Wer gibt denn einhundert Dollar für einen Anzug aus, wenn er noch recht bei Verstand ist?“

„Der muss wohl aus Gold gewesen sein.“ Silvie zuckte die Achseln. „Zu schade, dass wir ihn nicht darin beerdigen können, aber es ist nichts übrig geblieben, das beerdigt werden könnte.“

Ruby warf Silvie die Rechnungen zu. „Ich kann nicht glauben, dass er so etwas gemacht hat. Ich habe es mit eigenen Augen gesehen, aber ich kann es trotzdem nicht glauben.“ Sie blickte Silvie an und die Tränen begannen zu fließen. „Wir werden das Haus verkaufen müssen.“

„Du wirst dieses Haus nicht verkaufen.“ Entschlossenheit machte sich in Silvie breit. Sie nahm Rubys Hand. „Sieh dir das an.“

„Was?“

„Unsere Hände. Meine ist braun, deine ist weiß."

„Und?"

„Das ist schon seit Generationen so. Dein Großvater hat dieses Haus gebaut."

„Korrektur. *Dein* Großvater hat es gebaut."

„Sie haben es gemeinsam gebaut", korrigierte Silvie. „Sie waren Freunde. Wie wir. Sie haben sich der Tradition widersetzt und nicht nur ein Haus, sondern eine Familie geschaffen. Deine Familie und meine. Gemeinsam. Und was sie geschaffen haben, war nicht nur ein Gebäude aus Stein und Holz, sondern ein Heim. Ein Erbe. Wir werden das nicht verloren geben. Nicht wenn ich in dieser Angelegenheit ein Wörtchen mitzureden habe."

„Welche Wahl habe ich denn?"

„Wir werden uns etwas überlegen. Gott wird uns hindurchhelfen."

Ruby schlug ihre Hand beiseite. „Komm mir nicht mit Gott, Silvie."

„Ich glaube an Gott. Und ich weiß, du tust es auch."

„Das habe ich. Früher. Aber sag mir – hast du erlebt, dass Gott auch nur das geringste Interesse dafür gezeigt hat, was mit mir und Mama geschieht? Gott hat Vater nicht davon abgehalten, uns allein und mittellos zurückzulassen. Gott hat keinen Finger gerührt, um meinen Vater zu verändern. Was haben wir getan, dass wir so etwas verdient hätten? Nichts. Es war Vaters Machwerk und wir können jetzt die Scherben beseitigen. Nein, Silvie, ich werde jetzt nicht Gott – oder irgendeinen anderen – um Hilfe anflehen. Ich werde selbst einen Ausweg finden."

Silvie antwortete nicht. Sie wusste auch nicht, was sie sagen sollte. Auf keinen Fall glaubte sie, dass Gott Ruby in der

Zeit der Not verlassen hatte, aber es sah tatsächlich so aus. Und egal, wie viel sie redete, sie konnte Rubys Einstellung dazu nicht ändern. Nur ein Wunder konnte ihr jetzt noch helfen – irgendein unerwarteter Umstand, der die Situation verändern würde.

Bitte, Herr, flehte sie innerlich, *lass es so sein.*

Ruby sog tief den Duft nach Rindfleisch mit Karotten, Zwiebeln und Kartoffeln in einer dicken braunen Soße ein. *Dank Onkel Henoch,* dachte sie, als sie in dem Eintopf rührte, *werden wir wenigstens nicht hungern.*

Das gehörte zu den Vorteilen des Landlebens. Selbst im Winter hatten sie Gemüse aus dem Garten und Fleisch aus der Räucherkammer. Die Hühner gediehen noch und lieferten Eier und Brathähnchen. Der Vorratskeller war voll von Kartoffeln und Süßkartoffeln und die Regale waren gefüllt mit eingemachten Bohnen, Erbsen, Karotten, Mais und Beete.

Ruby hatte nie erlebt, dass ihr Vater mit einer Hacke durch die Maisfelder gegangen wäre oder dass er beim Zerlegen des Fleisches, dem Schlachten der Schweine oder dem Räuchern des Schinkens geholfen hätte, der an Haken in der dunklen Räucherhütte im Hof hing. Nie hatte sie ihre Mutter beim Einkochen in der Nähe der Küche angetroffen. Doch trotzdem hatten sie auf wundersame Weise immer gutes Essen. Und immer genug.

Jetzt, da Ruby den Haushalt führte, wusste sie, woher es kam. Henoch und seine Familie versorgten sie. Ohne ein Wort darüber zu verlieren, wurde die Vorratskammer immer wieder durch einen Feldarbeiter aufgefüllt. Auch das könnte man Wohltätigkeit nennen, vermutete sie, aber sie war nicht in der

Situation, Wortklauberei zu betreiben. So war es vermutlich schon seit dem Tod ihrer Großeltern – der verantwortungsbewusste schwarze Landbesitzer sorgte ohne großes Aufheben für die Familie des verantwortungslosen weißen Spielers.

Was für eine Ironie, dachte Ruby. Ihr eigener Vater wurde von den Stadtbewohnern als der *Master* des Noble-Landes geehrt, während Henoch nur geduldet und nur widerstrebend respektiert wurde als *Vorbild für sein Volk.* Was bedeutete: Nach wie vor ein Neger und für viele Menschen noch immer ein Sklave, aber wenigstens nicht faul oder arbeitslos.

Ruby war ziemlich sicher, dass die meisten Bürger *Cambridges* keine Ahnung hatten, dass Henoch der rechtmäßige Eigentümer von Silas Nobles Land war. Zweifellos betrachteten sie ihn als Verwalter des Besitzes ihres Vaters. Und Abe Noble hatte diese Fehleinschätzung vermutlich zugelassen, wenn nicht sogar gefördert. Er war vielleicht nicht der rechtmäßige Eigentümer, aber Abe Noble hatte den Ruf und den Namen und das war das eigentlich Wichtige.

Silvie kam in die Küche und öffnete die Ofentür, um nach ihrem Maisbrot zu sehen. „Fast fertig", murmelte sie. „Es ist vielleicht bequemer, aber ich bin noch immer der Meinung, dass das Maisbrot in diesem modernen Ofen nicht so gut wird wie in dem Holzofen."

Ruby wandte sich grinsend um. Silvie lamentierte ständig darüber, dass das auf dem alten Holzofen gekochte Essen besser geschmeckt habe. Kuchen und Torten backte sie tatsächlich noch immer darin. „Der Ofen steht draußen auf der hinteren Veranda und Holz liegt in der Holzkiste. Sei mein Gast."

„Das ist jetzt zu spät", schnüffelte Silvie. „Wo ist deine Mama?"

„Wenn das Maisbrot fertig ist, kannst du den Eintopf schon mal austeilen“, erwiderte Ruby. „Ich werde sie holen.“

Ruby stieg seufzend die Treppe hoch. Mama würde wie immer im Bett liegen, die Decke über den Kopf gezogen und mit leerem Gesichtsausdruck. Manchmal kam sie herunter und aß mit Ruby und Silvie zusammen zu Abend, aber häufiger musste Ruby die Treppe zweimal hochsteigen – einmal, um ihr zu sagen, dass das Abendessen fertig sei, und dann noch einmal, um ihr das Essen zu bringen.

„Das ist wirklich, als hätte man ein Kleinkind“, murmelte Ruby, als sie die obere Stufe erreichte, „aber ohne den Vorteil, verheiratet zu sein.“ Welches dieser Vorteil war, wusste Ruby natürlich nicht. Ganz bestimmt war ihr die Ehe ihrer Eltern kein Vorbild für den Ehestand gewesen.

Vor der Schlafzimmertür hielt sie inne und klopfte leise. „Mama? Kannst du aufstehen und zu uns kommen? Das Abendessen ist fertig. Dein Lieblingsessen – Rindereintopf mit Maisbrot.“

Keine Antwort.

Das Zimmer war dunkel, aber das war nicht ungewöhnlich. Mama schlief immer viel und im Dezember ging die Sonne früh unter. Ruby lief zum Bett hinüber und knipste die Nachttischlampe an.

„Mama?“

Die Gestalt unter der Decke rührte sich nicht.

„Komm schon, Mama. Du liegst jetzt den ganzen Tag hier oben. Du musst aufstehen und ein wenig herumlaufen.“

Ruby rüttelte ihre Mutter sanft an der Schulter. Noch immer keine Reaktion.

„Mama! Wach auf.“

Sie rüttelte ein wenig fester. Ein nackter Arm kam unter der Decke hervor und blieb mit nach oben gerichteter Handfläche auf der Bettkante liegen. Er war blau und steif.

Nach Dr. Noah Ramsey war Pansy Noble im Schlaf gestorben. „Ich habe so etwas schon einmal erlebt“, erklärte er Ruby. „Eine Frau verliert ganz plötzlich und unerwartet – oder nach einer langen Krankheit – ihren Mann und gibt sich ganz einfach auf. Ihre Eltern haben sich vermutlich sehr nahe gestanden.“

„Natürlich“, erwiderte Ruby steif. Was nützte es, ihm die Wahrheit zu sagen?

„Es gibt eine besondere Bindung zwischen liebenden Eheleuten“, fuhr Dr. Ramsey fort. „Fast als würde der tote Mann seine Frau von der anderen Seite aus rufen.“ Er blickte sie mitfühlend an und tätschelte ihr tröstend die Schulter. „Ich denke, sie hat einfach beschlossen, es sei an der Zeit zu gehen. Sie wollte wieder mit ihm vereint sein. Aber Sie können ruhig sein in dem Gedanken, dass sie jetzt wieder zusammen sind ... für immer.“

Ruby unterdrückte ein Lachen. Inmitten ihres Gefühlschaos konnte sie nichts anderes denken, als was ihr Vater in diesem Augenblick empfinden würde. Er hatte Jahre gebraucht, um endlich von Mama fortzukommen, und jetzt drang sie nach nur sechs Monaten Ruhepause schon wieder in seine fröhliche Ewigkeit ein.

„Das geschieht ihm recht“, murmelte sie vor sich hin.

Der Arzt blinzelte. „Wie bitte?“

„Nichts. Ich habe nur gerade gedacht, wie richtig es ist, dass sie jetzt wieder zusammen sind.“

Und dann traf sie die Wahrheit wie ein Keulenschlag. Sie war eine Waise. Allein in diesem Haus. Allein auf der Welt. Siebzehn Jahre alt, ohne Eltern, ohne eine Ausbildung, mit einem Berg Schulden und keinem einzigen Penny.

Silvie legte den Arm um ihre Schultern und zog sie an sich. „Es wird alles gut werden", flüsterte sie.

Aber Ruby wusste es besser. Nichts würde gut werden, egal, was Silvie sagte.

Nur ein Wunder würde alles wieder in Ordnung bringen können.

Das Geschenk

25. Dezember 1917

Seit fünf Tagen regnete es nun schon. Die Uhr tickte laut und ihr Ticken durchbrach die Leere des Tages. Halb fünf.

Ruby ging zum Fenster hinüber und beobachtete, wie die Regentropfen an der Fensterscheibe hinunterliefen. Ihr Magen knurrte und sie überlegte kurz, ob sie in die Küche gehen und sich die Reste aufwärmen sollte, die Silvie ihr vom Mittagessen mitgegeben hatte.

Weihnachten war in diesem Jahr eine traurige Feier gewesen – die Zusammenkunft der Warrens im großen Haus, das Silvies Großvater Booker während des Wiederaufbaus gebaut hatte. Das einzige weiße Gesicht unter ihnen war Rubys und obwohl der wilde Truthahn, den Silvies Bruder geschossen hatte, köstlich schmeckte, hatte niemand viel

Appetit gehabt. Das Gespräch war steif und formell verlaufen; niemand hatte gewagt, das Thema anzusprechen, über das alle nachdachten.

Heute vor einer Woche hatten sie auf dem Friedhof neben der alten *Rivermont* Plantage in einem Halbkreis gestanden und Rubys Mutter begraben. Obwohl der Leichnam ihres Vaters nie gefunden worden war, hatten sie einen Grabstein für Abraham Noble und seine Frau aufgestellt, der die Inschrift trug: *Vereint in alle Ewigkeit.* Neben dem Erdhügel über dem Grab ihrer Mutter wartete ein drittes Grab auf Ruby. Es rief sie, lockte sie von der anderen Seite.

Es wäre eine willkommene Erleichterung, auf das Rufen zu hören. Sich einfach hinzulegen und einzuschlafen und sich von dem friedlichen Tod die Last des Lebens abnehmen zu lassen.

Aber tief in ihrem Inneren wusste Ruby, dass sie so leicht nicht aufgeben konnte – es nicht tun würde. Der Weg, der vor ihr lag, war schwierig und einsam, aber irgendetwas in ihr drängte sie weiter, versprach ihr, dass alles in Ordnung kommen würde, dass sie die innere Stärke und den Mut hatte, sich allem zu stellen, was vor ihr lag. Sie hatte keine Ahnung, woher diese Gewissheit kam, aber sie glaubte daran. Es war eine Wahrheit, die wie eine Glocke in ihr läutete und ihr leiser, vibrierender Ton durchdrang sie bis ins tiefste Innere.

Ruby beobachtete, wie ein einziger Wassertropfen losgelöst von den anderen langsam an der Scheibe hinunterlief. In diesem Tropfen sah sie sich selbst, allein auf einer Reise, auf der niemand mitgehen konnte, und eine dunkle Vorahnung stieg in ihr hoch. Woher sollte sie das Geld für die Steuern für das Haus nehmen und für die Rechnungen, die ihr Vater ihr hinterlassen hatte? Wie sollte sie das schaffen? Die Zukunft lag vor ihr, grau und leer wie der Winterhimmel, und Furcht überfiel sie.

Ich muss aufhören, so zu denken, ermahnte sie sich. Sie musste Glauben haben, musste dieser inneren Stimme vertrauen. Sie musste glauben – wenn schon nicht an Gott, so doch an ihre eigene Kraft und Findigkeit. Sie war entschlossen, sich nicht wie ihre Mutter gehen zu lassen. Sie würde sich nicht einfach hinlegen und aufgeben. Sie würde kämpfen – was immer das bedeutete – für ein eigenes Leben, ein Leben, das einen Sinn, eine Bedeutung hatte und ihr Erfüllung bringen würde.

Der einsame Regentropfen hielt auf seinem Weg nach unten inne und setzte sich dann wieder langsam in Bewegung. Doch bevor er das Fensterbrett erreichte, tauchte ein zweiter Regentropfen auf, dann ein dritter und ein vierter. Sie verschmolzen zu einem, glitten die Fensterscheibe hinunter und landeten mit einem lauten Platschen auf dem Fensterbrett.

Ruby starrte auf das Muster, das das verspritzte Wasser auf die Scheibe gemalt hatte. Es sah aus wie ein Stern – wie ein geschliffener Stern, der über der Weihnachtskrippe auf dem Kaminsims hing.

Der Stern, der schon andere vor ihr durch ihr Schicksal geführt hatte.

Der Dachboden war finster und roch muffig. Als *Noble House* an die Stromversorgung angeschlossen worden war, hatte niemand daran gedacht, hier oben eine Leitung zu verlegen. Bei der Dämmerung und dem Regen konnte Ruby kaum die Koffer, Kisten und alten Möbelstücke erkennen, die sich im Laufe der Jahre hier angesammelt hatten.

Sie zündete eine Petroleumlampe an und stellte sie auf einen wackeligen Tisch unmittelbar neben der Treppe. Ja. Das war schon besser. Wenigstens würde sie jetzt nicht stolpern und sich ein Bein brechen.

Sie wusste nicht so genau, wonach sie suchte. Sie rechnete nicht damit, irgendetwas von Wert zu finden, etwas, das ihr aus der finanziellen Notlage helfen würde, die ihr Vater ihr als Vermächtnis aufgezwungen hatte. Aber es war Weihnachten und sie war allein. Welchen besseren Zeitpunkt gab es, als nach irgendeiner Verbindung zu ihren Vorfahren zu suchen?

Ruby wusste kaum etwas über ihre Großeltern Silas und Pearl Noble. Sie kannte natürlich die Geschichte, die die Nobles und Warrens verband, aber sie brauchte mehr. Irgendetwas Tieferes. Irgendetwas ... Persönlicheres. Ihr Vater hatte immer nur ungern über die Vergangenheit gesprochen, als hätte er etwas zu verbergen. Er hatte ihr nur erzählt, ihr Großvater Silas sei während des Bürgerkrieges Arzt gewesen und ihre Großmutter Pearl habe ihm in seiner Praxis geholfen. Ruby hatte nur wenige Fragen gestellt; offensichtlich hatte es zwischen Vater und Großvater Silas irgendein Zerwürfnis gegeben. Und wenn sie als Kind etwas gelernt hatte, dann war es, auf Zehenspitzen dem Zorn ihres Vaters auszuweichen, wie man einem Nest von Feuerameisen auswich.

Sie nahm die Lampe in eine Hand und schritt langsam über den Dachboden. Eine Stunde lang sah sie Kisten mit alten Büchern und mottenzerfressenen Kleidungsstücken durch, doch sie fand nur einige alte medizinische Fachbücher, die zweifellos Großvater Silas gehört hatten. Staub und Schimmel kitzelten sie in der Nase und brachten sie zum Niesen.

„Das ist lächerlich", murmelte sie. Sie hustete und schnappte nach Luft. „Jemand hätte das Zeug schon vor Jahren verbrennen sollen."

Sie stellte die Lampe auf den Boden, rappelte sich hoch und versuchte, den Staub von Jahrzehnten von ihrem Kleid zu klopfen. Doch als sie sich bücken wollte, um die Lampe hochzunehmen, verfing sie sich mit der Ferse in ihrem Rocksaum und verlor den Halt. Sie streckte die Hand aus, um sich abzufangen. Mit lautem Getöse kippten die aufeinander gestapelten Kisten um.

„Ruby? Ist alles in Ordnung? Wo steckst du überhaupt?"

Silvies Stimme drang von unten zu ihr herauf und Ruby spürte, wie sich Erleichterung in ihr breitmachte. „Ich bin auf dem Dachboden", rief sie. „Kannst du mir helfen?"

Kurz darauf erschien Silvies braunes Gesicht auf der Treppe. „Was im Namen des heiligen Petrus machst du hier oben?"

„Ich habe keine Ahnung", erwiderte Ruby grinsend. „Ich sehe mich nur ein wenig um."

„Du meine Güte, du siehst aus wie ein Schornsteinfeger." Silvie krümmte sich vor Lachen. „Oder als hättest du dir für eine Varietéveranstaltung dein Gesicht schwarz gemalt." Sie streckte die Arme von sich und verdrehte die Augen. *„Mammy!"*

„Würdest du bitte damit aufhören?" Ruby deutete auf die umgestürzten Kisten. „Ich brauche Hilfe, keine Späße."

Silvie kam näher. „Das ist ja ein ganz schönes Durcheinander."

„Die Untertreibung des Jahrhunderts. Könntest du mir helfen, die Kisten dort drüben zu stapeln?" Ruby deutete in eine Ecke hinüber.

„Ist gut.“ Silvie zog eine Augenbraue hoch und zeigte auf Rubys verschmutztes Kleid. „Aber rechne nicht damit, dass dieses Kind hier deine schmutzige Wäsche wäscht, Missus.“ Sie lachte und fing an, die Kisten in die Ecke zu räumen.

„Silvie, sieh nur!“ Ruby nahm die Lampe und stellte sie hinter den umgestürzten Kisten auf den Boden.

„Was ist das?“

„Ein Koffer – ein sehr alter Koffer, wenn man den Rost und Schmutz hier betrachtet.“ Sie fuhr mit der Hand über die Vorderseite. Verblichene weiße Buchstaben wurden sichtbar. *„S. Noble.* Silvie, der muss meinem Großvater gehört haben!“ Sie riss an dem Schloss. „Das Schloss ist eingerostet.“

Silvie sah sich um und fand einen alten Hammer in einem Werkzeugkasten in der Nähe des Schornsteins. „Hier, versuch es damit.“

Ruby schlug halbherzig auf das Schloss, aber es rührte sich nicht.

„Schlag fester zu.“

„Wie fest?“

„Stell dir vor, es wäre dein Vater.“

Ruby trat einen Schritt zurück und schwang den Hammer mit all ihrer Kraft. „Wir haben es!“, rief sie, als das Schloss aufsprang. „Mal sehen, was drin ist.“

„Das sieht aus wie eine Arzttasche.“

Ruby öffnete sie und sah hinein. „Das ist richtig. Alle möglichen Geräte und kleine Fläschchen mit Medizin, schätze ich.“ Sie nahm ein brüchiges Stethoskop aus der Tasche und hielt es andächtig in Händen. „Stell dir nur vor – damit hat mein Großvater vielleicht meine Herztöne abgehört, als ich geboren wurde.“

„Was sonst noch?“

„Ein Bild. Und eine ganze Reihe von Büchern mit Ledereinband.“ Sie nahm einen Band heraus, schlug ihn auf und hielt die Lampe so, dass sie besser sehen konnte. In feiner, gleichmäßiger Schrift stand der Name *Pearl Avery* auf dem Einband. Auf der ersten Seite stand ein Datum: 1. Mai 1854.

„Oh Silvie, ich kann es kaum glauben!“

Silvie holte einen zweiten Band aus dem Koffer. „Das sieht aus wie irgendein Tagebuch.“

„Die Tagebücher meiner Großmutter“, rief Ruby ehrfürchtig. „Offensichtlich hat sie mit dem hier angefangen, kurz nachdem sie und Großvater Silas sich kennengelernt haben.“

„Und was ist das hier?“ Silvies Hand schloss sich um ein gerahmtes Foto. Sie hielt es ans Licht, damit sie und Ruby es betrachten konnten. „Sehe ich das richtig? Abraham Lincoln.“

Ruby betrachtete das Foto. „Allerdings. Und es ist sogar signiert!“

Silvie setzte sich auf die Fersen und starrte Ruby an. „Das ist einen ganzen Haufen Geld wert.“

„Wovon sprichst du?“

„Ein handsigniertes Foto von Präsident Lincoln! Hast du eine Ahnung, wie viel das bringen würde?“

„Nein, habe ich nicht“, erwiderte Ruby. „Aber das ist auch egal. Ich würde es nicht verkaufen, nicht in tausend Jahren.“ Sie starrte Silvie an. Wie konnte ihre Freundin auch nur über den Wert des Fotos nachdenken?

„Und ich nehme nicht an, dass du es als Sicherheit oder so etwas verwenden könntest?“

„Vergiss es, Silvie. Ich werde es nicht verkaufen. Dies ist mein Erbe, meine Verbindung zu der Vergangenheit, zu

Menschen, deren Blut in meinen Adern fließt. Ich kann es nicht erklären, aber ich fühle mich Großvater Silas und Großmutter Pearl irgendwie verbunden, eine Verbindung, die ich zu meinen eigenen Eltern nie empfunden habe."

Ein seltsamer Ausdruck legte sich auf Silvies Gesicht, als wüsste sie, warum Ruby diese Verbindung empfand, aber sie sagte nur: „Mein Daddy würde das bestimmt gern sehen."

„Wir werden es ihm morgen zeigen. Doch im Augenblick möchte ich diese Tagebücher nach unten schaffen und sie ein wenig entstauben."

„Könnte nicht schaden, wenn du auch dich ein wenig entstauben würdest", neckte Silvie.

„Ich schätze, das kriege ich auch noch hin. Bleibst du über Nacht?"

„Das wollte ich eigentlich, wenn das in Ordnung ist."

Ruby zog Silvie in ihre Arme. „Es ist immer in Ordnung. Bist du hungrig?"

„Ich könnte jetzt was essen."

„Dann wollen wir nach unten gehen, uns waschen und ein paar Reste von heute Mittag warm machen. Wir haben noch viel zu lesen."

Henoch Warren drehte das Lincoln-Foto in seinen Händen. „Ruby, das ist ein Fund. Ein Schatz."

„Ich weiß. Ich kann kaum glauben, dass es wie irgendein Kitsch auf dem Dachboden gelandet ist."

Ein Schatten legte sich auf Henochs Gesicht. „Dein Vater ist nie gut mit Silas ausgekommen. Auch mit mir nicht."

Ruby nickte. „Ich weiß. Der Grund war, dass Großvater Silas dir den größten Teil des Landes vererbt hat, nicht wahr?"

„Zum Teil. Aber das hat schon lange vorher angefangen. Abraham war immer – nun, ganz anders als Silas."

„Du meinst, er war ein Trunkenbold und ein Spieler, der nie Verantwortung übernommen und nie an jemand anderen gedacht hat als an sich selbst."

Henoch lachte. „Ruby, manchmal redest du genau wie deine Großmutter."

„Soll ich das als Kompliment werten, Onkel Henoch?"

„Aber ganz bestimmt. Sie war eine sanfte, liebevolle Frau, doch sie war dafür bekannt, dass sie ihre Meinung sagte, und sie konnte manchmal so eigensinnig sein wie ein Maultier."

Silvie boxte Ruby in die Seite. „Du bist ihr wirklich sehr ähnlich."

Ein träumerischer Ausdruck legte sich auf Henochs Gesicht. „Mein Daddy hat Abraham Lincoln sehr bewundert", murmelte er. „Ich erinnere mich an die Freilassung der Sklaven, weißt du. Ich denke an die Nacht, in der wir geflohen sind, durch den Vorratskeller hinaus in die Wälder. Es war die Nacht, in der dein Vater geboren wurde. Wir sind in die Freiheit geflohen, das stimmt, aber Daddy konnte sich nie an das Leben im Norden gewöhnen. Nachdem der Krieg vorbei war, beschloss er, wieder zurückzukommen. Silas und Pearl waren noch hier, halfen den Leuten, wo es ging. Silas und Daddy sind eine Partnerschaft eingegangen und Daddy hat sich um das Land und die Ernte gekümmert." Er strich mit den Fingern über den Bilderrahmen. „Ich erinnere mich an dieses Bild. Es hing an der Wand im Wohnzimmer. Aber ich war zu jung, um mir etwas dabei zu denken. Jetzt bin ich wohl alt genug, um es zu schätzen zu wissen – und seine Verbindung zu meinem Volk."

„Ich verstehe. Ich empfand dasselbe bei den Dingen auf dem Dachboden, vor allem bei den Tagebüchern meiner Großmutter Pearl."

Ruby beobachtete Henochs Gesicht und sie entdeckte die Sehnsucht in seinem Blick. Sie verstand diesen Ausdruck nur zu gut – dasselbe Gefühl hatte sie empfunden, als sie Großvater Silas' Koffer und die darin liegenden Schätze entdeckt hatte. Ihr ganzes Leben lang hatte sie mit Scham zu kämpfen gehabt – Beschämung über den Lebensstil ihres Vaters, Verlegenheit über das Gejammer ihrer Mutter. Sie hatte sich isoliert und absolut nicht im Einklang mit ihrer Familie gefühlt. Sie war ein Außenseiter gewesen, der nirgendwo hingehörte. Aber jetzt hatte sie einen Beweis für ihre Wurzeln, ein Erbe, ein Geburtsrecht – das sie stolz machte und dessen sie sich keineswegs zu schämen brauchte.

Sie hatte Silvie gesagt, sie würde das Foto niemals verkaufen, aber in diesem Augenblick wusste Ruby, dass sie es doch weggeben könnte – als Geschenk an Onkel Henoch. Sie liebte ihn und hatte immer gespürt, dass er sie ebenfalls liebte und verstand. Er war so gut zu ihr gewesen und zu ihren Eltern – er hatte für sie gesorgt und niemals irgendetwas dafür erwartet. Es war das Mindeste, das sie tun konnte. Und erstaunlicherweise empfand sie bei dem Gedanken, das Foto von Lincoln zu verschenken, keinerlei Bedauern. Immerhin würde es ja in der Familie bleiben.

„Du wirst das Foto behalten, Onkel Henoch. Als Geschenk. Als Weihnachtsgeschenk."

Er schüttelte vehement den Kopf. „Das kann ich nicht annehmen. Es ist viel zu wertvoll." Er hielt inne und seine Augen leuchteten auf. „Aber ich würde es gern kaufen."

„Es kaufen?“, stammelte Ruby. „Ich kann dein Geld nicht annehmen, Onkel Henoch.“

„Natürlich kannst du das. Du besitzt etwas Wertvolles und ich habe das Geld, es zu bezahlen.“

„Das wäre doch ein Almosen und du weißt es.“

„Ich weiß gar nichts“, schnaubte er. „Ich sage dir was, Ruby. Ich werde jetzt dafür bezahlen und wenn du wieder auf die Beine gekommen bist, kannst du es zurückkaufen.“

Ruby dachte einen Augenblick lang darüber nach. Sie brauchte das Geld wirklich, egal, wie viel er ihr dafür gab. Die Steuern waren im kommenden Monat fällig und irgendwie musste sie sich auch überlegen, wie sie die Schulden ihres Vaters zurückzahlen wollte. Es wäre kein richtiges Almosen – eher eine Anleihe mit dem Lincoln-Foto als Sicherheit.

„Also gut“, seufzte sie schließlich. „Aber nur, wenn wir beide es als vorläufiges Geschäft betrachten.“

„Einverstanden.“ Henoch ging zu seinem Schreibtisch und schrieb einen Scheck aus. „Danke“, sagte er, als er ihr den Scheck reichte. „Ich werde es in Ehren halten, da kannst du sicher sein. Und jetzt kann Silvie dir noch etwas Schinken und Truthahn einpacken. Wir haben viel zu viel.“

Im strömenden Regen rannte Ruby zum Haus zurück, mit Silvies Korb am Arm. Sie wurde nass bis auf die Haut, aber das machte ihr nichts aus. Erst gestern hatte sie sich isoliert und verwaist gefühlt, abgeschnitten vom Leben. An diesem Morgen war sie eingehüllt von Liebe, von der herzlichen Akzeptanz ihrer Familie und von dem Bewusstsein einer stolzen und illustren Vergangenheit.

Sie schüttelte den Regen ab und ging in die Küche, stellte den Korb ab und holte Onkel Henochs Bankscheck aus der

Manteltasche. Als sie ihn auffaltete, wurden ihre Knie weich und sie schnappte nach Luft.

„Nein!“, flüsterte sie. „Das kann ich nicht glauben.“

Aber es stimmte. Das Geld reichte nicht nur für die Steuern, sondern auch für die Begleichung der Rechnungen, die Abraham Noble zurückgelassen hatte. Und außerdem würde noch Geld übrig bleiben.

Lachend und gleichzeitig weinend begann Ruby mit zitternden Händen das Essen auszupacken und wegzuräumen. Sie hatte das Gefühl zu schweben und fühlte sich gleichzeitig doch viel mehr im Einklang mit sich als je zuvor in ihrem Leben.

Das war nichts weniger als ein Wunder.

Abrupt blieb sie stehen. Dieser Gedanke nahm sie gefangen. Vielleicht erhörte Gott doch Gebete – sogar Gebete, die nie gesprochen worden waren. Vielleicht sorgte der Allmächtige doch für Ruby Noble, wie Silvie immer behauptete. Wenn dies ein Geschenk vom Himmel war, dann hatte Gott den Zeitpunkt wirklich ziemlich gut gewählt. Aber vermutlich musste man ein Wunder nehmen wie es kam, ohne sich über den Zeitpunkt oder die Umstände zu beklagen.

Und dann blickte sie in den Korb hinein.

Umgeben von sorgfältig eingepackten Stücken Maisbrot lachte sie das Foto von Lincoln an. Ein Lichtstrahl fiel auf sein Gesicht und schien die warmen, dunklen Augen lebendig werden zu lassen.

Ruby drehte den Kopf zum Fenster. Der Regen hatte aufgehört. Die Sonne war herausgekommen. Sie hatte das Gefühl, von einem langen, langen Schlaf erwacht zu sein.

Sie hob den Blick zur Decke. „Ich weiß nicht, ob du das getan hast“, flüsterte sie, „aber danke.“

Es kam keine Antwort. Nichts außer dem Sonnenschein, der ihr den Rücken wärmte.

Doch er fühlte sich an wie die Hand von jemandem, der sie liebte, und sie lächelte.

Der Spieler

Mai 1918

Rauch hing in dem Hinterzimmer der *Beale Street Tavern* und hüllte die sechs Männer an dem mit grünem Filz überzogenen Tisch in blauen Dunst ein. Es war gerade mal ein Uhr und schon standen die Armeeangehörigen Schlange, um ihr Ausmusterungsgeld loszuwerden. Diese Jungs waren kaum alt genug, um sich zu rasieren; es würde ein Kinderspiel werden. Avery Benedict lächelte vor sich hin und mischte die Karten noch einmal durch. Die Steifröcke bei der Bank hatten recht: Krieg war gut für die Wirtschaft – vor allem für seine.

„Guten Tag, meine Herren", meinte er mit glatter Stimme. „Ich bin Avery Benedict. Willkommen in der *Beale Street Tavern.* Sie haben alle einen Drink, wie ich sehe, und Violet hier", er deutete auf die üppige Bardame in der Ecke, „wird uns mit Nachschub versorgen. Das Spiel beginnt. Fünf Karten. Wer ist dabei?"

„Wir sind alle dabei, Benedict", brummte ein stämmiger Sergeant. „Jetzt teilen Sie endlich die Karten aus."

Avery kannte den Burschen, ein hirnloser Gorilla mit dem Namen Sligo. Er hatte schon gestern an seinem Tisch gesessen und jedes Spiel verloren. Heute jedoch war er nicht allein. An seiner Seite saß ein junger Mann mit schlimmen Narben im Gesicht. Offensichtlich fühlte er sich in einem solchen Etablissement höchst unwohl.

„Sligo, lass uns hier verschwinden“, drängte er, noch bevor die ersten Karten verteilt waren. „Du kannst nicht gewinnen; das weißt du doch. Und im Augenblick bist du beinahe pleite.“

„Halt den Mund, Junge“, brummte der Sergeant. „Heute habe ich Glück, das habe ich im Gefühl. Leih mir ein paar Dollar, ich zahle sie dir zurück. Mit der Hälfte meines Gewinnes.“

„Lieber nicht“, wandte der junge Mann ein. „Ich muss eine Fahrkarte kaufen und …“

Sligo wandte sich ihm zu und sein Tonfall wurde weicher. „Ich weiß, Junge. Nur zwanzig Dollar. Du bekommst sie zurück. Mit Zinsen.“

Widerstrebend gab ihm der Junge das Geld. Er schüttelte den Kopf.

„Und jetzt setz dich schön dort drüben hin, da bist du aus dem Weg. Amüsiere dich mit der Bardame. In ein paar Stunden sind wir reich.“

Avery sah auf die Uhr. Es war fast vier Uhr und die Dinge standen nicht gut. Sligos Glück hatte sich gewendet, wie er vorhergesagt hatte, und Avery war fast pleite. Der Gorilla hatte sich als cleverer Spieler erwiesen.

Avery hätte sich in den Hintern treten können. Grandy, der Besitzer der *Beale Street Tavern*, warnte ihn immer vor Kerlen wie Sligo. Grandy spielte selbst nicht, aber er war bereit gewesen, eine Partnerschaft mit Benedict einzugehen. Avery bekam den Raum und nahm eigenes Geld für seine Einsätze, dafür bekam Grandy 10 Prozent von seinen Gewinnen.

Avery hätte es eigentlich voraussehen müssen – Sligo hatte am Tag zuvor zu viel und zu leicht verloren. Er war viel zu sicher gewesen, diesen Affen mit leeren Taschen nach Hause schicken zu können. In seiner Eitelkeit hatte seine Wachsamkeit nachgelassen. Jetzt war sein Geld beinahe weg, Sligo hatte einen Vorteil bei dem letzten Spiel und alle am Tisch warteten schweigend ab, was er tun würde.

Sligos dicker Daumen fuhr über den Stapel Geldnoten, der vor ihm auf dem Tisch lag. „Ich bin am Zug“, murmelte er und legte zwei Karten umgedreht auf den Tisch. „Zwei.“

Erleichtert gab Avery ihm die beiden Karten und studierte erneut sein Blatt. Er hatte zwei Pärchen, Buben und Achten. Wenn Sligo zwei Karten zog, konnte sein Blatt so gut nicht sein. Außerdem hatte Avery noch einen Buben und ein Ass im Ärmel versteckt – eine Absicherung für genau eine solche Situation. Jetzt hatte er Sligo genau da, wo er ihn hatte haben wollen. Avery konnte nicht verlieren. „Eine für mich.“

„Was ist Avery überhaupt für ein Name?“, nuschelte Sligo und grinste ihn lüstern an.

„Das war der Mädchenname meiner Mutter“, erwiderte Benedict, während er seine Karte zog. Er spielte mit der Karte und ließ sie umgedreht liegen. Seine Gedanken überschlugen sich. Die Idee war ihm in einem Augenblick der Panik gekommen, als er nach seinem Namen gefragt wurde und seinen richtigen Namen nicht nennen konnte. Avery von der Seite seiner Mutter und Benedict nach diesem Pferd, das er gekauft und dann bei einem Faro-Spiel verloren hatte, bevor er es noch nach Hause hatte mitnehmen können.

„Seltsamer Name“, sagte Sligo gerade in einem Versuch, ihn aus der Ruhe zu bringen. „Ein *Pansy*-Name.“

Bei dem Wort *Pansy* krampfte sich Averys Magen zusammen. Allein die Erwähnung des Namens ließ ihm einen Schauer über den Rücken laufen.

„Wir sollten uns lieber auf das Spiel konzentrieren, nicht?“, meinte er und zwang ein Lächeln auf sein Gesicht.

„Ich bin nicht derjenige, der hier den ganzen Tag dumm rumquatscht.“

Avery betrachtete die gezogene Karte. Noch ein Bube. Mit Mühe unterdrückte er ein Grinsen. Es war viel befriedigender, ein Spiel ehrlich zu gewinnen, vor allem gegen einen Kerl wie Sligo. „Du bist dran.“

Sligo betrachtete ihn. „Wie viel hast du noch, Kumpel?“

Avery betrachtete sein Fullhouse. „Keine Sorge um meinen Einsatz, Sligo. Setz ruhig.“

Der Sergeant schob sein Bündel Banknoten in die Mitte des Tisches. „Dreihundert.“

Ein Raunen erhob sich am Tisch.

„Du weißt genau, dass ich nicht mehr so viel habe“, protestierte Avery.

„Halte mit oder gib auf.“

Avery sah in Sligos Augen und hielt seinen Blick eine ganze Minute fest. Schließlich steckte er die Hand in die Tasche. Sligo zuckte zusammen, als rechne er damit, die Mündung einer Pistole auf sich gerichtet zu sehen.

„Keine Sorge, Mann“, lachte er. „Ich hole nur das hier hervor.“ Er warf einen herzförmigen, mit Perlen besetzten Rubin auf die Geldscheine. „Das sollte den Einsatz wohl wert sein.“

„Was hast du gemacht, Benedict? Deine alte Dame niedergeschlagen?“, lachte Sligo und alle anderen am Tisch stimmten in sein Gelächter mit ein. „Das ist kein Deal. Ich habe keine Verwendung dafür. Außerdem fehlt eine Perle."

„Dann verkauf die Brosche", erwiderte Avery. Er wusste natürlich, dass Sligo keine Gelegenheit haben würde, sie zu verkaufen; die Brosche war seit Jahren sein Glücksbringer. Ein Dutzend Mal hatte er sie verloren, und immer landete sie wieder da, wo sie hingehörte, in seiner Tasche. Sie war sein kleines Stück Sicherheit, wenn ihm das Geld knapp wurde.

Sligo zog die Augen zusammen. „Dann hältst du also mit?"

Avery zog seine Weste herunter. „Ja. Zeig deine Karten."

Sligo legte drei Zehner hin und behielt die anderen beiden Karten in der Hand.

„Tut mir leid, Kumpel. Heute ist das Glück mir hold." Avery deckte sein Fullhouse auf und wollte seinen Gewinn einstreichen.

Aber Sligo hielt ihn mit seiner fleischigen Hand auf. „Nicht so schnell." Mit einem breiten Grinsen legte er die vierte Zehn auf den Tisch. „Ich schätze, heute ist nicht dein Tag, *A-very*", lachte er. Er zog den Namen eigentümlich in die Länge.

Er hob ihm sein Glas entgegen, trank es leer und warf die Rubinbrosche seinem Begleiter zu. Der junge Mann stand auf und trat zum Tisch.

„Lass uns gehen, Sarge."

„Ich habe es dir doch gesagt, nicht?", strahlte er. „Bleib bei dem alten Sligo, dann wirst du ein reicher Mann!" Er schlug seinem Freund auf den Rücken und stopfte die Geldscheine in seine Taschen.

Avery zuckte zusammen, als der vierte Bube, der noch immer in seinem Ärmel steckte, ihn ins Fleisch schnitt.

Wenn er seine Karten nur nicht so schnell aufgedeckt hätte, wenn er nicht so eifrig darauf bedacht gewesen wäre, seinen Gewinn einzustecken. Wenn er nur ein wenig geduldiger gewesen wäre, nicht so schrecklich arrogant ...

Aber alle *Wenns* der Welt konnten ihm jetzt nicht helfen. Jetzt konnte er nur noch schweigend zusehen, wie sowohl sein Geld als auch sein Glücksbringer durch die Hintertür der *Beale Street Tavern* verschwanden.

Perlen der Weisheit

Juni 1918

Durch die geöffneten Fenster konnte Ruby in der großen Magnolie neben der Auffahrt die Vögel singen und die Eichhörnchen schnattern hören. Der Frühling brachte ihr immer Hoffnung – ein neues Jahr, frisch mit duftenden Knospen und ungeahnten Möglichkeiten.

An der Wand zwischen dem Schreibtisch mit dem Rolldeckel und der Tür zum Esszimmer hing das Foto von Abraham Lincoln und starrte sie an. Vermutlich würde sie Onkel Henoch das geliehene Geld nie zurückzahlen können, aber sie würde ihn nicht beleidigen, indem sie versuchte, ihm das Bild zurückzugeben. Außerdem sah sie es gern dort hängen. Es vermittelte ihr ein Gefühl der Vollständigkeit, als würde es dort hingehören, genau wie sie. Als hätte sich der Kreis des Noble-Vermächtnisses endlich ganz geschlossen.

Allein in dem Haus zu sein, war gar nicht so übel, wirklich. Alleinsein war nicht dasselbe wie Einsamkeit und nachdem sich Ruby erst einmal daran gewöhnt hatte, die einzige Bewohnerin von Noble House zu sein, hatte sie gemerkt, dass sie die Einsamkeit sogar genoss. Ohne die ständigen Streitereien und Nörgeleien ihrer Eltern war es hier viel friedlicher als in ihrer Kindheit. Der Schmerz dieser Erinnerungen hatte in den vergangenen sechs Monaten nachgelassen und jetzt hallte in diesem Haus wieder das Echo von Grandpa Silas und Grandma Pearl wider, nicht mehr die unerträglichen und erbitterten Auseinandersetzungen ihrer Eltern.

Diese Veränderungen, dachte sie, *sind zum Teil auf Pearls Tagebücher zurückzuführen.* Als sie sie gefunden hatte, hatte sie sie eigentlich ohne Unterbrechung von Anfang bis Ende durchlesen wollen – ein Projekt, das mehrere Wochen in Anspruch genommen hätte, wenn sie sich ausschließlich darauf konzentriert hätte. Aber als sie zu lesen begonnen hatte, hatte sie gemerkt, dass sie viel mehr davon profitieren würde, wenn sie sich Zeit nahm, die Schönheit der Worte in sich aufzunehmen und versuchen würde, die darin liegende Weisheit in die Tat umzusetzen – das Vermächtnis ihrer Großmutter an eine Enkelin, die sie nie kennengelernt hatte.

Das, was sie erfahren hatte, hatte ihr Leben verändert. In den vergangenen sechs Monaten hatte Ruby Noble einen neuen Weg eingeschlagen und tief in ihrem Inneren schlummerte der Wunsch, der Frau nachzueifern, deren geheimste Wünsche und Gedanken sie auf diesen Seiten kennenlernte.

Zum einen beeindruckte Ruby der tiefe Glaube dieser Frau an Gott. So etwas hatte sie noch nie erlebt. Grandma

Pearl hatte an Gott geglaubt, das war offensichtlich. Aber ihr Glaube hatte mit der Kirche, mit Regeln oder der Aufrechterhaltung der Vorstellung von dem, wie sich ein Christ nach Meinung religiöser Menschen zu verhalten habe, nichts zu tun. Pearl Noble hatte einen eigenen Verstand gehabt und ihn auch eingesetzt. Und ihrer Meinung nach sollte ein Christ täglich mit seinem Leben dem Vorbild Christi nacheifern. Sie hatte nicht interessiert, dass andere sie für verschroben, unweiblich oder sogar für eine Rebellin hielten. Ihr war allein wichtig gewesen, auf die Stimme Gottes in ihrem Leben zu hören.

Ruby nahm den ersten Band aus dem Bücherregal neben dem Schreibtisch und schlug ihn an einer Stelle auf, die ihre Lieblingsstelle geworden war. Ihr Blick flog über die Seite und wieder einmal fühlte sie sich durch die Worte ihrer starken und eigenwilligen Großmutter inspiriert:

Viele Stadtbewohner, vor allem die Plantagenbesitzer und ihre Frauen, drehen den Kopf zur Seite, wenn sie mich auf der Straße erblicken. Gestern ist Mrs Baldwin von Magnolia Acres doch tatsächlich auf die andere Straßenseite gegangen, um eine Begegnung mit mir zu vermeiden. Ich habe das an ihrem verkniffenen Gesichtsausdruck gemerkt und an der Art, wie ihre Nase missbilligend höher ging, als sie mich entdeckte. Eine Dame, so wurde mir gesagt, läuft nicht in Hose und Stiefeln durch die Stadt. Aber diese Kleidung steht mir und ist genau richtig für die Arbeit, die ich tue. In diesen ausladenden Reifröcken würde ich nicht einmal durch die Tür einer Sklavenhütte passen, um Himmels willen!

Den neuen Doktor auf Rivermont, Mr Silas Noble, scheint die Art, wie ich mich kleide, überhaupt nicht zu stören. Er ist der erste Mann in meinem Bekanntenkreis, der wirklich das Innere ansieht, nicht die äußere Erscheinung. Das ist ein guter Zug und ich achte und respektiere ihn. Letzte Woche, als einer der Sklaven von Rivermont krank war, haben wir zusammengearbeitet, und obwohl er wenig spricht, spüre ich seine Wertschätzung für mein Engagement für die Gesundheit und das Wohlergehen der Schwarzen. Einmal hat er mir ein Kompliment gemacht und gesagt, er habe noch nie einen so selbstlosen und opferbereiten Menschen kennengelernt.

Ich frage mich, ob er eine Ahnung davon hat, dass das, was er als Selbstlosigkeit interpretiert, eigentlich nichts weiter ist als einfacher Gehorsam. Ich tue nur, was Gott mir zu tun aufträgt. Ich empfinde das nicht als Opfer. Ist der Verlust der Akzeptanz in der Gesellschaft ein Opfer? Ich denke nicht, nicht wenn ich hundertmal so viel persönliche Erfüllung und Zufriedenheit erfahre. Wann werden die Menschen, die sich selbst Christen nennen – vor allem die Sklavenhalter, die ihre Gräueltaten mit ausgewählten Bibelstellen rechtfertigen –, erkennen, dass der wahre Glaube an Gott nicht bedeutet, bestimmte Grundsätze zu akzeptieren, sondern ein Leben zu führen, das Gott verherrlicht und die Liebe Jesu in der Welt widerspiegelt?

Jesus hat schließlich keinen einzigen Gedanken daran verschwendet, was die gesellschaftlichen und politischen Führer seiner Zeit von ihm dachten. Er tat Gutes, kümmerte sich um die Ausgestoßenen der Gesellschaft, liebte und heilte sie und machte sie innerlich und äußerlich gesund. Glauben heißt, sich zu kümmern. Sich zu kümmern bedeutet, etwas zu tun …

Ruby fuhr mit dem Finger über die verblasste Tinte und wiederholte die Worte ihrer Großmutter: *„Glauben heißt, sich zu kümmern. Sich zu kümmern bedeutet, etwas zu tun.“* Wann immer sie diese Worte las oder auch nur darüber nachdachte, spürte sie, wie sich Stolz und Inspiration in ihrem Herzen breitmachten. *So* wollte sie leben. *So* wollte sie in Erinnerung bleiben – als eine Frau mit einem festen Standpunkt und einer Leidenschaft, eine Frau, die ihr Leben etwas Größerem widmete, einer guten Sache. Eine Frau, die den geflüsterten Ruf des Allmächtigen gehört hatte und mit Entschlossenheit und Freude antwortete.

Ruby lachte in sich hinein. Sechs Monate zuvor, als sie sich bei Silvie darüber beschwert hatte, Gott habe sie verlassen, hätte sie sich nicht vorstellen können, dass sie einmal so denken würde. Aber tief in ihrem Innern war etwas passiert. Was sie früher einen *Zufall* genannt hätte, nannte sie nun ein *Wunder* – der Fund der Schätze ihrer Großeltern auf dem Dachboden, das Geld von Onkel Henoch, mit dem sie ihre Schulden hatte bezahlen können, die Tagebücher von Großmutter Pearl.

Unbemerkt hatte sich der Glaube bei ihr eingeschlichen. Ihre Augen waren aufgetan worden und sie hatte erkannt, dass die „Zufälle“ des Lebens – was die Leute Glück oder sogar Schicksal nannten – vielleicht doch das Wirken einer göttlichen Hand waren.

Vielleicht war es auch einfach eine Sache der Wahrnehmung. Man konnte seine Lebensumstände betrachten und sich glücklich nennen, oder man konnte über das Ereignis hinaussehen und eine tiefere Absicht dahinter erkennen, eine führende Hand, ein Geschenk vom Schöpfer des Universums.

Das hatte sie aus Pearls Tagebüchern gelernt. Aber dort hatte sie auch noch etwas anderes gefunden. Etwas, mit dem sie nicht gerechnet hatte.

Die Realität.

Grandma Pearl war nicht die Art von Glaubende gewesen, deren Kopf in den Wolken steckte. Sie war Realistin gewesen und hatte gewusst – und hatte das auch ganz offen zugegeben –, dass das Leben bittersüß sein konnte, dass die Freude häufig von Schmerz abgelöst wurde, dass Gebete oft unerhört blieben, dass Gott häufig sehr weit entfernt schien.

In den Tagebüchern war all das zu finden – Zeiten der Unsicherheit und Verwirrung, Zorn auf Gott, tiefe Enttäuschung, Schmerz, schlimme Verluste und starke Sehnsüchte. Rückhaltlos offen hatte Pearl Noble auf diesen Seiten ihr Herz ausgeschüttet. Sie hatte nichts zurückgehalten. Verschiedene Stränge waren in den Stoff ihres Glaubens eingewebt – Liebe und Zorn, Hingabe und Zweifel, Skepsis und Lob. Grandma Pearls Umgang mit Gott war vollkommen offen gewesen. Sie schien der Meinung gewesen zu sein, dass Gott stark und weise genug war, um mit ihren Gefühlen umgehen zu können.

Es war diese Realität gewesen, die Ruby dazu gebracht hatte, über den Glauben nachzudenken. Und schließlich hatte sie den Entschluss gefasst, ihr Vertrauen auf den Gott zu setzen, der sie aus den Seiten des Tagebuchs ihrer Großmutter heraus ansah.

Trotzdem steckte sie in einem Dilemma. Egal wie sehr der aufrichtige Glaube ihrer Großmutter und die Geschichten ihres Lebens mit Silas sie beeindruckt hatten, Ruby konnte die Wahrheit nicht einfach nur annehmen. *Glauben heißt, sich zu kümmern* hatte Großmutter Pearl geschrieben. *Sich zu kümmern bedeutet, etwas zu tun.*

Ruby glaubte. Sie kümmerte sich. Aber was um alles in der Welt sollte sie *tun*?

Sie hatte gebetet – schüchtern zuerst und dann mit immer mehr Überzeugung –, Gott möge ihr zeigen, welches ihre Berufung sei und wie sie im Alltag danach leben könne.

Bisher hatte sie keine Antwort bekommen. Die Rechnungen waren bezahlt, die Steuern beglichen und Ruby hatte sich in *Noble House* eingerichtet, das für sie mittlerweile ein sicherer Hafen, ein geistlicher Zufluchtsort geworden war. Trotzdem musste es noch mehr geben. Irgendeine Aufgabe, die nicht der eigenen Bequemlichkeit und Sorglosigkeit diente.

Seufzend stellte Ruby das erste Tagebuch wieder an seinen Platz und holte ein anderes heraus. Sie hatte gerade gelesen, wie Silas und Pearl die Kriegsverletzungen Robert Warrens, des Plantagenbesitzers, behandelt hatten und dass der Sklave Cato sich seine Freiheit verdient hatte, indem er *Rivermont* niedergebrannt hatte. Dieses Bild ließ sie nicht los. Sie hatte die Ruinen von *Rivermont* gesehen, hatte zwischen den verkohlten Säulen gestanden und sich das prächtige Haus vorgestellt. Jetzt war davon nichts weiter übrig als alter Schutt, eingerahmt von verrußten Kaminen – eine grimmige Erinnerung an die hohen Kosten des Vorurteils.

Ruby las an der Stelle weiter, an der sie am Tag zuvor aufgehört hatte:

Silas hat sich mal wieder von seinen Ehrbegriffen leiten lassen. Trotz seiner Vorbehalte behandelte er Colonel Warren mit seiner ihm eigenen Sorgfalt und großem Geschick. Er hielt den armen Mann am Leben, bis er Abschied nehmen konnte. Ich habe Warren nie besonders gemocht und von seiner Frau Olivia habe ich nie viel gehalten. Für mich war sie die schlimmste Art einer hirnlosen Südstaatenschönheit, trotzdem brach mir das Herz, als ich ihren Abschied miterlebte. Was würde ich empfinden, wenn mein geliebter Mann auf dem Totenbett liegen würde? Ich wäre tieftraurig, da bin ich sicher, und schrecklich verlassen.

Warrens Tod wird zweifellos noch nicht das Ende sein. Wegen dieses schrecklichen Krieges wird es noch viel mehr Herzeleid geben, ganz bestimmt, und auch wenn ich Angst davor habe, bin ich innerlich ruhig. Denn tief in meinem Innern habe ich das Gefühl, dass dies nur der Anfang ist, dass Gott uns vielleicht wegen einer Zeit wie dieser hierher gestellt hat, genau wie Esther. Vielleicht bekommen wir Kraft und Weisheit, um einigen Heilung zu bringen und um denen, die nicht geheilt werden können, beim Sterben Frieden zu verschaffen. Geboren werden hat seine Zeit und sterben hat seine Zeit, lachen hat seine Zeit und trauern hat seine Zeit und das Beste, das wir tun können, ist Gott zu vertrauen, dass er uns für jede Zeit Gnade schenkt.

Ob schwarz oder weiß, unversehrt oder versehrt, genesend oder sterbend, jeder Mensch hat ein Recht auf seine Würde. Vielleicht ist dies das größte Geschenk, das wir denen anbieten können, die zu uns kommen – dass wir sie als wundervolle Geschöpfe Gottes behandeln, die sie ja auch sind.

Ruby legte den Finger auf diese Stelle und lehnte sich auf dem hohen Eichenstuhl zurück. *Würde.* Das Wort hallte in ihrer Seele wider. Sie hatte aus der Nähe miterlebt, was das bedeutet – das Selbstwertgefühl Henoch Warrens, die Art, wie er dieses Selbstvertrauen an seine Familie weitergegeben hatte. Und bei ihrem eigenen Vater hatte sie auch das Gegenteil erlebt. Die Menschen waren vielleicht im Bild des Schöpfers geschaffen, aber sie hatten die Wahl, ob sie diesem Bild entsprechend leben wollten oder nicht. Egal was die Gesellschaft ihnen antat, egal, wie andere sie sahen, Menschen, die ihren eigenen Wert kannten, hatten die innere Stärke und Überzeugung, in mutigem Gehorsam zu leben.

Genau wie ihre Großeltern.

Und wie Ruby es wollte.

„Möchtest du noch ein Stück Hühnchen?"

Ruby deutete auf die Platte und Silvie verzog das Gesicht. „Nein, danke."

„So schlimm, ja?" Ruby grinste. „Nun, vielleicht solltest du auf Dauer hier einziehen. Dann könntest du das Kochen übernehmen."

„Ich hatte bereits zwei Stücke. Wie viel Lob brauchst du denn noch?"

„So viel ich kriegen kann. Vor allem bis ich herausfinde, was ich mit meinem Leben anfangen soll."

„Hast du wieder in den Tagebüchern deiner Großmutter gelesen?" Silvie zog die Augenbrauen in die Höhe.

„Jeden Tag ein wenig."

„Und du hast noch immer keine Antwort?"

Ruby schüttelte den Kopf. „Ich versuche, nicht ungeduldig zu werden, aber Gott scheint sich mit der Beantwortung dieses Gebetes sehr viel Zeit zu lassen. Ich weiß nicht einmal, wonach ich suche."

„Nun“, meinte Silvie achselzuckend, „vermutlich wirst du es wissen, wenn du es gefunden hast. Denk nur daran, dass Gottes Wille nicht notwendigerweise *eine Sache* ist, die du zu tun vorhast. Es ist mehr eine Haltung, offen zu sein, um die Möglichkeiten zu erkennen.“

„Das ist genau das Problem. Ich habe gar keine Möglichkeiten.“

„Du könntest zum College gehen, wie du es dir immer erträumt hast.“

Ruby lachte. „Das geht nicht ohne Geld. Außerdem bin ich nicht sicher, dass das College der richtige Platz für mich ist.“

„Nun, wenn du herausgefunden hast, wo dein Platz ist, dann lass es mich wissen, ja? Und während du noch danach suchst, sprich auch ein Gebet für mich.“

„Dann läuft es nicht besonders gut im Restaurant?“

Silvie verdrehte die Augen. „Ich koche nun seit über einem Jahr dort. Allen schmeckt mein Essen und es ist ein guter Job – für eine Farbige.“ Sie zuckte niedergeschlagen die Achseln. „Aber Mr Mansfield wird von Tag zu Tag schlimmer. Er folgt mir in den Vorratsraum und einmal hat er versucht, die Tür abzuschließen.“

„Silvie, das klingt aber gar nicht gut.“

„Allerdings. Aber was kann ich schon tun? Du weißt, was passiert, wenn eine Schwarze einen weißen Mann öffentlich der Belästigung bezichtigt. Man wird mich feuern – oder es passiert noch Schlimmeres.“

„Hast du daran gedacht, einfach zu gehen?“

„Und was soll ich dann machen? Mich für den Rest meines Lebens von Daddy durchfüttern lassen?“

„Er hätte bestimmt nichts dagegen. Du wärst ihm eine große Hilfe.“

„Doch, er hätte sehr wohl etwas dagegen. Als Mama vor vier Jahren gestorben ist, hat er sehr deutlich gemacht, dass er niemanden braucht, der sich um ihn kümmert. Er habe mich zur Unabhängigkeit erzogen, sagte er. Und auch wenn ich noch immer unter seinem Dach lebe, führe ich mein eigenes Leben und er führt seins."

„Wie wäre es, wenn du unter *meinem* Dach leben würdest? Ich würde mich über deine Gesellschaft freuen."

„Und ich würde gern hier leben, das weißt du. Aber ich muss mir meinen Lebensunterhalt verdienen und dann bleibt noch immer das Dilemma mit meiner Arbeit." Sie hielt inne. „Aber wir wollen jetzt nicht weiter darüber reden. Ich verspreche, vorsichtig zu sein und ich werde auch anfangen, mich nach einer neuen Stelle umzusehen. Ist das in Ordnung?"

„Ich denke schon", gab Ruby nach. „Möchtest du hören, was ich heute in Grandma Pearls Tagebuch gelesen habe?"

Silvie nickte und lachte leise. „Es ist unglaublich, wie sehr du dich verändert hast, seit dir diese Bücher in die Hände gefallen sind."

„Sie sind wirklich faszinierend, das muss ich zugeben. Heute habe ich über die Würde gelesen. Das hat mich an dich erinnert."

Ruby fasste zusammen, was sie in Pearls Tagebuch gefunden hatte und las ein paar Stellen laut vor. Als sie fertig war, blickte sie ihre Freundin erwartungsvoll an. „Also, was meinst du?"

Silvie antwortete nicht sofort. „Würde", sagte sie schließlich. „Vermutlich ist das eine Sache des Herzens, der Seele – was in einem Menschen ist. Aber ich wünschte, wir würden in einer Welt leben, in der die Menschen nicht um die Art von Respekt zu kämpfen brauchen, an die deine Großeltern geglaubt haben."

„Ich auch", stimmte Ruby zu. „Und ich wünschte, ich könnte etwas dagegen unternehmen."

Silvie runzelte die Stirn. „Denkst du wirklich, ein Mensch könnte die Welt verändern?"

„Ich hoffe es. Grandma Pearl hat ganz bestimmt daran geglaubt, und Grandpa Silas –"

Ruby brach ab und hob die Hand. „Hat es gerade an der Tür geklopft?" Erneut ertönte ein leises Klopfen. „Da ist jemand an der Tür."

„Wer kann das nur sein? Es ist doch schon beinahe dunkel."

Ruby warf ihr einen amüsierten Blick zu. „Nun, wenn wir hier sitzen bleiben, werden wir das nie erfahren, nicht?" Sie ging zur Tür. Silvie folgte ihr dicht auf den Fersen. Vor der Tür stand ein Mann mit einer großen Tasche. Er trug eine Uniform und hielt einen Stock in der Hand. Das Gesicht hatte er nach rechts gewandt, als hätte etwas im Garten seine Aufmerksamkeit erregt.

Im schwindenden Licht konnte Ruby sein Profil kaum erkennen. Sie schaltete das Verandalicht an. Er hatte sandfarbene Haare, eine hohe Stirn und sein rechteckiges Kinn stand ein wenig vor. Er war nicht gut aussehend, wirkte aber sympathisch.

„Miss Noble?"

„Ja. Kann ich Ihnen helfen?"

Er hielt das Gesicht abgewandt. „Mein Name ist Harper Wainwright. Wie Sie an meiner Uniform erkennen können, bin ich gerade aus der Armee entlassen worden und suche eine Unterkunft."

Ruby blickte über ihre Schulter hinweg Silvie stirnrunzelnd an. Silvie zuckte die Achseln. „Es tut mir leid, Mr Wainwright, ich glaube, Sie sind falsch informiert worden. *Noble House* ist keine Pension. Aber ich könnte Ihnen mehrere andere Häuser empfehlen –"

Er wandte sich ihr zu und Ruby spürte, wie sich Silvies Fingernägel in ihren Arm gruben. Sie unterdrückte einen Aufschrei.

Die gesamte rechte Seite seines Gesichts war schlimm vernarbt. Sein rechter Arm war verdreht und sein rechtes Bein in einem seltsamen Winkel verkrümmt. „Ich habe es schon in anderen Häusern versucht", gestand er leise. „Niemand will mich aufnehmen." Er stützte sich auf seinen Stock. „Verzeihen Sie, wenn ich Sie gestört habe. Ein Herr in der Stadt hat mir empfohlen, hierher zu kommen. ‚Versuchen Sie es im *Noble House*', sagte er. ‚Das ist genau die Art von Haus, wo Sie vielleicht willkommen sind.' Obwohl, wenn ich es recht bedenke, hat der Mann dabei seltsam gelacht, als wäre das ein besonderer Scherz." Seine blauen Augen funkelten. „Vermutlich war das doch kein Gentleman."

„Stammen Sie aus *Cambridge*, Mr Wainwright?", fragte Ruby. Mit aller Macht versuchte sie, sein entstelltes Gesicht nicht anzustarren.

„Die Farm meiner Eltern lag draußen auf dem Land", erwiderte er, „aber sie sind mittlerweile tot. Außerdem muss ich in der Stadt leben, wenn ich eine Arbeit finden will."

Ruby lachte. „Als mein Großvater dieses Haus gebaut hat, lag es auch draußen auf dem Land. Mir scheint, die Stadt hat sich bis zu uns ausgedehnt." Sie zögerte. „Trotzdem weiß ich nicht so recht –"

Er lächelte. Es war ein schiefes, verzerrtes Lächeln. „Keine Sorge, Miss Noble. Ich habe Geld und kann für Unterkunft und Verpflegung bezahlen. Mein Ausmusterungsgeld, wissen Sie. Und im Gegensatz zu unserem Freund, der Sie empfohlen hat, bin ich ein Gentleman, das versichere ich Ihnen."

Ruby sah ihn an und erhaschte einen Blick auf den sensiblen Menschen hinter den Narben. Nicht nur der Körper des Mannes war im Krieg verletzt worden, sondern auch seine Seele.

„Würden Sie uns bitte für einen Augenblick entschuldigen, Mr Wainwright? Bitte setzen Sie sich doch auf die Schaukel. Es wird nicht lange dauern."

Sie schloss die Tür und wandte sich an Silvie. „Würde", flüsterte sie.

Silvie nickte. „Sieht so aus, als hätte Gott gesprochen."

„Endlich. Aber ich schaffe das nicht ohne dich. Bist du dabei?"

Silvie dachte kurz nach. „Die Arbeit für Mansfield hat mir sowieso nicht gefallen. Du kannst auf mich zählen."

„Eine Pension – für Menschen, die nirgendwo sonst Frieden finden. So etwas würden meine Großeltern bestimmt billigen. Wir würden den hinteren Salon teilen und zwei Zimmer daraus machen und –"

Silvie legte ihre Hand auf Rubys Mund. „Pläne schmieden können wir später. Im Augenblick sitzt ein Mann draußen auf der Verandaschaukel und wartet darauf zu erfahren, ob er für die Nacht ein Bett hat oder nicht."

Ruby öffnete die Tür. „Mr Wainwright?"

„Ich bin noch immer hier." Er rappelte sich mühsam hoch und kam zur Tür.

„Kommen Sie herein und bringen Sie Ihre Sachen mit. Ich bin Ruby Noble und das ist meine Freundin – und Geschäftspartnerin – Silvie Warren."

Wainwright schüttelte ihnen die Hand und verbeugte sich vor ihnen. „Miss Noble, Miss Warren, es ist mir ein Vergnügen, Ihre Bekanntschaft zu machen."

„Wir wollten gerade unseren Nachtisch essen und Kaffee trinken", erklärte Silvie. „Vielleicht haben Sie noch nicht gegessen. Mögen Sie gebratenes Hühnchen?"

Er lächelte erneut. „Das ist mein Lieblingsessen."

„Dann kommen Sie mit in die Küche. Wir wärmen das Abendessen für Sie auf." Ruby wollte vorangehen, doch eine leichte Berührung an ihrem Arm ließ sie innehalten.

„Danke", sagte er mit erstickter Stimme. „Sie sind eine Gebetserhörung für mich. Nie hätte ich gedacht, einen solchen Ort zu finden, einen Ort, wo mir meine Würde bewahrt bleibt."

Sie wandte sich zu ihm um und sah ihm direkt ins Gesicht. Hinter den Narben entdeckte sie sein freundliches Wesen. „Eines Tages, Mr Wainwright, wenn wir einander besser kennen, werde ich Ihnen erzählen, wessen Gebete heute Abend erhört wurden."

Die Missgeburt

„Sie sind anscheinend nicht nur dumm, sondern auch taub", schrie Tarbush und trat so dicht an Harper heran, dass er seinen stinkenden Atem riechen und den faulen Backenzahn in seinem Mund erkennen konnte.

Harper wich einen Schritt zurück, nicht so sehr, um sich in Sicherheit zu bringen, als vielmehr, um dem Gestank zu entgehen. „Nein, Mr Tarbush. Ich bin weder taub noch dumm. Ich suche nur nach Arbeit und ich habe Fähigkeiten, die Sie brauchen, um –"

„Fähigkeiten? Sprechen Sie mir nicht von Fähigkeiten, Junge! Ich habe schließlich Augen im Kopf, nicht? Jeder Dummkopf kann sehen, dass Sie nicht die Kraft haben, die Arbeit eines Mannes zu tun." Er trat erneut näher, hielt den Blick fest auf die gesunde Seite von Harpers Gesicht gerichtet. „Meine Antwort lautet nein und das ist endgültig. Und jetzt verschwinden Sie. Gehen Sie hin, wo immer Sie hergekommen sind." Tarbushs Mund verzog sich zu einem hämischen Grinsen. „Vielleicht finden Sie ja am kommenden Halloween einen Job – zumindest für einen Abend. Und Sie brauchen sich noch nicht einmal eine Maske zu kaufen."

Harper wandte sich zum Gehen. Sein Herz lag wie ein Stein in seiner Brust, aber innerlich machte er sich Vorwürfe, dass er der Hoffnung wieder einmal Raum gegeben hatte. Tarbush mochte vielleicht eigensinnig und unwissend sein, aber eigentlich unterschied er sich nicht besonders von den vielen anderen Arbeitgebern, bei denen Harper in den vergangenen zwei Wochen vorgesprochen hatte. Einige waren nicht so beleidigend gewesen, das stimmte, aber die Antwort war immer dieselbe gewesen: *Nein.*

Eigentlich musste Harper zugeben, dass ihm Tarbushs unhöfliche Offenheit lieber war als die nur schlecht verborgene Abscheu der etwas Höflicheren. Zumindest wusste er bei Tarbush, wo er dran war. Der Mann konnte seinen Anblick nicht ertragen, konnte nicht glauben, dass ein Mensch, der so vernarbt und zerbrochen war wie Harper Wainwright, seinem Baugeschäft etwas von Wert zu bieten hatte – oder der Gesellschaft ganz allgemein. *Missgeburt*, so hatte Tarbush ihn genannt. *Niemand wird eine Missgeburt einstellen.*

Harper humpelte über die Main Street zur Jefferson Davis Avenue, wo *Noble House* stand. Sobald das zweistöckige Gebäude in Sicht kam, besserte sich seine Laune. Hier wenigstens brauchte er sein Gesicht nicht zu verstecken. Hier brauchte er sich nicht zu entschuldigen für das, was er war. Hier hatte er eine sinnvolle Arbeit, auch wenn sie ihm nur Unterkunft und Verpflegung einbrachte.

Und hier genoss er die Wohltat von Miss Ruby Nobles Gesellschaft.

Harper schob den angenehmen Gedanken beiseite. Ruby war eine Dame und keine richtige Dame würde einen Gedanken an einen Menschen wie ihn vergeuden. Sie war immer freundlich zu ihm, natürlich, freundlich und gastfrei. Aber er durfte nicht zulassen, dass seine Gefühle seinen Verstand vernebelten. Das würde ihm nur eine weitere Enttäuschung einbringen und seit seiner Rückkehr aus dem Krieg hatte er bereits genügend Enttäuschungen erlebt. Außerdem, was hatte er ihr schon zu bieten? Einen geschundenen Körper? Eine verletzte Seele? Eine Zukunft voller Spott und Hohn?

Harper dachte zurück an das Jahr vor seiner Einberufung, als er sich noch der Zuneigung einer anderen Frau erfreute. Dorothea, seine Geliebte, seine Verlobte. Die schönste Blume des Mississippi Delta. Er hatte sie angebetet, ihr Liebesgedichte geschrieben, ihr jeden Tag Briefe von der Front geschickt. Und sie hatte ihm freundlich geantwortet, ihm ihre Liebe gestanden und seinen Heiratsantrag mit Freude angenommen.

Nach seiner Entlassung aus dem Lazarett und der Armee war Harper direkt zu ihr geeilt und hatte wider alle Hoffnung gehofft, dass sie die innere Kraft finden würde, sich den vor ihnen liegenden Schwierigkeiten zu stellen. Liebe, so hatte man ihm gesagt, könnte die größten Herausforderungen bewältigen. Liebe siegte über alles. Liebe sah nur den inneren Menschen an, nicht die äußere Erscheinung.

Harper hatte nicht lange gebraucht, um zu erkennen, dass die großen Worte über Liebe nichts weiter waren als hohles Geschwätz. Ein Blick in Dorotheas Gesicht hatte ihm alles gesagt – wie sie den Blick von seinen entstellten Gesichtszügen abgewandt hatte, wie sie dieses hohe, nervöse Lachen ausgestoßen hatte, als ihr nichts mehr zu sagen einfiel, wie sie das Gespräch entschlossen von der bevorstehenden Hochzeit abgelenkt hatte.

Schließlich hatte er ihr einen leichten Ausweg geboten. Anstatt sie mit ihren Gefühlen zu konfrontieren, hatte er gelogen, hatte er ihr gesagt, er hätte Bedenken in Bezug auf die Hochzeit bekommen und sie sollten nichts überstürzen.

Sie hatten sich darauf verständigt, dass Harper ihr schreiben würde, sobald er sich niedergelassen und eine Arbeitsstelle gefunden hatte. Dann würden sie noch einmal von vorn anfangen und sehen, wohin ihre Beziehung sie führen würde. Aber keiner von ihnen hatte die Absicht, dieses Versprechen zu halten, das wusste Harper.

Das Problem bei einem gebrochenen Herzen war, hatte er festgestellt, dass es nicht glatt durchbrach, mit glatten Kanten, die aneinandergeklebt werden konnten, sodass der Bruch kaum zu sehen war. Es zersplitterte wie Kristallgläser in eine Million winzige Splitter, an denen man sich schneiden konnte, auch wenn sie so klein waren, dass man sie kaum erkennen konnte. Anstatt sich an die unmögliche Aufgabe zu machen, sie wieder zusammenzufügen, war es besser, die Scherben einfach aufzufegen und in den Abfalleimer zu werfen.

Das hatte Harper getan – das dachte er zumindest, bis er Ruby Noble gegenübergestanden hatte. Tief in seinem Inneren begann sein zersplittertes Herz wieder zu schlagen – ganz schwach zuerst, dann mit mehr Durchsetzungskraft. So sehr er sich auch bemühte, er konnte nicht verhindern, dass sein Pulsschlag sich beschleunigte, wann immer sie in seine Nähe kam. Sein Magen flatterte, das Blut rauschte ihm in den Ohren. Und die ganze Zeit rief sein Verstand: *Nein!*

Dieser innere Kampf war viel gefährlicher als jedes Feindfeuer, das er an der Front erlebt hatte. Und die Wahrscheinlichkeit, verletzt zu werden – oder sogar für das Leben verkrüppelt –, war größer. Mit seiner körperlichen Behinderung konnte er leben. Er konnte seinen Anblick im Spiegel ertragen, auch wenn er wie ein Monster aussah. Solange er seine Gefühle unter Kontrolle behielt, könnte er ein relativ erfülltes Leben führen. Aber wenn er seinem Herzen freien Lauf ließ, dann würde er schließlich innerlich genauso von Narben entstellt sein wie äußerlich. Er hatte es einmal gewagt zu lieben und die Liebe hatte sich als ein dorniger, schmerzerfüllter Weg erwiesen, der schließlich in eine schlimme Sackgasse geführt hatte. Diesen Weg würde er nicht noch einmal einschlagen.

Auf dem Gehsteig, der zu *Noble House* führte, hielt er inne und betrachtete das große weiße Haus. Zwei Wochen war er hier und schon empfand er es als sein Zuhause. Ein Ort der Sicherheit und Zuflucht, ein wohltuendes Heiligtum für seine Seele ...

„Missgeburt!“

Die Stimme hinter ihm riss Harper aus seinen Gedanken. Er wandte sich um. Drei kleine Jungen, nicht älter als acht oder zehn Jahre, standen auf der anderen Seite der Jefferson Davis Avenue und zeigten mit den Fingern auf ihn.

„Missgeburt! Missgeburt! Missgeburt!"

Instinktiv fuhr Harpers Hand an die entstellte rechte Seite seines Gesichts. Er trat einen Schritt auf die Kinder zu und winkte sie näher.

„Ich bin keine Missgeburt", sagte er mit leiser Stimme. „Ich wurde im Krieg verletzt, wisst ihr, und –" Er ließ die Hand sinken und streckte sie ihnen entgegen.

Die drei Augenpaare wurden rund wie Würstchen und ein Ausdruck des Entsetzens verzerrte das schmutzige kleine Gesicht des ältesten.

„Du bist doch eine Missgeburt!", rief der Junge. „Du bist gemein und böse!"

„Wie heißt du, Junge?" Vielleicht konnte Harper mit diesem Kind vernünftig reden, einen Weg finden, es zum Zuhören zu bringen.

Der Junge wölbte stolz die Brust vor. „Billy Tarbush", antwortete er verächtlich. „Und wie heißt du? Narbengesicht?"

Harper zuckte innerlich zusammen, als ihm die Wahrheit aufging. Aus den Augenwinkeln heraus bemerkte er, wie sich der Junge bückte und eine Hand voll Steine aufhob.

„Nein, warte –", begann er.

Aber es war zu spät. Der Tarbush-Junge warf einen Stein in Harpers Richtung und die jüngeren folgten dem Beispiel ihres Anführers. „Missgeburt!", schrien sie. „Verschwinde aus der Stadt, du Missgeburt!"

Ein spitzer Stein fand sein Ziel, traf ihn unmittelbar unter dem linken Auge. Er zuckte von dem Schlag zusammen und spürte, wie ihm warmes Blut über die Wange lief. Doch als er seine Finger an die Wunde legte, war er erstaunt, sein Blut mit Tränen gemischt vorzufinden.

„Geht nach Hause, Jungs“, murmelte er traurig. Er wandte sich um und verschwand aus ihrem Schussfeld.

Dieser alte Dichter hatte recht, dachte er, während er langsam die Auffahrt hinaufschritt. *Steinmauern ergeben kein Gefängnis.* Ein gebrochener Körper und ein verbranntes Gesicht können einen Menschen genauso einkerkern wie die dicksten Eisenstäbe.

Harper seufzte laut auf, unterdrückte seine Tränen und wischte sich das Blut von der Wange. Dies war sein Schicksal im Leben, sein Käfig. Er hatte nichts getan, womit er ein solches Gefängnis verdient hatte, aber das war jetzt egal. Ob er gewann oder verlor, er hatte keine Wahl, als das Spiel zu spielen, das das Schicksal für ihn bereithatte. Wenn er für sich blieb und die verletzlichen Stellen seiner Seele abschottete, würde er zurechtkommen.

Sogar eine Missgeburt konnte lernen, stark zu sein.

Pharisäer und Zöllner

In mehr als einer Hinsicht erwies sich Harper Wainwright für Ruby als Gottesgeschenk. Trotz seines verkrüppelten Beines und Armes war er ein absolutes Genie in Bezug auf Renovierungsarbeiten. Mit einer Hand teilte er das hintere Wohnzimmer in zwei kleinere Apartments, jeweils mit einem Wohnzimmer und einem kleinen Schlafbereich, außerdem gab es ein gemeinsames Badezimmer. Danach machte er sich an das Kutschhaus und bevor sich Ruby versah, verfügte sie über fünf Zimmer, die sie vermieten konnte.

„Nun, was denken Sie?“, fragte Harper, nachdem er letzte Hand an das Schild gelegt und es an dem Lampenpfosten vor dem Haus befestigt hatte.

Ruby trat zurück und bewunderte seine Arbeit. Es war ein geschnitztes Holzschild mit grünen Buchstaben als Aufschrift, passend zu den Fensterläden.

NOBLE HOUSE
Zimmer und Verpflegung für ausgesuchte Gäste

„Ich finde es perfekt“, verkündete sie. „Absolut perfekt.“ Sie zögerte eine Weile, dann stellte sie die Frage, die sie seit Wochen beschäftigte. „Harper, Sie haben sich um einen Job bei Tarbushs Baufirma beworben, nicht?“

„Ja.“

Seine Stimme war leise und sein Tonfall besagte, dass er lieber nicht darüber reden wollte, aber Ruby sprach weiter. „Ich verstehe das nicht. Ich habe Sie bei der Arbeit hier beobachtet. Sie können alles. Sie sind in Bezug auf das Bauen und Renovieren richtig begabt. Warum um alles in der Welt hat Mr Tarbush Sie nicht eingestellt?“

Ruby bemerkte, wie sich sein Gesicht verfinsterte. Er wandte seine vernarbte Gesichtsseite von ihr ab. „Ich glaube, Mr Tarbush hatte ... äh ... im Augenblick keine freie Stelle.“

„Das ist Unsinn!“, platzte sie heraus. „In der Stadt habe ich gestern gehört, wie er sich über seine Leute beklagt hat.

Er hätte gerade drei neue Männer eingestellt, sagte er, aber sie seien fauler weißer Abschaum, der keinen Hammer von einem –" Sie brach unvermittelt ab und spürte, wie sie errötete. „Na ja, Sie wissen schon."

Harper sah zur Seite, antwortete aber nicht.

Ein brennender Zorn machte sich in Ruby breit. „Wollen Sie mir etwa sagen, dass er Sie wegen Ihres Aussehens nicht eingestellt hat? Das ist das Absurdeste, das ich je gehört habe. Du meine Güte, Sie leisten doch viel bessere Arbeit als er und seine Leute!"

Harper räusperte sich. „Aber darum geht es nicht, richtig?"

„Dann sagen Sie mir bitte, worum es geht."

Er drehte sich zu ihr um. „Sehen Sie mich an, Ruby! Was sehen Sie?"

„Ich sehe einen freundlichen und sanften Mann, der beim Bauen ein absolutes Genie ist."

„Vielleicht. Tarbush jedoch sieht eine Missgeburt, eine Abweichung von der Norm, die Kinder erschreckt und bei dessen Anblick Frauen in Ohnmacht fallen. Er sieht nur seine Verantwortung seinem Geschäft gegenüber."

„Dann ist er ein Dummkopf."

Harper lächelte sie schief an. „Sie sind eine starke Frau, Ruby – und eine sehr eigensinnige, wenn ich das hinzufügen darf."

„So sagte man mir."

„Aber Sie verstehen nicht, was in der realen Welt vorgeht. Sie erwarten, dass Menschen mit Mitgefühl und Freundlichkeit reagieren. Das tun sie aber nicht. Normalerweise reagieren sie selbstsüchtig und borniert. Sie sehen jemanden wie mich und fühlen sich abgestoßen. Oder sie empfinden Überlegenheit und danken Gott im Himmel, dass sie nicht sind wie ich."

„Der Pharisäer und der Zöllner", überlegte Ruby. „Aber welcher war in den Augen Gottes gerecht?"

„Gottes Urteil zählt nicht", erwiderte Harper leichthin. „Zumindest nicht hier unten auf der Erde. Eines Tages vielleicht. Aber im Augenblick habe ich es mit Menschen zu tun, denen ganz egal ist, was Gott von ihren Reaktionen hält."

Er hielt einen Augenblick inne und ein schmerzlicher Ausdruck legte sich auf sein Gesicht. „Sie wissen bestimmt, was die Leute in der Stadt über Sie sagen, nicht?"

„Dass wir hier eine Missgeburtenshow aufführen?" Ruby schnaubte. „Sollen sie doch reden. Es ist mein Haus und meine Entscheidung." Sie grinste ihn an. „Letzte Woche hat mich ein Kerl im Eisenwarenladen angepöbelt. Er sagte, offensichtlich hätte ich die Neigung meines Großvaters für Streuner und Mutanten geerbt. Ich betrachte dies als höchstes Lob."

„Das würden Sie vielleicht anders sehen, wenn Sie zu den Streunern oder Mutanten gehören würden."

Dieser Vorwurf saß. Ruby wurde still und dachte über seine Worte nach. Sie hatte dieses Unternehmen begonnen in der Gewissheit, von Gott dazu berufen worden zu sein, aber offensichtlich hatte sie noch viel zu lernen.

Schließlich durchbrach Harper die Stille. „Ich glaube, ich habe eine Reihe neuer Pensionsgäste für Sie gefunden", sagte er, als hätte das vorherige Gespräch nicht stattgefunden. „Ich habe sie gestern zufällig getroffen, als ich auf Arbeitssuche war. Einer, ein gewisser Pete Hopkins, hat beide Beine verloren und sitzt im Rollstuhl. Der andere, Rodney Powell, ist durch eine Explosion blind geworden. Denken Sie, Sie können sie aufnehmen?"

Ruby stellte sich der Herausforderung und war froh über den Themenwechsel. „Wenn Sie nichts dagegen haben, das Bad zu teilen, könnten wir Mr Powell in dem anderen Zimmer des ehemaligen Wohnzimmers unterbringen. Es ist klein und überschaubar. Mr Hopkins könnte eines der Zimmer in dem Kutschhaus bekommen. Wie lange brauchen Sie, um eine Rampe für die Hintertür zu bauen?"

„Ein Tag sollte ausreichen, wenn wir genügend Holz dafür haben."

„Ich werde Silvie sagen, sie soll die Vorratskammer auffüllen. Bringen Sie sie nur her."

Die Nachricht sprach sich in Windeseile herum. Sechs Wochen nach Abschluss der Renovierungsarbeiten hatte Ruby ein volles Haus – fünf Männer, alles Kriegsversehrte, deren Leben durch ihre Behinderung auf den Kopf gestellt worden war.

Ruby ging gedanklich die Liste durch. Pete Hopkins, der Amputierte, war ein großer, bärtiger Bursche mit einem ansteckenden Lachen und einem schnellen Verstand. Steven Bird, mit Beinschiene und auf Krücken, verstand niemals die Pointe von Petes vielschichtigen Geschichten und musste sie sich immer erklären lassen. Larry Summers, ein Arm amputiert und die andere Hand zu einer Klaue verkrümmt. Er brauchte Hilfe beim Essen – eine Aufgabe, die Silvie sehr gern übernahm. Rod Powell beschwerte sich spaßeshalber, dass er, da er blind sei, ebenfalls Silvies Hilfe benötige, obwohl ihm alles, was er anfasste, recht schnell gelang und er sich den Grundriss des Hauses und seines eigenen Zimmers schnell einprägte.

Und natürlich Harper. Der gute Harper. Ohne auch nur ein Wort darüber zu verlieren, war er in die Rolle des Hausherrn geschlüpft. Er machte Reparaturen, überlegte, welche Verbesserungen man im Haus vornehmen könnte, um den anderen das Leben zu erleichtern, und ernannte sich zum Aufseher über die Stimmungen der anderen. In Harpers Gegenwart durfte niemand das Wort *verkrüppelt* benutzen oder in Selbstmitleid versinken. Ruby hatte bei mehreren Gelegenheiten miterlebt, wie er den Männern freundlich oder auch zornig zuredete, ihre Situation anzunehmen und das Beste daraus zu machen. Und er nahm jede Gelegenheit wahr, alle daran zu erinnern, welch ein Segen es für sie war, ein Heim wie *Noble House* gefunden zu haben.

Nach kurzer Zeit hatten sich alle an den Tagesablauf gewöhnt und sich eingelebt. Das Problem war jedoch, für Rubys Geschmack hatten sie sich zu gut eingelebt. Sie waren die ganze Zeit um sie herum – spielten Schach im vorderen Wohnzimmer, fielen um Mitternacht über die Vorratskammer her und grölten, von Rod Powell auf dem Klavier begleitet, Volkslieder.

Schließlich setzte sie sich mit Harper zu einem ernsthaften Gespräch zusammen.

„Harper, ich will ja nicht hartherzig erscheinen, aber diese Burschen brauchen Arbeit. Ich mache mir keine Sorgen um mein Geld, auf keinen Fall – ich weiß, dass sie eine Rente bekommen und bisher hat noch jeder pünktlich seine Miete bezahlt. Aber sie sind – nun, sie –"

„Sie machen Sie verrückt?"

„So hätte ich das zwar nicht ausgedrückt, aber ja."

Harper beugte sich über den Tisch im Esszimmer. Ruby konnte nicht umhin zu bemerken, wie er sein Gesicht von ihr abwandte oder manchmal eine Hand über seine Narben legte. Diese Erkenntnis betrübte sie; sie wollte, dass er sich akzeptiert fühlte. Natürlich sollten alle dieses Gefühl haben, aber …

Aber Harper Wainwright war anders.

Ruby hatte versucht, sich einzureden, dass sie sich einfach nur darüber freute, wie er *Noble House* auf seine neue Mission vorbereitet hatte. Sie argumentierte, dass sie sich ihm natürlich mehr verbunden fühlte als den anderen – immerhin hatte er als Erster vor ihrer Tür gestanden und lebte schon am längsten hier. Und er war, wie sie ihm schon bei mehreren Gelegenheiten gesagt hatte, sehr sanft, freundlich und unglaublich talentiert.

Aber das war nicht die ganze Wahrheit.

Sie war noch nie verliebt gewesen und sie war sich nicht sicher, ob sie dieses Gefühl erkennen würde, aber sie fing an zu glauben, dass ihre Gefühle für Harper Wainwright über reine Freundschaft, Wertschätzung oder Mitleid hinausgingen. In seiner Nähe neigte sie zur Verlegenheit – geriet ihr Inneres in Aufruhr. In einem Raum voller Menschen suchte sie seinen Blick. Wenn sie seinen humpelnden Schritt hörte, begann ihr Herz ein wenig schneller zu schlagen. In seiner Gegenwart empfand sie überschwängliche Heiterkeit und gleichzeitig Übelkeit erregende Nervosität.

Das Problem war, dass Harper keinerlei Hinweise gegeben hatte, dass er diese Gefühle teilte. Er mied ihren Blick und beschränkte ihre Kontakte auf die Mahlzeiten, wenn auch alle anderen dabei waren, oder auf Gelegenheiten wie diese, wo bestimmte Probleme zu besprechen waren. Er verhielt sich ihr gegenüber nicht kalt oder unfreundlich, er behandelte sie nur mit derselben Höflichkeit, mit der er jedem anderen begegnete. Es war, als wäre er irgendwo eingeschlossen, in einer Welt, die sie weder betreten noch verstehen konnte, als wäre –

„Ruby, hören Sie mir zu?“

Ruby sah auf. „Es tut mir leid, Harper. Was haben Sie gesagt?“

„Ich sagte, dass die Männer doch auf Arbeitssuche sind. Rod dachte, er hätte Mr Mansfield im Restaurant überzeugt, ihn zum Klavierspielen während des Abendessens zu engagieren, doch offensichtlich hat er es sich im letzten Augenblick wieder anders überlegt. Pete, Steve und die anderen sind fast jeden Tag in der Stadt, verfolgen jeden Hinweis, den sie bekommen. Aber es ist immer dasselbe – niemand stellt sie ein, für keinerlei Arbeit. Weder in der Stadt noch am College.“

Ruby fiel es schwer, sich von dem seltsamen weichen Ausdruck in seinen Augen loszureißen und sich auf Harpers Worte zu konzentrieren.

„Also haben wir es nicht mit ein paar einzelnen Abweichlern zu tun“, sagte sie nach einer Weile, „sondern mit einer ganzen Stadt voller Vorurteile.“

„So sieht es aus.“

Ein Energierausch ging durch Ruby hindurch, explodierte in ihr wie ein Feuer in ihren Venen und wischte alle persönlichen Sorgen fort. Sie erkannte das Gefühl sofort – der Überschwang der Herausforderung. Der Rausch, für eine Sache zu kämpfen. Ein großes Unrecht wurde begangen und sie konnte – und wollte – nicht untätig dabeisitzen und zusehen. Es war Zeit zu handeln.

„Geben Sie mir ein paar Tage“, sagte sie lächelnd. „Ich werde mir etwas überlegen.“

„Was denn überlegen?“

„Etwas, das meine Großeltern billigen würden“, erwiderte Ruby geheimnisvoll. „Einen Pearl-und-Silas-Plan.“

In der Höhle des Löwen

August 1918

Ruby saß in der ersten Reihe eines kleinen Halbkreises und zwang sich zur Ruhe. Die monatliche Sitzung des Stadtrates stand an. Die fünf Lederstühle am Tisch vorne im Raum waren noch nicht besetzt. Hinter sich vernahm sie das Murmeln der Leute, die sich einen Platz suchten. Ein- oder zweimal hörte sie ihren eigenen Namen, aber sie weigerte sich, sich umzudrehen und den Klatschweibern die Befriedigung der Erkenntnis zu geben, dass sie sie verärgert hatten.

Genau um sieben Uhr wurde eine Seitentür geöffnet und der Bürgermeister trat ein, gefolgt von den vier Stadträten. Ruby betrachtete sie. Ruben Layton, der Bürgermeister, ein dicker Mann mit hochrotem Kopf, nahm in der Mitte Platz und räusperte sich. Sein Kopf saß unmittelbar auf seinen Schultern, ohne Hals, und er sah aus, als würde er permanent von seinem eigenen Halstuch gewürgt – ein passendes Bild, fand Ruby, angesichts des Grunzens und Grummelns, das jeden Satz begleitete, den er von sich gab.

Rechts von ihm saß Will Tarbush, der Eigentümer der Baufirma. Tarbush hatte seinen Sitz im Stadtrat nicht wegen seiner Intelligenz oder seines Engagements für die Bürger der Stadt bekommen, sondern wegen der Macht, die ihm seine Baufirma verlieh. Neben Tarbush nahm Ollie Ferrell Platz, ein schmieriger Typ mit einem Wieselgesicht. Er war Besitzer eines Eisenwarenladens. Im Augenblick tuschelte er mit Tarbush und deutete in ihre Richtung. Die anderen beiden Mitglieder des Stadtrates waren Marshall Avery und Lyle Constable. Marsh, ein entfernter Cousin von Grandma Pearl, war im Augenblick Inhaber und Betreiber der Sägemühle. Lyle leitete die Landwirtschaftsgenossenschaft am südlichen Ende der University Street. Ruby kannte keinen von beiden besonders gut, aber Lyle war ein recht bodenständiger Typ und Cousin Marshall stammte nun ganz gewiss aus einer guten Familie. Sie hegte die Hoffnung, vielleicht an ihre Vernunft appellieren zu können.

Bürgermeister Layton klopfte mit einem Holzhammer auf den Tisch und stieß eine Reihe von brummenden Lauten aus – vollkommen unnötig, da die wenigen Stadtbewohner, die vereinzelt im Raum saßen, bereits still geworden waren.

„Ruhe!“, rief er und klopfte noch lauter auf den Tisch. „Diese Sitzung des Stadtrats von *Cambridge* ist eröffnet!“

Marsh beugte sich zu ihm hinüber und flüsterte so laut, dass alle es hören konnten: „Ruben, ich glaube, wir sind bereits so weit.“

Ein Kichern ging durch die Menge und Rubens Gesicht wurde noch roter, falls das überhaupt möglich war.

„Äh, ja, gut. Stadtrat Constable wird das Protokoll der letzten Sitzung verlesen.“

Lyle Constable durchwühlte seine Notizen und ließ seinen Blick einen Augenblick auf Ruby ruhen. Ihre Anwesenheit schien sie alle ein wenig aus dem Konzept zu bringen. „Wir, äh, haben den Beschluss gefasst, Trey Hayward, Johnnys ältesten Jungen, damit zu beauftragen, das Gras auf dem Platz vor dem Gerichtsgebäude zu schneiden und die Büsche zu trimmen – für zehn Dollar im Monat, aus dem allgemeinen Budget." Sein Blick flog über die vor ihm liegenden Seiten. „Und, äh, wir haben beschlossen, das diesjährige Picknick am *Labor Day* im Hain beim College zu veranstalten – mit der Genehmigung des Dekans, natürlich. Und ich schätze, das ist in etwa alles."

„Nein, das ist nicht alles", wandte Tarbush ein. Er beugte sich mit einem drohenden Gesichtsausdruck vor. „Es steht hier in Ollies Haushaltsbuch – er ist nämlich der Schatzmeister, wie ihr wisst. Wir haben auch beschlossen, eine neue Flagge für den Mast vor dem Gerichtsgebäude zu kaufen und die Statue des Soldaten der Konföderierten säubern zu lassen."

„Äh, ja, ich schätze, das haben wir." Lyle schob nervös seine Papiere herum. „Oh, hier hab ich es." Er hob eine Seite hoch und nickte. „Tut mir leid."

„Es tut dir leid, in Ordnung", murmelte Tarbush.

Je länger Ruby Tarbush beobachtete, desto weniger mochte sie ihn. Vielleicht war dies kein christliches Gefühl, aber sie konnte es nicht ändern. Er hatte wirklich Nerven, seinen Stadtratskollegen in aller Öffentlichkeit bloßzustellen – und wenn sie sich nicht täuschte, so war dies nicht das erste Mal. Lyle Constables Reaktion sprach Bände. Er hatte so etwas schon häufiger erlebt.

Sie hatte vorgehabt, kampfbereit und mit geladenen Kanonen bei dieser Sitzung zu erscheinen. Doch jetzt überdachte Ruby ihre Strategie noch einmal. Wenn sie aufstand und alle der Engstirnigkeit bezichtigte, würde sie die Stadträte nur gegen sich aufbringen. Marsh und Lyle würden ihr vielleicht zuhören, aber sie hatten nur zwei von fünf Stimmen. Sie würde die weiche Stelle des Bürgermeisters finden müssen – er gab die entscheidende Stimme ab. Aber vielleicht gab es auch einen Weg, alle zu überzeugen, sogar den bösartigen alten Tarbush, ohne dass sie merkten, dass sie überzeugt wurden …

Die Leute um sie herum rutschten auf ihren Stühlen herum und versuchten, ihre Langeweile zu verbergen, während der Stadtrat die Tagesordnungspunkte durchging: das Müllproblem hinter dem Hotelrestaurant; die Notwendigkeit einer neuen Straßenlaterne auf der Main und Third Street; die Frage der Neubeschaffung eines Jesuskindes als Ersatz für das am letzten Weihnachten gestohlene (diese Frage wurde auf die Septembersitzung vertagt) und die Frage, wie Neta Parkinson dazu gebracht werden könne, die Damenunterwäsche aus dem Schaufenster ihres Damenbekleidungsgeschäftes zu nehmen.

Um Viertel vor neun klopfte der Bürgermeister erneut mit dem Hammer auf den Tisch und weckte damit die Hälfte der Besucher aus tiefem Schlaf. „Wenn es keine Anliegen der Bürger mehr gibt, werden wir uns vertagen."

Offensichtlich hatte er nicht mit Anfragen gerechnet oder wollte die Sitzung so schnell wie möglich schließen, bevor jemand die Gelegenheit hatte, eines der wirklichen Probleme anzusprechen. Doch Ruby war zu schnell für ihn. Sie sprang auf und sagte: „Herr Bürgermeister, ich habe ein Anliegen vorzubringen."

Will Tarbush funkelte sie von seinem Platz aus an. „Ruben, sie hat nicht das Recht dazu!"

„Mr Tarbush, da muss ich Ihnen widersprechen." Ruby hob einige Papiere. „Nach der Satzung hat jeder Bewohner dieser Stadt das Recht, vor dem Stadtrat zu erscheinen und ein Anliegen zur Diskussion zu stellen."

Ruben Layton zog seine kleinen Schweinsaugen zusammen, bis sie beinahe verschwanden. „Sie hat recht, Will."

„Aber sie ist eine … Frau."

Ruby klimperte mit den Wimpern und lächelte ihn an. „Sehr scharfsinnig von Ihnen beobachtet, Mr Tarbush."

Der Bürgermeister gab ein tiefes Lachen von sich und auch alle anderen im Raum Anwesenden stimmten mit ein. *Gut*, dachte Ruby. *Lachen entwaffnet.* „In der Satzung gibt es keine Beschränkung in Bezug auf das Geschlecht der Person, die sich zu Wort meldet. Mit Ihrer Erlaubnis, Herr Bürgermeister?"

Der Bürgermeister räusperte sich und nickte.

„*Cambridge* ist stolz auf sein städtisches Erbe", sagte Ruby. „Wir sind eine Gemeinschaft, in der jeder jedem hilft und jeder sich um den anderen kümmert." Sie richtete ihren Blick auf Ollie Ferrell. „Erinnern Sie sich noch, Mr Ferrell, als Witwe Nance ein Loch in ihrem Dach hatte, wenige Wochen nach dem Tod ihres Mannes? Soweit ich mich erinnere, haben Sie das Material kostenlos zur Verfügung gestellt und sogar selbst mit angepackt."

Offensichtlich überrascht verzog Ferrell sein Gesicht zu einem gequälten Lächeln. „Ja, das stimmt. Es war das Richtige."

„Das war es allerdings. Es war eine überaus großzügige Geste. Und Sie, Mr Tarbush" – Ruby sah dem Mann direkt in die Augen –, „als der Blitz das Turmdach unserer Kirche zerstörte, haben Sie ein paar Leute hinübergeschickt, um es zu reparieren, nicht?"

Tarbush wölbte die Brust vor und zeigte seine gelben Zähne in einem breiten Grinsen. „Na, aber sicher. Ich bin schon mein ganzes Leben lang ein guter Presbyterianer. Ich habe das Holz gespendet, die Nägel, die Farbe, alles."

„Genau, was ich sage. Dies ist nicht nur eine Stadt; es ist eine Gemeinschaft. Während der furchtbaren Dürre von 1915 hat Mr Constable Futter für einen großen Teil des Viehs zur Verfügung gestellt – auf Kredit, ohne Zinsen zu berechnen –, damit die Farmer bis zum nächsten Regen durchhalten konnten. Als der Fluss vor ein paar Jahren über die Ufer trat, sind die meisten Männer dieser Stadt mitten in der Nacht losgezogen, um Sandsäcke für einen Deich zu füllen. Und alle wissen, wie sehr Ihnen, Herr Bürgermeister, die Bürger dieser Stadt am Herzen liegen. Sie sind den Bewohnern von *Cambridge* ein Vorbild darin, den Vers aus dem Guten Buch ernst zu nehmen, der da heißt: ‚Wenn dein Nächster hungert, so gib ihm zu essen, wenn er Durst hat, gib ihm zu trinken.' Stimmt das nicht?"

Ruben lehnte sich mit zufriedenem Gesichtsausdruck auf seinem Stuhl zurück. „Natürlich, Miss Ruby. Darum geht es doch bei meinem Amt als Bürgermeister. Ich möchte dazu beitragen, aus *Cambridge* eine schöne, attraktive Stadt zu machen, einen Ort, in dem die Menschen sich zu Hause fühlen."

„Ja, Herr Bürgermeister, davon bin ich überzeugt", stimmte Ruby zu. „Und ich bin genauso davon überzeugt, dass Sie schockiert sein werden zu erfahren, dass einige unserer Bürger nicht das Gefühl haben, dazuzugehören. Dass sie sich wie Ausgestoßene fühlen, obwohl sie nichts getan haben, das eine solche Behandlung gerechtfertigt hätte. Tatsache ist, einige unserer Mitbürger haben *Cambridge* zu einem unangenehmen Ort gemacht, einem Ort, in dem man sich nicht mehr wohl fühlen kann."

Ruben richtete sich auf und blickte sie an. „Wer würde so etwas tun? Jeder Bürger *Cambridges* hat das Recht, mit

Respekt behandelt zu werden und wenn das in einigen Fällen nicht der Fall ist, dann möchte ich davon erfahren. Ein solches Verhalten werde ich in meiner Stadt nicht dulden."

Ruby lächelte. Sie hatte ihn genau da, wo sie ihn haben wollte. „Ich bin froh, dass Sie das sagen, Bürgermeister Layton. Wie wir von Mr Tarbush gehört haben, haben Sie bei der letzten Sitzung über mehrere wichtige Themen abgestimmt – den Kauf einer neuen Flagge für das Gerichtsgebäude, die Säuberung des Soldatendenkmals der Konföderierten auf dem Stadtplatz als Symbol für den bürgerlichen Stolz *Cambridges*. Was würden Sie sagen, wenn ich Ihnen erzählte, dass andere Soldaten – Männer, die in den Krieg gezogen sind, um unseren Lebensstil hier in *Cambridge* zu verteidigen – von der Gesellschaft geächtet werden und dass man ihnen Arbeitsstellen verweigert, für die sie qualifiziert sind?"

Layton vergaß seinen Hammer und ließ seine fleischige Faust auf den Tisch knallen. „Ich würde sagen, dass so etwas in *Cambridge* nicht geduldet wird! Ich würde sagen, wir bringen das in Ordnung, koste es, was es wolle!"

Vollkommen verblüfft wurde nun Will Tarbush lebendig. „Sie haben vollkommen recht, das werden wir! Es ist höchste Zeit, dass dieser Stadtrat mal etwas Wichtiges tut, anstatt herumzusitzen und über Picknicks und Abfall zu reden!"

„Dem kann ich nur zustimmen!", rief Ollie Ferrell.

Bisher hatten sich weder Marshall Avery noch Lyle Constable zu Wort gemeldet und plötzlich schien Tarbush ihr Schweigen zu bemerken.

„Was ist mit euch Feiglingen?", rief er und beugte sich über den Tisch, um sie anzusehen. „Habt ihr nichts dazu zu sagen?"

Marsh richtete seinen Blick auf Ruby und blinzelte ihr beinahe unmerklich zu. „Doch, tatsächlich", antwortete er Tarbush. „Ich werde den Antrag stellen, dass der Stadtrat einen Beschluss fasst. Bist du bereit, Lyle?"

Lyle nahm den Stift zur Hand und nickte.

„Möge hiermit beschlossen werden, dass der Stadtrat von Cambridge, Mississippi, folgende Bestimmung in Kraft setzt: Keinem Bürger soll ohne guten Grund Arbeit, Unterkunft oder irgendeine öffentliche Dienstleistung verweigert werden, er soll auch kein herabwürdigendes oder respektloses Verhalten erdulden müssen. Diese Resolution soll das Nachbarschaftsstatut genannt werden und jeder Verstoß dagegen ist sofort im Büro des Bürgermeisters zu melden, wo die Verstöße in Form von Geldstrafen und/oder Aberkennung von Geschäftslizenzen geahndet werden –, hast du das, Lyle?"

Constable nickte. „Das habe ich."

„Alle dafür?", rief der Bürgermeister.

„Ja!"

Die Abstimmung war einstimmig und die Zuschauer begannen zu applaudieren. Ruby hatte den Eindruck, dass keiner die Bedeutung dessen, was der Stadtrat gerade beschlossen hatte, richtig verstand – abgesehen von ihr und Marsh Avery. Sie waren nur froh, dass der Stadtrat endlich irgendetwas getan hatte.

„Also gut, Leute, beruhigt euch!", brüllte Ruben Layton. „Das hier ist doch keine Hundeschau!"

„Herr Bürgermeister", sagte Ruby und knickste höflich vor ihm, „darf ich Ihnen danken für die Charakterstärke und Integrität, die Sie alle heute Abend hier bewiesen haben."

„Aber gern geschehen, Miss Ruby", erwiderte Layton mit einem dümmlichen Grinsen. „Das haben wir gern getan. Dazu sind wir ja da, um sicherzustellen, dass jeder in unserer schönen Stadt gleiche Chancen hat, Freiheit und die Möglichkeit, glücklich zu sein. Und wenn ich noch hinzufügen darf …"

Er wollte mit seiner bombastischen Rede fortfahren, als Ruby die Hand hob und ihn unterbrach. „Herr Bürgermeister, dürfte ich Sie noch um einen winzig kleinen Gefallen bitten?"

„Aber gern, Madam. Nur raus mit der Sprache."

„Ich hätte gern einige Exemplare dieses Beschlusses. Wegen des historischen Wertes, wissen Sie. Darf ich, sagen wir, zehn Exemplare am Montag in Ihrem Büro abholen?"

Er zupfte an seinen Manschetten und nickte. „Montag ist in Ordnung, Miss Ruby. Und die Resolution wird gleich am Montagmorgen in der Zeitung veröffentlicht werden. Die Stadtbewohner sollen erfahren, dass der Stadtrat sich für sie einsetzt."

„Sie leisten wirklich hervorragende Arbeit", säuselte Ruby. „Und jetzt werde ich mich verabschieden, wenn Sie mich bitte entschuldigen wollen."

Ruby spürte den Blick der fünf Stadträte auf ihren Rücken gerichtet, als sie sich umwandte, um den Raum zu verlassen. *Sie sind zufrieden mit sich wie kleine Welpen,* dachte sie. *Und wenn ihnen klar wird, was sie getan haben, wird es zu spät sein.*

Ab kommendem Montag würde es Arbeit für jeden geben.

Der Scheich und die Jungfrau

November 1923

Harper Wainwright saß an seinem Schreibtisch in den Bainbridge Metallwerken und blätterte langsam die Seiten des Hauptbuches um. Bis zum Jahresende waren noch sechs Wochen, aber er brauchte nicht auf die Dezemberabrechnungen zu warten, um Mac Bainbridge zu sagen, dass der Ertrag schon wieder gestiegen war – dieses Mal um 18,5 Prozent.

In den fünf Jahren, die Harper nun schon für Mac arbeitete, war der Profit Jahr für Jahr gestiegen. Er hatte als Metallarbeiter draußen in der Fabrik begonnen und war innerhalb von einem Jahr zum Fabrikleiter aufgestiegen. Zuerst ärgerten sich die Männer über seine Beförderung, doch als sie feststellten, dass er Wege suchte, die Arbeit leichter und effizienter zu gestalten, fanden sie sich damit ab. Seit mehr als einem Jahr hatte ihn niemand mehr „Narbengesicht" genannt – abgesehen von dem neuen Mann, der im vergangenen Monat eingestellt worden war. Und der hatte es auch nur einmal gemacht. Die anderen Arbeiter waren sofort auf ihn losgegangen und Harper selbst hatte nicht ein einziges Wort des Vorwurfs vorbringen müssen.

Dank Harpers Effizienz und der neuen Techniken, die er im Laufe einer intensiven Beschäftigung mit dem Geschäft eingeführt hatte, stand Bainbridge finanziell so gut da wie nie zuvor. Ursprünglich hatte Mac die Profite in die eigene Tasche stecken wollen, doch Harper hatte ihn davon überzeugt, dass eine Lohnerhöhung für alle von Vorteil wäre. Und es hatte funktioniert. Jeder Mann in der Fabrik wusste, dass harte Arbeit höhere Profite bedeutete und höhere

Profite bedeuteten einen höheren Stundenlohn. In der Bainbridge Metallfabrik gab es keine Faulpelze. Niemand beschwerte sich. Jetzt standen die Männer Schlange, um sich für einen Job zu bewerben. Macs Warteliste war länger als sein brandneues Pierce-Arrow-Luxusauto.

Harper lachte zufrieden und schloss das Buch. Fünf Jahre und er hatte die Freude an seiner Arbeit noch nicht verloren. Wenn ein Mann für das Recht zu arbeiten kämpfen musste, nahm Harper an, dann wusste er sie mehr zu schätzen. Das gehörte zu den vielen Dingen, für die er dankbar war.

Als er die oberste Schublade seines Schreibtischs aufzog, um das Buch wegzulegen, fiel ihm ein vergilbtes Stück Papier ins Auge. Er zog es heraus, lehnte sich auf seinem Stuhl zurück und lächelte in sich hinein. Ein Exemplar des *Nachbarschaftsstatuts* des Stadtrates – er hatte es mitgebracht, als er sich bei Mac Bainbridge um einen Job beworben hatte. *Ich sollte es einrahmen,* dachte Harper, *und an die Wand hängen.* Als Erinnerung an Ruby Nobles Mut und Engagement.

Ruby würde sagen, sie hätte nur ein altes Familienrezept befolgt – zwei Teile Stolz, drei Teile Scham und einen Spritzer weiblicher List. Aber welche Methoden sie auch angewandt hatte, sie hatte etwas erreicht und sie alle hatten davon profitiert. Rod Powell hatte sich durch sein Klavierspiel im Hotelrestaurant eine große Anhängerschar erworben. Mansfield, der Hotelbesitzer, brüstete sich natürlich damit, ihn *entdeckt* zu haben und als der Manager eines Tanzlokals aus Memphis nach *Cambridge* kam und Rod die doppelte Gage für sechs Abende im *Riverview Palace* bot, bekam Mansfield beinahe einen Schlaganfall. Aber Rod ging trotzdem nach Memphis. Dort lernte er ein nettes Mädchen kennen und heiratete es. Er bekam zwei Kinder und war sehr erfolgreich in seinem Beruf.

Pete Hopkins hatte einen Job bei der Landwirtschaftsgenossenschaft bekommen. Er arbeitete mit Lyle Constable zusammen. Trotz seiner Behinderung konnte Pete vom Rollstuhl aus fast alles tun, nur nicht die oberen Regale erreichen. Er überredete Constable, Steven Bird als Buchhalter einzustellen, und als der Inhaber beschloss, das Geschäft zu verkaufen, kauften die drei den Laden zu gleichen Teilen.

Sogar Larry Summers war zurechtgekommen. Silvie hatte ihn ermutigt, sich eine Armprothese anzuschaffen, und er hatte gelernt, so geschickt damit umzugehen, dass niemand ihn mehr als Krüppel betrachtete. Er arbeitete in der Telefonvermittlung – einer noch recht neuen Einrichtung und er behauptete sich als einziger Mann in einer *Frauendomäne*. Er und seine neue Frau lebten nun in einem kleinen Haus am Ende der Main Street und erwarteten im Frühling ihr erstes Baby.

Harper drehte das vergilbte Papier in der Hand und seufzte. Dank Ruby und dem Nachbarschaftsstatut hatten alle Männer, die Zuflucht im *Noble House* gesucht hatten, einen Platz gefunden und sich ein neues Leben schaffen können. Alle außer ihm.

Sicher, er hatte einen guten Job und Freunde in der Fabrik. Er konnte die Straße entlanglaufen, ohne dass man ihn anstarrte oder ihm Schimpfnamen nachrief. Sogar Will Tarbush hatte seinen Tonfall geändert. Nachdem er gesehen hatte, wie erfolgreich Macs Geschäft lief, hatte er Harper privat aufgesucht und ihm einen ansehnlichen Bonus angeboten, wenn er für ihn arbeitete.

Aber Harper war natürlich nicht darauf angesprungen. Tarbush war noch immer ein Heuchler und ein Narr. Sein Herz war so hart wie alte Eichenbretter. Der Mann hatte sich nicht geändert; er war nur der Macht des allmächtigen Dollars erlegen. Außerdem war Harper dort glücklich, wo er war und Geld bedeutete ihm nicht viel. Der einzige enttäuschende Aspekt seines Lebens waren seine persönlichen Beziehungen. Vor allem seine Beziehung zu einer Person.

Ruby Noble.

Fünf Jahre lang hatte Harper seine Gefühle für Ruby für sich behalten. Sie waren Freunde – gute Freunde, das war klar –, aber das war auch schon alles. Zu Weihnachten machten sie sich gegenseitig kleine Geschenke, als Zeichen ihrer Zuneigung; jeden Sonntag besuchten sie gemeinsam den Gottesdienst. Ungefähr zweimal im Jahr unternahmen sie einen Tagesausflug nach Memphis oder zum *Sardis Lake*. Aber abgesehen von einer Berührung am Arm oder einem Schulterklopfen gab es bei Ruby keinerlei Anzeichen, dass sie sich eine Veränderung ihrer Beziehung wünschte. Und darum konnte er ihr nicht die Wahrheit sagen.

Die Wahrheit war, er liebte sie. Er respektierte sie. Er betete sie an. Und er konnte es ihr nicht sagen – nicht einmal jetzt, als erfolgreicher Geschäftsführer einer Fabrik. Er konnte nicht das Risiko eingehen, dass sie seine Gefühle vielleicht nicht teilte, konnte ihre Freundschaft nicht aufs Spiel setzen. Einiges hatte sich in *Cambridge*, Mississippi, zum Besseren verändert und dafür war er dankbar. Aber dass Ruby Noble von *Narbengesicht* hofiert wurde? Das war zu abwegig, um es auch nur zu denken.

Harper seufzte und legte das Blatt in die Schublade zurück. Es war bald Feierabend und er musste noch einen letzten Rundgang durch die Fabrik machen, bevor er nach Hause gehen konnte.

Zu Hause waren Ruby und Silvie zweifellos mit dem Essen für *Thanksgiving* beschäftigt. Zu Hause, wo er sich sicher, geachtet und sogar geliebt fühlte – aber nicht in der Art, wie er geliebt werden wollte. Zu Hause, wo er immerzu an das erinnert wurde, was er nicht haben konnte.

Silvie legte letzte Hand an den Maisauflauf und schob ihn in die bereits gut gefüllte Kühlkiste. „Du meine Güte, Liebes, brauchen wir wirklich die gleiche Menge an Kürbis- und Hackfleischkuchen? Wir haben doch noch den großen Kokoskuchen, weißt du?"

Ruby drehte sich grinsend zu ihr herum. „Harper mag beides. Und es ist Thanksgiving, Silvie. Wir werden an Thanksgiving nicht knauserig sein."

„Wie du meinst." Silvie rieb ihr den Kürbis aus dem Gesicht. „Wer wird alles da sein?"

„Wir beide, Harper und natürlich Onkel Henoch. Pete und Steven und die Constables. Larry und seine Frau. Zwei von den neuen Gästen werden auch da sein – Gil und John. Oh, und Dinah Johnson, das Mädchen, das Neta gerade in ihrem Laden eingestellt hat. Sie ist neu in der Stadt und an Thanksgiving sollte niemand allein sein."

„Ist sie vorbereitet auf diese Gruppe?"

„Ich denke schon. Ich habe ihr gesagt, dass wir eine ganz besondere Gruppe von Leuten sind."

Silvie beobachtete Ruby bei der Vorbereitung der Kuchen. Ihr Gesicht leuchtete richtig vor Vorfreude. „Das gefällt dir, nicht?"

„Was?“

„Für viele Leute groß aufzufahren. Ein gutes Essen vorzubereiten.“

Ruby lachte. „Ich denke immer, dass ich mich darauf freue, bis ich mitten drin stecke. Im Augenblick bringen meine Füße mich bald um.“

„Dann setz dich doch hin und lass mich die Kuchen fertig machen. Ich kann Kürbis genauso gut würzen wie du.“

„Besser“, entgegnete Ruby, „aber weißt du, mir macht dieser Teil selbst großen Spaß.“

Silvie zog die Augen zusammen und sprach in einer Singsangstimme. „Etwas Besonderes für *Harper*?“

„Was meinst du damit?“ Ruby ließ sich auf einen Stuhl am Küchentisch sinken. „Hier, du kannst den Teig fertig machen. Ich brauche eine Pause.“

Silvie übernahm und blickte ihre Freundin mit hochgezogener Augenbraue an. „Wann wirst du es ihm sagen, Ruby?“

„Was soll ich wem sagen?“

„Jetzt spiel nicht Verstecken mit mir, Mädchen. Es sind jetzt fünf Jahre, um Himmels willen. Ich bin doch nicht blind.“

Ruby zog ihre Schuhe aus. „Ich habe keine Ahnung, wovon du sprichst.“

„Natürlich weißt du das. Ich spreche von Mr Harper Wainwright.“ Silvie bearbeitete den Teig mit dem Nudelholz. Manchmal konnte das Mädchen so begriffsstutzig sein. Und so eigensinnig.

„Was ist mit ihm?“

„Du liebst ihn, das ist mit ihm“, fuhr Silvie sie an. „Soweit ich sagen kann, geht das jetzt schon vier Jahre so oder noch länger. Denkst du nicht, es sei an der Zeit, dass ihr beide mal offen miteinander redet?"

Silvie rollte den Teig aus, aber Ruby antwortete nicht. Als sie sich schließlich umdrehte, hatte Ruby den Kopf auf den Tisch gelegt. „Sieh mich an, Mädchen."

Ruby hob den Kopf und Silvie bemerkte die Tränenspuren auf ihrem Gesicht.

„Weinst du?"

Ruby schüttelte den Kopf und schniefte. „Natürlich nicht."

„Doch! Warum? Habe ich etwas Dummes gesagt?"

„Es ist – es ist alles!"

„Ach, nimm es doch nicht so schwer, Liebes." Silvie legte die Teigrolle aus der Hand und setzte sich neben Ruby an den Tisch. „Ich wollte deine Gefühle nicht verletzen."

„Das hast du nicht", schluchzte Ruby. „Es ist nur, nun –"

Sie hielt inne und Silvie tätschelte ihr die Hand. „Sprich weiter."

„Er ist jetzt schon fünf Jahre hier, Silvie. Und die ganze Zeit ist er ein perfekter Gentleman gewesen –"

„Und du wünschtest, er wäre nicht ein solcher Gentleman? Du wünschtest, er würde dich gegen die Wand drücken und nach Strich und Faden küssen?" Silvie grinste. Ruby belohnte sie mit einem halbherzigen Lächeln.

„Nicht unbedingt das. Ich wünschte nur, er würde *irgendetwas* tun – mir irgendwie zeigen, was er für mich empfindet. Falls er überhaupt etwas empfindet, heißt das."

Silvie schloss die Augen und betete um Geduld. Als sie sie wieder öffnete, starrte Ruby in die Ferne. „Hör zu", sagte sie fest. „Dieser Mann wohnt nun schon seit mehr als fünf

Jahren hier. Und die meiste Zeit hat er ein gutes Gehalt von Bainbridge bekommen. Denkst du nicht, er könnte es sich leisten, in einem eigenen Haus zu wohnen, wenn er das wollte?"

„Vermutlich", erwiderte Ruby flüsternd. „Aber viele allein stehende Männer ziehen Pensionen vor – du weißt schon, sie möchten sich an den gedeckten Tisch setzen und so."

„Nun, ich muss zugeben, dass meine Kochkünste einen Mann schon begeistern können", meinte Silvie lachend. „Aber ich glaube nicht, dass dies der wichtigste Grund für sein Bleiben ist."

„Du denkst, er bleibt wegen mir?"

Silvie verdrehte die Augen. „Was meinst du denn?"

„Ich weiß es nicht. Und du kannst aufhören, mich zu drängen, ihm meine Gefühle für ihn zu gestehen – das werde ich nicht tun. In Bezug auf die Liebe darf eine Dame nicht den ersten Schritt tun."

„Und seit wann bist du eine Dame?" Silvie gab sich Mühe, nicht spöttisch zu klingen, aber es gelang ihr nicht so ganz.

„Du denkst, ich sei keine Dame?"

„Ach, um Himmels willen, Ruby. Du bist ganz allein zur Stadtratsitzung marschiert. Du hast Gerechtigkeit für diese Männer erkämpft und sieh nur, was passiert ist. Du bist eine mutige und starke Frau mit Würde. Genau wie deine Großmutter."

Silvie beobachtete die Veränderung, die sich in Rubys Gesicht zeigte. Die Tränen versiegten und Entschlossenheit trat in ihren Blick. „Du hast recht, Silvie. Ich bin wirklich wie meine Großmutter und ich bin stolz darauf. Auch ihr wurde vorgeworfen, keine Dame zu sein." Sie zögerte und atmete tief durch. „Aber das ist etwas anderes. Und wenn Harper nun nicht dasselbe für mich empfindet? Und wenn er mich nur als Freundin betrachtet? Ich mag ihn sehr – und ich möchte unsere Freundschaft nicht durch ein dummes Missverständnis aufs Spiel setzen."

„Es ist ein Risiko", stimmte Silvie zu. „Vielleicht hast du recht; vielleicht ist es besser, es nicht zu wissen."

„Wie kannst du das sagen? Wenn ich mich durch meine Angst davon abhalten lasse, es herauszufinden, werfe ich vielleicht meine ganze Zukunft fort! Ich dachte, du hättest mehr Grips im Kopf, Silvie. Ich dachte, wenigstens du –" Plötzlich sah Ruby in Silvies Augen und begann zu lachen. „Du bist wirklich schlimm. Du hast den Köder ausgeworfen und ich habe ihn geschluckt, nicht?"

Silvie lachte. „Wie ein Wels eine Heuschrecke."

„Also gut. Ich werde darüber nachdenken. Aber keine Versprechen, verstanden?"

„Es ist dein Leben." Silvie zuckte die Achseln, dann wandte sie sich ihrem Teig wieder zu, sodass Ruby das Lächeln nicht sehen konnte, das sich nicht unterdrücken ließ.

•◆•

„Das war ein wundervolles Essen." Harper seufzte zufrieden und lehnte sich auf seinem Stuhl zurück. „Ich sage, ihr zwei Damen seid die besten Köchinnen auf dieser Seite des Mississippi."

Alle am Tisch nickten zustimmend. Fast jede Schüssel und Platte war sauber ausgekratzt, sodass die winzigen Rosen auf Grandma Pearls gutem Porzellan zum Vorschein kamen.

Ruby stand auf und begann den Tisch abzuräumen. „Ihr geht alle ins Wohnzimmer hinüber. Ich räume ein wenig auf, dann gibt es Kaffee und Nachtisch.“ Silvie erhob sich, um ihr zu helfen, doch Ruby schüttelte den Kopf. „Du hast den größten Teil des Kochens übernommen, Silvie. Ich werde mich um den Abwasch kümmern.“

Silvie warf ihr einen Blick zu und blinzelte. „Ich denke, ich nehme dich beim Wort.“ Sie lachte. „Harper, wie wäre es, wenn Sie Ruby ein wenig helfen? Sich Ihren Aufenthalt hier verdienen?“

Ein Schauer durchfuhr Ruby. Sie errötete und warf Silvie einen wütenden Blick zu. „Das ist nicht nötig“, wehrte sie leichthin ab. „Ich schaffe das schon.“

Harper lachte und schob seinen Stuhl vom Tisch zurück. „Ich helfe gern.“

„Wir können alle mithelfen“, bot Pete an. Er nahm einen Stapel Teller vom Tisch und stellte sie sich auf den Schoß. „Immerhin haben die meisten von uns hier gelebt. Wir wissen, wo alles hinkommt –“

„Nein, das tun Sie nicht!“, fuhr Silvie ihn an. Sie nahm die Teller von seinem Schoß und drückte sie Harper in die Hand. „Heute sind Sie Gäste“, fuhr sie ruhiger fort. „Entspannt euch im Wohnzimmer. Ruby und Harper können sich um alles kümmern.“

Ruby packte Silvie am Ellbogen und zerrte sie in die Küche. „Was soll das?“

„Du tust mir weh!“, beschwerte sich Silvie und entwand ihr den Arm. „Ich gebe dir eine Chance. Nutze sie!“

Ruby wollte gerade zu einer Antwort ansetzen, als Harper den Kopf zur Tür hereinsteckte. Er sah Ruby an, dann Silvie, dann wieder Ruby. „Soll ich später wiederkommen?“

„Natürlich nicht, Dummkopf. Kommen Sie herein." Silvie schob ihn mit seiner Ladung Geschirr zum Spülbecken und blickte Ruby mit zusammengezogenen Augen an. „Ich bin im Wohnzimmer, falls du mich brauchst."

Mit diesen Worten verschwand sie und Ruby war allein mit dem Mann, in dessen Gegenwart ihr Herz zu klopfen begann. Sie hätte Silvie erwürgen können. Ob Harper ihren Herzschlag hörte, ihr Erröten bemerkte?

Ihre Reaktion machte natürlich keinen Sinn. Das war nicht der Film *Der Scheich* und er war nicht Rodolfo Valentino. Was erwartete sie? Dass er das Geschirr abstellte, sie in seine Arme riss und dann mit ihr auf seinem goldenen Pferd in die Wüste ritt?

Diese Vorstellung brachte sie beinahe zum Lachen. Liebe – zumindest die Art von Liebe, die in den Filmen gezeigt wurde, mit Douglas Fairbanks als Robin Hood, der seine Marian rettete – erlebten nicht Menschen wie Ruby Noble und Harper Wainwright. Er würde nie ein Filmheld und sie nie seine liebliche Dame sein. Sie waren, was sie waren – eine jungfräuliche Pensionswirtin und ein kriegsversehrter Ex-Soldat.

„Irgendetwas Lustiges?" Harper stellte das Geschirr ins Spülbecken und wandte sich zu ihr um.

Ruby schüttelte den Kopf und sah ihn an. Er zuckte nicht zusammen oder wandte den Kopf ab. Sein Blick hielt ihren fest und er lächelte – sein bezauberndes schiefes Grinsen. Sie sah nicht seine vernarbte Wange, sein verkrüppeltes Bein oder seine verkrümmte Hand. Nur seine Augen, weich und blau, die sie mit einem seltsamen Ausdruck anblickten.

Ruby wusste nicht, wie lange der Augenblick dauerte. Sie war gefangen, festgehalten von seinem Blick, unfähig zu sprechen.

„Wenn Sie mir ein Gefäß geben, dann schneide ich das Fleisch von dem übrig gebliebenen Truthahn von den Knochen“, sagte er mit leiser Stimme.

Sie rührte sich nicht. Als er um sie herumgriff, um den Schrank zu öffnen, berührte seine Hand ihren Arm. Eine Flamme durchzuckte sie.

„Harper –“, begann sie. Sie bekam kaum Luft.

Seine Hand hielt mitten in der Bewegung inne. „Ruby –“

„I-ich weiß nicht, wie ich das sagen soll“, stammelte sie.

Er blickte sie erneut an, eindringlich, dann riss er die Augen auf. „Du auch?“

Sie lehnte sich gegen den Herd. „Ja.“

Er blinzelte. „Fünf Jahre lang“, brachte er schließlich mit leiser und belegter Stimme heraus, „habe ich gehofft, geträumt – sogar gebetet –, dass du mehr für mich empfinden mögest als nur Freundschaft. Aber nie hätte ich gedacht, dass ich würdig sein könnte –“

Ruby legte ihren zitternden Finger auf seine Lippen. Er zuckte ein wenig zusammen und schloss die Augen, als ihre Hand zu der vernarbten Seite seines Gesichts glitt, die angespannte Haut erforschte, die von der Verbrennung herrührenden Narben liebkoste. Seine Haut war kühl unter ihren Fingern – nicht hart und spröde, wie sie aussah, sondern glatt und sie gab unter dem Druck ihrer Berührung nach.

„Du bist mir aus dem Weg gegangen“, murmelte sie. „Lange Zeit hast du mich nicht einmal angeschaut.“

„Ich hatte Angst“, gestand er mit heiserer Stimme. „Angst vor meinen eigenen Gefühlen. Angst, du würdest mich zurückweisen. Angst davor, erneut verletzt zu werden, mit einem Schmerz, der viel schlimmer gewesen wäre als eine körperliche Wunde.“

Er legte den Arm um ihre Schultern und Ruby lehnte sich gegen ihn. Das sei ganz und gar nicht damenhaft, ermahnte sie eine innere Stimme, aber sie konnte nicht anders. Dies war der Augenblick, auf den sie gewartet hatte, und wenn sie ihn verstreichen ließ, würde sie sich das niemals verzeihen.

„So Gott will, wird es keine Verletzungen mehr geben", flüsterte sie. „Zumindest nicht von mir."

Er legte auch den anderen Arm um sie und zog sie an sich. „Wir sollen doch eigentlich spülen", murmelte er in ihr Haar.

„Das Geschirr kann warten." Ruby sah ihn an. „Versprich mir, dass du dich nie mehr vor mir versteckst."

„Ich verspreche es."

Er beugte den Kopf und Ruby spürte seinen warmen Atem an ihrer Wange. Als ihre Lippen sich trafen, hätte sie schwören können, Hufschlag und den Ruf der Nachtvögel in der Wüste gehört zu haben.

Doch tatsächlich hörte sie nur Silvies Stimme in der Küchentür. „Vielen Dank, Jesus. Das wurde aber auch Zeit!"

Das Hochzeitsgeschenk

März 1924

Ruby schlenderte durch die Gänge von Hartwells Supermarkt. In der Hand hielt sie Silvies Einkaufsliste. Schnell rechnete sie im Kopf zusammen. Vierzig oder fünfzig Gäste.

Der Schinken und der Truthahn brutzelten bereits im Ofen – einer in dem neuen, über den sich Silvie immerzu beklagte, der andere in dem alten Holzofen auf der hinteren Veranda. Am Nachmittag würden die Schichten für den Hochzeitskuchen bestimmt abgekühlt sein und könnten zusammengesetzt werden, auch das Brot würde fertig sein. Sie brauchte jetzt nur noch einen Sack Zucker, eine schöne Auswahl an Obst für den Salat und einige von den pastellfarbenen Pralinen als Tischdekoration.

„Gordon", rief sie, als Hartwell in seiner fleckigen Schürze an ihr vorbeikam, „haben Sie vielleicht Erdbeeren?"

„Einheimische gibt es noch nicht, Miss Ruby. Dafür ist es noch zu früh", erwiderte er. „Mein Lieferant hat jedoch gestern ein paar aus Florida mitgebracht, aber sie sind nicht billig."

Sie lächelte und tätschelte ihm den Arm. „Ich habe vor, nur einmal zu heiraten, Gordon; die Kosten spielen keine Rolle."

„Ja, Madam!" Er grinste sie an. „Sie stehen hinten in der Kühlung. Ich hole sie für Sie. Wie viele brauchen Sie?"

„So viele wie Sie haben."

Ruby begutachtete die Äpfel und Bananen, während sie darauf wartete, dass Gordon mit ihren Erdbeeren zurückkam. Der Supermarkt war ziemlich leer. Hinter sich, von dem Regal mit den Orangen verborgen, hörte sie die Stimmen von zwei Frauen, die miteinander tuschelten.

„Ist das zu glauben? Sie macht es tatsächlich. Sie wird diesen ... diesen *Mann* heiraten."

„Dieses *Monster*, meinst du. Denkst du, dass sie ihn ... geküsst hat? Ich könnte den Gedanken nicht ertragen."

Ruby spürte einen Stich in ihren Eingeweiden. Nach all dieser Zeit hätte sie sich daran gewöhnt haben sollen, dass die Leute über sie tratschten, aber zu hören, wie der Mann, den sie liebte, ein Monster genannt wurde –

„Denkst du, sie werden versuchen, Kinder zu bekommen? Kannst du dir das vorstellen?“

„Ich weiß. Selbst wenn die armen Kinder normal sein sollten, was für ein Leben würden sie denn führen, wenn sie ihn *Daddy* nennen müssen.“

„Nun, so etwas war doch zu erwarten, Edie. Sie ist doch bestimmt bald dreißig und sie lebt allein in dem großen Haus mit dieser Farbigen und den verkrüppelten Pensionsgästen. Wer würde sie denn schon nehmen?“

„Vierundzwanzig“, korrigierte Ruby mit fester Stimme.

Die Frauen verstummten.

„Vierundzwanzig“, wiederholte sie. „In der vergangenen Woche bin ich vierundzwanzig geworden.“

Ruby trat um das Regal herum und blickte in die wässrigen Augen von Edith Layton, der Frau des Bürgermeisters. Ediths Gefährtin, eine verschrumpelte kleine Frau mit Namen Beatrice Manning, hielt den Blick verlegen auf ihre Schuhspitzen gerichtet.

„Mein zukünftiger Mann, Mrs Layton“, sagte sie mit eiskalter Stimme, „ist kein Monster. Er ist ein freundlicher, sanfter Mann mit einem liebevollen und weichen Herzen – Eigenschaften, über die Ihr eigener Mann leider nicht verfügt.“ Ihr Blick glitt über Edith Laytons Gestalt, und flüchtig kam ihr der Gedanke, dass diese Frau sie an ein Würstchen erinnerte, das aus seiner Pelle herausquoll. Schließlich blieb sie an dem aufgedunsenen, pockennarbigen Gesicht der Frau hängen. „Falls Sie das überhaupt etwas angeht, wir lieben einander aufrichtig und diese Liebe ist nicht abhängig von der äußeren Erscheinung.“

Edith Laytons Augen traten hervor und eine Vene an ihrem Hals begann zu pochen. „Nun, ich würde nie ...!“

„Nein, das glaube ich“, entgegnete Ruby.

Gordon Hartwell war mit den Erdbeeren zurückgekommen und verfolgte diese Szene mit Entsetzen. „Ich – ich setze dies auf Ihre Rechnung, Miss Ruby“, stammelte er. „Sollen die Sachen geliefert werden?“

„Das wäre wirklich sehr nett, Gordon. Vielen Dank.“

Edith und Bea starrten Ruby hinterher, als sie sich an ihnen vorbeischob.

„Die Hochzeit ist morgen um halb fünf“, rief sie über ihre Schulter zurück. „Sie sind beide eingeladen, wenn Sie kommen möchten.“

Nachdem sie das Bett frisch bezogen und mit Fliederduft eingesprüht hatte, strich Ruby die Decke des alten Bettes glatt und lächelte. Sie hatte ihre letzte Nacht allein in diesem Bett gelegen. Und im Gegensatz zu den Konventionen hatte sie keine Angst, es mit Harper Wainwright zu teilen.

Sie lachte leise und schüttelte die Kissen auf. Eine richtige Dame, dachte sie, würde ihrer Hochzeitsnacht mit bangem Herzen entgegensehen – oder zumindest so tun, als wäre sie nervös. Aber andererseits hatte Silvie ihr immer wieder klargemacht, dass sie keine richtige Dame war und auch nie sein würde. Immerhin war sie Pearl Nobles Enkelin.

Ruby ging zu dem großen Schrank, nahm ihr Hochzeitskleid heraus und hängte es an die Tür. Es war ein wunderschönes Kleid – aus weißem Satin mit einem hohen Kragen und glatt geschnitten. Es hatte einen Hauch von Spitze und das Oberteil war mit Perlen bestickt. Das Einzige, was fehlte, war …

Sie atmete tief durch und drängte die Tränen zurück. Sie hatte sich vorgenommen, beim Gedanken an Grandma Pearls Brosche nicht traurig zu werden. Immerhin war die Brosche seit Jahren verschwunden. Doch trotz aller Vorsätze war sie über den Verlust traurig und vor allem an diesem Tag. Dies war ihr Hochzeitstag und aus Pearls Tagebüchern wusste sie, dass Grandpa Silas sie an ihre Babydecke gesteckt und einen Segen über sie gesprochen hatte. Der Segen hatte sich auf vielfältige Weise erfüllt. Dafür war sie dankbar. Trotzdem wünschte sie, die herzförmige Brosche würde an ihrem Kleid stecken, wenn sie an diesem Nachmittag zum Altar schritt …

Sie sah auf die Uhr auf ihrem Nachttisch. Es war 15 Uhr 15 – höchste Zeit, sich fertig zu machen.

Aber sie fand einfach nicht die Ruhe dazu. Sie ging ins Bad und starrte ihr Bild im Spiegel an, kehrte in das Schlafzimmer zurück und strich zum zweiten Mal die Decke glatt, schließlich verließ sie den Raum und ging nach oben.

Von dem Balkon über der Hauptveranda starrte Ruby hinab in den Garten. Auf dem Rasen waren Stühle aufgestellt worden. Ein breiter weißer Läufer lag in der Mitte der Stuhlreihen. Am Ende des Ganges stand ein alter Mann und starrte hinauf zu dem Haus. Vermutlich einer der Arbeiter, die Harper engagiert hatte, um alles aufzubauen, dachte sie. Nun, er konnte stolz auf seine Arbeit sein. Der Garten sah einfach prächtig aus.

Ihr Blick folgte ihm eine Weile, während er langsam durch den Garten schritt und schließlich zur Veranda kam. Wenigstens war er so umsichtig, den weißen Läufer nicht mit seinen

Stiefeln zu verschmutzen. Er kam näher und sie konnte ihn deutlicher sehen – graue Haare, ein angegrauter Bart, ein getriebener, leerer Ausdruck in den Augen. Seine Jacke war abgetragen an den Ellbogen, doch darunter trug er eine Satinweste, schmutzig und zerrissen. Ein Knopf fehlte. Früher schien er bessere Zeiten erlebt zu haben. Armer alter Mann. Es sah Harper ähnlich, dem Mann einen Job zu geben.

Ruby blickte ihm nach, wie er unter dem Verandadach verschwand und auf einmal wurde ihr bewusst, wie reich und erfüllt ihr eigenes Leben war. Wie dumm war sie doch gewesen, dass sie selbstsüchtige Tränen über den Verlust von Grandma Pearls Brosche vergossen hatte! Reue überfiel sie und sie sprach ein Dankgebet und bat Gott, diesen Mann zu segnen, wer immer er war. Der alte Mann konnte offensichtlich etwas Segen gebrauchen. Von jetzt an würde sie versuchen, an ihn und Männer wie ihn – die weniger Glücklichen – zu denken, wann immer sie in Gefahr geriet, das, was Gott ihr geschenkt hatte, für selbstverständlich hinzunehmen.

Sie stieg die Treppen wieder hinunter ins Esszimmer, wo Silvies Cousine Esther das Essen für den Empfang vorbereitete.

„Kann ich dir irgendwie helfen?“, fragte sie, als Esther einen riesigen gebratenen Schinken hereintrug.

„Du meine Güte, nein, Ruby!“, schimpfte Esther. „Dies ist dein Hochzeitstag und deine Gäste werden in weniger als einer Stunde eintreffen. Und jetzt verschwinde und zieh dich an!“

Ruby blickte sich um. Sie fühlte sich so nutzlos. „Hat irgendjemand Harper gesehen?“

„Genau wie du läuft er wie Falschgeld hier herum und steht uns nur im Weg. Aber du solltest auch nicht nach ihm suchen. Weißt du denn nicht, dass es Unglück bringt, wenn eine Braut ihren Bräutigam vor der Hochzeit sieht?"

Ruby schlenderte ins Wohnzimmer, wo jede Abstellfläche mit Hochzeitsgeschenken voll gestopft zu sein schien. Das breite Sims des Kamins war unter einer Fülle von eingepackten Schachteln und Schleifen ganz verschwunden. Geschenke stapelten sich auf allen Tischen und in den Ecken des Zimmers. Nur auf dem kleinen Wohnzimmertisch mit der Marmorplatte war noch Platz, damit die Gäste während des Empfangs ihre Tassen und Teller darauf abstellen konnten. Doch jetzt stand auch darauf ein Geschenk.

Ruby setzte sich in einen Sessel und nahm die kleine, hübsch eingepackte Schachtel in die Hand. Eigentlich sollte sie sie zu den anderen Geschenken stellen, nahm sie an, doch stattdessen betrachtete sie sie etwas näher. Sie war in glänzendes Papier eingewickelt und mit einem goldenen Band verschnürt. Auf dem Anhänger stand *Ruby.* Nicht *Mr Harper Wainwright und Miss Ruby Noble*, wie bei den anderen Geschenken. Nur *Ruby.*

„Mädchen, was machst du denn hier? Warum bist du noch nicht angezogen?"

Ruby sah auf. Silvie funkelte sie an. „Ach, auch dir einen guten Tag", lachte sie.

„Komm mir nicht so, Missy! Weißt du denn nicht, wie viel Uhr es ist? Raus jetzt hier und zieh dein Hochzeitskleid an. Wir müssen dich doch auch noch frisieren."

Ruby zeigte ihr die Schachtel. „Was ist das?"

„Was ist das wohl?" Silvie starrte sie an, als hätte sie den Verstand verloren. „Das ist ein Hochzeitsgeschenk, würde ich sagen."

„Aber von wem? Und warum steht nur mein Name darauf?“

„Ruby, ich weiß es nicht. Und im Augenblick ist mir das auch ziemlich egal. Du musst dich jetzt endlich –“

„Ich werde es aufmachen.“

Silvie verdrehte die Augen und seufzte. „Also gut, mach es auf.“ Sie setzte sich zu Ruby in den Sessel. „Aber mach mir keine Vorwürfe, wenn du zu deiner eigenen Hochzeit zu spät kommst.“

Ruby entfernte die Schleife, riss das Papier ab, öffnete die Schachtel und stieß einen kleinen Schrei aus.

„Herr, erbarme dich!“, keuchte Silvie.

Es war eine herzförmige, mit kleinen Perlen besetzte Rubinbrosche.

„Der Rubin deiner Großmutter“, murmelte Silvie. „Wie um alles in der Welt –?“

„Nein, das kann nicht die Brosche meiner Großmutter sein, obwohl sie genau gleich aussieht. Bei der verlorenen fehlte eine Perle.“

Silvie strich mit dem Finger über den Stein. „Das ist bestimmt ein Geschenk von Harper. Niemand sonst würde dir so etwas schenken.“

„Harper weiß nichts von der Brosche“, protestierte Ruby. „Ich habe ihm nichts davon erzählt.“

„Dann muss dieser Mann einen direkten Draht zum Himmel haben“, entgegnete Silvie. „Du wirst sie doch tragen, nicht?“

„Aber ganz bestimmt. Doch zuerst muss ich mit ihm reden.“

„Das geht nicht.“ Silvie zupfte sie am Arm. „Zum einen hast du keine Zeit mehr. Zum anderen bringt es Unglück –“

„Wenn man den Bräutigam vor der Trauung sieht. Ich weiß. Esther hat mir das bereits gesagt. Dann wird das wohl warten müssen.“ Ruby blickte auf die Brosche und Tränen traten ihr in die Augen. „Sie ist wunderschön. Aber irgendwie wünschte ich, eine Perle würde fehlen. Ich wünschte, es wäre die Brosche meiner Großmutter.“

„Und du bist sicher, dass sie es nicht ist?“

„Wie soll das gehen? Es ist unmöglich. Grandma Pearls Brosche verschwand vor Jahren, zusammen mit meinem Vater.“ Sie schüttelte entschlossen den Kopf. „Nun, ich schätze, wir fangen jetzt besser mal an. Ich möchte nicht zu meiner eigenen Hochzeit zu spät kommen.“

Sie drehte den Edelstein um. Auf der Rückseite waren in kleinen geschwungenen Buchstaben die Worte eingraviert: *Aufrichtigkeit, Reinheit, Adel.*

Noch nie hatte *Noble House* so festlich gewirkt – abgesehen vermutlich von dem Tag, an dem Grandpa Silas und Grandma Pearl ihre Hochzeit auf genau dieser Veranda gefeiert hatten. Der Steg war von knospenden Azaleen gesäumt und gelbe Narzissen blühten unter dem dicken Magnolienbaum. Weiße Bänder waren zwischen den rechteckigen Säulen gespannt, die in riesigen Schleifen endeten. Töpfe mit Gardenien säumten die Treppen und ihr zarter Duft wurde von der Nachmittagsbrise davongetragen.

Falls Ruby hundert Jahre alt werden würde – was hoffentlich nicht geschehen würde –, würde sie bestimmt keinen so schönen Tag mehr erleben.

Onkel Henoch und einige seiner Freunde hatten das Klavier hinaus auf die Veranda geschoben, und Rod Powell, der zur Hochzeit aus Memphis gekommen war, spielte leise im Hintergrund, während die Gäste eintrafen. Um 16 Uhr 15 verließ Ruby ihr Schlafzimmer und begab sich auf die hintere Veranda, um dort auf das Stichwort für ihren großen Auftritt zu warten.

„Ist alles in Ordnung?“, fragte sie Silvie zum hundertsten Mal. Ihre Hände fuhren an ihren Hals, wie um sich davon zu überzeugen, dass die Rubinbrosche noch da war.

„Du siehst wunderschön aus. Die Brosche ist perfekt.“ Silvie richtete den weiten Rock des Hochzeitskleides und trat zurück, um ihre Freundin zu bewundern. „Ich glaube, ich habe dir noch gar nicht gedankt, dass ich deine Brautjungfer sein darf.“

„Wen sonst hätte ich fragen können?“, wehrte Ruby ab. „Du bist von klein auf meine beste Freundin.“

„Und du bist sicher, dass ich auch nach diesem Tag noch hierbleiben soll?“

„Natürlich bin ich sicher. Silvie, *Noble House* ist *unser* Zuhause, nicht nur *meins*. Und es ist auch deine Pension. Ich wüsste gar nicht, was ich ohne dich tun sollte.“

„Ich dachte nur –“

„Lass das lieber sein“, unterbrach Ruby sie. „Harper und ich werden das große Schlafzimmer unten nehmen und alles andere wird so bleiben, wie es war. Außerdem musst du doch hier den Laden schmeißen, während wir auf Hochzeitsreise in New Orleans sind. In einer Woche sind wir wieder da.“

Silvie zog den Kopf ein. „Ich habe mich vermutlich gefragt, ob Harper nach eurer Hochzeit nicht die Leitung der Pension übernehmen wird.“

Ruby lachte auf. „Und uns den ganzen Tag vor den Füßen herläuft, während wir beide versuchen, unsere Arbeit zu tun? Himmel, nein. Er behält seinen Job bei *Bainbridge Metal.* Wir lieben uns, Silvie; wir sind nicht an der Hüfte zusammengewachsen."

Die beiden Frauen umarmten sich und Ruby flüsterte: „Und jetzt will ich nichts mehr davon hören, dass du weggehen willst, in Ordnung?"

„In Ordnung." Silvie wischte sich eine Träne ab.

„Und übrigens, in diesem Kleid siehst du absolut atemberaubend aus."

Silvie drehte sich im Kreis. „Findest du?"

Ruby betrachtete sie. Sie hatte immer gewusst, dass ihre Freundin eine Schönheit war; sie hatte nur nicht viel darüber nachgedacht. Aber heute, in dem hübschen fließenden Kleid aus blassblauem Tüll auf der schokoladenbraunen Haut, strahlte Silvie richtig. „Du bist eine Wucht. Das Blau passt perfekt zu deiner Hautfarbe. Ich wünschte nur, ich könnte dich in einen Kartoffelsack stecken – du wirst der Braut die Show stehlen."

Silvie wollte gerade zu einer Antwort ansetzen, als Henoch um das Haus kam. „Wir sind so weit."

Ruby nahm ihrer Brautjungfer den Brautstrauß ab und legte ihre Hand auf Henochs Arm. „Eine bunte Hochzeit", neckte sie. „Genau wie die von Grandpa Silas und Grandma Pearl."

Henoch lächelte auf sie herab. „Deine Großeltern wären stolz auf dich, Ruby."

Ruby legte ihre Hand an die herzförmige Brosche an ihrem Hals. „Das weiß ich, Onkel Henoch. Glaube mir, das weiß ich."

Die Stühle im Garten waren fast alle besetzt und auf den weißen Läufer waren Rosenblätter gestreut. Henoch, Silvie und Ruby stellten sich hinter die Magnolie, bis die Musik einsetzte.

Ruby ließ den Blick über die Menge gleiten. Pete Hopkins saß in seinem Rollstuhl auf der Veranda. Er war ihr Trauzeuge. Steven Bird saß zusammen mit Lyle Constable und seiner Familie in der ersten Reihe. Larry Summers und seine Frau waren gekommen sowie die Letzten aus Grandma Pearls Familie, darunter auch Marshall Avery und seine Familie. Alle schwarzen Warrens waren da; sie hatten Kinder und Enkelkinder mitgebracht. Die weißen Warrens, Nachfahren des ursprünglichen Plantagenbesitzers, waren auffälligerweise abwesend. Braune Gesichter und weiße; Männer, Frauen und Kinder; Blinde und Sehende; Leute in Rollstühlen, mit Beinschienen und Krücken neben Menschen mit starken Gliedern und aktiven Körpern.

Wie es sein sollte, dachte Ruby. *Wie Gott es beabsichtigt hat.*

Ihr Blick blieb einen Augenblick lang an zwei lächerlichen Hüten hängen – ein hellblauer mit einem künstlichen Vogel auf dem breiten Rand, der andere mit Blumen übersät. *Wer ist das?*, fragte sie sich. Doch dann drehte sich eine der Frauen um.

Es war Edith Layton, aufgetakelt in einem blauen Seidenkleid, in dem sie aussah wie der dicke blaue Vogel auf ihrem Hut. Die Frau neben ihr musste Beatrice Manning sein.

Edith fing ihren Blick auf und winkte kurz. Sie wirkte niedergeschlagen und beschämt. Ruby winkte zurück und strahlte sie an. Aus einem Impuls heraus ließ sie Henoch stehen und ging zu den beiden Frauen hinüber.

„Danke, dass Sie gekommen sind“, sagte sie leise und legte die Hand leicht auf Ediths Schulter.

„Ich – oh, du meine Güte, ich“, Edith fuhr zusammen und wand sich auf ihrem Platz. „Ruby, ich – ich weiß nicht, was ich sagen soll. Wir hatten kein Recht, so zu reden, und –“

„Schsch“, unterbrach Ruby sie. „Ist schon gut. Sie werden doch noch zum Empfang bleiben, nicht?“

„Das hatten wir eigentlich nicht vor.“ Edith schüttelte den Kopf. „Wir dachten nicht, dass wir –“

„Willkommen wären?“ Ruby lachte. „Sehen Sie sich um, Mrs Layton. Alle sind hier willkommen.“

Diese Bemerkung zauberte ein schwaches Lächeln auf Edith Laytons Gesicht und Rubys Herz wurde warm. „Bitte bleiben Sie. Ich möchte, dass Sie Harper kennenlernen – ihn *richtig* kennenlernen.“

„Das würde ich gern“, murmelte Edith. „Danke.“

Ruby hörte, wie die Musik einen Augenblick aussetzte; dann erklang die Melodie von „Jesus, Joy of Man’s Desiring“.

„Jetzt bin ich dran“, flüsterte sie. „Wir sehen uns später.“

Silvie schritt vor ihr über den Läufer. Sie hielt einen Strauß blassblauer Hortensien in der Hand. Ruby stand an Henochs Seite und beobachtete sie. Als sie zu ihm aufsah, bemerkte sie die Bewunderung in seinem gut aussehenden schwarzen Gesicht.

„Sie ist hübsch, nicht?“, murmelte Ruby.

Er nickte. „Ja, das ist sie.“ Henoch drückte Rubys Arm. „Meine beiden Mädchen sind hübsch.“

Die Musik wurde lauter und Ruby setzte sich in Bewegung. Dies war kein Gotteshaus – viele der anwesenden

Gäste wären innerhalb der Mauern der presbyterianischen Gemeinde nicht willkommen gewesen. Doch trotzdem war dies ein heiliger Ort, genauso heilig wie jeder Gottesdienstraum. Sie hob den Kopf und sah Harper auf der Veranda stehen. Er lächelte sie an. Ruby stockte der Atem.

Ihr zu Ehren erhob sich die Gemeinde. Pete Hopkins auf der Veranda stemmte sich mit seinen kräftigen Armen aus dem Rollstuhl; er blieb in dieser Position, bis alle Platz genommen hatten. Während Ruby näher kam, nickte er ihr zu und grinste sie an und sie glaubte, eine einzelne Träne über seine Wange laufen zu sehen.

Von diesem Augenblick an hatte sie jedoch nur noch Augen für Harper. Mittlerweile kannte sie jede Narbe in diesem lieben Gesicht. Ihr Blick verweilte an seiner vernarbten Wange, seinem schiefen Grinsen. Sie liebte es, wie sich sein rechtes Auge beim Lächeln hochzog. Und mit diesem Blick, der in die Seele hineinsieht, entdeckte sie nur Schönheit – die Schönheit der Liebe, das Wunder, das aus zwei Herzen eines macht.

Die Zeremonie ging schnell vorüber. Rubys Gedanken waren so von Harper erfüllt, dass sie sich kaum an das erinnern konnte, was gesagt wurde. Doch als der Pastor sie zu Mann und Frau erklärte, beugte sich Harper zu ihr herab, um sie zu küssen und sie wusste, dass Worte nicht zählten. Was zählte, war allein das Geschenk, das Gott ihnen beiden gemacht hatte.

Harpers blaue Augen hielten sie fest, als er sie an sich zog. Und als seine Lippen ihre berührten, murmelte er: „Danke, dass du mein Wunder bist."

Dieser Satz hallte in ihrer Seele nach, wie eine Glocke, die mit der Feierlichkeit der Wahrheit geläutet wird. Es war die Art von Gefühl, da war sie sicher, das Grandpa Silas und Grandma Pearl füreinander empfunden hatten. Sie würde es nie vergessen, auch würde sie nie den Ausdruck tiefer Liebe in seinen Augen vergessen, als er diese Worte sagte. In diesem Augenblick sprach sie ein kurzes Dankgebet und sie spürte beinahe, wie ihre Großeltern auf sie herablächelten. Sie billigten ihre Wahl, teilten ihre Freude.

Ruby sah ihrem Mann in die Augen. „Und danke“, flüsterte sie, „dass du mein Wunder geworden bist.“

Das Geständnis

Ruby schlug die Decke zurück und ließ sich seufzend auf das Bett sinken.

„Harper“, fragte sie, als er sich neben sie setzte, „wer ist diese Person?“ Sie deutete auf die erste Seite des Gästebuches, wo ein praktisch unleserlicher Name in der ersten Zeile stand.

Er blickte ihr über die Schulter. „Ich habe keine Ahnung.“

„Keiner deiner Freunde?“

„Ich kann den Namen kaum entziffern.“ Er lachte. „Was steht da? *A. Birecled?* Nie davon gehört.“

„Ich dachte, es sei vielleicht der Mann, den du beauftragt hast, alles für die Hochzeit herzurichten.“

„Ich habe niemanden beauftragt. Henoch und seine Söhne haben sich um alles gekümmert.“ Harper wollte das

Buch schließen und ihr aus der Hand nehmen, aber sie hielt es fest. „Was für ein Mann?“

„Heute Nachmittag bin ich etwa eine Stunde vor der Hochzeit auf den Balkon gegangen. Unten im Garten war ein Mann. Ein alter Bursche mit grauen Haaren und einem Bart. Er sah aus, als hätte er schwierige Zeiten durchgemacht – du weißt schon, teure Kleider, aber schmutzig und verschlissen.“

„Ich kenne keinen solchen Mann.“

Ruby legte das Buch aus der Hand und verdrängte den Gedanken an den alten Mann. Sie kuschelte sich dicht an ihren Mann. *Ihr Mann.* Das gefiel ihr. Ihr gefiel der Gedanke, seine Frau zu sein. Nicht dass sie je eine Ehefrau im herkömmlichen Sinne sein würde und sie hatte nicht die Absicht, jetzt damit anzufangen. Aber mit Harper verheiratet zu sein, war so richtig. So richtig wie alles, was sie bisher getan hatte.

Ihr Blick wanderte zum Kleiderschrank. Ihr Hochzeitskleid hing an der Tür. Die Rubinbrosche steckte noch am Kragen.

„Erzähl mir von der Brosche, Harper. Wo um alles in der Welt hast du die aufgetrieben?“

Ein Schatten legte sich auf sein Gesicht. „Müssen wir jetzt darüber reden?“

Ruby zog die Augen zusammen und musterte ihn. „Ich würde es nur gern wissen, das ist alles. Vor langer Zeit habe ich eine ähnliche besessen. Sie hatte meiner Großmutter gehört und sollte mir an meinem Hochzeitstag gegeben werden. Es erscheint mir nur so – nun, wie ein Wunder, dass du eine ähnliche gefunden hast, wo du doch nicht einmal davon gewusst hast.“

„Deine Großmutter hat eine besessen, hast du gesagt?" Seine Stimme war leise und gedrückt.

„Sie sah fast genauso aus – nur hat eine Perle gefehlt."

Er schwieg eine Weile.

„Harper? Stimmt was nicht?"

„An dieser Brosche hat einmal eine Perle gefehlt." Er seufzte. „Ich habe sie ersetzen lassen, bevor ich sie dir geschenkt habe."

Seine Worte legten sich wie Bleikugeln auf Rubys Seele. „An dieser Brosche hat eine Perle gefehlt?"

„Ja."

Sie dachte an die Inschrift auf der Rückseite: *Aufrichtigkeit, Reinheit, Adel.*

„Harper, wo hast du sie gekauft?"

„Ich wollte es dir eigentlich nicht erzählen. Vermutlich habe ich mich geschämt. Ich habe sie nicht gekauft, Ruby. Ich habe sie *gewonnen.*"

Harper wurde rot vor Verlegenheit. Da musste er seiner Frau nun in der Hochzeitsnacht gestehen, dass er ihr Hochzeitsgeschenk in einem Spielzimmer gewonnen hatte. Am liebsten hätte er das Thema sofort fallen gelassen, aber das ließ sie nicht zu.

„Du hast sie gewonnen?" Sie riss an seinem Arm und ihre Augen sprühten Funken. „Du erzählst mir besser die ganze Geschichte, Harper Wainwright. Und zwar sofort."

Er nickte seufzend. „Also gut. Ich habe sie bei einem Pokerspiel gewonnen, oder besser, mein Freund Sligo hat sie gewonnen. Er war drüben mein Sergeant. Wir wurden gleichzeitig aus der Armee entlassen. Wir kamen schließlich nach Memphis, in so eine kleine Taverne. Er geriet in ein Pokerspiel und hatte kein Geld, darum habe ich ihm –"

„Die Brosche, Harper", zischte sie durch zusammengebissene Zähne. „Was ist mit der Brosche?"

„Dazu komme ich noch. Der Typ, mit dem er spielte, war davon überzeugt zu gewinnen – ein *Fullhouse*, soweit ich mich erinnere. Er hat alles gegen Sligos dreihundert Dollar gesetzt, auch diese Brosche." Er hielt inne. „Sligo hatte vier Zehnen."

Ruby starrte ihn verständnislos an. „Das ist mehr als ein *Housefull*, nehme ich an."

„Ein *Fullhouse*", korrigierte er. „Und ja, das stimmt. Der Typ war außer sich, aber was konnte er tun? Er überließ Sligo die Brosche und Sligo hat sie mir geschenkt."

„Und als du sie bekamst, hat eine Perle gefehlt?"

„Ja. Ich habe sie all die Jahre aufbewahrt; ich weiß auch nicht, warum. Sligo kam zwei Wochen später bei einer Rauferei in einer Bar ums Leben – vielleicht aus Sentimentalität meinem Freund gegenüber. Aber da war noch etwas anderes – etwas mit der Brosche. Wann immer ich sie ansah, dachte ich unwillkürlich, dass sie nicht nur ein hübsches Schmuckstück ist. Sie wirkte immer so – ich weiß auch nicht, lebendig vielleicht, als hätte sie ein eigenes Herz und eine Geschichte. Als wir uns verliebten, beschloss ich, sie dir zur Hochzeit zu schenken; ich dachte, dass sie viel wertvoller sei als alles, was ich dir kaufen könnte. Aber natürlich wollte ich sie dir nicht mit der fehlenden Perle schenken."

Er brach ab und musterte ihr Gesicht. „Bist du böse?"

Ruby blinzelte. „Weshalb?"

„Dass ich dir den Gewinn aus Sligos Pokerspiel als Hochzeitsgeschenk gegeben habe?"

„Nein“, meinte sie zerstreut. „Nein, Harper, ich bin nicht böse …“

Das war sie auch wirklich nicht. Verblüfft vielleicht. Verwirrt ganz sicher. Aber böse? Nein, sie war nicht böse.

„Das ist das wertvollste Stück, das ich je besessen habe“, fuhr er fort. „Zumindest denke ich, dass sie wertvoll ist.“

„Sie ist wertvoll, das stimmt. So wertvoll, wie die eine, die sie trägt, für denjenigen ist, der sie verschenkt.“

Harper schüttelte den Kopf. „Wie bitte?“

„Aus dem Tagebuch meiner Großmutter. Das hat Grandpa Silas’ Großmutter von der Brosche gesagt.“

„Dann ist sie wirklich sehr wertvoll“, murmelte er und streichelte ihren Arm. „Du weißt, dass ich dich liebe, nicht? Dass ich dich nie verletzen würde?“

„Ja, das weiß ich.“ Trotz seiner liebevollen Worte konnte Ruby die Tränen nicht unterdrücken.

„Warum weinst du dann?“

Sie atmete tief durch. „Harper, weißt du noch den Namen dieses Spielers? Der die Rubinbrosche gesetzt hat?“

Sie wartete, während er nachdachte. „Ja, ich glaube schon. Sligo hat sich über seinen Namen lustig gemacht, hat ihn geneckt, hat versucht, ihn dazu zu bringen, seine Karten zu verraten. Er sagte, es sei ein weibischer Name. Nein, das war es nicht. Ein *Pansy*-Name.“

Ein Schauder lief Ruby über den Rücken. „Was hat der Spieler geantwortet?“

„Er wirkte ein wenig erregt, glaube ich, aber er versuchte, es zu verbergen. Sein Name war – warte, er fällt mir gleich ein. Benedict. Ja, Avery Benedict.“

Ruby schloss die Augen. Jeder Muskel in ihrem Körper versteifte sich, als sie die Wahrheit erkannte. *Avery. Benedict. Pansy.*

Sie schnappte sich das Gästebuch und blätterte zu der ersten Seite zurück. „Sieh nur!" Sie deutete auf den Namen in der ersten Zeile.

„Benedict!", sagte Harper. „A. Benedict!" Er zog die Stirn kraus. „Aber warum sollte sich ein Spieler aus Memphis in unser Gästebuch eintragen?"

„Der Mann, den ich heute Nachmittag auf der Veranda gesehen habe", flüsterte Ruby. „Dieser arme, abgerissene Bursche. Das war dein Spieler. Avery Benedict. Mein Vater."

Generationen

Dezember 1927

Ruby saß am Kamin und drückte den kleinen Conrad an die Brust. Selbst jetzt noch, zwei Monate nach seiner Geburt, war er für sie das größte Wunder, das sie je erlebt hatte. Ein so perfektes kleines Wesen mit seinen winzigen Fingerchen und Zehen, den großen blauen Augen und diesem tiefen Grübchen in der rechten Wange. Das Grübchen, hatte Harper ihr erzählt, wies ihn als Wainwright aus, auch wenn sein eigenes Grübchen durch die Narben in seinem Gesicht nicht mehr zu sehen war.

Sie seufzte tief und strich über den flaumigen Kopf des Babys. Sicher hatte Harpers Mutter ihn auch so im Arm gehalten, ihm in die Augen geblickt und ihn für das hübscheste Baby gehalten, das je das Licht der Welt erblickt hatte.

Ruby ließ ihre Gedanken wandern, während sie hinaus in den Regen starrte. Es war bald Weihnachten und Harper quälte sie bereits seit zwei Wochen, ihm zu verraten, was sie sich zu Weihnachten wünschte. Aber ihr fiel einfach nichts ein. Sie hatte ein Heim und eine Familie, Freunde und Liebe, das Gefühl der Gegenwart Gottes in ihrem Leben und eine Berufung, die ihrem Leben jeden Tag Sinn verlieh. Was konnte sich eine Frau mehr wünschen?

Silvie hatte befürchtet, dass sich nach Rubys und Harpers Hochzeit im *Noble House* alles verändern würde. Aber die Hochzeit hatte nichts an der Berufung geändert. Jetzt arbeiteten sie zu dritt, um den von der Gesellschaft verachteten Menschen einen Ort der Zuflucht zu geben, an dem ihnen ihre Würde erhalten blieb. Und niemand nannte *Noble House* mehr die „Show der Missgeburten".

Zehn Jahre. Zehn Jahre waren vergangen seit dem Tag, an dem Ruby in diesem Sessel gesessen und sich gefragt hatte, was aus ihr werden sollte, nachdem ihre Eltern tot waren und sie allein zurückgeblieben war. Aber sie war nicht allein gewesen – nicht wirklich. Der Geist und das Vermächtnis ihrer Großeltern hatten überlebt. Pearls Tagebücher hatten sie herausgefordert und verändert, ihr die Richtung gezeigt, in die ihr Leben verlaufen sollte. Und auch wenn sie es nicht gemerkt hatte – auch wenn sie sich sogar dagegen gewehrt hatte –, Gott war in ihrem Leben am Werk gewesen, um sie an den Platz zu bringen, den er für sie im Blick hatte.

Nur eine Sache machte ihr zu schaffen.

Ihr Vater.

Seit ihrem Hochzeitstag vor mehr als drei Jahren ließ Ruby das Bild des abgerissenen, heruntergekommenen Mannes, der auf dem Rasen aufgetaucht war, nicht mehr los. Nach der Geschichte, die Harper ihr von der Rubinbrosche erzählt hatte, musste der Mann ihr Vater sein, aber wenn er es wirklich war, wieso hatte er nicht mit ihr gesprochen? Warum hatte er sich einfach in das Gästebuch eingetragen und war verschwunden?

Im Jahr nach ihrer Hochzeit hatte Harper alles getan, um den Mann, der sich Avery Benedict nannte, ausfindig zu machen, aber ohne Erfolg. Wieder einmal war er wie der Morgennebel verschwunden. Manchmal weinte Ruby um ihn. Manchmal war sie wütend auf ihn. Gelegentlich wünschte sie, er wäre nie zurückgekommen, damit sie ihn weiterhin für tot halten und für immer aus ihrem Leben verbannen konnte. Aber er war ständig da, in ihren Gedanken, und er blieb ihr in Erinnerung als gebrochener alter Mann in einer zerlumpten Satinweste.

Es war wirklich ärgerlich. Er war nie richtig weggegangen und doch war er nie da.

Nach einer Weile glaubte Ruby, ihm vergeben zu haben. Sie hatte es auf jeden Fall versucht. Sie hatte versucht, sein Verhalten zu erklären, es zu verstehen. Doch schließlich war sie immer wieder zu der einen überwältigenden Empfindung zurückgekehrt, die sie jedes Mal überfiel, wenn sein Bild vor ihrem inneren Auge auftauchte – Zorn.

Was war das für ein Mann, der Frau und Tochter verließ, um unter falschem Namen ein neues Leben als Spieler zu beginnen? Was für ein Mann würde am Tag der Hochzeit eben dieser Tochter auftauchen und dann erneut wortlos verschwinden?

Avery Benedict.

Wann immer sie an diesen Namen dachte, hatte Ruby einen bitteren Geschmack im Mund. Er hatte Grandma Pearls Mädchennamen angenommen und ihn als Decknamen für sein Leben der Schwäche und Ausschweifung missbraucht. Was für ein Egoismus!

Und doch war er ihr Vater. Egal, was er getan hatte, egal, was für ein schlechtes Leben er geführt hatte, er war trotzdem ihr Vater. Irgendwie sehnte sich Ruby danach, ihn wissen zu lassen, was für einen lieben Mann sie geheiratet hatte, was für einen wundervollen Enkel er hatte.

Dieser Konflikt nagte an ihr, wann immer sie sich gestattete, über ihn nachzudenken. Und wenn er wieder auftauchte? Wie würde sie reagieren? Würde sie ihn die volle Wucht ihres Zorns spüren lassen oder würde sie sich so freuen, ihn zu sehen, dass sie ihren Zorn ganz und gar vergaß und ihm wie ein am Boden zerstörtes kleines Mädchen in die Arme sank, dessen Daddy endlich nach Hause gekommen war?

Ruby hatte keine Ahnung, wie sie reagieren würde. Sie war nicht einmal sicher, ob sie wollte, dass ihr kleiner Sohn seinen Großvater kennenlernte. Abraham Noble – oder Avery Benedict, wie er sich jetzt nannte – war nicht die Art von Vorbild, die sie sich für Conrad wünschte. Und angesichts dessen, was er ihr angetan hatte, hatte der Mann nun wirklich keine zweite Chance verdient.

Der kleine Conrad bewegte sich in ihren Armen. Ihr Blick wanderte zu seinem unschuldigen, engelhaften Gesicht. Eine Welle des Bedauerns ging über sie hinweg und ihr Herz sank wie ein Stein im Fluss. Es war bald Weihnachten. Die Zeit für zweite Chancen.

Wenn Gott sie so sehr gesegnet hatte, wie konnte sie dann nicht einmal den kleinsten Raum in ihrem Herzen finden, um ein Samenkorn der Vergebung zu pflanzen?

Harper lehnte sich gegen seinen Schreibtisch in der Bainbridge Metallfabrik und wappnete sich gegen den Schmerz. Er überfiel ihn und schickte spitze Nadeln durch jedes Nervenende. Wenn der Schmerz dann endlich nachließ, blieb er keuchend und schwitzend zurück.

Gott sei Dank war alles geregelt. Ruby und Conrad würden versorgt sein. Sie hatte ja immer noch Silvie und *Noble House*. Sie war eine starke Frau, eine entschlossene Frau. Sie würde schon klarkommen.

Es schien nur so *unfair* zu sein.

Er hatte natürlich einen Arzt aufgesucht – drei, um genau zu sein. Keiner von ihnen konnte ihm sagen, wie lange er noch zu leben hatte. Ein paar Monate, wenn er Glück hatte. Ein paar Tage, wenn nicht. Aber alle Ärzte waren sich darüber einig, dass sein Herz nicht mehr sehr viel länger durchhalten würde. Niemand konnte etwas dagegen tun.

Harper glaubte nicht an Glück. Als der erste Arzt ihn über seinen Zustand aufgeklärt hatte, hatte er gebetet, er möge doch die Geburt seines Kindes noch erleben. Dieses Gebet war vor mehr als zwei Monaten erhört worden. Jetzt bat er Gott, ihn Weihnachten noch erleben zu lassen.

Er fühlte sich ein wenig wie Abraham, der mit Gott über die Zerstörung von Sodom verhandelt hatte. Aber Abrahams Leben hatte nicht auf dem Spiel gestanden. Harpers Gebete waren zweifellos viel leidenschaftlicher als Abrahams. Ohne Zweifel war er nicht so gerecht wie der Vater der Juden, darum berief er sich nicht auf seinen eigenen Verdienst, sondern auf die Gnade.

Bisher hatte die Gnade ihn erhalten.

Er hatte Ruby nichts erzählt. Zuerst hatte er ihr die Information wegen ihres Zustands vorenthalten – als Schwangere brauchte sie nicht zu wissen, dass ihr Mann sterben würde. Nach Conrads Geburt war sie so von den neuen Aufgaben der Mutterschaft in Anspruch genommen, dass sie seine Ausrede, er sei nur müde oder er bekäme die Grippe, fraglos akzeptiert hatte.

Nur Mac Bainbridge wusste, dass Harper nach diesem Tag nicht mehr zur Arbeit zurückkommen würde. Er brauchte nur noch die Lohnzahlungen für den Monat vorzubereiten. Die Männer sollten nicht auf ihren Lohn warten, nur weil sein Herz nicht mehr mitmachte.

Er bereitete die Lohnschecks vor und legte sie in den Safe, wo Bainbridge sie finden würde. Detaillierte Anweisungen für die Leitung der Fabrik lagen in der oberen rechten Schublade. Sie waren deutlich gekennzeichnet. Falls Harper seine letzten Aufgaben gut erfüllt hatte, würde Mac über alle Informationen verfügen, die er brauchte, um für seinen Nachfolger einen nahtlosen Übergang zu schaffen, wer immer das auch sein mochte.

Ruby würde er erzählen, er hätte ein paar Wochen Urlaub bekommen. Sie würde das glauben. Immerhin hatte er schwer gearbeitet und seit ihrer Hochzeitsreise nach New Orleans keinen einzigen Tag frei genommen. Er lächelte in sich hinein. Nur wenige Menschen nahmen Urlaub, um zu sterben.

Harper war bereit zu gehen – zumindest in geistlicher Hinsicht. Schon vor Jahren hatte er seinen Frieden mit dem

Allmächtigen geschlossen und er hatte ein gesegnetes und fruchtbares Leben gehabt. Seine Narben und seine Behinderungen verfluchte er nicht mehr – er dachte kaum noch an sie. Das hatte Rubys Liebe bewirkt.

Vor zwei Jahren, bevor er von seiner Herzerkrankung erfuhr, bevor Conrad auch nur empfangen war, hatte er Ruby in einem Augenblick voller Zärtlichkeit gesagt, er könne jetzt als glücklicher Mann sterben, da er wüsste, dass er einmal in seinem Leben aufrichtig geliebt worden sei. Damals war es ihm richtig erschienen, das zu sagen. Es war ihm aus tiefster Seele gekommen. Doch jetzt verspottete ihn die Erinnerung daran. Sicher, er war aufrichtig geliebt worden und er war aufrichtig glücklich. Aber von ganzem Herzen wünschte er, er müsste nicht sterben.

Anfangs hatte er um Heilung gebetet und er war davon überzeugt gewesen, dass Gott sein Gebet erhören würde. Als dies nicht geschah, betete er dafür, dankbar sein zu können. Dieses Gebet hatte Gott erhört. Zu schaffen machte ihm – abgesehen davon, die geliebte Frau so früh verlassen zu müssen – das Bewusstsein, seinen Sohn nicht aufwachsen zu sehen.

Harper hatte den Kopf auf seinen Schreibtisch gelegt und Tränen sickerten durch die geschlossenen Augenlider hindurch. Er hatte sich in seine Situation gefügt. Offensichtlich hatte er seine Aufgaben hier auf der Erde abgeschlossen und schon bald würde seine Zeit kommen. Aber bestimmt würde Gott verstehen, dass er ein paar Tränen um das vergoss, was er zurückließ.

Ein leises Klopfen an der Bürotür schreckte ihn auf. Harper fuhr hoch und wischte sich über die Augen. „Herein."

Mac Bainbridge öffnete die Tür und steckte den Kopf herein. „Wie geht's?"

Harper zwang ein Lächeln auf die Lippen. „Ganz gut, denke ich. Ich will gerade gehen."

Mac kam herein und lehnte sich gegen den Türrahmen. Sein Blick war auf den Boden gerichtet. Er biss sich auf die Unterlippe. „Ich werde dich vermissen, Harper."

Harper ließ seinen Atem entweichen. „Danke."

„Du weißt doch um die offene Stelle, die wir haben, nicht? Die Stelle in der Packerei."

„Ich dachte, dafür hätten sich bereits acht Männer beworben."

„Nun, ja, das stimmt. Aber es ist keine schwere Arbeit und alle Männer, die sich darum beworben haben, könnten auch schwerere Arbeit in der Fabrik tun. Auf jeden Fall gibt es da einen Mann – ein älterer, der einen Job braucht und keine schwere Arbeit tun kann."

„Mac Bainbridge, willst du mir um den Bart gehen?"

Mac lachte. „Bestimmt nicht. Vielleicht habe ich im Laufe der Jahre ein paar Dinge von dir gelernt."

„Dieser ältere Mann –", hakte Harper nach.

„Nun, er sieht so aus, als hätte er in letzter Zeit nicht viel Glück gehabt und könnte mal eine Pause gebrauchen. Würdest du einmal mit ihm reden?"

„Ich? Warum?"

„In den letzten zwanzig Jahren hast du alle Einstellungsgespräche geführt, darum."

„Neun. Ich bin seit neun Jahren hier, Mac."

„Also gut, neun. Mir scheinen es zwanzig zu sein." Mac zuckte die Achseln. „Wenn du ihn nicht sehen möchtest, kümmere ich mich darum."

Harper dachte einen Augenblick nach. Irgendwie schien es angemessen, dass seine letzte offizielle Aufgabe in der Bainbridge Metallfabrik war, einem verzweifelten Mann zu helfen, einen Job zu finden und wieder auf die Beine zu kommen. „Also gut, Mac. Schick ihn herein."

Mac verschwand und Harper nahm ein Einstellungsformular aus seinem Aktenschrank. Er überflog gerade die Fragen, als er Schritte an der Tür hörte und einen abgemagerten, grauhaarigen Mann mit einem Stoppelbart entdeckte.

Harper deutete auf den Stuhl vor seinem Schreibtisch. „Kommen Sie herein und setzen Sie sich, Mr –"

Der Mann rührte sich nicht. Er stand reglos da und starrte ihn an.

Harper wandte dem Mann die vernarbte Seite seines Gesichts zu und setzte zu seiner üblichen Erklärung an. In den vergangenen neun Jahren hatte er die Worte hundertmal ausgesprochen. „Nur los und sehen Sie genau hin; Sie werden dieses Gesicht häufig sehen, wenn Sie hier arbeiten wollen –" Plötzlich brach er ab. Die Wahrheit war, der Mann würde sein Gesicht nicht mehr wiedersehen. Doch er fuhr trotzdem fort. „Ich wurde während des Krieges verwundet und erlitt Verbrennungen im Gesicht. Lassen Sie sich dadurch nicht stören – mich stört es auch nicht mehr."

Der Mann schwieg. Harper sah ihn erneut an. „Gibt es ein Problem?"

„Ich kenne Sie", murmelte der Mann. „Ich habe Sie schon mal irgendwo gesehen."

„Das bezweifle ich. Ich komme nicht viel herum."

Der alte Mann schlurfte in Harpers Büro und ließ sich auf den Stuhl sinken. „Ja, ich kenne Sie." Er tippte sich mit seinem knochigen Finger gegen die Stirn. „An Gesichter erinnere ich mich. Und ganz bestimmt kenne ich Ihres. Sie waren sehr viel jünger, aber –"

Die Stimme war brüchig und heiser, doch plötzlich klang irgendetwas in Harper an. Sein Kopf fuhr hoch. „Memphis?", flüsterte er.

„Ja, ich bin in Memphis gewesen. Früher hatte ich dort ein kleines Geschäft." Der grauhaarige Mann nickte und blickte Harper an. „Habe es verloren. Hatte eine Pechsträhne."

„Wie heißen Sie?", fragte Harper, obwohl der Knoten in seinem Magen ihm sagte, dass er die Antwort bereits kannte.

„Benedict", erwiderte der Mann. „Avery Benedict."

Ruby lehnte sich auf ihrem Stuhl am Esstisch zurück und betrachtete den Mann, der vor ihr saß.

Harper hatte ihn mit nach Hause gebracht und nun, nach einem Bad, einer Rasur und in frischer Kleidung sah er beinahe aus wie der Vater, den sie zehn Jahre lang nicht gesehen hatte. Natürlich war er älter geworden – er musste jetzt zweiundsechzig sein, doch er sah zehn oder fünfzehn Jahre älter aus mit seinen dunklen Ringen unter den Augen und seiner bleichen Haut. Er war schrecklich dünn und seine Haut hing in Falten um seinen mageren Hals.

Er aß schnell, füllte seinen Teller zweimal und warf ihr flüchtige Blicke zu, als ob er sehen wollte, dass es in Ordnung war, zuerst zu essen. Lange Zeit sagte keiner von ihnen ein Wort. Sie starrten sich wortlos an mit der Wachsamkeit von zwei Katzen, die sich umkreisten.

Ruby wartete. In ihren Gedanken überschlugen sich die Vorwürfe. Sie dachte an ihre Mutter, die unter dem

Grabstein begraben lag, auf dem auch sein Name stand. Sie dachte an den Tag, an dem er gegangen war, um, wie er behauptete, seiner patriotischen Pflicht nachzukommen in dem Krieg, aus dem ihr Mann für sein Leben entstellt zurückgekommen war. Sie dachte an ihren Hochzeitstag und daran, dass er seinen Namen in ihr Gästebuch gekritzelt hatte und dann wieder verschwunden war. Es gab so vieles, das sie ihm sagen wollte, so viel Zorn, den sie loswerden wollte, so viele Fragen, auf die sie eine Antwort haben wollte. Und die wichtigste Frage überhaupt war: *Warum?*

Bisher hatte er ihr kein Wort der Erklärung zu dem Tag gegeben, an dem er gegangen war, hatte nicht einmal gesagt: „Es tut mir leid." Er hatte sie nur aus den Augenwinkeln heraus beobachtet und seinen Blick abgewandt, wann immer sie ihn angesehen hatte. Aber eines hatte sie bemerkt und das machte ihr zu schaffen – wann immer sein Blick an der mit Perlen besetzten Rubinbrosche hängen blieb, die sie angesteckt hatte, blinzelte er schnell, als versuche er, seine Tränen zu unterdrücken.

Als er mit Essen fertig war, war ihre Kampflust verflogen. Sie empfand nichts als Mitleid für einen alten Mann, der offensichtlich genügend bestraft worden war.

Vielleicht ist das das Wesen der Vergebung, dachte sie im Stillen. Es ging nicht um Vorwürfe, Entschuldigungen oder Verständnis, sondern darum, es Gott zu überlassen, zu richten oder Erbarmen zu zeigen. Ganz offensichtlich hatte ihr Vater die Früchte seiner bösen Taten geerntet. Er war alt, krank und elend, halb verhungert und unfähig, seiner Tochter in die Augen zu sehen. Er hatte sich nicht entschuldigt oder sie um Vergebung gebeten und vielleicht würde er das nie tun. Aber Ruby vermutete, dass dies aus der Sicht Gottes nicht zählte. Vergebung basierte nicht auf dem Wert desjenigen, der Vergebung brauchte, sondern auf der Gnade dessen, der sie austeilte.

Ruby blickte Harper an und bemerkte einen seltsamen Ausdruck in seinen Augen – ein Flehen, als bäte er sie, das Richtige zu tun. Einen Augenblick lang kämpften Härte und Mitgefühl in ihrer Seele um die Vorherrschaft. Und dann gab sie mit einem Seufzen nach.

Sie ging ins Schlafzimmer, nahm Conrad aus seinem Bettchen und kehrte an den Tisch zurück.

„Vater", sagte sie mit leiser Stimme und hielt ihm das Baby hin. „Ich möchte dir deinen Enkel vorstellen."

Schwierige Fragen

21. März 1993

„Er ist gestorben?", protestierte Little Ruby. Sie schniefte vernehmlich und griff nach einem Taschentuch. „Harper starb, ohne zu erleben, wie sein Kind groß wurde?" Sie runzelte die Stirn und schüttelte den Kopf. „Das ist nicht fair, Grandma. Ich fange an, diese Geschichte zu hassen."

Ruby blickte ihre Namensvetterin an und lachte leise. „Das Leben ist nur selten fair, Kind. Und es ist kein Roman oder ein Film, wo du das Ende selbst schreiben kannst. Der gute Herr weiß, dass ich, wenn ich diese Geschichte hätte schreiben könnte, meinen lieben Harper bis ins hohe Alter am Leben gelassen hätte. Aber ja, er starb. Am 14. Januar 1928 legte ich ihm Conrad auf die Brust, hielt beide in meinen Armen und befahl meinen Mann Gott an."

„Warst du denn nicht sauer, Grandma?"

„Auf wen?"

„Auf Gott natürlich, weil er ihn dir genommen hat. Gott hätte ihn doch heilen können."

„Ja, vermutlich hast du recht. Aber die Wunder, die wir im Leben erleben, sind nicht immer die, die wir uns erhoffen. Zuerst war ich zornig, gewiss – auf Gott und auf Harper, weil er mich verlassen hatte. Das gehört zum Prozess des Trauerns dazu. Doch schließlich ließ der Zorn nach, der Schmerz wurde weniger und ich setzte mein Leben fort."

Little Ruby starrte ihre Urgroßmutter an. „Bist du je über ihn hinweggekommen? Ich habe gehört, dass man seine erste große Liebe nie überwindet."

„Wenn die Liebe echt ist, wird man sie nie ‚überwinden'", erwiderte Ruby lächelnd. „Sie bleibt immer bei dir, weitet dein Herz und macht dich fähig, andere noch tiefer zu lieben. Die Liebe ist ein Geschenk, Kind, eine Gnade."

Ruby beobachtete ihre Urenkelin, die über ihre Worte nachdachte. Sie war noch zu jung, um es zu begreifen; sie hatte noch niemanden kennengelernt, der ihr Leben so bereicherte, wie Harper ihres bereichert hatte. Aber ihre Zeit würde noch kommen und wenn es so weit war, würde sie hoffentlich klug wählen. Das war Rubys Gebet.

„Und so hat Con seinen Vater nie richtig kennengelernt", fuhr das Mädchen fort. „Das erklärt vieles."

„Ja, vermutlich", überlegte Ruby. „Aber es erklärt nicht alles. Conrad ist – nun, seltsam aufgewachsen. Als er alt genug war, um es zu verstehen, habe ich ihm alles über Harper erzählt – was für ein Mann er gewesen war, für welche Prinzipien er einstand."

„Aber es hat nicht gefruchtet", platzte Little Ruby heraus. „Grandpa wurde nicht wie sein Vater. Er wurde mehr wie ... nun, wie sein Großvater Abe. Oder Avery. Oder wie immer er sich genannt hat."

Ruby zuckte unwillkürlich zusammen. Es stimmte, obwohl sie es nicht so offen ausgesprochen hätte. Das Mädchen war klug und scharfsinnig, sie verdiente die ganze Wahrheit. „Ja", meinte Ruby schließlich, „ich schätze, Con kam eher nach seinem Großvater als nach Harper."

„Ist Abe geblieben?", fragte Ruby verächtlich. Ganz offensichtlich gefiel ihr nicht, was sie über ihren Ururgroßvater hörte. Ruby konnte ihr das nicht verübeln. „Oder ist er sang- und klanglos wieder verschwunden?"

„Mein Vater lebte bis zu seinem Tod bei uns", erwiderte sie leise. „Acht Jahre nach Harpers Tod."

„Und du hast ihn gelassen?" Little Ruby zog die Augenbrauen zusammen. „Ich kann es kaum glauben, Grandma. Dieser Mann war Gift!"

„Vielleicht", räumte Ruby ein. „Aber er war krank und konnte nicht mehr länger für sich sorgen. Und außerdem war er mein Vater."

„Mit ‚krank' meinst du wohl, dass er sich zu Tode gesoffen hat."

„Ich fürchte. Er brauchte Pflege und ich war die Einzige, die sie ihm geben konnte."

Little Ruby sah ihrer Urgroßmutter in die Augen. „Aber du wünschtest, du hättest es nicht getan."

Ruby schüttelte den Kopf. Das Mädchen war zu altklug für sein Alter. Doch sie hatte nun einmal angefangen und sie würde ihr die Wahrheit erzählen, auch wenn sie sich diese Wahrheit ungern wieder vergegenwärtigte.

„Conrad hat seinen Großvater regelrecht angebetet. Als er alt genug war, um seinen eigenen Willen durchzusetzen, hat er jede freie Minute bei ihm verbracht. Zuerst hielt ich das für eine gute Idee – ein väterlicher Einfluss, du weißt schon. Con wollte nichts mit Henoch Warren zu tun haben und andere Männer in meinem Leben, die diese Lücke hätten füllen können, gab es nicht. Dann berichtete er mir, was sein Großvater ihm alles erzählte – er fand Abes Geschichten über das Trinken und das Glücksspiel aufregend und abenteuerlich. Und er übernahm Abes negative und herabsetzende Haltung Frauen gegenüber."

„Daher hat er das also", murmelte Little Ruby.

Ruby zuckte die Achseln. „Ich fürchte. Auf jeden Fall habe ich versucht, Abes Einfluss entgegenzuwirken, indem ich Conrad von seinem Vater erzählt habe, was für ein guter und sanfter Mann er gewesen war, wie liebevoll und gerecht."

„Ich wette, das hatte ungefähr so viel Wirkung wie eine Schneeflocke in –"

Ruby hob die Hand. „Ich habe dich verstanden. Und du hast recht, obwohl ich nicht begeistert bin über deine Wahl der Bilder."

„Tut mir leid, Grandma. Erzähl bitte weiter."

„Als Conrad sechs oder sieben Jahre alt war, hatte er sich trotz meiner Bemühungen zum Ebenbild seines Großvaters entwickelt. Er hatte sich in den Kopf gesetzt, das freie Leben eines Spielers sei das Größte überhaupt. Er gewöhnte sich außerdem eine ganz schreckliche Sprache an und obwohl er sehr schnell lernte, sie nicht in meiner Gegenwart zu benutzen, wusste ich doch, dass sie zu seinem Vokabular gehörte. Begriffe wie Ehre, Würde und Ehrlichkeit sagten ihm nichts, aber er hing wie gebannt an den Lippen seines Großvaters. Wenn er von den Leuten gefragt wurde, was er werden wolle, dann antwortete er: ‚ein Blackjack-Spieler', und lachte."

„Das war doch bestimmt peinlich."

„Ich habe mir weniger Gedanken um diese Peinlichkeiten gemacht als um das Herz meines Sohnes. Ich habe versucht, mit meinem Vater darüber zu reden, aber auch er wollte nicht zuhören. Eigensinnig wie die Maulesel, alle beide."

Little Ruby nickte ernst. „Das hat sich ganz bestimmt nicht geändert. Grandpa Con hat das Trinken zwar aufgegeben, aber einige der anderen Sachen, die er von Abe gelernt hat, hat er offenbar beibehalten." Sie biss sich auf die Lippe. „Wünschtest du, du hättest es anders gemacht? Abe zum Beispiel fortgeschickt?"

Über diese Frage dachte Ruby nach. Sie hatte sie sich selbst schon tausendmal gestellt. „Manchmal denke ich es, um ehrlich zu sein. Aber ich war hin- und hergerissen zwischen meiner Loyalität gegenüber meinem Sohn und der gegenüber meinem Vater. Ich hatte das Gefühl, in Bezug auf meinen Vater meine Pflicht erfüllen zu müssen, obwohl er sich mir gegenüber aus seiner Verantwortung gestohlen hatte."

„Und wenn du jetzt wählen müsstest?"

Ruby zögerte nicht. „Ich würde mich für meinen Sohn entscheiden."

An diesem Abend konnte Ruby keinen Schlaf finden. Ihr Gespräch mit Little Ruby ließ sie nicht zur Ruhe kommen und eine bekannte Frage überfiel sie aufs Neue.

Hätte sie Conrad vor dem negativen Einfluss seines Großvaters besser schützen können? Sie hätte sich weigern können, ihren Vater zu pflegen – ihn aus seinem Eigentum weisen, ihn im Stich lassen können, wie er sie und ihre Mutter im Stich gelassen hatte. Ganz bestimmt hätte er das verdient gehabt. Trotzdem hatte Ruby im Laufe von neun Jahrzehnten gelernt, dass ein Mensch größeren geistlichen Gewinn hatte, wenn er Gnade vor Recht ergehen ließ.

Ihr Vater hatte sie schließlich doch noch um Vergebung gebeten, wenn sich Ruby seiner Motive auch nicht sicher war, denn zu diesem Zeitpunkt hatte er bereits im Sterben gelegen und hatte gewusst, dass das Ende nahe war. Aber der Schaden bei Conrad war angerichtet. Der Junge hatte das weltliche Vermächtnis seines Großvaters übernommen und sich von dem geistlichen Erbe seiner Eltern abgewandt.

Sie seufzte und drehte sich auf die andere Seite. Fest zog sie sich die Decke um die Schultern. Wenn alles gesagt und getan war, nahm sie an, musste man sich einfach Gott anvertrauen – sowohl das eigene Leben als auch das Leben von geliebten Menschen. In dieser Welt gab es keine einfachen Fragen, geschweige denn einfache Antworten.

Runde drei

22. März 1993

Conrad sah sich in Richterin Tweetys Büro um und fingerte nervös an seiner Uhr herum. Sie spielte mal wieder dieses Wartespiel. Das gefiel ihm überhaupt nicht.

„Liebling, jetzt sei doch nicht so nervös."

Conrad funkelte Mimsy an. Das Lederband seiner neuen Uhr schnitt ihm ins Handgelenk und erinnerte ihn damit daran, wie sehr er seine goldene Rolex vermisste. Er hatte nicht einmal ein Viertel dessen dafür bekommen, was sie wert war, aber der Verkauf der Uhr und des Mercedes hatte ihm ein wenig Zeit verschafft. Er hatte Mimsy angelogen und ihr erzählt, beim Mercedes gäbe es Probleme mit der Schaltung. Außerdem hätte ein Straßenräuber in Mud Island ihm seine Uhr gestohlen.

Diese Lügen belasteten ihn nicht im Geringsten; er amüsierte sich sogar darüber, dass seine Frau solche dummen Erklärungen so bereitwillig akzeptierte. Sie fragte nicht einmal nach, warum der Straßenräuber nicht auch seine Brieftasche und die Kreditkarten genommen hatte oder warum er die Schaltung nicht einfach hatte reparieren lassen. Sie schluckte es einfach und versuchte, ihn über seine Verluste hinwegzutrösten. Es war wirklich krank machend.

Wenn sie wüsste. Die Uhr hatte nun unaufhörlich zu ticken begonnen, denn gestern hatte Mario zweimal angerufen und einer seiner Klienten, dessen Geld er sich geborgt hatte, saß ihm wegen seines Rentenkontos im Nacken. Conrad hatte den Klienten in die Warteschleife geschickt, die Verbindung unterbrochen und schließlich den Stecker des Telefons herausgezogen, damit es so aussah, als sei das Telefon nicht in Ordnung. Was würde er als Nächstes tun müssen?

Ein Satz fiel ihm ein, tief in seiner Erinnerung vergraben. Ein Satz aus irgendeinem Gedicht, das ein Englischlehrer ihm vor Jahren aufgezwungen hatte: „Ich beschloss, mich nie zu beugen." Er konnte sich nicht mehr an den Dichter oder den Zusammenhang erinnern, aber es war ein Gefühl, das ihn angesprochen hatte. Wenn Richterin Dove nur endlich ihr ehrwürdiges Hinterteil herbewegen und diese Sache zu seinen Gunsten entscheiden würde, dann würde er sich nie wieder beugen müssen.

Die Tür ging auf und Ihre Ehren trat ein.

„Ich sehe, Sie sind pünktlich erschienen, Mr Wainwright", sagte sie und zog sich ihren Lederstuhl an den Schreibtisch. „Mit guten Neuigkeiten für mich, wie ich hoffe."

„Ich fürchte nicht, Euer Ehren", erwiderte Conrad. „Ich habe mit meiner Mutter gesprochen und versucht, sie zur Vernunft zu bringen, aber sie ist einfach nicht in der Lage, rational zu reagieren. Sie hält meine Enkelin noch immer als Geisel und –"

„Ich würde das nicht als *Geiselnahme* bezeichnen, Con", unterbrach ihn Mimsy. „Little Ruby ist gut versorgt und scheint das Ganze sogar zu genießen."

Con warf seiner Frau einen zornigen Blick zu und wandte sich wieder der Richterin zu. „Ich denke, Zeit ist hier ein wichtiger Faktor, Euer Ehren. Man weiß nicht, was meine Mutter tun wird, wenn sie einen ihrer ... äh, Anfälle bekommt."

„Anfälle?", quietschte Mimsy. „Wovon um alles in der Welt redest du, Con? Ruby hat noch nie in ihrem ganzen Leben einen Anfall bekommen."

„Auf wessen Seite stehst du eigentlich?", flüsterte er ihr leise zu.

„Auf deiner natürlich", erwiderte sie flüsternd. „Ich versuche nur zu helfen."

„Nun, hilf mir nicht. Halte einfach den Mund."

Die Richterin zog die Brille ein wenig herunter und starrte Conrad an. „Mr Wainwright, Sie sagen, Sie hätten versucht, Ihre Mutter zur Vernunft zu bringen. Wie oft haben Sie denn in der vergangenen Woche mit ihr gesprochen?"

Conrad wand sich. „Äh ... mehrmals, Euer Ehren."

„Mehrmals. Fünf- oder sechsmal?"

„Nicht ganz so oft." Con hustete vernehmlich und räusperte sich.

„Dreimal? Viermal? Eine Zahl, bitte."

Conrad senkte den Blick und bewahrte nur mit Mühe seine Fassung. Die reine Schikane. Das war wieder mal so typisch. Gab man einer Frau Macht, dann setzte sie sie immerzu gegen einen Mann ein. Es lag irgendwie in ihrer Natur. Das beste Beispiel waren die Gottesanbeterinnen, die ihren Partner nach dem Geschlechtsakt auffraßen. Richterin Harriet Dove hätte ihn ebenso gut auf einen Bratspieß aufstechen und über dem offenen Feuer rösten können.

„Mr Wainwright, ich warte."

„Einmal", murmelte er.

„Sprechen Sie bitte lauter. Sagten Sie ‚einmal'?"

Sie haben mich sehr wohl verstanden, dachte er, aber er schluckte es herunter. „Einmal, Euer Ehren."

„Sie haben einmal mit Ihrer Mutter gesprochen."

„Ja, Euer Ehren." Gänzlich gegen seinen Willen kam dieses *Ja* als böses Zischen aus seinem Mund, wie das Zischen der Schlange, die sich auf den letzten Schlag vorbereitet. Die

Feindschaft und Verachtung, die er zu verbergen versucht hatte, waren der Richterin nicht entgangen.

„In diesem Zimmer werden Sie Ihr Temperament zügeln", befahl sie kurz. Es erinnerte ihn an etwas, das seine Mutter ihm als Kind immer gesagt hatte: *„In diesem Tonfall wirst du nicht mit mir sprechen."*

„Ja, Madam." Da war er wieder, der Sarkasmus, den er doch so gern verborgen hätte.

„Sie sind Rechtsanwalt, ist das korrekt, Mr Wainwright?"

„Das ist korrekt."

„Dann, nehme ich an, könnte ich Ihnen einen Verweis wegen Missachtung des Gerichts erteilen lassen, bevor Sie auch nur geblinzelt haben."

Conrad spürte, wie er rot wurde. „Ja, Euer Ehren."

„Ich würde Ihnen raten, sich in Acht zu nehmen. Ich hätte keine Bedenken, eine Geldstrafe und eine Woche im Bezirksgefängnis gegen Sie zu verhängen."

Mimsy beugte sich vor und legte ihre Hand auf Conrads Arm. Bei der Berührung zuckte er zusammen, doch er unterdrückte den Drang, seinen Arm wegzuziehen. „Warum ist sie so wütend auf dich?"

Sie ist nicht wütend; sie genießt die Situation, hätte Conrad ihr am liebsten erwidert. Aber er konnte es nicht riskieren, dies oder die anderen unschönen Worte zu äußern, die ihm als Beschreibung für Richterin Dove in den Sinn kamen.

Ihre Ehren seufzte übertrieben auf. „Also gut, Mr Wainwright. Ich will ganz offen zu Ihnen sein. Mir gefällt nicht, was Sie hier treiben und ich habe die starke Vermutung, dass Sie diesem Gericht gegenüber nicht ganz aufrichtig sind. Trotzdem liegt vor mir der Antrag, Ruby Noble zu entmündigen, und so gern ich Sie mitsamt Ihrem Antrag aus diesem Gebäude werfen würde, kann ich meine richterliche Verantwortung nicht ignorieren."

Ein Hoffnungsstrahl durchzuckte Conrad. „Dann werden Sie dem Antrag also stattgeben?"

„Nicht so schnell. Bevor ich unterschreibe, möchte ich alle beteiligten Parteien hören, von Angesicht zu Angesicht. Ich erlasse hiermit die Anordnung für Ruby Noble, am Freitag um 17 Uhr in diesem Zimmer vor mir zu erscheinen. Und Ihre Enkelin möchte ich ebenfalls sehen. Wie heißt sie noch?"

„Wir nennen sie Little Ruby", meldete sich Mimsy zu Wort. „Sie wurde nach ihrer Urgroßmutter Ruby getauft."

„Ganz bestimmt nicht meine Entscheidung", murmelte Con.

Die Richterin ignorierte ihn. „Little Ruby."

Con riss sich zusammen. „Aber, Frau Richterin, Sie wollen sie bestimmt nicht sehen. Ich schwöre, das wollen Sie gar nicht."

„Und warum nicht?"

„Sie ist – nun, sie ist eben noch ein Kind. Ein Teenager. Sie weiß nicht, was gut für sie ist. Sie kleidet sich ganz in Schwarz, legt gespenstisch weißes Make-up auf und ..."

„Wie alt ist Ihre Enkelin, Mr Wainwright?"

„Siebzehn. Man kann nicht vorausahnen, was sie sagen oder tun wird."

„Ist sie geistig krank? Nimmt sie Drogen? Kann sie nicht für sich selbst sprechen?"

„Nein, Euer Ehren. Nichts dergleichen, soweit ich weiß."

„Dann wird sie vor mir erscheinen. Das ist mein letztes Wort." Richterin Dove unterzeichnete die Vorladung und schob sie ihm über den Tisch zu.

Conrad nahm das Blatt und überflog es. „Muss es Freitag sein?"

„Zu früh für Sie?" Die Richterin lächelte ihn hinterhältig an und streckte die Hand aus. „Wir können auch Montag in zwei Wochen sagen."

„Nein, äh, Freitag ist in Ordnung." Er reichte ihr die Vorladung zurück.

„Ich werde dem Sheriff mitteilen, er soll dafür sorgen, dass die Vorladung befolgt wird. Und wir sehen uns am Freitag. Fünf Uhr. Seien Sie pünktlich." Die Richterin erhob sich von ihrem Stuhl und stützte sich auf ihrem Schreibtisch ab.

„Und Mr Wainwright?"

„Ja, Euer Ehren?"

„Unser kleines Treffen am Freitag sollte der Sache ein Ende setzen, in Ordnung?"

Das kann ich nur hoffen, dachte Conrad, als er der Richterin bestätigend zunickte. *Sonst ist das mein Ende.*

„Gut, gut", überlegte Ruby, als sie Little Ruby die Vorladung der Richterin zur Begutachtung reichte. „Sieht so aus, als bekämen wir beide unseren Auftritt vor Gericht."

Ruby nahm das Blatt und überflog es. „Eine Richterin. Cool." Sie faltete es zusammen und gab es Ruby zurück. „Bist du sicher, dass du damit einverstanden bist, Grandma?"

Ruby nickte. „Mein eigener Sohn möchte mich entmündigen lassen, mein Haus nehmen und mich für den Rest meiner Tage in ein Pflegeheim stecken. Was sollte ich deiner Meinung nach dagegen unternehmen, Kind?"

Little Ruby legte den Kopf zur Seite. „Ich denke, du solltest kämpfen wie –" Sie hielt inne und grinste. „Wie verrückt."

„Dann werden wir am Freitag vor Richterin Dove erscheinen."

„Ja, aber warum will sie auch mit mir reden?", fragte sich Little Ruby. „Ich bin doch nur ein Teenager."

„Und du denkst, eine Richterin interessiert sich nicht für das, was ein Teenager zu sagen hat?"

„Warum sollte sie? Niemand sonst tut das."

Ruby lächelte und legte dem Mädchen die Hand an die Wange. Sehr zu ihrer Freude zuckte Little Ruby nicht zusammen und wich nicht zurück, sondern ergab sich der Liebkosung, als würde sie sich nach einer liebevollen Berührung sehnen. „Mich interessiert es, Kind."

Little Ruby zog verlegen den Kopf ein. „Das weiß ich, Grandma. Zumindest weiß ich es jetzt. Noch letzte Woche wäre ich da nicht so sicher gewesen."

Die Bestätigung erwärmte Rubys Herz. Während ihrer gemeinsamen Woche hatten sie einen weiten Weg zurückgelegt. „Ich habe natürlich keine Ahnung, welche Fragen Richterin Dove dir stellen wird", fuhr Ruby fort, „aber ich habe eine Frage an dich."

„Nur los."

„Was möchtest du?"

„Inwiefern?"

Ruby seufzte. „Du brauchst nicht bis Freitag bei mir zu bleiben. Du bist schon seit einer Woche hier. Vermutlich vermisst du deine Freunde, das Einkaufszentrum und was immer du tust, wenn du schulfrei hast. Wie vertreibst du dir überhaupt die Zeit?"

„Das willst du vermutlich gar nicht wissen." Ruby verzog das Gesicht. „Aber einiges davon werde ich nicht mehr machen."

„Na denn", sagte Ruby. „Ich schätze, diesen Gesprächsfaden sollten wir nicht weiterverfolgen. Aber wenn du gehen und nach Hause zurückkehren möchtest, werde ich dich nicht bitten zu bleiben. In deinem Leben gibt es nicht nur deine Urgroßmutter, und –"

Ruby brach unvermittelt ab, als sie Little Rubys entsetzten Gesichtsausdruck bemerkte. „Du möchtest nicht, dass ich bleibe?", fragte sie in klagendem Tonfall.

Es war der Schrei eines verlassenen Kindes – ein Gefühl, an das Ruby sich selbst nach fast achtzig Jahren noch sehr gut erinnerte. „Natürlich möchte ich, dass du bleibst", korrigierte sie sich. „Du sollst dich nur nicht verpflichtet fühlen."

Das Gesicht des Mädchens hellte sich auf. Sie ließ sich auf dem Fußkissen nieder und winkte Ruby in den Sessel am Kamin. „Hey, ich brauche doch erst in einer Woche wieder zur Schule zu gehen. Ich kann gut noch ein paar Tage abwarten, bis ich erfahre, was sich in meiner Abwesenheit ereignet hat. Also, wo waren wir stehen geblieben?"

Ruby betrachtete das junge Mädchen, das ihren Namen trug, mit Liebe und Erstaunen. War das dasselbe Kind, das eine Woche zuvor, als es in ihr Haus gekommen war, wie ein Gespenst ausgesehen hatte? „Du möchtest die Geschichte weiter hören?"

„Du würdest es doch nicht wagen, nach Harpers Tod aufzuhören, oder? Das ist ja spannender als *All My Children.*"

„All My Children?"

„Eine Seifenoper, Grandma. Die musst du nicht kennen."

„Da bin ich aber froh. Du sprichst vom Fernsehen, nehme ich an?"

„Ja, ich spreche vom Fernsehen. Aber deine Geschichte ist viel interessanter." Little Ruby hob die Hand. „Einen Augenblick. Ich hole nur eine Dose Diätcola und komme sofort zurück. Möchtest du auch etwas?"

„Ein Glas Eistee wäre schön."

Kurz darauf erschien Little Ruby mit einem Krug Tee, einer Zwei-Liter-Flasche Cola, Tortillachips, Schokokeksen und zwei mit Eis gefüllten Gläsern.

„Du hast vor, eine Weile hier zu bleiben, nicht?", neckte Ruby ihre Urenkelin, während sie die Verpflegung begutachtete.

„So lange wie nötig." Little Ruby reichte ihr ein Glas mit Tee und goss sich selbst Diätcola ein. Nachdem sie es sich in dem Sessel Ruby gegenüber bequem gemacht hatte, winkte sie ungeduldig mit der Hand. „Ich bin so weit. Erzähl weiter."

Ruby nahm einen großen Schluck von ihrem Tee, lehnte den Kopf an die Sessellehne und schloss die Augen. „Harpers Tod war schwer für mich und Vaters Pflege bis zu seinem Tod erschwerte den Kampf noch", begann sie leise. „Aber ich schaffte es und die Zeit verging, beinahe ohne dass ich es bemerkte. Bevor ich wusste, wie mir geschah, war Conrad beinahe erwachsen ..."

Teil 4

Gleichheit

Es ströme aber das Recht wie Wasser
und die Gerechtigkeit
wie ein nie versiegender Bach.

Amos 5,24

Die Jungen aus der Pension

August 1945

Conrad saß in seinem Zimmer und starrte finster aus dem Fenster. Die Nachmittagssonne schien durch die große Magnolie und warf wechselnde Schatten auf den alten Orientteppich unter seinen Füßen. Es war ein wundervoller Nachmittag – wie seine Mutter ihm in den vergangenen anderthalb Stunden unzählige Male versichert hatte. Er sollte draußen sein und „spielen".

Spielen, hatte sie gesagt. Du meine Güte, er war siebzehn Jahre alt! Vermutlich würde er vierzig sein, bevor seine Mutter merkte, dass er nicht mehr spielte. Eigentlich sollte er siegreich nach Hause marschieren, mit irgendeinem hübschen Mädchen am Arm, wie die Jungs in den Wochenschauen. Aber bei Ausbruch des Krieges war er zu jung gewesen und jetzt war er vorbei. Mutter hätte ihn sowieso nicht zur Armee gelassen. Er hätte in Bezug auf sein Alter lügen müssen und mit seinem verflixten runden Babygesicht wäre bestimmt niemand darauf hereingefallen. Darum blieb ihm nichts anderes übrig, als hier zu sitzen und zu brüten, während andere Jungen die Mädchen und den Ruhm einheimsten.

Er stellte seine Schuhspitze auf eine zerschlissene Stelle im Teppich und fluchte vor sich hin. Wenn er nur alt genug gewesen wäre, in den Krieg zu ziehen, dann würde er nicht für den Rest seines Lebens in dieser vermaledeiten Kleinstadt festsitzen. Man munkelte, die Regierung würde an die Veteranen Geld für ein Studium am College verteilen. Das Geld hätte ihm geholfen, von hier zu verschwinden und sich ein eigenes Leben aufzubauen. Aber nein, Conrad Wainwright würde *Cambridge*, Mississippi, nicht so bald verlassen. Morgen sollte er sich in der Universität immatrikulieren und seine Mutter tat so, als müsste er für diese Gelegenheit dankbar sein.

Nun, er war nicht dankbar und er würde auch nicht so tun, als würde er sich über die Situation freuen. Um ehrlich zu sein, er war sogar ziemlich sauer. Mutter warf ihm vor zu schmollen, aber sie war ja auch eine Heilige, die Frau, die alle liebten, ein Ausbund an Tugend. Eine Wohltäterin. Er hatte es satt, sich ihre Plattitüden anzuhören, ihre Ermahnungen, dankbar zu sein für das, was man hatte und es mit anderen zu teilen. Ihr endloses Gerede über das Gute, das Gott ihnen geschenkt hatte, machte ihn krank. Ihn hatte der Segen übersprungen, denn sonst säße er in dem ersten Zug, der diese Stadt verließ. Stattdessen würde er das College in *Cambridge* besuchen. Er würde zu Hause wohnen, unter dem aufmerksamen Auge der heiligen Ruby.

Doch eigentlich sollte er tun, was Grandpa Abe getan hatte – einfach verschwinden, einen neuen Namen annehmen, irgendwo anders ein neues Leben beginnen. Irgendwo, wo seine Mutter ihn nicht finden konnte.

Das war eine großartige Idee, eine Vision, die ihn aufrecht hielt, wenn er es einfach nicht mehr aushalten konnte. Doch tief in seinem Innern wusste er, dass er den Nerv dazu nicht hatte und ganz bestimmt hatte er nicht das Talent, seinen Lebensunterhalt mit Poker oder Blackjack zu verdienen.

Noch nicht.

Aber das ließ sich ja vielleicht ändern.

Das einzig Gute an der Situation war, dass *Noble House* sich jetzt mit Collegestudenten zu füllen schien. Vorwiegend junge Männer – Jungen, die nur ein oder zwei Jahre älter waren als Conrad. Die meisten, die er bisher kennengelernt hatte, schienen Schwächlinge zu sein – Mamakinder, deren Eltern sie unter Aufsicht haben wollten. Sie widerten ihn an, diese Schwächlinge, doch er musste zugeben, dass sie vermutlich gute Zielobjekte waren. Ein paar Spiele mit diesen Jungen würden seine Brieftasche beträchtlich füllen.

„Conrad!", ertönte die ernste Stimme seiner Mutter. „Komm bitte herunter. Es ist bald Zeit zum Abendessen. Silvie und ich könnten etwas Hilfe gebrauchen."

Er stieß ein verächtliches Schnauben aus. Ein Collegestudent hatte in der Küche nichts verloren. Tischdecken war nun wirklich unter seiner Würde. Warum konnte das nicht diese Negerin übernehmen?

Con war mit Silvie aufgewachsen und Mutter bestand immer darauf, dass sie wie ein Familienmitglied behandelt wurde. Aber ein Dienstbote war ein Dienstbote. Eine Negerin war eine Negerin und kein soziales Engagement oder Anspruch auf Gleichheit konnte das ändern. Das hatte Grandpa Abe ihm gesagt.

Er erhob sich vom Bett und stieg langsam die Treppe hinunter. Zu schade, dass es nicht mehr so war wie zu Abes Zeiten. Dann wäre er der Sohn eines Landbesitzers, reich und angesehen, mit einem schönen Pferd und Sklaven, die er herumkommandieren konnte …

Ruby betrachtete ihre neuen Pensionsgäste am Tisch. Alle vier waren noch sehr jung und um ehrlich zu sein, sie hatte sich anfangs gegen die Vorstellung gewehrt, Studenten aufzunehmen. Aber die Zeiten waren schwierig und das Geld knapp. Man tat eben, was man tun musste.

Während ihr Blick über die Gesichter glitt, nahm eine neue Vision in ihren Gedanken Gestalt an. Die meisten waren noch so jung – kaum älter als ihr Sohn. Und obwohl sie sich Mühe gaben, sich wie reife Männer zu benehmen, wirkten sie doch ziemlich verloren, wie Kinder, deren Mamis sie verlassen hatten.

Dieses Gefühl kannte sie nur zu gut. Mit siebzehn war sie allein gewesen – beide Eltern tot, das hatte sie zumindest angenommen. Sie hatte ein Haus zu führen und Rechnungen zu bezahlen gehabt. Ohne die Unterstützung von Silvie und Onkel Henoch hätte sie nicht gewusst, wie sie hätte überleben sollen.

Vielleicht war dies ihre neue Berufung von Gott: einer Gruppe von flügge werdenden jungen Männern, die zweifellos dachten, sie brauchten ihre Mutter nicht mehr, die Mutter zu ersetzen. Ihnen zu helfen, den richtigen Weg zu finden – einen Weg der Ehre, der Wahrheit und des Mitgefühls.

Sie wartete, während Silvie eine große Schüssel mit Kartoffelbrei auf den Tisch stellte und sich dann setzte. Ein paar Augenbrauen fuhren in die Höhe, doch keiner sagte etwas. Ganz offensichtlich hatten einige dieser Jungen noch nie mit einer Schwarzen an einem Tisch gesessen. Umso mehr Grund für sie, hier zu sein.

Zwei oder drei Hände griffen nach dem Essen, schnappten sich Brot und häuften sich Kartoffeln und Erbsen auf den Teller. Ruby sah schweigend zu, bis sie nacheinander aufsahen.

„Im *Noble House* ist es Sitte, vor jedem Essen ein Dankgebet zu sprechen“, erklärte sie leise. Eine Gabel fiel scheppernd auf den Teller. Zwei der neuen Jungen erröteten. Peinlich berührt falteten sie die Hände und neigten die Köpfe.

„Silvie, würdest du mit uns danken?“

Ruby bemerkte die schockierten Blicke am Tisch. Silvie räusperte sich, sprach ein einfaches Dankgebet und bat Gott, jeden der jungen Männer zu segnen, die mit ihnen gemeinsam das Essen einnahmen.

Nach dem „Amen“ rührte sich niemand. Niemand sprach ein Wort.

Es war die schweigsamste Mahlzeit, die die Bewohner von *Noble House* jemals eingenommen hatten.

„Ist deine Mutter *immer* so?“, fragte Clarence Bogart, den alle nur „Bogey“ nannten. Er war schlacksig und seine Hände und Füße waren zu groß für seinen Körper – ganz anders als der berühmte Leinwandstar. Aber er schien auf den Spitznamen stolz zu sein und korrigierte alle, die es wagten, ihn Clarence zu nennen. Conrad fand das lustig. Und Bogey hatte als Einziger den Mut gefunden, die Frage auszusprechen, die sich alle im Stillen stellten.

„Was meinst du damit?“ Con wusste eigentlich ziemlich genau, was er meinte, aber es gefiel ihm zu sehen, wie Bogey sich wand.

„Nun ... so ... so fromm. Mit beten und so.“

„Ja“, erwiderte Con. „Ich fürchte. Gewöhnt euch dran.“

Seine zynische Antwort schien den anderen ihre Hemmungen zu nehmen und ihnen die Erlaubnis zu geben, ihre Meinung zu sagen.

„Und diese Schwarze – sie isst immer an eurem Tisch?“ Das kam von George Hatfield, einem stämmigen, rotgesichtigen Jungen aus dem Delta.

„Sie lebt hier. Schon immer.“

Jackie Rudolph, ein blasser Siebzehnjähriger mit einem dicken Pickel auf der rechten Wange, meldete sich zu Wort. „Nee. Das kann nicht dein Ernst sein.“

„Doch.“

Dooley Layton aus Natchez war etwa ein Jahr älter als die anderen und gab sich besonders weltgewandt und gelehrt. Sein Großonkel Ruben Layton war vor Jahren Bürgermeister in *Cambridge* gewesen und seine Eltern hatten ihn an das College in diese Stadt geschickt, damit die Verwandten ihn im Auge behalten konnten. Doch Dooley verkündete, er brauche keine Aufpasser und habe nicht die Absicht, mehr Kontakt zu den Laytons aus *Cambridge* zu pflegen als unbedingt nötig sei. „Wo ich herkomme, würde es den Leuten nicht im Traum einfallen, mit einem Nigger zusammen zu essen.“

Con versuchte mühsam, gelassen zu bleiben und seine Betroffenheit nicht zu zeigen. Das „N“-Wort war im Haushalt seiner Mutter ausdrücklich verboten – Dooley säße schneller wieder auf der Straße als eine Schlange eine Maus fangen konnte, wenn seine Mutter Wind davon bekäme, dass er es auf Silvie angewendet hatte. „Dooley, wenn ich du wäre, würde ich dieses Wort nicht in Gegenwart meiner Mutter benutzen.“

„Welches Wort? Nigger?“, fragte er herausfordernd. „Bist du auch ein Niggerfreund, Wainwright?“

Conrad zögerte. Es wäre nicht gut, Dooley so früh im Spiel auf dem falschen Fuß zu erwischen. Er musste mitspielen, wenn die Jungs ihn respektieren sollten. „Wer, ich? Natürlich nicht. Eine Schwarze ist eine Schwarze, sage ich immer, und es tut nicht gut, wenn man zulässt, dass sie sich über ihren Stand erheben. Ich habe dich nur gewarnt, Dooley – wenn du hier wohnen bleiben willst, solltest du in Gegenwart meiner Mutter besser den Mund halten, das ist alles."

„Das klingt so, als hättest du mit deiner Mutter nicht viel gemein."

Con zuckte die Achseln. „Nicht viel", bestätigte er. „Überhaupt nicht viel."

Das Pokerspiel wurde zu einer wöchentlichen Einrichtung. Dooleys Apartment im umgebauten Kutschhaus war ihr Hauptquartier und die Fünf trafen sich jeden Samstagabend dort. Con erzählte seiner Mutter, sie würden lernen, darum ließ sie sie in Ruhe.

Dooley war ein recht erfahrener Kartenspieler. Er und Con mussten George und Bogey das Spiel erst beibringen. Jackie behauptete, bereits gespielt zu haben, aber immer wieder fragte er beim Austeilen nach Jokern.

„Was für eine Art Poker spielen wir deiner Meinung nach hier?", fuhr Dooley ihn an. Er zog eine Zigarette aus der Schachtel und blies eine blaue Rauchwolke in die Luft. „Bei dem Spiel gibt es keine Joker, Rudolph – wie oft soll ich dir das noch sagen? Es wird entweder gezogen oder gehalten, das ist alles. Wenn du ein Mann sein willst, musst du lernen, ein Männerspiel zu spielen."

Ein paar Mal war Jackie den Tränen nahe gewesen, aber er hatte sich zusammengerissen und weitergespielt. Er probierte sogar eine von Dooleys Camels, doch er musste husten und wurde grün im Gesicht, nachdem er inhaliert hatte.

In der Regel gewannen Con und Dooley, doch wenn nur noch sie beide im Spiel waren, konnte Con Dooley meistens schlagen. Wie Grandpa Abe es ihm beigebracht hatte, versteckte er immer ein Ass und einen Buben in seinem Ärmel und wenn es eng wurde, dann waren sie seine Rettung.

„Also“, fragte Dooley eines Abends, als Con die letzte Runde ausgeteilt hatte, „wie alt ist diese Schwarze eigentlich?“

Con sah auf. „Keine Ahnung. Alt. Vielleicht fünfzig. Warum?“

„Fünfzig, ja? Das glaube ich nicht. Sie ist noch immer eine gut aussehende Frau.“ Dooley blies Con Rauch ins Gesicht und blickte ihn lüstern an.

Cons Herz sank. „Wovon redest du?“

„Du weißt genau, wovon ich rede. Alle wissen, dass schwarze Frauen es immerzu wollen.“ Er zog verächtlich die Lippe nach oben. „Unersättlich.“

Con hätte nicht erstaunter sein können, wenn Dooley von seiner eigenen Schwester gesprochen hätte. Silvie war ein Fixpunkt im Haus – sie war ihm wie eine Tante, doch natürlich hätte er vor den Jungen nie zugegeben, dass er sie mochte. Und da saß Dooley und machte alle möglichen lüsternen Andeutungen über sie, als wäre sie irgendein Straßenmädchen.

„Sie könnte doch deine Mutter sein, so alt ist sie“, erwiderte er lahm.

„Aber sie ist nicht meine Mutter, nicht?“ Dooley legte ein paar Karten umgedreht auf den Tisch. „Ich nehme zwei.“

„Ich nehme vier“, sagte Bogey.

„Vier?“ Dooley lachte ihm ins Gesicht – es war ein finsteres, drohendes Lachen. „Bogey, du bist ein hoffnungsloser Fall.“ Er wandte sich wieder an Conrad. „Gib es zu,

Con – dir ist auch schon aufgefallen, wie sexy sie ist. Sag nicht, dass das nicht so ist."

„Nein, ist mir noch nicht aufgefallen", stammelte Con. „Und du solltest solche Gedanken auch nicht haben."

„Ich *sollte nicht*?"

„Nein, du solltest nicht." Con blickte Dooley mit zusammengezogenen Augenbrauen an. „Sie ist nicht so. Außerdem dachte ich, du würdest keine Schwarzen mögen."

„Ich mag es nicht, wenn Schwarze sich irgendwo hineindrängen, wo sie nicht hingehören. Ich mag es nicht, wenn Schwarze hochmütig werden und denken, sie seien genauso gut wie alle anderen. Aber weißt du das denn nicht, Sonnyboy? Es ist eine alte Südstaatentradition. Der Master nimmt jedes Sklavenmädchen, das ihm ins Auge fällt. Sie rechnen damit. Hey, sie *mögen* das sogar. Diese Silvie würde sonst was geben, um ihre Hände an einen Collegemann wie mich legen zu können."

„Vermutlich wird sie ihre Hände an dich legen", gab Conrad zurück, „aber wenn sie mit dir fertig ist, möchte ich dein Gesicht nicht sehen."

Die anderen drei lachten, doch Dooley gefiel es gar nicht, dass über ihn gelacht wurde. Er erwiderte kein Wort, sondern biss die Zähne zusammen, bis die Adern an seinem Hals hervortraten.

Und Conrad vermutete, einen großen, einen sehr großen Fehler begangen zu haben.

„Miss Ruby, kann ich mit Ihnen sprechen?"

Ruby sah von ihrem Buch auf. Clarence Bogart stand im Türrahmen. Seine langen Arme und großen Hände hingen verlegen an seiner Seite herunter. Er erinnerte sie an ein junges Fohlen – schlacksig und noch ohne die richtigen Proportionen. Eines Tages würde er vielleicht ein recht hübscher junger Mann sein, aber im Augenblick schien seine Entwicklung in seiner unattraktivsten Phase stehen geblieben zu sein.

„Natürlich, Clarence. Komm doch herein." Sie deutete auf den ihr gegenüberstehenden Sessel. „Was kann ich für dich tun?"

Er blickte sich nervös im Raum um, als hätte er Angst, jemand könnte ihn belauschen.

„Es ist in Ordnung, Clarence, wir sind allein."

„Ja, Madam. Nun, ich, äh –"

Rubys Herz flog dem armen Burschen entgegen. Sie streckte die Hand nach ihm aus. „Erzähl mir, was dir zu schaffen macht, Junge."

Bei dem Wort *Junge* traten dicke Tränen in seine Augen. Er wandte sich ab und blinzelte rasch. „Ich habe etwas ins Auge bekommen."

„Ist schon gut, Clarence."

„Nein, Madam, es ist nicht in Ordnung. Ich meine, vermutlich wird es in Ordnung kommen, irgendwann, aber im Augenblick eben nicht."

„Was ist nicht in Ordnung?", fragte Ruby. Im Stillen flehte sie Gott an, ihr Weisheit zu geben – und Geduld. Es könnte durchaus Mitternacht werden, bis er sein Anliegen vorgebracht hatte.

„Das College ist viel … viel schwieriger, als ich gedacht hatte. Ich – ich komme nicht gut zurecht, vor allem in Englisch nicht."

Ruby unterdrückte ein Lächeln. „Ich verstehe."

„Wir müssen immerzu irgendwas schreiben – Essays, verstehen Sie? Ich kann das nicht. Und ich sehe auch nicht, was das bringen soll."

Ruby unterdrückte ihre Rede über die Vorteile des klaren und präzisen Ausdrucks – der Himmel wusste, dass sie Conrad in den vergangenen zwölf Jahren diese Rede oft genug gehalten hatte. Stattdessen fragte sie: „Und was noch?"

Seine Augen wurden größer. „Woher wussten Sie, dass da noch etwas anderes ist?"

„Nur eine Vermutung. Ich bin schließlich Mutter, weißt du."

„Oh, ja", erwiderte er, als würde die Mutterschaft alles erklären. „Ich schätze ... ich schätze, ich stecke ein wenig in Schwierigkeiten."

Ruby schloss die Augen und betete. „Ein Mädchen?"

„Oh nein, Madam. Nicht in der Art!" Clarence grinste und schüttelte den Kopf. Er wirkte beinahe erfreut, dankbar, dass sie ihn für so attraktiv hielt, dass er auf ein Mädchen anziehend wirkte. „Ich denke, ich habe –" Er hielt inne und sein Kopf wurde knallrot. „Heimweh."

Sie atmete erleichtert auf. „Wie kann ich dir helfen, Clarence?"

„Keine Ahnung. Lassen Sie mich nur eine Weile hier sitzen, denke ich." Er deutete auf das Buch. „Was lesen Sie?"

„Robert Frost." Sie legte den Kopf zur Seite. Er starrte sie verständnislos an. „Er ist ein Dichter."

Die Augen des Jungen leuchteten wieder auf. „Ach ja. Ich kenne den Namen. Wir mussten ein paar seiner Sachen lesen und darüber schreiben." Er zuckte die Achseln und sah zur Seite. „Ich habe keine Antenne für Gedichte."

Ruby lächelte. „Das ist ziemlich einfach, wirklich. Nur Worte, aber in anderer Form, als du es gewöhnt bist. Wollen wir einige miteinander lesen und dann über ihre Bedeutung reden?“

„Sie meinen, gemeinsam Hausaufgaben machen, wie früher mit meiner Mama?“ Sie beobachtete ihn, wie er mit dem obersten Knopf seines Hemdes spielte. Das war ganz eindeutig nicht seine Vorstellung davon, wie ein Student den Abend verbringen sollte. Er schämte sich.

„Vielleicht. Aber eher wie zwei Freunde, die sich über ein Gedicht unterhalten.“

„Also gut.“ Seine Miene hellte sich auf. Er entspannte sich sichtlich.

„Ich sage dir was.“ Ruby erhob sich und hielt ihm das Buch hin. „Ich glaube, es ist noch etwas Apfelkuchen vom Abendessen übrig. Ich hole uns Kuchen und Milch, während du das Gedicht liest. Und wenn ich zurückkomme, können wir darüber reden.“ Sie blickte auf ihn herab, auf diesen unschuldigen Mann-Jungen, und lächelte. „Was solltet ihr lesen?“

„Irgendetwas über einen Weg, glaube ich.“

„Aha, ‚Der wenig bereiste Weg‘, das habe ich mir gedacht.“

„Ja, genau. Das ist es.“

Ruby blätterte die Seiten um. „In Ordnung. Hier ist es.“

Er seufzte erleichtert auf. „Wenigstens ist es kurz.“

„Ja.“ Sie lachte. „Es ist kurz.“

Sie ließ ihn mit dem Gedicht allein und ging hinaus in die Küche. In was hatte Gott sie jetzt wieder hineinmanövriert?

„Im Walde zwei Wege boten sich mir dar“, murmelte sie vor sich hin, als sie zwei Stücke Kuchen abschnitt und

Milch in die Gläser goss, *„und ich nahm den, der weniger betreten war, und das veränderte mein Leben."*

Bailey Blue

April 1946

Silvie stapelte das Frühstücksgeschirr im Spülbecken und stieß einen tiefen Seufzer aus. „Ich sage dir, Ruby, diese Jungen werden noch mein Tod sein."

„Was meinst du damit?" Ruby faltete die Zeitung zusammen und blickte sie an. „Das sind doch noch halbe Kinder, Silvie. Ich weiß, sie sind manchmal ein wenig wild und rau, aber sie haben ein gutes Herz."

„Glaub das nur weiter, wenn du möchtest", murmelte Silvie. „Ich werde gut aufpassen."

„Hat sich einer von ihnen dir gegenüber irgendwie ungebührlich verhalten?" Ruby beugte sich eindringlich vor. „Mittlerweile sollten sie doch wissen, dass du genauso Mitglied dieses Haushalts bist wie ich. Wenn einer von ihnen dir gegenüber unhöflich gewesen ist –"

„Das hat nichts mit Unhöflichkeit zu tun." Silvie schüttelte den Kopf und wandte sich dem Geschirr zu. Ruby würde es nicht verstehen, wie sehr sie auch versuchte, es zu erklären. Jahrelang, seit ihrer Kinderzeit, hatten sie und Ruby wie Schwestern zusammengelebt. Ruby hatte ihren Daddy, Gott hab ihn selig, „Onkel Henoch" genannt und seit Generationen teilten die beiden Familien das Land miteinander. Aber nichts davon zählte außerhalb der Türen von *Noble House.* Draußen, in der realen Welt, war Silvie ein farbiges Dienstmädchen und Ruby eine weiße Dame.

Nein, die Jungen waren nicht unhöflich zu ihr gewesen – auf jeden Fall nicht direkt. Aber sie hatte gesehen, wie Dooley Laytons lüsterner Blick ihr folgte, ungeachtet der Tatsache, dass sie alt genug war, um seine Mama zu sein. Er hatte ein bestimmtes Gehabe an sich, zeigte diesen snobistischen, überheblichen Gesichtsausdruck, den einige weiße Männer bekamen, wenn sie eine schwarze Frau ansahen. Sie bekam eine Gänsehaut davon. Wenn sie genau darüber nachdachte, war es derselbe Ausdruck, den der alte Mr Mansfield vor Jahren gehabt hatte, als sie für ihn im Hotel gearbeitet hatte. Ein Ausdruck, der besagte: *„Du gehörst mir und ich kann dich nehmen, wann immer ich dich möchte. Du bist mein Besitz, dass du das ja nicht vergisst.“*

Und sie hatte einige ihrer Gespräche mit angehört – es waren genug, um zu wissen, dass sich alle, auch Conrad, regelmäßig in herabsetzender Sprache über Schwarze unterhielten. Erst letzte Woche war ein alter Schwarzer drüben im Dudley County erschossen worden, nur weil er vor dem Haus eines Weißen über die Straße gegangen war. Und der Mörder war nicht einmal verhaftet worden. Der Sheriff hatte gesagt, der Mann habe das Recht, sein Land zu schützen und damit war die Sache erledigt. Conrad und seine Freunde hatten darüber gelacht und gesagt, es sollte allen Schwarzen eine Lehre sein, damit sie blieben, wo sie hingehörten.

Ruby, die liebe Seele, würde gern glauben, dass die Sklaverei vor achtzig Jahren ihr Ende gefunden hatte. Aber Silvies Daddy war noch ein Sklave gewesen und er hatte von seiner Angst vor den *Pattyrollern* erzählt. Das Ungeheuer lief noch immer dort draußen herum, schlich durch die Nacht, nur dieses Mal trug es ein weißes Laken und verbrannte Kreuze vor den Häusern der Menschen.

„Silvie? Hörst du mir überhaupt zu?“

Silvie riss sich aus ihren Gedanken. „Tut mir leid, Ruby.“

„Ich habe gefragt, ob einer der Jungen unhöflich zu dir gewesen ist. Denn wenn das der Fall ist –“

„Nein. Es ist nur, dass –“ Sie hob frustriert die Hände.

Ruby schlug mit der flachen Hand auf den Tisch. „Wenn du etwas zu sagen hast, Silvie, dann rück endlich mit der Sprache raus.“

„Du würdest es doch nicht verstehen. Und es würde dir auch nicht gefallen.“

„Versuch es doch.“

Silvie seufzte und ließ sich auf einen Stuhl am Tisch sinken. „Also gut. Keiner der Jungen hat ein Wort zu mir gesagt, außer: ‚Reich mir die Kartoffeln‘.“

„Und wo ist dann das Problem?“

„Das ist genau der Punkt, Ruby. Sie reden nicht mit mir; sie betrachten mich als Dienstmädchen. Eine Sklavin. Sie *nehmen* mich nicht *wahr*. Abgesehen vielleicht von Dooley Layton, der mich ansieht, als wolle er mich jeden Augenblick hinaus in den Wald zerren und seinen Spaß mit mir haben.“

„Das meinst du doch nicht ernst, Silvie. Du bist fast fünfzig Jahre alt!“ Ruby lachte laut auf, doch sie unterdrückte ihre Belustigung, als sie sah, dass Silvie das gar nicht lustig fand. „Du meinst es doch ernst.“

„Ich meine es ernst. Ich kenne diesen Blick und ich erkenne ihn, selbst wenn ich neunzig Jahre alt wäre.“

„Nun, ich weiß, dass du noch immer eine wunderschöne Frau bist, Silvie, aber ein Collegejunge? Ich bitte dich!"

„Das hat mit meinem Alter nichts zu tun, Ruby, oder ob ich noch immer attraktiv bin oder nicht. Es hat mit Macht zu tun – der Macht eines weißen Mannes über eine schwarze Frau. Oder einen schwarzen Mann."

Ruby blinzelte. „In diesem Haus hat die Rasse noch nie eine Rolle gespielt. Das solltest du doch eigentlich wissen."

Silvie kämpfte gegen ihren Zorn an – nicht auf Ruby, sondern auf die ganze Gesellschaft. „Außerhalb dieses Hauses", sagte sie mit beherrschter Stimme, „sehen die Dinge ganz anders aus."

„Ich verstehe nicht."

Silvie nahm die Zeitung und überflog die Titelseite. „Erinnerst du dich an den Schwarzen, der vergangene Woche in einem anderen Bezirk erschossen wurde?"

„Ja."

„Wusstest du, dass sein Mörder straflos ausgegangen ist? Keine Verhaftung, keine Gerichtsverhandlung, nicht einmal ein Schlag auf die Finger oder eine Geldstrafe!" Sie breitete die Zeitung vor Ruby aus. „Hier ist der Artikel."

Ruby konzentrierte sich eine ganze Minute lang auf die Zeitung. „Da ist kein Artikel über diese Schießerei."

„Genau. Das sage ich ja, Ruby. Schwarze Menschen sind unsichtbar. Vergewaltige uns, erschieße uns, schlag uns tot, zerre uns an einen Wagen gebunden hinter dir her – das ist egal. Wir zählen nicht."

„Mir bist du sehr wohl wichtig", murmelte Ruby.

Silvies Herz schmolz dahin. Sie tätschelte Rubys Arm. „Das weiß ich, Liebes. Ich spreche nicht von dir. Ich spreche von –"

„Dem Klan?"

„Ja und nein. Sicher, ich habe eine Todesangst vor dem Klan. Ich kenne keinen einzigen schwarzen Menschen in Mississippi, der keine Angst hat. Aber nicht nur die Gewalttaten sind gefährlich, Ruby. Es sind auch all diese wohlmeinenden, gutherzigen Menschen, die nur herumsitzen und nichts tun."

Sie hielt inne und suchte nach Worten. Ruby war ihre beste Freundin und sie würde nicht hören wollen, was Silvie zu sagen hatte, doch sie wollte die Wahrheit wissen und sie war es ihr schuldig, dass sie ihr die Wahrheit sagte.

„Was mir Angst macht", fuhr sie fort, „ist der Blick von einem Jungen wie Dooley Layton. Was mir Angst macht, ist die Vorstellung, dass achtzehnjährige Jungen dem Sheriff applaudieren, der den Mörder in *Dudley County* straffrei hat ausgehen lassen. Was mich abstößt, ist, sie sagen zu hören: ‚Er ist selbst dran schuld', als wäre die Tatsache, dass ein Mensch schwarz ist, Grund genug, ihn zu töten."

„Conrad?", flüsterte Ruby erschüttert. „Mein Sohn hat das gesagt?"

Silvie knirschte mit den Zähnen. „Er hat es nicht gesagt", korrigierte sie. „Er hat nur gelacht, als ein anderer es gesagt hat."

Ruby fühlte sich den ganzen Tag lang elend. Sie musste immerzu über das nachdenken, was Silvie ihr erzählt hatte. Sie wusste nicht, was sie mit Conrad machen, wie sie mit ihm reden sollte oder wie sie ihn erreichen konnte. Er hörte ihr nicht mehr zu.

Falls er es je getan hat, korrigierte sie sich.

Was, fragte sie sich, brachte ein Kind dazu, gegen alles zu rebellieren, für das seine Eltern einstanden? Es stimmte, Conrad hatte keinen Vater gehabt, zu dem er hatte aufsehen können, aber Ruby hatte sich die größte Mühe gegeben, ihm von Gott zu erzählen, ihm den Glauben nahe zu bringen, ihn zu ermutigen zu beten und zu lernen, Gott zu vertrauen. Und ganz bestimmt war er nicht mit Rassismus und Hass aufgewachsen – zumindest nicht von ihrer Seite.

Bei seinem Großvater war das eine andere Sache.

Abraham Noble, das wusste Ruby, hatte als verbitterter und gebrochener Mensch gelebt und war auch so gestorben. Alle waren an seinem unsteten Leben schuld, nur er selbst nicht – sein Vater Silas, der ihm das Noble-Land vorenthalten hatte. Henoch, der bei Silas die Stelle des erstgeborenen Sohnes und rechtmäßigen Erben eingenommen hatte. Seine Frau und Tochter, weil sie ihn an ein Leben gekettet hatten, das er gehasst hatte. Als Kind war Conrad zweifellos von der Einstellung seines Großvaters beeinflusst worden.

Aber sie konnte nicht ausschließlich Abe die Schuld an Conrads Entwicklung geben. Der Junge hätte sich für den Glauben seiner Mutter entscheiden können anstatt für die Verbitterung seines Großvaters. Er hatte die Wahl gehabt zwischen Erbarmen und Arroganz, zwischen Mitgefühl und Zynismus. Diese Wahl hatte jeder.

Auf Dauer gab es keine Erklärung dafür, wie diese Einflüsse sich auswirkten. Ruby hatte alles getan, was sie konnte, und jetzt, da er erwachsen war, musste sie loslassen. Ihr blieb nichts anderes übrig als zu beten und immer weiter zu beten, der Allmächtige möge sich erbarmen und das Leben ihres Sohnes verändern.

Sie hoffte nur, dass Conrad nicht erst wie sein Großvater werden müsste, bevor er die Wahrheit annahm.

Das Geschirr vom Abendessen war abgetrocknet und weggeräumt und Ruby wollte es sich gerade mit einem Buch gemütlich machen, als sie ein Klopfen an der Tür hörte. Sie ging in den Flur. Silvie hatte die Tür bereits geöffnet und stand starr da, als sei sie gerade von einem Blitz getroffen worden.

„Silvie? Wer ist da?"

Die Tür wurde ein wenig weiter geöffnet und ein Mann trat in den Flur, die Mütze in der Hand. Er war groß, mit breiten Schultern, warmen dunklen Augen und der Hautfarbe von polierter Eiche.

„Entschuldigen Sie, Madam", sagte er mit einem tiefen Bariton, als er Ruby erblickte. „Ich bin auf der Suche nach Ruby Noble."

Über seiner Brusttasche stand die Aufschrift „BLUE". Ruby betrachtete die dunkelblaue Uniform, das dichte schwarze Haar, die strahlend weißen Zähne. Onkel Henoch war für sie schon immer ein gut aussehender Mann gewesen, aber dieser Mann hier verlieh diesem Wort eine ganz neue Bedeutung. Kein Wunder, dass Silvie fassungslos dastand.

Ruby zupfte Silvie am Ellbogen und griff um sie herum, um dem Mann die Hand zu schütteln. „Ich bin Ruby. Eigentlich heiße ich Wainwright, aber die Leute nennen mich noch immer bei meinem Mädchennamen, selbst nach all diesen Jahren noch." Sie zuckte die Achseln. „Aber wir leben hier eben im Süden, wissen Sie. Das ist Silvie Warren."

Silvie löste sich schließlich aus ihrer Erstarrung und klappte den Mund wieder zu. „Hallo."

„Ich freue mich, Sie kennenzulernen, meine Damen", sagte er mit einem strahlenden Lächeln in Silvies Richtung. „Mein Name ist Bailey Blue. Ich bin gerade aus der Marine entlassen worden und suche eine Unterkunft. Haben Sie vielleicht ein Zimmer für mich?"

Silvie schnappte nach Luft. „Sie kommen nicht aus der Gegend, nicht wahr?"

Er lachte – ein tiefes, weiches Lachen, das in der Halle wie Musik widerhallte. „Nein, Madam. Ich komme aus Washington D.C."

Plötzlich erinnerte sich Ruby wieder an ihre Manieren. „Kommen Sie doch bitte herein, Mr Blue."

„Bitte nennen Sie mich doch Bailey." Er folgte ihnen ins Kaminzimmer und ließ sich in einem der Sessel nieder. „Was für ein hübscher Raum. Sehr gemütlich und einladend."

„Können wir Ihnen eine Tasse Kaffee anbieten?" Ruby schoss einen Blick in Silvies Richtung, die nickte. „Es dauert nur eine Minute."

„Gern, danke."

Ruby schob Silvie in die Küche, und sobald sich die Tür hinter ihnen geschlossen hatte, hielt sich Silvie am Küchentisch fest. „Ist das zu glauben?"

„Was? Dass er hervorragend aussieht oder dass er ein Zimmer mieten möchte?"

„Beides." Silvie ließ sich auf einen Stuhl am Küchentisch sinken, während Ruby den Kaffeetopf auf den Herd stellte. „Ist noch etwas von dem Schokoladenkuchen übrig?"

„Du träumst wohl. Die Jungen haben heute beim Abendessen den Rest verschlungen. Und ich habe für Schokolade auch keine Lebensmittelmarken mehr."

„Die Marken sind doch egal. Aber wir müssen ihm irgendetwas anbieten."

Ruby nickte. „Mit dem letzten Zucker haben wir Kekse für morgen gebacken, weißt du nicht mehr? Sie stehen auf dem obersten Regal in der Vorratskammer. Ich habe sie versteckt, damit die Jungen sie nicht finden."

Silvie sprang auf, holte die Kekse und begann, sie auf einen Teller zu legen. Dann plötzlich hielt sie inne und wandte sich mit niedergeschlagenem Gesichtsausdruck Ruby zu. „Was tun wir hier eigentlich?"

„Ich dachte, wir würden einem neuen Pensionsgast Kaffee und Kekse anbieten."

„Ruby, das geht nicht!"

„Natürlich geht das. Wir haben doch noch diese hübsche Wohnung auf der Rückseite des Hauses. Und ein wenig zusätzliches Geld können wir auch gut gebrauchen."

„Ruby", hauchte Silvie, „er ist *farbig.*"

„Nun, das weiß ich. Was willst du damit sagen?"

„Mich belästigt niemand, weil ich schon immer hier bin. Ich bin hier aufgewachsen und die ganze Stadt ist daran gewöhnt. Aber wenn wir ihn aufnehmen –"

„Es wird genauso sein wie damals, als wir vor zwanzig Jahren Harper und die anderen Männer aufgenommen haben. Eine Weile wird man sich in dieser kleinen Stadt sicher das Maul darüber zerreißen, dann werden sich alle beruhigen."

„Niemand wird sich beruhigen, Ruby. Verstehst du denn nicht?" Silvie schüttelte den Kopf und fuhr fort, ohne eine Antwort abzuwarten. „Nein, du verstehst es nicht. Wie könntest du auch? Trotz allem, was du bereits durchgemacht hast. Ruby, du bist wirklich sehr naiv. Denkst du, du hättest schon Ärger erlebt? Warte nur, bis du diesen Mann in dein Haus aufnimmst, dann wirst du dir richtig Ärger einhandeln. Vermutlich mit weißer Kapuze und einer Fackel in der Hand."

„Er macht auf mich einen harmlosen Eindruck." Ruby sah Silvie an. „Ich kann nicht glauben, dass du ihn nicht hier haben möchtest."

„Es geht doch nicht darum, was ich möchte. Es geht um –"

„Es geht um das, was richtig ist", unterbrach Ruby sie.

Silvie starrte sie an. „Wie bitte?"

„Es geht um das, was *richtig* ist", wiederholte Ruby. „Erst heute Morgen hast du mir erzählt, dass die Welt sich dringend verändern muss. Nun, in den vergangenen zwanzig Jahren haben wir verändert, was ging, und ich sehe keinen Grund, jetzt damit aufzuhören."

„Du meinst es ernst?"

„Natürlich meine ich es ernst. Und was kann schon passieren? Einige Unverbesserliche könnten sich auf die Hinterbeine stellen, weil wir einen schwarzen Pensionsgast haben. Lass sie doch."

Silvie stieß ein gedämpftes Lachen aus. „Ruby, du bist einfach unglaublich."

„Und ich genieße das sehr. Außerdem scheint er ein sehr kultivierter Herr zu sein. Ein wenig von seinem Einfluss könnte unseren Studenten gut tun. Meinen eigenen Sohn eingeschlossen."

„Conrad wird das nicht gefallen."

„Conrad wird lernen, damit zu leben."

Silvie biss sich auf die Lippe. „Aber wenn es nun Ärger gibt?"

„Was für einen Ärger könnte ein netter Mann wie er schon bringen? Er wird vermutlich der stillste Pensionsgast sein, den wir je gehabt haben."

Je mehr Bailey Blue redete, desto mehr mochte Ruby ihn. Er sprach mit leiser Stimme, lachte viel und war sehr schlagfertig. Außerdem hatte er eine ganze Tasche voller Nylonstrümpfe und Schokoriegel dabei.

„Also, Bailey", fragte sie, nachdem sie ihm eine zweite Tasse Kaffee eingegossen hatte, „was genau haben Sie in der Marine getan?"

Er fuhr sich mit der Hand durchs Haar und lachte. „Was die meisten schwarzen Seeleute tun, Madam. Decks geschrubbt, Latrinen gesäubert, Rührei gemacht."

Ruby runzelte die Stirn. „Ich weiß nicht viel über die Marine und könnte eine Uniform nicht von einer anderen unterscheiden, aber ich habe angenommen, Sie wären Offizier gewesen."

„Und wie kommen Sie darauf?"

„Weil Sie so – ich weiß nicht. Sie sind so gebildet, intelligent, redegewandt. Soll ich weitermachen?"

Er lachte laut auf. „Das würde mir zwar gefallen, aber die Bescheidenheit gebietet mir, Sie zu bitten, damit aufzuhören." Er richtete seine dunklen Augen auf sie. „Ich bin Anwalt, Madam. Howard-Universität, Jahrgang 1940."

„Anwalt!" Silvie blieb erneut der Mund offen stehen.

„Das ist richtig. Aber in der Marine ist egal, was ein Mann getan hat, bevor er eingezogen wurde. Das heißt, wenn er ein Farbiger ist. Ich habe fast drei Jahre gedient und keinen Schwarzen getroffen, der einen höheren Rang hatte."

„Das ist das Dümmste, das ich je gehört habe“, platzte Ruby heraus.

„Das finde ich auch. Und die Organisation, für die ich arbeite, ebenfalls.“

Er erzählte ein wenig von seinen Erfahrungen in der Marine und wie schwer es für einen Schwarzen war, den Rang zu bekommen, den er verdiente. Seine leise Stimme war faszinierend, beinahe hypnotisierend. Ruby hätte ihm stundenlang zuhören können.

Dann plötzlich fiel ihr etwas ein, das er gesagt hatte. „Sie haben eine Organisation erwähnt, für die Sie arbeiten?“

„Ja, Madam. Darum bin ich hierher nach Mississippi gekommen. Ich möchte versuchen, lange überfällige Veränderungen in Gang zu bringen.“ Er hielt inne. „Ich gehöre einer Gruppe an, die sich *National Association for the Advancement of Colored People* nennt. Die NAACP. Vielleicht haben Sie schon von uns gehört. Wir setzen uns für die Rechte der Schwarzen ein – kämpfen gegen Diskriminierung am Arbeitsplatz, Gewaltanwendung und Ähnliches. Es ist eine wundervolle Sache.“

Ruby hatte bereits davon gehört, das stimmte. Und es war wirklich eine lohnende Sache.

Nur nicht die Sache, die sie erwartet hatte, als er an die Tür von *Noble House* geklopft hatte.

Die Verschwörung

Conrad saß am Abendbrottisch und schob seinen Stuhl so weit wie möglich von Bailey Blue weg. Es war unfassbar, dass seine Mutter das getan hatte – einen Schwarzen als Pensionsgast aufzunehmen, ohne ihn auch nur nach seiner Meinung zu fragen. Schlimm genug, dass sie überhaupt Pensionsgäste aufnahm. Es war ihm schrecklich peinlich, der Sohn einer ... einer *Pensionsbesitzerin* zu sein. Aber wenigstens hatte sie sich bisher zu ihresgleichen gehalten.

Er starrte auf seinen Teller und mied Dooleys bohrenden Blick. Ihn würden sie für diese Sache verantwortlich machen, das wusste er. Dooley und die anderen würden ihm keine Ruhe lassen. Sie würden ihn drängen, seine Mutter davon zu überzeugen, Bailey Blue loszuwerden. Silvie half im Haushalt, darum wurde sie toleriert. Aber niemals würden sie mit einem farbigen Pensionsgast in einem Haus leben. Und noch dazu einem *Yankee*-Rechtsanwalt!

Ein Blick auf seine Mutter sagte ihm jedoch, dass sie den Mann nicht in hundert Jahren rausschmeißen würde. Sie hing an Baileys Lippen, lachte über seine Scherze und hörte ihm aufmerksam zu. Und Silvie erst! Man könnte sie für ein verliebtes Schulmädchen halten, so wie ihr Blick an ihm hing, wenn er gerade nicht zu ihr hinsah.

Conrad brummte verhalten. Silvie war schon fast fünfzig, da war er ziemlich sicher. Und eine Frau in diesem Alter – vor allem eine schwarze Frau – sollte es doch besser wissen. Ihre Aufgabe war es, diesen Haushalt zu führen, zu kochen, zu putzen und die Wäsche zu machen. Nicht über ihre eigenen Füße zu stolpern, sobald ein großer Bock ihr zehn Sekunden seiner Aufmerksamkeit schenkte.

Bailey warf den Kopf in den Nacken und lachte dröhnend über etwas, das Mutter gesagt hatte. Dann ließ er sich auf eine lebhafte Diskussion ein – eigentlich eine *Predigt* – darüber, dass das Leben im Süden dringend einer Veränderung bedurfte und dass die NAACP entschlossen war, dafür zu sorgen, dass die Schwarzen ihren rechtmäßigen Platz in der Gesellschaft bekamen.

Mutter nickte begeistert. Sie hatte schon immer eine Schwäche für soziale Gerechtigkeit und die Rechte der Ausgestoßenen gehabt. Wie oft hatte sie ihm die Geschichte seines Vaters erzählt – ein Ausgestoßener, ein Mann, der um die niedrigsten Jobs und das geringste Maß an Akzeptanz hatte kämpfen müssen! Diese Geschichte sollte in ihm Stolz auf seinen Vater wecken, nahm Conrad an, aber in seinen Augen war er nun mal der Sohn von Narbengesicht, einer Missgeburt, die Kinder erschreckt und Frauen in Ohnmacht hatte fallen lassen. Diese Vorstellung stieß ihn ab. Allein dieser Punkt in seiner Vergangenheit machte für ihn das Leben zu einem Kampf. Und jetzt hatte sie das Undenkbare getan – einen Schwarzen in ihrem Haus aufgenommen.

Bailey war der Einzige, der sprach. Mutter und Silvie hingen wie gebannt an seinen Lippen und merkten offensichtlich nicht, dass die anderen sich auf ihren Plätzen wanden. Er warf einen Blick zu Dooley hinüber und sah einen dunklen Zorn in seinen Augen flackern. Und dann sprang Dooley unvermittelt vom Tisch auf, so schnell, dass sein Stuhl scheppernd nach hinten kippte.

„Dooley“, ermahnte Mutter ihn sanft, ohne ihn anzusehen. „Erinnere dich bitte an deine Manieren.“

„Ich bitte, mich zu entschuldigen", brachte er mit drohender Stimme hervor.

„Ist gut. Geh nur."

Dooley eilte zur Tür. George Hatfield und Jackie Rudolph folgten ihm dicht auf den Fersen. Bogey saß wie festgenagelt auf seinem Platz und biss sich nervös auf die Unterlippe.

Con stieß ihn in die Rippen. „Lass uns hier verschwinden", flüsterte er. Bogey nickte unsicher und Con erhob sich. „Bitte entschuldige uns, Mutter. Wir ... äh, wir haben noch einiges zu erledigen."

„Wollt ihr nicht noch eine Weile bleiben und euch mit uns unterhalten?", fragte sie. „Bailey hat einige faszinierende Erfahrungen als Anwalt und –"

„Nein, Mutter. Tut mir leid. Wir – äh, wir müssen los."

Con schob Bogey in den Flur. Das Letzte, was er hörte, bevor er die Tür hinter sich ins Schloss zog, war die Stimme seiner Mutter, die sagte: „Ich möchte Ihnen noch von meinem Mann und meinem Großvater erzählen, Bailey. Ich denke, Sie hätten beide gemocht."

Ruby wünschte sich, Conrad wäre noch ein wenig länger geblieben. Der Junge konnte von dem Kontakt zu einem Mann wie Bailey Blue profitieren.

Was für ein erstaunliches Leben er geführt hatte! Er hatte die *Howard University Law School* als Drittbester seines Jahrgangs abgeschlossen. Nach seinem Examen hatte er bei der neu gegründeten NAACP angefangen, als Assistent des prominenten schwarzen Anwalts Thurgood Marshall.

„Denken Sie an meine Worte", fuhr Bailey fort. „Es dauert vielleicht noch weitere zwanzig Jahre, aber Thurgood Marshall wird als erster Schwarzer an den Obersten Gerichtshof berufen werden. Er ist ein brillanter Mann, ein Mann mit einer Vision. Mit fünfundzwanzig hat er seine Zulassung als Rechtsanwalt bekommen und kaum fünf Jahre später wurde er erster Berater der NAACP. Er hat sich der Aufgabe verschrieben, dafür zu sorgen, dass es in diesem Volk Gerechtigkeit für alle gibt."

„Und darum sind Sie hier?"

Bailey nickte. „Unser Ziel ist es, die Diskriminierung der Schwarzen zu beenden. Im Augenblick konzentrieren wir uns vor allem auf die Diskriminierung am Arbeitsplatz und im Bereich der Bildung – speziell auf die Strategie ‚getrennt, aber gleich'." Er schüttelte den Kopf. „In der Trennung kann keine Gleichheit liegen. Wir schreiben das Jahr 1946 und die Schwarzen leiden noch immer unter niedrigen Jobs, schlechten Behausungen und ihre Kinder bekommen eine minderwertigere Bildung. Uns wird das Wahlrecht verweigert, wir müssen uns hinten in den Bus setzen, wir werden erschossen, weil wir den Fuß auf das Land eines Weißen setzen." Er hielt inne. „Ich nehme an, Sie haben von dem Mord drüben in *Dudley County* gehört. Das ist ein Unding in einem Land, das den Anspruch erhebt, allen Menschen Freiheit und Gerechtigkeit zu geben."

Ruby nickte. Sie dachte zurück an ihre eigene Schlacht, um Harper und Männern wie ihm faire Chancen auf dem Arbeitsmarkt zu verschaffen – und noch weiter zurück an Grandma Pearls und Grandpa Silas' Arbeit unter den Sklaven vor und während des Bürgerkrieges. Es war derselbe Kampf – unterschiedliche Gesichter, unterschiedliche Umstände, aber derselbe Konflikt. Als sie Silvie gesagt hatte, Bailey Blue aufzunehmen sei das Richtige, hatte sie daran geglaubt, zumindest philosophisch. Jetzt würde ihre Theorie in der Praxis auf die Probe gestellt werden.

„Ich möchte ehrlich zu Ihnen sein, Ruby", sagte er. „Die meisten Menschen im Süden mögen die NAACP nicht besonders. Die Regierungen der Orte und einzelnen Staaten und vor allem der Klan behindern uns, wo es nur geht. Sie haben Angst, die Machtverhältnisse könnten sich verschieben. Ihre größte Sorge ist, sie könnten die Kontrolle verlieren, die sie so lange innegehabt haben. Wenn Sie Ihre Meinung ändern möchten, dann suche ich mir eine andere Unterkunft."

Ruby blickte zu Silvie hinüber. Sie liebte diese Frau schon, solange sie denken konnte. Sie hatte als Kind mit ihr gespielt, ihr als junge Frau vertraut, sich in Zeiten großen Schmerzes auf sie verlassen. Mehr als vierzig Jahre gehörte sie nun schon zur Familie. Sie waren Schwestern. Und doch stand eine Mauer zwischen ihnen, eine Barriere, über die keine von ihnen sprechen konnte. Sie konnten nicht gemeinsam in ein Restaurant zum Essen gehen, konnten nicht nebeneinander in einem Bus sitzen, konnten nicht einmal den Gottesdienst gemeinsam besuchen. Das war nicht, was Gott gewollt hatte, davon war Ruby überzeugt.

„Es ist ein Risiko", sagte sie leise und blickte in Silvies dunkle Augen. „Ist es ein Risiko, das wir eingehen wollen?"

Silvies braune Hand umfasste Rubys weiße Hand. „Was würde Grandma Pearl tun?"

Ruby lächelte und ein Satz aus Pearls Tagebüchern fiel ihr wieder ein: *Glauben heißt, sich zu kümmern. Sich zu kümmern bedeutet, etwas zu tun.*

Vor Jahren hatten diese Tagebücher sie auf eine Reise geschickt – auf die Suche nach ihrem Weg zum Glauben, zur Entdeckung der Berufung, die Gott für sie hatte. Wann immer sie dachte, sie hätte ihre Richtung gefunden, die eine Sache, die sie angehen sollte, stellte Gott sie vor eine weitere Herausforderung. Und wieder wurde ihr Vertrauen auf die Probe gestellt, wieder musste sie den Sprung ins Ungewisse wagen.

„Sie sind am richtigen Platz", sagte sie zu Bailey Blue. „Und wir auch."

Silvie lag in ihrem Bett und beobachtete, wie das Mondlicht in dem Schatten des Baumes vor ihrem Fenster spielte. Normalerweise hatte sie keine Probleme mit dem Einschlafen, aber an diesem Abend ließen ihre Gedanken ihr keine Ruhe. In dem Apartment neben ihrem Zimmer, nur durch eine Wand getrennt, konnte sie Baileys leises Schnarchen vernehmen.

Seine Worte, allein seine Anwesenheit in diesem Haus, hatten etwas in ihr geweckt, etwas, das sie nie benannt hatte und auch nicht richtig verstehen konnte.

Ein Grund dafür war sein unglaublich gutes Aussehen. Von dem Augenblick an, da sie ihm die Tür geöffnet und ihn zum ersten Mal erblickt hatte, hatte sich ihr Pulsschlag nicht mehr beruhigen können. Sein Lächeln, sein Verstand und seine Intelligenz, die leidenschaftliche Intensität in den Augen, wenn er über seine Arbeit sprach – alles an ihm fesselte sie.

Natürlich war eine Liebesbeziehung zwischen ihnen undenkbar. Sie musste sich das aus dem Kopf schlagen und durfte sich nicht zum Narren machen. Sie war gut und gerne fünfzehn Jahre älter als er und wenn sie bis jetzt nicht den richtigen Mann gefunden hatte, dann würde sie ihn ganz bestimmt nicht in einem allein stehenden fünfunddreißigjährigen Rechtsanwalt finden. Gott wollte anscheinend, dass sie allein blieb und größtenteils war sie mit ihrem Leben auch ganz zufrieden. Sie bat Gott nicht ständig um mehr.

Aber Bailey Blue hatte so viel zu bieten und trotz besseren Wissens konnte Silvie nicht leugnen, dass sie sich nach Liebe sehnte.

Im Laufe der Jahre hatte sie kaum über die Lage der Schwarzen im Allgemeinen oder über ihre im Besonderen nachgedacht. Ihr war es egal gewesen, dass die meisten Leute in der Stadt sie „Rubys Dienstmädchen" nannten, auch wenn sie im *Noble House* gleichberechtigt waren. Sie wusste, dass es anders war und nur das zählte. Ihr Daddy hatte ihr beigebracht, den Kopf hoch zu tragen, zu überhören, was ignorante Leute sagten, und stolz zu sein auf das, was sie war und was sie geleistet hatte.

Bailey dagegen meinte, allein eine dicke Haut zu haben, reiche nicht aus. Nicht für sie, nicht für die Tausenden und Abertausenden schwarzen Menschen, die nur mit Mühe ihren Lebensunterhalt verdienen und ihren Familien Essen und Unterkunft beschaffen konnten.

Gleiche Rechte. Dieser Satz ließ etwas in ihrer Seele anklingen und sie wusste instinktiv, dass Bailey mit seinen Worten recht hatte. Schwarze waren keine Sklaven mehr, aber das konnten sie immer noch geradeso gut sein, da ihnen das Leben, das die Weißen führten, verwehrt wurde. Einfache Freiheiten, wie zum Beispiel die Freiheit, über eine Straße zu gehen, ohne Angst vor Belästigung haben zu müssen. Das Recht der Wahl und der Benennung von Kandidaten, die sich für ihre Rechte einsetzten. Das Recht auf

Würde und Respekt. Das Recht, als Individuum mit einer Persönlichkeit, mit Gefühlen und Fähigkeiten respektiert zu werden.

Bailey hatte gesagt, die Bürgermeister und Stadtverordneten von Gemeinden würden sich der Arbeit der NAACP widersetzen. Warum nur, fragte sie sich, empfanden die Weißen die Forderung, den Schwarzen gleiche Rechte zu gewähren, als eine solche Bedrohung? Hatten sie Angst, die Farbigen würden die Macht an sich ziehen, so wie der Pharao vor einem Aufstand unter den Kindern Israel Angst gehabt hatte?

Das war eine gute Parallele. Ja, es gab Ähnlichkeiten. Schwarze in niedrigen Jobs, von weißen Aufsehern in die Unterwerfung geprügelt. Schwarze Frauen, die versuchten, ihre Familien zusammenzuhalten und ihre Kinder vor Missbrauch zu schützen. Ein alter schwarzer Mann, der in der Nachbargemeinde erschossen worden war. Menschen, die mitten in der Nacht gelyncht, deren Häuser verbrannt wurden. Gab es irgendwo dort draußen einen Mose, der sich dem Pharao stellte und forderte: „Lass mein Volk ziehen"?

Eine Wolke schob sich vor den Mond und es wurde im Zimmer stockdunkel. Ein Frösteln ging über Silvie hinweg. Sie zog sich die Decke enger um die Schultern. Ruby hatte recht – dies war eine Sache, für die zu kämpfen es sich lohnte. Aber es stand mehr auf dem Spiel als gesellschaftliche Akzeptanz. Der Preis würde vermutlich höher sein als ein paar böse Bemerkungen auf der Straße oder im Lebensmittelgeschäft.

Sie schloss die Augen vor der Dunkelheit der Nacht und ein Bild tauchte vor ihrem inneren Auge auf – eine große Menge von Schwarzen, die, ein Triumphlied auf den Lippen, aus Ägypten herausmarschierten. Aber die Vision war damit noch nicht zu Ende. Hinter ihnen, auf der anderen Seite der Wüste, schloss eine Armee von herannahenden Soldaten sie ein. Sie saßen in der Falle, da das Rote Meer sich nicht teilte.

Pharaos Armee, in weißen Umhängen und Kapuzen, mit brennenden Kreuzen in den Händen …

Cons Magen krampfte sich zusammen.

Dooley stand in der Mitte des kleinen Zimmers, einen Baseballschläger in der Hand. „Ich sage, wir holen uns den Nigger heute Nacht!"

Die anderen drei – George, Jackie und Bogey – saßen im Halbkreis auf dem Boden um Dooley herum. Bogeys Augen wurden immer größer und fielen ihm beinahe aus dem Kopf. George und Jackie beobachteten einander vorsichtig und versuchten die Reaktion des jeweils anderen zu erraten.

„Sei doch leise!", zischte Conrad. „Willst du denn den ganzen Haushalt aufwecken?"

„Hier können sie mich doch gar nicht hören", schnaubte Dooley. „Und wenn schon, was macht's? Ich kann es leicht mit zwei Frauen und einem Nigger aufnehmen."

Con schwieg. Dooley hatte recht – mit dem Lärm zumindest. Das Kutschhaus stand etwa zehn Meter vom Haupthaus entfernt. Es war eine kühle Nacht und die Fenster würden geschlossen sein. Niemand würde Dooleys Plan belauschen.

„Warte mal", wandte er ein, nachdem er allen Mut zusammengenommen hatte. „Du sprichst hier immerhin von meiner Mutter."

„Ach, nimm's nicht so schwer, Wainwright. Ich werde der alten Dame nichts tun. Ich bin nur hinter diesem überheblichen Anwalt her. Und vielleicht ist es höchste Zeit, dass ich diesem Niggermädchen zeige, was ein richtiger Mann für sie tun kann."

Bogey setzte zum Sprechen an, doch er verschluckte sich an seiner eigenen Spucke und begann zu husten.

„Halt den Mund, Bogey", befahl Dooley. „Also, wer macht mit?"

Niemand meldete sich.

„George? Jackie? Kommt schon, ihr Feiglinge. Ihr wollt zulassen, dass irgend so ein hochmütiger Schwarzer aus dem Norden hierher kommt und große Reden schwingt?"

Stille.

Con betrachtete die Gesichter im Raum. Bogey würde sich Dooley nicht widersetzen, aber er wollte auch keine Dummheit begehen. Er mochte Mutter zu sehr, um irgendetwas zu tun, das sie verletzte oder verärgerte. Jackie hatte keine gewalttätige Ader in sich – er konnte nicht mal in einem Pokerspiel aggressiv werden. George war der Wilde. George vergötterte Dooley, vermutlich weil Dooley tat, wozu George nicht den Mut hatte. So feige wie er war, er könnte Dooley folgen, nur um sich selbst zu beweisen. Und wenn er Dooley folgte, würde auch Jackie mitmachen.

Dooley war außer sich, entschlossen, einige Köpfe einzuschlagen und Blut fließen zu lassen. Con musste sich einen Ausweg überlegen, und zwar schnell.

„Wartet mal", stammelte er. „Dool, wir brauchen hier doch nicht gewalttätig werden."

Dooley machte zwei Schritte auf ihn zu und hob drohend den Schläger. „Ach, der Mamajunge verliert den

Mut. Immer nur reden und nicht handeln, richtig, Wainwright?"

Cons Knie wurden weich, aber er behauptete sich. „Wir können diesen Bailey loswerden, ohne ihn zusammenzuschlagen – und ohne zu riskieren, ins Gefängnis zu wandern."

Dooley schnaubte verächtlich. „Hast du nicht gehört, Wainwright? Kein weißer Mann geht ins Gefängnis, weil er sich gegen einen Schwarzen verteidigt."

„Das weißt du nicht. Außerdem ist Bailey Rechtsanwalt. Er hat große Unterstützung hinter sich." Con wurde mutiger und hielt Dooleys Blick stand. „Du hast viel Mut, Dooley, aber du bist nicht allzu klug. Die NAACP wird wie der Teufel hinter dir her sein, wenn du einen der ihren zusammenschlägst."

Dooley wurde unsicher – das merkte Con an seinem Blick. Er sah förmlich, wie sich seine Gedanken überschlugen. Darum nutzte er seinen Vorteil. „Deinem Daddy würde es überhaupt nicht gefallen, wenn du deine Chancen für das College zerstören würdest, nur weil du dein Temperament nicht im Zaum halten kannst."

Dooley blinzelte Con an und ließ den Schläger sinken. „Und wie lautet dein Plan, Mamajunge?"

Conrad zögerte. Er hatte keinen richtigen Plan, improvisierte und wusste nicht so genau, was er als Nächstes sagen sollte. Aber Dooley und die anderen warteten. „Das ist einfach", sagte er. Er räusperte sich, bis er eine Idee hatte. „Wir ziehen aus."

„Wovon redest du?"

„Wenn wir ausziehen, wird nicht mehr genug Geld hereinkommen, um *Noble House* zu unterhalten. Keine Pensionsgäste, kein Einkommen. Die Pension schließt und Bailey Blue steht auf der Straße."

„Du willst deine eigene Mama ruinieren?"

Darüber dachte Con nach. Die Idee war brillant, das musste er zugeben. Jahrelang hatte er über die Tatsache gestöhnt, dass er in einer Pension leben musste, mit einer Pensionswirtin als Mutter. Sie würde etwas anderes finden und er wusste bestimmt, dass sie für mindestens ein paar Monate ein wenig Geld zur Seite gelegt hatte. Außerdem brauchte er sich vorerst keine Gedanken zu machen – sein Studiengeld war für das ganze Jahr bereits bezahlt.

„Ja", meinte er mit einem entschlossenen Nicken. „Wir gehen alle – jetzt, heute Abend. Unsere Freunde werden uns aufnehmen. Und wenn die Leute in dieser Stadt herausfinden, warum wir es getan haben, werden wir Helden sein."

George und Jackie sprangen auf den Plan an. „Großartig, Con. Ja, das machen wir. Wir sind dabei." Ganz eindeutig hatten sie Bailey nicht verprügeln wollen und ihnen war jede Idee recht, die ihnen half, vor Dooley das Gesicht zu wahren.

Bogey sah aus, als sei seine Welt vor seinen Augen eingestürzt. „Ich weiß nicht ... na ja, also gut, denke ich."

Dooley warf Con einen misstrauischen Blick zu. „Bist du sicher, dass das funktionieren wird?"

„Warum nicht? Wir verbreiten die Nachricht in der Stadt und am College, und niemand wird sich mehr in die Nähe dieses Hauses wagen."

„Also gut. Aber wenn es nicht funktioniert, habe ich immer noch meinen Schläger. Und ich werde ihn zuerst an dir ausprobieren."

Con unterdrückte ein Schaudern. Er glaubte es. Jedes Wort.

Aber im Augenblick konnte er sich darum keine Gedanken machen. Er musste seine Sachen packen.

Plan B

Ruby erhaschte einen Blick auf jemanden im Spiegel und sah noch einmal hin. Wer war diese alte Frau?

Sie trat an die Kommode und konzentrierte sich auf ihr Spiegelbild. Wann war sie zu der Person geworden, die ihr da entgegenblickte? Dunkle Ringe und Krähenfüße um die Augen und tiefe Falten an ihrem Hals. Als sie das letzte Mal hingesehen hatte, war sie eine Frau mittleren Alters gewesen – vielleicht mit ein paar Falten hier und da, aber mit trotzdem funkelnden Augen und die Falten waren in erster Linie Lachfältchen gewesen.

Heute war ihr gar nicht nach lächeln zu Mute. Drei Nächte hintereinander hatte sie keinen Schlaf finden können und offensichtlich forderten ihre Gefühle nun ihren Tribut.

Mit beiden Händen schob sie die Haut an ihren Wangen zurück, bis das Bild in dem fleckigen Spiegelglas der jungen Frau ähnelte, an die sie sich erinnerte. Aber die Täuschung war nicht von Dauer. Sobald sie losließ, zeigte sich die Wahrheit wieder und es erschien die Frau, die von ihrem eigenen Sohn betrogen und an den Rand des finanziellen Ruins getrieben worden war.

Ihr Magen krampfte sich zusammen. Ruby klammerte sich an der Kommode fest, bis der Schmerz nachließ. Sie atmete tief durch, stieß sich ab und schnitt ihrem Spiegelbild eine Grimasse.

Sie konnte sich nicht erklären, wie Conrad so etwas hatte tun können. Sie wusste, dass er der Initiator war, auch wenn Bailey und Silvie sie zu beruhigen suchten, wenn sie ihr einreden wollten, dass es womöglich gar nicht seine Idee gewesen war. Vielleicht hatte er sich einfach nur dem Druck seiner Kameraden gebeugt und war mit der Masse mitgelaufen.

Aber Ruby wusste es besser.

Clarence Bogey hatte es ihr gesagt.

Der arme Bogey. Er war im Schutz der Dunkelheit zu ihr gekommen, hatte schrecklich geweint und sich immer und immer wieder entschuldigt. Zuerst wusste Ruby gar nicht, was er überhaupt wollte. Erst nachdem er sich so weit beruhigt hatte, dass er ohne zu schluchzen reden konnte, erfuhr sie, dass die Studenten ausgezogen waren – alle, auch Conrad. Ohne ein Wort der Erklärung hatten sie mitten in der Nacht ihre Sachen gepackt. Und es sei Cons Idee gewesen, gestand Clarence.

In den fünfzehn Minuten, die Clarence gebraucht hatte, um sich zu verabschieden, hatte er ein Dutzend Mal über die Schulter geschaut. Ganz offensichtlich war er von jemandem eingeschüchtert worden, obwohl Ruby nicht sicher gewesen war, ob er nun vor Conrad oder vor Dooley so schreckliche Angst hatte.

Trotzdem, unter vielem Schluchzen und vielen Entschuldigungen hatte Bogey die grundlegenden Fakten der Situation preisgegeben. Keiner der Jungen würde weiter hier wohnen, nicht solange Bailey Blue im Haus war. Man hatte von Gewaltanwendung gesprochen – und wieder einmal war Ruby nicht sicher, wer der Initiator war – und falls Bogey sich dem Plan nicht fügte, war sein eigenes Leben in Gefahr. Es ging um einen Baseballschläger und gebrochene Kniescheiben – Clarence weinte so sehr, dass er die Einzelheiten nicht so genau hintereinander brachte, aber Ruby begriff den Inhalt der Drohung.

Ruby saß nun mit einem fast leeren Haus da, sehr wenig Geld und einem einzigen Pensionsgast und außerdem mit dem Wissen, dass ihr einziger Sohn sich an dem Betrug zumindest willig beteiligt hatte, wenn er nicht sogar die Triebkraft gewesen war.

Ruby drückte die Finger auf die Augen. Sie musste sich zusammennehmen, musste sich einen Plan ausdenken. Aber ihr Verstand funktionierte nicht, sie konnte einfach nicht vernünftig nachdenken. Ihr einziger Gedanke war, dass sich Conrad zusammen mit diesen Studenten gegen seine eigene Mutter verschworen hatte.

Es war wie ein Tod.

In den vergangenen dreißig Jahren war Ruby häufiger mit dem Tod konfrontiert worden. Harper. Onkel Henoch. Ihre beiden Eltern. Ihren Vater, dachte sie zynisch, hatte sie sogar zweimal begraben. Und jedes Mal war es schmerzlich gewesen. Jedes Mal hatte sie gedacht, ihr Herz würde nie mehr heilen. Vor allem um Harper würde sie ewig trauern, da war sie sich sicher gewesen.

Doch die Trauer hatte nachgelassen, der Schmerz war weniger geworden und das Leben war weitergegangen. Sie hatte wieder zu lächeln und zu lachen gelernt. Hatte gelernt, einen Tag nach dem anderen zu überstehen, ohne plötzlich bei der kleinsten Erinnerung in Tränen auszubrechen.

Das war das Schlimmste. Ihr Sohn war nicht tot. Sie konnte sich nicht an seinem Grab verabschieden, konnte nicht nachts um ihn weinen und ihn dann loslassen. Sie würde jeden Tag mit dem Wissen leben, dass er noch immer am Leben war, ganz in der Nähe, doch getrennt von ihr durch die breite Kluft der Täuschung. Sie würde auf der Straße an ihm vorbeigehen und er würde den Kopf wegdrehen, um ihrem Blick auszuweichen. Sie würde sein Lachen auf dem Platz hören, ihn aus der Ferne Hand in Hand mit irgendeiner jungen Frau im Park laufen sehen ...

Ruby schüttelte den Kopf und schnaubte verächtlich. Sie musste damit aufhören. Sofort. Conrad allein trug die Verantwortung für das, was er getan hatte. Sie konnte die Situation nicht ändern, konnte ihn nicht verändern. Im Augenblick konnte sie nur versuchen zu retten, was sie sich im Laufe der Jahre aufgebaut hatte.

Auf keinen Fall würde sie Bailey Blue wegschicken.

„Aber, Ruby, er ist Ihr Sohn."

„Ja, das ist er, obwohl ich im Augenblick nicht besonders stolz auf ihn bin." Ruby blickte in Baileys klare, arglose Augen und hielt seinem Blick stand. Der Schmerz, den sie angesichts von Conrads Betrug empfunden hatte, hatte sich in einen tief sitzenden Zorn verwandelt – teilweise auf Conrad, teilweise auf den Zustand der Welt im Allgemeinen. Niemand, auch nicht ihr eigener Sohn, hatte das Recht, ihr zu sagen, sie dürfte an einen Schwarzen kein Zimmer vermieten. Niemand hatte das Recht, einen armen, hilflosen

Jungen wie Clarence Bogart so einzuschüchtern. Niemand hatte das Recht, sie zu zwingen, ihre eigenen Prinzipien zu verraten. Niemand.

Diese wichtigtuerischen kleinen Studenten hielten sie zweifellos für eine schwache, unsichere Frau, die beim ersten Zeichen von Widerstand wie ein Kartenhaus in sich zusammenfallen würde. Aber sie irrten sich. Grandpa Silas' Blut floss in ihren Adern und damit auch sein Mut und Grandma Pearls Glaube war ihr eigener Glaube geworden. Was richtig war, war richtig und sie würde sich nicht vom Wind des Vorurteils umpusten lassen. Selbst wenn es sie *Noble House* kosten würde.

„Ich suche mir eine andere Unterkunft. Sie können Ihre Pensionsgäste zurückbekommen."

Ruby schüttelte den Kopf. „Denken Sie etwa, ich möchte sie zurückhaben? Außerdem, Bailey, hier geht es nicht um Geld. Das sollten Sie doch am allerbesten wissen."

„Natürlich weiß ich das. Ich habe mich selbst immer wieder für die Gerechtigkeit eingesetzt. Aber das ist genau der Punkt – es ist mein Leben, meine Karriere, mein Ruf. Sie gehen wegen mir Risiken ein, weil Sie Ihr Handeln für richtig halten und ich weiß das zu schätzen. Wir brauchen Menschen wie Sie – Menschen mit Mut, die für ihre Überzeugung einstehen. Aber der Schuss ist nach hinten losgegangen, Ruby. Und Sie sollen nicht meinetwegen Pleite gehen. Dies ist meine Sache, mein Kampf, nicht Ihrer."

Ruby schwieg eine Weile und dachte über seine Worte nach. Die ganze Sache könnte sich so leicht lösen lassen. Ohne Bailey im Hause würde sie wieder Pensionsgäste bekommen – bestimmt nicht die Studenten, aber jemand anderen. Jemanden ...

… der weiß war.

Die Wahrheit traf sie mit der Wucht eines Schlages in den Magen und alle Luft entwich aus ihren Lungen. Damit würde sie *Noble House* retten können. Mit weißen Pensionsgästen. „Akzeptablen" Pensionsgästen. Mit Menschen, die den Status quo nicht in Frage stellen würden, die auch den Zorn der Bürger von Cambridge nicht erregen würden. Es war wirklich so einfach. Sie brauchte sich nur von allem abzuwenden, für das sich Silas und Pearl eingesetzt hatten.

Ruby blickte Silvie an, die still dabeisaß, die Hände in den Schoß gelegt. Diese Frau war für Ruby ein Licht in der Dunkelheit gewesen, die einzige Person, auf die sie sich in allen Kämpfen und Schwierigkeiten verlassen konnte. Nach Silvies Hand streckte sie sich aus, wenn sie Halt und Trost brauchte, Silvies Worte brachten sie zum Lachen, Silvies uneingeschränkte Ehrlichkeit regte sie zum Nachdenken an. Und sie konnten nicht einmal in einem Restaurant eine Tasse Kaffee miteinander trinken.

Ruby wandte ihre Aufmerksamkeit wieder Bailey zu. „Sie irren sich", erwiderte sie ruhig. „Dies ist nicht nur Ihr Kampf. Es ist auch mein Kampf."

„Aber Conrad –"

„Conrad hat seinen Weg gewählt. Er ist kein Kind mehr und er wird sich vor Gott für seine Entscheidungen zu verantworten haben. Ich liebe ihn und meine Tür wird ihm immer offen stehen, aber –" Sie hielt inne und lächelte Bailey an. „Nur wenn sie auch für Sie offen steht."

Schließlich ergriff Silvie das Wort. „Also, lass hören, Ruby."

„Was denn?"

„Deinen Plan."

Ruby lachte. „Wie kommst du auf den Gedanken, dass ich einen Plan habe?“

„Denkst du, ich würde dich nicht kennen? Ich kann es in deinen Augen lesen. Du heckst wieder etwas aus.“

„Silvie und ich sind schon viel zu lange zusammen“, erklärte Ruby Bailey. „Sie denkt, sie könnte meine Gedanken lesen.“ Sie grinste. „Aber ich habe tatsächlich eine Idee.“

Edith Layton setzte sich neben Ruby auf die Bank und ergriff ihren Ellbogen. Das Restaurant war fast voll besetzt und Edith blickte sich mit ihren kleinen Knopfaugen um. Sie erinnerte Ruby an einen fetten kleinen Zaunkönig, der vor der Katze des Nachbarn auf der Hut war. „Verhalten Sie sich ganz natürlich“, flüsterte sie. „Tun Sie so, als würden wir uns unterhalten.“

„Auch Ihnen einen guten Tag, Edith“, erwiderte Ruby ruhig. „Und wenn ich hier nicht irgendetwas verpasst habe, dann unterhalten wir uns doch.“

„Tun Sie nicht so scheinheilig, Ruby Noble“, zischte Edith. „Sagen Sie mir nur, dass es nicht wahr ist.“

„Wollen Sie mir den neusten Klatsch mitteilen?“ Ruby lachte. „Tun Sie das bitte, Edith. Ich habe schon lange keine pikanten kleinen Einzelheiten mehr gehört.“

„Hören Sie damit auf! Sie wissen ganz genau, wovon ich rede.“ Ediths Stimme klang gedämpft, war kaum mehr als ein Flüstern und ihr Mund war so dicht an Rubys Ohr, dass ihr Atem sie kitzelte. „Die ganze Stadt redet darüber, dass fünf ... äh, Farbige unter Ihrem Dach wohnen.“

Ruby wich ein wenig zurück. „So wie Sie das sagen, klingt das richtig unanständig, Edith. Ich führe doch kein Bordell, um Himmels willen.“

„Ach du meine Güte, meine Liebe!“ Edith fächelte sich mit einer Serviette Luft zu. „Dann stimmt es also wirklich!“

„Dass ich fünf Pensionsgäste habe? Ja, allerdings. Feine Herren, jeder einzelne von ihnen.“

„Herren? Sie nennen einen Haufen Niggeryankees, die hierhergekommen sind, um Unruhe zu stiften, *feine Herren*?“

„Es sind Anwälte, Edith. Gebildete, kultivierte Rechtsanwälte. Wenn sie weiß wären, würden Sie denken, ich hätte eine Goldmine entdeckt und alle unverheirateten Frauen von hier bis Memphis würden vor meiner Tür Schlange stehen, um einen Blick auf sie zu werfen.“

„Wir wissen alle, was sie sind“, spuckte Edith aus. Ihre Stimme wurde mit jedem Wort lauter. „Sie sind Unruhestifter von der NAAPC.“

„Die NAACP“, korrigierte Ruby. „Die *National Association for the Advancement of–*“

Edith winkte ab. „Ich weiß, ich weiß. Reden Sie nicht so laut.“

„Warum?“

„Weil es eine Schande und eine Herabsetzung ist, darum. Ruby, wie konnten Sie nur?“

„Wie konnte ich was? Zimmer vermieten? Das tut man, wenn man eine Pension besitzt, Edith.“

„Aber an sie? Alle in der Stadt wissen, dass Sie ein wenig exzentrisch sind, Ruby. Als mein Mann Ruben noch Bürgermeister war, hat er Sie bewundert, weil Sie vor dem Stadtrat erschienen sind und Arbeitsplätze für diese ... diese –“

„Missgeburten?“, half Ruby aus. „Wie mein Mann Harper.“

„So habe ich es nicht gemeint“, räumte Edith ein. „Aber das war etwas anderes. Sie waren –“

„Weiß.“

„Sie waren Veteranen.“ Edith fuchtelte mit dem Finger vor Rubys Gesicht herum. „Sie hatten einen Arbeitsplatz verdient.“

„Und schwarze Menschen nicht?“

„Natürlich auch. Jobs, die ihrem Stand im Leben angemessen sind, heißt das. Aber diese schwarzen Rechtsanwälte –“

„Bailey Blue ist auch ein Veteran“, erklärte Ruby. „Er hat während des Krieges zwei Jahre an Bord eines Marinezerstörers gedient.“

„Ja, aber – warten Sie, Sie verwirren mich“, beschwerte Edith sich. „Wo war ich noch stehen geblieben?“

„Verwirrt.“

„Der Punkt ist, Ruby, Sie können diese farbigen Männer nicht in Ihrem Haus aufnehmen. Viele Leute in dieser Stadt würden das einfach nicht dulden. Und Ruben ist nicht mehr Bürgermeister. Er kann Sie nicht beschützen.“

„Brauche ich denn Schutz?“

„Vielleicht.“ Edith erhob sich. Ihr Blick blieb an dem zweiten Gedeck hängen. „Erwarten Sie noch jemanden zum Mittagessen?“

„Ja. Ich erwarte meine Freundin. Sie muss jetzt jeden Augenblick kommen.“

„Probieren Sie den Salat mit dem gegrillten Hühnchen. Er ist wundervoll.“ Edith tätschelte Ruby den Arm. „Bitte denken Sie über das nach, was ich gesagt habe“, flüsterte sie. „Und betrachten Sie sich als gewarnt.“

Ruby war gedanklich noch mit ihrem Gespräch mit Edith beschäftigt, als Silvie auf einmal vor ihr stand.

„Ich bin nicht sicher, dass das wirklich eine gute Idee ist“, murmelte Silvie.

Ruby deutete auf die Bank. „Setz dich.“ Silvie nahm Platz. „Ich dagegen halte das für eine großartige Idee. Ich finde, es ist höchste Zeit, dass wir beide einmal zusammen zu Mittag essen, ohne dass eine von uns kochen muss.“

„Das habe ich nicht gemeint und das weißt du genau.“

„Silvie, sieh mich an!“ Als ihre Blicke sich trafen, fuhr Ruby fort. „Es ist höchste Zeit dafür. In dieser Welt wird sich nichts ändern, wenn die Menschen kein Risiko eingehen.“

Ein Schatten fiel auf sie. Als Ruby aufsah, blickte sie in ein Gesicht, das ihr vage bekannt vorkam.

„Hallo, Miss Ruby. Silvie.“ Die Kellnerin runzelte die Stirn. „Sie erinnern sich nicht mehr an mich, nicht? Ich bin einmal an Thanksgiving zum Abendessen in Ihrem Haus gewesen. Aber das ist schon lange her; vermutlich erinnern Sie sich nicht mehr.“

Ruby betrachtete die Frau. „Dinah? Dinah Johnson?“ Sie grinste Silvie an. „Erinnerst du dich, Silvie? Dinah war gerade in die Stadt gezogen und arbeitete für Neta im La Femme.“

„Natürlich.“ Silvie rutschte nervös auf ihrem Platz herum. „Schön, Sie wieder zu sehen.“

„Und was haben Sie so getrieben, Dinah?“

„Ich habe gearbeitet. Oben im Norden, in Virginia, in der Nähe von Washington.“

„Und was führt Sie wieder hierher?“

„Mein … äh, mein Mann.“ Tränen traten Dinah in die Augen. „Er, äh –“

Ruby öffnete den Mund, um das Mädchen zu trösten, weil es seinen Mann im Krieg verloren hatte, aber irgendetwas hielt sie zurück.

„Er hat eine jüngere und hübschere Frau gefunden“, beendete Dinah den Satz. „Wir sind geschieden. Ich habe es allein dort nicht mehr ausgehalten, darum –“ Sie zuckte die Achseln. „Da bin ich wieder.“

Ruby wand sich innerlich. Sie war froh, dass sie nichts gesagt und sich nicht zum Narren gemacht hatte. „Das tut mir so leid.“

„Ja, mir auch. Mir tut es leid, ihn je kennengelernt zu haben.“ Sie fuhr sich über die Augen. „Also, was kann ich Ihnen bringen?“ Ihr Blick blieb an Silvie hängen. „Ich schätze, Sie bestellen etwas zum Mitnehmen?“

„Nein“, erwiderte Ruby leise. „Wir möchten zu Mittag essen. Hier. Gemeinsam.“

Dinahs Augen wurden riesengroß. „Ich weiß nicht – ich glaube nicht, dass ich – ich werde fragen müssen.“

„Ich nehme den Hühnersalat“, fuhr Ruby fort. „Silvie, was nimmst du?“

Auf einmal wurde es ganz still im Restaurant, als wären die Lichter gedimmt worden. Irgendwo fiel scheppernd eine Gabel zu Boden. Eine tiefe Stimme räusperte sich. Ein Sopran stieß einen kleinen Schrei aus.

Silvie warf einen Blick über den Tisch und ihr Gesichtsausdruck erinnerte Ruby an einen Hasen, der mit einem Lauf in einer Falle gefangen war. „Dasselbe, denke ich“, stammelte sie.

Eine männliche Gestalt tauchte neben Dinah auf und riss ihr Block und Stift aus der Hand. „Bedienen Sie Ihre anderen Gäste“, fuhr er sie an. „Ich kümmere mich um diese Sache.“

Ruby sah auf. „Ach, Mr Mansfield."

Seit Jahren hatte sie ihn nicht mehr aus der Nähe gesehen, nicht mehr seit der Zeit, als Silvie als Köchin in seinem Restaurant gearbeitet hatte. Die Jahre hatten es nicht gut mit ihm gemeint. Er hatte fünfzig oder sechzig Pfund zugenommen und sein rundes, feistes Gesicht war durchzogen von kleinen Äderchen, wie eine Straßenkarte. Er rollte mit den Augen und klopfte mit dem Stift gegen seinen Block. „Sie wissen es doch wirklich besser, Miss Ruby." Er deutete mit seinem fleischigen Finger auf das Schild: NUR WEISSE.

Sein Blick wanderte zu Silvie und er gab sich nicht die geringste Mühe, den lüsternen Ausdruck in seinen Augen zu verbergen. „Willst du was, Mädchen?" Er grinste sie an und puhlte mit dem Fingernagel in seinen Zähnen. „Nein, du hast noch nie gewusst, was du wolltest, nicht?"

Seine Andeutungen waren nicht zu überhören. Ruby wollte gerade zu einer Antwort ansetzen, als sie Silvies Gesicht erblickte. Der ängstliche Ausdruck war dem puren Zorn gewichen.

„Ich nehme gebratenen Mansfield auf Toast und ein Glas Eistee", erklärte sie mit klarer und fester Stimme. Gelächter an den Tischen vertrieb die Spannung aus dem Raum und jemand in einer der hinteren Ecken applaudierte.

Er blinzelte. „Nicht in meinem Restaurant. Da wirst du nicht bedient. Und jetzt verschwinden Sie, alle beide." Er packte Silvie am Arm und zerrte sie von der Sitzbank. „Und kommen Sie nicht zurück."

Silvie riss ihren Arm los und wandte sich zu ihm um. Ihre Gesichter waren einander so nahe, dass ihre Nasenspitzen sich beinahe berührten. „Mansfield, Sie sind ein Fanatiker und ein Lustmolch und meine Zeit nicht wert", fuhr sie verächtlich fort. Dann hob sie ihr Kinn und sprach zu dem ganzen Restaurant. „Und falls es jemanden interessiert, in der Küche gibt es Ratten."

Von Mansfield geschoben, fanden sich Ruby und Silvie ganz schnell auf dem Bürgersteig vor dem Hotel wieder. Aber sie waren nicht allein. Eine ganze Reihe von Gästen aus dem Restaurant folgte ihnen hastig.

Ruby richtete ihren Kragen und grinste Silvie an. „Ich denke, das ist doch ganz gut gelaufen, meinst du nicht?"

„Perfekt", stimmte Silvie zu. Gemeinsam setzten sie sich in Bewegung. „Ich weiß nicht, wie es dir geht, aber ich habe mich schon lange nicht mehr so gut gefühlt."

Nächtlicher Überfall

Normalerweise schlief Ruby in der Nacht tief und fest – der Vorteil eines reinen Gewissens, sagte Silvie immer –, aber in dieser Nacht schien sie sich nicht entspannen zu können. Drei Stunden lang döste sie nur oberflächlich vor sich hin und wachte beim kleinsten Geräusch immer wieder auf.

Als die Uhr in der Halle zwei Uhr schlug, öffnete sie die Augen und starrte in der Dunkelheit auf den Baldachin über ihrem Bett. Seltsam, die Schatten der sich bewegenden Blätter im Mondlicht. Es sah beinahe aus wie –

Ruby fuhr hoch und starrte erneut auf den Baldachin. Ein seltsames Licht, flackernd und unruhig, wie von einer

Kerze. Und dann nahm sie den schwachen Geruch von Holzrauch wahr.

Feuer!

Sie schnappte sich ihren Bademantel, schlüpfte in ihre Pantoffeln und rannte zur Haustür. Silvie kam ihr im Flur entgegen. „Wo ist es?"

„Keine Ahnung. Ich konnte nicht schlafen und –"

Sie entdeckten es gleichzeitig – den unheimlichen roten Schein, der durch die Fenster des Wohnzimmers drang. „Von draußen!"

Ruby riss die Tür auf. Ihr Herz klopfte zum Zerspringen.

Auf dem Rasen vor dem Haus, unmittelbar hinter der großen Magnolie, stand ein brennendes Kreuz.

„Schnell, hol einen Eimer!"

Silvie rannte in die Küche und Ruby lief auf die Veranda, den Bademantel in der Hand, auf die Flammen zu. Vielleicht konnte sie die Flammen ersticken, bevor sie sich ausbreiteten.

Selbst aus dieser Entfernung konnte sie jedoch die Hitze spüren. Benzingeruch drang ihr in die Nase.

„Feuer!", schrie sie in der Hoffnung, die Pensionsgäste aufzuwecken. Aber ihr Schrei kam nur schwach und wie ein Flüstern heraus, wie in einem Albtraum, in dem man versuchte zu schreien, doch kein Ton war zu hören.

Und dann richtete sich ihr Blick auf eine Seite des brennenden Kreuzes, auf eine dunkle Stelle, an der das Mondlicht das dichte Blätterdach der Magnolie nicht durchdringen konnte. Einige Gestalten standen in weißen Gewändern mit provisorischen Kapuzen im Kreis. Gespenstische Erscheinungen, deren Augen kaum zu erkennen waren. Mitten im Kreis lag eine dunkle Gestalt, die Beine an die Brust angezogen.

„Lassen Sie es brennen, Miss Ruby“, befahl eine raue Stimme. „Betrachten Sie dies als eine Warnung. Eine andere werden Sie nicht bekommen.“

Ein kalter Schauer lief Ruby über den Rücken und sie fing an zu zittern. Dann begann die Gestalt am Boden schrecklich zu stöhnen und ihre Angst verwandelte sich in Zorn.

„Bailey“, schrie sie und rannte zu ihm hin. „Bailey, sind Sie in Ordnung?“

„Lassen Sie ihn liegen“, warnte eine andere Stimme.

Aber Ruby hörte nicht auf sie. „Aus dem Weg, du Idiot.“ Sie schob sich in den Kreis und kniete neben Bailey nieder. „Was habt ihr mit ihm gemacht?“

„Wir haben ihm gegeben, was er verdient hat. Er ist ein Nigger-Unruhestifter.“

Sie berührte Baileys Gesicht. Ihre Hand war voller Blut. Er war schlimm zusammengeschlagen worden, aber sie war sich ziemlich sicher, dass er am Leben bleiben würde. Sie rappelte sich hoch und betrachtete seine Angreifer.

„Große Männer seid ihr, nicht?“ Sie stieß einen von ihnen gegen die Brust und hinterließ Blutspuren auf seinem weißen Gewand. „Große, mutige Männer, mit euren Schlägern und Axtgriffen, ein halbes Dutzend gegen einen unbewaffneten Mann. Dafür braucht man eine Menge Mut, nicht, Billy Tarbush?“

Der Angesprochene wich einen Schritt zurück. „Ich – ich bin nicht –“

Sie trat näher, bis sie seinen angsterfüllten Blick durch die Augenlöcher seiner Kapuze erkennen konnte. „Versuch gar nicht zu leugnen; ich kenne deine Stimme. Und ich kenne auch deinen Vater. Er ist ein ignoranter Dummkopf, sein

Leben lang. Sieht so aus, als wäre der Apfel nicht weit vom Stamm gefallen."

Sie wirbelte herum. „Und du, John Layton! Du solltest es doch besser wissen! Dein Großvater war jahrelang Bürgermeister und er hätte so etwas niemals geduldet!"

Und weiter ging sie den Kreis durch, nannte jeden der Angreifer mit Namen. Dachten sie wirklich, sie würden damit durchkommen? Sich im Dunkeln verstecken und einen hilflosen Mann nur wegen seiner Hautfarbe zusammenzuschlagen?

Sie kam zu dem Letzten, einem großen, dürren Burschen, der einen blutverschmierten Baseballschläger in der Hand hielt. Sie sah ihn an. Irgendwie kam er ihr bekannt vor, aber sie konnte ihn nicht einordnen. Doch dann fiel ihr Blick auf seine Schuhe – abgenutzte braune Schuhe mit einem abgerissenen geknoteten Schnürsenkel. Schuhe, die unter ihrem Esstisch gestanden hatten; Schuhe, über die sie im Wohnzimmer gestolpert war, wenn er sie vergessen und dort hatte stehen lassen. Dooley Layton, Johns Cousin.

Sie riss ihm die Kapuze vom Kopf. „Du!"

Dooley funkelte sie an. „Er hatte es verdient", wiederholte er lahm.

„Verschwindet von meinem Grundstück", zischte sie. „Alle. Wenn ich noch mal einen von euch in der Nähe meines Hauses erwische, dann rufe ich den Sheriff."

„Und was wird er Ihrer Meinung nach wohl tun?", höhnte Dooley.

„Zum einen wird er dein trauriges Hinterteil nach Natchez zurückschicken, wo dein Daddy dich hoffentlich grün und blau schlagen wird", erwiderte Ruby. „Vergiss es nicht – ich kann jeden von euch identifizieren. Ihr denkt, ich würde euch nicht anzeigen? Probiert es aus. Ich habe ein Haus voller Rechtsanwälte, die mich vertreten werden."

„Sie haben ein Haus voller Nigger, meinen Sie."

Ruby wirbelte herum. Ruben und Edith Laytons Enkel John stand mit einem selbstzufriedenen Grinsen hinter ihr. „Dein Großvater wird sich deiner schämen", sagte sie. „Und deine Großmutter hat mich gewarnt, dass so etwas passieren könnte, aber ich habe ihr nicht geglaubt. Was wird sie deiner Meinung nach wohl sagen, wenn sie erfährt, wo du heute Nacht gewesen bist?"

„Ich bin ein Mann – ich bin alt genug zu tun, was ich will."

„Alt genug, um dich umzubringen oder wegen Mordes gehängt zu werden." Ruby schnaubte. „Ihr haltet euch für so mutig; in euren Bettlaken mit den Kapuzen seht ihr aus wie Zwerge. Wenn ihr richtige Männer und davon überzeugt wärt, das Richtige zu tun, dann hättet ihr keine Scheu, eure Gesichter zu zeigen, und ihr würdet nicht mitten in der Nacht wie kleine Jungs zu Halloween herumlaufen. Es ist vorbei! Ihr seid offensichtlich zu unreif, um mit Streichhölzern zu spielen, also nehmt euer Spielzeug und geht nach Hause."

Einer von ihnen stieß einen ohrenbetäubenden Pfiff aus und ein dunkler Pickup kam um die Ecke gefahren. Die weiß gewandeten Angreifer stiegen auf die Ladefläche und einer von ihnen klopfte auf das Dach des Wagens, als Signal, endlich loszufahren. Kurz bevor die Scheinwerfer eingeschaltet wurden, erhaschte Ruby einen Blick auf zwei der Gestalten im Wagen.

Auf dem Beifahrersitz saß mit hängendem Kopf Clarence Bogart.

Zwischen Bogey und dem Fahrer erkannte sie ihren eigenen Sohn Conrad.

„Aua! Das tut weh!"

„Sitzen Sie endlich still!", befahl Silvie, als Bailey Blue sich auf seinem Stuhl wand. „Wenn diese Wunde nicht desinfiziert wird, wird man Ihren Kopf amputieren müssen."

„Vermutlich würde ich mich dann besser fühlen", murmelte er.

„Das würden wir alle. Und jetzt hören Sie auf zu jammern."

Bailey lachte, dann verzog er das Gesicht, als Silvie die Wunde betupfte. „Es tut mir leid, Ruby. Das ist alles meine Schuld."

Ruby schüttelte den Kopf. „Ich bin sicher, mein Mittagessen mit Silvie bei Mansfield hat die Situation auch nicht gerade entspannt. Edith hat mich gewarnt, aber ich schätze, ich habe einfach nicht geglaubt, dass der Klan hinter uns her sein würde."

„Der Junior-Klan, meinen Sie wohl." Bailey legte die Hand an seinen Kopf und hielt den Verband fest, während Silvie ein Pflaster draufklebte. „Wenn es der richtige Klan gewesen wäre, dann würde ich jetzt wohl an der Magnolie hängen."

„Ich wünschte, Sie würden nicht so reden." Ruby zuckte zusammen.

„Das ist der Lauf der Welt, zumindest im Süden", erwiderte er. „Darum ist die NAACP hier."

„Aber was hat diese Jungen dazu gebracht, so etwas zu tun?"

„Genau was Sie ihnen gesagt haben, Ruby – Unsicherheit. Vermutlich haben sie nie über die Tatsache nachgedacht, dass sie einen Menschen hätten töten können. Sie haben versucht, ihre Männlichkeit zu beweisen. Aber sie denken nicht eigenständig, geben nicht ihre eigenen Gedanken zum Besten. Sie wiederholen, was sie zu Hause hören – dass Schwarze an ihrem Platz bleiben sollten."

Ruby schwieg nachdenklich. Bailey hatte sich einige ziemlich schlimme Wunden an Armen und Schultern eingefangen und einige recht üble Platzwunden am Kopf davongetragen. Aber es hätte viel schlimmer ausgehen können. Er hätte innere Verletzungen haben können. Er hätte ins Krankenhaus kommen können oder ... in die Leichenhalle.

Sie hatte niemandem erzählt, wen sie in dem Pickup gesehen hatte. Sie wusste nicht genau, ob sie das Bailey gegenüber äußern könnte – oder auch nur Silvie gegenüber. Ihr eigener Sohn hatte bei dem Angriff mitgemacht. Sicher, er hatte Bailey nicht eigenhändig geschlagen oder das Kreuz in Brand gesteckt, aber er war dabei gewesen. Und seine Anwesenheit bei all den Jungen zeigte seine stillschweigende Akzeptanz solcher Gewalttaten und dieser Brutalität. Sie konnte nicht begreifen, wie ihr Kind, ihr Fleisch und Blut, so grausam, so herzlos sein konnte.

Und sie gab sich die Schuld dafür.

Silvie saß auf dem Beifahrersitz. Das Fenster war heruntergedreht und die frische Frühlingsbrise wehte ihr ins Gesicht. Bailey fuhr langsam, als genieße er jeden Schimmer des weißen Hartriegels in den Wäldern, jeden Duft der Narzissen am Wegesrand.

„Es ist ein wunderschöner Nachmittag, nicht?“ Er warf ihr einen Seitenblick zu. „Ist Ihnen kalt?“

„Ein wenig“, gestand sie und zog ihre Strickjacke enger um ihre Schultern, „aber ich mag es.“

„Den Frühling liebe ich ganz besonders“, fuhr er fort, während er den Blick wieder auf die Straße richtete. „Er ist eine Jahreszeit der Neugeburt, eine Zeit, in der man beinahe glauben kann, dass alles möglich ist.“

Sie betrachtete sein Gesicht. Die Verletzungen heilten langsam, aber die schlimme Platzwunde an seiner Stirn hatte sich infiziert. Wenn sie am Abend nach Hause kamen, würde sie sie noch einmal säubern und einen neuen Verband anlegen. Vermutlich würde eine Narbe zurückbleiben, aber ein paar Narben und Schnitte gaben dem Gesicht eines Mannes Charakterstärke. Vor allem dem Gesicht eines Mannes, der so gut aussah wie Bailey Blue.

„Einen Nickel für Ihre Gedanken“, sagte er und lächelte sie strahlend an.

„Wie bitte?“

„Ich schätze, sie sind mehr wert als einen Penny.“ Er lächelte erneut und ihr Herzschlag setzte aus.

„Das wäre ein schlechter Handel für Sie“, gab sie neckisch zurück.

„Ach, ich weiß nicht. Die NAACP bezahlt nicht so gut wie eine Privatkanzlei, aber ich würde einen Monatslohn darauf setzen, dass alle Ihre Gedanken absolut faszinierend sind.“

Silvie lächelte schwach – ein geheimnisvolles, unergründliches Lächeln, wie sie hoffte – und antwortete nicht. Auf keinen Fall würde sie ihm sagen, was sie dachte: Dass sich ihr Pulsschlag jedes Mal beschleunigte, wenn sie seine Stimme hörte; dass ihre Gedanken den ganzen Tag über nur um ihn kreisten. Sie würde ihm nicht verraten, was sie empfunden hatte, als sie ihn neulich blutüberströmt vor dem Haus hatte liegen sehen. Die Wahrheit war, sie hielt ihn für vollkommen. Ein Mann mit Charakterstärke und Integrität, ein intelligenter und ehrlicher Mann, ein Mann, der sein Leben für eine wichtige Sache einsetzte. Und ein Mann, das musste sie zugeben, der äußerlich genauso gut aussah wie innerlich.

Nicht dass die äußere Erscheinung irgendwie von Bedeutung gewesen wäre. Menschen achten nur auf das Äußere, wie es in der Bibel heißt, doch Gott sieht das Herz an. Nie hätte sie sich zu einem Mann hingezogen gefühlt, der keine weiche Seele gehabt hätte, egal, wie gut er ausgesehen hätte.

Aber sie fühlte sich nun mal zu ihm hingezogen. Sie konnte nichts dagegen machen, wie sehr sie auch versuchte, sich den Unterschied im Alter, in ihrer Bildung und ihren Erfahrungen vor Augen zu halten. Vermutlich war in Washington ein ganzer Rattenschwanz von Frauen hinter ihm her. Jüngere und hübschere Frauen. Gebildete und elegante Frauen. Nicht Frauen, die kochten und putzten und eine Pension führten, um ihren Lebensunterhalt zu verdienen.

Trotzdem, sie saß jetzt neben ihm, auf seine Einladung hin – seine beharrliche Einladung hin. Sie fuhren über die abgelegenen Straßen von *Cambridge County* und sprachen mit den armen Schwarzen über ihr Leben, ihre Träume, ihre Ängste. Machten ihnen Mut, die Bürgerrechtsversammlung zu besuchen, die er und seine Kollegen planten.

Die Weißen haben recht, dachte sie. *In gewisser Weise ist Bailey Blue wirklich ein Unruhestifter.* Aber diese Unruhe musste gestiftet werden. Bailey hatte die Gabe, in das Herz der Menschen hineinzusehen. Er wusste, wie er sie dazu bringen konnte, aktiv zu werden. Er konnte ihre Ängste zerstreuen, sie davon überzeugen, dass in großen Zahlen Macht lag. Bisher hatten sich mehr als ein Dutzend schwarze Familien bereit erklärt, an der Versammlung teilzunehmen.

Ein alter Mann, ein neunundneunzig Jahre alter ehemaliger Sklave mit Namen Jabeth, hatte ihn auf die Wange geküsst und ihm für sein Kommen gedankt.

„Ich bete", hatte er mit belegter Stimme gemurmelt, „dass ich nicht sterbe, bevor ich den Freiheitszug herannahen sehe." Er hatte Baileys Hand ergriffen und festgehalten, während Tränen über sein faltiges Gesicht liefen. „Gott segne Sie, Junge. Er segne Sie."

Silvie war von Baileys Ausstrahlung fasziniert. Erstaunlicherweise hatte der Angriff auf Bailey – „die Nacht der Klan-Babys", wie er es scherzhaft nannte – ihre Entschlossenheit gestärkt, sich für diese Sache einzusetzen, ein Risiko einzugehen und zu versuchen, die Welt zum Besseren zu verändern.

Baileys weiche, neckende Stimme durchdrang ihre Gedanken. „Ich habe eine Ewigkeit gebraucht, Sie einmal für mich alleine zu haben und da sitzen Sie nun und weigern sich, mit mir zu reden."

Silvie drehte sich um. „Tut mir leid. Haben Sie etwas gesagt?"

Er fasste sich an die Brust und ließ den Kopf auf das Lenkrad sinken. „Sie wissen wirklich, wie man einen Mann verletzt. Und die ganze Zeit habe ich mich für charmant gehalten."

Wenn du wüsstest, dachte Silvie. Laut sagte sie: „Mein Fehler. Meine Gedanken sind abgewandert. Bitte, sprechen Sie weiter."

Er begann zu strahlen. „Nun, wie ich gerade sagte – als Sie nicht zugehört haben –, ich habe schon befürchtet, ich wäre ein alter Mann, bevor ich mal mit Ihnen allein sein könnte. Sie sind mir doch nicht aus dem Weg gegangen, oder?"

Silvie runzelte die Stirn. „Wie kommen Sie denn darauf?"

„Weil Sie nie richtig mit mir reden, darum. Sie sind immer beschäftigt. Es ist doch nicht, weil ich Rechtsanwalt bin, oder? Manche Menschen hassen Rechtsanwälte."

Silvie lachte auf. „Nein, ich gehöre nicht zu diesen Menschen."

„Das ist schon besser. Sie haben ein wundervolles Lachen, wissen Sie. Wie Musik."

Auf einmal merkte Silvie, dass sich der Wagen gar nicht mehr bewegte. Sie sah sich um. Bailey war in einen Feldweg eingebogen und hatte an einem kleinen See geparkt. Ein weißer Vogel mit langen Beinen stolzierte im seichten Wasser herum und fing kleine Fische.

„Dies ist einer meiner Lieblingsplätze." Er seufzte und lehnte sich im Sitz zurück. „Ich habe ihn kurz nach meiner Ankunft hier entdeckt, bei einem meiner Ausflüge aufs Land." Er sah sie an und deutete auf den See. „Dieser Reiher und ich, wir sind ziemlich gute Freunde geworden. Möchten Sie ihn kennenlernen?"

Silvie nickte. Eine seltsame Mischung aus Euphorie und Nervosität ergriff sie. „Wie nennen Sie ihn?"

„Das ist ein Schmuckreiher. Ich nenne ihn Buster."

Dieser lächerliche Name für einen so anmutigen Vogel brachte Silvie zum Lachen. „Buster, also, ja?"

„Ja. Wir sind Kumpel."

Er stieg aus und kam an ihre Seite, um ihr mit einer perfekten Verbeugung die Tür zu öffnen. „My Lady."

Silvie kicherte. Wie lange war es her, seit ihr jemand die Wagentür geöffnet, ihr in den Mantel geholfen oder sie wie eine Dame behandelt hatte? Vermutlich war das noch nie geschehen. In Cambridge war sie keine Dame. Sie war das Niggermädchen, das für Miss Ruby die Pension führte. Aber hier mit Bailey zusammen fühlte sie sich wie eine afrikanische Prinzessin, die adelig geboren war.

Er nahm sie am Arm und führte sie über einen schmalen Weg zum Ufer. Die Sonne ging langsam unter und warf rote und purpurne Strahlen über das Wasser. Sie setzte sich auf einen umgestürzten Baumstamm und er ließ sich neben ihr nieder.

„Ich verstehe, warum Sie diesen Platz lieben", flüsterte sie. „Hier ist es so friedlich."

Er zog eine kleine Dose aus der Tasche und hielt sie hoch. „Sardinen. Buster liebt sie."

Sie starrte auf die Sardinenbüchse. Und plötzlich wurde ihr einiges klar. „Sie haben vorgehabt, hierher zu kommen? Mit mir?"

„Ich bekenne mich schuldig. Ja, ich habe es vorgehabt. Und ganz bestimmt mit Ihnen." Er zog an dem Ring an der Büchse und rollte den Deckel zurück. Der Kopf des Reihers fuhr herum. Er beobachtete sie. Bailey warf dem Vogel eine Sardine hin. Sein langer Hals reckte sich ins Wasser, um sie sich zu holen. Als die Sardinen alle waren, ging Bailey an das Ufer des Sees, wusch die Büchse aus und stellte sie zum Trocknen auf den Baumstamm. Der Vogel reckte seinen langen Hals und nickte in ihre Richtung, als würde er ihnen eine Art Segen erteilen.

„Hier spüre ich Gottes Nähe", sagte Bailey leise. „Mehr als an allen anderen Orten, an denen ich je gewesen bin, einschließlich der Kirche."

Silvie nickte. „Ich schätze, bei Ihrer Arbeit ist es schwer, das Gefühl der Gegenwart Gottes zu bekommen."

„Wegen der Gewalt, der Feindschaft?"

„Ja."

„Ich verstehe, was Sie meinen. Aber eigentlich ist genau das Gegenteil der Fall. Wann immer ich in das vertrauensvolle Gesicht eines kleinen schwarzen Kindes blicke und auf eine bessere Zukunft hoffe, sehe ich das Gesicht Gottes. Ich sehe Gottes Tränen bei einer Mutter, die durch den Klan ihren Sohn verloren hat. Ich spüre Gottes Berührung durch die Hand eines alten Mannes wie Jabeth. Manchmal denke ich sogar, ich höre Gott über alle die weinen, die im Bild Gottes geschaffen sind, die jedoch die Freiheit noch nie geschmeckt haben. Tatsache ist, ich könnte diese Arbeit nicht tun, wenn ich nicht die Gegenwart Gottes dabei spüren würde. Es ist eine Berufung, nicht nur ein Beruf."

„Ich verstehe Ihre Empfindungen." Die Worte kamen ungewollt und Silvie biss sich auf die Lippen. Sie fühlte sich wie eine kleine Närrin, als sie daran dachte, was sie im Vergleich zu dieser wichtigen Arbeit tat.

Aber seine Antwort hätte sie nicht mehr in Erstaunen versetzen können. „Ich war sicher, Sie würden es verstehen, würden meine Gefühle teilen."

„Tatsächlich?", platzte sie heraus. „Wieso?"

„Ich sehe es in Ihren Augen, höre es in Ihrer Stimme. Und ich kenne die Geschichte von *Noble House*, weiß, was Sie und Ruby geleistet haben. Sie wissen, was es bedeutet, ein Risiko einzugehen für eine Sache, an die Sie glauben.

Sie wissen, was es bedeutet, Menschen die Würde und den Respekt zu geben, die sie verdient haben."

Tränen stiegen ihr in die Augen. Sie brachte kaum einen Ton heraus. Im Laufe der Jahre hatte sie nie viel Anerkennung bekommen, außer von Ruby. Nur wenige Menschen wussten oder erkannten an, dass sie mehr war als Ruby Nobles Niggermagd. Und so sehr sie versuchte, sich dadurch nicht verletzen zu lassen, die Wahrheit tat doch weh. Sie war schon so lange unsichtbar; es erstaunte sie, dass ihr jemand ins Herz sah.

„Danke", brachte sie schließlich heraus.

Bailey wandte sich ihr zu. Sein Blick hielt den ihren fest. „Silvie, ich habe noch keinen Menschen wie Sie kennengelernt. Sie sind so sanft und großzügig und doch haben Sie ein Rückgrat so stark wie ein Eisenstab. Ich weiß nicht, wie ich das sagen soll, aber –"

Sie riss sich zusammen und lachte leise. „Und Sie wollen ein Rechtsanwalt sein?"

„Ich weiß, ich sollte eigentlich gut mit Worten umgehen können. Ich versuche, Ihnen zu sagen, dass ich mein ganzes Leben lang auf eine Frau wie Sie gewartet habe."

Silvie starrte ihn an. Wollte er damit etwa sagen, dass er an ihr *interessiert* war? Nein, das konnte nicht sein. Sie hatte ihn missverstanden und wenn sie ernsthaft darauf antworten würde, würde sie wie ein Dummkopf dastehen. „Nun", neckte sie, „das ist nicht ungewöhnlich, da Sie noch gar nicht so alt sind."

Ein Schatten legte sich auf sein hübsches Gesicht. Er runzelte die Stirn. „Ich weiß, ich bin einige Jahre jünger als Sie, aber ich glaube nicht, dass das von Bedeutung ist, wenn zwei Menschen füreinander bestimmt sind."

„Füreinander bestimmt?", wiederholte sie verständnislos.

„Ja, ich – oh." Er brach abrupt ab. „Sie müssen mich für einen Idioten halten. Natürlich. Es gibt jemanden in Ihrem Leben. Ich wusste es nicht, aber das ist doch nur verständlich, so hübsch und sensibel, wie Sie sind."

„Jemanden in meinem Leben? Sie meinen, einen *Mann*?" Silvie brach in Gelächter aus, dann legte sie die Hand auf den Mund.

„Etwa nicht?" Er beugte sich vor. „Nun, das ist – das ist *wundervoll*! Natürlich nicht wundervoll für Sie, aber wundervoll für mich. Was ich zu sagen versuche – nun, Sie wissen es."

Sie verschränkte die Arme und blickte ihn an. „Nein, das weiß ich nicht. Was genau wollen Sie denn sagen, Bailey?"

Er atmete tief durch. „Sie wollen es also hören, nicht?"

„Es würde einiges klären, ja."

„Also gut. Wie du willst. Ich glaube, ich bin dabei, mich in dich zu verlieben, und ich möchte wissen, ob du offen für die Vorstellung bist, eine Beziehung mit mir einzugehen." Die Worte sprudelten nur so aus ihm hervor, als würde dies seinen Worten mehr Bedeutung verleihen. Dann lehnte er sich zurück und atmete tief durch. „Ich möchte dich besser kennenlernen, Silvie, aber was ich weiß, sagt mir bereits, dass wir uns ein gemeinsames Leben aufbauen könnten. Wir könnten zusammenarbeiten. Große Dinge in der Welt bewegen. Ich habe noch nie jemanden getroffen, bei dem ich mich so zu Hause gefühlt habe, so vollständig. Ich bitte dich nur um die Chance, dich zu lieben."

Die Sonne war schon beinahe untergegangen und die Strahlen auf dem Wasser warfen einen rötlichen Schein auf sein Gesicht. Er sah aus, als würde er von innen heraus von einem himmlischen Licht erleuchtet. Und vielleicht war das ja auch so.

„Bist du sicher?“, flüsterte sie, als sein Blick den ihren suchte. „Bist du sicher, dass ich es bin, die du möchtest, nicht irgendein hübsches junges Ding aus dem Norden?“

„Ja.“

Sie lehnte sich an ihn und spürte, wie seine Lippen ihre berührten – ein kurzer, weicher Kuss, der mehr verhieß. Als sie sich zurückzog, unterdrückte er ein Lachen.

„Was ist los? Küsse ich komisch?“ Silvie blickte ihn stirnrunzelnd an.

„Natürlich nicht. Du küsst wundervoll.“ Er deutete auf den See. Buster, der Reiher, starrte sie an, als fühle er sich durch ihre öffentlichen Liebesbekundungen beleidigt.

„Ich schätze, er hat nicht viel für das Küssen übrig.“ Silvie lachte.

„Das hätte ich an seiner Stelle auch nicht, bei so einem Schnabel.“ Bailey wandte sich ihm zu. „Nimm deine Knopfaugen von meinem Mädchen, Fischfresser. Die hier ist vergeben.“

Silvie blickte ihn an. „Das ist sie, ja?“

Er nahm ihre Hand und drückte sie sanft. „Das hoffe ich doch sehr.“

„Nun, Buster, du hast den Mann gehört. Geh und such dir selbst ein Mädchen.“

Mit einer hochmütigen Drehung des Kopfes entfaltete Buster seine Flügel und flog in den Sonnenuntergang davon.

Eine zweite Chance

Silvie summte vor sich hin, als sie den Speck in die Pfanne legte und danach ein Blech mit Keksen in den Ofen schob. Bewusst versuchte sie, ihre Freude zu dämpfen, aber in unbeobachteten Augenblicken überfiel sie sie einfach. Wer hätte gedacht, dass sich Silvie Warren im reifen Alter von fünfzig Jahren noch verlieben würde?

Gott hätte es gedacht, dachte sie. All diese Jahre hatte sie an einen Gott geglaubt, der spezialisiert war auf wundervolle Überraschungen. Sie hatte miterlebt, wie andere Menschen Wunder erlebt hatten, und sich mit ihnen gefreut. Sie hatte sogar entscheidend zu der Liebesbeziehung von Ruby und Harper beigetragen. Doch das Wunder in ihrem eigenen Leben hatte sie überrascht. Nie hätte sie ein Geschenk von Gott erwartet wie das, das er ihr in Bailey Blue gemacht hatte.

Silvie war als allein stehende Frau zufrieden gewesen. Sie hatte einen Lebenssinn und wusste – auch wenn andere dies nicht wussten –, dass ihre Arbeit, ihre Berufung von großer Bedeutung für die Ewigkeit waren. Sie war glücklich gewesen. Aber sie hatte nicht gewusst, dass das Leben so absolut wundervoll sein konnte. Das hatte sie erst in den vergangenen drei Wochen erlebt.

Seltsam, was die Liebe in einem Menschen bewirkte. Allein das Wissen, dass Bailey sie liebte, hatte ihrer Stimme einen neuen Klang gegeben, hatte ihren Schritt beflügelt. Die kleinen Wehwehchen, die das Älterwerden mit sich brachte, das Ziehen im Rücken, das Knacksen der Knie, schienen über Nacht verschwunden zu sein. Sie fühlte sich wieder wie ein junges Mädchen. Jung, begehrenswert und voller Verheißung.

Silvie nahm den Speck aus der Pfanne und legte ihn zum Trocknen auf ein Handtuch. Warum, fragte sie sich, bedurfte es der Entdeckung der menschlichen Liebe, um sich so zu fühlen? Seit sie ein kleines Kind gewesen war, wusste sie, dass Gott sie liebte und auch sie liebte Gott. Aber irgendwie hatte die Liebe Gottes zu ihr nicht denselben Effekt. Sie spürte Gottes Gegenwart – meistens zumindest. Sie wusste, dass ihre Seele in der Hand des Allmächtigen lag. Und doch hatte ihr erst die menschliche Berührung Gottes Liebe so richtig bewusst gemacht.

Als sie angefangen hatte, darüber nachzudenken, hatten Schuldgefühle sie gequält. War ihr Glaube so schwach, dass sie einen Menschen brauchte, der ihr die Liebe Gottes bestätigte?

Aber was hatte Bailey gesagt? *Wann immer ich in das vertrauensvolle Gesicht eines kleinen schwarzen Kindes blicke … sehe ich das Gesicht Gottes. Ich sehe Gottes Tränen … spüre Gottes Berührung. Höre Gott weinen.*

Und dann fiel es ihr ein: Jesus. Die höchste Offenbarung des Wesens Gottes war nicht von einer dröhnenden Stimme oder der Ankündigung eines Engels begleitet vom Himmel gekommen, sondern in einer menschlichen Gestalt. In Fleisch und Blut, mit Armen und Beinen, einem Gesicht, einem Herzen, einem Verstand. Ein Mensch, der sich nach anderen ausstrecken, der lächeln, umarmen, lachen, weinen konnte. Und lieben.

Diese Gegenwart Christi in menschlicher Gestalt hatte sie auch früher schon erlebt. Sie hatte nur keine Worte dafür gehabt. In der Berührung ihres Vaters lag die Sanftheit Gottes. Rubys Treue spiegelte die Hingabe Gottes an sie wider. Harpers vernarbtes Gesicht offenbarte die Verletztheit und das Mitgefühl des Herrn. Und Bailey? Nun, Baileys Liebeserklärung an sie machte es ihr mit verwirrender Deutlichkeit klar – die Liebe, die über Alter, Aussehen oder hundert andere Barrieren hinwegsehen und ins Herz blicken konnte. Im Laufe der Jahre hatte sie das bruchstückhafte Spiegelbild ihrer Seele in den Augen der Menschen entdeckt, die sie liebten. Einige Menschen in ihrem Leben forderten ihren Verstand heraus und brachten sie zum Nachdenken. Einige rührten mit Lachen oder Tränen ihr Herz an. Andere weiteten ihren Geist und bewirkten, dass ihre Beziehung zu Gott sich vertiefen und wachsen konnte.

Bailey berührte alles. Zum ersten Mal in ihrem Leben fühlte sie sich ganz und gar vollständig, auch wenn sie sich früher nie ihrer Unvollständigkeit bewusst gewesen war. Er war ihre Seelenverbindung.

„Hmm. Eine wunderhübsche, intelligente, gottesfürchtige Frau, die auch noch kochen kann." Ein volltönendes Lachen erklang hinter ihr. „Wie viel Glück kann ein Mann haben?"

Silvie spürte, wie sich seine Arme um sie legten und stieß ihn in die Rippen. „Glück hat damit gar nichts zu tun."

„Wie recht du hast." Er schmiegte sein Gesicht an ihren Hals. „Du bist ein Geschenk, mein Liebling. Geradewegs aus dem Herzen Gottes."

Sie drehte sich um und grinste ihn an. „Die Kekse werden noch anbrennen und dann werden wir noch einmal über diese Beziehung nachdenken müssen."

Bailey gab ihr schnell einen Kuss auf die Wange und ließ sie los. „Oh, diese Drohung werde ich ernst nehmen. Außerdem weiß ich nicht, wie ich den Tag beginnen soll ohne einen Keks aus der Hand meiner Geliebten." Er goss sich eine Tasse Kaffee ein und lehnte sich an die Arbeitsfläche. „Wie ist das Leben im großen Haus heute Morgen?"

„Mir geht es gut. Bei Ruby bin ich nicht so sicher."

Das Grinsen verschwand aus Baileys Gesicht. Er runzelte die Stirn. „Wie lange ist sie jetzt schon so? Drei Wochen?"

„Seit dem Abend der Klan-Babys." Silvie blickte ihn an. Die Verletzungen waren verschwunden und nur noch eine schwache, glänzende Narbe war von der Platzwunde an seiner Stirn übrig geblieben. Doch Rubys Verletzungen waren noch nicht verheilt.

„Und sie hat nicht mit dir darüber gesprochen?"

„Kein einziges Wort. Ich habe ihre Privatsphäre immer respektiert, Bailey, bin immer davon ausgegangen, dass sie schon mit mir reden wird, wenn sie bereit dazu ist. Aber noch nie habe ich sie so niedergeschlagen erlebt. Ich mache mir Sorgen um sie."

Bailey nickte. „Ich kenne sie zwar nicht so gut wie du, aber ich vermute, da ist noch etwas, das sie nicht sagt. Denkst du, sie hat vielleicht Angst vor einem neuen Angriff?"

„Das könnte gut sein. Im Augenblick ist es zwar ruhig. Ich möchte keinen Ärger heraufbeschwören, aber ich denke, dass sie noch dort draußen sind und warten. Und das verursacht mir eine Gänsehaut."

„Vielleicht geht es Ruby genauso."

„Nein. Da ist noch etwas anderes. Etwas, über das sie nicht redet. Sie versucht es zu verbergen, aber sie verhält sich fast so wie damals nach Harpers Tod. Als ob sie trauern würde."

„Vielleicht solltest du mit ihr reden."

„Vielleicht sollte ich das tun." Silvie nahm die Kekse aus dem Ofen und legte sie auf einen Teller. „Reichst du mir die Schüssel mit den Eiern?"

Bailey reichte ihr die Eier und sah zu, wie sie sie in die Pfanne gab und verrührte. Er stibitzte eine Speckscheibe vom Teller. „Du scheinst dich vor einem Gespräch mit Ruby zu scheuen. Warum?"

Silvie hielt den Blick auf die Eier gerichtet, während sie darin rührte. „Ich weiß auch nicht."

„Das weißt du sehr wohl. Sag es mir."

„Also gut." Sie seufzte. „Ich fühle mich ein wenig ... nun, schuldig. Schuldig, weil ich so überglücklich bin, während es ihr so schlecht geht."

Bailey lachte leise und legte seine Hände auf ihre Schultern. „Ruby liebt dich, Silvie. Egal wie es ihr im Augenblick geht, sie würde uns unser Glück niemals missgönnen."

„Natürlich hast du recht." Silvie nickte und lehnte sich wieder an ihn. Die Wärme seiner Brust gab ihr Kraft und Entschlossenheit. „Ich werde mit ihr reden. Gleich nach dem Frühstück."

Ruby lag auf dem Bett und lauschte auf das leise Gemurmel aus dem Esszimmer. Eigentlich sollte sie Silvie beim Servieren des Frühstücks und dem Abspülen helfen. Aber sie konnte ihnen nicht gegenübertreten.

Vor allem Bailey nicht, mit seinem fragenden Blick. Vor allem Silvie nicht, die sich um ihretwillen bemühte, ihr Glück zu verbergen, obwohl sie so offensichtlich verliebt war. *Das Mädchen sollte diese Zeit genießen*, ermahnte sich Ruby.

Und nicht auf Zehenspitzen herumschleichen und sich in Acht nehmen, damit es mir nicht noch schlechter geht.

Ruby erinnerte sich noch lebhaft an ihre Gefühle, als Harper ihr seine Liebe gestanden hatte. Als wäre es gestern gewesen. Sie war geradezu euphorisch gewesen, hatte das Gefühl gehabt, alle Teile der Welt hätten endlich ihren Platz gefunden und dass sie nun endlich wusste, wohin sie gehörte. Sie hätte das nicht verbergen können, selbst wenn sie es versucht hätte. Aber sie hatte es auch nicht zu versuchen brauchen. Silvie hatte sie vorbildhaft unterstützt, sie ermutigt, jeden Augenblick dieser neuen Liebe zu genießen. Sie hatte mit ihr gelacht, ihr treu zugehört, wann immer sie davon geschwärmt hatte, wie wundervoll Harper war.

Und Ruby hätte dasselbe gern für Silvie getan. Sie empfand keinen Neid in Bezug auf die Beziehung ihrer Freundin zu Bailey – ganz im Gegenteil. Sie billigte sie von Herzen. Aber im Augenblick fiel es Ruby schwer, sich über Silvies Glück zu freuen. Nicht weil sie es ihr neidete, sondern weil etwas anderes auf ihrer Seele lastete.

Conrad.

Seit der Nacht des Angriffs hatte Ruby das Bild ihres eigenen Sohnes in der Fahrerkabine des Pickup nicht aus ihren Gedanken verbannen können. Er hatte diesen Rowdys geholfen, Bailey zusammenzuschlagen und ein Kreuz vor ihrem Haus zu verbrennen. Ihr Versagen als Mutter verfolgte sie, nagte an ihr. Was hatte sie nur falsch gemacht?

Drei lange Wochen hatte sie geweint und gebetet, Gott um eine Antwort angefleht. Sie hatte jede Sünde bekannt, die ihr eingefallen war, und ein paar, von denen sie gar nicht sicher war, ob sie sie begangen hatte. Sie hatte gewartet und gelauscht, die Tiefen ihrer Seele erforscht, sich selbst wegen realer und eingebildeter Vergehen Vorwürfe gemacht. Und trotzdem konnte sie keinen Frieden finden.

Irgendwie musste es ihr Fehler sein. Waren nicht die Eltern schuld, wenn ein Kind den falschen Weg einschlug?

Als Conrad zusammen mit den anderen Jungen ausgezogen war, hatte Ruby Bailey gesagt, ihr Sohn sei erwachsen und müsse sich für seine Entscheidungen vor Gott verantworten. Sie hatte das damals auch so gemeint, aber das hier war nicht nur irgendein Streich eines Heranwachsenden, irgendeine dumme Entscheidung, die ihr Sohn unter dem Einfluss seiner Kameraden getroffen hatte. Dies zeigte, wer er als Person war, zu was für einem Mann er sich entwickelte.

Sie wollte nicht zugeben, dass ihr einziger Sohn zu einem Rassisten wurde, und doch nagte die Realität dessen, was sie gesehen hatte, an ihr. Die Trauer fraß sie auf. Wann immer sie dachte, ihre Tränen wären nun aufgebraucht, wurde sie von einer neuen Welle des Bedauerns überrollt wie von der hereinkommenden Flut. Und in dem allen schwieg Gott.

Ein leises Klopfen weckte sie auf. Die Morgensonne war weitergewandert. Es war still im Haus.

„Ruby?“, ertönte Silvies Stimme durch die Tür. „Bist du wach?“

Ruby setzte sich auf und richtete ihr Haar. Sie strich die Decke glatt und klopfte sanft auf die Tränensäcke unter ihren Augen. „Komm herein, Silvie.“

„Der Herr helfe uns, Liebes, du siehst ja aus wie der wandelnde Tod.“

„Vielen Dank für das Kompliment.“ Sie versuchte, ihre Stimme fröhlich klingen zu lassen, einigermaßen normal, doch es gelang ihr nicht.

Silvie ließ sich auf das Bett sinken und sah ihr ins Gesicht. „Wir müssen miteinander reden.“

„Mir ist nicht nach Reden zu Mute.“ Ruby wandte den Blick ab. „Komm mir nicht zu nahe. Ich – ich glaube, ich bekomme eine Grippe.“

„Du bist eine schlechte Lügnerin, Ruby. Das warst du schon immer.“ Silvie zog eine Augenbraue in die Höhe. „Nicht genügend Praxis, würde ich sagen.“

„Also gut“, räumte Ruby ein, „ich bin nicht krank. Ist es ein Verbrechen, mal ein wenig allein sein zu wollen?“

„Ich weiß nicht; da werde ich Bailey fragen müssen. Er ist der Rechtsanwalt.“

Ruby musste unwillkürlich lächeln, ob sie wollte oder nicht. „Wie kommt ihr beide miteinander zurecht?“

„Wunderbar.“ Silvie gab ihr Lächeln zurück. „Er ist – nun, er ist sehr nett.“

„Nett?“

Silvie grinste verlegen. „Also gut, er ist wundervoll. Prachtvoll. Der unglaublichste Mensch, dem ich je begegnet bin. Außerdem noch schrecklich gut aussehend.“

„Das ist schon besser.“ Ruby zog sich ihren Morgenrock im Bett an.

„Aber ich bin nicht gekommen, um über Bailey zu reden.“

„Das weiß ich. Du möchtest wissen, warum ich mich während der vergangenen drei Wochen hier eingeigelt habe.“

„Das wäre ein Anfang.“

Ruby spürte, wie Tränen in ihr hochstiegen und drängte sie zurück. „Ich kann nicht darüber sprechen, Silvie. Nicht mit dir. Mit niemandem."

„Wir haben doch immer über alles geredet."

„Das weiß ich. Aber ich –" Sie konnte nicht mehr weiter; die Tränen ließen sich einfach nicht zurückhalten.

Silvie legte den Arm um Ruby und drückte sie an sich, bis das Schluchzen nachließ. Es tat so gut, im Arm gehalten zu werden, Silvies Hand auf ihrem Haar zu spüren, ihre flüsternde Stimme zu hören: „Es ist alles gut, Liebes. Lass es nur heraus. Ich bin ja da."

„Ich habe alles getan –" Rubys Stimme klang gepresst und leise, aber sie redete weiter. „Ich habe versucht, gehorsam zu sein, treu zu sein. Ich habe gebetet und bekannt und versucht zu hören, aber nichts –" Sie atmete tief durch. „Ich verstehe einfach nicht, warum Gott dies zulassen konnte."

Silvie wartete, bis Ruby sich wieder gefasst hatte, dann fuhr sie ihr liebevoll über die Stirn. „Kannst du jetzt darüber reden?"

Ruby schluckte den dicken Klumpen in ihrem Hals hinunter und nickte. „Ich denke schon. Ich schätze, ich muss es."

„Also gut, dann fangen wir ganz vorne an."

Ruby starrte an Silvie vorbei auf die Uhr auf dem Kaminsims. Eine ganze Minute verstrich. Was war der Anfang? Wie konnte sie Silvie begreiflich machen, was sie selbst nicht verstand?

„Geht es um den Angriff auf Bailey?", fragte Silvie vorsichtig.

„Ja und nein." Ruby biss sich auf die Lippe. „Es geht um diese Nacht – um etwas, über das ich mit niemandem gesprochen habe."

„Sprich weiter."

Mit zitternder Stimme brachte Ruby die Geschichte heraus – dass sie Conrad in dem Pickup gesehen hatte; wie wütend sie war, dass ihr eigener Vater den Samen der Gottlosigkeit in das Herz ihres Sohnes gepflanzt hatte. Wie sie in den vergangenen drei Wochen versucht hatte, eine Antwort von Gott zu bekommen, wieder ein wenig Frieden zu finden, herauszufinden, was sie falsch gemacht hatte.

„Ich kann es einfach nicht begreifen", schloss sie, „warum Gott so etwas zugelassen hat. Ich habe mein Bestes getan, um meinen Sohn zu einem gläubigen, gottesfürchtigen Jungen zu erziehen. Aber offensichtlich habe ich versagt und er ist mehr nach Abe gekommen als nach Harper ... oder mir. Darum konnte ich es dir nicht sagen – ich konnte deine Reaktion auf die Wahrheit nicht ertragen. Mein Sohn – bei dem Klan! Oh Silvie, es tut mir so leid."

Und wieder kamen die Tränen. Ruby begann erneut zu schluchzen. Wieder nahm Silvie sie in die Arme und wartete ab, bis sie sich beruhigt hatte, aber dieses Mal war ihre Umarmung nicht ganz so liebevoll. Schließlich hob Ruby den Kopf. „Was soll ich nur tun, Silvie?"

Silvie betrachtete sie mit verhaltenem Blick. „Was möchtest du von mir, Ruby?"

„Ich weiß es nicht. Niemand kann mir helfen, das ist mir klar. Ich dachte nur –"

„Nein, das meine ich nicht", unterbrach Silvie sie. „Es ist eine klare Frage. Was möchtest du? Soll ich dich bemitleiden oder soll ich ehrlich zu dir sein, damit wir der Sache auf den Grund gehen können?"

„Du sollst mir sagen, was du wirklich denkst. Natürlich möchte ich Ehrlichkeit."

Silvie richtete sich auf und blickte Ruby wissend an. „Also gut. Als Erstes müssen wir entscheiden, wer die Schuld trägt."

Ruby blinzelte. „Wie bitte?"

„Nun, bisher hast du dir, deinem Vater und Gott die Schuld gegeben. Wir müssen herausfinden, wer für Conrads Verhalten verantwortlich ist."

Ruby dachte über Silvies Worte nach. Sie war zornig auf Gott – weil er dies zugelassen hatte und weil er geschwiegen hatte, als sie so dringend eine Antwort gebraucht hätte. Sie war wütend auf ihren toten Vater wegen des Einflusses, den er auf ihren Sohn ausgeübt hatte. Und noch wütender war sie auf sich, weil sie als Mutter solche Ereignisse nicht hatte verhindern können.

„Ich schätze, ich allein trage die Schuld daran", flüsterte sie nach einer Weile. Sie fühlte sich krank, elend und schämte sich, und obwohl sie bereit war, die Verantwortung für ihre Fehler zu übernehmen, konnte sie noch immer nicht verstehen, wann alles aus dem Ruder gelaufen war. Silvie war immer so offen, logisch und klug gewesen, vielleicht konnte sie ihr helfen, Klarheit darüber zu bekommen.

„Was ist mit Abe?", fragte Silvie.

„Mein Vater hatte ganz bestimmt einen negativen Einfluss auf Conrad", überlegte sie. „Con hat ihn angebetet und er hatte viel von seinem Großvater übernommen, bevor mir überhaupt klar war, was da passierte. Aber bei Abes Tod war Conrad erst acht. Ich hätte doch in der Lage sein müssen, diesen Einfluss abzuwenden."

„Und was ist mit Gott?"

„Denkst du, ich gebe Gott die Schuld dafür, wie Conrad sich entwickelt hat?"

Silvie nickte und presste die Lippen aufeinander. „Hätte Gott, der doch den Vaterlosen Vater sein sollte, nicht eingreifen können? Hätte Gott nicht Abes Einfluss in Cons Leben entgegenwirken können?“

„Ich denke schon, aber –“

„Aber du gibst dir die Schuld. Du bist zornig auf Gott und auf deinen toten Vater. Aber du bist diejenige, die für Conrads Entscheidungen verantwortlich ist.“ Silvie blickte sie an, wartete auf eine Antwort.

Rubys Herz lag wie Blei in ihrer Brust. „Ich schätze schon.“

Silvie setzte sich auf dem Bett zurück. „Ich bin beeindruckt.“

„Wovon?“

„Ich bin beeindruckt, dass du so viel Macht über das Leben anderer Menschen hast. Das wusste ich gar nicht.“

Einen kurzen Augenblick lang fühlte sich Ruby wie ein Käfer in einem Glas, der genau betrachtet und beobachtet wurde. Das gefiel ihr überhaupt nicht, aber sie vermutete, dass Silvie auf eine wichtige Erkenntnis zusteuerte. „Und was willst du damit sagen?“

„Hier geht es nicht um dich, Ruby. Es geht nicht darum, was für eine Mutter du gewesen bist oder was für Fehler du deiner Meinung nach gemacht hast. Hier geht es um Conrad.“

„Das weiß ich, Silvie. Aber ich bin seine Mutter, und –“

„Erzähle mir von deiner Mutter.“

Ruby runzelte die Stirn. „Du weißt doch alles von meiner Mutter. Sie war eine schwache, egozentrische Person, die überhaupt kein Rückgrat hatte.“

„Und dein Vater?“

„Er war ein Trunkenbold und ein Spieler, der seine Familie im Stich gelassen und sein Leben ruiniert hat."

„Und du bist eine mitfühlende, tiefgläubige Frau geworden, die Gott dienen und anderen helfen möchte", flüsterte Silvie. „Wie ist das deiner Meinung nach gekommen?"

Ruby hielt inne. Sie fing an zu verstehen. „Weil ich mich für einen anderen Weg entschieden habe. Grandma Pearls Tagebücher haben mir geholfen, meinen Weg zum Glauben zu finden. Grandpa Silas' Leben wurde mir zum Vorbild. Ein solcher Mensch wollte ich werden."

„Genau. Du hast dich entschieden. Und das hat auch Conrad getan." Silvies Augen leuchteten auf; sie lächelte leicht. „Wir können andere Menschen nicht verändern, Ruby. Wir können nicht einmal uns selbst verändern. Nur Gott kann die Veränderung und das Wachstum hervorbringen, die in unserem Leben nötig sind."

Ein Funken von Zorn flammte in Rubys Herzen auf. „Dann hätte Gott Conrad verändern können."

Silvie schüttelte den Kopf. „Du weißt es doch besser. Gott zwingt den Menschen keine Veränderung auf. Wir müssen uns danach ausstrecken. Wir müssen sie wollen." Sie zuckte die Achseln. „Manchmal wissen wir gar nicht, dass wir sie wollen. Du wusstest es ganz bestimmt nicht, als du anfingst, Pearls Tagebücher zu lesen. Aber Gott kennt unsere Herzen und reagiert entsprechend."

„Dann meinst du also, dass ich für Conrads Entwicklung nicht verantwortlich bin?"

„Ich sage, dass keiner von uns wissen kann, wie Conrad sich weiterentwickeln *wird.* Du warst eine gute Mutter, Ruby, eine liebevolle Mutter, ein Vorbild für Integrität und Ehrlichkeit. Aber du musst loslassen. Dein Sohn ist jetzt beinahe ein

Mann. Er trifft seine eigenen Entscheidungen und er wird damit leben müssen. Du kannst ihn nicht verändern, kannst ihn nicht zwingen, so zu werden, wie du es dir vorstellst. Du kannst jetzt nur noch beten, dass er Gott eines Tages Raum in seinem Leben einräumt, dass er ihn in sich wirken lässt."

„Du bist nicht zornig, dass Conrad bei dem Verbrennen des Kreuzes mitgemacht hat?"

„Natürlich bin ich wütend darüber, aus denselben Gründen wie du. Aber ich gebe nicht dir die Schuld. Du bist seine Mutter, nicht sein Gewissen."

Nach drei Wochen hatte Ruby endlich das Gefühl, dass die Last von ihren Schultern genommen worden war. Sie blickte Silvie tief in die Augen und entdeckte dort noch etwas anderes – den Blick eines liebevollen Gottes, der mit ihr geweint hatte, als sie am Boden zerstört gewesen war.

Sie nahm Silvie in die Arme. „Wieso bist du nur so klug?", murmelte sie.

Silvie lehnte sich grinsend zurück. „Das kommt von der Umgebung", erwiderte sie. „Immerhin habe ich jahrelang mit dir zusammengelebt."

Dixon Lee

„Ruby, da möchte dich jemand sprechen."

Ruby blickte vom Schneidebrett hoch. Ihre Finger stanken nach Zwiebeln und ihre Haare fielen ihr wirr ums Gesicht. Sie strich eine Haarsträhne zurück. „Silvie, ich bin eigentlich nicht dafür angezogen, Besuch zu empfangen. Sieh mich an – Jeans und eins von Harpers alten Hemden. Wer ist es denn?"

„Der neue Pastor der presbyterianischen Kirche."

„Dixon Lee Godwin?" Sie runzelte die Stirn und fuchtelte mit dem Messer durch die Luft. „Und was will er von mir?"

„Weiße Leute sprechen mit mir nicht über ihr Anliegen", schnappte Silvie. „Außerdem bist du Mitglied seiner Gemeinde."

„Er ist doch erst einen Monat in der Stadt. Ich würde ihn auf der Straße kaum erkennen."

Silvie zuckte die Achseln. „Vielleicht möchte er möglichst schnell seine Herde kennenlernen."

„Kannst du ihm nicht sagen, dass es im Augenblick nicht passt? Ich rufe ihn an und lade ihn zum Tee ein." Sie wandte sich wieder ihren Zwiebeln zu.

„Er wirkt ziemlich beharrlich. Erregt, würde ich sagen."

„Ach so, na gut." Ruby legte das Messer aus der Hand und zog die Schürze ab. „Aber jemand sollte diesem Burschen einmal sagen, dass es ziemlich unhöflich ist, unangemeldet einen Besuch zu machen." Sie sah an ihrer Jeans und ihrem verschmutzten Hemd herab und verzog das Gesicht. „Er wird mich eben so nehmen müssen, wie ich bin."

Silvie grinste und nahm das Messer in die Hand. „Müssen wir das nicht alle?"

Ruby ging ins Wohnzimmer. Reverend Dixon Lee Godwin saß unbehaglich auf dem Brokatsofa. Sie hatte ihn bisher nur auf der Kanzel gesehen. Dort hatte er eine gute Figur gemacht. Aus der Nähe ähnelte er ein wenig Abraham Lincoln – sehr groß, mit langen Beinen und riesigen Händen. Er hatte dasselbe eckige Kinn und die hohe Stirn, aber sein Gesicht war sauber rasiert. Sein Haar wurde an den Schläfen bereits grau. *Ein gut aussehender Mann*, dachte sie. *Der geborene Prediger.*

„Reverend Godwin", sagte sie und ging mit ausgestreckter Hand auf ihn zu. „Bitte verzeihen Sie meinen Aufzug. Ich hatte keinen Besuch erwartet."

Er erhob sich und nickte ihr förmlich zu. „Ich entschuldige mich, dass ich einfach so hereinplatze. Sie sind bestimmt sehr beschäftigt –"

Ruby nickte. „Ja, sicher. Wenn man eine Pension führt, dann gibt es immer Arbeit. Man ist gerade mit dem Frühstück fertig und fängt schon wieder mit dem Abendessen an." Sie bemerkte den strengen Zwiebelgeruch ihrer Hände und verzog das Gesicht. „Ihr Pech, dass Sie kamen, als ich gerade beim Zwiebelschneiden war."

Ruby setzte sich und forderte ihn auf, seinen Platz wieder einzunehmen. „Wem oder was verdanke ich die Ehre Ihres Besuchs, Reverend Godwin?"

Er errötete ein wenig und zog den Kopf ein. „Bitte nennen Sie mich Dix. Ich habe mich noch nicht so richtig an den *Reverend* gewöhnen können; ich habe gerade das Seminar abgeschlossen, wissen Sie. Dies ist meine erste Stelle. Bis vor vier Jahren war ich noch Verkäufer in Sioux City in Iowa." Er zog ergeben die Schultern hoch. „Ich habe den Ruf erst spät erhalten, schätze ich."

Ruby lächelte. Sie mochte diesen umgänglichen Mann. Er war bescheiden und hatte ganz und gar nicht das Gehabe eines „Mannes Gottes".

„Nun, ich habe keinen Zweifel daran, dass Gott Sie tatsächlich in den Dienst berufen hat. Ich habe Ihre Predigt gehört."

Er lächelte. Ein tiefes Grübchen zeigte sich an seiner linken Wange. „Danke. Da es von Ihnen kommt, werte ich das als Kompliment."

„Da es von mir kommt?" Sie legte den Kopf zur Seite und blickte ihn verwirrt an.

„So habe ich es nicht ganz gemeint", stammelte er. „Aber Sie genießen den Ruf, ein Mensch von ... äh, kompromisslosem Glauben zu sein."

„Was bedeutet, ich bin dickköpfig und eigensinnig."

Er warf den Kopf in den Nacken und lachte. „Offensichtlich werden Sie auch der anderen Komponente Ihres Rufs gerecht. Dass Sie rückhaltlos offen sind."

Ruby presste die Lippen aufeinander. „Hmm. Ja, das auch."

Godwin beugte sich vor und faltete seine großen Hände. „Eigentlich ist das der Grund für mein Kommen."

„Dass ich dickköpfig bin? Oder dass ich ehrlich bin?"

„Eigentlich wegen beidem. Ich würde gern mit Ihnen über Ihre, äh, Ansichten reden. In Bezug auf die Schwarzen."

Ruby musterte ihn. Er fühlte sich nicht wohl in seiner Haut, das war offensichtlich, doch in seinen Zügen konnte sie keinen Hinweis auf Missbilligung entdecken. „Und was genau meinen Sie mit meinen ‚Ansichten in Bezug auf die Schwarzen'?"

Er räusperte sich. „Miss Ruby –"

„Ruby reicht aus."

„Also gut. Ruby. In der Stadt ist bekannt, dass mehrere Farbige, Rechtsanwälte der NAACP, hier im *Noble House* logieren."

Ruby merkte, wie der Zorn in ihr aufstieg, aber sie schwieg.

„Und, nun, ich bin Ihr Pastor", stammelte er. „Zu meinem Beruf gehört es auch, dass ich mich um das Wohlergehen und die Sicherheit meiner Pfarrkinder kümmere."

Und wieder wartete sie ab. Er wand sich.

„Sie sind immerhin eine allein stehende Frau, die niemanden hat, der sich um sie kümmert", fuhr er nach einer Weile lahm fort. „Als Pfarrer Ihrer Gemeinde trage ich die Verantwortung –"

„*Reverend* Godwin", unterbrach sie ihn mit funkelnden Augen, „verzeihen Sie mir, wenn ich *rückhaltlos offen* bin, aber ich sorge nun schon eine Reihe von Jahren selbst für mich. In meinem Haus fühle ich mich durchaus sicher und wenn Sie hier sind, um mir zu sagen, ich solle meine Pensionsgäste fortschicken, dann vergeuden Sie Ihren Atem. Und Ihre Zeit." Sie erhob sich. „Wenn es sonst nichts mehr gibt –"

Godwin blieb sitzen. „Bitte setzen Sie sich doch wieder", bat er leise. „Ich wollte nicht mit Ihnen streiten."

„Und was wollten Sie dann?" Ruby blieb stehen und stemmte ihre Hände in die Hüften.

„Ich bin gekommen, um mit Ihnen über die Schwarzensituation zu reden."

„Die Schwarzen sind keine ‚Situation', Reverend Godwin. Sie sind *Menschen.*"

„Ich stimme vollkommen mit Ihnen überein. Verzeihen Sie mir, ich habe mich falsch ausgedrückt. Ich –" Er fuhr sich mit dem Finger in den Kragen. „Ich bin ein wenig nervös."

Ruby beobachtete ihn eine Weile, dann nahm sie wieder Platz. Er tat ihr ein wenig leid, aber sie durfte sich nicht von ihrem Mitleid dazu verleiten lassen, ihre Meinung für sich zu behalten. „Ich höre."

„Wie ich schon sagte, dies ist meine erste Stelle als Pfarrer. Eine Reihe von Leuten sind bereits zu mir gekommen, die sich Sorgen machen um die Reaktion der Kirche auf das, was sich in dieser Stadt ereignet. Die Leute haben Angst, Ruby. Sie sehen nur diese Gruppe von Außenseitern, diese Rechtsanwälte der NAACP, die nach *Cambridge* gekommen sind, um Unruhe zu stiften. Sie haben den, äh, Zwischenfall miterlebt, der sich vor mehreren Wochen hier ereignet hat."

Sie biss sich auf die Zunge, um die scharfe Antwort zu unterdrücken, die ihr in den Sinn kam. *Zwischenfall.* Bailey war schrecklich zusammengeschlagen worden. Ein Kreuz war in ihrem Vorgarten verbrannt worden. *Ein Zwischenfall, du meine Güte.* Und wer, fragte sie sich, waren denn nun die *Unruhestifter* bei dieser kleinen Szene?

„Ich bin sehr wohl vertraut mit dem *Zwischenfall*, wie Sie es nennen", erwiderte sie. Bewusst hielt sie ihre Stimme unter Kontrolle. „Diese Rechtsanwälte der NAACP sind aus einem einzigen Grund hier, um die Situation der Schwarzen hier in diesem Bezirk zu verbessern. Wenn wir kein Problem hätten, Reverend Godwin, dann wären sie nicht hier. Und so lange Rowdys in weißen Gewändern hier herumlaufen und unschuldige Menschen terrorisieren, sind Mr Blue und seine Kollegen in meinem Haus willkommen."

Godwin blickte sie verzweifelt an. „Ich verstehe", meinte er. „Die Situation muss tatsächlich verändert werden. Schwarze Menschen werden unterdrückt und terrorisiert, manchmal sogar getötet. Ich verabscheue das. Als Christ kann ich nicht mit gutem Gewissen dabeistehen und zusehen, ohne irgendeine Reaktion zu zeigen. Aber gibt es denn keinen anderen Weg? Einen Weg, der die Veränderungen allmählicher herbeiführt, ohne die Leute zur Gewalt anzustacheln?"

Ruby dachte eine Weile nach. Dann blickte sie Godwin in die Augen und sagte: „Diese Frage ist wirklich ernst gemeint, nicht? Sie überlegen tatsächlich, wie die Reaktion eines Christen sein sollte."

Er nickte. „Ja, das ist so."

„Jesus hat gesagt: ‚Selig sind die Friedensstifter'", überlegte Ruby leise. „Und doch ist Jesus gegen die Pharisäer vorgegangen und hat ihnen ihren Stolz und ihre Arroganz vorgehalten. Dies ist das Dilemma aller, die Christus folgen wollen, schätze ich – wann sollen wir Frieden stiften und wann sollen wir einen unpopulären Standpunkt einnehmen und ihn auch beibehalten? Sagen Sie mir, Reverend Godwin, wie lange sind Sie bereit, tatenlos abzuwarten, dass die Veränderung eintritt?"

Er runzelte die Stirn und zuckte die Achseln.

„Noch weitere zehn Jahre? Zwanzig? Fünfzig? Einhundert?"

„Ich bin nicht sicher, was Sie meinen."

„Die Sklaverei wurde vor mehr als achtzig Jahren abgeschafft. In diesen achtzig Jahren haben sich die Lebensumstände für viele Schwarze verschlechtert, nicht verbessert. Schwarze Menschen bekommen niedrige Jobs für weniger Bezahlung und werden als Bürger zweiter Klasse behandelt. Viele haben Angst um ihre Sicherheit, sogar um ihr Leben, weil sie miterlebt haben, wie ihre Nachbarn zusammengeschlagen und gelyncht, wie ihre Häuser und Kirchen niedergebrannt wurden, wenn sie es wagen, sich für ihre eigene Würde einzusetzen. Wie lange sollen sie warten? Bis der Ku-Klux-Klan aus reiner Herzensgüte beschließt, mit dem Hassen aufzuhören und seine schwarzen Brüder und Schwestern anzunehmen? Bis die Jim-Crow-Gesetze durch irgendein wundersames Eingreifen Gottes aus den Büchern verschwinden?“

Sie schüttelte den Kopf. „Wenn Sie darauf warten, Reverend Godwin, werden Sie ewig warten. Die Menschen legen ihre Vorurteile nicht einfach ab, weil es richtig ist. Sie werden nicht aufhören zu töten, zu schlagen, zu unterdrücken und zu beleidigen, bis das Gesetz nicht mehr auf ihrer Seite steht. Dies ist nicht der Kampf der Schwarzen, Reverend. Es ist ein Kampf, der uns alle betrifft.“

Während Ruby sprach, ging ihr auf, dass sie nicht nur den Reverend überzeugen wollte, sondern auch sich selbst. Sie glaubte, was sie gesagt hatte, schon sehr lange, aber dies laut auszusprechen, bestätigte ihre Wahrheit in ihrem Herzen, ihrer Seele und ihrem Geist. Mit diesen Worten machte sich eine entschlossene Überzeugung in ihr breit, eine Macht, die sie vorher nicht gekannt hatte.

„Bailey Blue sagt, in den Zahlen liegt Macht“, beendete sie ruhig ihre Ausführungen. „Aber auch in der Vielfalt liegt Macht. Ich glaube, dass Gott uns zur Versöhnung aufgerufen hat – nicht nur der Versöhnung mit Gott, sondern auch miteinander. Gott trägt uns auf, die Ausgestoßenen willkommen zu heißen. Wir, die nicht zu den Ausgestoßenen gehören – wir Weiße mit den Privilegien, der Macht und dem Prestige – müssen unsere Macht ablegen, müssen bereitwillig mit denen teilen, die keine Macht haben. Niemand ist frei, solange irgendjemand in Ketten gelegt ist.“

Als sie fertig gesprochen hatte, beugte sich Godwin vor. „Wollen Sie am kommenden Sonntag predigen?“, fragte er grinsend. „Meine Kanzel steht Ihnen jederzeit offen.“

Ruby lachte. „Ich denke, ich überlasse das Predigen denen, die es gelernt haben."

„Zu schade." Er erhob sich und reichte ihr die Hand. „Danke. Sie haben mir viel Stoff zum Nachdenken gegeben. Und jetzt lasse ich Sie wieder an Ihre Arbeit gehen."

„Gern geschehen, Reverend."

Ruby begleitete ihn zur Tür. Er blieb auf der Veranda stehen und zögerte. Anscheinend wollte er noch nicht gehen. Schließlich zog er seine Jacke gerade und wandte sich zu ihr um. „Ich möchte Sie um etwas bitten."

„Sicher."

„Beten Sie für mich", meinte er ernst.

„Das werde ich", versprach sie. „Für irgendetwas Spezielles?"

Er nickte. „Beten Sie um Führung. Um Weisheit. Viele Herausforderungen liegen vor uns."

Ruby lächelte und winkte ihm nach, als er über den Bürgersteig zu seinem Wagen ging.

Uns, hatte er gesagt.

„Herr", flüsterte sie, als sie die Tür hinter ihm schloss, „gib Dixon Lee Godwin, was er am meisten braucht." Sie blickte grinsend zum Himmel. „Weisheit. Führung. Und dann und wann einen Tritt in den Hintern."

„Ruby, sehen Sie sich das an!"

„Ich bin beschäftigt, Bailey." Ruby saß auf dem Klavierhocker und versuchte die Birne in der vertrackten Lampe über dem Klavier auszutauschen. Sie hasste die Lampe, eine Miniaturbronzestatue von Michelangelos *David*. In seinen erhobenen Händen hielt er einen mit Fransen besetzten rosa Lampenschirm. Früher war es eine Gasleuchte gewesen, doch sie war damals wie alles andere im Haus für elektrischen Strom umgerüstet worden. Wann immer sie sie ansah, empfand sie den überwältigenden Drang, eine kleine Windel um die Lenden des Hirtenkönigs zu binden. Aber die Lampe hatte Großmutter Pearl gehört und sie konnte sich einfach nicht von ihr trennen. Manchmal musste der Geschmack einfach hinter der Sentimentalität zurückstehen.

Sie spähte in die Lampenfassung hinein. „Die Birne ist zerbrochen. Bailey, würde es Ihnen etwas ausmachen, in die Küche zu gehen und mir eine Kartoffel zu holen?"

Bailey starrte sie an. „Eine Kartoffel? Aber wir haben doch gerade erst zu Abend gegessen."

„Nicht zum Essen." Ruby stieß einen tiefen Seufzer aus. Männer konnten manchmal so begriffsstutzig sein und offensichtlich machte ein Jurastudium einen Mann für die einfachen Dinge des Haushalts vollkommen nutzlos. „Man schneidet die Kartoffel auf und drückt sie auf die zerbrochene Birne. Dann kann man sie herausschrauben, ohne sich zu schneiden."

„Das habe ich noch nie gehört. Kommen Sie und sehen Sie mal."

Ruby stand auf und ging zum Fenster. „Also gut, Bailey. Ich bin hier. Und was soll ich mir nun ansehen?"

Sie spähte durch das alte Glas und rieb sich die Augen. „Diese alten Fenster verzerren alles. Ist da jemand im Garten?"

Es war schon dämmrig, doch hinter dem großen Magnolienbaum konnte sie eine Gestalt entdecken, die mit einem Rechen den Boden harkte. „Was soll denn das?"

Sie marschierte zur Tür. Bailey folgte ihr. In ihrer Eile knallte sie die Fliegengittertür gegen die Hauswand. Die Gestalt im Garten fuhr zusammen.

„Miss Ruby!" Seine Stimme kippte, als sei er gerade erst in die Pubertät gekommen.

„Bogey?", rief sie. „Clarence Bogart, bist du das?"

„Ja, Madam." Er trat ein paar Schritte vor, aus dem Schatten des Magnolienbaumes heraus. „Ich – ich, es tut mir leid, dass ich Sie gestört habe. Ich dachte, ich könnte einfach –"

„Was machst du da?"

Er hielt den Rechen von sich weg und ließ den Kopf hängen. Sie blickte über seine Schulter hinweg zu der Stelle, wo ein schwarzes Kreuz Zeugnis ablegte von der Nacht der Klan-Babys. Das verbrannte Gras war fort, das Loch, in dem das Kreuz gestanden hatte, aufgefüllt. Neben der Magnolie stand eine kleine Tüte mit Grassamen.

•◆•

„Und du dachtest, du könntest dich herschleichen und meinen Rasen in Ordnung bringen, ohne dass jemand etwas merkt?"

Bogey wurde knallrot und zog die Schultern hoch. „Ja. Das war vermutlich ziemlich dumm."

„Das war sehr umsichtig", korrigierte Ruby. „Aber warum?"

Ruby kannte den Grund, doch Clarence wusste das nicht. Er hatte keine Ahnung, dass sie ihn neben Conrad im Wagen gesehen hatte. Ganz offensichtlich war er aus Reue gekommen, um sein Gewissen zu erleichtern, und sie musste ihm die Gelegenheit geben, seine Last loszuwerden.

„Es – es war nicht umsichtig", wandte er ein. „Es war –" Er brach ab und Tränen traten ihm in die Augen.

„Nur weiter“, forderte Ruby ihn sanft auf.

„Ich war hier, Miss Ruby – in der Nacht, als die Jungen –“ Er verlor die Fassung und begann zu schluchzen.

„In der Nacht, als Dooley und seine Freunde Bailey angegriffen und das Kreuz verbrannt haben?“

Bogey nickte niedergeschlagen. „Es – es tut mir so leid, Miss Ruby. Ich wollte nicht – ich meine, ich wollte das nicht. Sie haben mich zum Mitmachen gezwungen.“ Er blickte sie flehend an.

„Tatsächlich?“

Er schüttelte den Kopf. „Nein, Madam. Ich hätte auch Nein sagen können. Es war Dooleys Idee, um Ihnen einen Denkzettel zu verpassen, schätze ich. Ich wusste nicht, dass sie jemanden zusammenschlagen wollten.“

„Das glaube ich“, erwiderte Ruby.

„Aber wie auch immer“, fuhr er fort, „es ist irgendwie einfach passiert. Alle wurden bösartig, und Dooley, er hatte sich nicht mehr unter Kontrolle. Hat herumgeschrien, die Nigger würden versuchen, die Kontrolle zu übernehmen – Verzeihung, Mr Blue.“

Bailey winkte ab. „Vergiss es.“

„Und als alle in den Wagen stiegen, da bin ich mitgefahren. Niemand hat mich mitgezerrt, denke ich. Ich hätte mich weigern können, aber –“

„Aber dann hätten sie dir nie den Ausgang der Geschichte erzählt“, half Bailey ihm weiter.

„Nein – äh, ich meine, nein, Sir.“ Er betrachtete Bailey vorsichtig. „Trotzdem wünschte ich, ich wäre niemals in diesen Wagen gestiegen. Wenn ich es noch einmal zu tun hätte, würde ich ihnen stattdessen die Reifen aufstechen.“

„Sie hätten sich einen anderen Wagen gesucht", bemerkte Bailey. „Fanatismus lässt sich durch ein fehlendes Transportmittel nicht aufhalten."

Clarence atmete tief durch. „Es tut mir wirklich sehr leid, Miss Ruby. Und auch bei Ihnen, Mr Blue, möchte ich mich für das entschuldigen, was sie Ihnen angetan haben. Ich habe zwar nicht den Schläger in Händen gehalten, aber ich bin genauso schuldig." Mit furchterfüllten Augen streckte er seine zitternde Hand aus. „Ich hoffe, Sie können mir verzeihen. Ich schwöre, solange ich lebe, werde ich so etwas nie mehr machen."

Bailey schüttelte ihm die Hand und schlug ihm auf die Schulter. „Ich nehme deine Entschuldigung an, Junge. Verstehst du jetzt, warum Rassismus falsch ist?"

Ruby beobachtete die zwei Männer während ihrer Unterhaltung. Clarence schien sichtlich erleichtert und lachte sogar ein paar Mal über Baileys Scherze. Sie musste dem Jungen seine Entschuldigung zugutehalten. Es erforderte viel Mut, hier aufzutauchen und seine Tat einzugestehen.

Sie wünschte nur, es wäre Conrad.

Würde sie jemals mit ihrem Sohn in diesem Wohnzimmer zusammensitzen und ein solches Gespräch führen? Sie konnte nur hoffen und beten.

Eineinhalb Stunden später und nachdem sie ein Glas Milch getrunken und zwei Stücke von Silvies Beerenkuchen verputzt hatten, erhob sich Clarence, um zu gehen. Er legte seine knochigen Arme um Rubys Hals und drückte sie so fest, dass sie kaum noch Luft bekam. „Danke", sagte er. „Ich kann Ihnen gar nicht sagen, wie viel besser es mir jetzt geht."

„Mir auch, Clarence. Du kannst jederzeit herkommen, in Ordnung?"

„Das würde ich gern." Verlegen ließ er den Kopf sinken. „Ich habe Sie vermisst, Miss Ruby."

„Ich dich auch, Clarence."

„Oh." Sein Blick wurde finster. „Da ist noch etwas, das ich Ihnen sagen muss. Con war auch dabei."

„Das weiß ich, Clarence."

„Wirklich?"

„Ich habe euch beide an jenem Abend in dem Wagen gesehen."

„Sie wussten es? Und trotzdem haben Sie mich in Ihr Haus gelassen?"

Ruby nickte. „Jeder verdient eine zweite Chance, Clarence."

Er biss sich auf die Lippe. „Nun, auch Con tut es sehr leid. Er hat sich irgendwie mitreißen lassen, genau wie ich. Wir haben darüber gesprochen. Er wollte auch nicht mitkommen, aber es fällt ihm schwer, sich gegen Dooley zu behaupten."

„Und sich seiner Mutter zu stellen, wie es scheint."

„Ja. Ich schätze. Er wusste nicht, dass ich herkommen wollte. Ich habe es niemandem erzählt."

„Ich bin froh zu hören, dass er bedauert, was er getan hat. Ich wünschte nur, er würde es mir sagen."

Bogeys Gesicht leuchtete hoffnungsvoll auf. „Vielleicht könnte ich ihn überreden –"

„Nein", unterbrach Ruby ihn. „Mir wäre es lieber, du würdest das nicht tun. Er soll aus eigenem Antrieb kommen."

„Das verstehe ich. Ich wollte Ihnen nur sagen, dass es ihm leidtut."

Ruby spürte, wie die Tränen in ihr hochstiegen. Sie wandte den Kopf ab. „Gute Nacht, Clarence."

„Gute Nacht, und, Miss Ruby?"

„Ja?“

„Das neu ausgesäte Gras muss ein paar Tage lang gewässert werden.“

Ruby nickte. So wie sie sich im Augenblick fühlte, könnte sie es mit ihren eigenen Tränen gießen.

Durchs Feuer geläutert

Juli 1946

Bailey stand neben der Statue des konföderierten Soldaten auf dem Platz vor dem Gerichtsgebäude und blickte über die auf dem Rasen versammelte Gruppe hinweg. Kein schlechtes Ergebnis, angesichts der Tatsache, dass dies die erste öffentliche Versammlung zur Erkämpfung der Bürgerrechte für die schwarze Bevölkerung in *Cambridge*, Mississippi, war.

Er schätzte, dass etwa zweihundert gekommen waren, ohne die Polizei, die sich am Rande des Platzes postiert hatte und ohne die weißen Zuschauer auf den Bürgersteigen hinter den Polizisten. Zwischen den Säulen des Gerichtsgebäudes hing ein Banner mit der Aufschrift: FREIHEIT UND GERECHTIGKEIT FÜR ALLE. Vor den Stufen war eine kleine Plattform errichtet und mehrere Klappstühle waren für die Würdenträger aufgestellt worden – vier schwarze Pastoren aus den verschiedenen Ortsgemeinden. Jeder von ihnen würde ein paar Minuten sprechen und ihre Gemeinden auffordern, sich für die Sache einzusetzen.

„Sind Sie der Verantwortliche?“

Bailey drehte sich zu einem großen Farbigen in einem schwarzen Anzug und weißen Hemd um. Bei ihm war ein Junge im Teenageralter. „Ja, Sir, das bin ich."

Der Mann schüttelte ihm die Hand und strahlte ihn an. „Nun, ich wollte Ihnen nur gratulieren und Ihnen alles Gute wünschen. Sie machen hier eine gute Arbeit."

Bailey betrachtete den Mann und den Jugendlichen. Der Junge wirkte sehr wach und intelligent. Sein Blick war überall und nahm alles in sich auf.

„Mein Junge und ich haben für diese Veranstaltung eine weite Reise zurückgelegt", fuhr der Mann fort. „Ich bin Pastor einer Gemeinde in Atlanta."

„Atlanta?" Bailey grinste. „Dann sind Sie wirklich von weit her gekommen."

„Dies ist mein Sohn M.L.", fuhr der Mann fort. „Er studiert gerade im zweiten Jahr am *Morehouse College*. Er möchte Pastor werden wie sein Vater und sein Großvater."

Bailey richtete seinen Blick auf den Jungen. „Schon im zweiten Collegejahr? Wie alt bist du, Junge?"

„Siebzehn." Der Junge sprach mit leiser, aber fester Stimme.

„Ja, er ist ein ganz Kluger. In der Schule hat er zwei Schuljahre übersprungen. Wir sind sehr stolz auf ihn."

„Das können Sie auch sein." Bailey entdeckte Silvie und Ruby, die ihm zuwinkten. „Sie werden mich entschuldigen müssen, fürchte ich. Wir wollen jetzt anfangen."

„Machen Sie nur, Junge. Und Gott segne Sie." Der Pastor verschwand in der Menge, doch der Junge legte Bailey die Hand auf den Arm.

„Dies ist meine Berufung", sagte er mit fester Stimme.

Bailey blickte in die Augen des jungen Mannes und entdeckte darin eine so tiefe Weisheit und so viel Mitgefühl, wie er es selten bei Menschen erlebt hatte, die doppelt so alt waren wie dieser Junge.

„Das ist mein Traum“, fuhr er fort. „Gleichheit für alle Menschen, die Gott geschaffen hat.“

„Dann verfolge diesen Traum, M. L.“ Bailey ergriff die Hand des Jungen. „Die Sache der Freiheit braucht Menschen wie dich.“

Unvermittelt empfand er den Drang, den Jungen in den Arm zu nehmen. Doch bevor er die Gelegenheit dazu hatte, drehte der junge Mann sich um und verschwand wie sein Vater in der Menge.

Es waren nicht viele weiße Gesichter in der Menge zu entdecken, und sie neigten dazu, in kleinen Gruppen zusammenzustehen. Vom Podest aus konnte Bailey Ruby neben Silvie stehen sehen. Unmittelbar hinter ihnen stand Dixon Lee Godwin, der neue presbyterianische Pastor. Clarence Bogart schien sich extrem unwohl zu fühlen. Er hielt sich dicht bei Ruby wie ein kleiner Junge, der sich verirrt hat. Aber wenigstens war er da. Das freute Bailey sehr.

Absalom Smith, der Prediger der *African Methodist Church*, setzte zu einem weitschweifigen Bittgebet an, und kurz nachdem der erste Redner zu sprechen begonnen hatte, erblickte Bailey aus dem Augenwinkel heraus noch mehr Weiß.

Weiße Gewänder. Weiße Kapuzen.

Baileys Magen krampfte sich zusammen. Er flehte stumm um Frieden. Bisher hatten die Klanmitglieder nichts unternommen – sie standen einfach da, eine drohende Gegenwart am Rande der Menge.

Dann hob einer die Faust. „Nigger, geht nach Hause!“, schrie er so laut er konnte. „Dies ist unsere Stadt und wir haben vor, sie auch zu behalten!“

„Geht zurück nach Afrika, wo ihr hingehört!“, schrie ein anderer.

Der Sprecher, ein großer Mann mit rabenschwarzer Haut und einem breiten Brustkorb, deutete mit seinem fleischigen Finger auf den Klan. „Wer hat uns denn hierher gebracht?“, fragte er herausfordernd. „Wer hat uns zu Sklaven gemacht?“ Er wandte seine Aufmerksamkeit wieder der Menge zu. „Es ist an der Zeit, die Sklaven zu befreien!“

Die Zuhörer applaudierten halbherzig. Einige waren durch das Auftauchen des Klans ganz eindeutig eingeschüchtert. Die Frauen zogen ihre Kinder dichter an sich heran. Einige Leute wichen zurück.

„Wir werden dich befreien, Junge!“, rief einer vom Klan. „Frei am Ende eines Seils!“

„Einen Augenblick!“, ertönte die befehlende Stimme einer Frau.

Bailey wandte den Kopf und sein Herz sank. Auf Godwins Schultern gestützt, war Ruby auf den Sockel der Statue des konföderierten Soldaten geklettert und winkte. *Nein*, flehte er leise. Ruby, *nein!*

„Halten Sie sich hier raus, Miss Ruby“, rief der Klanmann. „Dies ist nicht Ihr Kampf.“

„Es ist sehr wohl mein Kampf“, gab sie zurück. „Es ist der Kampf eines jeden anständigen, friedliebenden Menschen in diesem Bezirk.“ Sie deutete auf ihn. „Sie, Will Tarbush! Was haben Sie denn zu verlieren, wenn den Schwarzen gleiche

Rechte eingeräumt werden? Nichts, nur dass Sie dann nicht mehr die Gelegenheit haben, Ihren Fuß auf den Nacken eines anderen zu stellen. Das ist es doch, was hier auf dem Spiel steht – nicht die Gleichheit eines anderen Menschen, sondern Ihr Gefühl der Überlegenheit. Und der gute Herr weiß, Will, falls das passiert, werden Sie *niemandem* mehr überlegen sein!"

Die Zuhörer lachten nervös. Tarbush machte einen Schritt vor. „Halten Sie den Mund, Ruby! Wir alle wissen, was Sie sind, Sie niggerfreundliche –"

„Jeden Sonntag sitzen Sie hinter mir in der Kirche", fuhr sie fort, „aber was hat das Ihnen gebracht? Sie schwelgen im Hass und haben auch Ihrem Sohn Billy ein schlechtes Vorbild gegeben. Sehen Sie sich doch an, Will Tarbush. Sie halten sich für einen großen Mann, einen mächtigen Mann, weil Sie die Macht haben, die Hilflosen zu überfallen. Aber Sie sind gemein, unwissend und elend. Ich bedauere Sie."

Will Tarbush riss sich die Kapuze vom Kopf und funkelte Ruby an. Selbst aus dieser Entfernung konnte Bailey den lodernden Hass in seinen Augen erkennen. „Das ist noch nicht vorbei."

Bailey beobachtete, wie die Polizisten die Klanmitglieder einkreisten. Er atmete erleichtert auf. Die Behörden hatten ihm versprochen, dafür zu sorgen, dass es keine Gewaltausbrüche geben würde, wenn er die Bundestruppen nicht herbeirufen würde. Offensichtlich hatten sie vor, ihr Wort zu halten.

Der Klan zerstreute sich langsam unter lautem Schimpfen. Die Versammlung ging weiter. Doch der Enthusiasmus der Menge war verflogen. Eine dunkle Vorahnung ließ sie für den Rest des Tages nicht mehr los.

Bailey vermutete, dass Will Tarbush auf seine ihm eigene perverse Art die Wahrheit gesprochen hatte.

Es war noch nicht vorbei.

Ruby beobachtete das Spektakel. Sie sah es mit eigenen Augen, aber sie konnte es nicht glauben.

Ein riesiger roter Lastwagen blockierte den Beginn der Jefferson Davis Avenue. Wasser lief über die Einfahrt und in Rinnsalen über die Straße. Männer in Gummijacken und Helmen rannten herum und zertrampelten mit ihren Stiefeln die Blumenbeete. Dicke Schläuche schlängelten sich über den Rasen und durch die Büsche.

Noble House stand in Flammen.

Oder hatte zumindest in Flammen gestanden. Als Ruby, Bailey und Silvie eingetroffen waren, war der größte Schaden bereits angerichtet. Die Außenmauern waren schwarz verbrannt, aber standen wenigstens noch, und die linke Seite, wo die frühere Holzhütte gestanden hatte, schien unversehrt zu sein. Der Brand war gelöscht worden, bevor die Flammen die obere Etage erreicht hatten, aber im ersten Stock schien die rechte Seite des Hauses ausgebrannt zu sein. Das vordere Wohnzimmer war vollkommen zerstört. Überall war Rauch und das Wasser hatte großen Schaden angerichtet.

Ruby blinzelte. Ihre Augen brannten, aber die Tränen kamen nicht. „Wer tut denn so etwas?"

„Ich denke, das wissen Sie genau", murmelte Bailey.

Er hatte natürlich recht. Die meisten Stadtbewohner hatten sich den ganzen Nachmittag auf dem Platz vor dem Gerichtsgebäude aufgehalten – ein paar von ihnen als Besucher der Versammlung, die anderen als Zuschauer. Abgesehen von den Klanmitgliedern, die nach Rubys feuriger Rede wie die Feiglinge, die sie ja auch waren, verschwunden waren.

Eine leichte Berührung an Rubys Schulter riss sie aus ihren Gedanken. Als sie sich umdrehte, sah sie Dixon Lee Godwin neben sich stehen.

„Sprechen Sie es nicht aus“, warnte sie.

„Was denn?“

„Sagen Sie nicht: ‚Ich habe Sie ja gewarnt.‘ Bitte.“

Er betrachtete sie voller Mitgefühl. „Nach heute, nachdem ich die Versammlung und nun dies miterlebt habe, kann ich nur eines sagen.“

Ruby schloss die Augen und wartete. „Dann los, wenn es denn sein muss.“

Er räusperte sich. „Ich denke, Sie sind die mutigste Frau, die ich je kennengelernt habe, Ruby. Ich möchte helfen. Und ich möchte Ihr Freund sein.“

„Mutig?“ Sie seufzte und schüttelte den Kopf. „Einige Leute würden das eigensinnig nennen. Und vielleicht haben sie ja recht, wenn das die Belohnung dafür ist.“

Der Chef der Feuerwehr kam auf sie zu. Seine Stiefel sanken tief in dem durchweichten Boden ein. „Es tut mir so leid, Miss Ruby“, sagte er. Er fuhr sich mit seiner schmutzigen Hand über das Gesicht. „Wir haben unser Bestes getan.“

Sie zwang sich zu einem Lächeln. „Sie haben das Haus gerettet, Jake. Ich möchte Ihnen und Ihren Leuten dafür danken.“

„Ja.“ Er strich sich seine feuchten Haare aus dem Gesicht. „Aber, Miss Ruby, wenn ich Sie wäre, würde ich es mir zweimal überlegen, bevor ich es auf eine erneute Auseinandersetzung mit dem Klan ankommen ließe."

Als er fort war, nahm Dixon Lee ihre Hand und sah ihr ins Gesicht. „Und wenn Sie es sich noch mal überlegen könnten, was würden Sie tun?"

„Ich schätze, ich würde es wieder tun", erwiderte sie. „Irgendjemand muss sich ihnen doch widersetzen."

„Sie zahlen einen hohen Preis für Ihre Prinzipien."

„Andere Menschen haben einen noch höheren Preis bezahlt", entgegnete sie nachdenklich. „Menschen sind gestorben, Dix. Und vermutlich werden noch mehr Menschen bei diesem Kampf ihr Leben verlieren. Trotzdem denke ich, dass dieser Kampf sich lohnt."

„Aber kann diese Schlacht denn auch gewonnen werden?", fragte er. „Es ist eine gottgefällige Sache und eine wichtige Sache, aber Sie wissen doch, wie tief diese Vorurteile gehen. Ist es möglich, diese Einstellungen zu verändern, der Gewalt Einhalt zu gebieten?"

Sie betrachtete ihn mit zurückhaltendem Blick. Die Frage war berechtigt, sie hatte sie sich selbst schon oft gestellt. Und in diesem Augenblick, als sie vor den rauchenden Trümmern von *Noble House* stand, war sie nicht sicher, die Antwort zu kennen.

„Ich tue dies nicht, weil es *möglich* ist", flüsterte sie. „Ich tue es, weil es *richtig* ist."

Gnade inmitten der Ruinen

„Ich weiß nicht einmal, wo ich anfangen soll.“ Ruby schüttelte den Kopf und trat mit der Schuhspitze nach den verrußten Überresten des Wohnzimmerteppichs. Es war nicht so schlimm, wie es hätte sein können. Ihre Schlafzimmermöbel stanken nach Rauch und waren mit einer klebrigen Schmiere aus feuchtem Ruß überzogen, aber wenigstens waren sie unversehrt geblieben. Am schlimmsten sah das Wohnzimmer aus. Das einzige noch brauchbare Möbelstück war das Klavier. Die Lackierung war von der sengenden Hitze zwar aufgequollen und vermutlich musste es innen und außen vollkommen überarbeitet werden, aber es war noch zu gebrauchen.

Jake, der Chef der Feuerwehr, hatte ihr gezeigt, wo das Feuer ausgebrochen war – eine große ovale Stelle mitten im Wohnzimmer. „Benzin oder vielleicht Kerosin“, hatte er erklärt. „Auf den Teppich gegossen, ein Streichholz angezündet, und puff!“

Es gab keinen Zweifel daran, wer dafür verantwortlich war. Rubys Schubladen im Schlafzimmer waren durchwühlt worden und auf dem Spiegel über der Kommode war mit Lippenstift eine Botschaft hinterlassen worden: *Niggerfrräund. KKK.*

Offensichtlich konnten diese Fanatiker nicht mal richtig schreiben.

Seit Sonnenaufgang waren Bailey und die anderen bereits an der Arbeit. Sie schafften die Asche nach draußen und durchsuchten den Schutt. Silvie sah aus wie eine Kohlefrau und Dixon Lee Godwin hätte selbst schwarz sein können. Sein ganzes Gesicht war mit Ruß und Schmutz verschmiert.

Ihre Freunde waren gute Menschen. Menschen, die immer zu ihr standen.

Ruby band ihre Haare mit einem Gummi zusammen und zog ein Paar Handschuhe an. Sie konnte sich genauso gut an die Arbeit machen. Vielleicht sollte sie damit anfangen, ihre persönlichen Sachen im Schlafzimmer durchzusehen. Das konnte sonst niemand übernehmen. Doch zuerst würde sie diese Botschaft des Hasses von ihrem Spiegel entfernen.

Sie ging nach draußen auf die Veranda und winkte Bailey zu sich heran. „Hat irgendjemand einen Werkzeugkasten?"

„Hinten steht einer, glaube ich", erwiderte Bailey. „Was brauchen Sie?"

„Irgendeinen Schaber. Um den Lippenstift vom Spiegel abzukratzen."

Bailey zog los, um ein stumpfes Messer zu holen, während Ruby auf der Veranda auf ihn wartete. Doch bevor er mit dem Werkzeugkasten zurückkam, fuhr eine Kolonne von Wagen und Pickups vor ihrem Haus an den Straßenrand. Eine ganze Reihe Leute stieg aus, zwei Dutzend oder noch mehr. Männer in Arbeitshosen und Overalls, mit umgeschnallten Werkzeuggürteln. Die Frauen hielten abgedeckte Körbe mit Essen, Broten und Kuchen in der Hand.

Ruben und Edith Layton führten den Zug an.

„Guten Morgen, Miss Ruby", begrüßte Ruben sie förmlich.

„Guten Morgen, Ruben, Edith." Ruby zog die Augenbrauen zusammen und betrachtete sie. Was wollten sie hier?

„Wir sind gekommen, um zu helfen, falls Sie Hilfe brauchen können", fuhr Ruben fort. „Ich bin jetzt zwar nicht mehr Bürgermeister, aber trotzdem fühle ich mich noch für diese Stadt und ihre Bürger verantwortlich. Und ich habe noch ein wenig Einfluss." Er nahm seine Mütze ab und fuhr sich durch das schüttere Haar. „Wir sagen nicht, dass wir mit Ihrem Standpunkt übereinstimmen, Miss Ruby. Das müssen Sie wissen. Aber keiner von uns" – er deutete auf die hinter ihm stehenden Leute – „ist der Meinung, eine Dame wie Sie hätte so etwas verdient."

„Eine Dame wie ich?" Ruby unterdrückte ein Lächeln. „Es gab eine Zeit, in der niemand in *Cambridge* mich eine Dame genannt hätte."

Er zog den Kopf ein. „In meinem Buch sind Sie das auf jeden Fall."

Ruby fragte sich kurz, ob diese Leute ihr dieselbe Unterstützung angeboten hätten, wenn sie eine Schwarze gewesen wäre. Doch bevor sie die Gelegenheit hatte, etwas zu sagen, erschien Bailey von der Rückseite des Hauses mit einem Farbspachtel in der Hand.

„Morgen, Mr Layton", begrüßte er ihn. Er betrachtete Ruben aufmerksam. In seiner alten Arbeitshose und seinem fleckigen T-Shirt hätte er leicht für einen armen Farmer durchgehen können. Niemand hätte in ihm einen Rechtsanwalt aus Washington vermutet.

Layton betrachtete Bailey von oben bis unten. „Guten Morgen, Mr Blue." Er hielt Baileys Blick stand. „Ich habe eine Arbeitsmannschaft mitgebracht, wenn Sie uns nur sagen würden, was zu tun ist."

Bailey trat vor und streckte ihm die Hand hin. „Wir sind sehr dankbar für Ihre Hilfe, Mr Layton."

Ruben Laytons Blick schnellte zu seiner Frau, die ihm kurz zunickte. Zögernd ergriff er Baileys Hand und schüttelte sie. Als er seine Hand zurückzog, war sie mit dunklem Schmutz verschmiert.

„Hmmm", überlegte er. „Es färbt also doch ab."

Bailey warf den Kopf in den Nacken und lachte. „Nur vorübergehend. Das lässt sich abwaschen."

Die Spannung war gelöst und alle begannen auf einmal zu reden.

„Wir haben Essen mitgebracht", erklärte Edith. Sie zeigte auf einen frischen Apfelkuchen.

Die Frauen sammelten sich um Ruby, die Männer hörten auf Ruben Laytons Anweisungen und traten näher an Bailey heran, um ihre Instruktionen entgegenzunehmen.

Ehrfürchtig beobachtete Ruby, wie die weißen Farmer und Bauleute und sogar ein ehemaliger Bürgermeister ausschwärmten, um Seite an Seite mit einer Gruppe von farbigen Rechtsanwälten der NAACP zu arbeiten. *Es gibt doch noch Wunder*, dachte sie bei sich.

Manchmal geschahen sie nur auf unerklärliche Weise.

Dixon Lee Godwin setzte sich auf einen Trümmerhaufen im hinteren Garten und trank ein Glas eiskalter Limonade. Den ganzen Morgen über, während er Seite an Seite mit einem Dutzend Männer den Schutt aus dem Wohnzimmer entfernt und die inneren Wände erneuert hatte, hatte er einen stummen Dialog mit seinem Gott geführt.

Eigentlich war es eher ein Monolog gewesen. Dix hatte eine Menge Fragen gestellt, aber kaum eine Antwort bekommen.

Zum einen wollte er von Gott wissen, was er tun sollte. Eine Menge widerstreitender Gedanken und Gefühle bestürmten ihn und er konnte einfach keine Klarheit bekommen.

Er war gehorsam gewesen, nicht? Nach dem Tod seiner Frau war er aus seinem recht einträglichen Job als Verkäufer ausgestiegen, hatte sein bequemes Haus verlassen und war ans Predigerseminar gegangen – in einem Alter, in dem die meisten Menschen anfingen, über ihre Pensionierung nachzudenken. Er hatte seine wenigen Ersparnisse für seinen Lebensunterhalt und die Studiengebühren ausgegeben und sich nach seinem Abschluss bereit erklärt, eine Pfarrstelle in *Cambridge* in Mississippi anzunehmen, obwohl er viel lieber nach Iowa zurückgekehrt wäre.

Er hatte viel geopfert, um auf den Ruf Gottes zu hören. Und doch fühlte er sich isoliert, einsam und unsicher. Hatte Gott denn nicht auch ihm gegenüber eine Verantwortung – ihm doch wenigstens auf seine Gebete zu antworten?

Aber er hatte keine Antworten erhalten.

Die Gemeinde hatte ihn akzeptiert, nahm er an. Die Mitglieder lächelten und schüttelten ihm nach dem Gottesdienst am Ausgang die Hand, sagten ihm, er hätte eine wundervolle Predigt gehalten. Er würde zu ihnen passen, sagten sie. Vielleicht war das als Kompliment gedacht.

Aber er war nicht Pastor geworden, um hineinzupassen, um Predigten zu halten, die den Leuten ein gutes Gefühl vermittelten. Er war in den Predigerdienst gegangen, weil er sich selbst auf der Suche nach der Wahrheit befand. Im geistlichen Leben ging es nicht darum, bereit für den Himmel zu sein, sondern das Wesen Christi hier auf der Erde widerzuspiegeln. Es ging um Wachstum, Vertiefung, um die Beschäftigung mit den schwierigen Fragen des realen Lebens, darum zu entdecken, wie die Macht des lebendigen Gottes ins Leben der

Menschen eingriff. Wenn er seine Gemeinde nicht herausforderte, sich selbst zu erforschen, dann hatte er versagt.

Und in diesem Augenblick empfand sich Dix als absoluter Versager.

Nicht ein einziges Mitglied seiner Gemeinde war hier, um Hilfe anzubieten und Ruby in ihrer Not beizustehen.

Die Leute, die gekommen waren, um zu helfen, ließen sich eigentlich nur selten in der Kirche blicken. Ruben Layton und seine Frau besuchten dann und wann den Gottesdienst – sie gehörten einer anderen Gemeinde an, dachte er. Aber nach den Gesprächen zu urteilen, die er von den anderen Männern mitbekam, hatten nur wenige etwas für die Religion übrig. Ihre Motivation war nicht geistlicher Natur. Sie sahen einfach eine Not und halfen.

Dix wusste auch, dass Ruben Layton und seine Leute mit Rubys Standpunkt in Bezug auf die Bürgerrechte nicht unbedingt übereinstimmten. Der Mann hatte das ziemlich deutlich gemacht. Und doch war er hier und nahm von Bailey Blue Anweisungen entgegen, lachte und arbeitete Seite an Seite mit einer Gruppe schwarzer Rechtsanwälte. Vorhin hatte Dix ihn gefragt, warum er gekommen sei. Ruben hatte nur mit den Schultern gezuckt und geantwortet: „Wenn ein Nachbar Hilfe braucht, dann erhebt man sich von seinem Hintern und hilft eben."

Warum, fragte sich Dix, hatten seine Pfarrkinder nicht dieselbe Einstellung? Hatten sie den Befehl des Herrn, den Hungrigen zu essen zu geben, die Nackten zu kleiden und denen zu helfen, die in Schwierigkeiten waren, einfach vergessen? Oder waren sie so mit ihrem äußeren Erscheinungsbild beschäftigt, dass sie sich nicht die Hände schmutzig machen wollten?

Die Wahrheit war, er schämte sich für seine Gemeinde.

Und er schämte sich auch für sich selbst.

Seit seinem ersten Gespräch mit Ruby über ihren Standpunkt zur „Schwarzensituation“ hatte Dix sich wie Jakob gefühlt und in einer sehr langen Nacht mit dem Engel gekämpft. Er wusste, sie hatte recht. Als Christ, vor allem als christlicher Pastor, konnte er nicht untätig herumsitzen und darauf warten, dass eine Veränderung eintrat. Er hatte von den Todeslagern in Deutschland gehört, von den Juden und Europäern, die in deutschen Gaskammern vergast worden waren. Er hatte von den Nürnberger Prozessen gelesen. Und die Frage verfolgte ihn: *Wenn er ein arischer Pastor in Deutschland gewesen wäre, hätte er sich Hitler und seinem Säuberungsplan widersetzt?*

Einige Christen hatten Widerstand geleistet. Dix hatte von Leuten gehört, die Juden in ihren Kellern und auf ihren Dachböden versteckt hatten, die sich Hitler und seiner Gestapo widersetzt und ihr eigenes Leben riskiert hatten, um die Unschuldigen zu retten. Einige waren entkommen. Andere waren zusammen mit denen, die sie retten wollten, in Konzentrationslagern oder durch die Spitze eines Nazi-Bajonetts ums Leben gekommen.

Er hoffte ... wünschte ... flehte ..., dass er, wenn sich ihm die Gelegenheit geboten hätte, tapfer genug gewesen wäre, sie zu ergreifen. Er wusste es nur nicht so genau.

Erst am vergangenen Sonntag hatte er einen Predigttext aus Hebräer 11 gewählt und als er sich erhoben hatte, um ihn vorzulesen, hatte er die Worte kaum über die Lippen gebracht: *Diese haben durch den Glauben Königreiche bezwungen, Gerechtigkeit geübt, ... sind der Schärfe des Schwerts entronnen, aus der Schwachheit zu Kräften ge-*

kommen ... Andere aber sind gemartert worden ... Sie sind gesteinigt, zersägt, durchs Schwert getötet worden ...

Diese Worte quälten ihn ... verfolgten ihn. Alle diese Heiligen waren von Gott als treu befunden worden, erinnerte sich Dix beschämt – ob sie nun siegreich waren oder nicht. Der Ausgang war egal. In Gottes Augen zählte nur die Motivation.

Nicht weil es möglich ist, hatte Ruby gesagt, *sondern weil es richtig ist.*

Was war der Unterschied, fragte er sich, zwischen dem, was in Deutschland passiert war und was hier und jetzt in Mississippi geschah? Die Konzentrationslager waren sicherlich schlimmer, angesichts der entsetzlich hohen Zahl Ermordeter. Aber das Prinzip war dasselbe: Eine dominierende, mächtige Gruppe übte grausame, sogar tödliche Herrschaft über Menschen aus, die als niedriger betrachtet wurden.

Schuldgefühle überfielen ihn. Er brauchte keine Stimme vom Himmel, die ihm eine Antwort gab.

Es gibt keinen Unterschied.

Tatsache war, er war kein arischer Christ in Deutschland und hatte sich Hitlers Sturmtruppen nicht in den Weg gestellt. Er hatte nicht vor der Entscheidung gestanden, den Juden zu helfen. Aber er war ein weißer Christ im Süden und lebte unter schwarzen Menschen – menschlichen Wesen, im Bilde Gottes geschaffen –, die belästigt, geschlagen, sogar getötet wurden, nur weil sie nicht der *richtigen* Rasse angehörten. Die Schlinge eines Klanmitglieds hatte denselben Effekt wie das Gewehr eines Nazis.

Wochenlang hatte Dix gebetet und Gott gefragt, was er tun solle, welches seine Reaktion als Pastor und Christ sein sollte. Jetzt beschämten ihn sogar diese Gebete. Natürlich hatte Gott ihm nicht geantwortet. Die Antwort war bereits vor Jahrhunderten im Beispiel Christi gegeben worden, der sich um die Ausgestoßenen der Gesellschaft gekümmert hatte, in der Liebe Gottes, die allen Menschen galt. In dem Kreuz, das jeden Sonntag hinter ihm hing, wenn er auf die Kanzel stieg.

Er hatte um das Falsche gebetet. Er hatte nicht um Weisheit oder Führung gebetet. Aber jetzt hatte er seine Richtung. Was er brauchte, war das Rückgrat, ihr zu folgen.

Er stellte sein Limonadenglas ab, barg den Kopf in den Händen und betete. Aber dieses Mal war sein Gebet anders: *Herr, gib mir Mut.*

Er hatte diesen Gedanken kaum formuliert, als eine Stimme ihn in die Gegenwart zurückrief. „Dix? Da sind ein paar Leute, die Sie sprechen möchten."

Ruby blickte auf ihn herab. Sie sah schlimm aus – schmutzverschmiert von Kopf bis Fuß, abgesehen von einem hellen Streifen an ihrer Nase. Ergrauende Haarsträhnen schauten unter ihrem Kopftuch hervor und standen in alle Richtungen ab. Eine brennende Sehnsucht überfiel ihn urplötzlich – sie in den Armen zu halten, ihr zu sagen, dass es ihm leidtat, ein solcher Feigling gewesen zu sein, und sie um Vergebung zu bitten. Diese Vorstellung schockierte ihn. Doch vergebens versuchte er, sie beiseite zu schieben.

„Dix? Geht es Ihnen gut?" Sie legte ihm die Hand auf die Schultern und eine seltsame Wärme breitete sich in ihm aus. Er stand auf und lächelte sie an. „Jetzt schon. Jemand möchte mich sprechen?"

Sie nickte und führte ihn zur Vorderfront des Hauses, wo eine Gruppe seiner Gemeindeglieder in der Nähe der

Magnolie auf ihn wartete. Im ersten Augenblick jubelte sein Herz. Dann aber sah er genauer hin.

Es hätte eine Vorstandssitzung sein können. Ein großer Teil des Vorstandes seiner Gemeinde hatte sich auf Rubys Rasen versammelt. Und an ihrem Gesichtsausdruck merkte Dix, dass sie nicht gekommen waren, um zu helfen. Sie wollten ihn zur Rede stellen.

Der Leiter seiner Gemeinde, ein distinguierter weißhaariger Herr mit Namen Edward Shoemaker, trat vor. „Wir wünschen eine Erklärung", sagte er gepresst.

Dix beobachtete ihn aufmerksam. „Eine Erklärung wozu, Ed?"

„Zu dem, was Sie hier tun. Wir hatten den Eindruck, einen Pastor eingestellt zu haben, nicht irgendeinen Bürgerrechtsaktivisten. Wir sind absolut nicht begeistert von der Vorstellung, dass Sie Versammlungen der NAACP besuchen oder mit Menschen Umgang haben, die dies tun." Der alte Mann warf einen vorwurfsvollen Blick in Rubys Richtung. „Ihr Platz ist in der Kirche. Sie sollten die Arbeit tun, für die wir Sie bezahlen."

Dix unterdrückte ein Lächeln. *Nun,* dachte er, *ich schätze, einige Gebete werden schneller erhört als andere.* Er hob den Kopf und blickte Shoemaker in die Augen. „Der Beruf des Pastors ist kein Job", korrigierte er, „er ist eine Berufung. Und die größte Verantwortung besteht darin, Gott gehorsam zu sein. Meine zweite Verantwortung ist ein Vorbild zu sein für ein christusähnliches Verhalten."

Er hielt inne und atmete tief durch. „Ich möchte Ihnen allen etwas bekennen. Ich bin kein richtiges Vorbild für Sie gewesen."

Erleichterung zeigte sich in Shoemakers Gesicht. Zustimmendes Gemurmel erhob sich in der Gruppe. „Nun, Pastor, wir akzeptieren Ihre Entschuldigung“, sagte der alte Mann. „Wir hatten gehofft, diese Angelegenheit regeln und hinter uns lassen zu können.“

Dix hob die Hand. „Erlauben Sie mir, das zu erläutern. Lange Zeit habe ich geglaubt, Vorurteile jeder Art seien falsch und eine Beleidigung des Allmächtigen. Ich hatte nur nicht den Mut, für diese Überzeugung einzutreten, mein Leben und meinen Ruf dafür zu riskieren.“ Er winkte ab, als Shoemaker versuchte, ihn zu unterbrechen, und fuhr fort: „Jeder von uns hat die Wahl – entweder dem Beispiel Christi zu folgen oder nach den Maßstäben zu leben, die die Gesellschaft uns setzt. Ich für meinen Teil habe vor, Ersteres zu tun. Sie sollen also wissen, dass die *First Presbyterian* von jetzt an eine Kirche sein wird, in der alle Kinder Gottes willkommen sind, ungeachtet ihrer Hautfarbe. Sie können gehen oder bleiben, wie es Ihnen beliebt, aber wenn Sie bleiben, dann rechnen Sie damit, dass Ihre vorgefassten Meinungen in Frage gestellt werden, und rechnen Sie damit, dass Ihr Pastor einen Standpunkt bezieht, wo immer einem Menschen Gerechtigkeit verweigert wird.“

Shoemaker stand eine Weile reglos da, mit offenem Mund und aufgerissenen Augen. Dann drehte er sich wortlos um und ging davon. Die anderen folgten ihm.

Dix sah ihnen nach. Ruby stand neben ihm und hielt seine Hand.

„Denken Sie, man wird Sie feuern?“

Er entzog ihr nicht seine Hand. Diese Berührung, diese Verbindung tat so gut. Als ob er endlich dazugehören würde.

„Ich weiß es nicht." Er zuckte die Achseln. „Vielleicht. Aber wenigstens habe ich mir meine Integrität bewahrt."

•◆•

Ruby stand vor dem Schreibtisch in ihrem Schlafzimmer. Sie hatte in jeder Schublade nachgesehen, überall gesucht.

Die Rubinbrosche war weg.

Sie hatte die Samtschachtel gefunden, in der sie sie aufbewahrte – unter dem Bett, achtlos weggeworfen, verschmutzt und fleckig. Und leer.

Sie sank in den kleinen Schaukelstuhl am Fenster und biss sich auf die Lippe, um die Tränen zurückzuhalten. Bisher war sie mit ihrem Schock und der Trauer über das Feuer ganz gut klargekommen. Niemand war umgekommen; niemand war verletzt worden. „Dinge können ersetzt werden", hatte sie Silvie gesagt.

Und davon war sie auch wirklich überzeugt. Trotz all der zerstörten Sachen war aus diesem Unglück bereits Segen hervorgegangen. Freunde hatten ihr in der Zeit der Not zur Seite gestanden. Die Leute, die Ruben Layton mitgebracht hatte, schienen anzufangen, Bailey und die anderen Pensionsgäste als Menschen zu betrachten. Und Dix Godwin hatte inmitten seiner eigenen geistlichen Krise seinen Mut entdeckt.

Aber dass Grandma Pearls Brosche nun weg war! Ruby schüttelte den Kopf. Das war einfach zu viel …

Heiße Tränen stiegen aus dem tiefen Brunnen ihrer Seele auf, durchbrachen ihre Entschlossenheit und flossen über. Sie drückte die Samtschachtel an die Brust und weinte still. Lange Zeit – sie wusste nicht, wie lange – saß sie einfach da, wiegte sich hin und her und weinte.

Dann hörte sie ein Geräusch – einen schwachen Aufschrei.

„Mutter?"

Sie blinzelte die Tränen fort und wandte sich um. Conrad stand in der Tür zwischen dem Wohnzimmer und ihrem Schlafzimmer.

„Mutter, geht es dir gut?" Er rannte zu ihr und kniete neben ihr nieder. Seine Arme umfingen sie und drückten sie an sich, wie er es als kleiner Junge getan hatte, wenn er Trost gebraucht hatte. Doch dieses Mal wollte er ihr Trost spenden.

„Weine nicht", flüsterte er immer und immer wieder. „Bitte weine nicht." Aber auch er weinte, unterdrückte sein Schluchzen, murmelte, wie schrecklich leid ihm alles täte.

Ruby ließ die Samtschachtel sinken und fuhr ihm mit den Fingern durch die Haare. Sie drückte seinen Kopf an sich, streichelte sein Haar, bis er sich wieder in der Gewalt hatte und sie ansah.

„Mutter, was ist los?", fragte er. Dann lachte er über sich selbst und fuhr sich über die Augen. „Das war eine dumme Frage, nicht?"

Sie betrachtete ihn. Er hatte Harpers Augen und ein kleines Grübchen in der Wange, das Wainwright-Vermächtnis. Sein Anblick rührte sie tief. In der kurzen Zeit hatte er sich sehr verändert. Ihr kleiner Junge war ein Mann geworden.

„Die Brosche", sagte sie leise. „Grandma Pearls Rubinbrosche. Sie ist weg."

Bestürzung zeigte sich in seinem Gesicht, ein Schatten legte sich auf ihn. Er löste sich von ihr, setzte sich im Schneidersitz auf den Boden und hielt den Kopf gesenkt, sodass sie nur seine Haare sehen konnte. Ein Haarbüschel stand hoch, durch den Wirbel, den sie ihm, als er noch ein Kind gewesen war, unzählige Male glatt gekämmt hatte. Jetzt strich sie ihn wieder glatt, aber er schob ihre Hand beiseite.

„Ich hätte eher kommen sollen“, sagte er mit trauriger Stimme. „Ich wollte es, aber –“ Er hielt inne, atmete tief durch und sah sie an. „Es tut mir leid, Mutter. Alles.“

Ihr lag auf der Zunge zu fragen: *Was genau tut dir leid?* Sie wollte ihn ermutigen, alles zu bekennen, den Prozess des Heilens und der Versöhnung in Gang zu setzen.

„Du weißt, dass ich in der Nacht, als Dooley und die anderen ein Kreuz im Vorgarten verbrannt haben, dabei war“, fuhr er nach einer Weile fort. „Bogey hat gesagt, dass du uns gesehen hast.“

„Ja.“

„Danach wollte ich kommen, wirklich.“

„Weil du an einer so entsetzlichen Tat beteiligt gewesen bist oder weil Clarence Bogart gesagt hat, dass ich dich gesehen habe?“

Er zuckte die Achseln. „Aus beiden Gründen, schätze ich.“

Ruby seufzte. Wenigstens war dies eine ehrliche Antwort.

„Ich war da, aber ich wollte nicht, dass jemand verletzt wird. Und jetzt dies hier –“ Er deutete mit der Hand auf die ganze Zerstörung.

„Das Feuer war nicht deine Schuld, Conrad.“

„Nein, aber –“ Er schüttelte den Kopf. „Ich hätte schon viel früher kommen sollen. Vermutlich ist dir mein Anblick verhasst.“

„Conrad, ich könnte dich niemals hassen. Du bist mein Sohn. Ich liebe dich. Ich werde dich immer lieben.“

„Aber du wünschtest, ich wäre meinem Vater und deinen Großeltern ähnlicher und nicht so sehr nach Grandpa Abe gekommen."

Zuerst versuchte Ruby es zu leugnen, aber sie wusste, er hatte recht. Die Wahrheit tat weh. „Denkst du das?"

Er nickte. „Das habe ich mein ganzes Leben lang gehört. Mein großes geistliches Vermächtnis, die Vorbilder, denen ich nacheifern sollte. Aber ich weiß nicht, ob ich sein kann wie sie – oder wie du. Ich weiß nicht einmal, ob ich das überhaupt möchte. Es ist nicht immer einfach, der Sohn einer Heiligen zu sein." Er lächelte sie kurz an, dann wurde er wieder ernst. „Trotzdem, es tut mir leid, dass ich dir wehgetan habe. All die törichten Dinge, die ich getan habe, tun mir leid. Und das mit der Brosche tut mir leid."

Er erhob sich. „Ich muss mit Bailey reden. Und dann werde ich mithelfen, das Chaos zu beseitigen." Er zuckte die Achseln. „Ich bin handwerklich nicht sehr begabt, aber ich schätze, ich kann Holz tragen und Wasser holen."

Ruby erhob sich und nahm ihren Sohn in die Arme. Er war kein Kind mehr, sondern schon fast erwachsen. Sie hatte sich die größte Mühe gegeben, den Samen der Güte, Treue und Wahrheit in seinem Leben zu säen. Ob der Same Wurzeln schlug oder nicht, das lag an ihm und den Entscheidungen, die er treffen würde. Er würde immer ihr Sohn sein und auch wenn er sie enttäuschte, würde sie ihn doch immer lieben. Aber den Kurs seines Lebens bestimmte allein er.

Als sie ihn losließ, hatte sie das Gefühl, als sei ihr eine große Last von der Seele genommen worden. Was auch immer für ein Mann ihr Sohn werden würde, war jetzt eine Sache zwischen ihm und Gott.

Das Geschenk

September 1946

Von ihrem Stammplatz in der vierten Reihe links beobachtete Ruby, wie Dixon Lee Godwin durch die Seitentür den Gottesdienstraum betrat und nach vorne ging. Sie hatte schon immer gefunden, dass er auf der Kanzel eine gute Figur machte, aber ihre Einstellung zu ihm hatte sich in den vergangenen Monaten verändert. Sie sah in ihm nicht mehr einen großen, gut aussehenden Mann mit an den Schläfen grau werdenden Haaren und hörte nicht mehr nur die tiefe, vibrierende Stimme, wenn er sprach. Sie hatte ihm ins Herz gesehen, hatte den Widerhall der Standfestigkeit gehört, der durch seine Seele ging. Sie hatte miterlebt, wie er mit großem Enthusiasmus und großer Entschlossenheit seine Überzeugungen in die Tat umgesetzt hatte, hatte miterlebt, wie er einen mutigen Standpunkt für die Gerechtigkeit bezogen hatte. Und sie liebte ihn.

Der Organist hatte mit dem Präludium begonnen – eine bewegende Variation von „Groß ist deine Treue". Ruby schloss die Augen und sang das Lied innerlich mit: *Alles was ich brauchte, hat mir deine Hand geschenkt. Groß ist deine Treue, Herr.*

Sie öffnete die Augen wieder und sah die Bank entlang. Und wieder wurde sie an die Wahrheit dieser Worte erinnert. Links von ihr saß ihr Sohn Conrad, zusammen mit mehreren seiner Freunde vom College. Con wandte sich gerade an Clarence Bogart und flüsterte ihm etwas ins Ohr, das ihn zum Lächeln brachte. Ganz am hinteren Ende saß, sehr zu Rubys Erstaunen, Dooley Layton mit gesenktem Kopf und auf den Boden gerichtetem Blick.

Dooley sah schlimm aus. Seine rechte Wange war aufgeschrammt, seine Lippe aufgeplatzt und ein großes Pflaster über seine Nase geklebt. Der Junge war offensichtlich in einen Kampf geraten – und das erst vor kurzem, nach seinen Verletzungen zu urteilen.

Conrad griff nach einem Liederbuch und Ruby erhaschte einen Blick auf seine rechte Hand. Die Finger waren geschwollen und ein wenig blau, die Haut an den Knöcheln abgeschrammt.

Sie verzog das Gesicht, doch bevor sie Conrads Aufmerksamkeit auf sich ziehen konnte, begann der Organist mit dem Vorspiel zu dem ersten Lied der Gemeinde. Sie erhob sich und warf ihrem Sohn einen Seitenblick zu. Con deutete auf das Gottesdienstprogramm. Er und Clarence stießen sich in die Rippen und grinsten.

Ruby nahm ihr Gottesdienstprogramm zur Hand und überflog es. Das Thema der heutigen Predigt war: „Den guten Kampf kämpfen".

Nun, dieser Junge hat eine Gardinenpredigt verdient, dachte sie automatisch. Doch dann fiel es ihr wieder ein. Sie hatte ihn an Gott abgegeben. Ruby billigte kämpferische Auseinandersetzungen nicht, aber Con musste jetzt seine eigenen Entscheidungen treffen. Und vermutlich hatte er einen guten Grund für seine Auseinandersetzung mit Dooley Layton gehabt.

Nach dem Lied erhob sich Dix, sah die Gemeinde an und lächelte. Sein Blick ruhte einen kurzen Augenblick auf Ruby und sie spürte, wie ihr warm wurde.

„Ich möchte Sie alle zu diesem Gottesdienst willkommen heißen", sagte er. „Vor allem diejenigen von Ihnen, die zum ersten Mal mit uns zusammen Gottesdienst feiern." Sein Blick ruhte auf dem hinteren Teil der Kirche. „Einige von Ihnen haben noch keinen Platz gefunden, wie ich sehe. Bitte kommen Sie doch nach vorn und setzen Sie sich."

Alle wandten sich um und Schweigen senkte sich auf die Gemeinde.

Es war Bailey Blue, der Silvies Hand hielt. Hinter ihnen betrachteten einige schwarze Gesichter die Menge.

Rubys Herz machte einen Sprung. Sie hielt die Luft an. Und dann setzten sich Bailey und Silvie wortlos in Bewegung und schlüpften in die Bank neben Ruby. Die anderen verteilten sich im Gottesdienstraum.

Hinter sich hörte Ruby ein Rascheln. Als sie sich umdrehte, sah sie, wie Will Tarbush sich erhob. Ein großer Schwarzer mit Frau und zwei Kindern hatte sich gerade in Wills Bank gesetzt. Will knallte sein Liederbuch auf die Bank, zwängte sich an der Familie vorbei und trat auf den Mittelgang. „Ich habe nicht die Absicht, in der Kirche neben Farbigen zu sitzen", verkündete er mit lauter Stimme. Dann marschierte er zum Ausgang und knallte die Tür hinter sich zu.

Niemand rührte sich. Niemand sprach.

Dix nahm seine Bibel von der Kanzel und räusperte sich. „Im Johannesevangelium, in Kapitel 6, sagt Jesus den Menschen, die ihm nachfolgten, einige schwierige Dinge – Dinge, die ihren lange gehüteten Traditionen vollkommen widersprachen. Einige der Jünger, so lesen wir im Vers 66, verließen ihn daraufhin und folgten ihm nicht mehr nach. Interessant ist, dass Jesus ihnen nicht nachging und sie bat, zu ihm zurückzukommen. Vielmehr wandte er sich an seine Jünger und fragte: ‚Wollt ihr auch gehen?' Es ist, als würde

Jesus sagen: ‚*Wenn ihr gehen wollt, dies ist eure Chance. Entscheidet euch, ob ihr gehen oder bleiben wollt.*'"

Sein Blick wanderte über die Gemeinde und mit Stolz sah Ruby die furchtlose Überzeugung in seinen Augen. „Wir stehen heute, in diesem Augenblick, vor derselben Entscheidung", fuhr Dix fort. „Jetzt ist die Gelegenheit zu entscheiden, ob wir uns den Lehren Christi beugen und unsere Herzen verändern lassen oder an den Traditionen der Vergangenheit festhalten wollen. Wenn ihr gehen wollt – jetzt habt ihr die Gelegenheit dazu."

Jemand hinten im Kirchenschiff hustete. Füße scharrten. Papier raschelte. Aber niemand erhob sich, um zu gehen. Nicht einmal Dooley Layton, der noch immer mit niedergeschlagenem Blick am Ende der Bank saß.

Dix sah sich um. „Prima. Dann wollen wir uns jetzt erheben und einander den Frieden Christi zusprechen."

Ruby erhob sich und wandte sich Silvie zu. „Der Friede des Herrn sei mit dir", sagte sie.

Silvie legte die Arme um sie und sie verharrten in dieser Umarmung, während die anderen herumgingen, einander die Hände schüttelten und sich leise begrüßten. Es war eine vertraute Umarmung, eine Umarmung, die Ruby in den vergangenen fünfundvierzig Jahren oft erlebt hatte. Und doch erschien sie ihr heute, im Haus Gottes, viel wärmer und herzlicher. Bedeutsamer. Richtiger.

„Ich habe das Gefühl, als hätte ich ewig auf diesen Tag gewartet", flüsterte Silvie Ruby ins Ohr.

„Ich auch", erwiderte Ruby. „Das wurde aber auch Zeit."

Ruby fiel es schwer, sich auf den Gottesdienst zu konzentrieren. Nur selten wanderten ihre Gedanken ab, wenn Dix predigte, aber an diesem besonderen Morgen, an dem Silvie neben ihr saß, wurde sie von Erinnerungen bestürmt.

Wie hätten sich Silas und Pearl wohl gefühlt, fragte sie sich, wenn sie sie in diesem Augenblick hätten sehen können, im Haus Gottes neben Bookers Enkelin und ihrem gut aussehenden, gebildeten zukünftigen Ehemann? Ihre Großeltern hatten sich nach einem solchen Augenblick gesehnt, dafür gebetet und mit all ihrer Kraft darauf hingearbeitet. Ruby vermutete, sie hoffte es zumindest, dass sie an ihrem Aussichtspunkt in der Gegenwart Gottes wissen würden, dass ihre Bemühungen nicht umsonst gewesen waren.

Vor ihrem inneren Auge sah sie die beiden auf der vorderen Veranda von *Noble House* stehen, Hand in Hand, genau wie sie und Harper am Tag ihrer Hochzeit dort gestanden hatten.

Sie konnte auch Harper sehen, aber in ihrer Vision waren seine verkrüppelten Glieder gerade und stark, die Narben in seinem Gesicht durch die Macht der Liebe verschwunden. Das Grübchen in seiner Wange vertiefte sich beim Lächeln und seine blauen Augen strahlten vor Freude. Sie konnte ihn beinahe zwinkern und ihr zunicken sehen, als würde er seinen Segen zu der wachsenden Liebe zwischen Ruby und Dixon Lee Godwin geben. Harper würde Dix billigen, das wusste sie instinktiv. Sie hatte ihre Trauer überwunden und zog weiter, aber Harper würde immer ein Teil von ihr sein und die Wahrheit bestätigen, dass in Gottes Augen allein das Herz wichtig war, nicht die äußere Erscheinung.

Andere Gesichter zogen an ihrem inneren Auge vorbei. Schwarze und weiße, vernarbte und glatte, alte und junge. Einige, wie Silvie und Dix, bereicherten ihr Leben an diesem Tag. Andere, wie ihre Großeltern und Harper, hatten ihren Lauf bereits vollendet. Aber jeder von ihnen hatte ihren eigenen Weg beeinflusst, hatte ihr geholfen, ihren Weg zu finden.

Pearls Tagebücher, Silas' heilende Berührung, Bookers Glaube. Dies waren die ersten Wege, das ursprüngliche Vermächtnis der Nobles. Henochs Würde, Silvies Treue und Harpers Liebe hatten sie weiter begleitet. Und jetzt waren Menschen wie Dix und Bailey in ihr Leben getreten, bestätigten das Geburtsrecht dieser frühen Jahre und erhellten die Wege, die noch vor ihr lagen.

Alles passte. Als sie sich umwandte und hinter sich sah, konnte Ruby das Muster erkennen, die kurvenreichen Straßen und Lebenskreuzungen, die sie an diesen Ort und in diese Zeit geführt hatten. Das Motto ihrer Großeltern: *Aufrichtigkeit. Reinheit. Adel.*

Unbewusst fuhr Rubys Hand an ihren Hals und die Kehle wurde ihr eng. Die Brosche war fort, aber das Erbe von Silas und Pearl würde nicht sterben.

Lass das Vermächtnis weiterleben, betete sie stumm. *Lass das, was wir hier, jetzt und in der Zukunft tun, denjenigen zur Ehre gereichen, die vor uns lebten und ein Vorbild waren für diejenigen, die nach ihnen kamen. ...*

Ein Rascheln riss Ruby aus ihren Gedanken. Sie öffnete die Augen und blickte auf. Die Predigt war zu Ende und der Organist spielte die ersten Akkorde des Liedes, während die Kollekte eingesammelt wurde.

Wenn Friede mit Gott meine Seele durchdringt,
ob Stürme auch drohen von fern,
mein Herze im Glauben doch allezeit singt:
Mir ist wohl, mir ist wohl in dem Herrn.

Silvie suchte ihren Blick und lächelte sie an. Ruby brauchte nicht zu fragen, was Silvie dachte. Sie kannten die Stürme. Sie hatten innere Kämpfe und äußere Konflikte erlebt. Aber sie hatten sie überwunden – gemeinsam. Sie waren gewachsen. Sie hatten gelernt. Sie hatten einen Platz gefunden, an den sie gehörten, und die Liebe, die aus dem tiefsten Herzen Gottes kommt. Ihnen war wohl in dem Herrn.

Der Kollektenteller wurde in ihre Reihe weitergereicht und Ruby suchte in ihrer Tasche nach ihrer Gabe. Stirnrunzelnd blickte sie Conrad an, der ihr grinsend den Messingteller vor die Nase hielt. Konnte der Junge denn nicht ein wenig mehr Geduld mit seiner alten Mutter haben? Und dann sah sie auf den Teller.

Inmitten der zusammengeknüllten Geldscheine und Münzen entdeckte sie einen Farbklecks. Etwas Glänzendes, in Gold gefasst. Etwas Rotes. Mit zitternden Fingern schob sie die Geldscheine beiseite. Und dann sah sie es.

Winzige Perlen. In der Mitte – schimmernd, lebendig und sprühend, als verfüge er über ein eigenes Leben – ein herzförmiger Rubin. Ihre Brosche!

Und eine der Perlen fehlte.

Rubys Herz

25. März 1993

Little Ruby beugte sich vor. Ihre dunklen Augen funkelten vor Erregung. „Und so kam der Rubin wieder dahin zurück, wo er hingehörte. Das ist so cool." Sie grinste. „Und noch cooler ist, dass mein Großvater Dooley Layton dafür verprügelt hat."

Ruby hob die Hand. „Vielleicht. Ich habe nie erfahren, was genau passiert war, aber so habe ich es auch verstanden. Obwohl Conrad es mir nie gesagt hat, habe ich angenommen, dass Dooley zu der Gruppe gehört hatte, die in mein Haus eingebrochen war und Feuer gelegt hatte. Da er dort gewohnt hatte, wusste er genau, wo er etwas Wertvolles zu suchen hatte."

„Aber was ist mit der fehlenden Perle passiert?"

„Ich weiß es nicht genau. Ich nehme an, sie ist abgefallen, als die Brosche in Dooleys Besitz kam." Ruby zuckte die Achseln. „Doch das ist nicht schlimm, wenn man bedenkt, was meine Großmutter von der Brosche sagte, als Silas sie ihr geschenkt hat."

„Etwas über die Natur des Menschen, war es nicht so?"

„Ja. Sie sagte, die fehlende Perle erinnere sie an den Zustand des Menschen – wunderschön, doch fehlerhaft. Kostbar, selbst in seiner Unvollkommenheit."

„Und du hast die Perle nie ersetzen lassen."

„Nein." Ruby schüttelte den Kopf. „Es erschien mir irgendwie passend, sie so zu lassen, wie sie war."

„Hat er sich je bei dir entschuldigt? Dooley, meine ich."

„Nein." Ruby schüttelte den Kopf. „Das ist der traurige Teil. Vielleicht hätte er Frieden gefunden, wenn er einfach zugegeben hätte, was er getan hat, und um Vergebung gebeten hätte. Einige Jahre später hörte ich Gerüchte, er sei im Gefängnis gestorben, aber das weiß ich nicht mit Sicherheit."

„Ja, aber wir wissen, wie mein Großvater geworden ist."

„Versuche nicht zu hart mit Conrad zu sein, Kind." Ruby seufzte. „Es war schwer für ihn, ohne Vater aufzuwachsen, und er hat im Laufe der Jahre einige fragwürdige Entscheidungen getroffen. Aber ich glaube einfach daran, dass tief in seinem Inneren ein gutes Herz steckt. Er hat ihm nur nie die Vorherrschaft über seine Brieftasche eingeräumt."

Little Ruby schwieg eine Weile. „Vermutlich", gestand sie schließlich. „Trotzdem stimme ich mit seinen Wertmaßstäben nicht überein."

Ruby betrachtete ihre Enkelin und eine Welle der Liebe und des Stolzes stieg in ihr hoch. Dieses Mädchen würde klarkommen. Auf ihre Weise würde sie das Familienvermächtnis übernehmen und nach den Prinzipien leben, die Ruby Conrad zu vermitteln versucht hatte. *Aufrichtigkeit. Reinheit. Adel.*

Irgendwie war das wirklich eine Ironie. Vor weniger als zwei Wochen, als sich die Familie zu ihrem dreiundneunzigsten Geburtstag zusammengefunden hatte, hatte Ruby in dem Mädchen nur den rebellischen Teenager gesehen. Jetzt sah sie in ihr die Zukunft des Namens Noble. Die Staffel war an Little Ruby weitergegeben worden und Ruby konnte sie nur Gott anbefehlen und darauf vertrauen, dass das Mädchen seinen Weg finden und nach dem Erbe leben würde, das es von seinen Vorfahren bekommen hatte.

Sie fühlte sich wie Simeon im Tempel, der jahrelang Ausschau gehalten hatte nach der Erlösung Israels. Vielleicht hatte Gott sie deshalb so lange am Leben gelassen.

„Und du hast dann Dixon Lee Godwin geheiratet", sagte Little Ruby gerade. „Ich wünschte, ich hätte ihn gekannt."

„Das wünschte ich auch, Kind. Er war ein wundervoller Mann, gottesfürchtig und gerecht. Obwohl ich zugeben muss, dass ich nie richtig in die Rolle einer Pfarrersfrau gepasst habe."

„Weil du nicht Klavier gespielt und Sonntagsschulunterricht gegeben hast?" Little Ruby grinste.

Ruby lachte. „Zum Teil. Aber in erster Linie, weil ich den Mund nicht halten konnte."

„Du? Eigenwillig?" Little Ruby verdrehte die Augen. „Ich bin schockiert, Grandma."

„Aber Dix hat nie versucht, mich in diese Form zu pressen, das muss ich ihm zugutehalten. Und, um ehrlich zu sein, auch er passte nicht in die Vorstellung der meisten Leute, wie ein Pastor zu sein hat. Er hatte das Herz eines Pastors und liebte seine Gemeinde und setzte sich für sie ein. Aber er kämpfte auch für Gerechtigkeit und ist vielen Menschen auf die Zehen getreten."

„Aber er wurde nie gefeuert?"

„Erstaunlicherweise nicht. Ich denke, die Mitglieder der *First Presbyterian*, zumindest die meisten, hatten erkannt, dass eine Veränderung unausweichlich war, und wir waren froh, einige Männer in der Gemeindeleitung zu haben, die die Gemeinde zu einer friedlichen, am Vorbild Christi ausgerichteten Reaktion geführt haben."

„Mir scheint, das war eine Gemeinde, wie sie sein sollte", verkündete Little Ruby ernst. „Aber in den Kirchen, die ich bisher kennengelernt habe, geht es in erster Linie um Regeln und Verordnungen. Die Leute geben sich religiös, um einander zu beeindrucken."

„Ich weiß", erwiderte Ruby. „Eine Kirche steht leicht in der Gefahr, sich in Zahlen, Gebäuden und Regeln zu verlieren. Aber es gibt auch Gemeinden, die als Katalysatoren der Gerechtigkeit und Wahrheit in der Welt dienen. Gemeinden, in denen die Menschen ermutigt werden, eine persönliche Beziehung zu Gott zu suchen und diese Beziehung dann in die Tat umzusetzen. Und manchmal findet man eine Gemeinde ohne Gebäude, in der Verbindung zu anderen Menschen, die deinen Glauben und deine Wertvorstellungen teilen."

„Du meinst, wie Grandma Pearl es in ihr Tagebuch geschrieben hat: ‚*Glauben heißt, sich zu kümmern. Sich zu kümmern bedeutet, etwas zu tun.*'"

„Genau. Du hast gut zugehört, Kind!" Ruby lächelte trocken. „Ich dachte, alle Teenager könnten sich nur fünf Sekunden lang konzentrieren."

„Die meisten von uns werden zuhören", entgegnete Little Ruby, „wenn uns etwas erzählt wird, bei dem sich das Zuhören lohnt." Sie grinste Ruby an und blinzelte ihr zu. „Also, weiter mit deiner Geschichte. Nach deiner Heirat hast du die Pension doch sicher nicht weitergeführt, oder?"

„Nicht offiziell. Nach ihrer Hochzeit zogen Bailey und Silvie in Onkel Henochs Haus. Und dann, während der sechziger Jahre, als die Bürgerrechtsbewegung ihren Höhepunkt erreichte, wohnten einige von Baileys Kollegen im Haus, wenn sie nach Mississippi kamen. Doch mittlerweile brauchten Dix und ich das Geld nicht mehr und die Arbeit wurde mir zu viel. Wir behielten die Wohnungen und benutzten sie als ‚Zufluchtsort', wie Dix es nannte. Dort konnten Menschen bleiben, wenn sie vorübergehend eine Unterkunft brauchten. Im Laufe der Jahre haben wir fünf oder sechs unverheiratete Mütter aufgenommen sowie eine Reihe von Frauen, die von ihren Ehemännern geschlagen wurden, mit ihren Kindern. Wir halfen ein paar obdachlosen Menschen, einen Job zu finden und wieder auf die Beine zu kommen." Sie hielt inne. Ihre Gedanken wanderten zurück zu jener Zeit. „Viel Lachen und viele Tränen. Viele kostbare Erinnerungen und ein paar kleinere Wunder."

„Dann kann ich gut verstehen, dass du dieses Haus nicht aufgeben möchtest", sagte Little Ruby nachdenklich. „Für mich ist es unbegreiflich, dass mein Großvater das nicht versteht."

„Ich denke, er versteht es in gewisser Weise schon. Aber im Augenblick sieht er nichts weiter als seine finanziellen Probleme und die Tatsache, dass ich dreiundneunzig bin und früher oder später sterben werde."

„Aber er hat nicht das Recht –"

„Wir wissen noch nicht genau, welche Rechte er hat. Dies zu entscheiden wird Sache der Richterin sein, wenn wir morgen vor ihr erscheinen."

Ruby sah, wie Little Ruby die Zähne zusammenbiss, und ein entschlossener Ausdruck trat auf ihr Gesicht. „Nun", murmelte sie erregt, „wir werden abwarten, nicht?"

26. März 1993

Um 16 Uhr 45 am Freitagnachmittag saß Conrad erneut in Richterin Doves Arbeitszimmer. Das Timing dieser Sitzung hätte nicht schlechter sein können. Alle wussten, dass

Richter an Freitagen mürrisch und unkooperativ waren, vor allem um fünf Uhr, wenn sie ihre Roben ablegen und nach Hause fahren wollten.

Ihre Ehren hatte diesen Termin vermutlich absichtlich so gelegt, überlegte er. Sie wollte zum Todesstoß ansetzen.

Neben ihm rutschte Mimsy nervös auf ihrem Stuhl herum und dieses Mal waren etwas mehr Leute in dem Büro. Für Mutter und Little Ruby waren zusätzliche Stühle aufgestellt worden.

Con betrachtete seine Mutter vorsichtig. Sie wirkte ruhig, sogar ein wenig apathisch. Ganz und gar nicht aufgeregt, weil sie vor Gericht erscheinen sollte.

Und seine Enkelin erst! Sehr zu seinem Entsetzen sah das Mädchen gar nicht aus wie ein Gespenst aus einem Horrorfilm. Sie trug eine dunkelblaue Hose und eine pinkfarbene Bluse, hatte ihre Haare zusammengebunden und ein dezentes Make-up aufgelegt. Warum konnte sie nicht in ihrer üblichen Aufmachung erscheinen?

Er betrachtete Little Ruby, während sie leise mit ihrer Urgroßmutter sprach. *Die beiden passen zusammen wie Kartoffelpüree und Bratensoße,* dachte er finster. *Und das Mädchen wirkt sehr selbstzufrieden, als würden sie irgendein faszinierendes Geheimnis erforschen.*

Ein Gedanke durchzuckte ihn und sein Magen krampfte sich zusammen. *Und wenn die beiden jetzt irgendeinen Plan ausgeheckt hatten, um die Richterin auf ihre Seite zu ziehen? Immerhin war das Mädchen seit fast zweieinhalb Wochen bei Mutter. Little Ruby war vielleicht eigensinnig und unabhängig, aber zwei Wochen waren sicherlich eine lange Zeit. Bestimmt hat sich Little Ruby durch Mutters Gehirnwäsche beeinflussen lassen.*

Nein. Er schob den Gedanken beiseite. Seine Enkelin war wie jeder andere Teenager im Land – nur an sich selbst interessiert oder an Einkaufszentren, Jungen, Fernsehen und Computerspielen. Man konnte sie herausputzen, aber das änderte nicht ihr Wesen.

Richterin Dove trat ein. Sie nickte Mutter, Little Ruby und Mimsy freundlich zu und lächelte sie an. Als sie sich an ihn wandte, verfinsterte sich ihr Gesicht und ihre Augen zogen sich zusammen.

„Ah, Mr Wainwright. Schon sehen wir uns wieder."

„Ja, Euer Ehren."

Sie blickte bedeutungsvoll zur Uhr und räusperte sich. „Dann wollen wir die Sache mal hinter uns bringen."

Conrad zuckte zusammen. Er wusste, es war ein Fehler, diese Sitzung an einem Freitagnachmittag abzuhalten. Aber in dieser Angelegenheit hatte er ja keine Wahl gehabt.

„Mr Wainwright, ich warte."

Con riss sich zusammen und blickte Richterin Dove an. „Richtig. Nun, Euer Ehren, wie ich Ihnen bereits sagte, meine Mutter ist dreiundneunzig Jahre alt und lebt allein. Sie ist kein Invalide, wie Sie sehen können, aber sie ist in die Jahre gekommen. Wenn sie nun hinfallen und sich eine Hüfte brechen würde oder einen Kochtopf auf dem Herd vergessen und dadurch das Haus in Brand stecken würde? Ich möchte nur ihr Bestes."

„Und Sie denken, das Beste für Ihre Mutter wäre eine Einrichtung für betreutes Wohnen?"

„Zu ihrem eigenen Besten, ja. Ich habe mit einer solchen Einrichtung in der Nähe von Memphis bereits Kontakt aufgenommen und alles arrangiert. Sie wäre dann in unserer Nähe und wir könnten uns um sie kümmern."

Die Richterin zog sich ihre Brille auf die Nasenspitze und blickte über die Gläser hinweg. „Sie haben also schon alles arrangiert? Halten Sie das nicht für ein wenig voreilig, Mr Wainwright? Oder halten Sie mich für so senil, dass Sie denken, ich hätte meine Entscheidung bereits getroffen?"

Conrad brach der kalte Schweiß aus. Er holte ein Taschentuch aus der Tasche und tupfte sich die Stirn ab. „Es sind – äh – vorläufige Arrangements, Euer Ehren. Nur eine Voranfrage. Keine feste Zusage."

„Ah. Gut zu wissen, dass ich nicht den Verstand verliere." Sie warf ihm einen kalten Blick zu und wandte sich dann an Little Ruby und Cons Mutter. „Ich würde gern Ihre Meinung hören, Miss Ruby. Sie sind, wie Ihr Sohn sagte, dreiundneunzig Jahre alt?"

Sie nickte. „Das stimmt."

„Ich muss sagen, Sie sehen nicht aus wie dreiundneunzig."

„Ich betrachte das als Kompliment, Euer Ehren."

„Also gut –" Richterin Dove betrachtete die vor ihr liegenden Papiere. „Mr Wainwright behauptet, Sie seien nicht mehr in der Lage, für sich selbst zu sorgen. Was haben Sie dazu zu sagen?"

Conrad hielt die Luft an. *Bitte,* flehte er, *bitte lass sie etwas ganz Abwegiges sagen.*

Ruby beobachtete aus den Augenwinkeln heraus, wie Conrad auf ihre Antwort wartete. Er wirkte verzweifelt, als wollte er sie dazu bringen, der Richterin einen Grund zu geben, nur einen, in seinem Sinne zu entscheiden. Wenn sie das tat, wäre *Noble House* für immer verloren. Con würde Geld in der

Tasche haben, um seine Schulden zu bezahlen und für den Rest seines Lebens auf großem Fuß zu leben, und sie würde in einem Altersheim enden, bis sie an reiner Langeweile starb. Von ihrer Antwort hing eine ganze Menge ab.

Sie spürte eine Bewegung an ihrer Seite. Little Ruby nahm ihre Hand. Das war die Ermutigung, die sie brauchte.

„Gewiss, Euer Ehren. Ich denke, ich bin noch durchaus in der Lage, für mich zu sorgen. Wie Sie sehen, habe ich mich noch nicht selbst umgebracht und ich bin auch noch nicht ganz unbeweglich – zumindest nicht mehr, als mir in meinem Alter zusteht. Aber ich bin sicher, die meisten alten Leute würden dasselbe behaupten. Ich bitte Sie allein darum, meine Zukunft nicht in die Hände meines Sohnes zu legen, nur weil ich alt bin."

„Sie werfen mir hoffentlich nicht Altersdiskriminierung vor", meinte die Richterin gepresst.

„Ganz und gar nicht." Ruby überlegte sich ihre nächsten Worte ganz genau. „Aber Sie müssen zugeben, dass unsere Gesellschaft alten Menschen gegenüber durchaus Vorurteile hegt. Das Universum dreht sich um die Jugend und häufig werden die Weisheit und die Erfahrung, die mit grauen Haaren und Falten einhergehen, ganz und gar ignoriert."

„Ihr Ruf ist Ihnen vorausgeeilt, Miss Ruby", unterbrach Richterin Dove sie. „Sie sind eine Art Kreuzritter, denke ich. Aber bitte ersparen Sie mir die Rhetorik. Wir sollten uns auf das anstehende Thema konzentrieren." Sie ordnete ihre Papiere und nahm einen Stift zur Hand. „Ich habe ein paar Fragen an Sie."

Ruby nickte.

„Erstens, Sie sind alleinige Eigentümerin des Besitzes in der Jefferson Davis Avenue 4236, ist das richtig?"

„Ja."

„Ihr korrekter Name ist Ruby Noble Wainwright Godwin?"

„Ja."

„Verwitwet?"

„Zweimal, Euer Ehren."

„Conrad Wainwright ist Ihr einziger Sohn und Erbe des Besitzes?"

„Einziger Sohn, ja. Erbe? Das bleibt abzuwarten."

Richterin Dove unterdrückte ein Lächeln. „Haben Sie Ihre Türen verschlossen und Ihren Sohn mit einem Gewehr bedroht?"

„Ja. Aber das war keine große Bedrohung. Das Gewehr war nicht geladen. Ich besitze nicht einmal Patronen dafür."

Das Lächeln verstärkte sich. „Gibt es eine Hypothek auf dem Haus?"

„Nein, Euer Ehren. Das Haus befindet sich seit mehr als einhundert Jahren im Besitz meiner Familie."

Die Augenbrauen der Richterin gingen in die Höhe. „Ach ja, Ihr Haus ist dieses prächtige alte Plantagenhaus mit den grünen Läden und weißen Säulen."

„Genau das, Euer Ehren."

„Hmmm. Sie werden hoch gelobt, weil Sie es so schön erhalten. Die meisten anderen alten Häuser in diesem Bezirk sind zu Rechtsanwaltskanzleien umgebaut worden." Sie warf Conrad einen Seitenblick zu. „Sind Ihre Steuern bezahlt?"

„Ja, Euer Ehren. Ich zahle meine Rechnungen immer pünktlich."

Mittlerweile las die Richterin die Fragen nur noch mechanisch von ihrer Liste ab. „Sind Sie je wegen eines Verbrechens verhaftet oder verurteilt worden?"

„Ja, Euer Ehren."

„Haben Sie je –" Richterin Dove brach abrupt ab. „Was haben Sie gesagt?"

„Ich habe Ihre Frage mit Ja beantwortet. Ich wurde verhaftet. Mehrmals."

Aus den Augenwinkeln heraus bemerkte Ruby, wie Conrads Augenbrauen in die Höhe schossen. Seine Lippen verzogen sich, als würde er bereits einen kleinen Siegestanz aufführen.

Die Richterin legte ihren Stift aus der Hand und lehnte sich auf ihrem Stuhl zurück. „Darüber möchte ich gerne mehr erfahren."

„Der Vorwurf war, wenn ich mich recht entsinne, Ruhestörung." Ruby atmete tief durch.

„Sie?"

„Ich fürchte, Euer Ehren. Zwischen 1960 und 1965 wurde ich fünf-, nein sechsmal verhaftet. Ich habe auch einige Nächte im Gefängnis verbracht."

Conrad konnte sich nicht mehr länger zurückhalten. „Das wusste ich gar nicht, Mutter. Warum hast du mir nichts davon erzählt?"

Sie wandte sich um und sah ihn an. „Soweit ich mich erinnere, warst du zu sehr damit beschäftigt, deine Kanzlei in Memphis aufzubauen, um deine Mutter anzurufen."

Dieses Mal lachte die Richterin laut, dann wurde sie wieder ernst, machte sich ein paar Notizen und fuhr fort. „Zur Zeit der Verhaftungen waren Sie über sechzig?"

„Das stimmt."

„Was um alles in der Welt haben Sie gemacht?"

„Ich habe mich zum Beispiel auf die Treppen zum Gerichtsgebäude gesetzt und weigerte mich, dort wegzugehen. Ich habe an einem Sitzstreik in einem Lokal in Jackson teilgenommen. Ich habe in Birmingham protestiert und in Selma und Washington D.C. an den Protestmärschen teilgenommen."

Richterin Dove beugte sich vor. „Tatsächlich? 1963 habe ich gerade mein Collegestudium begonnen und auch an dem Marsch in Washington teilgenommen. Haben Sie die berühmte Rede von Dr. King ‚Ich habe einen Traum' miterlebt?"

„Ja, ich erinnere mich, auf der linken Seite des Pools am Beckenrand gestanden zu haben. Dix hatte seinen Arm um meine Taille gelegt, damit ich nicht ins Wasser fiel. Ich sah hinab in das Wasser und konnte das Spiegelbild aller Leute sehen, die da draußen in der Augusthitze standen und jubelten –"

„Könnten wir diese kleine Erinnerungsreise auf später verschieben?", unterbrach Conrad sie brummig. „Vielleicht könntet ihr beide heute Abend zum Essen ausgehen und in der Erinnerung an alte Zeiten schwelgen."

Die Richterin schlug mit der flachen Hand auf den Tisch. „Noch ein Wort von Ihnen, Mr Wainwright, dann werden Sie Ihr Abendessen auf einem Tablett durch die Gitterstäbe Ihrer Zelle geschoben bekommen."

Sie wandte sich Ruby erneut zu. „Natürlich werde ich diese Verhaftungen in meinem Urteil nicht berücksichtigen. Die Bürgerrechtsbewegung war eine wichtige Angelegenheit in der Geschichte dieser Nation und ich applaudiere Ihnen zu Ihrem Engagement dafür. Dr. Kings Rede hat mich veranlasst, Jura zu studieren." Sie warf Conrad einen vernichtenden Blick zu. „Wenn Sie der liebevolle, besorgte Sohn gewesen wären, als den Sie sich hier darstellen, dann hätten Sie gewusst, dass Ihre Mutter im Gefängnis war."

„Ja, aber –", stammelte Conrad.

„Trotzdem", fuhr Richterin Dove fort und ignorierte seinen Einwand, „auch meine Mutter kommt in die Jahre. Wenn sie in Ihrem Alter wäre, Miss Ruby, würde ich auch nicht wollen, dass sie ganz alleine lebt."

Ruby schloss die Augen und kämpfte gegen die Tränen an. Ihr Herz lag wie ein Stein in ihrer Brust. Sie würde *Noble House* verlieren. Selbst wenn die Richterin den Erlös von dem Verkauf des Hauses in einem Treuhandfonds anlegen würde. Das Geld war ihr egal. Sie wollte nur in dem Heim leben und sterben, in dem Pearl und Silas gelebt hatten, in dem sie zwei außergewöhnliche Männer geliebt und geheiratet hatte, in dem ihre Erinnerungen sie am Leben erhielten und sie von ihrem Erbe umgeben war.

Sie hörte ein Rascheln und sah, dass Little Ruby sich vorbeugte.

„Euer Ehren?"

Die Richterin blickte Little Ruby an. „Ach ja, die Enkelin."

„Wenn Sie gestatten, Euer Ehren", sagte Little Ruby höflich, „würde ich gerne etwas sagen."

Conrad sprang auf. „Nein!"

Richterin Dove schüttelte den Kopf und knirschte mit den Zähnen. „Ich habe Sie gewarnt, Mr Wainwright. Ich verhänge eine Geldstrafe gegen Sie von eintausend Dollar wegen Missachtung des Gerichts."

„Eintausend Dollar? Aber –"

„Kein Aber. Eine Frage – antworten Sie mit einem Ja oder einem Nein. Ist diese junge Frau Ihre Enkelin?"

„Ja, Euer Ehren."

„Nicht unbedingt der Teenager-Mutant, als den Sie sie beschrieben haben."

„Nein, Euer Ehren – ich meine, ja, Euer Ehren. Sie, äh, sieht normalerweise nicht so aus. Sie hat sich nur verkleidet, um Sie zu beeindrucken."

„Vielleicht könnten Sie von ihr etwas darüber lernen, wie man mich beeindruckt. Respekt wäre schon einmal ein guter Anfang."

Conrad schloss seinen Mund und nahm Platz.

„Also", fuhr die Richterin fort und wandte sich Little Ruby zu. „Lassen Sie hören, was Sie zu sagen haben."

Little Ruby hatte es für eine großartige Idee gehalten. Jetzt war sie nicht mehr ganz so sicher. Diese Richterin Dove war eine einflussreiche Dame und in ihrer Gegenwart fühlte Little Ruby sich ein wenig eingeschüchtert. Trotzdem, sie musste es tun – nicht nur für Grandma, sondern auch für sich selbst. Ihr Plan war vielleicht gar nicht so abwegig. Con und Mimsy würden natürlich dagegen sein, nicht in einer Million Jahre würden sie zustimmen und noch hatten sie rechtlich gesehen die Vormundschaft über sie. Aber Grandma hatte etwas gesagt, das ihr in Erinnerung geblieben war, das ihr den Mut gab weiterzumachen.

Ich tue dies nicht, weil es möglich ist, erinnerte sie sich, *sondern weil es richtig ist.*

„Nun?", drängte Richterin Dove. „Lassen Sie hören, was Sie zu sagen haben, junge Dame."

„Ich bin siebzehn", begann Ruby zögernd. „Und gehe noch zur Highschool. Im September werde ich achtzehn.

Meine Eltern kamen bei einem Autounfall ums Leben, als ich noch klein war und seither lebe ich bei Con und Mimsy. Und sie sind gut zu mir gewesen, denke ich. Mimsy nervt mich manchmal ein wenig, aber das ist so ihre Art."

Sie warf einen entschuldigenden Blick in Mimsys Richtung. „Auf jeden Fall bin ich sehr dankbar für alles, was sie für mich getan haben und ich liebe sie auch, aber –"

Die Richterin beugte sich vor und hörte ihr aufmerksam zu. „Fahren Sie fort."

„Aber ich würde gern bei Grandma leben, meiner Urgroßmutter." Little Ruby blickte in Richtung ihrer Urgroßmutter. Sie betupfte ihre Augen und sie war sich nicht sicher, ob diese nun wütend auf sie war oder sich über den Vorschlag freute.

Sie sprach schnell weiter, bevor sie den Mut verlor. „Meine Urgroßmutter weiß nicht, dass ich diesen Vorschlag mache", sagte sie. „Und Con und Mimsy sind vermutlich nicht besonders begeistert davon. Aber ich würde wirklich gern zu Grandma ziehen, wenn ich das Schuljahr abgeschlossen habe. Das ist ja schon in ein paar Monaten. Mein letztes Schuljahr kann ich auch hier in Cambridge absolvieren und dann hier studieren. Ich würde bei Grandma im Haus wohnen, dann brauchte sich Grandpa Con auch keine Gedanken mehr zu machen –"

Sie hielt inne und warf ihm einen Blick zu. Sein Gesicht war gerötet und seine Augen fielen ihm beinahe aus dem Kopf. Er sah aus, als würde ihm jeden Augenblick eine Arterie platzen. „Das würde doch viele Probleme lösen, nicht, Euer Ehren? Grandma würde nicht mehr allein leben müssen und sie brauchte auch ihr Haus nicht aufzugeben."

„Das werde ich nicht zulassen!“, brüllte Con los. „Ich werde nicht zulassen, dass sich meine eigene Enkelin gegen mich stellt.“

„Wenn die Schule im kommenden Herbst beginnt, werde ich achtzehn sein“, erwiderte Ruby ruhig. „Ich schätze, dann kann ich sowieso selbst entscheiden – vorausgesetzt, Grandma möchte mich bei sich haben.“

Richterin Doves Gesichtsausdruck wurde weicher. Liebevoll blickte sie Little Ruby an. „Aber was ist mit Ihrer Schule? Mit Ihren Freunden in Memphis? Nicht viele Teenager wären bereit, im letzten Jahr vor dem Abschluss noch einmal die Schule zu wechseln.“

Ruby zuckte die Achseln. „Ich schätze, ich bin nicht wie die meisten Teenager.“

„Nein, ich schätze, das sind Sie nicht.“ Sie wandte sich an Mimsy und Con. „Sie, Mr Wainwright, haben Ihre Meinung bereits kundgetan, Sie halten also den Mund. Mrs Wainwright, möchten Sie zu dieser Diskussion etwas beitragen?“

Wie üblich war Mimsy verschreckt wie ein Reh, das ins Scheinwerferlicht blickt, doch als sie Con ansah, zeigte sich Entschlossenheit auf ihrem Gesicht. „Ich liebe meine Enkelin“, flüsterte sie. „Aber ich bin nicht sicher, ob in dieser Angelegenheit die Motive meines Mannes die richtigen sind. Wenn Little Ruby bei ihrer Urgroßmutter leben möchte, dann werde ich ihr nicht im Wege stehen.“

Bravo, Mimsy!, dachte Ruby bei sich.

„Nun“, verkündete Richterin Dove brüsk, „wie es scheint, wurde ein Kompromiss gefunden. Mr Wainwright, Ihr Antrag, Ihre Mutter zu entmündigen und zu ihrem Vormund bestimmt zu werden, wird abgelehnt. Sie tragen die

Gerichtskosten sowie die Geldstrafe von eintausend Dollar. Das Geld bezahlen Sie bitte beim Gerichtsdiener auf Ihrem Weg nach draußen. Miss Ruby, ist diese Vereinbarung für Sie akzeptabel? Möchten Sie, dass Ihre Urenkelin in Zukunft bei Ihnen lebt?"

Little Ruby wandte sich ihrer Urgroßmutter zu. Tränen liefen der alten Frau über das Gesicht, aber sie lächelte.

„Das akzeptiere ich mit Freuden", sagte sie mit einem Nicken. „Das ist cool. Sehr, sehr cool."

Epilog

2. März 2000

Ruby Carpenter stand auf dem Balkon an das Geländer gelehnt und beobachtete, wie das Mondlicht in den Blättern der alten Magnolie spielte.

„Müde, wette ich", flüsterte ihr Mann John ihr ins Ohr.

„Erschöpft. In den vergangenen Wochen war viel zu regeln."

„Willst du hereinkommen und dich umziehen?"

Ruby sah an ihrem schwarzen Kleid herab, das vom Tag mitgenommen aussah. Einer der Knöpfe hing lose an einem Faden, abgerissen von einer kleinen Kinderhand.

„Gleich. Ich brauche ein paar Minuten zum Nachdenken."

„Ich habe das hier gefunden." Er reichte ihr einen Umschlag. Im trüben Licht konnte sie auf dem Umschlag ihren Namen erkennen, geschrieben von einer zittrigen Hand.

„Wo?"

„Im Gefrierschrank unter einigen Packungen Fisch. Als Mimsy und ich ein paar der Aufläufe weggepackt haben." Er drückte ihre Schulter. „Sie und Con bleiben über Nacht. Sie sind bereits zu Bett gegangen. Ich bin drinnen, wenn du mich brauchst."

Sie spürte seine Lippen an ihrem Hals und hörte, wie die Fliegengittertür hinter ihm ins Schloss fiel. Sie stützte sich mit einer Hüfte an der Brüstung ab und riss den Umschlag auf. Doch sie wusste bereits, was sie vorfinden würde. Sie hatte überall danach gesucht – überall, außer im Gefrierschrank natürlich.

Mit zitternden Fingern holte sie den Inhalt hervor: Ein einzelnes Blatt lavendelfarbenes Briefpapier und eine ziemlich mitgenommene Samtschachtel.

Die Rubinbrosche.

Im Mondlicht wirkte das tiefe Rot des Rubins beinahe schwarz und die ihn umgebenden Perlen leuchteten ätherisch. Sie brauchte die Inschrift auf der Rückseite nicht zu lesen; sie kannte sie auswendig. *Aufrichtigkeit, Reinheit, Adel.*

Sie nahm das Blatt und hielt es so, dass der Mond ihr Licht gab.

Mein liebes Kind,
verzeih mir, dass ich dies vor dir versteckt habe. Ich habe nie etwas anderes versteckt, aber ich wollte nicht, dass du das mit mir beerdigst. Ich hatte Angst, du würdest es versuchen und dass ich dann nicht mehr mit dir darüber diskutieren könnte.

Wenn du nicht in der kommenden Zeit sehr viel Fisch auf den Tisch bringst, werde ich tot sein, wenn du dies liest. Mein ganzer Besitz fällt natürlich an dich – an dich, deinen lieben Mann und dieses wundervolle Baby.

Ich werde dir nicht sagen, du sollst nicht trauern, denn die Trauer ist natürlich und gesund. Aber ich möchte dich daran erinnern, dass ich ein erfülltes und gesegnetes Leben gehabt habe und diese letzten Jahre mit dir waren ein größeres Geschenk als ich mir je erträumt hätte.

Und ich konnte mir auch nicht vorstellen, zu was für einer starken, großzügigen und tiefgläubigen Frau du dich entwickeln würdest. Du hast mich immer stolz gemacht. Erinnere dich nur, dass das Noble-Blut in deinen Adern fließt und an das Vermächtnis deiner geistlichen und körperlichen Vorfahren. Pearl und Silas, Booker und Henoch, Silvie und Bailey Blue, Harper und Dix. Und auch meines, das einer alten Frau. Verteile großzügig an die Menschen in deiner Umgebung – Liebe, Hingabe, Leidenschaft, Glauben. Gib alles bereitwillig aus der tiefsten Quelle deiner Seele. Du wirst deinen Weg finden, daran zweifle ich nicht. Und wir alle werden dich anfeuern.

Ich liebe dich –

Grandma

Ruby schluckte und zwang ein Lächeln auf ihr Gesicht. *Einer geht, ein anderer kommt*, dachte sie. Kaum zwei Wochen nach ihrem hundertsten Geburtstag war Ruby eingeschlafen und irgendwann in der Nacht leise, ohne Fanfare, in die andere Welt übergegangen. Aber sie hatte so lange gelebt, dass sie ihren Ururenkel noch in den Armen hatte halten können.

Ruby ging zur Fliegengittertür und spähte hinein. „John“, rief sie, „würdest du mit dem Baby einen Augenblick herauskommen?“

Nach einer Weile erschien ihr Mann mit dem schlafenden Kind im Arm. „Er ist so wunderhübsch“, sagte John, als er auf den Balkon trat. „Denkst du, ich werde jemals das Staunen überwinden, wenn ich ihn ansehe?“

„Ich hoffe nicht.“ Ruby drückte das Baby an ihre Brust. Es bewegte sich, wachte jedoch nicht auf. „Da ist noch etwas, das wir tun müssen.“

John nickte und gemeinsam traten sie an die Balkonbrüstung. Ein Mondstrahl fiel durch die dicken Äste des Baumes. Ruby steckte die herzförmige Rubinbrosche an die Decke des Babys und hob das Kind dem Licht entgegen, hoch über ihren Kopf, nach Sklavenart. „Wir befehlen dieses Kind dem Allmächtigen an“, flüsterte sie, „und nennen es Silas Noble Carpenter.“

Die leise Stimme ihres Mannes verband sich mit ihrer, als sie das Gebet sprach, das sie beide so gut kannten. „Möge er aus seinem Erbe den Glauben und die Liebe seiner Vorfahren nehmen und möge er ein Leben führen, das seinem Namen und seiner Berufung würdig ist.“

Trotz des kühlen Frühlingsabends machte sich eine seltsame Wärme in Ruby breit. Eine vertraute Berührung, zart und tröstend. Doch als sie sich umdrehte, war niemand da. John stand neben ihr, die Ellbogen auf die Brüstung abgestützt.

Ruby nahm das Baby wieder in den Arm und betrachtete es. Das Mondlicht wanderte weiter und auf einmal schien die Rubinbrosche lebendig zu werden, pulsierte im Rhythmus des tiefen und gleichmäßigen Atems des Kindes.

„Lebe, kleiner Silas“, murmelte sie. „Lebe unter dem Segen deines Erbes. Finde deinen Weg zur Wahrheit, koste es, was es wolle.“

Und das Rubinherz erstrahlte wie in stummer Segnung.